देवायण

ब्रह्म कल्प

खंड-1

भाग-1

देवायण
ब्रह्म कल्प

खंड-1
भाग-1

देव मंडल

डा० हजारी
लिप्यान्तरण: अमिता नथवाणी
अनुवादक: प्रभाकर ओझा

मूनलाईट बुक्स

देवायण

ब्रह्म कल्प (खंड-1, भाग-1)

FIRST EDITION: 2019
ISBN PB: 978-81-936839-8-9

Published by
MOONLIGHT BOOKS
20 Ekjot Apartment, Pitampura, Delhi-110034, India
Email: moonlightbooks2016@gmail.com
www.moonlightbooks.in

Printed by Replika Press Pvt. Ltd.

हम भगवान शिव के दो रूपों को जानते हैं। एक हैं ध्यान मुद्रा में मग्न मंगलकारी शिव - शंकर महादेव जिनकी हम सभी पूजा करते हैं और दूसरे हैं क्रोधी रूद्र महेश्वर जो संपूर्ण ब्रह्मांड का विनाश करते हैं। देवायण में हमें उनके एक अन्य रूप, पिंगल महेश्वर, के बारे में पता चलता है।

यहाँ वह सर्वश्रेष्ठ कवि हैं, जो देवायण को इस संसार में लाते हैं और जिससे सतयुग का आगमन होता है।

महाकाव्य में वह कहते हैं कि इस समय वो देवताओं और ऋषियों के लिए भी अज्ञात, निराकार और अदृश्य रहते हैं। इसलिए ऋषि-मुनि उन्हें पिंगल महेश्वर कहते हैं।

आभार

समस्त काल चक्र में, कल्प में केवल एक बार, भगवान पिंगल महेश्वर, स्वर्ग के उच्चतम धरातल से महाकाव्य देवायण को लेकर मर्त्य के धरातल पर अवतरित होते हैं। यह नए कल्प के आरंभ में, महाकाव्य देवायण को हम मानवों तक लाने के लिए, केवल एक बार होता है। मैं अपनी कृतज्ञता की पहली भावनाएँ भगवान शिव के इस आकार को समर्पित करती हूँ, जो केवल स्वर्णिम युग के आरंभ के पहले प्रकट होते हैं।

मेरी गहनतम कृतज्ञता और प्रार्थनाएँ लेखक, डॉ. हजारी को जाती हैं, जो, जब मैं भ्रमित हो जाती और उनके मार्गदर्शन की आकांक्षा करती, हमेशा आत्मा में मेरे साथ रहे। देवायण, आध्यात्मिक जीवन के आंतरिक रूपांतरण के लिए मेरी खोज बन गया है। यह आंतरिक सौंदर्य और शाश्वत आनंद के लिए मेरी खोज की गहनतम लय को जीवित रखता है। आशा है कि यह आनंद उन सभी में व्याप्त हो जाएगा जो इस अनुवाद को पढ़ रहे हैं, जिससे वे मूल देवायण की ओर बढ़ने के लिए प्रेरित होंगे!

मेरी हार्दिक कृतज्ञता मेरी माता, डॉ. इंदिरा सरदाना के लिए है, जिन्होंने मुझे देवायण के लिए अपना तुच्छ अवदान आरंभ करने के लिए परिचित किया, प्रेरणा दी और आत्मविश्वास दिया।

मेरी आंतरिक सराहना मेरे बच्चों नीरज, सोनल, सूरज और राधिका के लिए है - जिन्होंने बाधाएँ पार करने में मेरी सहायता की। विशेष रूप से, आवरण पृष्ट को रंग और डिजाइन करने के लिए सोनल और राधिका को धन्यवाद।

मेरा विशेष और हार्दिक धन्यवाद मेरे पति, नीलेश को जाता है, जो धैर्य और निःशब्दता के साथ मेरे पार्श्व में रहे, और मुझे अपने तरीके

से काम करने दिया। यह, इस प्रयास केदिनों, महीनों और वर्षों के दौरानमेरे लिए बहुत बड़ी सहायता थी। मेरे पास बने रहने के लिए मैं उन्हें अपने आंतरिक हृदय से धन्यवाद देती हूँ। .

सर्वोपरि, अपने प्रपौत्र और प्रपौत्रियों, अमित, शिवम, अमारा और ईशान के लिए मेरा प्यार, जो यह नहीं जानते हुए भी कि मैं क्या कर रही हूँ, अपने निर्बाध प्यार के साथ मुस्कुराते हुए मेरे साथ रहे।

इस यात्रा के दौरान निरंतर समर्थन उपलब्ध करने के लिए, मैं अपने प्रिय संबंधियों और मित्रों को -विशेष रूप से लता और शिरीष नथवाणी को धन्यवाद और सराहना करती हूँ। हमारे बृहद परिवार के कई सदस्यों ने परिदृष्य के पीछे रह कर मुझे अनमोल प्रोत्साहना, मार्गदर्शन और प्रेरणा देने का काम किया है। उन सभी ने निरंतर समर्थन का प्रदर्शन करते हुए मेरे उद्‌यम को संभव किया है। यहाँ उन सभी का नाम लेना संभव नहीं है, परंतु उन में से कुछ नाम हैं : कनाडा के निरंजन, नलिनी और निशिन नथवाणी, इंग्लैंड के किरीट और ऊषा शिरोदारिया और मुंबई के अरुणभाई एवं इलाबेन शाह। उन सभी को मेरा हार्दिक धन्यवाद।

और अंत में, प्रभाकर ओझा के लिए असीम सराहना अभिव्यक्त करती हूँ जिसने देवायण को उत्कृष्ट हिंदी में अनुवाद करते हुए इस महान महाकाव्य को व्यापक रूप से जनमानस के सामने लाने के मेरे स्वप्न को साकार करने में मेरी सहायता की है।

अमिता नथवाणी

भूमिका

भारत में, महाकाव्य सर्वदा युग-परिवर्तन का अग्रगामी होता है। पिछले चक्रों से यह स्पष्ट है। त्रेता से द्‌वापर के अवतरण के अवसर पर महाकाव्य रामायण प्रकट हुआ। द्‌वापर से कलियुग में रूपांतरण के समय महाकाव्य महाभारत प्रकाशित हुआ। अब कलियुग का अंत आसन्न है और हमलोग सत्य युग के समीप आ गए हैं, अतः, महाकाव्य देवायण प्रकट हुआ है।

तथापि, देवायण पूर्ववर्ती दो महाकाव्यों के समान केवल हमारे आगे आने वाले स्वर्णिम युग का अनावरण ही नहीं करता, बल्कि यह इन चार युगों को आवृत्त करते हुए 26,000 वर्ष-व्यापी निरंतर आवर्ती मानव-चक्र की पूरी कहानी कहता है। देवायण इस चक्र को सृष्टिकर्ता, पालनकर्ता एवं संहारकर्ता क्रमशः ब्रह्मा, विष्णु और रूद्र की समयावधियों में विभाजित करते हुए वर्णन करता है। इन्हें कल्प कहा जाता है। कुल मिलाकर इसमें बारह खंडों में बत्तीस पुस्तकें हैं, जिन्हे भारतीय शास्त्रीय महाकाव्य मीटर अनुष्ठुभ छंद में लिखा गया है। इन बारह खंडों में 12,000 से कुछ अधिक पृष्ठ हैं। पूरे महाकाव्य को 32 मंडलों में विभाजित किया गया है।

यह पाठकों के व्यापक वर्ग तक पहुँचे और उन्हे आसानी से समझ में आ सके, इसलिए वर्तमान में, हमने इसे हिंदी में अनुवाद करने का निर्णय किया है। चूंकि इस महान महाकाव्य के प्रत्येक खंड का आकार बहुत बड़ा है, हमने इसे तीन भागों में विभाजित किया है। प्रथम भाग, महाकाव्य के प्रथम मंडल, देव मंडल के अधिकांश को समाविष्ट करता है। यह वर्णन करता है कि महाकाव्य किस प्रकार प्रकट होगा, और इसके साथ सृष्टि का आरंभ, देवताओं, राक्षसों, मानवों, पशुओं और वनस्पतियों का जन्म इत्यादि।यह उनके युद्धो और संघर्षों को चित्रित

करता है। यह सत्य के देवता- सत्यदेव के जन्म और कालचक्र की सृष्टि की सूचना भी देता है।

सत्यदेव का आह्वान,अंधकारमय सृष्टि में सत्य को एकबार फिर वापस लाने के लिये किया गया था।

सत्य के देवता या सत्यदेव ने वेदों में स्वयं घोषणा की है:-

अहमस्मि प्रथमजा ऋतस्य पूर्व देवेभ्यो अमृतस्य नाम।
यो मा ददाति स इदेमावहमन्नमन्नमदन्तमद्मी।।

साम.VI.3.1.9

मैं "ऋत", सत्य हूँ। मेरा जन्म सृष्टि के आरंभ में, सभी देवताओं के जन्म से पहले हुआ था। ऋषियों ने मुझे अमृत नामित किया है।

और अथर्ववेद का एक दूसरा श्लोक है जिसे हम पुनः देव से सुनते हैं।

सत्महं गभीरः काव्येन सत्यं जातेनास्मि जातवेदाः।
न म दासो नार्यो महित्वा व्रतं मीमाय यदहं धरिष्ये।।

अथर्व. V.11.3

मैं "सत्य" हूँ। मैं महान महाकाव्य में स्वयं को प्रकट करता हूँ। मैं "जातवेदा" अग्नि द्वारा सत्य के रूप में प्रकट होता हूँ। मेरे ऊपर कोई भी नहीं है। मैं परम हूँ। हे मही! तुम सच्ची श्रद्धा से उपासना करो। मैं अपनी अदम्य शक्ति से धारण करूँगा।

केवल देवायण में ही सत्य के देवता प्रकट होते हैं और हम पहली बार उनकी सक्रियताओं के बारे में पढ़ सकते हैं और यह भी जान सकते हैं कि कैसे उनका स्पर्श मात्र कितने ही प्राणियों को मुक्ति और अमरत्व प्रदान करता है।

महाकाव्य के प्रत्येक खंड के आकार को ध्यान में रखते हुए मूल पाठ्य को इस संस्करण में सम्मिलित नहीं करने का निर्णय लिया गया है। जो भी मूल पाठ के साथ यह व्याख्या पढ़ना चाहते हैं, महाकाव्य के खंड 1, ब्रह्म कल्प पढ़ सकते हैं। इसके अतिरिक्त, पाठ्य को छोटे आकार में लाने के लिए जिसे आसानी से पढ़ा जा सके, हमने इसे तीन चरणों में विभाजित किया है। यह पहला चरण है।

इसी प्रकार महाकाव्य का आरंभ होता है। यदि कोई प्रश्न हों तब कृपया मेरे ईमेल पते amitanathwani@gmail.com पर मुझसे संपर्क करें। इस महाकाव्य पर अतिरिक्त सूचना के लिए, कृपया वेबसाइट www.devayan.net का उल्लेख करें।

अमिता नथवाणी

*ऋषियों की वाणी से उद्धृत

सूचीपत्र
प्रथम खंड
भाग.1
।।देवमंडल।।

द्वन्द्व प्रभाव वर्ग

सृष्टि वर्ग

दीक्षा वर्ग

रूपायण वर्ग

वृष्टि वर्ग

कक्षी वर्ग

उशिज वर्ग

सारस्वत वर्ग

बंधु वर्ग

आश्चर्य वर्ग

-ब्रह्मकल्प प्रथम खंड प्रथम भाग सूची समापन-

देवायण

।।देवमंडल।।

।।काव्य समारंभ वर्ग।।

।पहला संवर्ग।

घोर काली रात्रि में चारों दिशाओं में स्तब्ध नीरवता छाई हुई थी। रात्रि के इस तीसरे पहर में, जब मैं पूरी तरह निद्रामग्न था, मैंने एक अत्यंत महत्वपूर्ण स्वप्न देखा जिसे मैं रात्रि के इसी प्रहर में सदैव देखता रहता हूँ। यह स्वप्न पारलौकिक था तथा सारे जगत और सत्य के हित में था। मैं यंत्रवत होकर सृष्टि के रचयिता को देखता रह गया। मुझे सुनाई पड़ा कि महानगुरू की कृपा के प्रसाद के रूप में मुझे यह दिव्य स्वप्न दिखाई दे रहा है। इन शब्दों को मैं विस्मयपूर्वक सुनता रहा और मेरे नाभिकेंद्र में ब्रह्माक्षर ॐ नाद की टंकार होने लगी। ॐकार ही वह प्रक्रिया है जिसके कारण सृष्टि का विकास हुआ। ॐकार के तीन अक्षरों की ध्वनि में ब्रह्मा निहित हैं। 'अ' से समस्त उद्भव होता है, 'उ' से यथास्थिति का भान होता है, 'म' में समापन निहित है जिसमें लंबी नासिकाध्वनि युक्त है। 'म' के साथ सृष्टि का पुनः आरंभ होता है। इस महान ध्वनि के बार-बार होने से सृष्टि में एक लयक्रम स्थिर होता है। यह ध्वनि नाभि से निकल कर अत्यंत प्रकाशयुक्त शब्द में परिवर्तित होती है और समस्त सृष्टि में फैल जाती है। इस तेज के कारण आनंद प्राप्त होता है - क्योंकि ॐकार ही ईश्वर का स्वरूप है, ॐकार ही परमात्मा है, और ॐकार ही पुरुषोत्तम विष्णु है -ॐकार ही चारभुजा-

धारी लोकनाथ नारायण का स्वरूप है। ऊँकार प्रत्येक व्यक्ति में निहित है और हर जगह विराजमान है। परमेश्वर के रूप में ऊँकार की ही उपासना होती है। इस ऊँकार ध्वनि को सुन कर ही मुझमें चेतना जागृत हुई और मैं चकित रह गया। मेरे अंदर सब-कुछ प्रकाशित हो गया और इसी क्रम में मेरे अंदर से स्वतः वाक्य निकलने लगे।

इस पुण्य स्वप्न को देख कर मेरा चित्त पुलकित हो गया, निद्रा उड़ गई और मेरे अंगों में सिहरन होने लगी। नाभि से एक बलशाली छंद का नाद होने लगा, मुझे ऊँ ऊँ नारायण सुनाई देने लगा।

श्रीमद् देवायण के प्रथम खंड ब्रह्मकल्प में देवमंडल के अंतर्गत काव्य समारंभ वर्ग में नाद श्रवण नामक प्रथम संवर्ग का समापन।

।दूसरा संवर्ग।

ऊँ ही परब्रह्म वाक्य है, यह अव्यक्त है और अनिर्देशित है। ऊँकार एक ही स्थान पर ब्रह्मा विष्णु और महेश, तीनों के रूप को व्यक्त करता है। यह ध्वनि ब्रह्मा के रूप में अत्यंत बलशाली है और इसी से सृष्टि की रचना होती है। ऊँकार से ही जगत में ब्रह्मा, विष्णु और महेश के तीनों रूपों की जगत में स्थापना हुई है। सृष्टि के आरंभ में, इसी के द्वारा वेदों की रचना की गई और ब्रह्मांड के महातेज सूर्य को स्थापित किया गया। सूर्य सृष्टि के सभी कार्यकलापों को स्मरण रखते हैं, इनके तेज के महावेग से इस सृष्टि का उद्भव हुआ और इन्हीं के वेग से महाशक्ति ने छंदों की उत्पत्ति की है। ऋषियों ने गायत्री मंत्र के तीन पदों के आठ अक्षरों में इस गति का वर्णन किया गया है। ऋषि-मुनियों ने इसी छंद में वंदना की और ईश्वर के गुणों का महिमा मंडन किया। 'अ' को ब्रह्मा का स्वरूप दिया गया। 'उ' को विष्णु भगवान का स्वरूप दिया गया और 'म' को रूद्र का रूप दिया गया तथा इसके उच्चारण में लंबे नासिका-स्वर को युक्त किया गया है। यह ब्रह्मा के तेज से

प्रकाशमान है और विष्णु के शौर्य से प्रतिष्ठित है तथा रूद्र को पिंगल बना कर बल प्रदान करता है। अक्षर ब्रहम के इन तीन अक्षरों का बार-बार आवर्तन किया जाता है। दो बार करने से समापन होता है और तीन बार करने से स्थिरता बनती है। गायत्री पद में वर्णित आठ अक्षरों का तीन बार आवर्तन किया जाता है और गायत्री मंत्र के बारे में वेदों में वर्णन किया गया है। आठ अक्षरों को तीन बार घुमाने से तीन प्रकार के पद बनते हैं जिससे गायत्री मंत्र का भास्वती छंद बनता है जो महाशक्ति के रूप में है। इसी प्रकार महाशक्ति के रूप में गायत्री मंत्र सभी छंदों में प्रकाशित होता है। सभी वेद गायत्री छंदों में लिखे गए हैं। आठ अक्षर और तीन पदों वाले गायत्री छंद सदैव ध्वनि-युक्त हैं। इसके तीन वर्ण और त्रिमूर्ति समय-समय पर प्रकाशित होते रहते हैं।

इनका दर्शन अत्यंत मनोहर है और इनके विचित्र मिश्रण से सारी सृष्टि चलती है। गायत्री देवी का दर्शन सबसे पहले ऐसी देवी के रूप में होता है जो रक्तवर्ण से युक्त और अत्यंत उज्जवल हैं। गायत्री के इस रूप का ध्यान करने पर सृष्टि में कर्मछंद उत्पन्न होता है। समस्त जगत इसके सुंदर रूप का सुबह-सुबह ध्यान करता है। ब्रह्मशक्ति युक्त इस देवी का वाहन हंस है। यह देवी विश्व को जागृत करती हैं और हाथों में कुश और अमृत धारण किए हुए हैं। जब रात्रि के समय शक्ति क्षीण हो जाती है तब प्रातःकाल यह देवी कर्म-गति को चैतन्य कर देती हैं। द्वितीय देवी अत्यंत भास्वरा और हिरण्मयी हैं। यह प्रेम का उद्भव करने वाली हैं और कर्म सूत्र का विधान करती हैं। सारा जगत इस सुंदर देवी की अर्चना करता है। यह देवी अति सुंदर रूप वाली हैं। विष्णु-शक्ति-युक्त यह वैष्णवी देवी गरूड़ासन पर विराजमान होती हैं और इस देवी के हाथों में शंख, चक्र, गदा और कमल का फूल सुशोभित होता है। प्रेम के सूत्र में और महा-आनंद-दायिनी यह देवी जगत को संचालित करती हैं। तीसरी देवी धूम्रवर्णी और अत्यंत मनोहर हैं। सारे संसार की सृष्टि को यथाशक्ति प्रकाशित करती हैं। समस्त जगत इस मनोहर देवी का संध्या के समय ध्यान करता है। ऐसे स्वरूप की यह देवी महेश्वरी के नाम से जानी जाती है। इस देवी का वाहन सफेद बैल है। इनके हाथों में त्रिशूल है जिससे वह दुष्टों का विनाश करती हैं। यह सारे जगत को शांति प्रदान करती हैं।

ब्रह्मवाक्य, अर्थात् वेदों, अर्थात् सामवेद, ऋग्वेद, यजुर्वेद और अथर्ववेद का उद्भव ब्रह्मा जी की नासिका से हुआ है। इसी तेज से ही चारों वेदों का उद्भव हुआ है। इन वेदों में सामवेद ब्रह्मा जी के पूर्व दिशा के मुख से निकला, उत्तर मुख से ऋग्वेद निकला, दक्षिण मुख से निकला अथर्ववेद, पश्चिम मुख से निकला यजुर्वेद, गायत्री छंद के वेग से ब्रह्मवाक्य वेद पूरी सृष्टि पर फैल गए। इसी क्रम में छः छंद प्रकाशित किए गए हैं। गायत्री छंद आठ अक्षरों और तीन पदों से युक्त है। गायत्री छंद के इस रूप को ऋषि-कुल में पूजा जाता है। इस प्रकार वर्णित यह गायत्री छंद आठ अक्षरों और तीन पद का है। चौबीस अक्षरों वाले इस छंद का सर्वत्र और हमेशा स्मरण किया जाता है। देव-कुल में इस देवी की पूजा अन्य रूप में की जाती है। यह दिव्य गायत्री चार पद और छः अक्षरों की है। देव और ऋषियों द्वारा दो अलग-अलग गायत्री छंदों की पूजा की जाती है। अट्ठाइस अक्षरों वाला यह छंद गायत्री जाति का ही उष्णिक छंद है। दो प्रकार के उष्णिक छंदों की गति की यहाँ समीक्षा की जाती है। कभी आठ अक्षरों के पद की और कभी छः अक्षरों के पद की पूजा की जाती है। आठ अक्षरों के पद की पूजा ऋषिगण करते हैं। बत्तीस अक्षरों और चार पदों वाला यह अनुष्ठुभ छंद है। इसके पश्चात् छत्तीस अक्षरों वाला वृहति छंद है और इसके बाद चालीस अक्षरों वाला पंक्ति छंद होता है, जिसके चार पद होते हैं - प्रत्येक पद में दस अक्षर होते हैं चौवालीस अक्षरों वाले छंद को त्रिष्ठुप छंद कहा जाता है। जगति छंद के नाम से जाने वाले पद में अड़तालीस अक्षर व चार पद होते हैं। प्रत्येक पद में चार छंद होते हैं, किंतु अक्षरों की संख्या भिन्न-भिन्न होती है। अनुष्ठुभ छंद से लेकर जगति छंद तक चार पद वाले सारे छंदों की पूजा ऋषिगण करते हैं। इन सबमें प्रथम अनुष्ठुभ छंद है, जिसे सबसे अधिक महत्वपूर्ण बताया गया है। इस छंद के अति-तीव्र तेज से सारे जगत की सृष्टि प्रकाशमान होती है, यह सर्वाधिक तेजयुक्त शक्तिशाली छंद कविकुल को सर्वाधिक प्रिय है।

गायत्री-कुल के छः छंदों से ही प्राचीनकाल में चारों वेदों का उद्भव हुआ है। ब्रह्माक्षर के नाद के अति-तीव्र तेज से ही सूर्य प्रकाशित हुआ है।

श्रीमद् देवायण के प्रथम खंड ब्रह्मकल्प में देव मंडल के अंतर्गत काव्य समारंभ वर्ग में गायत्री आदि छंदों का वर्णन नामक द्वितीय संवर्ग का समापन।

।तीसरा संवर्ग।

पिंगल कवि द्वारा नए कल्प के अवतरण के लिए अनुष्ठुभ छंद के आलोक में नई सृष्टि को प्रकाशित किया गया है। इसी क्रम में सतयुग, त्रेता, द्वापर तथा कलि कालों की रचना हुई। कलियुग के अंत में इन कालों की पुनर्रचना होती है। पिंगल महेश्वर ने बताया कि हम अभी संधिकाल से गुजर रहे हैं। जटाजूट और राख मंडित भगवान शंकर मानवता को पशुवत जीवन से बचाने के लिए अवतरित हुए हैं। दिव्य कवि पिंगल महेश्वर साक्षात् अवतरित होते देख कर जगत-सृजक कश्यप ऋषि हतप्रभ रह गए। पिंगल कवि कश्यप ऋषि को अपनी गंभीर वाणी में कहने लगे - हे महान विद्वान कश्यप, मैं इस काव्य का निरूपण इस स्थान पर करना चाहता हूँ। कृपया अपने इस अनुयायी को तप तेज प्रदान करें, क्योंकि यह व्यक्ति देवों के प्रति श्रद्धा-परायण है और वेदों का जानकार भी है। महाकवि पिंगल ने यह सभी वाक्य अनुष्ठुभ छंद में कहे - जब यह काव्य बाहर आया तब सृष्टि के तीनों लोक काँपने लगे और तभी देवायण का अवतरण हुआ। ध्यानपूर्वक सुन रहे कश्यप ऋषि को भगवान शंकर ने जब यह काव्य सुनाया और कहने लगे कि, हे ऋषि, यह व्यक्ति अपूर्व तेजस्वी एवं सत्य का प्रकाशक है। हे महासृजक कश्यप, देवों के जन्म के साथ कालचक्र घूमेगा और नए युग का उद्भव होगा। देव-कार्यों को प्रकाशित करने के लिए यह कालचक्र घूमता रहता है। अब मैं सारी सृष्टि के चार युगों का वर्णन करता हूँ। देवों की बुद्धि के अनुसार चलने वाले स्वर्णयुग से लेकर महा-अंधकारमय कलिकाल तक चार युग होते हैं। कलिकाल के बाद पुनः सत्ययुग की स्थापना होगी जिसमें, जिस प्रकार दिये की लौ बढ़ती है उसी प्रकार दैव-बुद्धि भी दिनों-दिन बढ़ती जाएगी तब इस विशाल ग्रंथ का स्मरण

कर सारी सृष्टि इससे समन्वित होगी। दैव काल आने के क्रम में शनैः-शनैः अंधकार समाप्त होता जाएगा। सारी सृष्टि में स्वर्णयुग स्थापित हो जाएगा। इसके बाद अंधकार समाप्त हो जाएगा। यहाँ मैं इस ग्रंथ को देवायण नाम दे रहा हूँ। इस ग्रंथ में चारों युगों का पूर्ण वर्णन है, इस युग के बाद पुनः सत्ययुग आएगा। इसे देवायण कहा जाएगा और इसमें सभी विषयों का विधान किया गया है।

सर्वप्रथम सत्ययुग प्रकाश में आएगा और इसके दर्शन करके इसमें निहित तथ्यों को स्थापित करना है। इसमें बारह खंड हैं, प्रत्येक खंड में एक हजार पृष्ठ हैं। इसमें एक लाख से अधिक श्लोक प्रकाशित किए गए हैं। चार युगों में वर्णित सृष्टि को इसमें क्रमानुसार बताया गया है। हे ऋषि, अनंत आकाश में देखिए, देवायण देदिप्यमान है। इसमें दिए गए सभी तथ्यों का क्रमानुसार वर्णन है। देखिए, चारों दिशाओं से चारों वेद इसमें समायोजित हैं। ऋग्वेद पूर्व दिशा में, यजुर्वेद पश्चिम दिशा में, सामवेद उत्तर दिशा में और अथर्ववेद दक्षिण दिशा में है। इसके अतिरिक्त, आकाश में जितने भी ग्रह-नक्षत्र हैं, उनकी, और करोड़ों नीहारिकाओं, तारामंडल, ग्रहों और उपग्रहों को भली प्रकार देवायण में चित्रित किया गया है, इन सब के मध्य चन्द्र और सूर्य, दोनों को स्थापित किया गया है। देखिए, वहाँ महाकाव्य देवायण भी चमक रहा है। सूर्य के समान तेजस्वी सूर्यवंश का आख्यान महाकाव्य रामायण है। महाकाव्य रामायण में राम की कीर्ति का व्याख्यान किया गया है। नरों में श्रेष्ठ रूप में भगवान राम को बतलाया गया है जो स्वयं भगवान विष्णु का ही स्वरूप हैं जिनमें तेज, अतुल्य बलशालिता, वीरता और समस्त भूभाग पर श्रेष्ट कीर्ति का समावेश है।

पृथ्वी पर इसके बाद आता है, चन्द्र के समान दीप्त, चन्द्रवंश। महाभारत ग्रंथ में श्रीकृष्ण की कीर्ति का बखान किया गया है। इस धरा पर कृष्ण श्रेष्ठ नर के रूप में चित्रित किए गए हैं और उनकी श्रेष्ठ बुद्धि, कौशल तथा कीर्ति का वर्णन किया गया है। पुरुषोत्तम विष्णु ही मानव रूप में धरणी पर अवतरित हुए हैं, सभी लोकों ने माना है कि श्रीकृष्ण देवतुल्य तेजस्वी और शक्तिशाली चरित्र के स्वामी हैं। इसके अतिरिक्त, अनेक पुण्य जीवनों को आकाश में स्थित तारा मंडलों के

तारों के समान स्थापित किया गया है, जिनका वर्णन इन बारह खंडों, और प्रत्येक खंड में एक हजार से अधिक पृष्ठों में किया गया है। देवायण महाकाव्य अनुष्ठुभ छंद में लिखा गया है जिसकी वाणी की तुलना मेघों से की जाती है और यह वाणी कभी कम और कभी अधिक होती रहती है। देवायण में अनेक स्थानों पर अन्य छंदों का भी उपयोग किया गया है। जिस प्रकार आकाश के आश्रय में पृथ्वी पर दिन और रात होते हैं उसी प्रकार देवायण में भी चारों युगों का वर्णन है। सतयुग दिन के रूप में है, जहाँ देव सूर्य के रूप में अपनी आभा फैलाते हैं। कलियुग रात्रि के रूप में है, जहाँ सब-कुछ अंधकारमय है। इसके मध्य में दो और कालों का क्षेत्र विभाजन किया गया है। त्रेता संध्याकाल के रूप में, और अर्धरात्रि के बाद द्वापर बताया गया है। अत्यंत मनोहर एवं दिव्य ऊषाकाल से रात्रि का अंधकार दूर हो जाता है। ऊषाकाल में समस्त जीव-जगत में चेतना का संचार होता है और सूर्यदेव के दर्शन होते हैं। देवायण महाकाव्य अत्यंत अद्भुत और सर्वाधिक मनोहर है। यह बात स्वयं जगत के सृजनकर्ता ने कही है। देवायण के अवतरण को देखते हुए महाकवि पिंगल अत्यंत हर्षित हुए और ऋषि कश्यप से कहने लगे, हे ऋषि, इस ग्रंथ के नभमंडल पर स्थापित होने का दृश्य आप स्वयं अपने नेत्रों से देखिए।

काव्य के छोटे और बड़े छंदों में देवायण की सृष्टि आकाश पर स्थापित होने के नए दृश्य को कश्यप ऋषि अपलक नेत्रों से देख रहे थे।

देवायण महाकाव्य के प्रथम खंड ब्रह्मकल्प में देवमंडल के अंतर्गत काव्य समारंभ वर्ग में काव्य प्रकाश वार्ता नामक तृतीय संवर्ग का समापन।

।चौथा संवर्ग।

कवि पिंगल के ऐसे वाक्य सुनकर कश्यप ऋषि महाकवि पिंगल से कहने लगे, हे पिंगल कवि, यह महाकाव्य अत्यंत बृहद् है। इसे

अभिव्यक्त करना असंभव है। मानव की आयु अधिक से अधिक सौ वर्ष है। यह आयु इस बृहद् कार्य के लिए बहुत ही कम है। हे कवीश्वर, मुझे बताएँ कि हम किस प्रकार इस महाकाव्य को प्रकाशित कर सकते हैं। यह सुनकर महाकवि पिंगल ने जगत सृजक कश्यप से कहा, आप मेरी बात ध्यान से सुनिए। यह काल कम नहीं है। मैं काल को संक्षिप्त कर दूँगा। देवायण में बारह हजार से अधिक पृष्ठ हैं। आप स्वयं अपनी आँखों से देखिए कि किस प्रकार इस कार्य को प्रकाशित किया जा सकता है। आप स्वयं अवरोध दूर करने की शक्ति प्रदान करने वाले हैं। यदि दस पृष्ठ भी प्रतिदिन लिखे जाएँ, तब यह कार्य संपन्न किया जा सकता है। आप जरा संख्या पर विचार कीजिए, दस पृष्ठ प्रतिदिन के अनुसार, चूँकि माह में तीस दिन होते हैं, इसलिए प्रतिमाह तीन सौ पृष्ठ लिखे जा सकते हैं। तीन महीने और दस दिन में एक हजार पृष्ठ लिखे जा सकते हैं। अब जरा इस संख्या को बारह महीनों से गुणा करके देखिए कि कितना होता है? हे विश्व के सृजनकर्ता कश्यप, देवायण के इस पूरे कार्य के प्रकाशन में तीन वर्ष और चार माह लगेंगे।

कश्यप कहने लगे, काल को संक्षिप्त करने के लिए यह विचार अच्छा है, परंतु हे कवीश्वर, इस मार्ग में भी अनेक दुष्कर कठिनाइयाँ आएँगी। तीन साल और चार महीने तक किसी व्यक्ति का एक ही आसन पर बैठे रहना असंभव है। व्यक्ति को अनेक प्रकृतिजनित कार्य करने होते हैं। जैसे भूख-प्यास की पीड़ा से निपटने के लिए और अपने प्राणों को बचाए रखने के लिए अन्न-जल ग्रहण करना भी अति आवश्यक है। यह सुनकर महाकवि पिंगल कहने लगे, हे जगत-सृजक, आपने जो छब्बीस हजार वर्ष की तपस्या की है, उस तपस्या से आप इसे संभव कर सकते हैं। आपकी इस तपस्या के तेज में महाशक्ति है जिसके कारण आप स्वयं प्रकाशवान हैं। आप अपने तेज के प्रभाव से इस व्यक्ति के सभी दुःखों को हर सकते हैं। यह व्यक्ति एक ही अवस्था में और एक ही आसन में बैठ कर इस काव्य के बृहद् कार्य को बहुत जल्द ही पूरा कर सकता है। इसके उपरांत भी इस व्यक्ति का चित्त प्रत्येक क्षण, अधिकाधिक हर्षित रहेगा और दिनों-दिन, जैसे-जैसे काव्य की धारा आगे बढ़ेगी, यह हर्ष बढ़ता ही जाएगा।

महान सृजनकर्ता ने महाकवि पिंगल से एक और प्रश्न पूछा कि क्या इस काव्य को संक्षिप्त नहीं किया जा सकता है, क्योंकि इससे पूर्व लिखे गए सभी महाकाव्य इससे बहुत छोटे हैं। पिंगल ने कहा, इस महाकाव्य में बारह गुणों के अनुसार बारह खंड निर्धारित हैं, इसी प्रयोजन को दृष्टिगत रखते हुए इस वाक्यावली को चुना गया है। कश्यप ने पुनः कहा - हे महान कवि, इसका आकार बड़ा होने के कारण मुझे संशय है कि कुछ मूर्ख लोग निश्चित रूप से इस कार्य में विघ्न और उपद्रव पैदा करेंगे। महाकवि पिंगल ने कहा, कार्य और स्थान का निर्धारण कर, वाक्यों का सुसंग्रह कर, इसमें पड़ने वाले विघ्नों का भी निराकरण किया जाएगा। आप गण-नायक गणेश जी का आह्वान करें जो वाक-सिद्धि प्रदान करते हैं। ऐसे सिद्धिदाता गजानन का आह्वान करने के लिए आपको कुछ क्षण लगेंगे। श्री गणेश के आह्वान से ही सारे समाधानों को प्राप्त किया जा सकता है, ब्रह्मणस्पति गणेश जी की उपस्थिति ही पर्याप्त है। उन्होंने ही सृष्टि को प्रकाशित किया है। वाक्यों के आयोजन के लिए गणेश जी का प्रभाव ही पर्याप्त है। यह काव्य एक सुसंग्रह के रूप में शीघ्र प्रकाशित किया जाए और इसमें किसी प्रकार की विघ्न या चिंता आड़े न आए।

महाकवि पिंगल को ऐसा कह कर देवताओं के सृजक, कश्यप ने अपने मधुर स्वर में विघ्न विनायक गणेश जी का आह्वान किया - हे गणेश, ब्रह्मणस्पति, पार्वती के प्रिय नंदन, हे सिद्धिदाता विनायक, इस कार्य का शुभारंभ करने के लिए, हम आपका स्मरण करते हैं। हे गण-सम्राट, जनहित की दृष्टि से और सत्य की चेतना के लिए, हम आपका आह्वान करते हैं। आप काव्य की मूषिका पर आरूढ़ होकर तुरंत पधारें। आज के प्रत्येक व्यक्ति में देवों के अस्तित्व को लेकर अविश्वास पैदा हो गया है। अतः इस कार्य में आने वाले विघ्नों के निवारण के लिए तुरंत पधारें। कवि-कुल शिरोमणि रूद्रदेव यहाँ विराजमान हैं। हे ज्येष्ठराज, जगत के हित में हम आपका आह्वान करते हैं, आप तुरंत पधारें। आपके ब्रह्मवाक्य से तेज प्राप्त कर समस्त जगत प्रकाशवान है। आप ही वाक्य-शिल्प की बुद्धि प्रदान करते हैं जिससे चारों ओर निरंतर हर्ष की अनुभूति होती है। अक्षर ब्रह्म के दर्शन करवाएँ और

वाक्यों में पवित्रता प्रदान करें जिससे इसमें वाक्य-चातुर्य तथा अलंकारों की अच्छी तरह से अभिव्यक्ति हो सके।

ऋषि के ऐसा कहते ही मूषिका पर सवार होकर चारों हाथों में शंख, चक्र, गदा, पद्म धारण किए हुए, सभी के मन में हर्ष का संचार करते हुए गजानन अवतरित हुए। तीनों नेत्रों में करुणा का भाव और दैविक स्नेह बरस रहा था। उनका मुख मंडल महान तेज से प्रकाशवान था। शरीर प्रभात के सूर्य के समान लालिमा लिए हुए था। वे शरीर पर अनेक आभूषण और गले में दिव्य माला पहने हुए थे। श्वेत मस्तक अत्यंत सुंदर था जिसे प्रातःकाल दर्शन करने से ही पुण्य की प्राप्ति होती है। ऐसे दिव्य गजानन जी के साक्षात् दर्शन कर लेखक का सारा कलेवर हर्षान्वित हो गया और रोम-रोम सिहरित होने लगा। उन्होंने अपनी अंतर्दृष्टि से कवि-सम्राट पिंगल, देवताओं के सृजक कश्यप और पार्वती-पुत्र गणेश को साक्षात् अपने समक्ष देखा। इन सभी को देख कर लेखक का रोम-रोम हर्षित हो गया। सभी लोग धन का संग्रह करने में और पुण्य को बाँटने में आस्था रखते हैं। जिस प्रकार किसी निर्धन व्यक्ति को बहुमूल्य और दुर्लभ मणियाँ मिलने पर वह उन्हें संजो कर रखता है, उसी प्रकार लेखक इन पलों को संजो कर रखने लगा। एक के बाद एक, दिन, मास और वर्ष बीतते गए। परंतु थकान और आलस्य के लिए कोई भी स्थान नहीं था। देवताओं की इस पुण्य वार्ता को विस्मयपूर्वक सुनते हुए मेरा हृदय केवल आश्चर्य और महान आश्चर्य से प्रभावित था। इन वाक्यों का संग्रह करते हुए इस महान महाकाव्य में अभिव्यक्त किया गया है।

इस हेतु देवों के सृजक कश्यप और पिंगल कवि ने समवेत स्वर में गणेश जी का आह्वान किया तब सफेद हाथी के सिर वाले सिद्धिदाता प्रातः स्मरणीय श्री गणेश प्रकट हुए।

देवायण महाकाव्य के प्रथम खंड ब्रह्मकल्प में देवमंडल के अंतर्गत काव्य समारंभ वर्ग में सिद्धि प्रकाश नामक चतुर्थ संवर्ग का समापन।

-काव्य समारंभ वर्ग का समापन-

।।पिंगल गणपति संवाद वर्ग।।

।पहला संवर्ग।

गणेश वचन

हे कवियों में श्रेष्ठ पिंगल, मुझे शीघ्रतापूर्वक बताइए कि आपने मुझे किस प्रयोजन से यहाँ बुलाया है। कौन सा ऐसा कार्य है, जिसकी सिद्धि के लिए मुझे विघ्नों का नाश करना है?

पिंगल वचन

हे गजानन, एक क्षण के लिए इस सृष्टि का निरीक्षण कीजिए, क्या यह वही सृष्टि है जिसका सृजन हमने श्रमपूर्वक किया था? इसके बाद प्रलय आएगा और सारी सृष्टि का विध्वंस हो जाएगा। सारे प्राणी असहाय हो जाएँगे। कोई भी ऐसा क्षेत्र नहीं बचेगा जहाँ तरंगें उथल-पुथल नहीं मचाएँगी। फिर सारे भूमंडल में ऊँकार नाद सुनाई पड़ेगा। एक अत्यंत तीव्र प्रकाश से सारी पृथ्वी आच्छादित हो जाएगी। इस तेज से हम भी युक्त हो जाएँगे। सारी कलुषता पलायन कर जाएगी और यह महासृष्टि जीवों से परिपूर्ण हो जाएगी। नयी सृष्टि को स्थापित करने में, केवल सत्य ही प्रकाशवान होगा। इसी कारण, हे विघ्नों का नाश करने वाले गणपति, आप अपना कार्य-भार संभालिए। हे गणपति, आप इस लेखक में ऐसी ज्योति जलाइए जिससे इसके अस्पष्ट मन में उभरते वाक्यों को देवायण की रचना में सुस्पष्ट वाक्यों में परिवर्तित किया जा सके। आप अपनी उत्तम कांति से, वर्तमान में जो किसी भी रूप में नहीं है, उसे एक रूप प्रदान करें। देवायण को शिल्पबद्ध करने के लिए यथा-वांछित ध्वनि छंदों को प्रतिष्ठित करें। इसके बाद जगत और देवताओं के सृजक कश्यप ने देवायण को प्रकाशित करने की इच्छा जताई। पिंगल कवि की बातों को गजानन जी ने ध्यानपूर्वक सुना। उसके बाद देवों की रचना करने वाले महान ऋषि कश्यप कहने लगे-

कश्यप वचन

सृष्टि की रचना के लिए मेरी पुरानी स्मृति के अनुसार जो कार्य किए जाने वाले हैं, उसी क्रम में, हे गजानन, आप इसे देखिए और कार्य आरंभ कीजिए। मनुष्यों का, देवताओं और असुरों ने विभाजन कर दिया है। इसलिए, हे विनायक जी, आप यह कार्य आरंभ कीजिए। जो कार्य पहले किए गए हैं, अब भी उन्हें ही करना है, जिससे देवायण में बताए गए भविष्य का प्रकाशन हो सके।

गणेश वचन

हे जगत के सृजक, हे देवों के पिता कश्यप जी, मैं आपको प्रणाम करता हूँ, आपकी इच्छा के अनुसार, हर काल में सारी सृष्टि प्रकाशित होती रहती है। आज आप अपनी इच्छानुसार नई सृष्टि को अभिव्यक्ति दे रहे हैं, और इस कार्य को मैं ग्रहण करता हूँ। हे दिव्य कवि पिंगल, कृपया मुझे बताइए कि इसके बाद क्या हुआ?

पिंगल वचन

हे विघ्नविनाशक, नए काल का आरंभ होने पर समस्त भूमंडल पर ऊँकार का नाद सुनाई दे रहा है और गायत्री मंत्र सुनाई पड़ रहा है। इसके प्रबल प्रकाश से देवायण प्रकाशित है। इस श्रेष्ठ युग सत्ययुग के अधिपति देव को स्थापित करने के बाद पुनः चारों युगों का आवर्तन होगा। इसी उद्देश्य के लिए देवायण का प्रकाशन किया गया है। फिर से वेदों के तेजस्वी वाक्य हर जगह सुशोभित होंगे। आप स्वयं देखिए, देवायण के परमाक्षर उन्हें प्रतिष्ठित करेंगे। चारों वेदों की धारणा के अनुसार सत्य स्थापित होगा। जैसा कि देवों ने शास्त्रों में कहा है, जगत की रचना का उद्देश्य सत्य को स्थापित करना है। देव-स्मृति की चेतना से, एक श्रेष्ठ युग की स्थापना होगी। जिस प्रकार ऊषा की सुंदरता से देवों में तेज उत्पन्न होता है, उसी प्रकार ऊषा सारी सृष्टि को चैतन्य प्रदान करती है और विश्व में प्रेम का आगमन करती है। इस सत्य युग में चारों वेदों का जाप होता है और सारे ऋषि देवों के साथ मिलकर ईश्वर की वंदना करते हैं।

सत्ययुग के आगमन पर चंचल ऊषाकाल में वेद-समूह प्रतिदिन विराजमान होते हैं, उसी प्रकार मधुराग से निद्रा में निमग्न मानव समूह की चेतना जाग्रत होने लगती है।

श्रीमद् देवायण के प्रथम खंड ब्रह्मकल्प में देवमंडल के अंतर्गत पिंगल गणपति संवाद वर्ग में काव्य निर्देश नामक प्रथम संवर्ग का समापन।

।दूसरा संवर्ग।

गणेश वचन

हे स्रष्टा, यह सारा दृश्य मुझे किस लिए दिखाया गया है? इसमें बताया गया है कि यह जगत एक दिन इन भीषण परिस्थितियों से गुजरेगा जिसमें जगत का प्रलय हो सकता है, उसके बाद, सत्ययुग में ऊषा के उद्भव से दिव्य प्रकाश फैल जाएगा और महा-आनंद की अनुभूति होगी।

पिंगल वचन

हे गजानन, इस समय हम इन दो कालों की समीक्षा करेंगे। पहले सर्वश्रेष्ठ सत्य काल है जिसमें सभी कार्य वेदों के तत्वों के अनुसार होते हैं। सबसे नीचे कलिकाल नामक भयंकर दुराशय-युक्त काल है, जिसमें बुरे कार्यों की अधिकता से सृष्टि का विनाश होगा। इस काल में विश्वदेव फिर से अचेतन अवस्था में होंगे। प्रत्येक जीव अत्यंत चंचल होगा और समुद्र क्रोध से उबल रहा होगा। सारी सृष्टि समुद्र की तरह ही विचलित होगी और दूसरी ओर विश्वदेव मोह की निद्रा से प्रभावित अचेतन अवस्था में हैं। इसलिए देव ने ऊषा को धरती पर भेजा जिससे विश्वदेव में चेतना जागृत की जा सके और देवों तथा सत्य की स्थापना के लिए एक नई सृष्टि की रचना की जा सके। विश्वदेव को स्पर्श करते हुए ऊषा ने अत्यंत मधुर स्वर में कहा, हे देव। ऊषा के प्रेम भरे शब्द कानों में पड़ते ही विश्वदेव जाग गए।

गणेश वचन

इस कल्प का आरंभ कब होगा और इसमें कितने वर्ष लगेंगे? हे युगों के अधिपति, मुझे यह भी बताइए कि कल्प के आरंभ के बाद में सत्यदेव की क्या स्थिति होगी? विश्वदेव की अचेतन अवस्था का कारण क्या है? हे महान कवि, जागृति से आपका क्या प्रयोजन है? हे महात्मा, मैं सृष्टि के रचयिता, पितृतुल्य कश्यप जी के चरणों में बार-बार नमन करता हूँ। कृपया मुझे यह भी बताइए कि मुझे अब तक इस बात का ज्ञान क्यों नहीं है?

पिंगल वचन

हे सती-पुत्र, मैं आपको इन तथ्यों की जानकारी देता हूँ, कृपया ध्यानपूर्वक सुनिए। एक कल्प में चार युग होते हैं। क्रमानुसार सतयुग, त्रेता, द्वापर आते हैं। सत्यदेव कालचक्र छोड़ कर विलीन हो जाते हैं। इसके बाद जो युग आता है, उसमें सत्य का महत्व समाप्त हो जाता है। इस चौथे युग को कलियुग कहते हैं। यह युग अंधकारमय होता है और समस्त जीव अंधकार से प्रभावित होते हैं। इस काल में तेज नष्ट हो जाता है और जगत में फिर प्रलय आता है। यह ऐसा समय है जब विश्वदेव, जो जगत के संचारक हैं, काल के गर्भ में सोये हुए हैं। सभी तीनों लोकों में सत्य के प्रति महान भ्रांति पैदा हो जाती है। नित्य-प्रति, व्यक्ति आपस में झगड़ते हैं और हर व्यक्ति मोह माया से ग्रसित होता है। इसलिए अधर्म प्रबल रहता है और आसुरी शक्तियाँ बलशाली होने लगती हैं। इस धरा पर मानव, जो देवताओं के समान है, भ्रमित हो गया है। मोह से ग्रस्त होकर हर व्यक्ति दुःखी हो रहा है और उधर जगत के पालनहार सुप्त पड़े हुए हैं। शासन दानवों के हाथ में है और देव दुःखी हैं। यद्यपि जगत के सृजनकर्ता चिंतायुक्त हैं, तथापि वे शक्ति के मोह का खेल देख रहे हैं। महामाया ने जगतपति को स्थिति के बारे में कहा कि संसार में जिस प्रकार के कार्य हो रहे हैं उन्हें देखते हुए सभी आपका स्मरण कर रहे हैं। हे जगद्धात्री आप अपनी कृपा का दान कर इस जगत को बचाइए। इस काल में शक्ति के साथ-साथ तीनों लोक सम्मोहित हैं। इसी अभिप्राय से, हे गणाधिपति, आपको बुलाया

गया है क्योंकि आप ही शक्ति के पुत्र हैं और आप में ही सारे देवों का समन्वय है। दुष्ट काल के प्रभाव से इस कल्प की स्मृति खो चुकी है। जगत के उद्धार के लिए मैं जगत के ऊपर हूँ और नित्य ऊँकार का नाद करता हूँ। लेकिन फिर भी इससे काल का बल प्रभावित नहीं होता है। कृपया आप स्मरण कीजिए और बताइए कि आपकी पुरानी स्मृतियाँ क्या हैं? जिससे देवों का दुःख हरण करने के लिए निद्रामग्न जगतपति को चैतन्य किया जा सके।

विश्व का जीवन अंधेरे में है और इस काल ने अपने मोह से जगतपति की चेतना को हर लिया है। पिंगल कवि ने इस प्रकार बताया कि ऊँ ध्वनि का नित्य जाप करने से ही कलिकाल समाप्त हो जाएगा।

श्रीमद् देवायण के प्रथम खंड ब्रह्मकल्प में देव मंडल के अंतर्गत पिंगल गणपति संवाद वर्ग में कालस्मृति नामक द्वितीय संवर्ग का समापन।

।तीसरा संवर्ग।

गणेश वचन

हे महाकवि, कृपया मुझे बताइए कि जगत के सृजक और प्रजापति, कश्यप, ऋषिगण और इंद्र सहित अन्य देवताऔं तथा कुबेर की कल्प के अंत में क्या परिस्थिति होगी? हे प्रभु, मुझे यह तथ्य सुनने में अत्यंत अद्भुत् और विचित्र लगता है कि वर्तमान कल्प समाप्त हो जाएगा और पुनः देवताओं और ब्रह्म विद्वानों का उदय होगा।

पिंगल वचन

यह तो सत्य है कि युगों का बदलना कालचक्र के घूमने पर निर्धारित है। एक के बाद एक चार युग आएँगे। इस युग के बाद सृष्टि पर सबसे पहले सत्ययुग आएगा और उसके बाद त्रेता युग। इस सृष्टि के द्वापर में आने तक योगनिद्रा फैल जाएगी। देवों के शरीर प्रभावित होंगे और

जगतपति निद्रामय हो जाएँगे। कलियुग मोह-माया से ग्रसित होगा। इसका कारण यह है कि इस युग में मोह बढ़ता जाएगा। हे गणपति, इस विश्व के समस्त देव मोह से ग्रसित हो जाएँगे। सूर्य का तेज कमल जैसे नयनों में रहेगा। जैसे हमारी जिह्वा में अग्नि-तत्व है, नासिका के दोनों छिद्रों में पवन तत्व विद्‌यमान रहेगा। कंठ में सिद्धि, अर्थात् हे गणाधिपति - आप विराजमान होंगे। दोनों कानों में दिग-दिगंत रुद्र का वास होगा और मस्तिष्क में बृहस्पति तथा हृदयस्थल में चंद्र का निवास होगा। बाईं भुजा में स्कंद स्थित हैं। दक्षिण भुजा में मित्र-वरुण का निवास स्थल है और नाभिपद्म में विष्णु का निवास है। उपस्थ में यम देवता, जंघाओं में दोनों अश्विनी कुमार और दोनों पदों में महाशक्ति नित्य विराजती हैं। सिर के ऊपर भगवान शंकर की आभा होती है, जिससे विश्व में तेज का प्रसार होता है। सातों ऋषि काल-शैय्या पर पड़े हुए हैं। नए कल्प के आह्वान के लिए और घनघोर अंधकार के विनाश के लिए इस विश्व को प्रचेतन करने के लिए, सत्यदेव, जो युगपति हैं, आएँगे। सौचिक ऋषि ने हवन की अग्नि की समिधा ब्रह्म सागर के पास आरंभ कर दी है और ऋषि-कुल वहाँ आकर सत्य को प्रकाशित करने वाले हैं। उससे जो तेज उत्पन्न होगा, उससे पूषादेव दैत्यों का विनाश करेंगे। अंधकार के आधिपत्य पर विजय कर नक्त को पराजित करेंगे। सत्य की शक्ति बाहर आएगी और विश्व के चारों ओर फैल जाएगी। हे गणपति, इस स्पर्श से विश्व का कलेवर बदल जाएगा। हे शिव-नंदन, यह सत्य काल होगा और सत्य का एक नया सूर्योदय होगा जिसमें सभी ऋषिगण और देवगण फिर से जाग्रत हो जाएँगे।

गणेश वचन

हे प्रभु, मुझे अत्यंत आश्चर्य हो रहा है कि समस्त विश्व किस प्रकार निद्रायुक्त हो गया था? साथ ही, इंद्र कहाँ चले गए थे? कृपया मुझे यह भी बताइए कि दानवों का उद्भव किस प्रकार हुआ? मुझे आपने पहले बताया कि ईश्वर योगनिद्रा में चले गए हैं, सारे दानव बलशाली हो गए हैं और युद्ध में विजयी हैं। अब बताइए कि मधुसूदन किस प्रकार निद्रा में गए, किस कल्प में विष्णु जागृत होंगे।

पिंगल वचन

हे गणेश, ध्यान से सुनिए। इस कल्प के तीन युग समाप्त हो गए हैं। हे गजानन, तीन युगों का एक देवकल्प होता है। इन तीन देव-कल्पों का एक मन्वंतर होता है। तीन मन्वंतरों से एक ब्रह्म-कल्प होता है। ब्रह्म-कल्प बृहद् है और इसे चार भागों में विभाजित किया जाता है। सबसे पहले ब्रह्म-कल्प, उसके बाद विष्णु-कल्प तथा फिर, रूद्र-कल्प, और अंत में, योग-कल्प, जो पिंगल का होता है। तीसरे कल्प में दैत्यों का उद्भव होगा। हे गणेश, चौथे कल्प के आने पर देवों का उद्भव होगा। जब सारे देवतागण निद्रा की स्थिति में होंगे वह रूद्र कल्प है, जिसमें देवतागण मोहग्रस्त हो जाएँगे। रूद्र- कल्प के समाप्त हो जाने पर और योग-कल्प के आरंभ में देवतागण जागृत होंगे। सत्यकाल के आरंभ के साथ ही विश्व की स्मृति का जागरण होगा। इन सारे मन्वंतरों में बार-बार चार युग आते हैं। इन युगों में स्मृति चैतन्य होती है। रूद्रकल्प के आरंभ में महाबलशाली मधु कैटभ का उद्भव हुआ, अंत में मंद्र भैरव और बीच में हव्य गौरव हुए। हे ब्रह्मणस्पति, कल्प के अंत में, और सतयुग के आरंभ में, सभी जानते हैं कि विष्णु जागृत हुए। महामाया के प्रभाव से निद्रामग्न प्रभु के नाक, कान और तन के मैल से दानवों का उद्भव हुआ। दैत्य समुदाय ने चारों ओर अपनी विनाशलीला दिखाई और ब्रह्म के सर्वनाश के लिए सदैव तत्पर रहे।

इस समय ब्रह्मा जी ने महामाया सुरेश्वरी का ध्यान किया, हे देवी महामाया, आप ही मोह को उत्पन्न करने वाली महासुरी देवी हैं। हे देवी महामाया, आप यज्ञ में पड़ने वाली स्वाहा-समिधा हैं और आप ही नित्य उच्चारित मंत्रों की देवी हैं। हे देवी, आप ही ने सावित्री का रूप धारण किया है। आप ही ने सृष्टि के कालचक्र को गति प्रदान की है, आप ही भाषा की मात्रा अनुस्वर आदि हैं। आप ही ने त्रिधा-मात्राएँ और ध्वनि स्वर के तीन अक्षरों को मिलाकर एक अक्षर बनाया है। हे योग-निद्रा महादेवी, विसर्ग का विलय भी आप ही में है। दैत्यों के आक्रमण से इंद्र पराजित हुए तब जगत आत्मा जगतपति की रक्षा की चिन्ता में ब्रह्मा भयातुर हो गए। आप महाशक्ति के रूप में प्रतिष्ठित हैं। ब्रह्मा भी

आपको जपते हैं। विष्णु भी आपको जपते हैं और आप महाबलशाली दैत्यों का विनाश करती हैं। जब प्रभु विष्णु निद्रागत थे और शैय्या पर सो रहे थे, तब इंद्र और कुबेर उनकी रक्षा में उनके साथ खड़े रहे। जब दानव निद्रागत विष्णु पर घात करते थे तब दानवों से विष्णु की रक्षा करने के लिए दक्षिण की ओर भुजा में वज्र धारण किए इंद्र वहाँ विद्यमान थे। दानवों ने इंद्र पर आक्रमण करते हुए उन्हें पराजित किया और फिर उन्होंने कुबेर को पराजित किया।

गणेश वचन

हे त्रिकाल के ज्ञाता कविवर, मुझे बताइए कि मन्वंतर कैसे होते हैं? विष्णु के कान और तन के मैल से मधु कैटभ का उद्भव कैसे हुआ? किस काल में दैत्य विष्णु के नाक के मल से उत्पन्न हुए? ऐसे दुराग्रही दैत्यों का जन्म कैसे हुआ, जो सृष्टि के विनाश के लिए सदैव उद्यत रहते थे?

पुराणों में बखान किया गया है कि केशव के कान से मधु और कैटभ, दोनों ने एक साथ जन्म लिया था। इसी प्रकार शरीर और नाक से जन्मे दानव ने पूर्व कल्प का विनाश किया था।

श्रीमद् देवायण के प्रथम खंड ब्रह्मकल्प में देव मंडल के अंतर्गत पिंगल गणपति संवाद वर्ग में दानव उद्भव वार्ता नामक तृतीय संवर्ग का समापन।

।चौथा संवर्ग।

पिंगल वचन

जैसाकि पहले बताया गया है, कल्प की गति का निर्णय त्रिधा संज्ञा द्वारा किया जाता है। इसमें कहा गया है कि एक कल्प में तीन युग होते हैं तथा तीन कल्पों का एक मन्वंतर होता है, उसके बाद बताया गया है कि आठ मन्वंतरों का एक ब्रह्मकल्प होता है। नौवें मन्वंतर में

सृष्टि के पालनहार स्वयं सुप्त अवस्था में रहे। वे पूर्ण योगनिद्रा में आत्म-विस्मृत हो जाते हैं। इसी कारण जगत में दिव्य ज्ञान समाप्त हो गया। एक बार दिव्य कल्प में, जब प्रभु योगनिद्रा में थे तब उनकी नाक की मैल से मंद्र-भैरव उत्पन्न हुए। यह विष्णु कल्प की पुरानी स्मृति है। मंद्र-भैरव के उत्पन्न होते ही एक तीव्र विस्फोटक ध्वनि पैदा हुई और अत्यंत भयानक गर्जना करते हुए मंद्र-भैरव चिंघाड़े, तीनों लोकों में हमसे युद्ध करने वाला कौन है? ब्रह्मा जी को पीछे खड़े देख कर मंद्र-भैरव ने दहाड़ कर कहा कि यदि सारी चर एवं अचर सृष्टि में हमारे समान योद्धा नहीं है तब हे स्रष्टा, आप ही हमसे युद्ध करो। अपनी ललकार से प्रजापति को भयभीत देख कर, अपनी उँगली से इंगित करते हुए मंद्र-भैरव ने सृष्टि के स्वामी मधुसूदन को ललकारा, हे महायोद्धा, अपनी निद्रा त्याग कर हमारे साथ युद्ध करें। निद्रा से बोझिल आँखों से जनार्दन ने मंद्र-भैरव को देखा जो महाबली, वीर और बृहद्काय थे। मंद्र-भैरव ने जनार्दन को अचेतन अवस्था से उठने के लिए कहा और युद्ध के लिए आमंत्रित किया। मंद्र-भैरव ने जनार्दन को ललकारा, अपने शस्त्र उठाओ और हमारे बल को पराजित करो। तीनों लोकों में यह प्रचारित है कि गदाघात के द्वारा विनाश करने वाले सारे बलवानों में श्रेष्ट केवल हम हैं।

विष्णु के हृदय में अवस्थित योगनिद्रा महादेवी ने दैत्य के वाक्यों को सुना और गरज कर कहा, हे मूर्ख महा-असुर, तेरा उद्भव जिस स्थल से हुआ है, तू उसी से युद्ध करने के लिए तत्पर हो रहा है, क्या तू क्षण मात्र में मृत्यु चाहता है? भगवान को निद्रागत जान कर योगनिद्रा महादेवी ने स्पर्धा से प्रेरित मंद्र-भैरव से कहा, हे प्रभु के अंश मंद्र, स्थिर रहो। ऐसा कहते हुए देवी, विष्णु के हृदय को त्याग कर ब्रह्मा जी का ध्यान करने लगीं। महादेवी योगनिद्रा ने अपने मधुर स्वर में भगवान विष्णु से कहा, हे भगवन उठो और इस दैत्य का वध करो। हे जगत-स्रष्टा, इस सृष्टि के लिए उठो और इस दानव के साथ महायुद्ध करो और इस दैत्य को एक क्षण में समाप्त करते हुए सृष्टि से इसके भय को समाप्त करो। विष्णु भगवान ने शैय्या त्याग कर मंद्र-भैरव को देखा। उन्होंने तीव्र स्वर में महा-असुर को युद्ध के लिए ललकारा। विष्णु

और दैत्य में युद्ध आरंभ होने पर दोनों दैत्यों के हाथ में गदा थी और भगवान विष्णु के हाथ में सुदर्शन चक्र था। एक के बाद एक दोनों दैत्यों ने विष्णु के सिर पर गदा से प्रहार किया। हे गजानन जी, महादेवी के सहित विष्णु भी एक क्षण के लिए काँप गए। गदा का आघात सहने के बाद भगवान विष्णु ने दोनों दैत्यों पर आक्रमण किया। तीव्र आघात से, भगवान विष्णु ने दोनों गदाओं को नष्ट कर दिया। दैत्यों ने फिर गदा उठाई और जगतपति पर पुनः वार किया। दैत्य बार-बार गदा उठाते थे और विष्णु बार-बार चक्र के वार से गदाओं को नष्ट कर देते थे।

इस प्रकार युद्ध को चलते-चलते एक हजार वर्ष बीत गए। इस लंबी अवधि तक चलने वाले युद्ध के कारण प्रभु भी परेशान हो गए। विष्णु की इस परेशानी को देखते हुए, योगनिद्रा महामाया ने दोनों दैत्यों को अपनी माया से प्रभावित कर दिया। इस माया से प्रभावित होकर दोनों दैत्य दुर्बल हो गए। इस प्रभाव के कारण दोनों दुष्ट तुरंत आज्ञापालन के लिए तैयार हो गए। योगनिद्रा के प्रभाव से दोनों दानव विमूढ़ हो गए और महामाया द्वारा भ्रमित होकर दोनों दानव गर्जना करने लगे कि हम अकारण ही युद्ध कर रहे हैं। न कोई जीत रहा है और न कोई हार रहा है। यदि आप बलवान और वीर हैं तो हम दोनों का वध कर दीजिए। युद्ध में हार कर हम अपनी प्रतिष्ठा खोने की लज्जा सहन नहीं कर सकते हैं। इसलिए हमारे अधीन आकर आप सदैव सुख से रहिए। इस प्रकार के कार्य करने से आपके युद्ध की इच्छा की भी तुष्टि हो जाएगी। इस प्रकार महामाया के सम्मोहन में, घमंड से चूर होकर दैत्यों ने विष्णु से कहा - यदि आप में बल और वीरता है तो हम दोनों को युद्ध में पराजित करो, यदि आप हमारा वध नहीं करोगे तो हमारी इच्छा कैसे पूरी होगी। हमारी वीरता की परीक्षा के बिना, जय और पराजय महत्वहीन हैं। अपने बल के मद में चूर दैत्यों की बात सुनकर विष्णु ने योगमाया से वशीभूत दैत्यों से कहा - बल और वीरता की परीक्षा लेना चाहते हो? और फिर तेजी से सुदर्शन चक्र से आक्रमण किया। अपने घमंड से वशीभूत, दोनों महामूर्खों - मंद्र और भैरव ने, युद्ध किए बिना भगवान विष्णु के आगे अपने सिरों को झुका दिया। उसी समय

तुरंत अति पराक्रमी भगवान केशव ने चक्र के आघात से मंद्र-भैरव के सिरों को काट कर उनका विनाश कर दिया। विष्णुकल्प की पुरानी स्मृतियों में बताया गया है कि सतयुग के आरंभ में योगनिद्रा के प्रभाव से, विष्णु जागृत हो गए।

गणेश वचन

पूर्ववर्ती स्मृतियों को सुनकर मेरा हृदय चमत्कृत हो गया है। महान वीर और तेजस्वी जनार्दन के पराक्रम की बात सुनकर, मुझे अत्यंत विस्मय हो रहा है। कृपया मुझे विष्णु-कल्प की मधुर कथाओं की स्मृतियों को बताइए, जब भगवान निद्रामय थे तब सारे कार्य कैसे परिचालित होते थे?

पिंगल वचन

हे गणपति, पूर्व की मनोहर स्मृतियों को सुनिए। देव-कार्यों में आ रही बाधाओं को दूर करने के लिए मंद्र-भैरव का विनाश किया गया। देवों की स्तुति में यह कथा है कि भगवान की निद्रा के दौरान मंद्र और भैरव का शासन हो गया था। यह दोनों महाबली युद्ध कौशल के जानकार थे। विष्णु ने, जागरण के बाद दोनों का विनाश किया और इसलिए उन्हें मंद्रसूदन कहा गया। हे विनायक, तब तीनों लोक जागृत हो गए, सबसे पहले अग्निदेव, फिर देवों के देव इंद्र जागृत हुए और फिर पूरे विश्व में भगवान विष्णु का पूजा-ध्यान किया जाने लगा।

देव स्तुति

हे नारायण, कल्प के बीतने के बाद आप भैरव से सृष्टि की रक्षा करने के लिए जागृत हो गए हम उस नारायण का नमन करते हैं। आप महाबली हैं, अपने पराक्रम से आपने मंद्र से हमारी रक्षा की, हम सर्वेश, मंद्रसूदन, नारायण का नमन करते हैं। जब आप निद्रामग्न थे तब देवताओं ने अच्छे कार्य किए, हम सर्वादि रूप आदित्य नारायण का नमन करते हैं। हे कमलनयन, जब आप निद्रा में थे तब सारी सृष्टि अंधकार से प्रभावित थी, नारायण का नमन। आप को निद्रा में देख कर, नक्त ने कलियुग में तीनों लोकों को प्रभावित किया था, नारायण

का नमन। सतयुग में आप त्रैवृष्णु थे और अजर थे, तब भी नारायण का नमन। त्रेतायुग में जब आप राक्षसों के शत्रु महाबली राम के रूप में थे तब रत्नाकर ने आपकी पूजा की थी, श्री नारायण का नमन। द्विता युग में आप महान बुद्धिमान शासक कृष्ण के रूप में थे उस समय द्वैपायन ने आपकी पूजा की थी, नारायण का नमन। पीताम्बर और चतुर्भुजधारी भगवान विष्णु, जिनके एक हाथ में शंख, एक में चक्र, एक में गदा, एक में पद्म है, तथा गले में पुष्पों की माला है, ऐसे भगवान नारायण का नमन।

पिंगल वचन

देवताओं ने फूलों की दिव्य पुष्पांजली भगवान के चरणों में प्रदान की। दिव्य धूप जला कर चारों दिशाओं में सुगंध फैलाई। इसी के मध्य भगवान विष्णु के अद्भुत दर्शन हुए। देवों की अर्चना से प्रसन्न होकर प्रभु के होठों पर मधुर मुस्कान बिखर गई। तब भैरव के शासन की बात कही। प्रभु ने कहा, हे देवताओं आपने मुझे प्रसन्न कर, मेरे अंदर तुम्हारे प्रति प्रेम बढ़ा दिया है, इसलिए तुम्हारी इच्छा के अनुसार वर देता हूँ जिससे तुम्हारे आगे के कार्य सिद्ध होंगे।

देवताओं के वचन

अब देवताओं के लिए जो महत्वपूर्ण कार्य है उसका अनुष्ठान आपने किया है। दैत्यों का डर समाप्त हो गया है। अब आप से हम क्या कहें कि किस कार्य के लिए वर दें। केवल मर्त्यलोक की मंगल कामना के लिए ही आपसे प्रार्थना है। घोर अंधकारमय समय में मानव दैत्यों के बल से ही प्रचालित थे। तब देवतागण सोए हुए थे। देवों की स्मृति को सुरक्षित रखने के लिए आपने स्वयं मनुष्य के रूप में मंद्र का वध किया।

आपकी नाक के मैल से ब्रह्मकुल में विनाशलीला करने के लिए मंद्र-भैरव नामक दैत्य उत्पन्न हुए थे। ऐसे घोर समय में, हे योद्धा केशव, आप जागृत हुए और चक्र से दुष्ट दानवों का विनाश किया।

श्रीमद् देवायण के प्रथम खंड ब्रह्मकल्प में देव मंडल के अंतर्गत पिंगल गणपति संवाद वर्ग में मंद्र-भैरव वध नामक चतुर्थ संवर्ग का समापन।

।पाँचवाँ संवर्ग।

पिंगल वचन

देवताओं के वाक्यों को सुनकर, भैरव-शत्रु प्रभु ने कहा, हे देवगण, आपके समुचित कार्यों के लिए सदैव मेरी सम्मति है। सतयुग की स्थापना करने हेतु आप जगतमाता को प्रसन्न कीजिए, वह सत्ययुग का आरंभ करने के लिए सत्यदेव को बुलाएँगी। आप देखते हैं कि कल्प कैसे घूमता है और एक कल्प दूसरे कल्प में परिवर्तित होता है। उसी प्रकार, इस कल्प में भी, सबकी रक्षा करने के लिए देवी अपना रूप धारण करती हैं। रूद्र कल्प समाप्त होते ही ब्रह्म कल्प में दिव्य ऊषा की भोर होती है। इस स्मृति को सुरक्षित रखने की बात कह कर जगतपति विष्णु अंतर्धान हो गए।

गणेश वचन

हे महान कवि, कृपया मुझे विस्तारपूर्वक बताइए कि ब्रह्मकल्प क्या है और यह महत्वपूर्ण ऊषाकाल क्या है?

पिंगल वचन

हे गणेश, जैसाकि मैं पहले विष्णु कल्प के बारे में बता चुका हूँ - ब्रह्मकल्प उसके पहले आता है, जब संसार ब्रह्मकल्प में रहता है हे गणपति, वह काल ब्रह्मकाल है। अलग-अलग कल्प में सत्य को स्थापित करने के लिए अलग-अलग देवताओं ने सूर्य का रूप धारण किया था। सर्वप्रथम सूर्य के प्रकाश को फैलाने के लिए और असत्य के अंधकार को मिटाने के लिए पूषा सूर्य बने। उस समय शक्ति के रूप में देवकन्या ऊषा हुई। इस समय सात देवता थे और अंगिरा आदि सप्त महर्षि उनके साथ थे। ब्रह्म-कल्प के बाद हे गणेश, विष्णुकल्प आरंभ होता है। इस कल्प में, सत्य की स्थापना के लिए स्वयं विष्णु सूर्य के रूप में विद्यमान थे और शक्ति के रूप में महासुंदरी लक्ष्मी विद्यमान थी। इस समय भी इंद्र सात देवों तथा अत्रि आदि सात महान ऋषियों के साथ उपस्थित थे। रूद्र कल्प में सत्य की स्थापना करने तथा

अंधकार को दूर करने के लिए सूर्य के रूप में दिवाकर स्थापित हुए। देवताओं के सत्य की स्थापना करने के लिए शक्ति के रूप में देवी सावित्री स्वयं स्थापित हुई। देवाधिपति इंद्र इस काल में भार्गव आदि सप्त महाऋषियों के साथ थे। हे गणपति सुनिए, देवायण के अनुसार तीन देव कल्प हैं और यह तीन कल्प शाश्वत हैं।

गणेश वचन

आपके कथनानुसार देवायण के तीन कल्प सब प्रकार से शाश्वत हैं, फिर भी इनके बारे में विस्तार से सुनने की मेरी इच्छा जागृत हो गई है। अतः हे ब्रह्मज्ञाता, मुझे विस्तारपूर्वक इस बारे में बताइए।

पिंगल वचन

इस कल्प में तीन युग हैं जो क्रमशः सतयुग, त्रेतायुग और द्वापरयुग हैं। संसार के तीन कल्पों में से दिव्यकल्प को सबसे सुंदर बताया गया है। दिव्यकल्प के आरंभ से मन्वंतर आरंभ होता है। हे गजानन, मैं आपको बताता हूँ कि तीन दिव्य कल्पों का एक देवायण होता है। उक्त देवायण पूर्ण होने पर उसे शाश्वत कल्प कहा जाता है। इसी प्रकार तीन शाश्वत कल्पों को शाश्वतायन कहा जाता है। इसके बाद, हे गणेश, मैं बताना चाहता हूँ कि जगतपति तिरोहित हो जाते हैं और सारे देवतागण विशाल लक्ष्मी सुरेश्वरी की पूजा करते हैं। सतयुग के आने पर विशाल लक्ष्मी सुरेश्वरी अपनी कृपादृष्टि से निरीक्षण करती हैं। दिव्य सृष्टि और देवताओं के राज्य की स्थापना के बाद दिव्य ज्ञान फलने-फूलने लगता है और विशाल लक्ष्मी सुरेश्वरी अपने कृपाशील नेत्रों से निरीक्षण करती हैं। सत्य और चैतन्य जागृत होने पर देवी सावित्री देवकुल में विराजमान विशाल लक्ष्मी सुरेश्वरी हैं। आप ही ब्रह्मकाल में विराजने वाली महान देवी ऊषा हैं, विशाल लक्ष्मी सुरेश्वरी आप अपनी कृपापूर्ण नयनों से निरीक्षण करती हैं। हे चतुर्भुज देवी, आप अपने चारों हाथों से चारों दिशाओं की रक्षा करती हैं। हे विशाल लक्ष्मी सुरेश्वरी, आप पुण्य-शंख से मधुर ध्वनि करने वाली और सभी का हमेशा मंगल करने वाली हैं। आप के चरणों में बारंबार नमन करता हूँ। घंटा-ध्वनि बजा

कर विजय प्राप्त करने के लिए तथा विजय को प्रतिष्ठित करने के लिए विशाल लक्ष्मी सुरेश्वरी आपको नमस्कार है। आप दिव्य माला से विभूषित हैं और आपके अधरों पर सुनहरी मधुर मुस्कान है। इसलिए हे देवी विशाल लक्ष्मी, आपके चरणों में बारंबार नमन करता हूँ। हे विशाल लक्ष्मी सुरेश्वरी, आपके दाहिने हाथ में घी है और दूसरे हाथ में दिव्य कमल का फूल है और आप ही दिव्य सृष्टि को प्रकाशित करने वाली हैं। हे तीन कमल नयनों वाली पुण्य की देवी विशाल लक्ष्मी सुरेश्वरी, मैं आपके चरणों में बारंबार नमन करता हूँ। हे विशाल लक्ष्मी सुरेश्वरी, आप सुंदर रत्न और विभिन्न वस्त्रों को धारण कर सुशोभित हैं, आपके चरणों में बारंबार नमन करता हूँ। हे देवी, आपके इस रूप को देखकर देवतागण सैकड़ों वर्षों से आपकी अर्चना करते हैं। इसलिए हे देवी, प्रसन्न होकर देवताओं को वरदान दीजिए। आपकी कृपा से देवतागण नित्य स्वर्ग में निवास करते हैं और आपके ही वरदान से देवराज इंद्र धनधान्य से परिपूर्ण हैं। स्वर्ग के अतिरिक्त पृथ्वी पर भी राजा और प्रजा लक्ष्मी की कृपा प्राप्त कर सुखी और प्रसन्न हैं।

स्वर्गलोक में देवतागण और पृथ्वी पर मानव आपके पवित्र मंत्रों से आपकी अर्चना करते हैं और हर्ष, आशीर्वाद और संपदा की वृद्धि प्राप्त करते हैं।

श्रीमद् देवायण के प्रथम खंड ब्रह्मकल्प में देवमंडल के अंतर्गत पिंगल गणपति संवाद वर्ग में स्वर्गलक्ष्मी प्रतिष्ठा नामक पँचम संवर्ग का समापन।

।छठा संवर्ग।

पिंगल वचन

हे गणपति, इसके बाद में जो काल आया, उसके बारे में सुनिए। इसके बाद दानवों के एक समूह ने भयंकर उत्पात मचाया और एक के

बाद एक, सभी चीजों को नष्ट कर दिया। फिर आया महाबलशाली दैत्य हव्य गौरव, जिसने महायज्ञ करके शक्ति प्राप्त की थी। इस दैत्य ने अमरावती पर आक्रमण कर दिया। लक्ष्मी और लाभ प्राप्त करने के लिए देवताओं के साथ दैत्यों का युद्ध आरंभ हो गया। इन दोनों सेनाओं के संग्राम में अनेक दैत्य मृत्यु को प्राप्त हो गए। हव्य गौरव के दैत्यों ने इंद्र पर भी आक्रमण कर दिया और देवों तथा दैत्यों का यह भयंकर युद्ध सौ वर्षों तक चला। इसके बाद देवों और दैत्यों में इस बात पर सहमति हो गई कि इस सौ वर्ष के महायुद्ध में न तो कोई विजेता रहा और न ही किसी की पराजय हुई। इस युद्ध में शैल, शूल, गदा, खड़ग आदि अनेक प्रकार के अस्त्रों से आपस में आघात-प्रतिघात किए गए और सौ वर्षों तक चलने वाले इस युद्ध में चले तीरों से जैसे सारा आकाश ढक गया। सब देवगण इन तीरों की वर्षा को ऐसे झेल रहे थे जैसे कोई पेड़ बारिश की बूँदों को झेलता है। अत्यधिक शस्त्रों के आघात से देवगण पराजित हुए। इन तीरों से चारों ओर धुआँ सा छा गया था। चारों दिशाओं में इस तरह कोहरा छा गया जैसे शरद ऋतु के प्रातःकाल में छा जाता है। इस कोहरे में प्रातःकालीन सूर्य भी ढक गया। इसी प्रकार से देवी विशाल लक्ष्मी भी धुएँ से ढक गईं। देवी ने दैत्यों से कहा कि आप स्वर्ग में यह क्या कोलाहल मचा रहे हैं। यह युद्ध किस लिए कर रहे हैं। इतना कोहरा आप किस लिए फैला रहे हैं। इतने क्रोधित हैं आप महासुर, आपकी इच्छा क्या है।

हव्य गौरव वचन

हे देवी, यदि आप मुझसे प्रसन्न हैं, तो मेरे घर चल कर दैत्यकुल की महालक्ष्मी के रूप में प्रतिष्ठित हों।

पिंगल वचन

हव्य गौरव के इन वाक्यों को सुनकर देवी की भृकुटी कुटिलता से तन गई और उनका ललाट आकाश की तरह चमकने लगा। देवी ने बहुत ही गंभीर स्वर में इस दानव से कहा, अरे मूढ़ और महादुष्ट, तुझे रसातल में भेजना ही पड़ेगा। तूने इतना साहस कहाँ से प्राप्त कर लिया कि मुझसे इस तरह की जघन्य बातें करने लगा। तूने तो लक्ष्मी को

क्रोधित किया है तथा जगत और पुण्य स्वर्ग को कष्ट पहुँचाया है। हे दुष्ट, तुम्हारी सद्गति तभी होगी, जब तुम स्वर्ग को त्याग कर रसातल में चले जाओगे। तुम्हारी यह गति तुम्हारे कर्मों का फल है, इसलिए बुरी इच्छाओं का त्याग कर दो। इस प्रकार की रूढ़ भाषा सुनकर दैत्य क्रोधित हुए और अपने बल की बड़ाई करते हुए क्रोध से भर कर आक्रमण करने देवी की ओर दौड़े। देवी ने क्रोधित होते हुए कहा, मुझे स्पर्श न कर लेना, मेरे स्पर्श से ही तुम्हारा विनाश हो जाएगा। इसलिए घमंड में चूर दैत्य, अपने स्थान पर रहो। दैत्य ने दिव्य वाक्यों की अवहेलना करते हुए, अपने बाएँ हाथ से देवी की सुंदर दाहिनी बाँह को पकड़ लिया। जिस प्रकार आकाश में राहू के स्पर्श से चन्द्रमा ग्रसित हो जाता है उसी प्रकार दानव के स्पर्श से सुरेश्वरी काँपने लगी। अत्यंत क्रोधित विशाल लक्ष्मी ने मलिन स्वरों में जगतपति विष्णु का स्मरण किया। विपत्ति काल में, हे जगतपति, हे पुरुषोत्तम, आप ही संसार की रक्षा करते हैं।

तभी आकाशवाणी हुई, और जगतपति विष्णु ने कहा, हे देवी, आप समुद्र के तल में बसे वरुण के सुदृढ़ दुर्ग में चली जाएँ। देवताओं का सत्य पराजित हो चुका है। आप मित्र के पास आश्रय लीजिए। दैत्यकुल भ्रम में है और इस क्षेत्र पर दैत्यों ने आधिपत्य कर लिया है। इस समय सूर्य ओट में चला गया है, जिसके कारण देवताओं का शौर्य तीनों लोकों में पराजित हुआ है। इसलिए हे देवी इस समय आप वहीं रहिए। ऐसा कहते हुए जगतपति ने सिंह के समान गर्जना की और तुरंत अवतरित हुए तथा चक्र से आघात किया। चक्राघात से दैत्य के दो टुकड़े कर दिए। दैत्य के विनाश को देख कर जगतपति और लक्ष्मी, दोनों हर्षित हुए। हे गणपति इसके बाद की स्मृति अत्यंत अद्भुत् है। जैसे ही विष्णु के चक्र से दैत्य के दो भाग हो गए, वे दोनों भाग फिर से विष्णु के आगे आकर खड़े हो गए। इन दोनों में हरेक के पास एक आँख, एक कान, आधी गर्दन, आधा सिर, एक बाँह और एक पैर था। दानवों का यह विचित्र दृश्य था। आधी देह, आधे बल और आधी गति के साथ दैत्य डरे-डरे से जगतपति के समक्ष खड़े थे। उस समय विष्णु के तेज से दोनों दैत्यों ने अपने सिर झुका लिए, और अत्यंत विनम्र शब्दों में

जो वाक्य कहे थे, हे गणपति, उन्हें सुनिए - हे प्रभु, लक्ष्मी को स्पर्श करने पर ही हमारी यह दुर्गति हुई है और शरीर की यह दुर्दशा हुई है। हे प्रभु, हमें बताइए कि हमारी मुक्ति कैसे होगी? हे प्रभु, हमने जो पाप किए हैं, उन्हें हरने के लिए, हम बार-बार आपके चरणों में नमन करते हैं। हमारे द्वारा किए गए पापों के लिए हमें दंडित कीजिए और बार-बार विष्णु के चरणों में झुक कर कहने लगे - हे प्रभु, हमें मुक्ति का मार्ग बताइए। दैत्य की इन बातों को सुनकर देवी उन्हें विस्मय से देखने लगीं। स्नेहमयी, सुंदर नयनों वाली देवी ने दैत्य की इस दुर्दशा का निरीक्षण किया।

दैत्य की बातें सुनकर जगतपति ने कहा, हे दिति के पुत्रों, अपनी मुक्ति के लिए आप लोगों को तीन जन्म लेने होंगे। आज आप हव्य गौरव हैं, इस कल्प के समाप्त होने पर आपको पृथ्वी पर जन्म लेना पड़ेगा। पहले जन्म में मैं पैरों से आपका घमंड चूर-चूर कर दूँगा। पिछले जन्मों का जो संचित घमंड है उसे चूर-चूर किया जाएगा और पृथ्वी पर आप मुक्ति के लिए तत्पर रहेंगे। बाकी के जन्मों में पिछले जन्मों के कुकृत्यों को भोगोगे। अभी आपके मन में स्वर्ग-भ्रमण की जितनी इच्छा है उतनी कीजिए। विष्णु जी की बातों को सुनकर दोनों असुर संतुष्ट हुए, और स्वर्ग-भ्रमण के बाद उन्होंने उस क्षेत्र को त्याग दिया। उस समय दोनों दानव दंड के भागीदार हुए और निर्बल हो कर भगवान के चरणों में झुके रहे। इससे देवों को सम्मान मिला। उसके बाद जगतप्रभु ने देवी लक्ष्मी से कहा - हे देवी, आप के कारण ही हव्य और गौरव का विनाश हुआ। इसलिए इन दैत्यों के तीनों जन्मों में आप ही इनका वध करेंगी और यह देखेंगी कि दैत्यकुल के कारण देवताओं की वीरता क्षीण न हो! हव्य गौरव के शरीर के दो टुकड़ों ने दम और दंडक के रूप में जन्म लिया। स्वर्ग में पहले की तरह देवताओं के राज्य की स्थापना की गई। यह बातें कह कर और देवताओं की रक्षा का कार्य देवी लक्ष्मी को सौंप कर जगतपति विष्णु अंतर्धान हो गए। लक्ष्मी का लाभ प्राप्त कर देवगण संतोषपूर्वक स्वर्ग में रहने लगे। देवों और दैत्यों के युद्ध के कारण तीरों से निकला हुआ धुआँ अभी भी फैला हुआ था।

दैत्यों को प्रताड़ित करने के बाद पुण्य का तेज फिर से फैलने लगा। किंतु देवों ने देवी से कहा, हे देवी, दैत्यों के धुएँ से हमारा शरीर अभी भी कलंकित है। हे देवी, पवित्र मंदाकिनी में स्नान करने के बाद ही हमारी शुद्धि हो सकेगी और पहले के समान ही स्वर्ग की पुनः स्थापना होगी। देवों ने जय-जयकार से देवी विशाललक्ष्मी का सम्मान किया। इस प्रकार युद्ध में विजय के साथ ही देवकार्य पूर्ण हुआ। जैसाकि वर्णन किया जा चुका है कि दैत्यों को पराजित कर उन्हें स्वर्ग से निकाल कर स्वर्ग का उद्धार किया गया। देवताओं को विजय का सुख प्राप्त हुआ। पुरुषोत्तम भगवान विष्णु के कारण देवगण बलिष्ठ हुए और दैत्यगण उनके सामने नत-मस्तक हो गए।

दानव की देह को प्रभु ने अपने वीरता से किए गए चक्राघात से दो टुकड़े कर दिए जिससे देवताओं के राजा इंद्र हर्षित हुए। देवताओं की इस विजय की गौरव-गाथा से पृथ्वी के राजाओं ने भी प्रेरणा ली।

श्रीमद् देवायण के प्रथम खंड ब्रह्मकल्प में देवमंडल के अंतर्गत पिगल गणपति संवाद वर्ग में हव्य गौरव वध नामक षष्टम संवर्ग का समापन।

।सातवाँ संवर्ग।

गणेश वचन

हे देव, मुझे बताइए कि पुरुषोत्तम विष्णु की विजय के बाद, जिससे देवगण अज्ञात थे, देवतागण का भ्रम कैसे दूर हुआ? दैत्यों ने स्वर्ग में उसके बाद क्या कार्य किए? इंद्र ने पुण्य स्वर्ग की स्थापना के लिए क्या कार्य किए? पुरानी कथाएँ अत्यंत अद्भुत हैं और सुनने में अच्छी लगती हैं। हे तीनों कल्पों के श्रेष्ठ कवि, मुझे क्रमानुसार सारी कथाएँ सुनाइए।

पिंगल वचन

हे ब्रह्मणस्पति, आपका प्रश्न मुझे बहुत अच्छा लगा, इसलिए आप सुनिए, मैं आपको पुरानी स्मृतियों के मधुर सत्य को सुनाता हूँ। देवतागणों ने उस समय लक्ष्मी के लाभ से स्वर्ग की पुनर्स्थापना की और अपनी विजय के गौरव में डूब गए। देवतागण उस समय अपने गर्व में झूम रहे थे। अतः उनका बल क्षीण होता गया, और असुरों के बल में वृद्धि होती गई। संपूर्ण अमरावती भ्रमित थी, और दम-दंडक, जो हव्य-गौरव के विभक्त होने के बाद समुद्र से उत्पन्न हुए थे, प्रसन्न थे। देवों के गर्व के कारण उनका बल क्षीण होता गया और दोनों दैत्यों का बल दिनों-दिन बढ़ने लगा। दैत्यों ने अपने आप को देवता कहना आरंभ कर दिया। देवों का बल गर्व के कारण क्षीण हो गया था और वे दैत्यों पर विजय प्राप्त करना भूल गए थे। दैत्यों ने अपने छल-कौशल से देवताओं के अच्छे समय को रोक दिया। देवताओं के मध्य यह प्रचारित कर दिया गया कि दोनों असुर ही देवता हैं। दैत्यों की दुष्ट-बुद्धि देवताओं पर भारी पड़ी। देवतागण, जो तप और यज्ञ परायण हैं, उनके उन गुणों का दैत्यों ने नाश कर दिया।

देवतागण दिव्य भाव का त्याग कर कर्मों के वशीभूत हो गए। देवतागण जो कार्य करते थे उनसे कहीं अधिक कार्य असुर करने लगे। देवताओं ने ज्ञान-संबंधित कार्यों को छोड़ कर कर्म बल को महत्व दिया और सारे देवताओं ने शारीरिक बल से कार्य करना आरंभ कर दिया। देव कार्यशून्य हो गए। दम और दंड ने देवकुल का अतिक्रमण किया क्योंकि देवता दानवों में छोटे भाई दंड के वशीभूत हो गए थे। दैत्यों ने अपने कार्य-क्षेत्र को बढ़ा दिया। देवतागण उनके अधीन हो गए क्योंकि गर्व के वशीभूत होकर उन्होंने अपने अधिकारों का परित्याग कर दिया था। देवताओं के अधिकार, जैसे वरुण का अधिकार, मृत्यु का अधिकार, अग्नि का अधिकार, इत्यादि, इन सभी अधिकारों का परित्याग कर दिया था और इन कार्यों को दोनों दानव करने लगे। पवन का अधिकार, और वैदिक रीति से सृष्टि चलाने का अधिकार भी देवों ने त्याग दिया था। इंद्र ने भी अपने अधिकार त्याग दिए। सभी कार्य उलटे होने लगे। असुर दम वज्र धारण कर इंद्र के ऐरावत हाथी पर आरूढ़ हो गया। हे

गजानन, ऐसे समय में देवगण स्वर्ग से प्रताड़ित किए गए। चन्द्रमा की मनोहर कांति समाप्त हो गई और नंदन कानन, जहाँ पारिजात फूल सुशोभित होता था, वहाँ असुर भ्रमण करने लगे। अपने पदों को छोड़ चुके देवगण दैत्यों के द्वारा नित्य की जाने वाली जयध्वनि को सुनकर दुःखी हो गए। स्वर्ग के सुखों से वंचित और दैत्यों की हर्ष-ध्वनि से पीड़ित देवतागण, अपने पद छीन लिए जाने के कारण पहले से ही दुःखी थे। उसके बाद, इस स्थिति से निपटने के लिए ब्रह्मा के साथ मंत्रणा होने लगी। शक्ति और परब्रह्म का स्मरण किया जाने लगा और सभी देवता ध्यानमग्न हो गए।

देवताओं की प्रार्थना

ऊँकार की ब्रह्मध्वनि उत्पन्न होने वाली है और सृष्टि में महान तेज को प्रकाशित करने वाली है। ऊँकार की इसी नित्य ध्वनि से सारे भूमंडल में तेज की प्रतिष्ठा हुई है और इसी लयक्रम में ब्रहमा, विष्णु और महेश उत्पन्न हुए हैं। हे देवी, आप देवताओं सहित सबकी रक्षा करती हैं, अतः हे देवी, देवतागण के दुःखों का निराकरण करने के लिए आपको आना ही पड़ेगा। जिस तरह आपने अपनी कृपा से पहले भी देवताओं के दुःखों को हरा था, उसी प्रकार हे देवी, देवों के दुःखों का हरण करने के लिए आपको पुनः अवतरित होना पड़ेगा। हे देवी, हम नहीं जानते कि दम और दंड नामक राक्षसों का प्रभाव कैसे बढ़ा और देवतागण अपने अधिकारों से कैसे वंचित हो गए? हे सबकी रक्षा करने वाली देवी, हम आपका नमन करते हैं बारंबार नमन करते हैं। हे ब्रह्म के तेज से उत्पन्न हुई देवी, हम आपके चरणों में सहस्र बार नमन करते हैं।

पिंगल वचन

देवताओं द्वारा देवी को प्रसन्न करने के लिए की गई उक्त स्तुति से परब्रह्म की शक्ति से संपन्न जुहू देवी अवतरित हो गई। देवी की काया सुनहरी थी और वे दीप्तिमान मुखमंडल से युक्त थीं। देवताओं को देख कर देवी कहने लगीं, हे देवतागण, आप स्वयं इतने तेजस्वी हैं। किस कारण से आपको मेरी आवश्यकता पड़ी? जैसे ही देवी के

वाक्य देवताओं ने सुने, वह सभी उठकर खड़े हो गए। देवी ने फिर कहा, आप सभी देवों ने विपत्ति के समय अपने तेज का प्रयोग क्यों नहीं किया? आपलोगों के अतिरिक्त अन्य देवता भी हैं, जैसे अग्नि देव, वायु देव और अन्य देव, क्या वे भी अशक्त हो गए हैं? देवी ने फिर कहा, अपने महान तेज के कारण इंद्र आपके राजा हैं। क्या उनका तेज भी समाप्त हो गया है?

हेमवती वचन

हे इंद्र, आप शांत रहिए। आप ब्रह्म को नहीं जानते। विजय हो जाने के बाद तो आप अपने गर्व में ही चूर रहे। स्वर्ग की पुरानी स्मृति के अनुसार, आक्रामक दैत्य हव्य गौरव को हरा कर नारायण पुरुषोत्तम ने स्वर्ग में आपका राज्य स्थापित किया था। उस विजय से स्वयं इंद्र ही घमंड में चूर रहा, और अन्य देवता भी अपनी विजय के गर्व में मस्त हो गए जिसके कारण दैत्यों ने पुनः सिर उठा लिया है। हे देवतागण, आपके तेज के कारण उस समय आपकी विजय हुई थी। उसी तेज के भ्रम में आप सभी भ्रमित रहे। आप सभी, सदैव याद रखिए कि ब्रह्म ही सबका कारण हैं, उनकी प्रसन्नता या अप्रसन्नता से ही विजय या पराजय होती है। गर्व जैसी भावना मन में लाकर आपने देवताओं में विद्यमान ब्रह्म का अतिक्रमण किया है। इस प्रकार के कर्म से ही मूर्खताएँ बढ़ती हैं। दैत्यों ने भी देवताओं के कार्य का अतिक्रमण कर बहुत बड़ी मूर्खता की है। देवताओं की पद प्रतिष्ठा दिव्य है और दैत्य कर्म, घमंड और महाबल के अधीन हैं। मैं इन सभी दैत्यों को स्वर्ग से निकाल कर ही रहूँगी।

केशव की वीरता से दानव खंडित हुआ था जिससे इंद्र को प्रसन्नता हुई। इसे इंद्र ने देवों की विजय कह कर प्रचारित किया था।

श्रीमद् देवायण के ब्रह्म कल्प के प्रथम खंड में देवमंडल के अंतर्गत पिंगल गणपति संवाद वर्ग में हृत स्वर्ग देव वार्ता नामक सप्तम संवर्ग का समापन।

।आठवाँ संवर्ग।

पिंगल वचन

उक्त वाक्य शैलपुत्री हेमवती ने कहे, जिन्हें सुन कर इंद्र ने सिर झुकाते हुए यह स्वीकार किया, हे देवी, अब यह सिद्ध हो चुका है कि हम अज्ञानी हैं, हमें ज्ञानी होने का भ्रम था, इसलिए हमारे अंदर गर्व उदय हुआ। अब आप हमारा मार्गदर्शन करें कि हम किस प्रकार ब्रह्मा को संतुष्ट कर सकते हैं और ब्रह्मज्ञान प्राप्त कर सकेंगे।

इंद्र के इन वचनों के प्रत्युत्तर में देवी ने स्नेह से कहा, हे देवराज, अज्ञान और भ्रम, यह दो ऐसे तत्व हैं जिनके कारण आपके द्‌वारा की गई तपस्या और आपकी चेतना खंडित हो जाती हैं। भ्रम और गर्व के कारण आज आप लोगों को स्वर्ग से प्रताड़ित होना पड़ा है और यह सब दुःख भोगने पड़े हैं। इसीलिए, आज परब्रह्म ने देवों के दुःखों के विमोचन के लिए ही यह चेतना प्रदान की है और आप सब मिलकर यहाँ आए हैं।

हे देवतागण एवं राजा इंद्र, आप ध्यान से सुनिए, स्वर्ग-धाम को पुनः प्राप्त करने के लिए और दैत्यों का घमंड चूर करने के लिए मैं जो मार्ग आपको बता रही हूँ उसमें दैत्यों का विनाश उनके द्‌वारा कर्म और बल को प्रधानता दिए जाने से ही होगा। आप ध्यान से उस मार्ग का निरीक्षण कीजिए जहाँ दैत्यगण क्रीड़ा करते हैं। मैं वहाँ ध्यान लगा कर बैठी रहूँगी। आप वहाँ छुपे रहेंगे। अपने पथ में मुझे देख कर उन्हें क्रोध आ जाएगा। तब मैं उन्हें शाप दूँगी।

फिर उचित समय देख कर वज्र से उन पर आघात कीजिए। ऐरावत हाथी पर सवार और अपने गर्व में चूर दमासुर के अंगों पर आघात कीजिए। अभिशाप के कारण दुष्ट दैत्य दुर्बल हो जाएँगे। तब आप अत्यंत वीरता और पराक्रम से आक्रमण कीजिए। वज्राघात करके सबसे श्रेष्ठ दैत्य दमासुर का सिर काट दीजिए और उसके भाई दंड पर भी युद्ध में आक्रमण कर दीजिए। अपने आप में महाशक्ति का संचार कीजिए। आपके साथ सौ से अधिक वीर देवगण हैं। सभी देवताओं को

एक-जुट करते हुए युद्धस्थल में दैत्यों का विनाश कर दीजिए। यह कह कर महादेवी अमरावती की ओर प्रस्थान कर गई और नंदन कानन में जाकर ब्रह्म ध्यान में लीन हो गईं।

इधर, ऐरावत हाथी पर आरूढ़ दमासुर मस्त एवं क्रीड़ारत था। उसके गले में दिव्य मालाएँ सुशोभित हो रही थी। पथ के बीच एक स्त्री को ध्यानमग्न देख कर गर्जना करते हुए कहने लगा, तुम में इतना साहस कहाँ से आया कि जिस मार्ग पर नित्य दमासुर क्रीड़ा करता है उस मार्ग को अवरुद्ध करो। हे अज्ञानी सुरबाला, क्या तुम्हें यह पता नहीं है? देवी को मौन देख कर दैत्य ने वज्र-नाद किया और फिर अपनी स्वर्ण लाठी घुमाते हुए कहा, देवी, तुरंत मेरे पथ से हट जाओ।

हे गजानन, अपने बल के घमंड में दमासुर ने देवी के अंगों पर बार-बार शस्त्रों से आघात करने की मूर्खता की। तभी देवी के अंगों से ज्वाला निकल कर चारों दिशाओं में फैल गई। इस ज्वाला से जल कर दमासुर का बल और उसकी बुद्धि, दोनों समाप्त हो गए और हेमवती ने अत्यंत क्रोध में दमासुर से कहा, हे मूर्ख, अपने बल से तू जो यह गर्जन कर रहा है यह गधे की आवाज जैसी है। अब तेरा बल समाप्त हो गया है और शीघ्र ही तेरा विनाश हो जाएगा। दैत्य दम को यह बातें कह कर देवी अंतर्धान हो गईं।

देवी के वचनों को सुनकर दमासुर अत्यंत क्रोधित हो उठा और कहने लगा, ठहर जा, रुक, अभी वज्र से तुझ पर आक्रमण करता हूँ। किंतु देवी अचानक अंतर्धान हो गई थीं। इसलिए दमासुर की गर्जना निष्फल हो गई। वध करने के लिए जो गर्जना दैत्य ने की थी उससे पहाड़ और कंदराएँ काँपने लगे। और दैत्य दम, पहाड़ों की गिरती चोटियों के आघात से आहत होकर धरती पर गिर पड़ा। जब इंद्र ने देखा कि दमासुर भूमि पर पड़ा है, उन्होंने तुरंत ऐरावत पर सवार होकर वज्र अपने हाथों में ले लिया। निरीह स्थिति में पड़े हुए दम ने अपने जीवन के अंतिम पल में इंद्र को देखा। दम का वध हो गया है, यह सुनकर दंडक उस क्षेत्र से भाग गया।

दानव की गर्जना की बात सुनकर पर्वत के हाथों दम को आघात मिला। देवताओं की वीरता से पर्वतों की चोटियाँ गिर पड़ीं और उनके वेग से दैत्य का नाश हुआ।

श्रीमद् देवायण के प्रथम खंड ब्रह्मकल्प में देवमंडल के अंतर्गत पिंगल गणपति संवाद वर्ग में दम वध नामक अष्टम संवर्ग का समापन।

।नौवाँ संवर्ग।

पिंगल वचन

जब इंद्र देवताओं के साथ छिपे हुए थे तब दंडक ने एक भयंकर आवाज सुनी। अमंगल की आशंका से दंडक तुरंत एक बड़ी सेना लेकर दम की खोज करने निकल पड़ा और बाहर आकर अपने भाई के बारे में पूछने लगा। जिस स्थान पर दैत्य दम मरा पड़ा था वहाँ पहुँच कर अत्यंत क्रोध से देखने लगा साथ ही गर्जना भी करने लगा, किसने मेरे भाई की हत्या की है? इस चर और अचर में ऐसा कौन साहसी है? किसने मेरे भाई पर आघात किया है? यह कह कर दंडक ने शस्त्र उठा लिया।

दंडक की गर्जना सुनकर देवी हेमवती कहने लगी, तू दूर रह और चुपचाप मेरी बात सुन। इस मुसीबत को ऐरावत पर चढ़ कर इंद्र ने समाप्त किया है। सभी देवताओं ने परामर्श किया और निर्णय किया कि स्वर्ग में अच्छे राज्य की स्थापना के लिए दंडकासुर का वध करना आवश्यक है। इन बातों को सुनकर दंडकासुर गर्जना करने लगा जिसकी आवाज आकाश तक फैल गई और वह क्रोधित होकर पूछने लगा कि कौन है यह इंद्र? युद्ध में अपने भाई के हत्यारे इंद्र के बारे में सोचने लगा। उसे यह पता नहीं था कि दम के साथ किस प्रकार युद्ध किया गया था।

उसी समय दैत्य दंडक का दमन करने के लिए ऐरावत हाथी पर आरूढ़ होकर और हाथ में वज्र लेकर इंद्र निकल पड़े। साथ ही अग्निदेव

अपने आलोकित रथ पर और मृगवाहन पर पवन देव पहुँचे। विजय-ध्वनि करते हुए हाथ में घंटा लेकर चन्द्रमा और अन्य देवता भिन्न-भिन्न वाहनों पर सवार होकर और भिन्न-भिन्न शस्त्र लेकर दंडकासुर के विनाश के लिए उपस्थित हो गए। इसके बाद यम के साथ महादैत्य दंडक का महायुद्ध हुआ। दोनों तरफ शस्त्रों की टकराहट से भयंकर ध्वनियाँ निकलने लगीं। युद्ध में दंडकासुर की वीरता और पराक्रम देखने लायक थी। महायुद्ध करते समय यम पराजित हो गए। इसी तरह एक के बाद एक सभी देवता भी पराजित हो गए।

दंडकासुर ने हुँकार भरते हुए कहा, कहाँ है वह दुष्ट इंद्र? दंडकासुर की अहंकार भरी गर्जना को सुनकर इंद्र तुरंत आ गए और दंडकासुर के साथ महायुद्ध आरंभ हो गया। दम के छोटे भाई, अत्यंत वीर गदाधारी दंडक ने इंद्र के सिर को लक्ष्य कर अपनी भारी गदा का आघात किया। इसके प्रत्युत्तर में देवराज इंद्र ने वज्र से वार किया। वज्र और गदा की टकराहट से आग की चिनगारियाँ निकलने लगी तथा पृथ्वी और आकाश पर चारों दिशाओं में धुआँ भर गया। दैत्यराज दंडकासुर ने पुनः गदा संभाली और इंद्र के सिर को लक्ष्य कर फिर से वार किया। फिर इंद्र ने वज्र से दंडक पर प्रहार किया। वज्र का प्रहार खाली नहीं गया और दैत्यराज दंडकासुर मृत्यु को प्राप्त हुआ।

महा-असुर दंडकासुर की मृत्यु से सभी दैत्य भयभीत हो गए और स्वर्ग छोड़ कर भाग खड़े हुए। शचीपति इंद्र ने गुरु बृहस्पति के सहयोग से इस युद्ध में विजय प्राप्त की, जिसमें सबसे आगे अग्निदेव थे और उनके पीछे सारे देवतागण थे। तत्पश्चात् देवताओं ने हर्षित हो कर दिव्य धूप और अन्य सामग्रियों से देवी हेमवती की पूजा-अर्चना आरंभ की। देवी का आह्वान करते हुए देवी की आरती करने लगे जिसमें चन्द्रदेव मनोहर नृत्य प्रस्तुत कर रहे थे। पारिजात पुष्पदल का जल छिड़क कर शचीपति इंद्र देवी हेमवती को अर्घ्य देने लगे। सुंदर इंद्र के साथ मंदाकिनी भी शामिल हो गई। दिव्य जल देवी के पैरों में डाल कर उन्हें धोने लगे। मित्र और वरुण हर्षित होकर पृथ्वी और अंबर से निवेदन करने लगे। मलय समीर धीरे-धीरे बह कर पँच चँवर ढुलाने

लगी। यज्ञ के देवता अग्नि यह वेद गाथा अत्यंत सुंदर और गंभीर स्वरों में गाने लगे। सबसे अंत में, अत्यंत बुद्धिमान गुरु बृहस्पति स्तुति करने लगे। सभी देवों के साथ श्रेष्ठ देव भी एक ही स्वर में स्तुति करने लगे।

देवताओं की स्तुति

हे महादेवी, आप जब ब्रह्मा के साथ होती हैं तो महादेवी कहलाती हैं। जब विष्णु के तेज के साथ होती हैं तब सुरेश्वरी कहलाती हैं। भगवान रूद्र की शक्ति के रूप में होती हैं तब महेश्वरी कहलाती हैं, पर आप जुहू देवी हैं। हे महादेवी, इन सभी रूपों में आप ही विराजमान हैं। हे महादेवी, आपकी शक्ति के आधार पर ही सभी देवगण सृष्टि पर स्थापित हैं। आगे भी आप हैं, पीछे भी आप हैं। हे देवी हेमवती, हम आपको बारंबार नमन करते हैं। इस सुंदर भूमंडल पर ब्रह्मा की महाद्युति आप ही हैं। आप सर्वव्यापी हैं, आप महा-आनंददायिनी हैं। हे देवी हेमवती, हम आपको बारंबार नमन करते हैं। नभ में आप ही हैं, जल और थल में आप ही हैं। उत्तर, पूर्व, दक्षिण, पश्चिम चारों दिशाओं में आप ही हैं। हे देवी हेमवती, हम आपको बारंबार नमन करते हैं। ब्रह्म सिद्धि प्राप्त करने का मार्ग आप ही हैं, आप ही सिद्धि और पवित्रता प्रदान करती हैं। आपदा के काल में भी आपके होठों पर स्मित मुस्कान बिखरी रहती है। हे देवी हेमवती, हम आपको बारंबार नमन करते हैं।

पिंगल वचन

सभी देवतागण देवी के समक्ष अपने सिर झुका कर उक्त प्रार्थना करने लगे। उनकी स्तुति सुनकर देवी प्रसन्न हुईं।

हेमवती वचन

हे स्वर्ग के देव, राजा इंद्र, माँगिए जो भी आपकी मनोकामना है, माँग लीजिए। मैं आपको वर देना चाहती हूँ। मुझे आपके कार्यों से अत्यंत स्नेह है और आपकी अर्चना से मैं प्रसन्न हुई। हे देवों के देव इंद्र, आपका तेज बढ़ता ही जाए। आज आप मुझे अपने मन की इच्छा बता दीजिए, मैं वरदान देकर उसे तुरंत पूरा करना चाहती हूँ।

इंद्र वचन

हे देवी, आपके तेज और आपकी कृपा से, हमने दुर्दांत दैत्य, दम और दंडक का वध कर दिया है, और हे सभी देवों की परमेश्वरी, आपकी कृपा से, इस युद्ध में हमारी विजय हुई है। इसके अतिरिक्त, हमारी और क्या कामना हो सकती है। हमारे सभी कार्य पूरे हो गए हैं। हम आपको बारंबार प्रणाम करते हैं।

हेमवती वचन

हे देवाधिपति इंद्र, आपकी विनम्र वाणी सुन कर मुझे अत्यंत प्रसन्नता हुई है। हे सुराधिपति इंद्र, आप बिना किसी बाधा के, स्वर्ग का राज्य भोगिए। विष्णु कल्प के बाद रूद्र कल्प के समाप्त होने तक स्वर्ग के सुख को त्याग कर आपको पृथ्वी पर जाना होगा। इस समय पुनः दैत्यों का उद्भव होगा। हे स्वर्ग के महाधिपति, इस समय महिषासुर नाम का दैत्य बलशाली होगा। आप अपने आत्म ज्ञान के बल पर चैतन्य रहिए क्योंकि इस दानव के द्वारा दी गई पीड़ा से आप फिर से दुःखी होंगे। इस दानव के तेज के सामने सभी देवताओं का पराक्रम समाप्त हो जाएगा। अपने महातेज के साथ मैं देवताओं की रक्षा करने के लिए बाहर आऊँगी सभी देवताओं को एकत्रित करूँगी। अत्यंत क्रोध में आकर, अपने पराक्रम और पुरुषार्थ से इस दुष्ट दानव महिषासुर को भाले से मार कर उसके आधे पुरुष और आधे भैंसे को अलग करते हुए उसका वध करूँगी। इस प्रकार इस दैत्य का संकट स्वर्ग से समाप्त हो जाएगा। इसके बाद, इस दैत्य का मानवरूप में पुनः जन्म होगा। बली के रूप में जन्म लेकर यह दैत्य तीनों लोकों को संकट में डालेगा। उस समय यह तीनों लोक भगवान विष्णु के सुशासन में रहेंगे। इसके बाद राक्षसकुल में एक अत्यंत बलशाली दैत्य का उद्भव होगा जिसे मेघनाद के रूप में जाना जाएगा और जिसका वध विष्णु के अंश द्वारा किया जाएगा। फिर, इसका पुनर्जन्म जरासंध के रूप में होगा जो वायुपुत्र की वीरता से मृत्युलोक को प्राप्त होगा। यही इस दैत्य के तीन जन्मों में समाप्त होने की कथा है।

पिंगल वचन

ऐसा कह कर महादेवी हेमवती अंतर्धान हो गईं और सभी देवता महा-आनंद के साथ स्वर्ग में रहने लगे।

देवी हेमवती की कृपा से दानव दंडक को दंड मिला, जिससे सभी देवगण और इंद्र प्रसन्न हुए। स्वर्ग में कोई विपत्ति न आए इसके लिए सभी देवी की वंदना करने लगे।

श्रीमद् देवायण के प्रथम खंड ब्रह्मकल्प में देवमंडल के अतर्गत पिंगल गणपति संवाद वर्ग में दंडक वध नामक नवम संवर्ग का समापन।

।दसवाँ संवर्ग।

गणेश वचन

हे कवीश्वर, मैंने सुना है कि ब्रह्मकल्प के बाद आने वाला विष्णु कल्प अत्यंत अद्भुत् कल्प है। हे महाज्ञानी, मेरी इच्छा है कि इसके बारे में मैं आपसे पूछूँ। आदित्य की कथाओं में जो चरित्र आते हैं, जैसे पूषा और शक्ति का स्वरूप ऊषा आदि। आरंभ में इनका उद्भव कैसे हुआ? हे महात्मन, मुझे इसके बारे में सविस्तार बताइए।

पिंगल वचन

हे विनायक सुनिए, मैं इन सभी बातों का विस्तारपूर्वक वर्णन करता हूँ। इस कल्प के अंत में, जब विष्णु निद्रामग्न थे तब पुनः दैत्यों का उद्भव हुआ। विष्णु के शरीर के क्लेद से दैत्यों का जन्म हुआ। अब आप दानव-श्रेष्ठ अंधक के बारे में सुनिए। यह दैत्य सारी सृष्टि पर काली घनघोर घटा बन कर आया और इसने सारी सृष्टि को ढक लिया। चारों दिशाओं में घोर काली रात्रि का अंधकार छा गया। घनघोर कालिमा से हर कोई भ्रमित हो गया। स्वर्ग में अमावस्या की काली रात्रि छा गई। चंद्रमा और सूरज छिप गए। मृत्युलोक में महारात्रि और रसातल में

कालरात्रि छा गई। सारे जीव इस घोर अंधकार के कारण अंधे हो गए। सभी ने अपना काम-काज छोड़ दिया। हे गणाधिपति, तीनों लोकों में किंचित मात्र भी आलोक नहीं था। इसके बाद अंधकार और बढ़ा और सृष्टि के कण-कण में व्याप्त हो गया। ब्रह्म का महत्व अंधकार में छिप गया तथा दैत्य और असुर भयंकर गर्जना करने लगे। फिर इन दानवों ने बहुत कोलाहल करते हुए सारी सृष्टि और परब्रह्म को घेर लिया। अंधक का यह साहस देख कर ब्रह्मा अत्यंत क्रोधित हुए। उनके शरीर से बहुत तीव्र तेज फैला। देव सूर्य, जो पृष्ठ भाग में चले गए थे, वह सामने आ गए। सृष्टिकर्ता से भगवान सूर्य कहने लगे-

सूर्य वचन

हे जगतस्रष्टा, आपने मुझे किस लिए जन्म दिया है? आप मेरा मार्गदर्शन कीजिए और मुझे आज्ञा दीजिए जिससे मैं अपने निर्धारित कार्य औचित्यपूर्वक कर सकूँ।

पिंगल वचन

सूर्यदेव की इन बातों को सुनकर सृष्टिकर्ता प्रजापति ने कहा, हे सूर्यदेव, मेरे तेज से आपका, अर्थात्, सत्यदेव का उद्भव हुआ। जब आप पृष्ठभाग में चले गए हो तब सृष्टि के चर और अचर अंधकारमय हो गए हैं और सभी प्राणी मुझसे प्रार्थना करने लगे हैं। अपने तेज और पराक्रम से इस अंधकार का विनाश कीजिए। जिस कार्य के लिए आपको जन्म दिया गया है, वह कार्य तुरंत कीजिए। अंधकार को नष्ट कर पुण्य के प्रकाश को फिर से फैलाइए। सभी जीवों की दृष्टि लौटाइए, और सारी सृष्टि को चैतन्य प्रदान कीजिए।

परब्रह्म के इस वाक्य को सुनकर, देव कार्य को करने के लिए सूर्य देवता ने अपनी सहमति जताई और अपने अंदर महातेज प्रज्ज्वलित किया जिससे अंधकुल जलने लगा। भगवान सूर्य का तेज बढ़ता ही गया और उसने भयानक रूप ले लिया। जिस प्रकार धीरे-धीरे पूंजी समाप्त होती है, उसी प्रकार धीरे-धीरे अंधकार भी समाप्त होने लगा किंतु अंधक अत्यंत दृढ़ था। उसने अत्यंत वीरता और पराक्रम से इस स्थिति का सामना किया।

उसकी दृढ़ता देख कर सत्य देव सूर्य अत्यंत क्रोधित हुए। अंधक और सत्यदेव का युद्ध दस हजार वर्षों तक चलता रहा। अंत में सूर्यदेव का क्रोध पराकाष्ठा पर पहुँच गया और उन्होंने मन में ब्रह्म तेज को स्मरण किया और इस ब्रह्मास्त्र से आघात करते हुए अंधक के दो टुकड़े कर दिए। अंधकार के हटते ही चारों ओर तीव्र प्रकाश फैल गया। तीनों लोकों और चर अचर से सारी कालिमा हट गई। जैसे ही तीव्र प्रकाश बाहर फैला - अंधकार का विनाश हो गया।

हे गजानन, सूर्यदेव के अंग से निकलने वाली अग्नि से सारी सृष्टि जलने लगी। मार्तंड सूर्य ने सारे भूमंडल में अपना तेज प्रसारित किया। ज्योति से श्रेष्ठ महाज्योति, जो अमरत्व प्रदान करती है, चारों ओर फैल गई। सारा अंधकार लुप्त हो गया था और अंधक दैत्य के टुकड़े हो गए थे। परंतु सूर्य देव के तीव्र प्रकाश से सारी सृष्टि के चर और अचर जलने लगे। जीवों के बारे में क्या कहें देवता भी जलने लगे थे। सत्य देव के भीषण तेज से समस्त सृष्टि की हानि होने लगी। सत्यदेव के तेज से जल कर समस्त देवता कुल दुःखी हो गया। देवतागण सृष्टिकर्ता के समक्ष सिर झुकाए प्रार्थना करने लगे।

देववृंद वचन

हे सृष्टिकर्ता, सूर्य के इस महातेज से सारी सृष्टि प्रकाशित हो गई है। अंधकुल का विनाश हो चुका है और सारे संसार में चेतना का संचार हो गया है। अंधकार के प्रभाव से विश्वदेव सहित पूरी सृष्टि मोह से ग्रस्त हो गई थी और अचेतन हो गई थी। उसके भयानक प्रभाव से देव तंद्रा में चले गए हैं। चेतना के महादेव निद्राग्रस्त हैं और उनका शरीर सुन्न है। सत्य के प्रकाश से यह सब चेतन हो गए हैं। परंतु अब यह सृष्टि जल रही है।

सत्यदेव की इस तीव्रता को रोक कर इसके प्रभाव को दूर कीजिए ताकि सारी सृष्टि और देवतागण, जो जल रहे हैं, उन्हें सुख प्रदान किया जा सके। अंधकार जल चुका है, अब सृष्टि जल रही है। हे जगतस्रष्टा, इस सृष्टि को सत्य देव के तेज से बचाकर पुनः सँवारिए और उसके बाद सृष्टि को शांति प्रदान कीजिए। हे जगतस्रष्टा, हम सभी देवता

आपका नमन करते हैं। हम सभी सत्यदेव का भी नमन करते हैं। तीव्र तेज से छुटकारा प्राप्त करने के लिए देवतागणों ने सृष्टिकर्ता के चरणों में हजारों बार झुक कर नमन किया।

पिंगल वचन

देवताओं ने सृष्टिकर्ता के आगे अपने सिरों को झुकाते हुए उनकी जो स्तुति की थी उसे सुन कर जगतस्रष्टा कहने लगे - सत्यदेव के प्रकाश से जिस प्रकार अंधक का शरीर कट कर दो भागों में बँट गया था, हे त्वष्टा, उन दोनों हिस्सों को दो अलग-अलग मूर्तियों में खड़ा करते हुए उन्हें चेतन कर दें। जैसे ही जगतस्रष्टा ने कहा, त्वष्टा ने कार्य संपन्न कर दिया। दोनों मूर्तियाँ खड़ी कर दी गईं और, अंधक की दोनों मूर्तियाँ जो सूर्य-शक्ति के तेज से काँप रही थीं, सृष्टिकर्ता के आगे सिरों को झुकाते हुए डरे-डरे शब्दों में कहने लगीं, हे सृष्टिकर्ता, हमें जीवनदान दीजिए - जैसी आपकी इच्छा है, वैसी ही सृष्टि की संरचना आप कीजिए। यदि हमारा जीवन सुरक्षित रहेगा तो निश्चित रूप से आपके कार्य को करेंगे। सत्यदेव के महातेज से हमारे अंग जल चुके हैं, हम किस प्रकार खड़े रहें? हमारे सारे अंग काँप रहे हैं। यह शब्द कहते हुए उसी क्षण अंधक प्रकट हो गया।

स्रष्टा ने दोनों मूर्तियों से कहा कि वे उनके तेज से स्थिर रहें और उन्होंने अंधक के श्रेष्ठ अंगों को नक्त नाम दिया तथा निम्न अंश को तामस नाम देते हुए उससे कहा कि उसे हमेशा नक्त की सहायता करनी चाहिए। उन्हें दो भागों में बाँटने के बाद उनके क्षेत्र भी अलग कर दिए गए। सृष्टिकर्ता कहने लगे, हे नक्त, मेरी बात को ध्यानपूर्वक सुनो। मैं देख रहा हूँ कि सत्यदेव के तीव्र तेज से मेरी समस्त सृष्टि जल रही है और इस समस्या का अंत, हे नक्त, तुम्हीं कर सकते हो और सृष्टि को बचा सकते हो। अंधक के दोनों अंगों को अंधकार देना होगा। नक्त ने कहा, मुझे अंधकार स्थापित करना होगा। इस प्रकार अंधक के दोनों अंगों के कार्य क्षेत्र अलग-अलग विभाजित कर दिए गए। जैसाकि सृष्टिकर्ता ने आज्ञा दी, उसी के अनुसरण में नक्त सृष्टि के मध्य रहा और निद्रा विभावरी ने नक्त के साथ मिलकर संध्या को

प्रकट किया। संध्या के तेज के प्रभाव से चर और अचर में शांति छा गई। हे गजानन, जिस प्रकार सत्यदेव के तेज से सारी सृष्टि जलने लगी थी उसी प्रकार संध्या के तेज के प्रभाव से सारी सृष्टि शांतिमय हो गई। वह ब्रहमाजी की स्तुति करने लगी, हे जगतस्रष्टा, सत्यदेव की अत्यंत तीव्र तेजमयी ज्वाला से आपने हमें बचा लिया। हे शांतिदाता जगत प्रभु, हम बारंबार आपका नमन करते हैं। शांति प्राप्त करने पर सारा जगत प्रसन्न हो गया और इससे नक्त का महातेज बढ़ने लगा। हे गणपति, ध्यानपूर्वक सुनिए, तब नक्त के साथ संध्या का उद्भव हुआ जो सभी लोगों के लिए शांतिदायक और सभी प्रकार के तापों का निवारण करने वाली थी। सृष्टिकर्ता ने कहा, हे नक्त, संध्या विभावरी के साथ अमरत्व के समान आप स्वयं विराजमान रहेंगे। सृष्टिकर्ता की इन बातों को सुनकर नक्त अत्यंत हर्षित हुआ, क्योंकि उसने इस संसार में, सत्यदेव की तीव्रता को संध्या की सहायता से रोक दिया था। समय बीतने पर नक्त और संध्या विभावरी विमूढ़ हो गए। उन्होंने सारी सृष्टि पर अपना जादू चला दिया और एक-के-बाद-एक सभी को अचेतन कर दिया। सृष्टि के अचेतन होने पर जीवन के कार्य स्थिर हो गए।

ब्रह्मा से वर प्राप्त कर नक्त और संध्या फूले नहीं समाए। अमरत्व पद प्राप्त कर नक्त ने निद्रा के स्पर्श से विश्व को विमोहित कर दिया।

श्रीमद् देवायण के प्रथम खंड ब्रह्मकल्प में देवमंडल के अंतर्गत पिंगल गणपति संवाद वर्ग में सत्य और नक्त के उद्भव नामक दशम संवर्ग का समापन।

।ग्यारहवाँ संवर्ग।

पिंगल वचन

देवताओं को निष्क्रिय देखकर नक्त ने अपने तेज के प्रभाव का विस्तार करना आरंभ किया। देव कार्य के बिना सृष्टि धीरे-धीरे रसातल

की ओर जाने लगी। यह एक ऐसा समय था जबकि ऋषिगण सृष्टि की देखभाल से मुक्त हो चुके थे। सृष्टिकर्ता को विनय करते हुए ऋषिगण नक्त के द्‌वारा किए हुए बुरे कार्यों का प्रदर्शन करने लगे। नक्त के बढ़ते प्रभाव से जगत मोहनिद्रा द्‌वारा प्रभावित हो गया।

हे जगतस्रष्टा देखिए, देवकार्य रुक गए हैं और शांति प्राप्त कर के आत्म अचेतन अवस्था में पहुँच गए हैं। सृष्टि की रक्षा किए बिना अब कोई भी कार्य नहीं किया जा सकता। ऋषिगणों की बात सुनकर जगतस्रष्टा ने सृष्टि की ओर देखा। प्रजापति ने ऋषियों से कहा, सत्य के तेज के प्रभाव से जगत का मोह दूर हो जाएगा। हे ऋषिगण और त्वष्टा, मेरी बात ध्यान से सुनिए और मेरे वाक्यों के अनुसार कार्य कीजिए। चूंकि सूर्य का तेज अत्यंत असहनीय हो गया था, और पूरी सृष्टि जल रही थी इसलिए इस सृष्टि-जगत की सुरक्षा के लिए नक्त को पुनः प्रतिष्ठित किया गया था और सबको शांति प्रदान करने के लिए नक्त के साथ संध्या को भी स्थापित किया गया था। नक्त सृष्टि का अत्यंत प्रियपात्र हो गया है, क्योंकि जो भी काम उसे बताए गए थे वे सभी उसने पूर्ण कर दिए थे और यह सब कार्य ठीक ढंग से करने के कारण जगत में नक्त की प्रतिष्ठा हो गई, क्योंकि सृष्टि को प्रिय लगने वाले जो कार्य नक्त ने किए थे, वे मुझे भी प्रिय हैं।

लेकिन नक्त महामूढ़ है और स्वभाव से अभी भी अंधक है। उसने किसी विशेष हित के कारण जगत को मोहपाश में बाँध लिया है। जिस कार्य के लिए मैंने नक्त को जगत में प्रतिष्ठित किया था उस कार्य के विपरीत उसने लोगों को प्रताड़ित करना शुरू किया और मेरे कार्य को नकार दिया है। हे ऋषिवृंद, मेरी बात ध्यान से सुनिए, मैं आपका मार्ग-दर्शन करता हूँ। सत्य के तेज के साथ सृष्टि को मनोहर बनाना है। नक्त और संध्या ने मिलकर इस सृष्टि को अत्यधिक मनोहर बना दिया था, जिसके प्रभाव से यह जगत आकर्षक और मोह से युक्त हो गया था। सत्यदेव के महातेज से यह सृष्टि जल रही है, इस तेज को थोड़ा कम करने पर यह सृष्टि फिर से जगतप्रिय हो जाएगी।

जगतस्रष्टा के बताए गए मार्ग से ऋषिगण अत्यंत हर्षित हुए। इस कार्य को पूरा करने के लिए ऋषिगण त्वष्टा को लेकर चल दिए। आगे उन्हें सत्यदेव मिले। सत्यदेव से ऋषिगण ने कहा, आप सबसे उत्तम हैं और अत्यंत तेजस्वी हैं किंतु आपका तेज हमारे लिए सहनीय नहीं है, आपके तेज से जल कर यह समस्त सृष्टि दुःखी हो गई थी। सृष्टि के सृजनकर्ता आपको एक नए रूप में स्थापित करना चाहते हैं, क्योंकि आपके तेज का लाभ उठा कर नक्त ने सारे जगत को एक सम्मोहन में बाँध लिया है और नक्त के सम्मोहन से यह समस्त सृष्टि अचेतन हो गई है। सारे जीव निष्क्रिय हो गए हैं और सभी लोग क्रियाहीन हो गए हैं। उनकी चंचलता नष्ट हो गई है और वे अचेतन अवस्था में पहुँच गए हैं। मृत्यु-तुल्य हो गई यह सृष्टि धीरे-धीरे धसती जा रही है।

हे सत्यदेव, यदि आपके तेज की तीव्रता को थोड़ा कम कर दिया जाए तो इस सृष्टि के विध्वंस को रोका जा सकता है। आप स्वयं सृष्टि में जाकर यह सब देखिए। अपने ज्ञान को चेतन कीजिए क्योंकि जगत-सृष्टि अचेतन अवस्था में है। नक्त को सृष्टि से दूर कीजिए और सृष्टि के विनाश को रोकिए। अपने तेज को थोड़ा कम करने के बाद ही सृष्टि के मध्य प्रवेश कीजिए। आपके इस प्रकार के मंगल कार्य से सृष्टि का जलना बंद हो जाएगा। अमरत्व की अभिलाषा से सभी देव सदा जाप किया करते हैं और मृत्यु के मोह का निवारण करने के लिए चेतना के देवता के प्रति विनम्र व्यवहार करते हैं। सत्य के देव के अमृत को पाकर समस्त जगत ज्योतिर्मय हो जाएगा। हे जगतजयी, ऊषा के प्रिय और याहवी पुत्र, आपको नमस्कार।

सत्यदेव की आराधना करते हुए ऋषिगण ने उक्त वाक्य कहे, जिसके प्रत्युत्तर में सूर्यदेव ने ऋषि सप्तम से सब कुछ देखने का आश्वासन दिया। सत्यदेव के वाक्य नभ और भूमंडल में गूँजने लगे और सारे मंडल में प्रकाश फैल गया। ध्वनि मात्र से ही एक पुरुष की झलक दिखी। सूर्य का तेज हजार गुणा हो गया था जिसकी समीक्षा करने के लिए सूर्यदेव मानवीय रूप में अवतरित हुए। उस पुरुष को संबोधित करते हुए ऋषिगण कहने लगे, आपका तीव्र स्वरूप जब कम होता है तब हे महात्मा, सत्य का उद्भव होता है। देवता के रूप में, हे महात्मा आप समस्त सृष्टि का मंगल कीजिए।

वयोवृद्ध ऋषियों ने सूर्यदेव के तेज को देखते हुए उनसे कहा, हे महात्मा, आपके इस तीव्र तेज को यह सृष्टि सहन नहीं कर पाएगी। सूर्यदेव ने सृष्टि मैं प्रवेश करते हुए कहा, हे ऋषिवृंद, जिस प्रकार आपने मेरा मार्गदर्शन किया है, उसी के अनुसार आगे से मेरी तीव्रता इतनी ही होगी कि पृथ्वी इसे सहन कर सके। यह कहते हुए सूर्यदेव पुरुष रूप में बाहर आ गए। हे ऋषिगण, इस सब में आपका प्रयोजन यही है कि सृष्टि को नक्त के मोह से छुटकारा दिलाया जाए और नक्त कुल के प्रभाव को समाप्त किया जाए।

इसके वाद वशिष्ट आदि महाऋषियों ने कहा, हे सूर्य देव, आपका रूप और आपकी तीव्रता प्रतिदिन इतनी ही होनी चाहिए कि जीवात्माएँ सहन कर सकें। हे सूर्यदेव, आपका आकर्षण इस प्रकार का होना चाहिए जैसा किसी स्त्री में होता है। तब सूर्य देव ने ऋषियों को विश्वास दिलाया कि सृष्टि में सर्वत्र मेरा यही रूप दिखाई देगा। पहले नक्त की दो मूर्तियों के कारण सूर्यदेव की शक्ति और तीव्रता विभाजित कर दी गई थी, इसलिए हे सूर्यदेव, ऐसा रूप दिखाइए जिससे यह सृष्टि नक्त के समय से भी अधिक मनोहर हो जाए। ऋषियों के वाक्यों को सुनकर सूर्यदेव ने सृष्टि को अधिक मनोहर बनाने के लिए अपनी सहमति दी।

सूर्यदेव ने ऋषियों से कहा, मेरा तेज पूषण के अधीन होगा और शक्ति अनूषसी के अधीन। हे गजानन, इस प्रकार देवकन्या ऊषा का उद्भव हुआ और इसके बाद ऋषियों ने सृष्टि में उनका आगमन सुनिश्चित किया। आगे-आगे ऊषा सृष्टि में प्रवेश करेगी और इस प्रकार समस्त सृष्टि की निद्रा दूर हो जाएगी इसके बाद यदि नक्त आया भी तब वह ऊषा के रूप से विमोहित हो जाएगा। ऊषा के हाथों में आकर उसके मुँह से प्रेम-वाक्य ही निकलेगा और ऊषा के चरणों के आघात से समस्त अंधकुल छिन्न-भिन्न हो जाएगा। इस पर तामस और नक्त को ऊषा पर अत्यंत क्रोध आएगा और नक्त ऊषा पर आघात करेगा। इसके बाद अत्यंत क्रोध में आकर, शस्त्राघात करते हुए पूषा युद्ध में प्रवेश करेंगे।

यद्यपि नक्त ऊषा के प्रभाव से प्रभावित था फिर भी युद्ध के लिए तत्पर हो गया। उधर रथ पर सवार पूषा ने दूर से ही नक्त को देखा।

पूषा के अंग प्रचंड क्रोध से दहकने लगे और उसके अंगों से हजारों सूर्यों के समान ज्वाला निकलने लगी। चारों ओर अग्नि ही अग्नि व्याप्त हो गई। यहाँ तक कि पर्वत भी दहकने लगे। इस प्रकार अपने दिव्य धनुष को धारण किए पूषा और भी आगे बढ़ते गए। पूषा की आभा सैकड़ों हजारों विद्युत् तरंगों के समान थी। इसके बाद नक्त और महापराक्रमी पूषा में भयंकर युद्ध हुआ और नक्त तथा तामस पराजित होकर तुरंत सृष्टि से भाग गए। नक्त ने पृथ्वी का त्याग कर दिया परंतु पृथ्वी के एक भाग में अंधकार विद्यमान था। दूसरे भाग में अत्यंत तीव्र सूर्यदेव स्थिर रहे। पूषा और ऊषा के संयोग से देव कार्य प्रचालित होने लगे। पूषा और ऊषा के प्रवेश से समस्त सृष्टि चेतनायुक्त हो गई। हे गजानन, ऊषा द्वारा संचालित चेतना को देख कर चारों ओर हर्ष फैल गया। जिस प्रकार समस्त जगत को संध्या का रूप प्रिय और अत्यंत मनोहर लगता है, उसी प्रकार प्रातःकाल में ऊषा को देख कर पृथ्वीवासी स्तुति और पूजा अर्चना करने लगे।

अपने हृदय में ऊषा के रूप को बसाए हुए ही दुर्बल नक्त भाग खड़ा हुआ। पूषा ने नक्त को अपने तेज अस्त्रों से घायल कर दिया और इस विश्व से नक्त और निद्रा को बाहर कर दिया।

श्रीमद देवायण के प्रथम खंड ब्रह्मकल्प में देवमंडल के अंतर्गत पिंगल गणपति संवाद वर्ग में सत्य सृष्टि प्रकाश नामक एकादश संवर्ग का समापन।

।बारहवाँ संवर्ग।

पृथ्वी की स्तुति

हे देवी ऊषा, आप जगत में चेतना का संचार करती हैं, अंधकार और मोह को दूर करती हैं। आपने जगत में आकर निद्रा के तेज को पराजित कर दिया है। हे सत्य की स्वरूपिणी महादेवी ऊषा, आपने भूमंडल के

निष्क्रिय जीवन को कर्मशक्ति प्रदान की है, मैं आपका बारंबार नमन करती हूँ। पृथ्वी पर आपके प्रवेश से जगत को शक्ति मिलती है। आपका कार्य अत्यंत महत्वपूर्ण है। समस्त जगत को आप दृष्टि प्रदान करती हैं। हे देवी ऊषा, मैं बारंबार आपको नमन करती हूँ। हे चैतन्य-रूपिणी देवी, आप ही आत्मज्ञान प्रदान करती हैं। आप ही सृष्टि से मोह और भ्रांति दूर करती हैं। हे देवी ऊषा, मैं बारंबार आपको नमन करती हूँ। हे देवी, दोनों आँखों की ज्योति तुम्हीं हो और हृदय में प्रेम सुगंध तुम्हीं फैलाती हो। सारी भुजाओं में बल तुम्हीं प्रदान करती हो। हे सौंदर्यमयी देवी ऊषा, मैं बारंबार आपको नमन करती हूँ। हे सुरेश्वरी, आपने नक्त पर विजय प्राप्त की है, मैं आपको हजारों बार नमन करती हूँ। हे सर्वत्र शांति प्रदान करने वाली देवी, मैं बारंबार आपको नमन करती हूँ। नक्त और निद्रा का विनाश करके आपने समस्त जीवों के दुःखों को हर लिया है। हे चैतन्य परमेश्वरी, हे ऊषा देवी, मैं आपका बार-बार नमन करती हूँ।

पिंगल वचन

हे गणपति सुनिए, ऊषा की स्तुति करते हुए पृथ्वी ने यह वचन कहे जिसके फलस्वरूप देव ने पृथ्वी के लिए यह कहा।

देव वचन

हे पृथ्वी, आप मुझे अत्यंत प्रिय हैं और मैं यह कामना करता हूँ आप मेरी बेटी को स्वीकार करेंगी। सृष्टि के मध्य सदैव शांति स्थापित रहे।

पिंगल वचन

देव की बात सुन कर विश्व की आत्मा चैतन्य हो गई। उन्होंने ऊषा को अपने पास बैठाया और उसका हाथ अपने हाथ में लिया। हे गणपति, उसके बाद की बात सुनिए कि इसके पश्चात् विश्व में ऊषा सदा के लिए प्रतिष्ठित हो गई और पूषा भी वहीं घूमते रहे। सारी सृष्टि चैतन्य हो गई और नित्य कर्म किए जाने लगे। यह विश्व लंबी निद्रा से जाग गया और आगे सदा के लिए जागृत रहा। ऊषा ने अपने तेज

से दैत्य नक्त को सदा के लिए सृष्टि से भगा दिया था। नक्त ने जगतस्रष्टा के सामने उपस्थित होकर निवेदन किया -

नक्त वचन

हे जगतस्रष्टा, आपने पूर्व में सृष्टि की रक्षा का कार्यभार मुझे प्रदान किया था। कृपया पुरानी बातों को स्मरण कीजिए। सत्यदेव के अति तीव्र तेज से जब सारी सृष्टि प्रभावित थी तब मेरे वंश ने सहायता की थी। विश्व में ऊषा की प्रतिष्ठा से संध्या को नित्य-प्रतिदिन दुःख हो रहा है। आप पुरानी स्मृतियों पर ध्यान दीजिए जब संध्या ने विश्व शांति के लिए महत्वपूर्ण कार्य किए थे। विश्व के घर से बाहर आने के बाद संध्या अत्यंत दुःखी है। हे जगतस्रष्टा, कृपया बताइए कि अब मेरा कार्य क्या है? आप मुझे किस प्रकार स्थापित करेंगे जिससे मैं सत्यदेव की सहायता कर सकूँ?

पिंगल वचन

नक्त के उपरोक्त दुःखपूर्ण वाक्यों को सुनकर जगतस्रष्टा ने गंभीरता से कहा, उस समय तुम्हारी मति भ्रमित हो गई थी। मैंने जो कार्य उस समय दिया था वह यह था कि सत्यदेव के तेज से सृष्टि जलने लगी थी, आपको अपने कार्यों से थोड़ी सी शीतल छाया देनी थी जिससे विश्व को शांति मिले। आपसे उत्पन्न हुई कन्या विश्व में अत्यंत प्रिय है, इसलिए उसकी प्रतिष्ठा करते हुए संपूर्ण विश्व का भार उसे दिया गया है। अरे मूर्ख, तुम यह कैसे कहते हो कि तुम्हारा स्वभाव ठीक था। तुमने अपने कार्यों से सारी सृष्टि को विमोहित कर लिया था और सारी सृष्टि विनाश के पथ पर चलने लगी थी। जिस कारण से अंधक का वध किया गया था वही स्वभाव तुम में उत्पन्न हो गया। हे दुष्ट, तुमने तो मेरी सृष्टि का विनाश करने का प्रयत्न किया था। मेरी दृष्टि से दूर हो जाओ और यहाँ से दूर चले जाओ। अपने भ्रम को दूर कर लेना। मुझे तुमसे और कार्य नहीं करवाना है।

सृष्टिकर्ता के वाक्यों को सुनकर नक्त मन ही मन अत्यंत क्रोधित हुआ। क्रोध के कारण नक्त ने वह स्थान तुरंत छोड़ दिया। उसे चिंता

सताने लगी कि स्रष्टा को फिर से कैसे प्रसन्न किया जाए। यह गलत हो गया कि वे क्रोधित हैं। जब कोई काम बिगड़ जाता है तब सृष्टिकर्ता दुःखी हो जाते हैं। उधर नक्त सोच रहा था कि सृष्टिकर्ता ने मेरा पुनः अपमान क्यों किया? अपने पिता के समान स्रष्टा जिस कारण से अप्रसन्न थे उसके चलते वह अपने घर में किस प्रकार सुखी रह सकता था? सोचने लगा, मेरा जीवन तो व्यर्थ है, मुझे क्या अलग काम करना चाहिए?

यही सब-कुछ सोचते हुए नक्त किसी निर्जन स्थान पर चला गया था। प्रजापति को नक्त की चिंता का ज्ञान था, किंतु वे संतुष्ट थे। प्रजापति नक्त के समक्ष प्रकट हुए और कहने लगे कि हे नक्त सुनो, तुम्हारे कार्य से चारों ओर भ्रांति उत्पन्न हो गई थी। मेरा कथन ध्यान से सुनो, यदि तुम अपनी सुबुद्धि से जगत को प्रभावित करोगे और जगत में कोई भी विघ्न पैदा नहीं करोगे तब मैं केवल तुम्हें क्षमा ही नहीं करूँगा बल्कि आशीर्वाद भी दूँगा। पिछली बार तुमने सृष्टि को अत्यंत दुःखी किया था। इस बार उन कार्यों को भूल कर चर और अचर के लिए अच्छे कार्य करो। इस सृष्टि का पालन करने में मेरी सहायता करो और मैं तुम्हे प्रतिदिन आशीष दूँगा। ऐसा कह कर जगतस्रष्टा उस स्थान से चले गए।

उसके बाद नक्त को यह चिंता सताने लगी कि किस पद पर कार्य करना चाहिए? हे गजानन, उसकी यह भावनाएँ उसके तेज के कारण सामने आने लगीं और उसका पुरुषार्थ एक पुरुष के रूप में बाहर निकल आया। तब उस विशाल पुरुष ने नक्त से कहा कि आप मुझे शीघ्र ही यह बताइए कि मैं आपका क्या काम करूँ? जिसके प्रत्युत्तर में नक्त ने कहा कि हे महापुरुष, तुम महाबली हो, सृष्टि में प्रवेश करो और ऋषि कुल को प्रभावित करो, क्योंकि यहाँ फिर से सत्य का उद्भव हो गया है, और देव वंश बाहर निकल आया है। मुझे सृष्टि से प्रताड़ित कर दिया गया है और सारी सृष्टि देवों के प्रभाव में है। जो कार्य ऋषिगण को दिए गए थे वे सभी कार्य बढ़ते जा रहे हैं। ऋषियों के तेज के कारण समस्त पृथ्वी प्रभावित हो गई है। इसलिए तुम तुरंत ऋषिकुल

पर प्रभाव डालो और मेरे लिए सृष्टि में प्रवेश करने का मार्ग प्रशस्त करो। नक्त की बातों को सुनकर वह पुरुष अत्यंत हर्षित हुआ और उसने कहा, मैं ऋषिकुल को भ्रमित कर दूँगा और ऋषियों के तेज को प्रभावित करूँगा।

नक्त के शरीर से निकला हुआ भयानक बलशाली पुरुष उसे देख कर घोर गर्जना करने लगा, विश्व में मुझे क्या कार्य करना है जिससे सृष्टि को लाभ भी हो।

श्रीमद् देवायण के प्रथम खंड ब्रह्मकल्प में देवमंडल के अंतर्गत पिंगल गणपति संवाद वर्ग में सृष्टि में देव और नक्त के प्रभाव की कथा नामक द्वादश संवर्ग का समापन।

।तेरहवाँ संवर्ग।

पिंगल वचन

संध्या को नक्त ने अत्यंत मधुर स्वर में कहा, हे संध्या, तुम ऋषिकुल में प्रवेश करो और हम जो काले कार्य करना चाहते हैं उनके लिए तुम्हीं सहायता कर सकती हो, क्योंकि तुम सभी जनों को लोकप्रिय हो। ऋषियों के ध्यान के आश्रय में यह विश्व चल रहा है। चेतन को निद्रा से ढक दो क्योंकि काम करते-करते सभी लोग थक गए हैं। जगतस्रष्टा को तो पता भी नहीं है कि जो सबको शांति प्रदान करती है, वह निद्रा कहाँ है। नक्त के वाक्यों को सुनकर संध्या तुरंत बाहर आ गई और कहने लगी कि आजकल ऊषा के प्रभाव से विश्वात्मा चैतन्य है। ऊषा इस जगत में मेरे साथ प्रतिष्ठित है। ऊषा का वंश, अर्थात् देव वंश सर्वत्र व्याप्त है और देवगण ही सृष्टि का संचालन कर रहे हैं।

हे गणपति, विश्वदेव के पास पहले हमेशा ऊषा विराजती थी। छद्म वेश में जाकर संध्या ने विश्वदेव को प्रभावित किया। विश्वदेव के चैतन्य को संध्या ने निद्रा से बोझिल किया और कहने लगी, नित्य के

कार्यों से आप थक गए हैं, अतः आपको विश्राम की नितांत आवश्यकता है। ऊषा के प्रभाव में अथक परिश्रम करते हैं, आप को सुख-चैन कब मिलता है? विश्वदेव को संध्या की चिकनी-चुपड़ी बातें याद रहने लगी और वे उन पर सोचने लगे। संध्या ने उन्हें अकर्मण्य बना दिया, और परिश्रम के बदले शांति प्रदान करने लगी। यहाँ अधिक सुख मिलता था इसलिए संध्या का स्मरण करते। विश्वदेव के मन में आलस्य उत्पन्न हो गया, उन्हें थकान होने पर सारे विश्वजनों को भी थकान होने लगी। संध्या ने सभी को प्रभावित कर दिया और सभी लोग सुख और शांति का स्मरण करने लगे। इस प्रकार संध्या ने विश्वदेव और सारी सृष्टि के जनों को मोहित कर दिया।

अपना आहत अभिमान लेकर ऊषा सत्यदेव के पास पहुँची और उनसे निवेदन करने लगी, हे देव, विश्व संध्या से प्रभावित हो गया, संध्या क्रीड़ा करने लगी है। हे पिता, अब मैं क्या करूँ? निश्चित रूप से नक्त कुल में उत्पन्न यह दुष्टा संध्या दूसरे के पति की कामना कर रही है। हे पिता, आपने आदर के साथ मुझे विश्वदेव के हाथों सौंपा था। दोषी संध्या ने छल से विश्वदेव को अपने प्रेम-जाल में बाँध लिया है। अब संध्या के प्रेम से विमोहित विश्वदेव ने ऊषा का परित्याग कर दिया है और संध्या के साथ क्रीड़ा-विहार कर रहे हैं। हे पिता, मुझे बताइए कि मैं क्या करूँ? ऊषा ने अविरल आँसू बहाते हुए कहा। सत्यदेव ने अपनी पुत्री के प्रति स्नेह और आदर से कहा, हे ऊषा, तुम स्वाभिमानी हो, तुम्हारे स्थान पर दूसरी स्त्री का होना असहनीय है। तुम अपने पति का साथ छोड़ दो। तुम्हारे प्रेम पर उसका कोई भी अधिकार नहीं है, पुण्य की मर्यादा यही है। परंतु तुम्हारे द्वारा परित्यक्त होकर विश्वदेव महादुःख के पात्र बन जाएँगे। यह सुन कर ऊषा देवी की आँखों से आँसू झरने लगे और वह सिर झुकाए निरुत्तर सी उस स्थान पर खड़ी रही। तब सत्यदेव ने कहा, हे पुत्री, धीरज धरो। जैसाकि तुमने कहा है, विश्वदेव ने तुम्हें बहुत दुःख दिए हैं। परंतु तुम्हारे प्रेम के क्षेत्र से कार्य का क्षेत्र अत्यंत बृहद् है, इसलिए अपने कार्य ध्यान लगा कर करती रहो। जो व्यवस्था आवश्यक है उसका निरीक्षण मैं स्वयं करूँगा। तुम मेरे साथ विश्वदेव के घर चलो।

सत्यदेव यह कह कर ऊषा के साथ विश्वदेव के घर गए और संध्या की क्रीड़ा अपनी आँखों से देखने लगे। उन्होंने देखा कि संध्या अत्यंत हर्ष के साथ विश्वदेव के वक्ष पर विराजमान है। यह सब देखकर सत्यदेव अत्यंत कुपित हुए और गर्जना करते हुए कहने लगे, अपराधिनी संध्या, तूने विश्वदेव को अपने साथ क्रीड़ामग्न करके दुष्कार्य किया है। तूने देव की पुत्री को बहुत दुःख दिया है। अरी दानवी, तू किस अधिकार से विश्वदेव के घर रह रही है? मैंने अपनी कन्या के हर्ष लिए उसे विश्वदेव को दान किया था। सत्यदेव के यह वाक्य सुनकर संध्या लज्जा से गड़ गई और विश्वदेव के वक्ष से उतर कर, सिर झुका कर खड़ी हो गई। संध्या-क्रीड़ा से छुटकारा पाकर विश्वदेव पुनः चैतन्य हो गए और देवकन्या ऊषा के प्रति उनका प्रेम उमड़ पड़ा। विश्वदेव के प्रेम को देख कर ऊषा भी अत्यंत हर्षित हो गई। सत्यदेव भी हर्षित हुए और उन्होंने संध्या से कहा, रे संध्या, तू विश्वदेव के प्रेम का परित्याग कर, तुरंत यहाँ से चली जा। तू विश्वदेव की विवाहिता नहीं है, यह समझ ले कि उसके लिए तेरा प्रेम व्यर्थ है। सत्यदेव के इन वाक्यों को सुनकर संध्या की आँखों से अश्रुधारा बह निकली। सत्यदेव ने अपने हृदय की वेदना और असाहयता ऊषा से कही, हे ऊषा, पति का प्रेम पाना पिता का कार्य नहीं है। तुम अपने प्रेम से ही पति का वह प्रेम पा सकती हो, जिसे वह बाहर दे रहा है। जिसमें प्रेम की अधिकता होती है, पति का प्रेम उसी को मिलता है। हे ऊषा, अपने तेज से विश्व से पति का प्रेम प्राप्त करो। सत्यदेव यह कह कर उस स्थान से अंतर्धान हो गए।

संध्या के प्रति रुष्ट होकर ऊषा ने कहा, अरी दानवी, दुराचारिणी, दूसरे के पतियाँ की कामना करती है? अपना सम्मान रखना है तब यह रास्ता तुरंत छोड़ दे, नहीं तो आज डंडे मार कर भगाई जाएगी। ऊषा के इन वाक्यों को सुनकर, संध्या ने भी क्रोध में आकर कहा, देखो, विश्व के साथ मैं इस घर में वैसे ही रह रही थी, जैसे पति के घर में स्त्री रहती है, विश्वदेव को जितनी ऊषा प्रिय है उतनी ही संध्या भी है और बातों ही बातों में दोनों परस्पर वाकयुद्ध करने लगीं। विश्वदेव दोनों स्त्रियाँ के झगड़े के मूक दर्शक बने रहे। अब तो वाकयुद्ध समाप्त कर

दोनों ने शस्त्र भी उठा लिए और एक-दूसरे पर आक्रमण कर दिया। भयभीत विश्वदेव अपने स्थान पर खड़े रहे। एक ओर देवताओं की वीरता से युक्त ऊषा थी जिसका तेज सहने में अपराधिनी संध्या सक्षम नहीं थी। संध्या ने युद्ध में सहायता के लिए प्रदोष आदि का आह्वान किया। एक ओर ऊषा की वीरता थी तो दूसरी ओर तम का बल था। ऊषा और संध्या, युद्ध में दोनों बराबर थीं। जय-पराजय के किसी भी निर्णय के बिना यह महायुद्ध वर्षों तक चलता रहा। हे गजानन, तब विश्व को तम ने प्रभावित कर लिया। आगे-आगे संध्या थी और प्रदोष जय-जयकार कर रहा था। दूसरी ओर, आगे-आगे ऊषा थी और पीछे पूषा जय-जयकार कर रहे थे। हे गजानन, इसके बाद विश्व के लिए यह स्मृति स्थायी रह गई। कभी वे संध्या से आच्छन्न रहते और कभी ऊषा से आलोकित होते।

पति के रूप में विश्वदेव को मन में धारण किए, ऊषा और संध्या के बीच द्वन्द्व के कारण होने वाले कलह को वे अशांत हृदय से देखा करते थे। जब विश्वदेव के पास संध्या आती थी उसके थोड़े समय बाद ऊषा भी आ जाती थी।

श्रीमद् देवायण के प्रथम खंड ब्रह्मकल्प में देव मंडल के अंतर्गत पिंगल गणपति संवाद वर्ग में ऊषा संध्या कलह नामक त्रयोदश संवर्ग का समापन।

।चौदहवाँ संवर्ग।

गणेश वचन

हे देवपूज्य, जगतपूज्य, त्रिकालदर्शी, कालचक्र के बारे में यह विचित्र संवाद आपने मुझे बताया। मुझे बताइए कि इसके बाद क्या सृष्टिकर्ता ने विश्वदेव को अपने कार्य पर बनाए रखा? क्या ऊषा और संध्या का द्वन्द्व इसी प्रकार चलता रहा?

पिंगल वचन

हे विनायक, ऊषा और संध्या के मध्य यह युद्ध इसी तरह चलता रहा, जिसमें जय और पराजय का निर्णय नहीं हो पाया था। दिव्य विजय के लिए तत्पर ऊषा ने पुनः देव से निवेदन किया, संध्या के साथ मेरा यह युद्ध विश्वदेव द्वारा पैदा की गई परिस्थितियों के कारण हुआ है। देव ने ऊषा की सभी बातों को क्रमानुसार सुना और कहने लगे, हे ऊषा सुनो, तुम्हारी विजय के लिए उपाय कहता हूँ। जैसे जगतस्रष्टा ने चराचर के कल्याण के लिए नक्त को प्रतिष्ठित किया था, वैसे ही उन्होंने मुझे भी प्रतिष्ठित किया है, बल में हम दोनों समान हैं। इसलिए, युद्ध में न कोई विजयी हुआ और न ही कोई पराजित हुआ। अतः ध्यान से उपाय सुनो, तुम ऋषिकुल को प्रसन्न कर उनसे तेज प्राप्त करो। ऋषियों के तेज के साथ मेरा तेज भी सम्मिलित होगा और दोनों का तेज मिलकर दोगुणा बन जाएगा, और तुम निश्चित रूप से विजयी होगी। देव के इन वाक्यों को सुनकर ऊषा अत्यंत हर्षित हुई और अपने पुण्य-तप के बल से उसी समय अपने स्थान से अंतर्धान होकर ऋषियों के सामने उपस्थित हुई। ऊषा को आया देख कर ऋषियों ने कहा, सर्वत्र शांति रहे, सर्वत्र सुख रहे और सभी का मंगल हो। ऋषियों को देख कर प्रसन्न होती हुई ऊषा ने सिर झुका कर कहा, हे ब्रह्मर्षि, आप अपने दिव्य ज्ञान और तपस्या के बल से विश्व जगत को देखिए जहाँ निरंतर घोर युद्ध चल रहा है। नक्त और पूषा के युद्ध में अब तक जय-पराजय का निर्णय नहीं हो पाया है। विश्वदेव स्वयं वहाँ विराजमान हैं और सत्यदेव अपने राज में प्रतिष्ठित हैं। हे ब्रह्मर्षि-गण, अपने तेज से तुरंत मेरी सहायता करें। ऊषा के इन वाक्यों को सुनकर ब्रह्मर्षियों ने विश्वदेव के घर में झाँका। महर्षि भरद्वाज ने दिव्य बल को बढ़ाया और अपने तेज से ऊषा को विश्व में प्रतिष्ठित कर दिया। उन्होंने अपने तेज से मनोहर रात्रि-शक्ति को उत्पन्न किया। रात्रि ऋषिकन्या है, स्वयं तपस्विनी है और उसका शांत रूप सारे जगत में प्रिय है। इस शांतिमय रात्रि को ऋषियों ने दृढ़ता से स्थापित किया। भरद्वाज ऋषि की कन्या रात्रि ऊषा के सामने स्थिर खड़ी थी। रात्रि को भरद्वाज ऋषि ने अपने मधुर स्वर में कहा -

भरद्वाज वचन

हे रात्रि, आपके जन्म से ऊषा का तेज बढ़ गया है। ऊषा के कार्यों में सहायता करने के लिए आप हमेशा उनके साथ रहिए। विश्वदेव के पास संध्या के समागम से ऊषा को दुःख होता है। इसलिए हे रात्रि, अपने तेज से इसका निवारण कीजिए। आपको मैं यही आज्ञा देता हूँ कि आप सदैव ऊषा के साथ रहिए।

पिंगल वचन

अपने प्रियतम के दर्शन की लालसा में ऊषा यह सोच कर डर गई कि रात्रि हमेशा उसके साथ रहेगी तब वह अपने प्रियतम से कब मिलेगी? अतः उसने अपने मन की शंका भरद्वाज ऋषि से कही।

ऊषा वचन

हे ऋषि, रात्रि के कारण मुझे एक चिंता सता रही है। विश्वदेव ने संध्या को तो निकाल दिया किंतु अब रात्रि की स्थिति क्या रहेगी? मैं तो विश्वदेव के साथ रहूँगी। इसलिए हे प्राज्ञ, रात्रि कहाँ रहेगी? यह रात्रि देवी पति के बिना एकाकी जीवन किस प्रकार से काट पाएगी?

पिंगल वचन

ऊषा ने यह कहते हुए ऋषियों से अनुरोध किया कि ऋषि रात्रि का पति भी नामित करें। विश्वामित्र ने कहा, मधुच्छंदा रात्रि का पति होगा। रात्रि इससे विवाह करेगी क्योंकि मधु मेरा पुत्र है। हे ऊषा, आप निश्चिंत होकर विश्वदेव के निवास पर रहिए। मधु और रात्रि, दोनों मिल कर विश्वदेव के आश्रय में रहेंगे और वेदों के गीत गाएँगे, जिससे पुण्य की ज्योति चारों ओर बढ़ेगी। ऋक के वाक्यों को सुनकर ऊषा के तेज में वृद्धि होगी, छाया मृतप्राय हो जाएगी और विश्व चेतनायुक्त हो जाएँगे। विश्व में सत्य की प्रतिष्ठा से ऊषा को तेज में वृद्धि होगी। मधुच्छंदा के प्रभाव से रात्रि भी मधुमयी हो जाएगी। जब विश्वामित्र ने कहा, मधुच्छंदा और रात्रि साथ-साथ रहेंगे तब ऊषा को बहुत प्रसन्नता हुई।

विश्वदेव के निवासस्थान पर दिव्य बल और अंधकार बल के मध्य युद्ध चल रहा था जिसमें दोनों के पराक्रम बराबर थे। संध्या को निकाल बाहर करने के लिए ऊषा फिर युद्ध करने लगी। इस युद्ध में रात्रि ने छद्म वेश धारण किया और संध्या की सहेली बन गई। धीरे-धीरे ऊषा का तेज बढ़ने लगा और संध्या का तेज घटने लगा। इस तरह वेश बदल कर रात्रि ऊषा की शत्रु की मित्र बन गई और उसे निरुत्साहित करने लगी जिससे संध्या तुरंत पराजित हो गई और संध्या को विश्व के घर से निकलना पड़ा। अंत में रात्रि की सहायता से विश्व में ऊषा विजयी हुई। ऊषा विश्व में एक बार फिर प्रतिष्ठित हुई। रात्रि के इस छलपूर्ण कार्य से संध्या को विश्व से निकाल दिया गया जिससे वह अत्यंत दुःखी हुई और क्रोध में नक्त के पास गई। इससे पहले नक्त के तेज से जिस प्राचीन पुरुष का उद्भव हुआ था उस पुरुष को आह्वान करते हुए नक्त ने उससे कहा, हे काली छाया, कहो हमारे कार्य में कितनी प्रगति हुई है? ऋषि कुल को प्रभावित करने के लिए तुमने क्या किया है? ऋषियों के तेज के आश्रय में सत्य का बल बढ़ता ही जा रहा है। हम सभी को धीरे-धीरे सृष्टि से दूर भगा दिया जाएगा। इसके उत्तर में उस काली छाया ने कहा, मैंने सारे क्षेत्र का भ्रमण किया है, यह जो ऋषिगण हैं, हर क्षण सत्य का ध्यान करते रहते हैं, किसी भी समय इनका ध्यान इससे नहीं हटता। मैंने बहुत प्रयत्न किया परंतु सफलता नहीं मिली। नक्त कहने लगा, यत्न के साथ दृढ़तापूर्वक कार्य करो ताकि हमें निश्चित सफलता मिले और हमारा वर्चस्व बढ़े। नक्त के वाक्यों को सुनकर काली छाया तुरंत बाहर चली गई।

संध्या पराजित होने के बाद विश्वदेव के पास चली गई। विश्व के संसर्ग से संध्या के गर्भ से एक पुत्री और एक पुत्र का जन्म हुआ था, पुत्री का नाम मृत्यु और पुत्र का नाम शनिश्चर रखा गया था। कहा जाता है कि विश्वदेव, जिनका कार्य दिन को उज्ज्वलता देना है, प्रातः ऊषा के साथ होते थे, किंतु संध्या के साथ अदृश्य रहते थे। इस प्रकार, सूर्य के तेज से नक्त को बढ़ाने वाली संध्या ने मृत्यु और शनिश्चर को जन्म दिया। हे विनायक, चूँकि अब संध्या युद्ध में ऊषा से पराजित हो

चुकी है, इसलिए विश्व के साथ उसके पुत्र और पुत्री, दोनों रहते हैं। विश्व के पास उन्हें देख कर ऊषा को इतना क्रोध आया कि वह संपूर्ण छाया वंश को ही समाप्त कर देना चाहती थी, इसलिए दौड़ कर विश्वदेव के पास आ गई और विश्वदेव के पास संध्या के पुत्र और पुत्री को देख कर वह अत्यंत क्षुब्ध हुई। उसे क्रोध में देख कर भयभीत मृत्यु शीघ्रता से विश्व के वक्ष से लग गई। पिता विश्वदेव ने जब उसे भय से काँपती हुई देखा तब संध्या के गर्भ से उत्पन्न पुत्री को प्रेमपूर्वक सीने से लगा लिया।

जब ऊषा के क्रोध के कारण विश्व ने मृत्यु को वक्ष से लगा लिया तब एक अद्भुत् दृश्य उपस्थित हुआ जिसमें अमरत्व ने मृत्यु को गले से लगा रखा था जिसे देख कर सभी लोग स्तब्ध रह गए।

श्रीमद् देवायण के प्रथम खंड ब्रह्मकल्प में देव मंडल के अंतर्गत पिंगल गणपति संवाद वर्ग में ऊषा प्रतिष्ठा नामक चतुर्दश संवर्ग का समापन।

।पंद्रहवाँ संवर्ग।

गणेश वचन

हे कवीश्वर, आपने अत्यंत आश्चर्यजनक कथाएँ सुनाई हैं। अब मुझे बताइए कि जब विश्वदेव के वक्ष से उनकी पुत्री लगी हुई थी, तो उसके बाद क्या हुआ? संध्या ने उसके बाद क्या किया? ऊषा ने उसके बाद क्या किया? अमृत और मृत्यु, दोनों में परस्पर प्रेम कैसे हुआ?

पिंगल वचन

हे गजानन, स्नेह के भावावेग में मृत्यु विश्वदेव के वक्ष से लगी हुई थी। उन दोनों की आँखें एक तंद्रा में थी और उनके चेहरों पर मृदु मुस्कान फैल रही थी। इस प्रेम भरे दृश्य को देखकर संध्या अत्यंत हर्षित थी। संध्या विश्वदेव से कहने लगी, हे जगतपति, अपनी पुत्री को

ऊषा के क्रोध से बचाइए। ऊषा स्वभाव से अत्यंत क्रोधी स्त्री है। वह मृत्यु के प्राण लेने पर तुली हुई है। आप स्वयं जानते हैं कि ऊषा कितनी भयंकर है। ऊषा जब महाशक्ति के रूप में इस पर वार करे तब किसी भी प्रकार से इस कन्या की रक्षा करें। हे विश्वदेव, मेरे वंश को समाप्त होने से बचाइए। आप ही इस कन्या के पिता हैं, अपने बल से मृत्यु की रक्षा कीजिए। जब अंधकार के प्रति क्रोधित होकर आपने मुझे हटा दिया था तब हे संध्यानाथ, मैं अनाथ हो गई थी। तब अकेली मैंने इस कन्या को स्नेह से पाला था। आपके लिए ऊषा के साथ मेरा द्‌वन्द्‌व युद्ध हुआ। इसमें इस कन्या का क्या दोष है जो ऊषा इसके वध के लिए उठ खड़ी हुई है? संध्या ने विश्वदेव के आगे सिर झुकाते हुए यह बात कही।

इन बातों को सुनकर, हे गजानन, ऊषा को अत्यंत क्रोध आया और वह गर्जना करने लगी, अरे दुष्टा, देवताओं की शत्रु, अंधक कुल में जन्मी और केवल अपने पितृकुल के प्रति हित की आकांक्षा रखने वाली दोषयुक्त मति वाली संध्या, तुरंत विश्व के निवास को छोड़ कर रसातल में चली जा। इस विश्व से बहुत दूर चली जा क्योंकि मैं तुझे सहन नहीं कर सकती। ऊषा ने जगतपति विश्वदेव से कहा, उठिए हे जगतपति, मेरे साथ आइए और अंधकार के प्रेम को त्याग कर सत्यदेव की वंदना कीजिए। उसी समय विश्वदेव के समक्ष देवायण प्रकाशवान हो गया और कहा, मृत्यु का परित्याग करके अमृतत्व ग्रहण कीजिए। देवायण के प्रवेश से विश्वदेव ने मृत्यु को छोड़ दिया और मृत्यु छाया से अलग होकर अमृत ग्रहण कर लिया।

उसी समय सत्यदेव स्वयं विश्वदेव के समक्ष उपस्थित हुए और सत्यदेव ने विश्वदेव से कहा, अंधकार कुल की इस कन्या को त्याग दो। सत्यदेव की बातों को सुनकर विश्वदेव में सत्य जागृत हो गया उन्होंने अपने बल से कन्या मृत्यु को पीछे की तरफ फेंक दिया और मृत्यु आकाश में गोल-गोल घूमने लगी। संध्या आर्तनाद करने लगी, हे जगतपति, मृत्यु की रक्षा कीजिए। मेरी बेटी का क्या दोष है जिसके कारण आपने उसे दंड दिया है? संध्या की बातें सुनकर विश्वदेव का ध्यान उसकी तरफ गया। संध्या कहने लगी कि यदि आपसे प्रेम करना

व्यर्थ है तब आपका तेज भी व्यर्थ है। जगतपति, यदि आप मुझे दोषी समझते हैं तब जो आप चाहते हैं वही दंड मुझे दीजिए। परंतु हे जगतपति, मैं प्रार्थना करती हूँ कि अपनी कन्या को स्नेह दीजिए और इसे निराश्रय आकाश में मत छोड़िए। हे प्रभु, करुणा कीजिए और अपने तेज से कन्या की सुरक्षा कीजिए। संध्या की स्नेहयुक्त बातों को सुनकर विश्वदेव कहने लगे, हे संध्या शांत रहो, यह बच्ची जो नभस्थल में है वह मेरे वीर्य और आपके गर्भ द्वारा उत्पन्न हुई है। आप चिंता मत कीजिए। हे विनायक, यह सब विश्वदेव ने संध्या से कहा।

क्रोध से भयंकर रूप धारण कर ऊषा संध्या छाया की ओर दौड़ी। सबसे पहले दोनों में बाहुयुद्ध हुआ फिर गर्जना करते हुए उन्होंने एक-दूसरे के बाल पकड़ लिए। ऊषा और संध्या के युद्ध से सारी सृष्टि अस्थिर हो गई और सृष्टि पर मृत्यु का हास-उल्लास होने लगा जिसके कारण विश्वदेव अत्यंत क्रोधित हुए। वे ऊषा और संध्या दोनों के प्रति क्रोध से विवश होकर काँपने लगे। वहाँ उन्होंने अपना चक्र रख दिया। ऊषा और संध्या में भयंकर युद्ध चल रहा था जिसमें ऊषा ऊपर थी और संध्या नीचे दबी हुई थी। विश्वदेव अपने चक्र को बीच में रख कर द्वन्द्व को कहने लगे कि उस चक्र पर विराजे। अब मैं विश्व के सारे कार्य छोड़ कर आपके युद्ध को निपटाऊँगा। जिस स्थान पर दो स्त्रियाँ किसी पुरुष के लिए स्पर्धा करती हैं उस स्थान पर भोग और स्वार्थ बढ़ जाते हैं और अपने अधिकार के लिए वे अनेक पुत्रों को जन्म देती हैं। पिता के धन के लिए पुत्रों में लड़ाई होने लगती है। विश्वदेव ने क्रोध में आकर इन बातों को कहा और अपने मन में ग्लानि अनुभव करने लगे।

हे गजानन, इस प्रकार दुःखी होकर विश्वदेव अनेक वर्षों तक ध्यानावस्था में रहे। ऊषा और संध्या निरुत्तर होकर विश्वदेव को ध्यानमग्न अवस्था में देखती रहीं। विश्वदेव के इस कार्य को देख कर दोनों अत्यंत दुःखी हो गईं। उन्हें दुःख इस बात का था कि उनके द्वन्द्व युद्ध के कारण विश्व के सृष्टि के कार्य रुक गए थे और समस्त सृष्टि चंचल हो गई थी। दोनों ने क्रोध को भूल कर और शांत होकर

विश्वदेव को देखना आरंभ किया। देखते-देखते दोनों के मन में अनेक प्रश्न उभरने लगे। दोनों में कोई बातचीत नहीं हो रही थी और दोनों परस्पर एक-दूसरे को देखे जा रही थीं। सारे कार्यों के भ्रमित हो जाने के कारण दोनों अपनी गलती पर विचार करने लगीं।

उनके कोमल अंतर्मन में पश्चाताप के कारण आँखों से अविरल अश्रुधारा बहने लगी। ऊषा तथा संध्या दोनों शांत थीं। विश्वदेव के पास खड़ी हुई, यमी ने अपना कार्य छोड़ दिया और ऊषा के पास स्थिर खड़ी हो गई। मृत्यु ने भी अपना कार्य छोड़ दिया था और सिर झुकाए चुपचाप अपनी माँ संध्या के पास खड़ी हुई थी। इस समय संध्या और ऊषा ने, जिन्हें अपने युद्ध के सामने सृष्टि की कोई भी चिंता नहीं थी, देखा कि सृष्टि पर जन्म और मृत्यु की क्रियाएँ रुक गई हैं और समस्त सृष्टि निश्चल हो गई है। सृष्टि की स्थिरता देख कर सत्यदेव भी चिंतित हो गए और उन्होंने विश्व के कार्य को पुनः पहले की तरह करने के लिए सृष्टिकर्ता के आगे निवेदन किया। इस समय अवस्था यह थी कि विश्वदेव ध्यानमग्न हो गए थे, तथा ऊषा और संध्या भी स्थिर हो गई थीं। जन्म और मृत्यु समाप्त हो गए थे।

सत्यदेव के वाक्यों को सुनकर स्वयम्भु परमेश्वर देवताओं को साथ लेकर विश्वदेव के आगे उपस्थित हो गए और जैसाकि सत्यदेव ने बताया था, इन्होंने सृष्टि का निरीक्षण किया और अपने मधुर स्वर में विश्वदेव से कहने लगे, हे विश्वदेव, अब आपके ध्यानमग्न होने का प्रयोजन समाप्त हो गया है, क्योंकि मैंने ऊषा और संध्या, दोनों के कार्यकाल का समय अलग-अलग विभाजित कर दिया है। जब ऊषा आपके साथ होगी तब वह आपके कार्य करने का समय होगा और जब संध्या आपके साथ होगी तब वह आपके ध्यान का समय होगा। इस प्रकार सृष्टिकर्ता ने कार्यों का विभाजन कर ऊषा और संध्या, दोनों की विश्व में प्रतिष्ठा कर दी तथा विश्वदेव अपना कार्य करने लगे। ऐसा कह कर जगतस्रष्टा वह स्थान छोड़ कर चले गए। उन्होंने विश्वदेव को ध्यानावस्था से चैतन्य कर दिया था और ऊषा को उनके कार्य बता दिए थे। फिर विश्वदेव संध्या से कहने लगे, सृष्टिकर्ता ने जो आज्ञा दी

है उसके अनुसार दोनों का काल विभाजित हो चुका है। मेरे पास आने के लिए आप दोनों को अलग-अलग समय बताया गया है। विश्वदेव के इन वाक्यों से ऊषा संतुष्ट हो गई, किंतु संध्या के मन में विषाद उत्पन्न हो गया और विश्व की बातें सुनने के बाद उसने विश्व का घर छोड़ दिया और अपने पिता से यह कह कर निवेदन करने लगी कि काल विभाजन के कारण नित्यप्रति सत्य शब्द का प्रभाव बढ़ेगा और ऋषिकुल अपने स्थानों पर प्रतिष्ठित होंगे। मेरी बात सुनिए, इससे देवकाल का उद्भव होगा, क्योंकि ऊषा और संध्या, दोनों को दो विपरीत कालों में स्थापित किया गया है।

ऊषा और संध्या के लिए अपने घर जाने के लिए समय निर्धारित करते हुए विश्वदेव ने अलग-अलग कालों का वर्णन किया। जिस समय ऊषा आगे आती थी उस समय संध्या उससे काफी दूरी पर होती थी।

श्रीमद् देवायण के प्रथम खंड ब्रह्मकल्प में देवमंडल के अंतर्गत पिंगल गणपति संवाद वर्ग में द्वन्द्व उद्भव नामक पंचदश संवर्ग का समापन।

-पिंगल गणपति संवाद वर्ग का समापन-

।।द्वन्द्व प्रभाव वर्ग।।

।पहला संवर्ग।

गणेश वचन

हे प्राज्ञोत्तम, अंधक के उद्भव की कथा अत्यंत अद्भुत है और इससे भी अद्भुत यह कथा है कि किस प्रकार ऊषा और संध्या के आश्रय में यह सृष्टि प्रकाशित हुई है। इन अद्भुत कथाओं को सुनकर मुझे अत्यंत हर्ष हुआ है। इसके बाद, कृपया मुझे बताएँ कि द्वन्द्व कैसे उत्पन्न हुआ।

पिंगल वचन

हे सिद्धिदाता विनायक, द्वन्द्व की वार्ता मैंने आपको पहले भी सुनाई है। अब विस्तार से सुनिए कि द्वन्द्व के प्रभाव से क्या हुआ। द्वन्द्व प्राचीन काल से विश्व चक्र पर आसीन, स्वर्ग की ओर टकटकी लगाए घटनाक्रम को देख रहा था। उसने यह भी देखा था कि विश्व में ऊषा और संध्या कैसे स्थापित हुई थीं। परंतु द्वन्द्व के कार्य के बारे में स्वर्ग में कोई भी नहीं जान सका क्योंकि वह सब से छुपा हुआ था। दवन्द्व ने देखा कि स्वर्ग में देव और असुर अपने पिता कश्यप के साथ आपस में प्रेम और भाई-चारे के साथ रह रहे थे। ऋषि कश्यप की दो पत्नियाँ थीं, अदिति और दिति। अदिति ने देवों को जन्म दिया और दिति ने असुरों को। देव और दैत्य, दोनों पिता के सेवा-परायण थे और जब-जब ऋषि कश्यप को प्रयोजन होता था, पिता की आज्ञा के अनुसार यज्ञों के लिए, कभी दैत्य पेड़ों को काटते थे तो कभी देवता। और फिर वे बारी-बारी से लकड़ियाँ एकत्रित करते थे। काम समाप्त होने के बाद सभी देव और दैत्यगण क्रीड़ा किया करते थे और पिता के सानिध्य में बैठ कर देव और असुर, दोनों शास्त्रों का अध्ययन करते थे और इच्छानुसार मधुपान करने के बाद वनों में घूमने चले जाते थे। द्वन्द्व ने देखा कि देव और दैत्य स्वर्ग में आनंदपूर्वक रहते थे।

एक बार द्वन्द्व ने विश्व चक्र को छोड़ कर स्वर्ग में प्रवेश किया। द्वन्द्व ने देखा कि वहाँ अलग-अलग गर्भों से पैदा होने के बावजूद देवों और दैत्यों में परस्पर प्रेम था। वह बिना किसी भेद-भाव के एक साथ खेलते और बड़े सुख से रह रहे थे। उस समय मधुपान करने के बाद देवता और दानव आनंदविभोर होकर नृत्य कर रहे थे। परंतु इस बार द्वन्द्व के आगमन के कारण उनकी बुद्धि में पृथक होने का और क्षेत्र-बोध का अहसास आ गया। इस कारण से देवता और दैत्यगण एक-दूसरे को धक्का देने लगे और शरीरों पर आघात करने लगे। इससे दोनों को पीड़ा पहुँची। क्रोध में आकर दैत्य वृत्र ने कहा, यह समस्त क्षेत्र मेरा है। इस पर देवताओं ने विस्मयपूर्वक कहा कि यह समस्त क्षेत्र हमारे पिता का है, देवों में सबसे बड़े इंद्र और दैत्यों में सबसे बड़े वृत्र हैं। इस तरह बातों ही बातों में कहा-सुनी बढ़ती गई और दोनों में परस्पर मतभेद हो गया। आपस में क्लेश उत्पन्न होने पर देव और दैत्य, दोनों पिता के सामने उपस्थित होकर कहने लगे, हे पिता हमारे अलग-अलग क्षेत्र, कर्म और पद के बारे में बताइए कि इनमें से किसके क्या हैं। इन वाक्यों को सुनकर सृजक कश्यप हँसने लगे। उन्हें आभास हो गया कि दोनों माताओं के पुत्रों के बीच मतभिन्नता उत्पन्न हुई है। इसे देख कर कश्यप ने अपना मत इस प्रकार दिया।

कश्यप वचन

जो क्षेत्र आपकी माताओं का है वही आपका है। उन दोनों का पद मेरे जैसा है - माता की आज्ञा का पालन करने से सभी कार्य अच्छे हो जाते हैं, क्योकि जो माता जन्म देती है वह अपनी संतान को हमेशा सुमति ही देती है। इसलिए अपनी शंका का समाधान करने के लिए आप अपनी माताओं से पूछिए और उनकी शिक्षा के अनुसार ही कार्य करें।

पिंगल वचन

कश्यप ऋषि के कथनों को सुनकर द्रुत गति से, वृत्र अपनी माता दिति की ओर और इंद्र जननी अदिति की ओर चले। अदिति के समक्ष

पहुँच कर इंद्रदेव ने निवेदन किया, हे माता, आपका क्षेत्र कौन-सा है? पितृपद का अर्थ क्या है? आप ही मुझे बताइए कि मेरा क्षेत्र और मेरा पद क्या है। इंद्रदेव के वाक्यों को सुनकर अदिति मुस्कुराईं।

अदिति वचन

हे इंद्र, तुम्हारा प्रश्न बेतुका है। यह सारी सृष्टि तुम्हारे पिता की है। मैं तो उनकी आश्रिता मात्र हूँ। मैं तुम्हारे पिता से अलग नहीं हूँ। मैं तो उन्हीं का अंग हूँ। उन्हीं की इच्छा से मुझे अस्तित्व मिला है और उन्हीं की कृपा से मैं अभी भी हूँ। तुम्हें अपने पिता को प्रसन्न करना चाहिए। उनके सामने हाथ जोड़ कर और सिर नवा कर प्रश्न कीजिए। वही आपको बताएँगे। वह जो भी कहेंगे उसका पालन करना ही आपका श्रेष्ट कर्म होगा और उसी कार्य में आपको आनंद मिलेगा।

पिंगल वचन

उधर, इसी प्रकार वृत्र ने भी दिति के सामने जा कर पूछा कि आपका क्षेत्र कौन सा है और पितृपद के अर्थ क्या होते हैं। आप मुझे बताइए कि मेरा कार्य क्षेत्र कौन-सा होगा और मुझे क्या कार्य करने हैं। वृत्र के इन वाक्यों को सुनकर दैत्यमाता दिति को हँसी आ गई और उन्होंने अपने पुत्र से यह कहा।

दिति वचन

जिस क्षेत्र में अदिति स्थित है वह क्षेत्र अदिति का है। जिस स्थान पर मैं हूँ वह आपका स्थान है। आपका जन्म मेरे गर्भ से हुआ है। आपके पिता तो स्रष्टा हैं। आप उनके बेटे हैं, इसलिए आपका पद भी उन्हीं के समान है। आपको मुझे प्रसन्न करना चाहिए। यही आपका कर्तव्य है।

पिंगल वचन

यह सुन कर वृत्र तुरंत घर से बाहर निकल गया। मार्ग में वापस लौट रहे इंद्र की भेंट वृत्र से हो गई। दोनों एक-दूसरे को बताने लगे कि उनकी माताओं ने उनके क्षेत्र और कर्तव्यों के बारे में उनसे क्या कहा।

दोनों को माताओं से पृथक ज्ञान मिला था। इससे उनके मन में फिर कई प्रश्न उभरे। दोनों अपनी बात पर ही अड़े रहे।

बात इतनी बिगड़ी कि वे फिर अपने पिता ऋषि कश्यप के सामने पहुँच गए। वृत्र अपने पिता से पूछने लगा, हे परम पूज्य पिता, क्या मेरा क्षेत्र वह है जो मेरी माँ का है, या जैसे माता अदिति कह रही थी सब क्षेत्र आपके हैं। तब इंद्र ने कहा, मेरी माता ने कुछ और ही कहा है। उन्होंने मुझसे कहा कि सबसे पहले आपकी संतुष्टि होनी चाहिए। आप ही हमें सही मार्गदर्शन देंगे।

कश्यप ऋषि ने बड़े प्रेम से कहा कि दोनों की विचारधाराएँ अलग हैं और उनके ज्ञान में भेद है। उन्होंने अपने पुत्रों से कहा कि माता और पिता दोनों अभिन्न हैं तथा पुत्रों को अपने माता और पिता, दोनों की पूजा करनी चाहिए। यह सुन कर इंद्र प्रफुल्लित हुए और तालियाँ बजा कर कहने लगे कि वृत्र तुम्हारी बुद्धि भ्रांत हो गई है। जो माता-पिता ने कहा, उसी को तुम भिन्न मानते हो। यह सुनकर वृत्र को बहुत क्रोध हुआ। उसने कहा कि इंद्र की ही मति भ्रष्ट हो गई है और वह भ्रमित हो गया है। इंद्र ने कहा कि वृत्र मिथ्या कह रहा है कि दैत्यों का क्षेत्र उनसे छीना जा रहा है।

इस प्रकार देवताओं और असुरों के बीच मतभेद की दरार चौड़ी होती गई और दोनों एक-दूसरे को संशय की दृष्टि से देखने लगे। दैत्य एक बार फिर अपने पिता के पास पहुँच गए। वृत्र ने नतमस्तक होकर उनसे कहा, हे पिता कौन सा क्षेत्र हमें मिलेगा इसका निर्णय कर दीजिए। वृत्र की बात सुन कर कश्यप अत्यंत गंभीर हो गए। वह जान गए कि देवताओं और दानवों का मतभेद अब सीमा से अधिक बढ़ गया है। इस विवाद को समाप्त करने के लिए उन्होंने अपने पुत्रों से कहा, हे पुत्रों आप सब एक समय पर मेरे पास आइए, इसके बाद मैं बताऊँगा कि आपको क्या करना है। सभी सुर और असुर अपने पिता की बात सुनने के लिए एकत्रित होकर आए जैसे कि चन्द्रमा के साथ सभी तारे आकाश में चमक रहे थे। उन्हें दिखाते हुए स्रष्टा ने कहा, यह सब सृष्टि में एक साथ रहते हैं, इसी प्रकार आप दोनों इस क्षेत्र में मिलजुल कर रहें।

इस प्रकार मुनिश्रेष्ठ कश्यप ने प्रयत्न किया कि उनके पुत्र, सुर और असुर विवेक से काम लें तथा विवाद भूल कर एकमत हो कर रहें।

श्रीमद् देवायण के प्रथम खंड देवमंडल के अंतर्गत द्वन्द्व प्रभाव वर्ग में द्वन्द्व का स्वर्ग में प्रवेश नामक प्रथम संवर्ग का समापन।

।दूसरा संवर्ग।

कश्यप वचन

अपने-अपने क्षेत्रों का निर्णय करने के लिए आप सभी ध्यान से मेरी बातें सुनिए। मैंने अपनी सृष्टि में सात स्वर्गों का निर्माण किया है। परंतु इन स्वर्गों को प्राप्त करने के लिए आपको ही यज्ञ करने होंगें। इन स्वर्गों पर आप अपने-अपने यज्ञों से ही अधिकार कर सकेंगे। अब मैं आपको बताता हूँ कि किस स्वर्ग के लिए आपको कितने यज्ञ करने पड़ेंगे। पहले स्वर्ग के लिए आपको दस यज्ञ करने पड़ेंगे, दूसरे स्वर्ग के लिए बीस, तीसरे के लिए तीस, चौथे के लिए चालीस, पाँचवें के लिए साठ, छठे के लिए अस्सी तथा सातवाँ और सर्वश्रेष्ट स्वर्ग सौ यज्ञ करने पर ही आपको प्राप्त हो सकता है। सातवेँ स्वर्ग का महत्व सर्वाधिक है और इसके आगे सभी स्वर्ग नतमस्तक हैं। आप जितने यज्ञ करेंगे उनकी संख्या के बल पर आपको वैसा स्वर्ग मिलेगा।

पिंगल वचन

स्रष्टा का आदेश सुन कर देव और दैत्य एक साथ उठ खड़े हुए और अपने अपने यत्नों से सातवेँ स्वर्ग की प्राप्ति की कामना करने लगे। देवों और दैत्यों ने यज्ञ संचालन के लिए पर्याप्त मात्रा में लकड़ियाँ काटना और घी इकट्ठा करना आरंभ कर दिया। देवों और दैत्यों ने अलग-अलग जगहों पर यज्ञ आरंभ कर दिए। दैत्यगण जो यज्ञ कर रहे थे उसमें वृत्र द्वारा घी से आहुति दी जा रही थी और जो यज्ञ देवतागण कर रहे थे उसमें इंद्र द्वारा आहुति दी जा रही थी। वृत्र और इंद्र, दोनों

अपने चुने हुए स्थानों पर यज्ञ कर रहे थे। दोनों की इच्छा थी कि वे सौ यज्ञ पूरा करें। सौ वर्षों तक यज्ञ चलते रहे जिसके कारण इस बीच देवों और दानवों में किसी प्रकार का कोई भी युद्ध नहीं हुआ।

तब दोनों के बीच द्वन्द्व ने फिर से प्रहार किया। जब इंद्र के नब्बे यज्ञ पूरे हो गए तब उन्हें सूचना मिली कि वृत्र द्वारा अनुष्ठित सौ यज्ञ पूर्णता के पास थे। इंद्र को यह जान कर बड़ी चिंता हुई। वह किसी भी हाल में वृत्र को वर्चस्व नहीं देना चाहते थे। उन्होंने देवताओं से परामर्श किया जिसके फलस्वरूप देवों ने सारे घी के बर्तनों को तुरंत अपने अधिकार में कर लिया।

इस प्रकार हे गजानन, देवताओं ने दैत्यों के यज्ञ अनुष्ठान में विघ्न डाल दिया। वृत्र का सौवाँ यज्ञ पूर्णता के समीप ही था कि उसने पाया कि घी बिल्कुल समाप्त हो गया है। तब दैत्य यह देखने गए कि इंद्र अपने यज्ञों में कहाँ तक पहुँचे थे। उन्होंने घोर आश्चर्य के साथ देखा कि इंद्र ने सौ यज्ञ समाप्त करते हुए अपने पिता से शतक्रतु का पद भी प्राप्त कर लिया है। यह देखकर वृत्र अत्यंत क्रोधित हुआ और विषाक्त वचन कहने लगा। दैत्यों को यह भी पता चल गया कि देवताओं ने उनका घी कहीं छुपा दिया था और इंद्र ने छल से यज्ञ पूर्ण करके शतक्रतु का पद प्राप्त किया है।

इतना जान कर दैत्यों ने धमकी दी कि वे अब देवकुल का नाश कर के अपने बल से अपने चुराए गए अधिकार को छीन कर सदा के लिए वापस लेंगे। इसके बाद तो स्वर्गलोक में महाविनाशकारी युद्ध आरंभ हो गया। लाखों वर्षों तक देव और दानव सृष्टि के एक छोर से दूसरे छोर तक आपस में युद्ध करते रहे। हे गजानन, अंत में इस युद्ध में देवतागण पराजित हो गए। सब-कुछ छिन जाने के कारण देवता दुःखी हो गए और शोक में डूब गए। विजय के बाद देवताओं को बंदी बना लिया गया। इंद्र के पद पर महाबली दैत्य वृत्र आरूढ़ हो गया और उसने स्वर्ग पर आधिपत्य जमा लिया। दैत्यराज की जयकारों से देवताओं के हृदय काँपने लगे। मन-ही-मन वृत्र ने संकल्प लिया कि वह देवकुल का विनाश कर देगा।

देवताओं और दैत्यों का घोर युद्ध हजार वर्ष तक चला। दैत्य विजयी हुए और देवताओं को विताड़ित करते हुए स्वर्ग में प्रवेश कर गए।

श्रीमद् देवायण के प्रथम खंड ब्रह्मकल्प के अंतर्गत देवमंडल में द्वन्द्व प्रभाव वर्ग में वृत्र विजय नामक दूसरे संवर्ग का समापन।

।तीसरा संवर्ग।

पिंगल वचन

जब यह समाचार अदिति को मिला कि उनके पुत्र देवताओं को दैत्य वृत्र ने बंदी बना लिया है तब वह बहुत दुःखी हुई। वह स्रष्टा के सामने जाकर कहने लगी, हे स्रष्टा सुनिए, इंद्र ने यज्ञ अनुष्ठान पूरे करने के बाद ही शतक्रतु का पद और स्वर्ग का शासन प्राप्त किया है और आपने ही उसे अभिमंत्रित करते हुए स्वर्ग का शासन सौंपा था। इंद्र द्वारा पद प्राप्त किए जाने पर वृत्र अत्यंत क्षुब्ध हुआ, वैसे भी दैत्य देवताओं के प्रति ईर्ष्या का भाव रखते हैं। यज्ञ अनुष्ठान कार्य में अक्षम होने पर ही उसे शतक्रतु के श्रेष्ठ पद से वंचित किया गया था। उसके बाद बलपूर्वक पद प्राप्त करने की लालसा से उसने देवताओं पर धावा बोल दिया। हे स्रष्टा वृत्र के आक्रमण से शतक्रतु इंद्र पराजित हो गए हैं। युद्ध में विजय होने पर और पद प्राप्त करने के बाद भी दिति पुत्र वृत्र संतुष्ट नहीं हुए। अब देवकुल के विनाश के लिए तत्पर वृत्र ने सभी देवताओं को अपने घर में बंदी बना लिया है। हे स्रष्टा, दानवों से मेरे पुत्रों की रक्षा कीजिए।

यह सुन कर स्रष्टा बहुत चिंतित हुए और तुरंत वृत्र के निवास पर उपस्थित हो गए। पिता को अपने सामने देख कर वृत्र ने आदरपूर्वक उनके पैर छुए और सिर झुका कर खड़ा हो गया। वृत्र की कार्यवाही से क्षुब्ध, स्रष्टा ने पूछा, हे वृत्र, यह बताओ कि तुमने किस कारण से देवताओं को बंदी बनाया है। दैत्य वृत्र ने कहा कि हे पिता, दैत्यों और

देवताओं में द्वेष अत्यधिक बढ़ गया है, इसके फलस्वरूप देव और दानव सर्वदा आपस में युद्ध में ही रत रहते हैं। इस झगड़े को समाप्त करने के लिए एक ही उपाय था कि सृष्टि में या तो देवता रहें या दैत्य। हे पिता, इस क्लेश को समाप्त करने के लिए यही एक रास्ता मुझे दिखाई दे रहा है।

स्रष्टा ने इस सुझाव को अस्वीकार करते हुए कड़े शब्दों में वृत्र को आदेश दिया कि वह देवताओं को मुक्त कर दे। उन्होंने यह भी कहा कि यह उनकी आज्ञा है। वृत्र को समझाते हुए कश्यप ने कहा कि वह चाहते हैं कि देवों और दैत्यों के बीच सौहार्द्र बना रहे। स्रष्टा की आज्ञा वृत्र को बहुत नागवार लगी। उसने अपने पिता से कहा, हे पिता, आप यह निश्चय कर लीजिए कि आपको पृथ्वी में किसका शासन चाहिए - देवों का या दैत्यों का। वृत्र से यह सुन कर कश्यप स्रष्टा क्रोधित होकर बोले, पहले तुम देवताओं को तुरंत कारागार से मुक्त करो। देवता बंदी नहीं रह सकते। वृत्र के दूसरे प्रश्न का उत्तर देते हुए स्रष्टा ने कहा, हे वृत्र, सृष्टि में किसका शासन होगा, इस प्रश्न का उत्तर तो मैं भी नहीं दे सकता। इस प्रश्न के उत्तर के लिए आपको सृष्टियों से पूछना पड़ेगा कि उनको किसका शासन स्वीकार है, दैत्यों का या देवताओं का। जब वृत्रासुर ने सब सृष्टियों से यह प्रश्न किया तब उन्होंने उत्तर दिया कि उन सब को देवताओं का शासन चाहिए। वह देवों को प्राथमिकता देंगे। कोई भी सृष्टि दैत्यों का शासन नहीं चाहती थी।

तब वृत्र ने एक और चाल चली। उन्होंने अपने पिता से कहा कि मैं देवताओं को मुक्ति देने के लिए तैयार हूँ परंतु मेरी एक शर्त है। वह आगे कहने लगा, हे पिता, क्या इस सृष्टि में कोई ऐसा जीव है जो देवताओं के लिए अपने आप को त्याग देगा। देवता एक ऐसे स्थान पर बंदी रखे गए हैं जहाँ एक तालाब है। जितने समय कोई जल के अंदर रहेगा उतने समय तक ही मैं देवताओं को मुक्त करूँगा। यदि वह एक पल के लिए भी जल से बाहर आएगा, तब बचे हुए देवता कारागृह में ही रहेंगे। वृत्र को पता था कि कोई भी जल के अंदर बहुत समय के

लिए नहीं रह सकता, क्योंकि श्वास लेने के लिए उसे जल के ऊपर आना ही पड़ेगा। इस प्रकार केवल एक या दो देवता ही मुक्त हो सकेंगे और उसकी इच्छा के अनुकूल अधिकतर देवता बंदी बने रह जाएँगे। इस तरह वह अपने पिता की बात भी रख लेगा और देवताओं को कारागार में भी रख सकता था। उसे यह भी आशा थी कि कोई ऐसा व्यक्ति मिलेगा ही नहीं जो देवताओं के लिए अपने आप को क्षति पहुँचाएगा।

यह वार्ता क्षण भर में सारे विश्व में फैल गई। इस बात को सुन कर एक ऋषि आए जिनका नाम दध्यंग था। उन्होंने वृत्र से कहा कि वह इस कार्य के लिए तैयार हो कर आए हैं। जब वृत्र ने दध्यंग को देखा तब उनके शरीर से एक अद्भुत ज्योति निकल रही थी। वृत्र को बहुत भय होने लगा। परंतु अपनी प्रवृत्ति के अनुसार, उसने सोचा कि ऐसा हो ही नहीं सकता कि कोई भी अपनी आत्माहुति देने के लिए तत्पर हो। वह ऋषि से कहने लगे कि यह कार्य मैं इस कारण के लिए कर रहा हूँ कि देवताओं को और हमें एक तरह का मान मिले। हम यह कार्य करने के लिए सक्षम हैं। उसने ऋषि दध्यंग को अपनी शर्त के बारे में बताया। उसने कहा, हे ऋषि दध्यंग, जहाँ देव कारागार में हैं वहाँ पर एक तालाब है। आपको जल में अंदर रहना पड़ेगा। जितनी देर आप जल में रहेंगे उतने समय में ही मैं देवों को एक-एक करते हुए मुक्त करूँगा। यदि आप जल से एक क्षण के लिए भी बाहर आएँगे तब मैं इस प्रक्रिया को तुरंत बंद कर दूँगा। जितने देव कारागार में रह जाएँगे उन्हें कदाचित कभी भी मुक्ति नहीं मिलेगी। ऋषि ने यह सब बातें ध्यान से सुनी और तालाब में जल के अंदर चले गए।

वृत्र ने धीरे-धीरे देवों को छोड़ना आरंभ किया। यह कार्य बहुत धीरे-धीरे चलाया जा रहा था क्योंकि वृत्र तो देवों को छोड़ना ही नहीं चाहता था। उसका उद्देश्य तो देवों को जगत में नष्ट कर देना था। वह कम से कम देवों को छोड़ना चाहता था। शेष देवताओं को वह बंदी बना कर ही रखना चाहता था। वृत्र को बहुत आश्चर्य हुआ जब एक-के-बाद-एक सभी देवता धीरे-धीरे बाहर निकल गए परंतु ऋषि दध्यंग जल से बाहर

नहीं निकले। अंत में वृत्र ने अपने लोगों को तालाब में ऋषि को ढूँढ़ने के लिए भेजा। तालाब में ऋषि दध्यंग बिल्कुल नीचे पाए गए। जब उनके शरीर को छुआ गया तब ज्ञात हुआ कि ऋषि दध्यंग ने अपना जीवन देवों के लिए अर्पित कर दिया था। यह सब देख कर और अपनी योजना को विफल होते देख कर वृत्र बहुत दुःखी हुआ। दैत्यों ने ऋषि की देह को वहीँ छोड़ दिया और अपने घर चले गए।

जब देवताओं को यह पता चला तब वे दध्यंग ऋषि की देह के पास पहुँचे। उन्होंने मृत देह को बहुत सम्मान के साथ अपने हाथों से उठाया और अपने पिता ऋषि कश्यप के पास ले गए। उनके पुण्य शरीर को लेकर वे अपने पिता के सामने उपस्थित होकर कहने लगे, हे पिता, इनका दर्शन कीजिए यह हैं दध्यंग ऋषि। इन्होंने देवताओं की मुक्ति के लिए अपना शरीर त्याग दिया है। अब इस देह का हम क्या करें। आप कृपया हमें बताएँ, हम इनका कैसे सम्मान करें।

स्रष्टा ने अपने दैव पुत्रों से अत्यंत स्नेह से कहा कि इन्होंने कारागार से देवताओं की मुक्ति के लिए इस शरीर का परित्याग किया है, इससे देवों के कल्याण के लिए एक अत्यंत शक्तिशाली अस्त्र का निर्माण किया जा सकता है। यह सुन कर देवताओं ने तुरंत ही विश्वकर्मा को ऋषि दध्यंग की पुण्य देह दे दी। विश्वकर्मा ने उनकी अस्थियों से एक वज्र बनाया। यह वज्र इतना शक्तिशाली था कि कोई भी दैत्य इसका सामना नहीं कर सकता था। इस वज्र को लेकर इंद्र तुरंत स्वर्ग में गए। इंद्र और वृत्र का युद्ध पुनः आरंभ हो गया। इस वज्र के आघात से इंद्र ने वृत्रासुर को मार गिराया और देवताओं ने इंद्र की जयकार करते हुए स्वर्ग में प्रवेश किया। बचे हुए अन्य दैत्यों ने तुरंत स्वर्ग छोड़ दिया और वह अंधकार-युक्त पाताल लोक में प्रवेश कर गए। सब देवता बहुत प्रसन्नता के साथ स्वर्ग में रहने लगे। हे विनायक, प्राचीन काल में देवताओं और दैत्यों के बीच इसी तरह यह द्वन्द्व हज़ारों वर्षों तक चलता रहा।

अत्यंत विकट युद्ध के बाद देवों को मुक्त करने के लिए दधीचि मुनि ने अपने अस्थियों का दान किया था। इनसे स्वर्ग में वज्र का निर्माण

हुआ जिसके कारण देवताओं ने स्वर्ग में दैत्यराज वृत्र के शासन को समाप्त किया।

श्रीमद देवायण के प्रथम खंड ब्रह्मकल्प में देवमंडल के अंतर्गत द्वन्दव प्रभाव वर्ग में देव विजय और वृत्रवध नामक तृतीय संवर्ग का समापन।

।चौथा संवर्ग।

गणेश वचन

हे महाकवि पिंगल, इंद्र द्वारा दैत्यराज वृत्र का वध किए जाने के बाद आपने बताया कि देवों और दैत्यों ने अपने-अपने क्षेत्रों का विभाजन कर लिया था। देवतागण स्वर्ग में स्थापित हो गए और दैत्यों को पाताल में धकेल दिया गया। हे महाकवि, अब मुझे बताइए कि इसके बाद देवों और दैत्यों ने क्या किया जिससे उनके बीच का द्वन्द्व बढ़ता ही रहा?

पिंगल वचन

हे गजानन, जब दैत्य स्वर्ग से निकाले गए उसके बाद दैत्यराज पुलोमन को बहुत ख्याति मिली। परंतु वह संतुष्ट नहीं थे। वह सारे समय स्वर्ग के सपने देखते रहते थे। उनकी स्वर्ग को फिर जीतने की आशा बलवती होती रही। कई वर्ष बीत गए। तब उनके मन में विचार आया कि केवल उनके गुरु शुक्राचार्य ही उनका यह स्वप्न पूरा कर सकेंगे।

उन्होंने गुरु शुक्राचार्य के पास जाकर निवेदन किया और पूछा कि दैत्य किस तरह एक बार फिर स्वर्ग को पा सकते हैं। पुलोमन ने कहा, हे गुरु, यह हमारे लिए अत्यंत दुःखदायी घटना है कि हमें स्वर्ग छोड़ना पड़ा था। जब राजा वृत्र हमारे बीच में थे तब देवताओं और दैत्यों में अत्यंत भयंकर युद्ध हुआ था। उस समय दैत्यों ने देवों को पराजित किया। उस समय सृष्टि में देवों का कोई नाम ही नहीं रहा। सारे देव

दैत्यों के बंदी बन गए थे। इसके बाद ऋषि दध्यंग ने अपने प्राणों की आहुति देकर देवताओं को बचाया। उनकी अस्थियों से विश्वकर्मा ने एक वज्र का निर्माण किया जो अत्यंत शक्तिशाली था। इस वज्र के कारण कोई भी दैत्य देवों के साथ युद्ध नहीं कर सकता। उस समय और उसके बाद भी ऋषियों के तेज ने इंद्र अथवा देवों की बहुत सहायता की और इसका प्रभाव हम सब पर पड़ा। मेरी इच्छा है कि हमें फिर चेष्टा करनी चाहिए कि हमें स्वर्ग मिल जाए।

शुक्र ने कहा, हे तेजस्वी पुलोमन मैं बहुत समय से इस क्षण की अपेक्षा कर रहा हूँ। पुलोमन ने कहा, हे गुरु, मेरे अंदर स्वर्ग पाने की आशा अभी तक गई नहीं है। इस लक्ष्य को पाने के लिए कृपया मेरा मार्गदर्शन कीजिए। मेरी इच्छा है कि मैं देवताओं के तेज को पुनः पराजित कर सकूँ।

पुलोमन के मन की बात सुन कर गुरु शुक्राचार्य बहुत आनंदित हुए और उन्होंने कहा, हे दैत्यराज, इस उद्देश्य को प्राप्त करने का एक ही मार्ग है। आपको राज्यलक्ष्मी के लिए एक बहुत बड़े यज्ञ का अनुष्ठान करना पड़ेगा। इस महाशक्ति के बल और तेज से आपलोग पुनः स्वर्ग में प्रवेश कर सकेंगे। आप स्वर्ग को जीत सकेंगे, अतः, स्वर्ग में अपना राज्य पुनः बसा सकेंगे। इनकी शक्ति के सामने वज्र भी व्यर्थ हो जाएगा। यदि इंद्र पराजित हो जाएँ तो आप सदैव के लिए स्वर्ग के ईश्वर होंगे। यह सब सुनकर पुलोमन बहुत ही आनंदित हुआ।

सब दैत्य एक शक्ति यज्ञ की तैयारी में व्यस्त हो गए। जैसे शुक्राचार्य ने कहा था, यज्ञ का कार्य वैसे ही हुआ। शुक्राचार्य ने ही यह यज्ञ किया, वे यज्ञ में पुरोहित बने। देवों के मंत्रों का उच्चारण करते हुए जब वे अग्नि में घी की आहुति देते तब अग्नि की ज्वालाएँ आकाश छूने लगीं। इस अग्नि में अविरल घी उड़ेलते हुए महातपस्वी शुक्राचार्य निरंतर वेद मंत्रों का उच्चारण करते रहे। शुक्राचार्य श्रेष्ट वेदमंत्रों के ज्ञाता थे। दैत्यों का विपुल प्रयास था कि अग्नि में घी और समिधा की कमी नहीं होनी चाहिए। पुलोमन तत्पर रहते थे और शुक्र को निरंतर घी प्रदान करते रहते थे।

जैसे-जैसे मंत्रोच्चारण के साथ यज्ञ में आहुतियाँ दी जा रही थीं, वैसे-वैसे दैत्यों की शक्ति बढ़ती जा रही थी। यह यज्ञ लाखों वर्षों तक चलता रहा। इस यज्ञ में से एक बहुत तेज शक्ति का जन्म हुआ। इसके बाद यज्ञस्थल पर एक तेज कांति प्रकाशित हुई। इस प्रकाश को देख कर दैत्य-गण बहुत चकित और प्रफुल्लित हुए। धीरे-धीरे इस ज्योति ने एक बहुत ही सुंदर कन्या का स्वरूप लिया। पुलोमन इस कन्या को देखते ही रह गए। इस कन्या को देख कर शुक्राचार्य ने दैत्यराज पुलोमन से कहा, हे पुलोमन जिस शक्ति ने अग्नि से जन्म लिया है उसका नाम आप शची रखिए। आप देखिए कि यह कन्या जब से अग्नि से बाहर आई है, उसके शरीर से ज्योति निकल रही है। हे पुलोमन, आप इस लक्ष्मी, इस ज्योति को तुरंत ग्रहण कीजिए और राजलक्ष्मी का पद दीजिए। इसकी शक्ति की सहायता से आप शीघ्र ही स्वर्ग को फिर से जीत सकेंगे। यह यज्ञ पूर्ण रूप से सफल हुआ। कन्या के रूप में राजलक्ष्मी प्राप्त करने के महत्व को समझ कर सभी दैत्यगण हर्ष से गर्जना करने लगे। इस गर्जना की ध्वनि पाताल लोक से उठी, परंतु इससे आकाश भी काँपने लगा। यह ध्वनि स्वर्ग में भी सुनाई दी।

यज्ञ में जिस कन्या का जन्म हुआ था उसे दैत्यराज पुलोमन की राष्ट्रधारिणी बनाने का स्वप्न देखते हुए उसका नाम पौलोमी शची रखा गया।

श्रीमद् देवायण के प्रथम खंड ब्रह्मकल्प में देवमंडल के अंतर्गत द्वन्द्व प्रभाव वर्ग में शची उद्भव नामक चतुर्थ संवर्ग का समापन।

।पाँचवां संवर्ग।

पिंगल वचन

इधर स्वर्ग में इस ध्वनि से विचलित होकर इंद्र अपने गुरु बृहस्पति के सामने उपस्थित हुए और पूछने लगे, हे गुरु, मुझे कारण ज्ञात नहीं

है, परंतु हम सब देवताओं, तथा समस्त स्वर्ग और मर्त्य में व्याकुलता और हलचल पैदा हो गई है। हमारे बीच शांति और स्थिरता लुप्त हो गई है। कृपया मुझे बताइए कि इसका क्या कारण हो सकता है। यह सुन कर बृहस्पति ने आँखें बंद की और थोड़ी देर के लिए ध्यान में चले गए। कुछ समय बाद उन्होंने उत्तर दिया, हे इंद्र, सुनो, पाताल में दैत्यों के बीच एक कन्या का जन्म हुआ है। उसका जन्म कोई साधारण नहीं था। दैत्यों के गुरु शुक्राचार्य ने हजारों वर्ष तक यह यज्ञ क्रिया की जिसके फलस्वरूप यह कन्या उत्पन्न हुई है। हे इंद्र, यह महाशक्ति है। जब दैत्यराज पुलोमन इससे विवाह करेंगे तब यह शक्ति केवल दैत्यों के पास आ जाएगी। इसके बाद उन्हें स्वर्ग में आने से कोई भी नहीं रोक सकेगा। जब तक यह कन्या दैत्यों के समीप रहेगी उनका बल कई गुणा बढ़ जाएगा और वे दुर्दमनीय हो जाएँगे। तब उन्हें स्वर्ग से निकालना असंभव होगा। आपके पास एक ही उपाय है कि आप इस कन्या को हर लीजिए और उससे विवाह कर लीजिए। इस कन्या को सदैव अपने पास रखिए।

आपको जिस अशांति का आभास हो रहा है वह इसलिए है क्योंकि दैत्य हर्षोल्लास मना रहे हैं और सदैव मनाते रहेंगे। यह कन्या इस समय दैत्यों के पास ही है। यह साक्षात् जय की स्वरूपिणी है और यह जिसके पास रहेगी उसे ही विजयश्री प्राप्त होगी। स्वयं देवगुरु बृहस्पति के मुँह से यह बातें सुनकर देवराज अत्यंत हतोत्साहित हो गए और पूछने लगे, हे गुरु, मुझे बताइए कि इस परिस्थिति में अब मुझे क्या करना चाहिए। इंद्र के इन चिंताकुल वाक्यों को सुनकर देवगुरु बृहस्पति कहने लगे, हे देवराज, आप शांत होकर मेरी बात सुनिए। इस परिस्थिति में आपके पास एकमात्र उपाय यही है कि आप शची को राज्यलक्ष्मी का पद दीजिए। उनका हरण कीजिए और अपने पास ले आइए। कुमारी कन्या की यह विशेषता है कि जब-तक वह कुँआरी और अविवाहिता है तब तक अपने पिता के अधिकार में होती हैं और पिता के कार्यों में सहायक होती हैं, परंतु जब वह विवाहिता हो जाती है तब उसका संपूर्ण तेज उसके पति को मिल जाता है। वह केवल अपने पति के कुल की रक्षा करेगी और केवल उनकी सहायता करेगी। हे इंद्र, इसलिए तुम

तुरंत उस कन्या का हरण कर लो। उसे अपनी अर्धांगिनी और रानी बना लो, तब आप अजेय हो जाएँगे।

गुरु बृहस्पति के वाक्यों को सुनकर इंद्र ने जरा भी विलंब नहीं किया। वे छद्मवेश में अपने वाहन घोड़े पर सवार होकर दैत्यों के रसातल में जाने के लिए तत्पर हो गए। जाने से पहले अपने भाई वायु को सतर्क रहने के लिए कह गए। दैत्यनगरी पाताल में प्रवेश करते ही सामने उन्हें महाशक्ति शची दिखाई पड़ी तब उन्होंने अविलंब उन्हे बाहों में उठा लिया और अपने वाहन पर सवार होकर द्रुत गति से स्वर्ग की ओर निकल पड़े।

इंद्र बहुत तेजी से पाताल लोक की अंतिम सीमा पर पहुँच गए तब दैत्य सतर्क हुए कि कोई शची के लेकर भाग रहा है। समीप से देखने पर दैत्यों को पता चल गया कि यह इंद्र हैं और उन्होंने महाशक्ति शची का अपहरण कर लिया है। यह देख कर दैत्यों को बहुत क्रोध आया। वह बिल्कुल नहीं चाहते थे कि शची को इंद्र अपने पास ले जाए। अतः सभी दैत्यों ने अपने-अपने शस्त्र उठा लिए और गर्जना करते इंद्र के पीछे दौड़ने लगे कि कि इस चोर इंद्र को बच कर निकलने से रोको। हजारों दैत्यों के कंठों से एक यही आवाज निकल रही थी - आक्रमण, उस महाशत्रु, इंद्र पर आक्रमण करके हम उसके टुकड़े-टुकड़े कर देंगे। अनगिनत दैत्य अपने-अपने शस्त्रों को लेकर घोड़ों, हाथियों और रथों पर सवार हो गए और असंख्य दैत्य पैदल दौड़ पड़े। उनके बीच रणभेरियाँ और युद्ध के अन्य वाद्य यंत्र बज रहे थे। प्रतिक्षण दैत्य गर्जना कर रहे थे, इंद्र को युद्ध के लिए ललकार रहे थे।

इंद्र युद्ध के लिए तत्पर नहीं थे, उन्हें शची को लेकर सुरक्षित स्वर्ग पहुँचना था। उसी समय तीव्र चपल तो क़ेवल वायु सेना ने दैत्य बल को आधे रास्ते में ही रोक कर युद्ध करना आरंभ कर दिया और उन्हें आगे बढ़ने ही नहीं दिया। इसी बीच महाशक्ति शची को लेकर इंद्र स्वर्ग में प्रवेश कर गए। शची को स्वर्ग में सुरक्षित स्थान पर प्रतिष्ठित करते ही वज़्र हाथों में लेकर इंद्रदेव तुरंत दैत्यों के विरुद्ध युद्ध में कूद पड़े। उसके बाद देवों और दैत्यों में महायुद्ध शुरू हो गया।

यह युद्ध सौ वर्षों तक चलता रहा और उसके बाद दैत्य-सेना वज्र के भीषण प्रहार का सामना नहीं कर पाई। अंत में, उस महायुद्ध में दैत्यराज पुलोमन पराजित हो गए और उन्होंने शची की आशा त्याग दी और स्वर्ग से भाग कर पाताल चले गए। इस युद्ध में दैत्यों की भारी क्षति हुई थी। उसके बाद इंद्रपद और शची की आकांक्षा रखने वाला पुलोमन अत्यंत क्षुब्ध रहते थे। इस दिन-प्रतिदिन बढ़ते शोक तथा क्षोभ में घुल कर एक दिन पुलोमन ने अपना शरीर त्याग दिया। उसकी मृत्यु से दैत्यगणों में हाहाकार मच गया।

इधर स्वर्ग में सब ओर सुख और ऐश्वर्य था। सबके सामने इंद्र का अभिषेक हुआ। इंद्रदेव ने देवी शची के साथ शुभ विवाह किया और उन्हें सदा-सर्वदा के लिए स्वर्ग में प्रतिष्ठित कर दिया। शची देवी अब देवों के साथ थीं अतः देवताओं ने उन्हें बहुत से उपहार दिए। इतना प्रेम और सुख पाकर शची देवी बहुत ही वैभवशालिनी बन गईं। स्वर्ग की शोभा बढ़ा रही सुरेश्वरी शची के कारण स्वर्गलोक में सुमंगल होने लगे। आनंदोत्सवों में गंधर्वों और अप्सराओं के नृत्य आयोजित किए गए। इस समय स्वर्ग और मर्त्य मंगलमय हो गए। ब्रह्मा, विष्णु और महेश्वर ने उनको अपने आशीर्वाद दिए।

इंद्र ने छद्म-वेश में दानवों के राज्य में प्रवेश किया था और अपने कौशल से शची पौलोमी का हरण करते हुए विजयी हुए।

श्रीमद् देवायण के प्रथम खंड ब्रह्मकल्प के अंतर्गत देवमंडल में द्वन्द्व प्रभाव वर्ग में इंद्र द्वारा शची प्राप्ति नामक पँचम संवर्ग का समापन।

।छठा संवर्ग।

पिंगल वचन

इस प्रकार स्वर्ग में अनेक वर्ष हर्षोल्लास में गुजरे। इसके बाद, दैत्यकुल में पाक नाम से विख्यात एक महाबलि दैत्य पैदा हुए। उसने

सुना कि किस प्रकार इंद्र ने छल से दैत्यों से कन्या शची का हरण किया था। इसी क्रोध में इंद्र को दंडित करने के लिए वह अपनी शक्ति बढ़ाने लगा। देवों से शत्रुता करने वाले इस दानव ने तपस्या करनी आरंभ की। उसकी मनोकामना थी कि घोर तपस्या करने के बाद इंद्र का पद पाया जाए। उसने अपने तप से ब्रह्मा का स्मरण किया और अमर होने की कामना की ताकि इंद्र को युद्ध में पराजित कर सारे स्वर्ग पर अधिकार किया जाए। मन में यह विचार लेकर दैत्य पाक ने घोर तप किया।

ग्रीष्म काल में जब चारों ओर केवल आग बरसती थी तब भी वह अपने तप में लीन रहता था। हेमंत ऋतु में जब सूर्य मनोहर दीप्ति बिखेरता था, या घोर ग्रीष्मकाल में जलाशय में, या कड़ाके की ठंड में वह निराहार, पर्वत की तरह अटल - वह अपने तप-ध्यान में लीन रहता था। वर्षाकाल में भीगते हुए भी वह निर्विकार रह कर अपना तप जारी रखता था। मधुमास में अपने पाँव ऊपर रख कर घोर तप करता था। इसी प्रकार यह कठोर तप शत सहस्र वर्षों तक चलता रहा। उसके बाद वर देने के लिए ब्रह्माजी उसके सामने उपस्थित हो गए। तब भी वह घी की आहुति देता रहा। जगतस्रष्टा ब्रह्माजी ने उसके यज्ञ से प्रसन्न होकर कहा कि तुम्हारा यज्ञ संपूर्ण हो गया है इसलिए अपनी इच्छा के अनुसार वर माँगो।

पाक वचन

हे प्रजापति ब्रह्माजी यदि आप मेरे यज्ञ से संतुष्ट हैं और मेरी इच्छा के अनुसार वर देना चाहते हैं तब मुझे अमरत्व का वर प्रदान कीजिए।

पिंगल वचन

इसके प्रत्युत्तर में ब्रह्माजी ने दैत्यराज पाक से कहा, अमरत्व तो असंभव है। जन्म और कर्मों के कारण देवताओं और दैत्यों को अलग-अलग दृष्टि से देखा जाता है। दैत्यकुल के किसी भी दैत्य को आज तक अमरत्व नहीं दिया गया है। इसके अतिरिक्त जो भी वर माँगना चाहो, अपनी इच्छा के अनुसार माँग लो। ब्रह्माजी की बातों को सुनकर

दैत्यराज पाक ने कहा, मुझे और कुछ भी नहीं चाहिए। यदि आप सक्षम हैं तो मुझे अमरत्व का ही वर दीजिए। मेरे जीवन का एक ही उद्देश्य रहा है कि मैं अमरत्व प्राप्त करूँ। यदि आप मुझे इच्छित वर नहीं देते हैं तो मेरा यज्ञ पूर्ण नहीं होगा। ब्रह्माजी चले गए। उनके जाने के बाद दैत्यराज पाक फिर से तप करने लगा।

हजारों वर्षों तक यज्ञ करने और घी की आहुति देने के बाद भी जब ब्रह्माजी वर देने के लिए उपस्थित नहीं हुए तब दैत्यराज ने ठान लिया कि अब तो घी की आहुति के साथ अपने सिर को काट कर यज्ञ की अग्नि में हवन करेगा। अपने हाथों में खड्ग लेकर दैत्य अपना सिर काटने के लिए तैयार हो गया। ब्रह्माजी ने देखा कि दैत्य अपने सिर की आहुति दे देगा तब वे पुनः दैत्य के सामने उपस्थित हो गए। पाक को हाथ में खड्ग लिए देखकर ब्रह्माजी मधुर स्वर में कहने लगे कि हे दैत्यराज, अमरत्व जैसे कई वर माँग लो।

पाक यह सुन कर बहुत प्रसन्न हुए और वर माँगने लगे, हे प्रजापति ब्रह्मा, मुझे यह वर दीजिए कि मैं यक्षों और देवताओं से असुरों की रक्षा कर सकूँ और हर युद्ध में सदैव विजयी रहूँ। ब्रह्माजी ने कहा, तथास्तु। क्रोध में आकर जब कोई शत्रु मेरी देह पर आघात करे तब मुझ पर कोई भी प्रभाव नहीं पड़े। किसी भी दिव्य अस्त्र का, यहाँ तक कि वज्र का भी मुझ पर कोई भी आघात न हो पाए। ब्रह्माजी ने कहा, तथास्तु। न सूर्य के उजाले में, न संध्या में, न रात्रि में, न ऊषाकाल में, इनमें किसी भी काल में भी मेरी मृत्यु नहीं हो। ब्रह्माजी ने कहा, तथास्तु।

अपने ही भ्रम में दैत्यराज ने यह सारे वरदान माँगे और तप में उसकी असहनीय पीड़ा को दृष्टिगत रखते हुए ब्रह्माजी ने उसे अमरत्व को छोड़ कर अनेक प्रकार वर प्रदान किए। दैत्यराज पाक ने हर्ष के साथ कहा कि जो भी वर मुझे चाहिए थे, वे सभी मुझे मिल गए हैं। इसलिए मैं आपको नमस्कार करता हूँ, अब आप अपने ब्रह्मलोक में वापस पधारें। यज्ञ समाप्त होने पर दैत्यराज पाक ने सभी दानवों को अपने समक्ष बुलाया। स्वार्थ-लोभी तथा देवताओं से द्‍वेष रखने वाले

इस दानव ने देवताओं के विरुद्ध युद्ध की घोषणा कर दी। सभी दैत्यगण दल-बल बना कर स्वर्ग पर विजय प्राप्त करने के लिए तैयार हो गए।

लाखों वर्षों के तप के बाद दैत्यराज पाक को ब्रह्माजी के दर्शन हुए और देवताओं के विरुद्ध विजय प्राप्त करने के लिए अमरत्व के सिवा अन्य सभी इच्छित वर प्राप्त हुए।

श्रीमद् देवायण के प्रथम खंड ब्रह्मकल्प में देवमंडल के अंतर्गत द्वन्द्व प्रभाव वर्ग में पाक तप सिद्धि नामक षष्टम संवर्ग का समापन।

।सातवाँ संवर्ग।

पिंगल वचन

नाना प्रकार के शस्त्रों से सुसज्जित, हाथियों और गाजे-बाजों के साथ, दैत्य-सेना दैत्यराज पाक के नेतृत्व में स्वर्ग की ओर चल पड़ी। स्वर्ग के द्वार पर उपस्थित होकर दैत्यों ने गर्जना करते हुए कहा, अरे दुष्ट इंद्र, बाहर आओ और हमसे युद्ध करो, या स्वर्गनगरी अमरावती को त्याग कर कहीं और चले जाओ - मर्त्यलोक या पाताललोक में, जहाँ भी तुम्हारी इच्छा हो चले जाओ। ब्रह्माजी से प्राप्त वरदानों के बल पर दैत्यराज अपने आप को ईश्वर समझने लगा था। दैत्यराज कहने लगा कि यदि तुम रणक्षेत्र में अपना बल दिखाना चाहते हो तो आओ युद्ध कर लो। महानाद करते हुए दैत्यों ने इंद्र को ललकारा और ऐरावत पर सवार, हाथ में वज्र लिए इंद्र बाहर आ गए। उनके आते ही वायुसेना भी बहुत आवाज करते हुए युद्ध के मैदान में पहुँच गई। देव सैनिक पहले से ही तैयार थे। उन्होंने भी युद्ध-क्षेत्र में प्रवेश किया। रणक्षेत्र में आकर देवताओं ने घनघोर शंखनाद करना आरंभ कर दिया। शंखनाद सुनकर युद्धस्थल पर उपस्थित सभी देवतागण हर्षित हो गए।

इसके बाद देवताओं और दैत्यों में महायुद्ध आरंभ हो गया। दैत्य पाक ने अपने हाथ में गदा धारण किया था तो दूसरी ओर शचीपति इंद्र ने

दिव्यास्त्र वज्र धारण किया था। हवा से भी तेज अपने-अपने वाहनों पर सवार सभी योद्धा अपना पराक्रम दिखाने लगे। स्वर्ग में, गदा और वज्र के बीच भयंकर युद्ध होने लगा। दैत्यराज पाक और देवराज इंद्र के मध्य यह युद्ध हजारों वर्षों तक चलता रहा। दैत्यराज पाक की गदा के आघातों से इंद्रदेव थक गए परंतु दानव पाक को अब भी कोई थकान नहीं थी और इंद्र के वज्राघातों का उस पर कोई भी प्रभाव नहीं हो रहा था। दैत्यराज के गदा-प्रहार इंद्र के लिए असहनीय हो गए थे। अंत में, देवराज इंद्र पराजित हो गए। रणक्षेत्र में अन्य दैत्यों ने देवतागणों को भी पराजित कर दिया।

हे गणेशजी सुनिए, इसके बाद बलवान दैत्यों ने देवताओं को स्वर्गधाम से बाहर निकाल दिया और दैत्यराज पाक ने अपना अधिकार स्थापित कर दिया।

अब देवतागण सारे जगत में घूम रहे थे और इसी दौरान सभी देवताओं ने बैठ कर आपस में आत्मचिंतन किया। दैत्यराज पाक के कारण सारे देवता पीड़ित थे। अब देवताओं को यह भी पता नहीं चल रहा था कि उनका क्षेत्र कौन सा था। हर क्षेत्र में पाक आकर उन्हें पीड़ित करता था। देवताओं को यही चिंता सता रही थी कि सभी क्षेत्रों पर दैत्यराज पाक का अधिकार हो गया है, इस महादानव का विध्वंस कैसे किया जाए। फिर आपस में परामर्श करने के बाद देवतागण ब्रह्माजी के सामने उपस्थित हुए क्योंकि ब्रह्माजी के वरदान से ही उस दानव को यह शक्तियाँ मिली थी। उसके वध का उपाय वही बता सकते थे। अपने स्थान पर बैठे ब्रह्माजी को देवताओं ने चारों ओर से घेर लिया।

जो वरदान ब्रह्माजी ने दैत्यराज पाक को दिए थे उन्हें सुनकर एक बार तो सभी देवता सन्न रह गए। देवतागण कहने लगे कि हे ब्रह्माजी, आप हमें बताइए कि हम कहाँ आश्रय लें, और उसके साथ यह भी बता दीजिए कि दुष्ट दैत्यराज पाक का वध कैसे किया जा सकता है। ब्रह्माजी ने उपाय बताया।

वह मधुर स्वर में कहने लगे, हे महाबली इंद्र आप एक ब्राह्मण विद्यार्थी का रूप धारण करें और इस छद्मवेश में दैत्यालय में प्रवेश

कीजिए। दैत्यराज पाक के सामने अपने चमत्कार दिखाकर उसका मनोरंजन कीजिए। इस प्रकार हे इंद्र, आप दैत्यराज से मित्रता कर लेंगे और नित्य उसके साथ रहने लगेंगे। यह निश्चित कर लीजिए कि जिस ग्रहण के दिन पर राहू सूर्य को ग्रास करेगा, उसी दिन आपको दैत्य का वध करना है। आपको ऐसा करना है कि घोड़े पर करतब दिखाते हुए दैत्यराज का मनोरंजन करें और यह करतब करते हुए घोड़े के शरीर में प्रवेश कर जाएँ। अन्य देवतागण मानवों के रूप में दैत्यराज पाक के राज्य में उपस्थित हो जाएँगे।

जगतस्रष्टा के इन वाक्यों को सुनकर इंद्रदेव अत्यंत हर्षित हो गए और छद्मवेश में दैत्यराज के घर में प्रवेश कर गए और दैत्यालय में जाकर अपने करतब दिखा कर दैत्यराज का मनोरंजन करते हुए उसके घर में रहने लगे। सौ से भी अधिक दिनों तक इंद्र दैत्यराज का आमोद करते रहे। महा-असुर पाक इंद्र के व्यवहार से संतुष्ट था और उनसे बहुत स्नेह करने लगा था। सर्वजगत में आश्चर्य किया जा रहा था कि देवराज इंद्र तथा दैत्यराज पाक में इतनी मित्रता कैसे हो गई है, वह भी उस दैत्यराज पाक के साथ - जिसने स्वर्ग पर अधिकार करते हुए पूरे स्वर्गलोग में देवताओं की मान्यता को समाप्त कर दिया था जिसके फलस्वरूप देवत्व समाप्त हो गया था। उसके स्थान पर दैत्यराज पाक का बोलबाला हो गया था।

हे गणपति, अब आगे की कथा सुनिए। एक दिन राहू ने सूर्य को ग्रसित कर लिया। उसी दिन दैत्यराज पाक के यहाँ नानाविध क्रीड़ाओं के द्वारा आयोजित महोत्सव का प्रदर्शन किया गया। घोड़े के साथ क्रीड़ा करते हुए देवराज इंद्र ने अपना इंद्रजाल फैला दिया जिससे सभास्थल पर बैठे हुए लोग हर्षित हो गए और सबसे अधिक हर्ष दैत्यराज पाक को हुआ। दैत्यराज ने हर व्यक्ति को बुला-बुला कर कहा कि यह लड़का मेरा मित्र है। यह बुद्धिमान है, गुणी है, श्रेष्ठ है और मेरा सबसे प्रिय व्यक्ति है। इंद्र ने भी अपना हर्ष दिखाकर कहा, मेरे परम मित्र पाक, मैं घोड़े को विचित्र चाल से चलाते हुए युद्ध कला का प्रदर्शन करूँगा। सभी लोग आश्चर्य-चकित रह जाएँगे और प्रदर्शन सार्थक हो जाएगा।

उसी समय सूर्यग्रहण आरंभ हो गया समस्त स्वर्ग पर राहू की छाया पड़ने लगी। जैसे ही पाक घोड़े पर सवार हुआ, इंद्र घोड़े के शरीर में प्रवेश कर गए। इंद्र का घोड़े का शरीर प्रतिक्षण बढ़ने लगा और उसने हाथी का आकार ले लिया। महान वीर्य से पागल होकर महाबली हाथी ने पाक को दोनों पैरों से पकड़ कर उसका शरीर चीर दिया। सूर्यग्रहण हो चुका था - यह दिन का समय नहीं था, न संध्या, न रात्रि और न ही ऊषाकाल। राहू की छाया के कारण दैत्यराज पाक का वध करने के लिए यह सबसे शुभ मुहूर्त था।

उसका वध किसी दिव्यास्त्र या वज्र से नहीं किया गया और न ही रणक्षेत्र में युद्ध के दौरान किया गया था। हे गजानन, पाक दैत्य का वध खेल-खेल में एक महोत्सव के दौरान किया गया। उसका वध करने वाला न देवता था और ना ही कोई राक्षस, वह एक मानव रूपी ब्राह्मण था। हे गजानन, इंद्र ने अपना जाल फैलाकर दैत्यराज पाक का वध कर दिया। उसे वध करने वाले के प्रति उसका न द्वेष था और न क्रोध, बल्कि वह तो दैत्यराज का मित्र था। उसे पृथ्वी पर गिरने नहीं दिया गया और हवा में उछाल कर महासमुद्र के जल में फेंक दिया गया।

दैत्यराज पाक के वध के बाद देवराज इंद्र ने अपना वज्र धारण कर लिया और एक-एक कर सभी दैत्यों का वध कर दिया। सैकड़ों महाबली और श्रेष्ठ दैत्य योद्धाओं को रणक्षेत्र में युद्ध के दौरान इंद्र ने मौत के घाट उतार दिया। इंद्र ने पाक दानव का वध एक योजनाबद्ध ढंग से किया और इसके लिए वह दिन चुना था जब राहू ने सूर्य को ग्रसित कर लिया था और चारों ओर रात्रि जैसा अंधकार छाया हुआ था। शेष दैत्य डर कर भाग खड़े हुए। उनमें हाहाकर मच गया था और वे चीख-चीख कर कह रहे थे, जल्दी भागो और अपने प्राण बचाओ। कइयों के दाँत टूट गए थे और अनेक दैत्य अपने हाथ कटवा कर रो रहे थे।

देवराज इंद्र की विजय के कारण पुण्यभूमि स्वर्ग में महोत्सव होने लगे। दैत्यराज पाक को समाप्त करने के बाद देवभूमि को पवित्र किया गया। दैत्यराज पाक के वध के बाद स्वर्ग में चारों ओर शांति स्थापित हो गई। स्थान-स्थान पर अप्सराओं के झुंड नृत्य करने लगे और चारों

दिशाओं में इत्र और फूलों की वर्षा होने लगी। नर का रूप धारण किए अन्य देवगण अपने असली देवरूप में आ गए। इंद्रसभा शोभित होने लगी और स्वर्गलोक में चारों ओर आनंद व्याप्त हो गया। दैत्यराज पाक के वध के बाद सारे युद्ध समाप्त हो गए। चारों ओर मित्रता, भाईचारा और शांति छा गई।

इंद्र ने दानव पाक का वध उसे जंघा पर रख कर सूर्यग्रहण के समय किया था, जब न दिन था और न रात थी और वहाँ युद्ध का मैदान भी नहीं था।

श्रीमद् देवायण के प्रथम खंड ब्रह्मकल्प में देवमंडल के अंतर्गत द्वन्द्व प्रभाव वर्ग में पाक शासन नामक सप्तम संवर्ग का समापन।

।आठवाँ संवर्ग।

गणेश वचन

हे कविवर, इसके बाद द्वन्द्व कहाँ पर छिपा था, कृपया बताइए, क्योंकि इस समय इंद्रदेव के अधीन सभी देवता स्वर्ग में प्रतिष्ठित थे।

पिंगल वचन

हे गजानन सुनिए, उस समय दैत्यकुल का कहीं भी प्रभाव नहीं था और वे अपने जन्म को धिक्कार रहे थे। देवताओं की वीरता के कारण दैत्यगण सदा भयभीत रहते थे अतः ऐसे समय किसी बलशाली दानव का उद्भव होना संभव नहीं था और दैत्यगण युद्ध के संबंध में सोच भी नहीं सकते थे।

ठीक इसी समय दैत्यों के कुल में स्वयं द्वन्द्व मघासुर नामक दैत्य के रूप में उत्पन्न हुआ। मघासुर को दैत्यों ने देवताओं की मान्यता दी और इसलिए, वह इंद्रपद की लालसा में छुप-छुप कर यज्ञ किया करता था। उसे पता था कि इंद्र ने सौ यज्ञ करने के बाद शतक्रतु का पद

प्राप्त किया था। इसी प्रकार वह भी सौ यज्ञ अनुष्ठित कर इंद्रपद प्राप्त करने की इच्छा रखता था। बहुत वर्षों तक यज्ञ करने के बाद वह सौ यज्ञ पूरा करने के समीप पहुँच गया। प्रत्येक यज्ञ के बाद मघासुर की शक्तियों में निरंतर वृद्धि होती थी। अब वह इंद्र की समाप्ति के लिए सौवें यज्ञ का समापन करने जा रहा था।

अचानक पाताललोक में इंद्रदेव प्रकट हो गए। उन्होंने देखा कि मघासुर अपने सौ यज्ञ पूरे करने जा रहा है। इंद्र ने अपने मन में वज्र का स्मरण किया और उसी क्षण उनके हाथ में दिव्य शस्त्र आ गया जिसे लेकर वह मघासुर के आगे आ गए। उस पल मघासुर अपने सौवें यज्ञ की पूर्णता के लिए अंतिम आहुति देने ही जा रहा था कि इंद्र ने गर्जना करते हुए कहा कि हे दैत्य रुक जाओ। मघासुर ने भी गरज कर कहा कि हे इंद्र, अब बस एक क्षण की ही देरी है। उस के बाद आपका काम तमाम हो जाएगा।

तभी इंद्र ने मघासुर के चारों ओर चक्कर लगा कर अपने दिव्य खड्ग से प्रहार कर दिया। उस समय यज्ञ की अग्नि से इंद्र कुछ कमजोर हो गए थे और मघासुर के तेज से अपने आप को बचाने लगे। परंतु उनके खड्ग के प्रहार से मघासुर उसी समय समाप्त हो गया और अपने रक्तरंजित शरीर सहित यज्ञ-कुंड में गिर पड़ा। उसका शरीर दो टुकड़ों में बँट गया था, परंतु यज्ञ की अग्नि में गिरने के कारण उसका यज्ञ पूरा हो गया।

चूँकि यज्ञ पूरा हो गया था अतः उसने मृत्यु पर विजय प्राप्त कर ली थी। उसने दो व्यक्तियों का रूप धारण कर लिया और युद्ध करने लगा। दो शरीरों में बँटे हुए मघासुर के प्रत्येक शरीर में एक हाथ था और एक पैर था। हे गणेशजी सुनिए, इसके बाद इंद्र और दोनों दैत्यों के बीच महायुद्ध होने लगा और कई वर्षों तक युद्ध चलने के बाद दोनों दानव पराजित हो गए। वे युद्ध छोड़ कर भाग गए और अपने आप को छुपा लिया।

मघासुर के दोनों शरीर किसी निर्जन पर्वत के पीछे जाकर घोर तप करने लगे। एक ही स्थान पर स्थिर रहने के कारण उसके शरीर पर

बर्फ जम गई। इसी तरह बर्फ में जमे रह कर वह एक ही स्थान पर बैठे तप करता रहा। इसके बाद रूद्रदेव प्रकट हुए और कहने लगे, तुम्हारा तप सिद्ध हो गया है। रूद्र ने दानवों से पूछा कि यह तप तुम दोनों ने जिस कामना से किया है, अभी वर देकर तुम्हारी उस कामना को सिद्ध कर दूँगा। रूद्र के वाक्यों के नाद से बर्फ से ढकी पहाड़ियाँ काँपने लगी। मघासुर के दो शरीरों के सम्मुख स्वयं रूद्र खड़े थे।

असुरों ने अपना सिर झुकाते हुए कहा कि हे रूद्र, यदि हमारी तपस्या सिद्ध हो गई है तब हमारी कामना यही है कि आप हमें अमरत्व प्रदान करें। इसके प्रत्युत्तर में मृत्युंजय शिव ने मधुर स्वर में कहा, हे दानवों अमरत्व प्रदान करना मेरा कार्य नहीं है। यदि आपने अमरत्व पाने का निश्चय किया है तब आपको ब्रहमाजी के लिए यज्ञ अनुष्ठान करना चाहिए, उसके बाद आपकी मनोकामना सिद्ध हो सकती है। आपकी ध्यान-सिद्धि के कारण मैं उपस्थित हुआ हूँ, इसलिए अमरत्व के अतिरिक्त आपकी अन्य कोई कामना है तो वह मुझे बताइए। रूद्र के वाक्यों को सुनकर दोनों दानवों ने एक साथ कहा कि हे महेश्वर, हमें ऐसा वर दीजिए जिससे हमें वह मार्ग मिल सके जिस पर चल कर हम मृत्यु पर विजय प्राप्त कर लें। हमारा शरीर किसी भी शत्रु के शस्त्र के आघात से पूर्णतः सुरक्षित रहे और हमें वर दीजिए कि इस प्रकार हमारी मृत्यु कदापि नहीं हो। रूद्र ने कहा, तथास्तु! मैं तुम्हें मनोवांछित वर देता हूँ। तुम दोनों शत्रु के शस्त्रों के आघात से सदैव सुरक्षित रहोगे किंतु तुम्हें अमरत्व प्राप्त नहीं होगा। हे दानवों, ध्यान से मेरी बात सुनो, तुम्हारी मृत्यु अपने समय पर आएगी जिसके कारण तुम एक दूसरे पर आघात करते हुए समाप्त हो जाओगे। हे दानवों, मैं तुम्हारे तप से प्रसन्न हूँ, इसलिए तुम्हारी कोई और भी मनोकामना हो तो बताओ।

भगवान रूद्र के इन वाक्यों को सुनकर मघासुर के दोनों शरीर कहने लगे, हे रूद्र, करुणा के देव, आप हमारे सामने साक्षात् उपस्थित हैं तो हमें वर दीजिए कि हमारे शरीर ठीक हो जाएँ और शरीर के सभी अंगों को सौंदर्य और पूर्णता प्रदान करें। दानवों के इन वाक्यों को सुनकर

भगवान शिव के अधरों पर मुस्कान आ गई और वर प्रदान करते उन्होंने असुर के शरीर के दोनों टुकड़ों पर अपने दिव्य हाथ फेर दिए, जिसके फलस्वरूप यह दोनों दानव-शरीर संपूर्ण हो कर देवों की तरह सुंदर हो गए। देवतुल्य दो देहों को पाकर दैत्य भगवान शिव की स्तुति करने लगे, हे महेश्वर, आपने बड़ी कृपा की है और हमें देवों से भी श्रेष्ठ वर प्रदान किया है तथा हमें मृत्युंजयी बना दिया है। इसलिए हम बार-बार आपका नमन करते हैं। आपकी कृपा से हमारा यह शरीर देवों के समान कांतिमान हो गया है। यद्यपि आपने हमारी अमरत्व की कामना को नकार दिया है, फिर भी स्नेह में आपने मृत्यु को टालने का रास्ता बता दिया है। हम दानव भाइयों का प्रेम सदा बना रहेगा, हम शस्त्रों के आघात से सुरक्षित हैं, तब हमारी मृत्यु क्यों होगी? इन बातों को कह कर दानवों ने अपने सिर भगवान रूद्र के चरणों में झुका दिए। भगवान रूद्र ने उन्हें आशीष दिया, परंतु साथ ही यह भी कहा, हे दानवों ध्यान से सुन लो, मैंने तुम्हें अमरत्व का वर नहीं दिया है।

यज्ञस्थल में मघ को मारने के लिए इंद्र ने शस्त्र से आघात किया जिनसे दो दानवों का उदय हुआ जिन्हें इंद्र पराजित नहीं कर सकते थे।

श्रीमद् देवायण के प्रथम खंड ब्रह्मकल्प में देवमंडल के अंतर्गत इंद्र प्रभाव वर्ग में मघ तपस्या नामक अष्टम संवर्ग का समापन।

।नौवाँ संवर्ग।

पिंगल वचन

दैत्यराज मघ को वर देकर भगवान महेश्वर उस स्थान को छोड़ कर चले गए और दोनों दैत्यों ने अपने सुंदर अंग प्राप्त कर लिए। बड़े दैत्य ने अपना नाम सुंद तथा दूसरे ने अपना नाम उपसुंद रख लिया। दोनों हर कार्य के लिए आपस में परामर्श करते थे। उन्होंने सोचा, जैसा कि रूद्र ने वर दिया है, हमारा यह शरीर किसी भी शस्त्र के आघात से

समाप्त नहीं किया जा सकता, हम अपने भाई के आघात से ही मृत्यु को प्राप्त हो सकते हैं। इसलिए सुंद ने उपसुंद से कहा, छोटे भाई जरा विचार करो, यदि हममें सदैव भाईचारा और प्रेम बना रहे तब यह वरदान अमरत्व के समान ही है और हम सदैव जीवित रहेंगे। इसलिए हम दृढ़ता के साथ प्रेम बनाए रखेंगे।

उपसुंद ने सुंद से कहा कि सुंद, इस बात में कोई भी संशय नहीं है क्योंकि हमारे बीच आपस में कोई स्वार्थ जन्म ही नहीं ले सकता है और हम दोनों में सदैव समानता का भाव स्थापित रहेगा। हम इस प्रकार का कोई कार्य ही नहीं करेंगे, इसलिए हमारे आचरण से मृत्यु हमसे दूर रहेगी। उपसुंद के वाक्य सुनकर सुंद ने उसकी सराहना की और कहा - हे उपसुंद ध्यान से सुनो, आगे से हम वही कार्य करेंगे जो हमारे मन को भाएगा।

मृत्यु पर विजय प्राप्त करने की कामना से, दोनों में दृढ़ भाईचारा स्थापित हो गया और दोनों ने प्रतिज्ञा की कि हम सदैव एक-दूसरे के प्रति निष्ठावान रहेंगे। दोनों कभी भी किसी पद की प्राप्ति के लिए झगड़ा नहीं करते थे। समान भाव से रहते थे और एक समान शस्त्र धारण करते थे, एक समान वस्त्र पहनते, और एक समान रत्न भी धारण करते थे। एक ही तरह की दिनचर्या होने के कारण दोनों में हर्ष बढ़ता जा रहा था। एक का शत्रु दूसरे का भी शत्रु होता था तथा एक का मित्र दूसरे का भी मित्र होता था। विपत्तिकाल में वे दोनों मिलकर एक-दूसरे की रक्षा करते थे। उनकी इंद्रियों में भी नित्यप्रति समान भाव था। उन्होंने आपस में दृढ़ प्रतिज्ञा कर रखी थी कि उनमें सदैव समान भाव बना रहे, भाईचारा बना रहे और आपस में कभी भी कोई भ्रम पैदा न हो।

ऐसी प्रतिज्ञा करने के बाद सुंद ने अपने भाई उपसुंद से कहा, हे भाई सुनो, हम अपनी प्रतिज्ञा पर स्वयं दृढ़ता के साथ कायम रहेंगे, चाहे सूर्य अपना प्रकाश फैलाना बंद कर दे या चन्द्रमा अपनी चाँदनी फैलाना बंद कर दे, पृथ्वी अपने रस और स्नेह का त्याग कर दे, सभी पर्वत अपनी मौनता त्याग दें, या स्रष्टा सृष्टि के कार्यों को त्याग दें - तब भी हम दोनों भाइयों का प्रेम आपस में बना रहेगा।

भ्रातृत्व के प्रेम में ओतप्रोत, आनंदविह्वल होकर दोनों भाइयों ने स्वर्ग-विजय की कामना के साथ दैत्यों के निवास पाताललोक में प्रवेश किया। अनेक प्रकार के शस्त्रों को धारण किए दैत्य सेनाएँ सुसज्जित थी। इस सेना में गज सेनाएँ और अश्व सेनाएँ भी सम्मिलित थीं। सेनाओं को साथ लेकर वे स्वर्ग-धाम पर चढ़ाई करने के लिए तेजी से चल दिए। स्वर्ग के द्वार पर पहुँच कर सुंद ने इंद्र को ललकारा।

दैत्यों की भयंकर आवाजों को सुनकर इंद्र तुरंत तैयार हो गए और अपने हाथी पर सवार होकर हाथ में वज्र लिए गर्जना करते हुए बाहर की ओर बढ़े। उनके साथ वायु देव की सेनाएँ भी आगे बढ़ने लगीं। स्वर्ग के द्वार पर दैत्यों को देखकर इंद्र ने युद्ध की घोषणा कर दी और दैत्यों को स्वर्ग से बाहर खदेड़ने के लिए महायुद्ध आरंभ हो गया।

दानवों की कामना भी यही थी कि सभी देवताओं को स्वर्ग से बाहर खदेड़ कर स्वर्ग पर कब्जा कर लिया जाए। परंतु देवसेना के महाघात से दैत्य मरने लगे। उपसुंद वायुसेना से युद्ध कर रहा था और इसके साथ-साथ सेनापति बन कर अपनी सेना का संचालन भी कर रहा था। भैरव देव की गर्जना और युद्ध के वाद्यों के तुमुलनाद के साथ देव और वायु-सेनाएँ दैत्यों पर महाघात करने लगीं। किंतु उपसुंद भी गर्जना करते हुए बार-बार प्रतिघात कर रहा था। यद्यपि सुंद संशय में था परंतु वह भी भयंकर प्रतिघात कर रहा था। सुंद ने अपनी गदा से बार-बार इंद्र के शरीर पर प्रहार किया। इंद्र भी अपने वज्र से सुंद के अंगों पर बार-बार प्रहार कर रहे थे। इस प्रकार यह युद्ध सहस्र वर्षों तक चलता रहा। इंद्र और सुंद के इस महायुद्ध को सभी लोकों के वासी विस्मय के साथ देख रहे थे। इसके बाद युद्ध समाप्त हो गया। इंद्र पराजित हो गए।

युद्धस्थल पर केवल सुंद की गर्जना ही सुनाई दे कही थी। उधर उपसुंद ने वायु सेना को पराजित कर उन्हें खदेड़ दिया। देवतागण स्वर्ग को त्याग कर मानव रूप में पृथ्वी पर भटकने लगे। सुंद स्वर्ग में प्रतिष्ठित हो गया और सभी देवकार्यों को स्वयं करने लगे।

साधना की सिद्धि होने पर सुंद और उपसुंद देवताओं के समान कांतिमान हो गए और सभी प्रकार के शस्त्रों से निरापद हो कर उन्होंने स्वर्ग पर अधिकार कर लिया।

श्रीमद् देवायण के प्रथम खंड ब्रह्मकल्प में देवमंडल के अंतर्गत द्वन्द्व प्रभाव वर्ग में सुंद के द्वारा स्वर्ग विजय वार्ता नामक नवम संवर्ग का समापन।

।दसवाँ संवर्ग।

पिंगल वचन

इसके बाद देवगण जगतस्रष्टा के सामने उपस्थित हो गए। सभी देवताओं ने सिर झुकाते हुए ब्रह्माजी से कहा, हे जगतपिता, इंद्र और हम सभी देवतागण पराजित हो गए हैं। ब्रह्माजी तो सर्वज्ञाता हैं। उन्हें यह पता था कि भगवान शंकर के वरदान के बल पर दोनों दैत्यों ने विजय प्राप्त की थी और इंद्र पराजित हुए थे। उन्होंने कहा, भाई ही दूसरे भाई को मार सकता है, यही व्यवस्था अपने वर में भगवान रूद्र ने की थी। ब्रह्मा जी के मुँह से यह शब्द सुनकर देवतागण चकित रह गए और इसी विस्मय में सभी दोनों दैत्यों के बीच आपसी प्रेम को देखने चल दिए। अब तो दैत्यकुल के सभी सदस्य स्वर्ग में वैभव के साथ रह रहे थे।

छद्मवेश में देवताओं ने दैत्यों की गतिविधियोँ का निरीक्षण किया। दोनों दैत्यों के परस्पर प्रेम को देख कर देवताओं को बहुत आश्चर्य हुआ। उन्होंने विचार किया कि देवताओं में भी कभी-कभी आपस में मतभेद हो जाया करते हैं परंतु इन दोनों दैत्यों के बीच कभी भी कोई भी मतभेद नहीं होता। तीनों लोकों के नाथ के रूप में इंद्रासन पर दैत्य सुंद विराजमान था और उपसुंद सदैव उसके साथ रहता था। किसी दिन आखेट के लिए दैत्य सुंद वन में चला जाता था तो कभी-कभी काम से दूसरे देशों में चला जाता था और कभी-कभी खेल के मैदान में खेलता था। ऐसे समयों पर, जब सुंद बाहर होता था तब स्वर्ग के इंद्रासन पर उपसुंद विराजमान रहता था। सुंद की अनुपस्थिति में शासन के सारे कार्य उपसुंद ही देखा करता था। स्वर्ग में संपूर्ण वैभव के कारण भी

इन दोनों भाइयों में कभी भी कोई मतभेद नहीं देखा गया। इनके मन और प्राण एक ही थे, केवल शरीर भिन्न थे। धन-धान्य और ऐश्वर्य में कोई कमी नहीं थी। इसलिए कभी भी मतभेद होने का कोई प्रश्न ही नहीं था।

यह सब देखने के बाद देवपति इंद्र अत्यंत चिंतायुक्त हो गए और इसी चिंता में खोए हुए ब्रह्माजी के आगे पहुँच गए। उनके सामने उपस्थित होकर अपने सभी दुःखों को विस्तारपूर्वक बता दिया। साथ ही यह सूचना भी दी कि दैत्यों की दिनचर्या क्या है। इंद्र ने ब्रह्माजी से सिर नवा कर प्रार्थना की कि हे प्रभु, मुझे बताइए कि इन परिस्थितियों में इन दैत्यों का वध कैसे किया जा सकता है? इंद्र की इन बातों को सुनकर जगतस्रष्टा ने अत्यंत मधुर स्वर में कहा, हे इंद्र, आप शांत एवं निश्चिंत रहिए। मैं स्वयं आपको इस समस्या से मुक्ति का मार्ग दिखलाऊँगा। ऐसे वचन कहकर स्रष्टा ने इंद्र को आश्वासन दिया।

इसके बाद ब्रह्माजी ने विश्वकर्मा को अपने समक्ष बुलाने का आदेश दिया। ब्रह्माजी ने विश्वकर्मा से कहा, हे महाशिल्पी आप तुरंत सभी देवों से थोड़ी-थोड़ी कांति और तेज ग्रहण कर लें और शीघ्र एक अपूर्व सुंदरी की सृष्टि करें। विश्वकर्मा तो महान शिल्पी हैं। उन्होंने तुरंत सभी देवताओं की कांति अपने अंदर समाहित कर ली और एक अत्यंत सुंदरी स्त्री की रचना कर दी। जगतस्रष्टा की कांति से उन्होंने सुंदर मस्तक बनाया, यमराज के तेज से सुंदर केश लिए, कामदेव से दोनों धनुषाकार भौहें और आँखों की सम्मोहक पुतलियाँ लीं। अग्नि के तेज से गाल, गर्दन, होंठ और दोनों हाथ लिए, पवन के तेज से नाक, पीठ, वक्ष और हृदयस्थल लिए तथा इंद्र के तेज से कमर पतली हो गई। पृथ्वी के तेज से उरोज लिए, चन्द्र के तेज से वक्षों में पूर्णता दी और वरुण एवं मित्र के तेज से दोनों नितंब निर्मित किए। अश्विनी कुमारों के तेज से दोनों पैर और पैरों की उंगलियाँ का सृजन किया गया। इस अपूर्व सुंदरी कन्या ने सुंदर वस्त्र धारण किए और अपने को आभूषणों और दिव्य रत्नों से सुशोभित किया।

इस सुंदरी संपूर्ण-नवयौवना रमणी को देख कर इंद्र और अन्य देवतागण पागल हो गए। यह भी कह सकते हैं कि इस स्त्री के रूप को देख कर स्वयं जगतस्रष्टा इस पर मुग्ध हो गए। इस स्त्री के रूप को देख कर महान शिल्पी विश्वकर्मा की बहुत प्रशंसा की गई। उस कन्या से कहा गया, हे देवों की कांति से निर्मित सुंदरी नवयौवना, हम तुम्हें तिलोत्तमा नामित करते हैं। तुम सभी देवताओं से तिल-तिल भर कांति लेकर उत्पन्न हुई हो, इसलिए हमने तुम्हें तिलोत्तमा नाम दिया है। आप हमेशा इस बात का ध्यान रखना कि आपका जन्म देवों के किसी बड़े काम के लिए हुआ है। आपका कार्य यह है कि आप अपने इस सुंदर शरीर के साथ स्वर्गलोक में जाकर दैत्यों को सम्मोहित करें।

आजकल स्वर्ग में देवराज इंद्र के सिंहासन पर सुंद नामक एक महादैत्य प्रतिष्ठित हो गया है और उसने सारे देवताओं को स्वर्ग से खदेड़ दिया है। वह अपने आप को सर्वेश्वर कहता है। दैत्यराज सुंद को वरदान मिला हुआ है कि किसी भी शस्त्र के आघात से उसके शरीर की क्षति नहीं हो सकती है, और यही वर उसके भाई उपसुंद को भी मिला है। इसलिए युद्ध में देवतागण इन दोनों भाइयों से पराजित हो गए है। उन्हीं देवताओं ने आपको अपनी कांति देकर उत्पन्न किया है। हे तिलोत्तमा, तुम्हीं दैत्यों के विनाश का कारण बनो। वरदान के अनुसार इनकी मृत्यु एक-दूसरे पर शस्त्रों से वार किए जाने पर ही हो सकती है। इसलिए तुम तुरंत स्वर्ग में प्रवेश करो और अपने रूपजाल से दैत्यराज सुंद को मोहित कर लो। इसी प्रकार दूसरे दैत्य उपसुंद को भी मुग्ध करो। यह दोनों कार्य तुम्हें अलग-अलग करना है। तुम्हारे रूप सौंदर्य को देख कर दोनों दैत्य आकर्षित हो जाएँगे। तब अपने सौंदर्यजाल के द्वारा तुम उन्हें पीड़ा पहुँचा सकती हो। इनमें तुम्हें जो अधिक बलशाली दिखाई देगा उसे तुम अपना पति बना लेना इस व्यवस्था से दोनों भाइयों में आपस में युद्ध हो जाएगा और मैं तुम्हें यह रहस्य बता रहा हूँ कि इस युद्ध से दोनों भाई मृत्यु को प्राप्त हो जाएँगे।

सुंद और उपसुंद को समाप्त करने के लिए देवों ने अपनी कांति से एक अत्यंत सौंदर्यमयी रमणी की सृष्टि की और इसे तिलोत्तमा नाम दिया।

श्रीमद् देवायण के प्रथम खंड ब्रह्मकल्प के देवमंडल के अंतर्गत द्वन्द्व प्रभाव वर्ग में तिलोत्तमा जन्म नामक दसवें संवर्ग का समापन।

।ग्यारहवाँ संवर्ग।

पिंगल वचन

जगतस्रष्टा के वाक्यों को सुनकर तिलोत्तमा मुस्कुराई तथा सभी देवों और ब्रह्माजी को नमन करके कहने लगी, हे ब्रह्माजी, देवों के कार्य करने में मुझे अत्यंत हर्ष है। मुझे आशीर्वाद दीजिए कि मैं तुरंत स्वर्ग जाकर यह कार्य पूरा कर सकूँ। यह कहकर वह तुरंत स्वर्ग में पहुँच गई। यहाँ पर दैत्यराज सुंद अकेला निर्जन वन में घूम रहा था उसके सामने पहुँच कर तिलोत्तमा ने आँसू बहाना आरंभ किया। इस अपूर्व सुंदरी कन्या को आँसू बहाते देखकर दैत्यराज सुंद कहने लगा, हे सुंदरी, मेरे सामने उपस्थित होने का प्रयोजन कहो। सुंदरी, तुम कौन हो, तुम्हारा नाम क्या है और तुम्हारे रोने का कारण क्या है? मेरा नाम सुंद है और मैं तीनों लोकों के स्वामी के नाम से जाना जाता हूँ।

यह सुनकर तिलोत्तमा दैत्यनाथ के पैरों पर गिर पड़ी और कहने लगी, हे तीनों लोकों के स्वामी, मैं एक अनाथ स्त्री हूँ, मुझे यह भी नहीं पता कि मेरे पिता कौन थे। मेरा नाम तिलोत्तमा है। इस यौवन और सौंदर्य को लेकर मैं अकेली इस वन में भटक रही हूँ। दैत्यराज सुंद के पैरों पर बार-बार झुक कर तिलोत्तमा कहने लगी कि हे सुरों और असुरों के स्वामी, आप मुझ पर कृपा कीजिए और मुझे अपने आश्रय में ले लीजिए जिससे मेरा यह जन्म सार्थक हो जाए। अपनी इन मीठी-मीठी बातों से तिलोत्तमा ने असुर सुंद को मुग्ध कर लिया और वह तिलोत्तमा से कहने लगा, हे चपल अंगों वाली सुंदरी, तुम निर्भय होकर मेरे आश्रय में रहो। इस प्रकार दैत्य सुंद को तिलोत्तमा ने प्रभावित कर लिया। दैत्य सुंद तो वैसे भी क्रीड़ाओं का शौकीन था अतः तिलोत्तमा को इस दैत्यराज ने सम्मान दिया।

उसके बाद तिलोत्तमा प्रसन्न होकर उस निर्जन वन में उपस्थित हो गई जहाँ उपसुंद घूम रहा था। उसके आगे जाकर भी वह जोर-जोर से रोने लगी और आँसू बहाने लगी। अपूर्व रूप सुंदरी को देखकर उपसुंद मुग्ध हो गया था। दैत्य उपसुंद ने स्नेहपूर्वक तिलोत्तमा से पूछा कि आप कौन हैं और आपका परिचय क्या है। इसके उत्तर में रूप सुंदरी तिलोत्तमा कहने लगी, हे दैत्यराज, मैं अनाथ हूँ और मेरे माता-पिता का पता नहीं है। इस रूप और यौवन को लेकर मैं अकेली इस वन में भटक रही हूँ। दैत्यराज के पैरों पर गिरकर तिलोत्तमा कहने लगी, हे स्वामी मैं अनाथ हूँ। इस सुंदर स्त्री के सौंदर्य से मुग्ध उपसुंद ने कहा, हे चंचल अंगों वाली सुंदरी, तुम निर्भय होकर मेरे आश्रय में रहो। इस प्रकार यह सुंदरी प्रतिदिन दैत्य उपसुंद के साथ विहार करने लगी किंतु सुंद को पता नहीं था कि यह उसके भाई की भी सेवा कर रही है। दूसरी ओर उपसुंद को भी यह पता नहीं था कि यह स्त्री उसके भाई सुंद की सेवा कर रही है। तिलोत्तमा दोनों भाइयों से अलग-अलग समयों पर मिलने लगी। इसके बाद, हे विनायकजी, आगे की कथा यह है कि इस प्रकार कुछ समय बीतने पर दोनों दैत्य तिलोत्तमा के प्रेमजाल में पूरी तरह फँस गए।

एक दिन, जब दैत्य उपसुंद तिलोत्तमा से प्रेम निवेदन कर रहा था तब उसके घर पर सुंद उपस्थित हो गया। उस समय उपसुंद ने तिलोत्तमा को अपने अंक में समेट लिया था। जब सुंद ने तिलोत्तमा को अपने भाई उपसुंद की बाहों में पाया तब क्रोध में आकर उसने उपसुंद से कहा, अपने बड़े भाई की पत्नी के साथ तुम यह क्या कर रहे हो? मेरी प्रिय पत्नी तो तुम्हारे लिए पूजनीय है इसे अपनी भुजाओं में बाँध कर तुम गलत कार्य कर रहे हो।

उपसुंद ने विस्मित होकर सुंद से कहा, हे बड़े भाई, तुम यह क्या कह रहे हो कि यह तुम्हारी प्रिय पत्नी है। यह स्त्री जो मेरी बाहों में है वह मेरी पत्नी है। उसे बाहों में लेना पाप कैसे हुआ? सुंद ने गर्जना करते हुए कहा कि यह तुम्हारी पत्नी कैसे हो सकती है? उपसुंद ने हँस कर कहा कि यह सुंदर स्त्री अनाथ थी इसलिए मैंने इससे विवाह कर

लिया है। उपसुंद के वाक्यों को सुन कर सुंद विस्मयपूर्वक तिलोत्तमा से कहने लगा, अरे, तुमने तो मुझसे निवेदन किया था वही निवेदन मेरे छोटे भाई के समक्ष भी किया है।

तिलोत्तमा ने लज्जा से सिर झुकाते हुए कहा कि मेरे मन में तो यह भ्रम था कि मैं आपकी ही सेवा कर रही हूँ। तुम दोनों की सेवा करते समय मुझे पता ही नहीं चलता था कि मैं किसकी सेवा कर रही हूँ। अब मुझे बताइए कि मैं क्या करूँ कि यह भ्रम दूर हो? तिलोत्तमा के इन वाक्यों को सुनकर सुंद गर्जना करते हुए कहने लगा, तुम कहती हो कि हम दोनों का एक जैसा रूप देख कर तुम भ्रमित हो गई हो परंतु तुम सोच-समझ कर यह बताओ कि तुम किसकी पत्नी बनोगी? इसके बाद यह नहीं चलेगा कि तुम मुझसे मिलो और मेरे पीछे मेरे छोटे भाई से।

सुंद की बातें सुनकर तिलोत्तमा सिर झुका कर जमीन की ओर देखकर कहने लगी कि मैं तुम दोनों में से किसकी सेवा करूँ, तुम में से मेरा पति कौन है, किससे मैं अपने मन की बात कहूँ? इन बातों पर आप विचार कीजिए, क्योंकि मैं एक कम बुद्धि की स्त्री हूँ। आप तो सर्वेश्वर हैं। आप ही शुभ और अशुभ पर विचार करें। स्त्री होने के नाते मैंने अपने मन की बात बता दी है। आप ही बताइए मैं किसके साथ रहूँ? यह बात जो मैं आपसे कह रही हूँ, आपके छोटे भाई से भी कह रही हूँ। हे दैत्यराज मुझे बताइए कि मैं किसे छोड़ूँ।

तिलोत्तमा की बातें सुनकर इस स्त्री रत्न को प्राप्त करने के लिए दोनों दैत्यों में आपस में मनमुटाव हो गया। इस नवयौवना के रूप से मुग्ध होकर दोनों दानवों की बुद्धि भटक गई थी। दोनों सोचने लगे कि हमें क्या करना चाहिए। इस दुर्लभ स्त्री रत्न को प्राप्त करने के लिए दोनों अपने बल और वीरता की परीक्षा देने के लिए एक-दूसरे को ललकारने लगे और दोनों में युद्ध आरंभ हो गया। एक-दूसरे पर शस्त्रों से आघात करने लगे। स्त्री के रूप से विमोहित होकर दोनों युद्ध कर रहे थे और इस प्रकार इनकी मृत्यु के लिए जो व्यवस्था भगवान रूद्र ने की थी, वह घड़ी आ गई। तिलोत्तमा को प्राप्त करने के लिए भाई

ने भाई को मार गिराया। सभी देवता प्रसन्न हो गए और विश्वकर्मा के कार्यों की प्रशंसा करने लगे। देवों ने स्वर्ग में प्रवेश किया और इंद्र का राज्य पुनः प्रतिष्ठित हो गया और सारी सृष्टि में पुण्य की हवा बहने लगी।

रूप और यौवन के मोह में बँध कर दोनों दानव आपस में लड़ पड़े। मूर्खों ने शस्त्रों से एक-दूसरे को काट दिया और इस प्रकार स्वर्ग से संकट दूर हो गया।

देवायण के प्रथम खंड ब्रह्मकल्प में देवमंडल के अंतर्गत द्वन्द्व प्रभाव वर्ग में सुंद उपसुंद विनाश नामक ग्यारहवें संवर्ग का समापन।

-द्वन्द्व प्रभाव वर्ग का समापन-

।।सृष्टि वर्ग।।

।पहला संवर्ग।

गणेश वचन

हे महात्मा, युद्ध के बारे में यह कथा अत्यंत अपूर्व है जिसे सुनकर द्वन्द्व के कारण स्पष्ट हो गए हैं। आपने मन्वंतरों और युगों के रूप में जो स्मृति इस कल्प में संचित की थी वह कथा सुनने में अत्यंत अद्भुत लगी। हे कविवर, आगे बताइए कि यह सृष्टि कैसे प्रकाशित हुई और पृथ्वी का उद्भव कैसे हुआ?

पिंगल वचन

हे विनायक जी, सृष्टि के बारे में अत्यंत मनोहर बातें आगे सुनिए कि किस प्रकार इस सृष्टि ने शून्य से अपना रूप प्राप्त किया है। यह सृष्टि शाश्वत है और चिरकाल से चली आ रही है। यह सृष्टि निर्गुण है, निष्क्रिय है, अचल और स्थिर है। सृष्टि के बारे में बताना संभव नहीं है क्योंकि यह बुद्धि से परे है। यदि सारी बुद्धि का उपयोग कर लिया जाए, तब भी सृष्टि के बारे में बताना असंभव है, क्योंकि यह सृष्टि स्वयं परम पुरुषोत्तम की अपनी ज्योति से प्रकाशित है।

यह एक शाश्वत सत्य है कि सृष्टि के बारे में जानना और बताना अत्यंत कठिन है। और यह निश्चित सत्य है कि इसमें अनेक रूप छिपे हुए हैं। इसके कण-कण में ईश्वर स्वयं विराजमान हैं तब इसकी कथा के बारे में मैं तुम्हें कैसे बताऊँ? इसकी उत्पत्ति किसी और की इच्छा से नहीं अपितु ईश्वर की इच्छा से हुई है।

ईश्वर के महान आनंद, ईश्वर के ही तेज और ईश्वर की कांति से ही यह सृष्टि प्रकाशित है। सृष्टि का कोई आकार नहीं, कोई रूप नहीं है और यह मात्र एक असीम आकाश है। सिसृक्षु आदि की उत्पत्ति इसी इच्छा के द्वारा हुई है और इस सृष्टि के प्रकाशवान होने से मुझे महा आनंद की प्राप्ति हुई है। सत्य के प्रतीक, परब्रह्म परमेश्वर की सृष्टि

की सृजन करने की इच्छा का स्मरण करता हूँ क्योंकि इस सृष्टि के अभिव्यक्त होने पर आनंद की आठ सृष्टियाँ हुई हैं।

इस सृष्टि की रचना परब्रह्म ने अपनी शक्ति जुहू देवी के संग की। उनके पुत्र आनंद देने वाले थे। पतंग यक्षनाशन, विष्णु, यज्ञ, प्रजावान, हिरण्यगर्भ, विमद, संवरण और पुत्री दक्षिणा - जो प्रसन्नता की शक्ति थी। निराकार परब्रह्म को अपने तेज से सृष्टि करने की इच्छा हुई और उन्होंने एक शक्ति की रचना की जिनका नाम यहवी था। वेद उन्हें सत्य की माता कहते हैं। तब इस शक्ति को दो में विभाजित किया गया। एक को दस्रा नामित किया गया जो सिंधु की माता थी, और यहवी सत्य की माता थी। यहवी ने देव नामक अमृत को उत्पन्न किया और दस्राख्या माता ने वेद नामक ज्योति को उत्पन्न किया। अतः देव, जो सत्य हैं और जो ऋत और अमृत, दोनों का संयोजन हैं वही परम सत्य हैं और महा सिंधु, जिसमें वेदों के शब्द रहते हैं, सर्वदा देव का समर्थन करता है। वेदों और सिंधु के साथ-साथ पूरे विश्व और देवताओं के द्वारा देव की उपासना और वंदना की जाती है। स्रष्टा ने कहा है कि देवपत्नी अमृत दायिनी देवी के तीन नाम थे - उशति, सुहवा और कुहू। सिनवाली अपनी दो बहनों के साथ रहती थी। यह सभी मिल कर अपने आठ भाइयों के साथ रहती थीं जो हर्ष और आनंद उत्पन्न करते थे। ईश्वर के निवास की यह पुरानी स्मृति है।

ब्रह्म के शब्द प्रबल आनंद के साथ प्रवाहित होते हैं। यह ध्वनि संपूर्ण रिक्त अंतरिक्ष को प्रकाशोज्ज्वल कर देती है जिससे वाच्य/ब्रह्मा का आकार दिखाई देता है। ब्रह्मा ने बार-बार ॐ की ध्वनि का नाद किया जिससे वेद उत्पन्न हुए। वेदों की पुरानी स्मृति के अनुसार, जब वेदों की उत्पत्ति हुई थी तब वे चार भागों में बँटे हुए थे। वेदों के तेज के आश्रय में सप्तर्षि मंडल उत्पन्न हुआ था। यह सात ऋषि थे कश्यप, अत्रि, अंगिरा, वशिष्ठ, कण्व, गौतम और भरद्वाज। विश्वामित्र को वशिष्ट के द्वारा जाना गया। सातों ऋषि तेजवान थे किंतु उस क्षेत्र में सृजन करने का काम कश्यप ऋषि ने किया।

कश्यप ऋषि ने अदिति को उत्पन्न किया जो महाशक्ति के रूप में प्रतिष्ठित हुई। सृष्टि में पुण्य कार्यों के किए यह शक्तियाँ बाहर आती हैं। कश्यप ऋषि के तेज से अदिति ने देवों को जन्म दिया जिन्हें वेदों ने प्रतिष्ठा दी है। अदिति से उत्पन्न होने वाले देवों के नाम हैं क्रमशः इंद्र, चन्द्र, बृहस्पति, सूर्य, अग्नि, मरूद्‌वल, मित्र और वरुण। इन सात देवताओं का महरलोक सृष्टि में उद्भव हुआ। इस प्रकार उस लोक में एक महान सृष्टि का जन्म हुआ था। विज्ञान में भी यही वर्णन है कि सृष्टि का जन्म एक तेज पुंज और दिव्य विस्फोटक स्वर से हुआ। सात ऋषियों और सात देवों ने अपने-अपने स्थानों को ले लिया जहाँ सदैव ही तेज प्रकाशित था। वहाँ वह तपस्या में लीन रहे। दिति कश्यप ऋषि की दूसरी शक्ति थी जिससे पणि, वृत्र आदि दैत्यकुल का उद्भव हुआ। स्वर्ग लोक की पुरानी कथा के अनुसार, देव और दैत्य वहीं पले बढ़े थे। चूंकि कश्यप ऋषि की अदिति और दिति नामक दो पत्नियाँ थीं अतः सृष्टि की समस्त शक्तियाँ भी दो भागों में विभाजित थी।

हे गजानन, उसके बाद की कथा यह है कि कश्यप ऋषि ने भुवर्लोक (अंतरिक्ष) में सृजन किया और यहाँ जो शक्तियाँ बाहर आईं, इनमें एक थी यक्ष नाशिनी, जिनसे क्रमशः गंधर्व विश्ववसु का जन्म हुआ। हे विनायक, यक्ष का कुल बहुत बड़ा था जिसमें कुबेर आदि थे। कहा जाता है कि उस समय दूसरी स्त्री रक्ष नाशिनी के गर्भ से रक्ष कुल में ग्रावाण, कालकेय आदि पुत्रों ने जन्म लिया। इनमें अर्वा कुल भी बहुत बड़ा था और राक्षस कुल भी था। इस कारण भुवर्लोक में चारों ओर यक्ष और राक्षस फैले हुए थे।

पुरानी कथा के अनुसार, भूलोक की तीसरी सृष्टि थी जिसकी उत्पत्ति कश्यप ऋषि के द्‌वारा विनता शक्ति के माध्यम से दो पुत्रों, संपाती और गरूड़ के जन्म दिए जाने से हुई थी। विनता शक्ति अत्यंत तेजस्विनी शक्ति थी जिसने एक महासृष्टि को जन्म दिया और प्राचीन कथा के अनुसार इनके आगे अरुण, ताक्ष्र्य, निऋति, अरिष्टनेमि आदि पुत्रों की उत्पत्ति हुई, जिनके वंश से पक्षी कुल कपोतक निकला। हे गजानन, एक और शक्ति हुई, जिसका नाम था कद्रु। इसके गर्भ से एक बड़े कुल का जन्म हुआ जिसे काद्रकुल कहा गया। इस कुल में

अनंत, वासुकी, शेष, अर्बुद आदि ने जन्म लिया। इस प्रकार, हे गजानन सुनिए, कश्यप ऋषि के प्रयासों से तीनों लोकों की सृष्टि हुई। कश्यप ऋषि की सृष्टि के स्वर्गलोक में, देव और दैत्य एक साथ रहा करते थे। हे गजानन, आपको यह कथा मैं पहले ही सुना चुका हूँ। मैंने यह भी बता दिया है कि किस प्रकार देवों ने दैत्यकुल को खदेड़ दिया था और स्वयं को स्वर्ग में प्रतिष्ठित कर लिया था।

कश्यप ऋषि ने विश्व के मंगल के लिए तीन भुवनों में सृष्टि का सृजन किया और इन में राक्षस, यक्ष, दानव, सर्प और पक्षी रहते थे।

श्रीमद् देवायण के प्रथम खंड ब्रह्मकल्प में देवमंडल के अंतर्गत सृष्टि वर्ग सच्चिदानंद लोक तथा महर्लोक वर्णना नामक प्रथम संवर्ग का समापन।

।दूसरा संवर्ग।

पिंगल वचन

उस समय देवगण महर्लोक में प्रतिष्ठित थे। उनके महातेज का दिव्य प्रकाश चारों ओर फैला रहता था। इसके बाद सृष्टि में इस तेजवान प्रकाश फैलाते हुए मारीच की सृष्टि का उद्भव हुआ। मारीच ने समस्त सृष्टि को प्रकाश से ओतप्रोत कर दिया। इसी से मारीचिनी महाशक्ति उत्पन्न हुई जिसने दक्ष को जन्म दिया था। राजा दक्ष ने देवकुल को आगे बढ़ाया। स्रष्टा के पुत्र दक्ष ने स्वर्गलोक स्थापित कर दिया। दक्ष की शक्ति दक्षायणी थी, बाद में जिनके गर्भ से देवियों का जन्म हुआ। दक्षिणा शक्ति परब्रह्म और आनंद शक्ति की पुत्री थी। इस पुत्री को बृहस्पति ने सृष्टि के लिए ग्रहण किया। दक्षिणा के गर्भ से दो पुत्रियों का जन्म हुआ था जिनके नाम थे लक्ष्मी और दक्षायणी। पुरानी कथाओं के अनुसार लक्ष्मीजी का विवाह विष्णु से हुआ था और दक्षायणी का विवाह दक्ष से हुआ था। लक्ष्मी के गर्भ से भगवान विष्णु ने कोई भी

सृष्टि नहीं की और प्राचीन कथाओं के अनुसार दक्षायणी ने सौ कन्याओं को जन्म दिया जिनमें उनचास दक्ष-कन्याओं को मरूद्‌वल ने ग्रहण किया। बारह कन्याएँ सूर्यदेव को तथा तेरह कन्याएँ चन्द्रदेव को दी गईं। वैश्वानर ने बीस कन्याओं को ग्रहण किया। चार कन्याओं को मित्र-वरुण ने ग्रहण किया। सती नाम की कन्या का विवाह रूद्र से हुआ था। इस प्रकार हे गजानन, इस सृष्टि की समस्याओं को शांत करने के लिए दक्ष कन्याओं का जन्म हुआ और इन्हीं के आश्रय में यह समस्त सृष्टि आगे बढ़ती रही।

अग्नि के छः पुत्र आग्नेय कहलाते थे। चाक्षुस और तापस महान तपस्वी थे। सौचिकी और पावक नित्य यज्ञ करते रहते थे। वैश्वानर और बार्हस्पत्य दोनों बेटे तेजस्वी थे। इंद्र के सात पुत्र हुए जिनमें सबसे बड़ा जय कहलाया। दूसरा सर्वहरी, तीसरा विमद, चौथा वृषाकपि और पाँचवाँ वसुक्र; इसके बाद अप्रतिरथ और लव हुए। सूर्य के चार पुत्र थे - धर्म, चक्षु, अभितपा, विभ्राट। चन्द्रमा के दो पुत्र हैं जिनका नाम मंगल और बुध है। बृहस्पति की दो पुत्रियाँ थीं - लक्ष्मी और दक्षायणी। वशिष्ट मित्र के और अगस्त्य वरुण के पुत्र थे। पुरानी कथा के अनुसार वायु के दो पुत्र थे अनिल और उल। रूद्र और सती के गर्भ से हे गजानन, आपका जन्म हुआ। जब सती पर्वतराज की कन्या पार्वती के रूप में थी, उनसे कार्तिकेय का जन्म हुआ। कार्तिक देवों के सेनापति हैं, और हे विनायक, वह आपके छोटे भाई हैं। इस प्रकार इस सृष्टि में एक स्वर्ग का निर्माण हुआ जिसमें अनेक लोक थे और सृष्टि अनेक प्रकार के वीरों से सुसज्जित थी। दूसरा स्वर्ग अत्यंत विशाल था। देव तथा नक्त का वहाँ जन्म हुआ। उस समय की स्मृति में पूषा के नाम से विख्यात विवस्वान नामक देवपुत्र अत्यंत तेजवान था। उनकी शक्ति वैश्वदेवी थी। देव की एक पुत्री थी जिसका नाम ऊषा था। वह संज्ञा के रूप में भी जानी जाती थी। संज्ञा के गर्भ से भगार्यमा उत्पन्न हुए। अश्विनीकुमार उनकी दूसरी सृष्टि थे। प्रदोष नक्त के पुत्र थे और उनकी पुत्री संध्या थी। पुरानी कथाओं के अनुसार प्रदोष और विभावरी की कथा आपने सुन रखी है। निद्रा नक्त की पत्नी थी तो विभावरी उसके पुत्र प्रदोष की पत्नी थी।

विवस्वान से मन्यु नामक महायशस्वी पुत्र ने जन्म लिया और जिसने आगे चल कर मनु के नाम से ख्याति प्राप्त की। उस समय सृष्टि में परमेश्वर की कृपा से सभी प्रकार के ऐश्वर्य थे क्योंकि उस समय सृष्टि का संचालन इंद्र के पुत्र वसुक्र कर रहे थे। वसुक्र के तीन पुत्र हुए। पहले का नाम वसुकृद, दूसरे का नाम विराज और तीसरे का नाम शक्कर था। वसुकृद चूँकि सबसे बड़ा था, उसे स्वर्ग का राज्य मिला। इंद्र के बड़े स्वर्ग का राज्य जय के पास था तो दूसरे स्वर्ग का राज्य वसु के पास था। वसुकृद के पुत्र का नाम वसुकर्ण और वसुकर्ण के पुत्र का नाम वसुरोचिश था और वसुरोचिश का पुत्र वसुश्रुत कहलाया। वसुश्रुत का पुत्र वसुयुवा और वसुयुवा का पुत्र वसुन कहलाया और वसुन का पुत्र वसुमना। इस प्रकार वसुवंश अत्यंत बृहद और चारों ओर फैला हुआ था। वसुक्र के पुत्र और पौत्र इस सृष्टि में चारों ओर फैले हुए थे। इसके बाद की कथा के अनुसार, सृष्टि में विराज और शक्कर के नाम उल्लेखनीय हैं। विराज की शक्ति वैराजी और शक्कर की शक्ति शक्करी थी। वैराजी और शक्करी के गर्भ से ऋभु कुल का जन्म हुआ। इस प्रकार उस महान शिल्पी ने इस संसार को अत्यंत सुंदर बनाया।

इसके पश्चात् सृष्टि में रह रहे सभी देवों ने सृष्टि को महातेज और सुमंगल प्रदान किया। विशाल स्वर्ग में और सभी देवता थे और वहाँ नित्य पुण्य का गौरवगान होने लगा।

श्रीमद देवायण के प्रथम खंड ब्रह्मकल्प में देवमंडल के अंतर्गत सृष्टि वर्ग में विशाल स्वर्ग वर्णन नामक दूसरे संवर्ग का समापन।

।तीसरा संवर्ग।

पिंगल वचन

इसके बाद भूलोक या मृत्युलोक की सृष्टि की गई जिसमें सूर्यदेव को भी स्थापित किया गया। भूलोक से मृत्युलोक तक यह सृष्टि अत्यंत

अद्भुत थी। इंद्र के तेज और मही के गर्भ से उत्पन्न पुत्र विश्व अत्यंत तेजवान था। इन्हें पृथ्वी पर प्रतिष्ठित किया गया। हे गजानन महाराज, मैं आपको विश्व आदित्य तथा उन पर ऊषा और संध्या के प्रभाव की कथा पहले ही सुना चुका हूँ, आपको स्मरण होगा। विश्व के तेज और ऊषा के गर्भ से जन्म लेने वाले बालक का नाम यम था और यह अत्यंत बलशाली था। फिर उन दोनों के संयोग से जो कन्या उत्पन्न हुई उसका नाम यमी था जिसने आगे चल कर विश्व के कर्म को निर्धारित किया। विश्व की दूसरी पत्नी संध्या के गर्भ से और विश्व के तेज से जो बालक उत्पन्न हुआ उसका नाम शनिश्चर था। और इन दोनों के संयोग से जिस पुत्री का जन्म हुआ उसका नाम मृत्यु था और जिसने आगे चल कर विश्व के कर्मों के विनाश का मार्ग अपनाया। विश्व के साम्राज्य में ज्येष्ठ पुत्र होने के कारण यम विश्व के कर्म तथा विधि का निर्धारण करता था। सूर्यदेव ने विश्व में अपने समस्त अधिकार यम पर छोड़े थे और कर्म के निर्धारण का कार्य भी यम पर ही छोड़ा था। यम को दिए गए अधिकारों के कारण यम ने अपना राज्य स्थापित कर लिया था।

यम के सात पुत्र हुए जिन्हें प्राचीन कथाओं में यामायण कहा जाता था। वेदों के अनुसार सभी यामायण कुमार क्रमशः ऊर्ध्व, कृशण, मथित, शंख, दमन, शंकुसुक तथा देवाश्रवा थे। इस प्रकार इन सातों भाइयों के द्‌वारा विश्व के राज्य का सुशासन किया जाता था। इधर छाया के पुत्र और पुत्री दोनों के इनके साथ नित्यप्रति झगड़े होते थे। यम की पुत्री का नाम शांति था जो विश्व के जगत में अत्यंत प्रिय थी। शांति को परेशान करने में छाया के बच्चों को प्रसन्नता होती थी। विश्व के धर्म और कर्मों से बिल्कुल उलट छाया के पुत्र और पुत्री कालचक्र के साथ भटकते रहते थे। ऊषा और विश्व के दूसरे पुत्र तरंत ने प्राण राज्य की स्थापना की और जीवकुल को बढ़ाया। तरंत का विवाह वायु की पुत्री शशीयसि के साथ संपन्न हुआ था और इनके संयोग से वैददश्वि और पुरुमील्ह उत्पन्न हुए। उधर यमायण के पुत्र पितृव्य का स्मरण करते हुए मर्त्यलोक से पितृलोक की उपासना करते थे। इन

देवताओं के पितृत्व की सैकड़ों हजारों कथाओं का वर्णन है जिन्होंने समस्त भुवर्लोक में सर्वदा स्वधा शक्ति की स्थापना की। इस भुवर्लोक के पूर्वोत्तर में विशाल यमवंश निवास करता था। इसी प्रकार दक्षिण पश्चिम में अधर्म वंश स्थापित था। विश्वदेव ने भुवर्लोक में पितृलोक की स्थापना की।

तरंत जहाँ रहते थे वहाँ यक्षों और रक्षों का निवास था। यक्षों का रूप देवताओं के समान ही है जिन्होंने जीवकुल को आगे बढ़ाया। परंतु छंद की गति के चमत्कार से यह सभी लोग भोग-परायण हो गए। गंधर्व मनमोहक गीत गाते थे, जिन पर अप्सराएँ नृत्य प्रस्तुत करती थीं और इस प्रकार तरंत की महासभा में इंद्र की महासभा का रूप देखने को मिलता था। यह ऐसा समय था जिसमें ऋषियों को अलंकृत किया जाता था जिससे नित्यप्रति के देवकार्य भी प्रभावित होते थे। उस समय जीववंश का काम केवल रंगरेलियाँ मनाना ही था। यह कहा जाता था कि ऐसे समय में दिव्य छंद गतिमान हो गया और उससे अपने आप को प्रत्येक क्षण उल्लसित रखने वाला जीववंश भी प्रभावित हुआ।

मर्त्यलोक को देख कर स्वर्ग का भ्रम होता था। गंधर्वलोक भी विशाल था जिसमें गंधर्व अप्सराओं को लेकर नित्य एवं निरंतर उत्सव मनाया जाता था। उनका हाव-भाव छंद के ताल और सुरों से प्रभावित हो गया था। मर्त्यलोक में सबको स्वर्ग का भ्रम होता था। जो क्षेत्र सौंदर्य से व्यक्त होता था वहाँ की स्त्रियाँ चिर-नवयौवना होती थीं। इसके विपरीत रक्ष सृष्टि को कदर्य ने जन्म दिया था। रक्ष की इस सृष्टि में कालकेय का जन्म हुआ और उसके बाद ग्रावाण जन्मे। रक्षवंश भी अत्यंत विशाल था जिसे प्राण के हाथों स्थापित किया गया था। हे गणेशजी सुनिए कि इसके बाद भूलोक की किस प्रकार स्थापना हुई। वैददश्वि ने इंद्र के समान ऋषिगणों का सम्मान किया। कश्यप ऋषि की सृष्टि भी पहले पक्षियों के रूप और फिर सर्पों के रूप में हुई जैसे कि देवों और असुरों की सृष्टि हुई थी। उस समय महाबली राजा वैददश्वि का शासन था। इसलिए पृथ्वी की सुंदरता दिनोंदिन बढ़ने लगी थी। यहाँ काम प्रजापति था और उसकी शक्ति रति थी। पुत्री कामायणी

श्रद्धा के पुण्य कर्मों से सृष्टि प्रभावित हुई। इस कन्या का कार्य निरंतर सृष्टि की गति को देखना था। इस कन्या के निर्लिप्त ज्ञान के दर्शन से कामनाओं से मुक्ति होती थी। ज्ञान के सूर्य का उदय हुआ जिसका तेज चारों ओर फैल गया। इस प्रकार इस कन्या ने अपना निर्मल रूप प्राप्त किया। ज्ञानरूपी सूर्य इस सुंदर जगत के पालक हो गए और जीवों के कल्याण के लिए श्रद्धा की प्रतिष्ठा की गई। पुरानी कथाओं के अनुसार इस जगत में सर्प और पक्षी शक्तियाँ ही विराजमान थीं। पक्षियों में देवांश और सर्पों में दैत्यांश था।

सूर्यदेव ने मानवलोक के कल्याण के लिए ऊषा को, और अमंगल के लिए संध्या को पत्नी के रूप में ग्रहण किया। आगे चल कर राक्षसों, यक्षों, किन्नर-अप्सराओं तथा सर्पों और पक्षियों का संकट उत्पन्न हुआ।

श्रीमद् देवायण के प्रथम खंड ब्रह्मकल्प में देवमंडल के अंतर्गत सृष्टि वर्ग में बृहत् स्वर्ग वर्णन नामक तृतीय संवर्ग का समापन।

।चौथा संवर्ग।

पिंगल वचन

आगे की कथा इस प्रकार है कि देवताओं ने सृष्टि के कार्य की देखभाल करने के लिए वैवस्वत को मनु के रूप में सृष्टि में स्थापित कर दिया और इसके साथ ही उन्होंने शक्ति के रूप में शतरूपा को स्थापित कर दिया। सृष्टि के बाहरी जगत की देखभाल करने के लिए मनु को राजा के रूप में स्थापित किया गया जिन्हें ब्रह्म की इच्छानुसार सृष्टि का विकास करना था। इसलिए मनु के साथ तेजस्विनी और रूपवती शतरूपा को भी प्रकट किया गया जिसने अपने गर्भ से जन्म देकर सृष्टि का विकास किया। शतरूपा ने अपने गर्भ से सबसे पहले सूर्य, चन्द्र, नीहारिका और तारामंडल को जन्म दिया। इस सृजनकर्ता ने अपने तेज से शतरूपा के गर्भ से पैदा हुए सूर्य को नभस्थल में

स्थापित कर दिया। सृजनकर्ता ने सूर्य के साथ ज्योतिष मंडल को भी जन्म दिया था और नभ में अनगिनत नक्षत्र मंडल को स्थापित किया। इन सभी का जन्म शक्ति के गर्भ से और मनु के तेज से हुआ था। फिर सृष्टि से डर कर शतरूपा ने जल का रूप धारण कर लिया परंतु मनु ने अपने तेज को जल के मध्य भी शतरूपा के पास पहुँचा दिया जिसके फलस्वरूप गर्भ धारण कर उसने जड़ रूप को जन्म दिया। फिर मनु से तेज प्राप्त करते हुए इस जड़ ने शरीर बढ़ाना शुरू कर दिया जिसके कारण बड़े-बड़े पर्वत और चट्टानें तथा धीरे-धीरे विशाल वन बनने लगे।

इसके बाद शतरूपा ने जड़ रूप त्याग कर कीट रूप धारण कर लिया। सृजनकर्ता मनु ने अपने तेज से कीट शतरूपा के गर्भ से कीड़ों को जन्म दिया। उसके बाद शतरूपा ने पतंगे का रूप धारण कर लिया और उस समय पतंगों से ही पक्षी कुल का जन्म हुआ। मनु प्रजापति ने पक्षी रूपी शतरूपा को अपना तेज प्रदान करते हुए गर्भाधान कराया। उस समय पक्षी कुल अत्यंत विशाल था। फिर भयभीत होकर शतरूपा ने पक्षी का रूप त्याग दिया और तिर्यक रूप धारण कर छुप गई। किंतु प्रजापति मनु से उसने फिर गर्भधारण किया और तिर्यक वंश को जन्म दिया। उसके बाद शतरूपा ने पशु का रूप धारण किया और इस रूप में गर्भधारण करते हुए उसने पशु कुल को जन्म दिया। फिर इस सृष्टि में अनेक प्रकार के पशु पाए जाने लगे और दिनों-दिन बढ़ते गए। इसके बाद शतरूपा ने वानर रूप धारण किया और तब उनके गर्भ से वानर वंश का जन्म हुआ।

उसके बाद शतरूपा ने नारी आकृति धारण की और उनके गर्भ से आदिमानव का जन्म हुआ। मानव रूप देख कर जगतस्रष्टा संतुष्ट हो गए। इसके बाद सृष्टि का कार्य बंद हो गया। नर देह में देवताओं ने अपनी स्थापना की। उस समय तीन जगत थे जिनमें असुर भी रहते थे। मानव विकास की स्मृति के सबसे पुराने मानव कर्दम थे। शतरूपा ने अपनी आकृति को त्याग कर स्वयं को लुप्त कर लिया। इसके बाद मृत्युलोक में कर्दम ने नारी के रूप में प्राण दिया जिससे सृष्टि आगे बढ़ सके। उसके बाद इस भूलोक में क्रमानुसार मानव कुल बढ़ने लगा।

देवों ने अपनी इच्छा के अनुसार सृष्टि में से एक क्षेत्र प्राप्त किया और शतरूपा को स्थापित किया जिसने अपने शरीर और मनु के तेज से क्रमानुसार मानव वंश का विकास किया।

श्रीमद् देवायण के प्रथम खंड ब्रह्मकल्प में देवमंडल के अंतर्गत सृष्टि वर्ग में मनु सृष्टि वर्णन नामक चतुर्थ संवर्ग का समापन।

।पाँचवां संवर्ग।

पिंगल वचन

हे गजानन, जो कथा मैंने अभी आपको सुनाई है उसमें स्वर्ग में सभी देव थे। इसके पश्चात् एक अन्य सृष्टि का विकास करना आवश्यक हो गया था। परब्रह्म अविनाशी और सनातन हैं तथा सत्यदेव अमृत ग्रहण कर अमर हैं। परमात्मा की सृष्टि में चारों ओर ओंकार का नाद होता रहता था। सारी सृष्टि के मंगल के लिए स्वयं परब्रह्म विराजमान हुए। परब्रह्म ने पतंग, यक्षनाशन, विष्णु, यज्ञ प्रजावान, हिरण्यगर्भ, विमद, संवर्ण और वाच्य के रूप में ब्रह्मा की सृष्टि की थी। ब्रह्मा के मन से कश्यप, अंगिरा, वशिष्ट, कण्व, विश्वामित्र, भरद्वाज ऋषियों का जन्म हुआ। कश्यप ऋषि के जन्म के बाद इंद्र, चन्द्र, बृहस्पति, सूर्य, अग्नि, वायु, मित्र, वरुण नामक देवताओं का जन्म हुआ। उसके बाद देवतास्रष्टा ने सृष्टि का कार्य जारी रखा और क्रमानुसार अग्निपुत्र चाक्षुस, तापस, पावक, बार्हस्पत्य, वैश्वानर, सौचिकी आदि उत्पन्न हुए। इसके बाद इंद्र के पुत्र सर्वहरि, वृषाकपि, जय, लव, विमद, वसुक्र और प्रतिरथ आए। वशिष्ट और अगस्त्य क्रमशः मित्र और वरुण की सृष्टि थे। सूर्य-पुत्र धर्म, चक्षु, अभितपा, विभ्राट, चन्द्रपुत्र मंगल और बुध एवं वायुपुत्र उल और अनिल का वर्णन किया जा चुका है। इसके बाद क्रमानुसार यमायण संकुसुक, कुमार ऊर्ध्व, कृशण, दमन, मथित, शंख और देवश्रवा।

इसके बाद जो नाम क्रमानुसार आते हैं, वे हैं रूद्र, स्कंद, विनायक, पूत दक्ष, देव, पूषा, भगार्यमा, विश्वदेव, तरंत। तरंत के दो पुत्र वैददश्वि एवं पुरुमील्ह, क्रमानुसार वसुगण - वसुकर्ण, वसुकृद, वसुरोचिष, वसुश्रुत, वसुन, वसुमन। अश्विनी, यम देवता, देवहोता, प्रचेतस, तनुनपात, नराशंस, आप त्वष्टा, वनस्पति, विराज, ऋभु, शक्कर, द्रविणोदा, उलुखल, निर्मथ्य, युप, स्वनय, भावयव्य, शक, धूम, इल्य, वर्हि, अक्षराप, अप्तृण, अश्व, रोमशा, साध्य, राका, सरस्वान, अपानपात्। शंकुत, ब्रश्चन, दध्रिका, सोमक, त्र्यसदस्य, सिनीवाल्य, पुरुकुत्स्य, उनाशीर, प्रस्तोक, स्रक, पर्जन्य, काम देवता, चायमन, बृबुस्तक्षा, पैजवण, इतस्त्राण। प्रतोद, विश्वकर्मण, सर्वणि, भुवन, स्वस्ति, ज्ञान, चित्र, हविर्धान, विश्ववसु, तप। दर्भादय, कपिंजल, ऋतव, ऋषभ। पुरातन कथाओं के अनुसार यह देवताओं के नाम हैं जो विभिन्न लोकों में प्रतिष्ठित हैं।

अब मैं आपको क्रमानुसार देवियों के नाम बताता हूँ। उनके नाम हैं - यहवी, दस्रा, कुहूदेवी, महयाणी, सिनिवाली, सबकी माता जुहूदेवी, वाची, मरीचिनी, दक्षिण, सविता, इला, अदिती, भारती, स्वाहा, द्रविनोदा, सरस्वती। सोमा, लक्ष्मी, दक्षायणी, सर्परी, युपा, नदी, रति, साध्या, प्रस्वापिनी, द्राणी, गंगा, रथांगिनी, अप्तृणा, वरुणा, मित्रा, उर्जाहुति, ऊषा, शची, श्रद्धा, शांति, रात्रि, सीता, रथवीथि, शशीयसी, विनता, यक्ष, नाशिनी, जो सारी सृष्टि को प्रकाशित करती है। अन्य सभी देवियों तथा देवकन्याओं के नाम मैं काव्य की प्रगति के अनुसार कहूँगा।

हे विनायक सुनिए, इसके बाद मैं आपको देवांशों के नाम कहता हूँ - वाचादित्य, उपाध्याय, जातवेदा, वैश्वानर, इंद्र, मनु, पुरीष्यण, आत्म, श्येन, वामदेव, विश्वामित्र, ऋनंचय, गौवेंद्र, गाव, मंडुक, सुपर्ण, दाभ्र्य, काणीन, अश्व, कशु, तिरिंदर, कशु, वरु, पाकस्थामा, यजमान, पृथुश्रवा, आक्ष्र्य, ऋक्षाश्व, मेधस, सरण्यु, सत्यु, वैकुंठ, धाता, यक्ष, पितृमेध, जीव, हस्त, कुरुश्रवा, असमाति, असूनीति, करंग, उपम, श्रवा, पुरुष, चन्द्रमा, अर्क, मन्यु, हरि, पुरूरवा, द्रुघन, इड, गोधेंद्र, द्युभुम्य, ताक्ष्र्य, पर्वत, दध्यंग, इध्म, रश्मय, होतारुण, अयक्रवि, सप्ततर्व, अथर्वण,

विषण्य, किरणा, अज, नकुल, चटिका, दिश, वसुमित्र, अनज्नन, मयूर और ऋतवा।

यह अद्भुत् वार्ता सृष्टि के मंगल के लिए की गई है जिसमें स्वर्ग के देवताओं का वर्णन किया गया है। जब-जब उत्तम निर्णय की आवश्यकता होती है, तब पालक विश्व का कर्म निर्धारण करते हैं।

श्रीमद् देवायण के प्रथमखंड ब्रह्मकल्प में देवमंडल के अंतर्गत सृष्टि वर्ग में देवसंख्या निर्णय नामक पँचम संवर्ग का समापन।

।छठा संवर्ग।

पिंगल वचन

इसके अतिरिक्त, जिस कार्यक्षेत्र के लिए जो भी देवी प्रतिष्ठित है, काव्य में उनके विषय में चर्चा होने पर यथा-समय उनके नाम कहूँगा। इसके बाद, हे ब्रह्मणस्पति, ऋषियों की क्रमानुसार सृष्टि की गई। सात ऋषियों के साथ और सृष्टि की उत्पत्ति हुई। जिस क्रम में सभी क्षेत्रों में देवताओं की उत्पत्ति की गई थी उसका वर्णन पहले किया जा चुका है। उसी क्रम में सभी क्षेत्रों में ऋषिगण भी विराजमान हैं। इनमें वरुण-पुत्र अगस्त्य, और उनके पुत्र दृहलच्युत हैं। ऋषि अंगिरा के पुत्र, आंगिरस या अभीवर्त के अतिरिक्त अन्य ऋषियों के क्रमानुसार नाम हैं, उध्र्वसद्मा, हविर्धान, उचथ्य, उरु, अयास्य, कृष्ण, कुत्स्य, कृतयशा। तिरश्ची, धरुण, ध्रुव, घोर, दिव्य, नृमेधस, पुरुमेध, पुरुमील्ह, पुरुहन्मा, प्रभुवसु। प्रचेता, भिक्षु, पवित्र, वरु, बिंदु, वृहन्मति, मूर्ध्ववान, शिशु, व्यश्व्य, प्रियमेध, रहूगण। वीतहव्य, विरूप, शौन, होत्र, संवनन, सप्तगु, सव्य, संवर्त्त, श्रुत, कक्ष। सुकक्ष, हिरण्यस्तुप, हरिमंत, सुदीति, आजिगर्त्ति, शुनःशेप, चतुर्ऊर्ध्व, चत्वारिंश। आत्रेय या अत्रिनंदन - अर्चनाना, इषःगय, अवस्य, एवयामरूत, उरुचक्रि, कुमार। गोपवन, गविष्ठिर, गातु, द्युम्न, पुरुद्वित, मृक्तवाहा, प्रतिक्षेत्र, यजत, विश्व,

चर्षणि। पौर, वभ्रु, प्रतिभानु, बाहुवृक्त, प्रतिप्रभ, वीतहव्य, प्रतिरथ, बुध, वघ्रि, वसुश्रुत। श्यवाश्व, श्रुतिवित्सस, विश्व, सामा, सदापृण, सप्तवर्घ्रि, प्रयस्वंत, सत्यश्रवा, सुतम्भर। स्वस्ति सहित अत्रि के सैंतीस पुत्र हैं। वैद्यराज अथर्वण, उनके दोनों पुत्र - भिषक और बृहद्दिव।

कालचक्र के प्रकट होने पर महर्षि आप्त्य का जन्म हुआ। उनके तीन पुत्र थे - भुवन, द्विता और त्रिता। भुवन ने कालचक्र को संभाला। युगों के स्वामी के रूप में द्विता और त्रिता ने क्रमशः कालचक्र का संचालन किया। देव, कलि और भुवन ने भी अपने निर्धारित समयों पर इसका संचालन किया। भुवन के पुत्र अहमीयव उरुक्षय के नाम से विख्यात थे। सिंधु द्वीप अम्बरीष के पुत्र थे, अर्भव सुनु के पुत्र थे और वाक आप्त्य की कन्या थी। अष्टिसेन के पुत्र देवापि के नाम से जाने जाते थे। आसंग के पुत्र प्रायोगी, भृगु के पुत्र इट, उत्कील कात्य के पुत्र थे और उशना कवि के पुत्र थे। जब भृगु के पुत्र कवि सभी लोकों में प्रतिष्ठित थे तब उनकी कविताएँ मुझे अत्यंत प्रिय थीं। सूर्य वंश के आरंभ में राजर्षि ऋनंचय हुए थे। एकुद्य नोधस के पुत्र थे तथा देवमुनि इरम्मद के। ऐरावत के पुत्र जरत्कर्ण थे तथा ऐल्य के पुत्र पुरूरवा थे। एलुष कवष के पुत्र थे और कुशिक एशिरथी के। ओचथ्य के पुत्र दीर्घ और तामस तथा शिवि के पुत्र काशीराज उशीनर थे। कश्यप के पुत्र क्रमानुसार मारीच, अवत्सार, असित और देवल थे। निघ्रवि के पुत्र रेभ और रेभ के पुत्र रेभसुनु, शिखंडी, विवृह, नव, आदि थे। कक्षीवान के पुत्र काक्षीवत के तीन पुत्र सुकीर्ति, शवर और सुहस्त्य और वह काक्षीवत कहलाते थे।

हे गजानन, कण्व के पुत्र कण्वेय कहलाते थे और उनके नाम थे आयु, कृश, हरिन्विठि, कुसीदि, कुरुसुति, त्रिशोभ, मेध्य, नाभाक, नारद, वत्स, पर्वत, मेधातिथि, निपातिथि, प्रस्कन्व, पृष्ठिगु, पृषघ्र, पुनर्वत्स, ब्रह्मातिथि, मेध्यातिथि, मातरिश्वा, सध्वंस, सौभरि। सुपर्न, शशकर्ण, गौतम, सुपर्ण, शशकर्ण और श्रुष्टिगु। गौतम के तीन पुत्र थे नोधा, राहुगण तथा महर्षि वामदेव। जैसे गौपवण के तीन पुत्र थे, वैसे ही गौपायण के तीन पुत्र थे जिनमें बड़े विप्रबंधु, दूसरे श्रुतबंधु तथा तीसरे

सुबंधु थे। वृष के पुत्र जान दृह्लच्युत और उनके पुत्र इध्माबाहु के नाम से प्रसिद्ध थे। उनके पुत्र ढाढ्यच्युत थे। दुःमित्र कूत्स्य के पुत्र थे और दुवस्य आनंद के पुत्र थे। दिवोदास की पुत्री का विवाह परुच्छेप से हुआ था जिसके कारण परुच्छेप पृथ्वी पर सर्वत्र विख्यात थे। अत्रि के पुत्र विश्वचर्षणी और उनके प्रथम पुत्र द्युम्न तथा दूसरे मृक्तवाहा थे। शारंग के पुत्र द्रोण, लुश के पुत्र धानाक तथा शक के पुत्र नृमेधस थे। देव के जन्म के बाद देव को दीक्षा देने के लिए नारायण ने स्वयं ऋषि का रूप धारण किया था। जब देव का जन्म हुआ तब उनको उन्होंने दीक्षा दी। निऋतिज कपोत के पुत्र थे और शक्ति के पुत्र पराशर थे जिनके पुत्र परुच्छेप थे और अनानत के नाम से विख्यात थे। पृश्नि के पुत्र अजास्मर थे तथा प्रगाथा कण्व के पुत्र थे। प्रगाथा के पुत्र हर्षत, भर्ग और युग के स्वामी कलि थे। प्रिय मेध के पुत्र सिंधुक्षित थे। गय के पुत्र प्लात और वामदेव के पुत्र बृहदुकथ थे। अगस्त्य के पुत्र ब्रह्मचारी तथा नाभाक के पुत्र उर्ध्व थे। उनके द्वितीय पुत्र रक्षोहा अत्यंत धर्मपरायण थे।

भरद्वाज के बड़े पुत्र बार्हस्पत्य थे। भरद्वाज के पुत्र पायु, गर्ग, नर, वसु, शुनुहोत्र, शिरिम्विठि, सुहोत्र, शास और सप्रथ थे। भृगु के पुत्रों की सूची इस प्रकार है - पहले इट भार्गव, दूसरे कवि भार्गव, तीसरे च्यवन, चौथे जमदग्नि, पाँचवें प्रयोग, छठे गृत्समद, सातवें नेभ भार्गव, आठवें वेण भार्गव, नौवें कृतनु भार्गव, दसवें शौनहोत्र, ग्यारहवें श्युमरश्मी, बारहवें सोमाहुति। भार्यश्व के पुत्र मुद्गल का मुद्गल वंश विख्यात था। भालन्द के पुत्र वत्सप्रि थे। आप्त्य के पुत्र भुवन तथा भुवन के पुत्र जगत-विख्यात साधन थे। दूसरे पुत्र थे विश्वकर्मा जिनके दो पुत्र मान्य और वारुणी थे, साम्मद मान्य के पुत्र थे और साम्मद के पुत्र थे मत्स्य और प्रजात। मत्स्य कुल इतना बड़ा था और वह जल में मछलियों का कुल है।

विश्वामित्र के पुत्र या वैश्वामित्र थे गाथिन, कत, अष्टक, ऋषभ, रेनु, पूरण, देवरात, मधुच्छंदा। मधुच्छंदा के दो पुत्र जेता और धमर्षण रात्रि के गर्भ से उत्पन्न हुए थे। हे गजानन, जैसाकि मैंने आप से कहा है,

सृष्टि के समय मनु को ऋषि की मान्यता दी गई थी। मनु के तीन रूप थे - उनका तेज रूप विवस्वत मनु, जल रूप आप्सव मनु, स्थावर जंगम रूप संवरण था। इस प्रकार बाहरी जगत में मनु के तीन रूप प्रकट हुए थे। गोपवन का विवाह लोपामुद्रा से हुआ था उन्हें गोपायण तथा लोपायण नामक पुत्र प्राप्त हुए। अगस्त्य की बहन लोपामुद्रा वरुण की पुत्री थी। इसी लोपामुद्रा का विवाह गोपवन के साथ हुआ था। वम्र विखानस के पुत्र थे जो वैखानस के नाम से विख्यात थे। हे गजानन, वैखानस के सौ पुत्र हुए। अश्व के पुत्र वश थे तथा वाजम्भर के सात पुत्र थे। कुशिक के पुत्र केशि के नाम से विख्यात थे। उनके पुत्र जूति, वातजूति, विप्रजूति, वृषाणक, ऋश्यश्रृंग और करिक्रत थे। सुमित्र के पुत्र वाघ्यश्व तथा वामदेव के तीन पुत्र अंहोमुक, बृहदुकम्म एवं मूर्ध्ववान थे। वर्ष गिर के पुत्र वार्षागिरा थे। पुरानी कथाओं के अनुसार वार्षागिरा के पाँच पुत्र अम्बरीष, भयमान, ऋज्रश्वा, सुधारा तथा सहदेव। वार्ष्ठिहव्य उपस्तुत के पुत्र थे और वीतहव्य अरुण के।

वशिष्ट के पुत्रों की सूची इस प्रकार है - इंद्र, प्रमति, कर्णश्रुद, उपमन्यु, मृडीक, मन्यु, द्युम्नोक, चित्र, चित्रमहाप्रथ, व्याघ्रपाद, वृषगण, और वसुक्र बारहवें पुत्र हैं। विश्वमन के पुत्र वैयश्व तथा विरूप के पुत्र वैरूप हैं। आठ द्रंष्टा है जिनमे सध्रि, नभ और प्रभेदन है। शारंग के पुत्र द्रोण, सारिमृक्क और स्तम्भमित्र हैं। सुवेदा के पुत्र शौरिषि एवं वर्हि के पुत्र वर्हिष हैं। वर्हिष के पुत्र कुल्मल, कुल्मल के पुत्र शैलुषि हैं। गृत्समद के पुत्र शौनक हैं। श्यावाश्व के पुत्र अन्धीगु हैं। हे गणपति, प्राचीन कथाओं के अनुसार मैंने ऋषिकुल का वर्णन किया है। अब ऋषिकुल की पत्नियों का वर्णन सुनिए। जिन ऋषियों के पुत्र हैं, निश्चित रूप से उनकी पत्नियाँ भी थीं। जो ऋषि पुत्रहीन थे वे अविवाहित थे। कुछ ऋषियों को पत्नियों को ग्रहण कर पुत्र उत्पन्न करना स्वीकार नहीं है।

ऋषिकन्याएँ बहुत कम हैं, मैं आपको उनके नाम क्रमानुसार कहता हूँ। अंगिरा की पुत्री शाश्वती है। अत्रि की तीन पुत्रियाँ अपाला, विश्ववारा तथा अम्भृणी हैं। अगस्त्य की दो बहनें एषा और इंद्रस्नुषा हैं। ऊर्वशी

कश्यप की पुत्री है और सरमा रात्रि की। रात्रि भरद्वाज की बेटी हैं और सावित्री सूर्य की। नद्य की कन्या नदी हैं और आपको स्मरण होगा, विश्वदेव की पुत्री यमी हैं। कक्षीवाण की तीन बेटियाँ हैं अश्वसूक्ती, गौसूक्ति और काक्षीवती। इसके बाद ऋषिकन्याएँ रोमशा, सिकता, लोपामुद्रा, निवावरी हैं। मस्त्यकन्या जालनद्धा है जो वरुण को अत्यंत प्रिय है। शक्ति की कन्या गौरीबीति हैं जिनका महान कर्मों के कारण वर्णन किया गया है। इसके बाद सृष्टि में जितनी शक्तियाँ विराजमान हैं वह देव कन्यावली मैं वार्ता के दौरान बताऊँगा।

हे गणेश, मैंने श्रुतियों के अनुसार वर्णन किया है, यह जितना विस्मयकारी है उतना ही पवित्र है। जिस ऋषि वंश के द्वारा सृष्टि निर्धारित की गई है उसका वर्णन मैं आद्योपांत करूँगा।

श्रीमद् देवायण के प्रथम खंड ब्रह्मकल्प में देवमंडल के अंतर्गत सृष्टि वर्ग में ऋषि ऋषिका वर्णन नामक षष्ठ संवर्ग का समापन।

।सातवाँ संवर्ग।

पिंगल वचन

हे गजानन, इसके बाद मैं मर्त्यलोक की सृष्टि की कथा कहता हूँ, आप ध्यान से सुनिए। प्राचीन कथाओं के अनुसार, मनु के प्रथम पुत्र कर्दम थे। शतरूपा ने अपने मूल स्त्री के रूप का परित्याग कर दिया था। उसका अवशेष सृष्टि के क्रम में अस्थियों में परिवर्तित हो गया था। स्रष्टा की आज्ञा के अनुसार कर्दम ने उस नारी रूप में अपने तप के बल पर प्राणों का संचार कर दिया जो इभा नाम की कन्या बन कर प्रकट हुई। इभा नाम की इस कन्या ने कठोर तपस्या की जिस प्रकार पार्वती देवी ने रूद्र के लिए तपस्या की थी। इस तपस्या के ताप से उसकी काया दिनों-दिन जीर्ण होती गई। यह कर्दम की शक्ति थी और इसकी प्रतिष्ठा जगतस्रष्टा की आज्ञा से की गई थी। कर्दम के तेज के

द्वारा इभा गर्भवती हुई और यथाक्रम मानव वंश की वृद्धि हुई। इसी प्रकार कर्दम देवताओं और असुरों की सृष्टि के आधार भी बने। इभा और कर्दम ने इंद्र के तेज का ध्यान किया और शर्याती मानव की उत्पत्ति हुई। सूर्य के तेज का ध्यान करने पर चाक्षुस तथा चन्द्र के तेज का ध्यान करने पर नाभान उत्पन्न हुए।

इसी प्रकार दैत्यों के तेज से हजारों पुत्रों और कन्याओं की उत्पत्ति हुई और इन भाई बहनों ने मिल कर सृष्टि को आगे बढ़ाया। सृष्टि के अपने कार्य का समापन करने के बाद कर्दम ने स्वयं को अंतर्मुखी बना लिया और निरंतर तपस्या करने लगे। इधर इभा की तीन हजार संतानों ने फल-मूलों से अपनी क्षुधा को तृप्त किया और वह वनों में घूमते रहे। उन्होनें इभा के साथ उन्हीं वनों को अपना स्थायी ठिकाना बना लिया। देवताओं के तेज से उत्पन्न तीनों पुत्र बाल्यावस्था पार करते ही सृष्टि से विमुख हो गए तथा अपने पिता के पार्श्व में बैठ कर तप का अभ्यास करने लगे। दैत्यों से उत्पन्न हजारों पुत्र-पुत्रियों ने भाइयों और बहनों के आश्रय में सृष्टि को त्वरित गति से बढ़ाया। और उनकी संख्या ने बृहद आकार ले लिया। कुछ ही दिनों में उनकी हजारों की संख्या लाखों में बदल गई। दो सौ वर्षों में यह संख्या करोड़ों में पहुँच गई। वनों में इतने लोगों के बढ़ जाने पर प्रबल कोलाहल होने लगा। यह पशुओं से युद्ध करते और उनका मांस खा जाते। इससे उनका आचरण भी पशुवत हो गया। वे पशुओं के समान पर्वत की गुफाओं में रहने लगे और उन्हीं के समान तेज धूप, कठोर शीत और तेज वर्षा को सहन करने लगे। वन में उनके कोलाहल और शोर के कारण कर्दम की तपस्या में विघ्न पड़ने लगा। तपस्या भंग होने पर पास में तप के लिए बैठे देवपुत्रों ने दानव वंश का उद्भव देखा। इनकी विशाल संख्या वनों में छा गई थी परंतु कर्दम ने देखा कि इस सृष्टि में प्रेम का स्थान नहीं था। उन्हें कर्दम ने अनार्य नामित किया और देवपुत्रों का आह्वान किया।

तप के कारण शर्याति, चक्षु और नाभान का कलेवर दीप्तिमान हो गया था। वे आकर पिता के चरणों में सिर झुका कर बैठ गए। सृष्टिकर्ता कर्दम ने उन्हें पवित्र सृष्टि की रचना करने के लिए कहा।

पिता के चरणों में प्रणाम करते हुए उन तीनों देवताओं के रूप वाले मनुष्यों ने कहा, हे पिता इस सृष्टि की रचना करने के लिए कन्याओं का निरूपण कीजिए। इस पर विचार करने के बाद कर्दम ने उत्तर दिया, हे देवनंदनों, देवताओं के कार्यों का स्मरण करो। स्वर्ग की देवी सुरेश्वरी शची भी दैत्यकुल में ही उत्पन्न हुई थी। इसी प्रकार पवित्र सृष्टि की रचना के लिए जो अनार्यों की कन्याएँ हैं, अपनी पसंद के अनुसार सृष्टि की रचना के लिए उनको ग्रहण करो। पिता की आज्ञा मिलते ही देवपुत्र तुरंत चल दिए। अनार्यों के सामने उन्होंने अपने पिता की बातों को अक्षरंशः कह सुनाया। उनकी सृष्टि उनके पिता को पसंद नहीं है यह सुन कर अनार्य समूह क्षुब्ध हो गया और उन्होंने अपनी कन्याओं को दान करने से मना कर दिया। देवपुत्रों को इस पर क्रोध आ गया और उन्होंने बहुत सी कन्याओं को बलपूर्वक हरण कर लिया। इस पर उनमें आपस में महायुद्ध की स्थिति बन कई। कर्दम के द्वारा मना किए जाने के बाद शांति स्थापित हुई।

तीनों देवपुत्रों ने दस-दस कन्याओं को और इस प्रकार तीस कन्याओं को ग्रहण किया। इन तीस कन्याओं को अपनी सुरक्षा में रख कर शेष कन्याओं को छोड़ दिया गया। इसके बाद इन तीनों के द्वारा सृष्टि कार्य आरंभ किया गया। इनमें से प्रत्येक ने दस कन्याओं के साथ अलग-अलग सृष्टि की। समयानुसार प्रत्येक कन्या के गर्भ से सौ पुत्र उत्पन्न हुए। वर्ष बीतने पर तीन हजार पुत्रों का जन्म हुआ। इतने में अलग-अलग घर निर्माण कर दिए गए और तीस पत्नियों के लिए तीस घरों में रहने की व्यवस्था की गई। प्रत्येक घर सौ पुत्रों से भर गया। यथासमय इन पुत्रों ने युवावस्था प्राप्त की और उन्हें सृष्टि करने के लिए आज्ञा दी गई। इन तीन हजार युवकों ने अनार्यों के घरों में देखा और जो भी कन्या जहाँ भी मिली उनको हरण कर लिया। इस प्रकार अनार्यों का घर युवा कन्याओं से रिक्त हो गया। बलपूर्वक ले जाई गई कन्याओं को वापस लाने के लिए वह युद्ध के लिए तत्पर हुए। इनका आपसी युद्ध कई वर्षों तक चलता रहा। इतने में देवपुत्र आर्य के नाम से विख्यात हो गए थे। आर्यों और अनार्यों के युद्ध में अनार्यों को भारी

क्षति उठानी पड़ी। युद्ध में पराजित हो कर अनार्य दूर भाग गए। इस युद्ध में आर्यों ने विभिन्न प्रकार के शस्त्रों के साथ युद्ध किया था। अनार्यों के पास युद्ध करने के लिए अस्त्रों के रूप में केवल वृक्ष थे। इस प्रकार अस्त्र-शस्त्रों के अभाव में वे युद्धभूमि में पराजित हो गए और डर कर आश्रय लेने के लिए घने जंगलों में प्रवेश कर गए।

इधर युद्ध में विजयी आर्यों ने उन सभी कन्याओं से विवाह कर लिया और अपने लिए अलग-अलग घरों का निर्माण कर लिया। इस तरह स्वाभाविक रूप से एक नगर बस गया जहाँ आर्यपुत्रों के द्वारा बनाए गए तीन हजार नवनिर्मित घर थे। वहाँ सभी विवाहित थे, किसी ने दस कन्याओं से विवाह किया था तो किसी ने सौ कन्याओं से। इसके बाद इनके द्वारा विशाल सृष्टि की गई और यह दूर-दूर तक नगरों और पुरियों का निर्माण करते हुए उनमें बसने लगे और समय बीतने पर यह पूरी पृथ्वी पर छा गए। इस प्रकार पृथ्वी पर बड़ी संख्या में आर्यों और अनार्यों की सृष्टि हो गई। यह सब-कुछ मैं उचित समय पर प्रकट करूँगा।

इस प्रकार दिव्य सृष्टि निर्माण करने पर देवपुत्र आकर पिता कर्दम के चरणों में झुक गए। कर्दम ने कहा, हे पुत्रों, तुमने यह सृष्टि देवताओं के हेतु की है इसके बाद तुम ऋषियों को प्रकट करने के लिए सृष्टि करो। तीनों पुत्रों ने कर्दम को प्रणाम करते हुए पूछा, हे पिता, हमें वह मार्ग दिखलाइए जिस पर चल कर हम ऋषियों को उत्पन्न कर सकें। प्रश्न के उत्तर में उनके सृजक कर्दम ने कहा, हे पुत्र मैं तुम्हें वह मार्ग बतलाता हूँ इसे तुम मन में धारण करो। इस पृथ्वी पर ऋषि एकमात्र तप और यज्ञ से प्रकट होते हैं। स्वयं ध्यान करते हुए ऋषिलोक का निरीक्षण करो। कर्दम के इतना कहने पर तीनों पुत्र प्रसन्न हो गए। इससे पहले की गई सृष्टि और अपने घर को छोड़ कर, ध्यान में ऋषियों को रख कर वे फिर तप करने के लिए निकल पड़े। तीनों की दस-दस पत्नियों में से केवल एक-एक पत्नी नए घर में धर्म अनुष्ठान करने के लिए उनके साथ हो गईं। यह पत्नियाँ तप-परायण थीं और अपने पतियों के साथ रह कर तपस्या में उनका सहयोग करने के लिए

उनके साथ रहने लगीं। शर्याति के साथ शार्याति, चाक्षुस के साथ चाक्षुसी और नाभान के साथ नाभानी अलग-अलग तपस्याओं में लीन हो गए।

सबसे पहले ऋषि तेज से इन तीनों दंपतियों के तीन पुत्र उत्पन्न हुए जिनके नाम पुलत्स्य, पैंग और पुलह थे। हे गजानन सुनिए, इनमें पुलत्स्य सबसे उत्तम हुए जिन्होंने इस पृथ्वी पर सैकड़ों हजारों यज्ञ किए। उनके साथ-साथ पैंग और पुलह भी अत्यंत यज्ञ-परायण थे और यज्ञों के पवित्र धुएँ से तपोवन में निरंतर पुण्य की सृष्टि होती थी। इस प्रकार महान यज्ञ करते हुए लगभग हजार वर्ष बीत गए। जब प्रजापति ब्रह्मा वेदों का सत्य प्रकट कर रहे थे, पुलत्स्य मर्त्यलोक में सृष्टि करने के लिए आर्य कन्या का ग्रहण कर रहे थे। ऋषि तो स्वर्ग में रहते हैं, परन्तु इस प्रकार मर्त्यलोक में भी सात ऋषियों की सृष्टि की गई। और इस प्रकार क्रमशः विभिन्न महर्षियों के तेज से विभिन्न महर्षि उत्पन्न हुए जो इस प्रकार हैं - कश्यप के तेज से महर्षि मारीच, गौतम के तेज से राहुगण, अत्रि के तेज से भौमि, अंगिरा के तेज से अग्निवेशम्य, बृहस्पति से भरद्वाज, वशिष्ट एवं विश्वामित्र से मैत्र तथा वारुणी और काण्व के तेज से कण्व। ऊपर की सृष्टि का क्रम मर्त्यलोक में भी दोहराया गया। इस तरह ऋषि वंश प्रकट हुआ। आज जिस रूप में वेद हैं उसी रूप में इनका सर्वत्र प्रचार किया गया। आर्यकुल के आश्रय में देव वंश की उत्पत्ति हुई।

पृथ्वी पर आरंभिक जीवन में, ऋषि और देव मानवों के वंशज हैं। मानव वंश की आत्म साधना से आर्यों एवं अनार्यों की विस्मयकारी सृष्टि हुई।

श्रीमद देवायण के प्रथम खंड ब्रह्मकल्प में देवमंडल के अंतर्गत सृष्टि वर्ग में मानव वंश विस्तार नामक सप्तम संवर्ग का समापन।

।आठवाँ संवर्ग।

पिंगल वचन

पृथ्वी पर देव वंश की बातें मैं आगे चल कर बताऊँगा, हे गजानन, पहले कालचक्र की कथा सुनिए। मनु की सृष्टि की कथा मैं कह चुका हूँ। सबसे पहले पूरी पृथ्वी जलमग्न थी। बाद में वनस्पतियों, पर्वतों तथा मनुष्य एवं अन्य जीवों की सृष्टि की गई। मारीच कश्यप के तेज से महातेजस्वी आप्त्य उत्पन्न हुए। इसके बाद के कार्य के लिए प्रजापति ब्रह्मा ने आप्त्य को नियुक्त किया। मनु की सृष्टि का विधान बनाने के लिए आप्त्य ने सृष्टि की। आप्त्य के अंगों से अम्भृणी नामक शक्ति प्रकट हुई। इस शक्ति के गर्भ में आप्त्य के द्वारा तेज प्रदान किए जाने पर महाबली पुत्र भुवन का जन्म हुआ जिनकी सर्वत्र पूजा की जाती है। इस भुवन के द्वारा सृष्टि में समय निर्धारित करने के लिए उनकी इच्छा के अनुसार कालचक्र की स्थापना की गई। क्षण भर के लिए पलक झपकाने में जो समय लगता है, सबसे पहले उस आँखें बंद रखने के समय को निमेष के रूप में निर्धारित किया गया। हे गणपति, ऐसे साठ निमेषों से एक अनुपल की गणना की गई। साठ अनुपलों से एक विपल स्थिर किया गया। साठ विपलों से एक पल का निर्माण किया गया। तीन पलों को एक प्रहर के रूप में निरूपित किया गया। रात और दिन आठ प्रहरों में विभाजित किए गए। रात-दिन को मिला कर एक दिवस माना गया। तीस दिवसों से एक महीने का तथा बारह महीनों से एक वर्ष का निरूपण किया गया। इस प्रकार काल के संवत्सर का चक्र वर्षों के क्रम में घूमता है।

हे गणपति, यह भुवन की सृष्टि है और इसके शौर्य से सृष्टि को निरंतर अभिव्यक्त किया जाता है। यह अत्यंत रोचक है कि समय के इस विभाजन को स्थिर किया गया है। आँखों के द्वारा दिए गए निमेष को संयमित कर गति के रूप में प्रतिष्ठित करने पर अनुपल बनता है। अनुपल के द्वारा सभी सूक्ष्म गतियों को नियंत्रित किया जाता है। गति में अनुपल का छंद प्रकट होता है। पूरे संसार में कर्म का माप पल के

द्वारा किया जाता है। पूरा या आधा पल श्रम को नियंत्रित करता है। चार प्रहरों के द्वारा श्रम या विश्राम नियंत्रित किया जाता है। रात और दिन के द्वारा आयु निर्धारित की जाती है। इसी का विस्तृत रूप महीना या वर्ष है। संवत्सर में साधन नाम के पुत्र की प्रतिष्ठा की गई जो भुवन का सबसे बड़ा कार्य करता था - मृत्यु की गति का अतिक्रमण करते हुए अमरत्व का प्रचालन। यह साधन की सुरक्षा और व्यवस्था के अंतर्गत था।

भुवन ने अपने पिता आप्त्य से कहा, हे पिता, मेरे पुत्र साधन को देखिए। इसे मैंने संवत्सर में रखा है, बताइए कि इसकी रक्षा कैसे की जाए? जब यह चक्र मेरे हाथों से प्रचंड गति से घूमेगा तब मेरे पुत्र साधन की रक्षा कैसे की जाएगी? भुवन से यह बात सुन कर महातेजस्वी आप्त्य ने महान सृष्टि संवत्सर का निरीक्षण किया। साधन को वहाँ प्रतिष्ठित देख कर इस राज्य की सुरक्षा करने के लिए उन्होंने अम्भृणी के गर्भ में पुनः अपना महातेज प्रदान किया। उससे दो महाबली पुत्र द्विता और त्रिता उत्पन्न हुए। यह पुत्र द्विता और त्रिता अपने पिता के सामने सिर झुका कर खड़े हो गए और पूछने लगे, हे पिता, हमें बताइए कि हमारे जन्म का उद्देश्य क्या है? जब द्विता और त्रिता ने आप्त्य से यह प्रश्न किया तब उन्होंने उन दोनों को कालचक्र दिखाते हुए कहा, देखो इसके पुरोभाग में मेरा पुत्र भुवन है। वह कालचक्र की व्यवस्था करता है। सृष्टि के भले के लिए यह चक्र भुवन ने पकड़ रखा है उसके बाद देखो, इस चक्र के ऊपर साधन है। चक्र के ऊपर साधन इसलिए है कि वह मृत्यु का अतिक्रमण करते हुए जीव कुल में दिनों-दिन अमरत्व का प्रचालन करे। अब सुनो, इस कालचक्र को जब बहुत तेजी से घुमाया जाएगा तब उस समय तुम साधन की रक्षा करोगे। याद रखो, इसी कार्य को करने के लिए तुम्हारा जन्म हुआ है। मनु की पूरी सृष्टि इसी कालचक्र के द्वारा नियंत्रित है। आप्त्य के द्वारा यह कहे जाने पर द्विता और त्रिता साधन की रक्षा के लिए उसके दोनों ओर दृढ़तापूर्वक खड़े हो गए। इसके बाद कालचक्र को भुवन के द्वारा चलाया जाने लगा। उसे देवताओं और असुरों की शक्तियों ने प्रभावित किया।

कालचक्र के उद्भव और जन्म के संबंध में मैं देवायण महाकाव्य के कथा-क्रम में बाद में बताऊँगा। संवत्सर के आश्रय में ऋतुओं की प्रतिष्ठा की गई। बंगाल में महान कीर्ति देवायण स्थापित है। साधन पर विजय करते हुए उसे अपने वश में करने के लिए उस स्थान पर देवताओं और असुरों के बीच युद्ध आरंभ हो गया। यम और शनिश्चर के बीच नित्य युद्ध होने लगे। कालचक्र को अपने अधिकार में लेने के लिए दुष्टों ने अपना बल बढ़ाया। मृत्यु की महामारी के द्वारा सृष्टि का विपुल विनाश किया गया। इस कारण मृत्यु और शनि की पूजा की जाने लगी। यह देख कर विवस्वान अत्यंत क्रुद्ध हुए।

दुष्टों के कार्य से छुटकारा पाने के लिए और विश्व को सचेत करने के लिए ऋषियों ने एकत्रित होकर आपस में परामर्श किया। सत्य के तेज को विश्व में सहन नहीं किया जा सका। देवताओं सहित पूरी सृष्टि उसके ताप से दग्ध होने लगी। इस कारण सत्य इस जगत में कम तेज के साथ प्रकाशित है।

दुष्ट कुल से छुटकारा पाने के लिए और साधन को शक्तिशाली बनाने के लिए ऋषियों के समूह के द्वारा विश्व को ऊपर लाने का निर्णय किया गया। अंगिरा और अग्नि ने अभी और सौचिकी के द्वारा यज्ञ कराने का निर्णय किया। ऋषि सौचिकी पुरोहित थे और अभी यज्ञकर्ता। इस यज्ञ के कारण सत्य का जन्म हुआ। देव नाम के इस महाबली ने सृष्टि में सत्य को प्रकाशित किया। देव ने ऊषा और पूषा की सृष्टि की। उनके प्रभाव से संसार प्रकाशवान हो गया। वही देव साधन की रक्षा के लिए भुवन के पास गए। सत्यदेव की उपस्थिति मात्र से आधा प्रभाव आरंभ हो गया। आप्त्य के कहे अनुसार इसके बाद सत्य के तेज की सुरक्षा में साधन के पार्श्व में त्रिता दृढ़तापूर्वक खड़े रहे। दूसरे पार्श्व में द्विता दुष्ट बलों से छुटकारा दिलाने लगे। सत्य के तेज, त्रिता की वीरता के कारण और द्विता के द्वारा पीड़ित किए जाने पर शनि साधन एवं भुवन की सृष्टि को छोड़ कर छाया एवं मृत्यु के साथ भाग कर दूर चले गए। इसके बाद सृष्टि यम के प्रभाव में आ गई और साधन मुक्त हो कर कालचक्र पर निर्भय हो कर कार्य करने लगे।

देव के द्वारा कालचक्र को प्रभावित होते देख कर शनि को बहुत क्षोभ हुआ। इसके बाद उन्होंने शुक्राचार्य से मिल कर परामर्श किया। उनके प्रभाव में आकर कण्व-पुत्र प्रगाथा ने नक्त को कलि के रूप में जन्म दिया। शुक्र सर्वदा ऋषिकुल को प्रभावित करने के लिये चिंतित रहते थे। कण्व के पुत्र प्रगाथा, शुक्र और शनि के प्रभाव में आ गए थे और उनके तेज से अशुभ समय में कलि का जन्म हुआ था। यह सभी लोकों में सबसे भयंकर युग के अधिपति थे। चूँकि कलि प्रगाथा का पुत्र था इस लिए ऋषिकुल में उसका पालन-पोषण किया गया। वह कण्वमुनि के स्नेह और तेज की छत्रछाया में बड़ा हुआ और उनके तेज को पाकर तेजस्वी हो गया। हे गजानन, इस प्रकार कलि ने सृष्टि को प्रभावित किया। साधन को नित्य पीड़ा देते हुए उसने भुवन को दुःखी कर दिया। इस कलि के प्रभाव को दूर करने के लिए भुवन ने सत्य से तेज प्राप्त किया। इस पूरी कथा को देवायण में प्रकाशित करूँगा।

सभी के कर्मों का निर्णय करने के लिए जिस कालचक्र को चलाया जाता है उसकी कहानी अत्यंत अद्भुत है। यह अलग-अलग युगों में विभिन्न साधनों के द्वारा जीवन और मृत्यु निर्धारित करता है।

श्रीमद् देवायण के प्रथमखंड ब्रह्मकल्प में देवमंडल के अंतर्गत सृष्टिवर्ग में कालचक्र वर्णन नामक अष्टम संवर्ग का समापन।

।नौवाँ संवर्ग।

गणेश वचन

हे महात्मन, आपने कालचक्र का विस्मयकारी विवरण दिया है। अब संवत्सर की संख्या को कैसे निर्धारित किया गया।

पिंगल वचन

हे विनायक देव सुनिए, संवत्सर की जो संख्या है उसे सुन कर आपको वास्तव में प्रसन्नता होगी। भुवन की जो सृष्टि है उसका

संवत्सर बहुत विस्तृत है। सभी विद्वानों का कहना है कि इसमें छब्बीस हजार वर्ष होते हैं। इस काल में भुवन-पुत्र साधन का राज्य रहता है। यह राज्य बहुत विस्तृत है और इसके सुशासन में निवास करने वाले जीवों को जन्म-मृत्यु का भय नहीं होता।

तेरह हजार वर्षों तक संवत्सर सत्य के तेज से प्रभावित रहता है। सत्य के तेज के प्रकाश से साधन के राज्य में उजाला रहता है। छः हजार वर्षों तक त्रिता का प्रभाव रहता है। त्रिता के कार्यों में सत्य की सुरक्षा रहती है। इससे कुछ कम समय अर्थात् चार हजार वर्षों तक द्विता का प्रभाव रहता है। इसमें कलि के साथ संग्राम होता रहता है। अगले तीन हजार वर्षों से कुछ अधिक तक पूरी सृष्टि पर कलि का प्रभाव छाया रहता है। कलि की अवधि पूरी होने पर पुनः सत्य का आगमन होता है। उनके सृष्टि में आने पर सृष्टि में फिर से उजाला छा जाता है। साधन दिव्य तेज से प्रकाशमान रहते हैं। सभी जीव सुखी रहते हैं और पूरी सृष्टि में पुण्य का प्रताप व्याप्त रहता है।

देवताओं के मन्वंतर में सभी जीव दिव्य अनुभव करते हुए प्रसन्न रहते हैं। उस अवधि में साधन अत्यंत तेज से प्रकाशवान रहते हैं। अगले छः हजार वर्ष, त्रिता के प्रभाव में यह प्रकाश कुछ धीमा रहता है और साधन यज्ञ के सहारे रहते हैं। इससे भी कम प्रकाश द्विता के चार हजार वर्षों में रहता है। इस काल में कलि के साथ युद्ध चलता है जिससे साधन थके रहते हैं। उस समय साधन पाप और पुण्यों की विवेचना करते हैं। दैनिक कर्मों के फल के आधार पर साधन पर विचार किया जाता है। इसके बाद कलि के तीन हजार वर्षों के दौरान अंधकार और मोह छाया रहता है और साधन विलुप्त हो जाते हैं। देव तत्व और दिव्य अनुभूतियाँ लुप्त हो जाती हैं। जीव मोहग्रस्त रहते हैं और उनकी गतिविधियाँ उलटी हो जाती हैं। इसमें जितने भी कार्य होते हैं, सभी सत्य के विपरीत होते हैं। सृष्टि के सभी मानवजीव देव के विरुद्ध बातें करते हैं।

इसके बाद सत्य का प्रभाव आता हैं जिसमें साधन फिर से चमकते हैं। हे गणपति, कालचक्र इसी प्रकार घूमता है। सृष्टि के मंगल और अमंगल के काल का निर्णय कालचक्र के द्वारा किया जाता है। इसकी

अब में व्याख्या करूँगा इसे ध्यान में रखिए। हे गणेश्वर, भूर, भुवः और स्वः से तीनों लोकों का वर्णन किया जाता है। तेरह हजार वर्षों के लिए जब कालचक्र पर महाकाल के रूप में देव का प्रभाव रहता है तब भूर, भुवः और स्वः में देव का तेज स्थापित रहता है। मर्त्यलोक में देव के वंश की वृद्धि होती है। भूर, भुवः और स्वः से कलि को दूर कर दिया जाता है। जगत में सर्वत्र सत्य की ज्योति व्याप्त हो जाती है।

संवत्सर के आरंभ में ऊषा के द्वारा कलि पराजित हो जाता है और दिव्य तेज के साथ ऊषा जगत में स्थापित होती हैं। सृष्टि के आरंभ में ऊषा को तरंत नामक ज्ञानी पुत्र की प्रप्ति होती है। समय-क्रम से तरंत के दो पुत्र वैददश्वि और पुरुमील्ह होते हैं और जगत में इनका राज्य होता है। यौव बल के साथ और इनके उत्साह से सृष्टि में दिव्य सत्य प्रकाशित होता है। ऊपर से ऋषि सत्य के द्वारा प्रचालित होते हैं। सबसे ऊपर, महर्लोक में स्वयं महान सत्य देव प्रतिष्ठित रहते हैं। पृथ्वी पर जीवन में सत्य का बोलबाला रहता है।

पृथ्वी पर विशिष्ट देवताओं का उद्भव होता है। सत्य के तेज से और महान बल से सामान्य-जन में आनंद और ज्ञान का संचार होता है। देवताओं को सम्मान दिया जाता है और उनकी उपासना की जाती है। दैनिक कर्तव्य के रूप में, युक्ति और तर्क को परे रख कर विश्वास के साथ आराधना की जाती है। मानवजीवों को झगड़ों और विवादों से मुक्ति मिलती है और विलक्षण एकता की स्थापना होती है।

इस समय पृथ्वी पर सैकड़ों मत हैं और हजारों पथ हैं। जगत के बृहद् समाज में बहुत से धर्म हैं और यह अनेक देशों में बँटा हुआ है। जहाँ भाषाएँ अलग-अलग हैं और एक दूसरे को समझ पाना कठिन है वहाँ सभी को शिक्षित करना किसी मनुष्य के सामर्थ्य से बाहर है। इस समय जो एकता लाएगा और जिसने इस कार्य को कर दिखाया है, स्वाभाविक है कि उसकी उपासना देव के रूप में की जाती है। सभी प्रकार के ज्ञान से युक्त, पृथ्वी पर मनुष्य के रूप में अपने तेज को फैलाने वाले देव के सामने सभी सिर झुकाते हैं। अन्य कथाओं को छोड़ कर इस दिव्य नाम का वर्णन और कथा सुनाऊँगा।

वर्षों की संख्या और काल निर्णय के द्‌वारा सभी जीवों की आयु का वर्णन किया जाता है। शुभ समय में जीवन में देव और पुण्य रहते हैं, अशुभ समय में पापों की वृद्धि होती है और जीवन पीड़ित होता है।

श्रीमद् देवायण के प्रथम खंड ब्रह्मकल्प में देवमंडल के अंतर्गत सृष्टि वर्ग में सत्यदेव वंश वर्णन नामक नवम संवर्ग का समापन।

।दसवाँ संवर्ग।

पिंगल वचन

हे गजानन, विश्व में इस समय बहुत से देश हैं और बहुत क्षेत्र हैं, और आत्मा किस देह में जन्म लेती है और वह कितनी सार्थक है यह कहना बहुत कठिन है। वही आत्मा बार-बार प्रकट होती है। आत्मा के गुणों के अनुसार उसके कर्तव्य निर्धारित रहते हैं, ऐसी कहानी निरंतर है और विभिन्न रूपों में कही जाती है। इन्हीं आख्यानों के क्रम में सत्य की सृष्टि की कथा कहता हूँ। वैददश्वि के सुंदर तेज से पृथ्वी के मनुष्य प्रभावित थे। सत्ययुग के आरंभ में इंद्र ने पृथ्वी पर दाभ्‍र्य नामक मनुष्य के रूप में जन्म लिया। इसका प्रचालन बालखिल्य ऋषियों के द्‌वारा किया गया था। सूर्य ने पृथ्वी पर यौवनाश्व नामक मनुष्य के रूप में जन्म लिया। यह युवा तेज के द्‌वारा तथा बालखिल्य के द्‌वारा प्रचालित थे। चन्द्र ने पृथ्वी पर कीर्त्य नामक मनुष्य के रूप में जन्म लिया जो पुरुमील्ह के तेज तथा बालखिल्य के द्‌वारा प्रचालित थे। इंद्र, अर्थात् दाभ्‍र्य का वंश स्वर्ग के राज्य में प्रतिष्ठित था। इनका राजत्व-काल सत्य युग में था, जब मनुष्य को अमरत्व का दान मिला। यौवनाश्व ने जिस वंश की सृष्टि की वह सूर्यवंश के नाम से प्रचलित है। इन्होंने इंद्र वंश के कार्यों की रक्षा की।

इंद्रवंश के समाप्त होने पर सूर्यवंश का उदय हुआ। उसके बाद पृथ्वी पर कीर्त्य के द्‌वारा चन्द्रवंश की स्थापना की गई। सूर्य वंश के समापन पर चन्द्र वंश का उदय हुआ था। इस प्रकार सत्य, द्‌वापर और त्रेता

युग की अवधियाँ पार हो गईं। इन तीनों वंशों के दौरान क्रमशः सत्ययुग, त्रेता और द्वापर युग चल रहे थे। इसके बाद कई देव वंशों के विलुप्त होने पर पुण्य कार्यों का भी अवसान हो गया।

संपूर्ण संसार दुराचार के प्रकोप में आ गया और पृथ्वी पर घोर अंधकार छा गया। इसके बाद कई वंश आए परंतु सभी ने दुष्कार्य ही किया। सारा संसार दुःखों में डूब गया और अनेक तरह के कष्ट और आपदाएँ आईं। हे गजानन, इसके बाद कलि काल का आरंभ हुआ। यहाँ तक देवायण का पूर्वकथ्य है, कथा-क्रम में इसे ध्यान में रखिए। जगत में एकता और स्वर्ग राज्य की प्रतिष्ठा करने के लिए इंद्र ने दाभ्र्य के रूप में जन्म लिया। इसके बाद इंद्र के पुत्र वसुक्र आए जिन्होंने पृथ्वी पर देवताओं का राज्य स्थापित किया। वसुक्र ने पृथ्वी पर एक हजार वर्ष तक शासन किया। इसके बाद उनके पुत्र वसुकृद आए। उन्होंने भी एक हजार वर्ष तक शासन किया। इसके बाद क्रमानुसार प्रत्येक राजा के पुत्र मनुष्य के रूप में शासन करने के लिए आते गए और प्रत्येक ने एक हजार वर्ष तक शासन किया। उनके क्रमिक नाम थे - वसुकृद के पुत्र वसुकर्ण, वसुकर्ण के पुत्र वसुरोचिष, वसुरोचिष के पुत्र वसुश्रुत, नराकृति में वसुश्रुत के पुत्र वसुयुवा, वसुयुवा के पुत्र वसुन और वसुन के पुत्र वसुमना। इन आठों वसुओं ने पृथ्वी पर आठ हजार वर्षों तक शासन किया जिसके दौरान सभी मानवजीवों को अमरत्व प्राप्त हुआ। वे जन्म-मृत्यु से छुटकारा पा कर देवताओं का जीवन जीते थे।

इन आठों वसुओं के बाद मर्त्यलोक में देवताओं का शासन समाप्त हो गया। वसुमना ने महायज्ञ किया जिससे रोहिदाश्व उत्पन्न हुए। अब सत्ययुग के मात्र पाँच हजार वर्ष बचे हुए थे। रोहिदाश्व के पुत्र त्रैवृष्णु हुए। यज्ञ के बाद स्वयं विष्णु पृथ्वी पर अवतरित हुए थे। इसी समयावधि में पृथ्वी पर दानवों का भी उद्भव हो गया। इसके बाद क्रमानुसार त्रैवृष्णु के पुत्र त्र्यरुण तथा त्र्यरुण के पुत्र पुरु राजा हुए।

हे गजानन, जब पृथ्वी पर पुरुकुत्स्य राज्य कर रहे थे तब पृथ्वी पर फिर से जन्म का कार्य आरंभ हो गया। इस समय दानवों ने शक्ति-संचय कर लिया था और देवासुर संग्राम आरंभ हो गया था। पुरुकुत्स्य

के पुत्र त्र्यसदस्य के नाम से विख्यात थे और उनके पुत्र महाबली चित्र हुए। चित्र ने दैत्यों का विनाश किया तथा अश्वमेध यज्ञ का अनुष्ठान किया जिससे उन्होंने अपार ख्याति अर्जित की। चित्र के नाम से उनका वंश चैत्रवंश कहलाया। चित्र के पुत्र वेण्य ने बंगाल में वेण्यपुरी की स्थापना की। अश्वमेध के महान पुण्य से यह क्षेत्र वीडबंग के नाम से प्रसिद्ध हो गया जिसका क्षेत्र 34 घोड़ों की दौड़ थी और जिसकी उपासना ऋषियों के द्वारा की जाती थी। वेण्य के पुत्र पृथु हुए जो पृथ्वी में विख्यात थे। पृथु के पुत्र सगर तथा सगर के पुत्र असमंज थे। सगर के साठ हजार पुत्र हुए जिनके विध्वंस किए जाने पर केवल उनके पौत्र जीवित रह गए थे। असमंज के पुत्र अंशुमान तथा अंशुमान के पुत्र जगत में भगीरथ के नाम से विख्यात हुए। भगीरथ के पुत्र सोहनवर्त्त थे जिन्होंने हयग्रीव के अवतार के रूप में जन्म लिया था। सोहनवर्त्त के पुत्र सुरथ ने देवकन्या से विवाह किया था। सुरथ के पुत्र सौदास के साथ इंद्र वंश का समापन हो गया क्योंकि वे अविवाहित थे और युवावस्था में ही उनकी मृत्यु हो गई थी।

देवताओं के वंश के द्वारा मानव रूप में शासन के समय पृथ्वी पर सर्वत्र पुण्य का आधिपत्य था और पृथ्वी स्वर्ग के समान हो गई थी।

श्रीमद् देवायण के प्रथम खंड ब्रह्मकल्प में देवमंडल के अंतर्गत सृष्टिवर्ग में इंद्र वंश वर्णन नामक दशम संवर्ग का समापन।

।ग्यारहवाँ संवर्ग।

पिंगल वचन

मांधाता की कीर्ति के कारण सूर्यवंश का उत्थान हुआ। इससे पहले इस वंश का राज्य उतना प्रतिष्ठित नहीं था। यह इंद्रवंश के राजाओं की सेना के अधिपति थे जैसे यौवनाश्व दाभ्र्य की सेना के अधिपति थे। यौवनाश्व की वंशरेखा इस प्रकार है - यौवनाश्व के पुत्र अभितपा,

अभितपा के पुत्र तान्व, तान्व के पुत्र पार्थ, पार्थ के पुत्र असमाति, असमाति के पुत्र असूनीति, असूनीति के पुत्र उपस्तुप, उपस्तुप के पुत्र तर्य, तर्य के पुत्र शतानीक, शतानीक के पुत्र दंड, दंड के पुत्र शारंग, शारंग के पुत्र चण्ड, चण्ड के पुत्र हारीत, हारीत के पुत्र हरिबीज, हरिबीज के पुत्र सवर्णि, सवर्णि के पुत्र अधिरथ, अधिरथ के पुत्र अयोध्या जो पृथ्वी पर विख्यात थे, उनके पुत्र भरत हुए जिन्होंने अयोध्या की ख्याति बढ़ाई, भरत के पुत्र राजार्षि ऋणंचय नाम से प्रसिद्ध थे, ऋणंचय के पुत्र मुचुकुंद सेनापति थे, देवताओं की सेना का संचालन करते हुए उनकी ख्याति चर और अचर में फैली हुई थी। मुचुकुंद के पुत्र मांधाता ने अपने शौर्य से शत्रुओं का संहार किया और सुरथ का दुःख दूर करते हुए उन्होंने क्षितीश्वर का पद प्राप्त किया। मांधाता के पुत्र युवनाश्व हुए जिन्होंने यौवनावस्था में ही शरीर त्याग दिया, उनके पुत्र हरिश्चन्द्र बचपन में ही राजा के पद पर आसीन हो गए।

इसके बाद मर्त्यलोक पर त्रिता युग का प्रभाव हो गया। हरिश्चन्द्र के पुत्र का वर्णन रोहिताश्व के रूप में किया जाता है, रोहिताश्व के पुत्र इक्ष्वाकु सूर्य के समान तेजस्वी थे, इक्ष्वाकु के पुत्र दिलीप एक विख्यात राजा थे, दिलीप के पुत्र रघु महान कीर्तिवान थे जिनके नाम पर इस वंश का नाम रघुवंश हुआ, रघु के पुत्र अज, अज के पुत्र दशरथ, दशरथ के पुत्र राम, लक्ष्मण, भरत और शत्रुघ्न। राम के पुत्र लव, लव के पुत्र द्युम्न, द्युम्न के पुत्र को विद्वानों ने द्युमत्सेन का नाम दिया, द्युमत्सेन के पुत्र सत्यवान के साथ सूर्यवंश का अस्त हो गया।

सूर्यवंश ने अपने शौर्य और तेज से सत्य की रक्षा की, राक्षसों का नाश किया तथा यज्ञ अनुष्ठानों में वृद्धि की जिससे रामराज्य सार्थक हुआ।

श्रीमद् देवायण के प्रथमखंड ब्रह्मकल्प में देवमंडल के अंतर्गत सृष्टि वर्ग में सूर्यवंश वर्णन नामक एकादश संवर्ग का समापन।

।बारहवाँ संवर्ग।

पिंगल वचन

हे गजानन सुनिए, इसके बाद मैं चन्द्र वंश का वर्णन करता हूँ। मैंने आपसे पहले कहा है कि चन्द्र ने कीर्त्य के रूप में जन्म लिया था। कीर्त्य के पुत्र बुध थे, बुध के पुत्र ऐल्य थे, ऐल्य के पुत्र पुरूरवा, पुरूरवा के पुत्र पुरूकृष्ण थे, पुरूकृष्ण के पुत्र पुरूष्णिक, पुरूष्णिक के पुत्र पुरूकर्म, पुरूकर्म के पुत्र पुरूभद्र, पुरूभद्र के पुत्र पुरूसार, पुरूसार के पुत्र शतावर्त, शतावर्त के पुत्र स्वर्ग, स्वर्ग के पुत्र ताक्ष्र्य, ताक्ष्र्य के पुत्र ध्रुव, ध्रुव के पुत्र वाण महायोद्धा थे, वाण के पुत्र देवरात, देवरात के पुत्र भरत, भरत के पुत्र त्र्यसदस्य, त्र्यसदस्य के पुत्र कुरूश्रवा, कुरूश्रवा के पुत्र गोपवन, गोपवन के पुत्र श्रुतबंधु, श्रुतबंधु के पुत्र विप्रबंधु, विप्रबंधु के पुत्र नाभान, नाभान के पुत्र नराशंस, नराशंस के दो पुत्र थे - भीम और शारंग, भीम के पुत्र वाजम्भर अपने धन के कारण विख्यात थे, वाजम्भर के पुत्र हैहय जगत-प्रसिद्ध थे, हैहय पुत्र वीर्य, वीर्य के पुत्र अर्जुन, कीर्त्यवंश से वीर्यवंश का उद्भव हुआ, कार्त्यवीर्य अर्जुन महान वीर थे, उनके हाथों राक्षसराज रावण को यह लांछना मिली थी कि अर्जुन ने अपनी घुड़साल में रावण को बंदी बना कर रखा था। अर्जुन के पुत्र मिथि थे जिन्होंने मिथिलापुरी की सृष्टि की थी। मिथि के पुत्र जगत विख्यात जनक और कुशध्वज थे।

जनक की पुत्री सीता यज्ञ के द्वारा भूमि से उत्पन्न हुई थीं। राम ने उनसे विवाह किया और रामायण में उनका वर्णन है। राजर्षि जनक को पुत्र नहीं था। कुशध्वज का पुत्र महाबली युधामन्यु था तथा उनकी तीन पुत्रियाँ मांडवी, ऊर्मिला और श्रुतिकीर्ति थीं जिनका विवाह क्रमशः भरत, लक्ष्मण और शत्रुघ्न के साथ हुआ था। युधामन्यु के पुत्र रूरू थे। जब भृगु ने पृथ्वी को क्षत्रिय-विहीन कर दिया तब रूरू के पुत्र अश्वल को राज्य से भगा दिया गया था। इसके कई वर्ष बाद अश्वल अपने राज्य में प्रकट हुए और उन्हें दो पुत्र हुए - मद्र और शाल्व। मद्र और शाल्व ने अपने अलग-अलग राज्य मद्र राज्य और शाल्व राज्य

स्थापित किए। मद्र के पुत्र अश्वपति विख्यात हुए। शाल्व को पुत्र नहीं था और उनकी मृत्यु के बाद अश्वपति दोनों राज्यों के स्वामी हुए। अश्वपति के उत्थान के समय चारों ओर युद्ध छिड़े हुए थे। ऐसे ही एक युद्ध में अश्वपति ने द्युमत्सेन को पराजित कर दिया जिसके कारण द्युमत्सेन राज्य छोड़ कर वन में रहने लगे। अश्वपति को पुत्र नहीं था इसलिए उन्होंने यज्ञ किया। इस यज्ञ के फलस्वरूप उन्हें शक्ति के वर से एक कन्या मिली। उसका नाम सावित्री था और उसने सत्यवान से विवाह करने का निश्चय किया। रथ में सवार हो कर वर की खोज में बहुत व्यर्थ परिश्रम करने के बाद अश्व की पुत्री सावित्री ने अपने वर के रूप में सत्यवान को चुना। सत्यवान के भाग्य में आयु नहीं थी इसलिए सावित्री ने एक वर्ष वन में बिताया। सत्य की आयु बढ़ाने के लिए सावित्री ने घोर तपस्या की।

सत्यवान की मृत्यु के दिन सावित्री का यम से सामना हुआ। सावित्री के द्वारा मृत्यु के साथ तर्क किए जाने के बाद सत्यवान के प्राण लौट आए। इसके बाद सत्यवान को अश्वपति का राज्य मिला। सत्यवान ने अपना राज्य त्याग दिया था इसलिए सावित्री संपूर्ण पृथ्वी की साम्राज्ञी बन गई जिसकी सभी वंदना करते थे। सावित्री के गर्भ से नहुष मनु उत्पन्न हुए। इससे पहले भार्गव ने पृथ्वी को क्षत्रियों से शून्य कर दिया था। इसलिए स्रष्टा ने नहुष मनु से एक बार फिर सृष्टि करने के लिए कहा। नहुष ने स्वर्ग की कन्या से विवाह किया जिससे उसे सौ पुत्र उत्पन्न हुए। पुरानी कथाओं के अनुसार चन्द्र वंश की प्रतिष्ठा मातृ सत्व से होती है। इस समय द्विता युग ने नहुष का आश्रय लेकर मर्त्यलोक को प्रभावित कर लिया था। नहुष के बड़े पुत्र का नाम ययाति था। ययाति के पुत्र पुरूरवा और पुरूरवा के पुत्र दुष्यंत थे। दुष्यंत के पुत्र भरत अपने बल के कारण विख्यात हुए। पृथ्वी पर उनका राज्य भारत वर्ष कहलाया। तरंत के पुत्र कुरू महाबली थे। उन्होंने निन्यानवे यज्ञों का अनुष्ठान किया था जिससे यह स्थल कुरूक्षेत्र के नाम से विख्यात हुआ और कुरू के नाम से कुरूवंश को प्रसिद्धि मिली। कुरू के पुत्र हस्ति और पांचाल थे। पांचाल ने पांचाल राज्य तथा हस्ति ने हस्तिनापुर की स्थापना की। हस्ति के बड़े पुत्र प्रतीप कहलाए, प्रतीप

के पुत्र शांतनु तथा शांतनु के पुत्र भीष्म थे। इसके बाद विचित्रवीर्य राजा बने। हे ब्रह्मणस्पति, विचित्रवीर्य की अकाल मृत्यु हो गई। उनकी पत्नी को व्यास ने तेज प्रदान किया जिससे विचित्रवीर्य को पुत्र हुआ। व्यास ने चित्रवीर्य की पत्नी को भी तेज प्रदान किया जिससे पुत्र उत्पन हुआ। इस प्रकार व्यास के तेज से कुरू कुल के दोनों पुत्र उत्पन्न हुए थे।

भीष्म को पुत्र नहीं था क्योंकि वे अविवाहित थे। धृतराष्ट्र जन्म से ही अंधे थे। दूसरे पुत्र पांडु को राज्य मिला। पत्नी और पुत्रों को छोड़ कर वन में राजा पांडु की मृत्यु हो गई। धृतराष्ट्र के सौ पुत्र थे और पांडु के पाँच। भीष्म ने सभी शिशुओं और राज्य की देखरेख की। जब यह शिशु युवा हुए तब राज्य को लेकर इनके बीच विवाद हुआ और कुरूक्षेत्र के महायुद्ध में सबका विनाश हो गया। केवल पांडव और कुछ सेना बच गई। इसके बाद अश्वमेध यज्ञ के बाद शांति की स्थापना हुई। पांडव के सभी पुत्र युद्ध के दौरान मारे गए थे। केवल अर्जुन के पौत्र परीक्षित जीवित थे। केवल एक वंशधर होने के कारण वंश लोप की कगार पर आ गया था। परीक्षित के पुत्र जन्मेजय और उनके पुत्र कुशम्भि हुए उनके नाम पर कौशम्भि नगरी की स्थापना हुई। कुशम्भि के पुत्र कुम्भिक, कुम्भिक के पुत्र निकुम्भि, निकुम्भि के पुत्र निचक्षु, निचक्षु के पुत्र स्वरीद्रुम जो कम बली थे। स्वरीद्रुम के पुत्र हरिद्रुम, हरिद्रुम के पुत्र हरिमन्त, हरिमन्त के पुत्र अरिन्दम, अरिन्दम के पुत्र आदित्य, आदित्य के पुत्र उदयन के साथ ही पांडव वंश समाप्त हो गया। उदयन को पुत्र नहीं था, केवल उदिता नाम की एक पुत्री थी। बृहद्रथ के वंश का दर्शक नामक एक राजा था जिसके साथ उस कन्या का विवाह हुआ।

चन्द्र वंश के अग्रणी कौरवों और पांडवों के युद्ध के बाद कलि पूर्ण रूप से, अपनी पूरी कालिमा के साथ विश्व पर छा गए और सृष्टि को पीड़ित करने लगे।

श्रीमद् देवायण के प्रथम खंड ब्रह्मकल्प में देवमंडल के अंतर्गत सृष्टि वर्ग में चन्द्र वंश वर्णन नामक द्वादश संवर्ग का समापन।

।तेरहवाँ संवर्ग।

पिंगल वचन

जन्मेजय जब राजा बने, तब कलियुग का आरंभ हुआ। इसकी अवधि तीन हजार तीन सौ वर्ष थी जो अन्य युगों से कुछ कम थी। सत्ययुग तेरह हजार वर्ष रहा था, त्रेता छः हजार वर्ष और इससे कुछ कम द्वापर चार हजार वर्ष के लिए रहा था। इस तरह कल्प में तेइस हजार वर्ष समाप्त हो गए। कालचक्र के द्वारा कलियुग के लिए तीन हजार वर्ष निर्धारित हैं। जब जन्मेजय राजा बना तब उसे क्षितीश्वर अर्थात् पृथ्वी के सम्राट का पद नहीं मिला था। तब तक पृथ्वी पर राज्यों की संख्या बढ़ गई थी। सात वर्षों के अंदर पृथ्वी पर अनेक राज्य स्वतंत्र हो गए थे। नीतियाँ बदल गई थी और भाषा धीरे-धीरे अपभ्रंश हो गई थी। कलि की अवधि के दौरान अलग-अलग जातियों और अलग-अलग देशों का गठन हो गया था। यह सभी अपने-अपने समूहों में बँटे हुए थे और एकता लुप्त हो गई थी। पांडव कुल के राजा स्वरीद्रुम का अंत बृहद्रथ के द्वारा किया गया था। यह सब सर्पों के प्रभाव के कारण हुआ और उसने अपने लिए भारत में राज्य का गठन किया। इसी प्रकार पृथ्वी पर अन्य छोटे-छोटे राज्यों का गठन हो गया था। पृथ्वी के सम्राट का पद अस्तित्व में नहीं रह गया। यह राज्य अपनी-अपनी सीमाओं का विस्तार करने के लिए आपस में युद्ध में लिप्त रहते थे। पृथ्वी बहुत बड़ी है और उस पर बहुत से राज्य हो गए थे।

इन सभी के राजाओं का वंशानुक्रम में वर्णन करना संभव नहीं है। इन सब का इतिहास अलग-अलग है। इसलिए मैंने उनकी चर्चा केवल कलि काल का वर्णन करने के संदर्भ में की है। भारत वर्ष में बृहद्रथ का राज्य था। उसकी वंशावली इस प्रकार है - बृहद्रथ का पुत्र शिशुनाग, शिशुनाग का पुत्र बिम्बिसार, बिम्बिसार का पुत्र अजातशत्रु, अजातशत्रु का पुत्र दर्शक, दर्शक का पुत्र उदय, उदय का पुत्र नन्दिवर्धन, नन्दिवर्धन का पुत्र महानन्दी, महानन्दी का पुत्र महापद्म के नाम से विख्यात हुआ, महापद्म का पुत्र चन्द्रगुप्त, चन्द्रगुप्त का पुत्र बिन्दुसार, बिन्दुसार का

पुत्र अशोक जिसकी ख्याति पूरे एशिया में फैली थी, अशोक का पुत्र घटोत्कच और घटोत्कच का पुत्र महेन्द्र। इसके बाद पाल वंश का अभ्युदय हुआ। पाल वंश के साथ बृहद्रथ के वंश का विलय हो गया। पाल वंश का अंत होने पर पृथ्वीराज और उनके बाद क्रमशः घोरी वंश और मुगलों के वंश आए। इनके बाद फ्रांसीसी और ब्रिटिश आए। इन क्रमिक सत्ता परिवर्तनों के दौरान धीरे-धीरे आध्यात्म तत्वों का लोप होता गया और स्वार्थ हावी हो गया। नाना प्रकार के दुराचार दिनों-दिन बढ़ते गए। समयानुसार कलि की अन्य कीर्तियों का वर्णन करूँगा।

हे गजानन, मैं अभी बड़े विपर्ययों की बातें कर रहा हूँ। यह देव का शयन काल था, देवात्मा प्रहरी मात्र थे और संसार की रक्षा करते थे। अपने-अपने कर्मों के अनुसार महान जीव जन्म लेते रहे और विभिन्न धर्मों की स्थापना करते रहे। इस काल के दौरान दुराचार पराकाष्ठा पर था और महान आत्माएँ अलग-अलग रूपों में पृथ्वी पर जन्म ले रही थीं। सबसे पहले शिशुनाग के शासनकाल के दौरान जैन धर्म के प्रचारक महावीर ने जन्म लिया। इसके बाद बिम्बिसार के समय ध्रुव ने बुद्ध के नाम से जन्म लिया। विभीषण ने महात्मा यीशु के नाम से जन्म लिया। दर्शक का राज्यकाल ख्रिष्टाब्द का समसामयिक था। तब अश्वत्थामा ने मुहम्मद के रूप मे जन्म लिया। उस समय भारत में महापद्म का राज्य चल रहा था। शुकदेव ने शंकर का जन्म लेकर संन्यास का प्रचार किया। पाल वंश की अवधि में गृहस्थ धर्म त्याग कर संन्यास लेने की प्रथा प्रबल हो गई थी। इसके बाद प्रह्लाद ने गौर चैतन्य का जन्म लेकर मुगल काल में हरिनाम की ज्योति जगाई। इन महात्माओं ने जितने भी धर्म स्थापित किए थे उनके उपदेशों का मर्म शीघ्र ही खो गया और वे धीरे-धीरे नष्ट हो गए।

पृथ्वी पर सत्य को पुनः प्रकाशित करने के लिए जगत सृजक कश्यप के आह्वान पर ऋषिगणों ने एकत्रित होकर विचार-विमर्श किया और वे मर्त्यलोक की परिस्थिति का निरीक्षण करने के लिए निकल पड़े। मर्त्यलोक की परिस्थिति देख कर साधन को जगाने के लिए सृजक कश्यप ने आप्त्य मुनि से कहा, हे आप्त्य, आप मनुष्य रूप धारण कर

पृथ्वी पर अवतरण कीजिए और अपने तेज से शीघ्र ही साधन को जगाने का प्रयास कीजिए। कश्यप की बात सुन कर अम्भृणि को शक्ति के रूप में साथ लेकर आप्त्य मर्त्यलोक आ गए। आप्त्य रामकृष्ण के रूप में प्रसिद्ध हुए तथा अम्भृणि माँ शारदा के रूप में पृथ्वी पर रहीं। उन्होंने पृथ्वी के लोगों को यह संदेश दिया कि सभी साधन इस पृथ्वी पर उपस्थित हैं और जीवन में साधना ही महत्व रखती है। रामकृष्ण ने अपने जीवन में इस तथ्य को सामने रखा और वापस लौट कर कश्यप को अपने कार्यों का विवरण दिया। आप्त्य से उनके कार्यों का विवरण सुनने के बाद सृजक कश्यप माता अदिति के साथ पृथ्वी पर आए। कश्यप ऋषि अरविंद के रूप में तथा देवमाता ने माँ के रूप में पृथ्वी पर अपने कार्य किए। कश्यप सत्य का पुनः प्रकाश करने के लिए और ऊषा को जागृत करने वापस लौट गए। उन्होंने इन कार्यों के लिए जगत को प्रस्तुत करने के लिए जगद्जननी अदिति श्री माँ से पृथ्वी पर रह कर लोगों में चेतना का जागरण करने का कार्य करने के लिए कहा, लोगों में जड़ता दूर करने के लिए आवश्यक कार्य कीजिए। भारत स्वाधीन होने वाला है और वहाँ नए उद्यमों की आवश्यकता है। इसके बाद आपके साथ मेरा कार्य आरंभ होगा।

काल के मोह से घोर संकटग्रस्त होकर मृत्युलोक में जीवन दुरूह हो गया था। इस दुःख और पीड़ा का वर्णन देवायण में किया गया है।

श्रीमद् देवायण के प्रथम खंड ब्रह्मकल्प में देवमंडल के अंतर्गत सृष्टि वर्ग में कलि सृष्टि विपर्यय नामक त्रयोदश संवर्ग का समापन।

-सृष्टि वर्ग का समापन-

।।अभी वर्ग।।

।पहला संवर्ग।

पिंगल वचन

इस प्रकार कह कर जब पिंगल चुप हो गए, तब सिद्धिदाता गणेश ने अत्यंत प्रसन्न होते हुए कवि से कहा -

गणेश वचन

आपने युगों का वर्णन किया है और यह विस्मयकारी वर्णन सुन कर मैं अभिमंत्रित हो गया हूँ। आप स्वयं महाकवि हैं, इसके सार-तत्व को सुनकर मैं तृप्त हो गया हूँ। देवायण सभी रचनाओं में महान रचना है। इसकी भव्यता और सौंदर्य से पूरे जगत की सृष्टि ओतप्रोत हो जाएगी। इसे रच कर संसार में सर्वत्र अमृतपुत्रों की सृष्टि हो गई जिन्होंने पथ में अमृतत्व की प्राप्ति की थी। मैंने इसे यजुर्वेद के वाक्य के रूप में प्रजापति ब्रह्मा से सुना है। उन्होंने इस सृष्टि को देखा और अपनी भावनाओं को सुंदर श्लोकों में अभिव्यक्त किया।

यह देव सूर्य के समान उज्जवल है। वह स्वयं महान विभूति विष्णु है। उनका संधान करने के सिवा दूसरा कोई भी पथ नहीं है। हे देव, बंगाल के इस महान क्षेत्र में आप उसी तरह निवास कीजिए जैसे आप स्वर्ग में निवास करते हैं। पूरी पृथ्वी पर शाश्वत सत्य का प्रचार कीजिए। इसके बाद ब्रह्मा ने मृत्यु से दृढ़तापूर्वक कहा, हे मृत्यु तुम इस जगत को त्याग दो। जब देवायण प्रकट हुआ है तब तुम जगत के वासियों को जरा और व्याधियों से पीड़ित करते हुए मृत्यु के पथ पर मत ले जाओ। तुम्हारी सृष्टि विश्व में की गई है, हे मानवों, तुम पुत्र-पौत्रों सहित, मृत्यु के पथ का परित्याग करते हुए देवायण में प्रवेश करो। देवायण की पुरानी श्रुति में, ब्रह्मा ने हाथों में मनोहर छंदों वाले यजुर, ऋग, अथर्व और सामवेद लेकर इसी प्रकार का निर्देश दिया है। घोर अज्ञान के समय जब वेद अव्यक्त रहते हैं, देवायण के आगमन पर वेद प्रकाशित हो जाते हैं। जो वेद पृथ्वी पर अभी केवल मंत्र अक्षरों

के रूप में स्थित हैं, इस पवित्र पुस्तक में उनकी और व्याख्या की गई है। वेदों के अर्थ में जो महान ज्ञान छुपा हुआ है वह मर्त्यलोक में दिखाई नहीं देता। हे महामति, इस ज्ञान को देवायण में अभिव्यक्त किया गया है। जब सभी देवता स्वर्ग में नित्यप्रति विराजमान रहते हैं तब सत्य को प्रकट करने के लिए आप देवायण को प्रकाशित करते हैं।

गजानन के यह वचन सुन कर भगवान शिव ने होठों पर मंद मुस्कान लिए पिंगल महेश्वर के रूप में आगमन किया। उन्होंने बादलों के समान गर्जना की। उनकी आँखें बड़ी-बड़ी थीं और वे सूर्य के समान दीप्तिमान थीं। इस स्वर्णिम प्रकाश में उनका दिव्य शरीर चमक रहा था। सोने के रंग की छटा दिव्य रूप में व्यक्त हो रही थी। अव्यक्त परमानंद महेश्वर ही सृष्टि के रूप हैं। महेश्वर मन की विविध इच्छाओं की पूर्ति करते हैं। सृष्टि में सत्य को प्रकट करने के लिए असत्य का नाश करते हैं। स्वयं अपने तेज से उन्होंने जटाजूट से सुसज्जित रूप धारण किया है। इन महाकाल का नाम पिंगल महेश्वर है। विद्वानों के कुल में उनकी उपासना की जाती है। अथर्वा ऋषि के मंडल में इनको ब्रह्म की तरह मान मिलता है। इनका कंठ इतना निर्मल रहता है कि उसमें से पुण्य ध्वनि ही निकलती है।

हे जगतवासी, मेरे पुण्य शब्द सुनिए। देवायण ने वेदों को इस तरह व्यक्त किया है। देवायण के वाक्य निरंतर कहे गए हैं। देवता, जो शांत होकर सो रहे थे, उनमें आज पवित्र चेतना उत्पन्न हुई है। जहाँ ऋषियों का निवास है वहाँ देवायण के मंत्र निरंतर गूंज रहे हैं। विश्व जगत को अमरत्व ग्रहण करने के लिए कह रहा है। अमृत-पुत्र मनुष्य के जीवन में अमृत का उद्भव हुआ है। देवायण को अपना कर सत्यदेव से प्रभावित होकर रहिए। दोनों अतींद्रिय आँखों के सामने पिंगल की मधुर वाणी प्रवाहित हो रही है। हे गणपति, देवायण के श्लोकों को त्वरित ग्रहण कीजिए। यंत्र के बोध से प्रसन्नता से गद्‌गद् होकर श्री हजारी ने सिर नवा कर कहा, सच्चे ध्यान में समाए हुए पिंगल को नमस्कार है। महाकाल को नमस्कार और स्तुति।

यह सत्ययुग ब्रह्मा के द्‌वारा रचा गया नया युग है यह उसी की नई और सुंदर रचना है। इसे महेश्वर के द्‌वारा व्यक्त किया गया है। यह काव्य नए जीवन का स्वर्ग है।

श्रीमद् देवायण के ब्रह्मकल्प के प्रथम खंड में देवमंडल के अंतर्गत अभीवर्ग में काव्य सूचना नामक प्रथम संवर्ग का समापन।

।दूसरा संवर्ग।

पिंगल वचन

हे ब्रह्मणस्पति, यह जगत युगों के क्रम के अनुसार सत्य और कलि से इस प्रकार प्रभावित होता है जैसे यह दिन और रात के द्वारा प्रभावित होता है। चारों युग अपने समयानुसार आते और जाते रहते हैं और यह सृष्टि और जगत जिस युग के प्रभाव के अंतर्गत होते हैं उन्हीं के स्वभाव के अनुसार उनमें कार्य किए जाते हैं। जब देव युग के कर्ता होते हैं तब दिन के उजाले के समान दिव्य गुणों का प्रकाश रहता है और मानवजीव मिलजुल कर रहते हैं। परंतु जब युग का अधिपति कलि होता है तब रात्रि के अंधकार के अनुरूप सर्वत्र अदिव्य गुण छाए रहते हैं और मानवजाति मृत्यु और व्याधियों के प्रकोप से ग्रस्त रहती है। जब विश्व में घोर रात्रि के अंधकार रूपी कलि का बोलबाला रहता है तब जिस प्रकार रात होने पर जीवों को दिन की प्रतीक्षा रहती है। उसी तरह मानव-मन के अंदर चिरंतन सत्य के स्वर्ग की आकांक्षा रहती है और कलि के अंधकार से निकल कर सभी जीवात्माएँ सूर्य देव के प्रकाश की बाट जोहती हैं। तब देव का आगमन होता है और उनके तेज का पुनः उद्भव होता है। देव की स्मृति में और विश्व में उनके भ्रमण के क्रम में समस्त जगत के हित के लिए देवायण प्रकाशित होता है। देव की उत्पत्ति और उनकी लीलाओं का मैं क्रमानुसार वर्णन करने वाला हूँ, इसलिए हे विनायक, मैं पहले से ही कहता हूँ आप स्थिर हो कर बैठ जाइए।

अंगिरा-पुत्र अभीवर्त का वर्णन ऋषियों का राजा कह कर किया जाता है। अंगिरा के ज्येष्ट पुत्र अभीवर्त महाबली थे और सभी ऋषियों एवं देवताओं को प्रिय थे तथा उनके अच्छे कार्यों के कारण सर्वत्र उनकी

पूजा की जाती थी। सत्य के जन्म के लिए अभीवर्त ने एक महान यज्ञ किया। इस कार्य ने अभीवर्त को बहुत प्रतिष्ठित किया। अभीवर्त इस क्षेत्र में सदैव रहते हैं, क्योंकि यह देव भूमि है, सब ऋषि इसकी उपासना करते हैं। इसके बाद देव के घर में क्या हुआ, मैं आपको बताता हूँ। यहाँ देव उत्पन्न हुए थे और इसी क्षेत्र में रहते थे। यहाँ सब कुछ मनोरम है। इससे पहले, हे गजानन सुनिए, अंगिरा ब्रह्मा के पुत्र हैं जिनकी उत्पत्ति ब्रह्मा के मानस से हुई थी। अंगिरा की शक्ति के आश्रय में उनके तेज से चौवालिस पुत्र उत्पन्न हुए। उनको आंगिरस कहा जाता था। उनके ज्येष्ट पुत्र अभीवर्त थे। अँगिरा की कन्या का नाम शश्वती था।

अग्नि की उत्पत्ति कश्यप के पुत्र के रूप में अदिति के गर्भ से हुई थी। स्वाहा के गर्भ से अग्नि के छः पुत्र हुए। उनको आग्नेय कहा जाता था। अग्नि के पुत्रों में सौचिकी सबसे बड़े थे। सौचिकी का विवाह अंगिरा की पुत्री शश्वती से हुआ था। अग्नि की पुत्री धिषणा गुणवती और विद्यावती थी। इसलिए अग्नि ने आदर सहित अभीवर्त को अपनी कन्या का दान किया था। अभीवर्त ने महा रत्न दिया और अन्य देवों ने बहुत सारे दिव्य उपहार दिए। ऋषिकुल ने सत्य देव के प्रकाश के लिए यत्न किए तब देवताओं ने ऋषियों की यथोचित सहायता की। देवकुल सत्य के प्रकाश से जल गए क्योंकि वह इतना उग्र था। सृष्टि से सत्यदेव के प्रकाश को धीमा करने के लिए देवताओं ने प्रजापति ब्रह्मा की स्तुति की।

इसके बाद सत्य का तेज धीमा पड़ा। फिर देवों ने ब्रह्म से विनती की कि सब दानवों को हटाया जाए। ब्रह्माजी की आज्ञा के अनुसार, अंध बलों का नाश करने के लिए और सृष्टि में सत्यदेव के तेज से पुण्य की स्थापना करने के लिए श्रेष्ठ पद देते हुए अभीवर्त को नियुक्त किया गया था। इसलिए अभीवर्त को अग्नि के द्वारा कन्या-दान किए जाने पर सभी लोकों में आनंद व्याप्त हो गया था। स्वयं गुरु बृहस्पति द्वारा इस दान कार्य का अनुष्ठान किया गया था। चूँकि अभीवर्त के साथ अग्निकन्या धिषणा के संयोग से पूरी सृष्टि का मंगल होने वाला था इसी कारण अग्नि ने स्वयं कन्यादान किया था और देवताओं ने

अपनी इच्छा के अनुसार दिव्य संपत्तियों का दान किया। त्वष्टा ने स्वयं उनके लिए घर बनाया और इस प्रकार अभीवर्त को पुण्यकार्य करने के लिए प्रतिष्ठित किया गया। अभीवर्त को ऋषियों के राजा का पद प्रदान करने के लिए देवताओं के सम्राट एवं गौरव, देवाधिपति इंद्र स्वयं पधारे थे। इस पद को पाकर ऋषिराज अभिवर्त ने इंद्र के चरणों में झुक कर प्रार्थना की।

इस संसार में जो चरण दुर्लभ हैं, जिनकी वंदना देवताओं के द्‌वारा की जाती है और जिनकी पूजा सभी के द्‌वारा की जाती है, उन चरणों में ऋषियों के राजा, अभीवर्त का शिरोनत नमन।

श्रीमद् देवायण के ब्रह्मकल्प के प्रथम खंड के देवमंडल के अंतर्गत अभीवर्ग में अभीवर्त अभिषेक नामक दूसरे संवर्ग का समापन।

।तीसरा संवर्ग।

अभीवर्त वचन

स्वर्ग के ईश्वर, सम्राट मेघवाहन और सौ यज्ञ अनुष्ठित करते हुए शतक्रतु के पद को प्राप्त करने वाले इंद्र का मैं नमन करता हूँ। सहस्र आँखों वाले महाबली, जो नंदन वन में सुनहले रंग के सिंह के रूप में विचरण करते हैं, और जिनके तेज से सभी देवता डरते हैं। आपकी ईर्ष्या से ग्रस्त होकर दैत्यकुल क्षुब्ध रहता है और यह मूर्ख जब आपके तेज का अतिक्रमण करते हैं तब आप अपने कोप से वज्र का आघात करते हुए उनका विनाश करते हैं। जिस तरह जंगल का राजा सिंह अच्छी तरह पशुओं पर शासन करने के लिए अपने राज्य में प्रतिष्ठित रहता है उसी प्रकार दैत्यों पर शासन करने के लिए और देवताओं का पालन करने के लिए आप स्वर्ग में विराजते हैं। आप स्वर्ग के गौरव हैं और गौरवशील देवताओं के अधिपति हैं। आपका तेज कभी भी धूमिल नहीं होता। हे हजार आँखों वाले देव, ऋषि आपकी वंदना करते हैं। हे

अलातृण शतक्रतु आपने हाथों में वज्र धारण किया है। ब्रह्मयज्ञों का अनुष्ठान कर आपने क्रतु पद को अर्जित किया है। हे वासवराज आपकी कीर्तियों का रहस्य समझना किसी मनुष्य के लिए असंभव है। आपका यह सहस्र आँखों वाला रूप अत्यंत मनोहर है। आपका वर्णन करने के लिए मेरा ज्ञान पर्याप्त नहीं है। मैं आपको बार-बार नमन करता हूँ।

इंद्र वचन

आज जिस प्रकार आपका अभिषेक किया गया है और जो पद आपको दिया गया है, हे अभीवर्त, उस कार्य में लग जाइए और सभी के हित के लिए वह कार्य कीजिए।

अभीवर्त वचन

यह पद मुझे दिया गया और एक बड़ा कार्य दिया गया है उसे मैं याद रखूँगा। हे इंद्रदेव, उसके लिए मुझे राजनीति के संबंध में बताइए।

इंद्र वचन

परब्रह्म ने जिसे स्वयं कहा था, हे अभीवर्त, वह बात सुनिए। यह सब गुप्त बातें हैं। हे अभीवर्त, उसे मैं केवल आपके कान में कहूँगा आप स्थिर हो कर सुनिए। इससे पहले ब्रह्माजी ने स्वयं इसे मेरे कान में कहा था। निरंतर कुशल परामर्श और तर्क के द्‌वारा इस जगत के सभी लोगों के मन की बात जानो। जितने व्यक्ति राजपद से द्‌वेष करते हैं उन्हें अपने शासन में दंडित करो। विचार-विमर्श सर्वदा राजकार्य से अलग गुप्तता से करो। शत्रुओं के दल के सामने हँस कर बातें करो। निवेदन करने वालों के सामने गंभीर रहो। दान करते हुए योग्य पात्र का विचार करो और यथायोग्य दान दो। दान करते समय मुख पर मुस्कान रखो और स्वयं अपने हाथों से दान करो। प्रजा का अच्छी तरह से पालन करने के लिए और उनकी रक्षा करने के लिए अन्न की वृद्धि आवश्यक है। जो व्यक्ति काम नहीं करते उन्हें दृढ़तापूर्वक काम में लगाओ। उन्हें अच्छी बातें समझाने से उद्‌योग में वृद्धि होती है और इनके लिए उत्सवों का प्रयोजन होता है। साम्राज्य की सीमा बढ़ाने के लिए अस्त्र-शस्त्र और सैन्यबल में बढ़ोतरी का प्रयोजन होता है। इसके लिए रत्नों और धन का संग्रह करना पड़ता है।

जहाँ लोगों की भीड़ लगती हो, वहाँ शत्रुओं के कार्य को गुप्त रूप से जानने के लिए गुप्तचर नियुक्त करना चाहिए। जैसे सरमा शत्रुओं की गतिविधि को गंध से पहचान लेती है, राजकाज के लिए इसी प्रकार शत्रुओं की टोह लेते रहने की आवश्यकता होती है। राष्ट्र के अमंगल का स्मरण करते हुए यदि यज्ञ का अनुष्ठान किया जाए तब यह यज्ञ विरोध के कारणों का निवारण करता है। यदि राज्य के पद से हटा दिया गया कोई व्यक्ति घोर तप कर रहा हो, तब वैसे व्यक्ति को तलवार से समाप्त कर देना चाहिए। उत्सव में या नशे का सेवन करते हुए जहाँ बहुत से लोग इकट्ठे होते हैं वहाँ गुप्तचर नियुक्त करना राजकाज की अनिवार्यता है। यदि किसी गुप्त इलाके में शत्रु शक्ति-संचय कर रहा है वहाँ चारों ओर सैनिकों को छद्मवेश में नियुक्त करते हुए शीघ्र ही स्वयं शस्त्र लेकर पहुँच जाना चाहिए। कुछ देर तक शत्रुओं के कार्य का निरीक्षण स्वयं करना चाहिए जब तक तुम अपना परिचय प्रकट करने का निश्चय नहीं कर लेते।

जिस प्रकार बाघों के द्वारा आक्रांत होने पर सिंह गर्जना करता है, चारों ओर आग लगी हो, तब धन-संपत्ति की रक्षा करने के लिए और प्रजा को क्षति से बचाने के लिए गोपनीयता से शत्रु के प्राण ले लेना चाहिए। जैसे भालू सभी स्थानों पर जाकर वध करता है प्रजापालन करने के लिए इससे भी अधिक की आवश्यकता होती है। जिस प्रशासन में प्रजा उद्दंड हो या शत्रुओं की संख्या बढ़ रही हो वहाँ चारों ओर नगरों और राजपथों का निर्माण करना चाहिए। वहाँ वृक्ष होने चाहिए जो छाया देने वाले हों और चारों ओर तालाबों का निर्माण किया जाना चाहिए। इससे प्रजा आनंदित होती है।

राष्ट्र स्मारक स्थल पर ऐसे राजमहल का निर्माण करना चाहिए जो सभी को अच्छा लगता हो और राजा को उसमें गौरव के साथ निवास करना चाहिए। वहाँ घोड़ों, हाथियों, गायों इत्यादि पशुओं की संख्या बढ़ानी चाहिए। चारों वर्णों के कर्म के अनुसार उनके कार्यों की सूची का विभाजन करना चाहिए। शांत, गुणी, ज्ञानी और विनम्र सज्जनों को व्रत और वेदाभ्यास में नियुक्त करना चाहिए। वेद, जो सनातन और नित्य हैं, उन्हें ब्राह्मणों के कुल में सुरक्षित रखना चाहिए। हे महामति, सबसे पहले वेदों की रक्षा करना आवश्यक है। जो कार्य वेदों के अनुकूल नहीं

हैं उन्हें निषिद्ध करो। हे महाबाहु, जो वेदों के द्वारा मान्य हैं उन्हें सबसे आगे रखो। ब्रह्मा के मुख से निकले हुए वेद सभी लोगों के लिए पूजनीय हैं। इसी उपाय से तुम्हें अच्छे और बुरे की पहचान करनी चाहिए। जो वेदों का ज्ञाता हो उसे ऊँचे पद दो। जहाँ पर बल के द्वारा वेदों की रक्षा की जाती हो उस स्थान पर बल सर्वश्रेष्ठ है। हे अभीवर्त, इसके बाद उसे बली की मान्यता दो। जो व्यक्ति सख्त मांसपेशियों वाला है, तेजवान है और युद्ध में प्रवीण है उसके हाथों में अस्त्र देकर उसे राज्य की रक्षा के लिए नियुक्त करो।

अपने स्वार्थ को छोड़ कर सर्वजन के हित के लिए धन को बढ़ाने के लिए जो व्यापार से लिप्त हों उन्हें भी मान दो। अन्य सभी कार्यों का आयोजन करते हुए स्वास्थ्य की सदा रक्षा करो। जो संकट में पड़ा हो उसे धन, रत्न इत्यादि देकर सहायता करो। राजनीति अत्यंत गूढ़ होती है, इसे मैंने संक्षेप में कहा है। इस प्रकार अपने कार्यों से साम्राज्य को स्थापित करो। सभी कार्यों को करते समय अनादि परमेश्वर को सर्वदा याद रखो। सभी देवताओं से परामर्श लेकर निरंतर अपने कार्य करो। हे महाबली, देवता सदा तुम्हारे घर के साथ युक्त रहेंगे।

जिस तरह मैं सबसे ऊपर, देवताओं के स्वर्ग का प्रचालक हूँ, उसी प्रकार तुम ऋषिलोक में प्रतिष्ठित रहो। चारों ओर यज्ञ की अग्नि प्रज्जवलित करो। इससे दिनों-दिन तुम्हारे कर्मों, वीरता और तेज में वृद्धि होगी। इंद्र और अग्नि की महान स्मृति में प्रेम और एकता की स्थापना होती है। जैसे इंद्र हैं वैसे ही अग्नि हैं, इंद्र और अग्नि की स्मृति परम स्मृति है। अग्नि से वीरत्व की वृद्धि होती है और इंद्र से जय होता है। जहाँ जय है वहाँ वीरता है और जहाँ वीरता है वहाँ जय है। नित्यप्रति के कार्यों और कर्मों में अग्नि आवश्यक है, धर्म के लिए इंद्र के द्वारा गति मिलती है। धर्म हो या कर्म, इनके लिए इंद्र और अग्नि परमावश्यक हैं। इसलिए इस सनातन गूढ़ नीति को फिर से दोहराता हूँ जहाँ वीरता है वहाँ कर्म है और जहाँ धर्म है वहाँ विजय है।

दंड, शौर्य एवं तेज से सुशासन होता है, जिस प्रकार सूर्य सबसे उच्च स्थान पर स्थित हैं। प्रजा को हजारों आँखों से देखते रहना चाहिए और संसार में सर्वत्र पिता के समान स्नेह देना चाहिए।

श्रीमद् देवायण के ब्रह्मकल्प के प्रथम खंड में देवायण के अंतर्गत अभीवर्ग में राजनीति वार्ता नामक तृतीय संवर्ग का समापन।

।चौथा संवर्ग।

पिंगल वचन

इतना कह कर इंद्र ने अभीवर्त को विभिन्न प्रकार के आयुध, वस्त्र और रत्न उपहार में दिए। राजा के रूप में प्रतिष्ठित होने पर मैं तुम्हारा अभिनंदन करता हूँ, मधुर स्वर में यह कहते हुए वज्र धारण करने वाले देवताओं के राजा इंद्र ने अभीवर्त को एक रत्नजटित राजदंड, सिर के आभूषण के रूप में परम ऐश्वर्य से मंडित सर्वविजयी मुकुट, दिव्य सुगंधियुक्त एवं महिमा और ऐश्वर्य को बढ़ाने वाली परिजात फूलों की माला, ऐरावत के आसन के समान आकर्षक आसन और एक आकर्षक घंटा प्रदान किया जिसे शुभ अवसर पर बजाया जाय। इस श्रेष्ठ पद को पाकर ऋषियों के राजा अभीवर्त, नाना ऐश्वर्यों से विभूषित हो कर सप्त्नीक यज्ञ अनुष्ठान कर रहे थे। इसमें स्वयं देवेंद्र इंद्र उपस्थित थे। यज्ञ की अग्नि स्थिर हो कर प्रज्जवलित हो रही थी जो सूचित कर रही थी कि इसके पुण्य से उनका साम्राज्य प्रभावित होने वाला था और शत्रुओं से विहीन रहने वाला था। ऋषिगण निरंतर प्रसन्नता के साथ यज्ञ कर रहे थे। यज्ञ का पवित्र और सुगंधित धुआँ चारों दिशाओं में व्याप्त हो रहा था।

यह अभी की महान कीर्ति थी जिससे जगत में शांति स्थापित हुई, धरती पर अन्नों की फसल लहलहा उठी और सभी के दुःख दूर हो गए। यज्ञ के पुण्य से अभी के राज्य में सृष्टि संतुलित हो गई, अपने समय पर वर्षा और धूप होती थी। हवा सुखद थी और जल पवित्र रसों से भरपूर था। जिस तरह सूर्य के उदय होने पर दिव्य प्रकाश का संचार होता है उसी तरह अभीवर्त का यश और उसकी कीर्ति का विस्तार हुआ। सृष्टि हर्षोल्लास से सराबोर हो गई और नम्र अभिवादन के साथ अभी

की वंदना इस प्रकार की गई - रूपवान, यशस्वी और प्रभावान राजाओं में श्रेष्ठ अभीवर्त की कीर्ति इस चराचर में छा गई है, सत्य की प्रतिष्ठा के हेतु वह यज्ञ का अनुष्ठान कर रहे हैं।

अभीवर्त की पत्नी अग्निकन्या धिषणा यज्ञ की कर्तृ के रूप में अभी के पार्श्व में विराजमान हैं जैसे पवित्र यज्ञ में शक्ति प्रतिष्ठित होती है और संसार में विजय, यश, कीर्ति, धर्म और कर्म की वृद्धि होती है। रानी के पद पर आसीन हो कर धिषणा ने शची के प्रति यह वाक्य कहे - मैं अभी के साथ सर्वदा इसी प्रकार रहूँ। हे देवकुल की साम्राज्ञी और स्वर्ग का पालन करने वाली शची, तुम देवताओं की रानी हो, इंद्र की महाशक्ति हो तथा गदा और वज्र से सुसज्जित हो। हे इंद्राणी, सर्वत्र तुम्हारी पूजा की जाती है। हजारों आँखों वाली देवी, देवताओं की रानी, मैं तुम्हारा नमन करती हूँ। हे राजलक्ष्मी महारानी, तीनों लोकों में तुम्हारी पूजा की जाती है। तुम नंदनवन की शोभा सिंहिनी देवेश्वरी हो। तुम वैकुंठ में ब्राह्मणी तथा रूद्रलोक में महेश्वरी हो। ब्राह्मणी का रूप धारण करने वाली अंबिका, तुम्हीं पार्वती हो। हे रूद्राणी, तुम चंडिका का रूप धारण करते हुए दैत्यों का विनाश करती हो। तुम्हीं स्वाहा हो, तुम्हीं स्वधा हो और तुम्हीं संज्ञा रूपिणी हो। सावित्री रूपी देवी, तुम्हीं सूर्यलोक की स्वामिनी हो। जितने भी श्रेष्ठ पद हैं उन सब पर स्वयं तुम्हीं विराजती हो। हे राजशक्ति स्वरूपिणी, मुझे मेरे कर्तव्य के ज्ञान से आलोकित करो। यह कहते हुए अग्निकन्या धिषणा धूप, दीप के साथ शची देवी को अर्घ्य दे रही थी। इतने में देवी शची प्रकट हो गई और कहने लगीं, हे धिषणा तुम्हारे मन में जो भी प्रश्न उमड़ रहे हैं उन्हें मुझसे कहो।

धिषणा वचन

राजा के पार्श्व में रह कर रानी के द्वारा कौन-कौन से कार्य किए जाते हैं यही जानने के लिए हे सुरेश्वरी, मैं आपको स्मरण कर रही थी। हे राजा इंद्र की रानी देवी शची, तीनों लोकों के वासी आपकी वंदना करते हैं। आप राज्यशक्ति, महाशक्ति और देवताओं की रानी राजलक्ष्मी हैं। रत्नों से सुसज्जित पुण्य शरीर वाली, राष्ट्र मंगलकारिणी, हे देवताओं

की साम्राज्ञी, आपके चरणों में मेरा यही प्रश्न है कि राजा के पार्श्व में रह कर मेरे द्वारा नित्य किए जाने वाले सच्चे कर्तव्य क्या हैं?

श्रीमद् देवायण के ब्रह्मकल्प के प्रथम खंड के देवमंडल के अंतर्गत अभीवर्ग में शची वंदना नामक चौथे संवर्ग का समापन।

।पाँचवां संवर्ग।

इंद्राणी वचन

सभी कार्य करते हुए सदा परमेश्वर को याद रखो। यह स्मरण रखो कि अभीवर्त ऋषिलोक के लिए इंद्र के समान है। यह कभी भी नहीं सोचना कि वह उनसे कम हैं। वह जब क्रोध में हों तब भय करो और उनसे दूर रहो। जब राजा शत्रु पर आक्रमण करने के लिए बाहर जानेवाला हो तब तुम उसे प्रोत्साहित करने के लिए कहो, हे राजा, सबके कल्याण के लिए युद्ध में जाइए। यदि वह युद्ध में पराजित हो कर लौटता है तब उसकी व्यथा में उससे भी अधिक दुःखी होना। राजा को प्रसन्न करने के लिए उनकी सेवा अपने हाथों से करो। उनके घावों को धोकर उन पर मलहम लगाओ। तब उन्हें शत्रु का दमन करने के लिए और प्रतिशोध लेने के लिए फिर से युद्ध करने के लिए प्रोत्साहित करो। जब वह युद्धक्षेत्र से विजयी हो कर लौटते हैं तब तुम्हारा उल्लास उनसे अधिक होना चाहिए। शंख बजा कर, शुभ ध्वनि करते हुए, तालियाँ बजा कर आडंबर सहित चारों ओर हर्षोल्लास में वृद्धि करो। पूरे नगर और घर-आँगन की सफाई के लिए दास-दासियों को नियुक्त करो। द्वार को तोरण से सजाओ और विविध रंगों की पताकाएँ लगाओ। जब राजा तोरण द्वार के सामने पहुँचें तब शंख बजाते हुए, पवित्र ध्वनि करते हुए पताका लेकर स्वयं आगे बढ़ो। सम्मानपूर्वक उनके हाथों को अपने हाथों में लेकर उनका स्वागत करो। अपने बाएँ हाथ में तुरंत उनके अस्त्र ले लो और उन्हें सम्मान देते उनके पार्श्व में धीरे-धीरे चलो। राजा का मान बढ़ाने के लिए उत्सवों का आयोजन करो। राजा के विजय समाचार को चारों दिशाओं में प्रसारित करो।

जब राजा दुर्दमनीय शत्रु का दमन कर लौटे हों तब राजा के सामने दान का आयोजन करो। अपनी इच्छा के अनुसार कुंडल, सिर के आभूषण, रत्नहार इत्यादि आभूषण राजा के सामने दान करो। जहाँ दास-दासियों का दल सेवा करने के लिए तत्पर हो, वहाँ स्वयं अपने हाथों से राजा के चमड़े के वस्त्र-परिधान यहाँ तक की जूते भी उतारो। सबसे पहले स्वयं आगे बढ़ कर राजा का चित्त प्रसन्न करो। यदि राजा युद्ध से थक कर लौटे हों तब उनकी थकान दूर करो। अपने हाथों में मधुपात्र लेकर उन्हें स्वयं मधुपान के लिए प्रेरित करो। जो खाद्‌य-पदार्थ राजा को प्रिय हों उन्हें पहले से ही सुरक्षित रखो। जो भोजन राजा को सबसे प्रिय हो उन्हें अपने हाथों में लेकर राजा से बार-बार प्रेम से पूछ कर उन्हें खिलाओ, इससे राजा की प्रसन्नता बढ़ेगी। तब राजा को सादर विश्रामकक्ष में ले जाओ और आरामदेह आसन दो। यह कहना आवश्यक नहीं है, परंतु कक्ष सुरुचिपूर्ण ढंग से सुसज्जित होना चाहिए। उस कक्ष में पवित्र सुगंध होनी चहिए और उसमें शीतल पवित्र हवा बहनी चाहिए। पवित्र एवं कोमल शैय्या की व्यवस्था अपने हाथों से करना और वहाँ बैठ कर पंखा झलना। यदि राजा जल्द ही शैय्या पर लेट जाएँ तब अपने हाथों से प्रेमपूर्वक उनके पाँवों में लेप लगाओ।

यदि दुर्भाग्यवश राजा अपने राज्य से निर्वासित हो गए हों और उन्हें वनवास करना पड़े तब सर्वदा उनके साथ रहना। सभी स्थानों पर उनका अनुसरण करते हुए साथ रहना। कोमल वाणी से दिलासा देते रहना कि आपका राज्य आपको फिर मिल जाएगा। जिस समय बहुत दुःख का समय चल रहा हो तब तुम्हें उन्हें सहना पड़ेगा। यही नारी जाति का धर्म है। परंतु जब तुम राजा के सामने आओगी तब अपने दुःखों को भूल कर राजा से हँस कर बातें करना। वन में राजा की सभी प्रकार से सहायता करना। धीरे-धीरे उनसे कहती रहना, यह पराजय अचानक हो गई है। यह आपकी पराजय नहीं है बल्कि सत्य की पराजय है। आप निश्चित रूप से अपना राज्य फिर से जीत लेंगे। वन में फल-मूल उसे पहले राजा को खिला कर, जो बचे उसे तुम खा लेना। तुम्हें प्रसन्न देख कर राजा की पीड़ा कुछ कम होगी। यह कहना कि वन इतने मनोरम हैं कि मुझे यहाँ रहना अच्छा लगता है। रोज-रोज राजमहल में

रहने पर ऊब और थकावट होती है। यद्यपि हम यहाँ हार का सामना करने के बाद आए हैं फिर भी यहाँ घूमना-फिरना अच्छा लगता है। सुख और दुखों का क्या है वे तो आते-जाते रहते हैं और परिस्थितियाँ बदलती रहती हैं। आपके पास रह कर मैं हमेशा खुश रहती हूँ। इस तरह राजा के दुःखों को दूर करने का प्रयास करना। अब मैं तुम्हें एक राज की बात बताती हूँ जो किसी रानी के कार्य-कुशलता का परिचय है।

यदि राजा निरस्त्र हो और उस समय अपने से बलवान शत्रु से भेंट हो जाए तथा वह राजा पर आक्रमण करे, तब हे महाशक्ति रानी, तुम मोहिनी का रूप धारण कर लेना और अपने हाव-भाव दिखा कर शत्रु को अन्यमनस्क कर देना और राजा को अपने शस्त्र लाने के लिए अवसर की सृष्टि करना। यदि शत्रु तुम्हारे रूप-जाल से प्रभावित नहीं हो या अपनी दुष्टता की पराकाष्ठा पर आ जाए तब अचानक हाथ में तलवार ले कर भयंकर महाकाली के समान गर्जना करते हुए उस पर टूट पड़ना। यदि इससे पहले राजा युद्ध में पराजित हो जाए या उन्हें मार दिया जाए या वह शस्त्रों से घायल हो कर गिर पड़े हों, तब तुम भीषण गर्जना करते हुए राजा के समान पराक्रम दिखाते हुए शत्रु को युद्ध के लिए ललकारोगी। मन में यह सोचना कि तुम्हारा सतीत्व, पद, मान, मर्यादा - सर्वस्व दाँव पर लगा हुआ है। जैसे ऊँचे पर्वत शिखर से लता-गुल्म इत्यादि नीचे की ओर आते हैं वैसे ही तुम्हारी मर्यादा का पतन हो रहा है। ऐसे समय में यदि तुम अपना चित्त स्थिर करने में समर्थ होती हो तभी तुम्हारा भविष्य उज्ज्वल होगा।

अब तो दो ही पथ बचेंगे - या शत्रु को हरा कर उसका सिर नीचा करना, नहीं तो अपने प्राणों की आहुति देना। यह याद रखना कि यदि मर्यादा न रहे तब जीवित रहने से क्या लाभ? इतना सोच कर युद्ध में अपने प्राणों का बलिदान कर देना। युद्ध करते हुए मर जाने पर तुम्हें वीरांगना की प्रसिद्धि मिलेगी। परलोक में अपने पति के साथ स्थान मिलेगा। पति के समान परिणति पाना स्त्री के लिए परम सौभाग्य है। इसलिए मृत्यु का भय तज कर भयंकर युद्ध करो। जहाँ शत्रु ने तुम्हारे सर्वस्व को प्रभावित कर रखा है वहाँ केवल अपने प्राणों की रक्षा करने का कोई अर्थ नहीं होता। मृत्यु का भय भूल कर शत्रु पर शस्त्र प्रहार

करो। यदि रणक्षेत्र में तुम्हारा भाग्योदय होता है तब तुम्हारे प्रहारों से शत्रु मारा जाएगा। इसलिए तुम्हें मोहिनी और तेजस्विनी दोनों रूपों से शत्रु को वश में करना पड़ेगा।

यदि राजा शत्रु के डर से नगर छोड़ कर भाग जाए तब सेना का संचालन करते हुए शत्रु को बाहर खदेड़ दो। यदि शत्रु मर जाए या आघात से घायल होकर गिर जाए तब अपनी सेना नियुक्त करते हुए शत्रुओं को मार भगाना चाहिए। इसके बाद मंत्रियों को बुला कर राज्य की सुरक्षा की व्यवस्था करो। तुम्हारे लिए सबसे गर्व की बात होगी यदि इन दिनों में अपने पुत्र को शक्तिशाली और राजकाज के योग्य बना दो, तब तुम उसे राज्य देकर अवकाश ले सकती हो। यदि तुम्हारे गर्भ से पुत्र उत्पन्न नहीं हुआ हो तब अपने संबंधियों में से किसी को राजपुत्र के समान शिक्षा-दीक्षा देकर उसे राज्य का उत्तरदायित्व देने पर तुम्हारा कार्य समाप्त होगा। जिस तरह तुम शत्रुओं के लिए अत्यंत कठोर बनोगी उसी तरह अपने मित्रों की भलाई करना और उनसे मधुर वचन बोलना। आपने दास-दासियों को अपने प्रेम के द्‌वारा वश में करो। कार्य में उनकी सफलता और योग्यता के अनुरूप उन्हें पुरस्कृत करना चाहिए। कार्य में, खेलों में, उत्सवों में मंत्री से लेकर प्रत्येक व्यक्ति को अपने हाथों से पारितोषित दो। सिंहासन पर बैठ कर सभी के कार्यों की निगरानी करनी चाहिए। गरीब-दुःखी लोगों की तत्काल सहायता करो। जो रक्षा-कर्मी छोटी बुद्धि वाले हों और कटुवचन बोलते हों उन्हें तुरंत निकाल देना चाहिए। यदि राजा बाहरी कार्यों में व्यस्त रहें तब इन सब बातों को उन्हें बताना चाहिए। रक्षा-कर्मियों के कार्यों के प्रति राजा का ध्यान आकर्षित करना चाहिए।

स्त्रियों के लिए यह पुरानी कहावत प्रसिद्ध है कि वे चंचल-मति की होती हैं। परंतु विविध क्षेत्रों में और पदों पर कार्य करते हुए और उनमें सफल होते हुए अपनी इच्छानुसार वृत्ति निर्धारित कर सकती हैं। जो जीवन में सभी सफलताएँ प्राप्त करती है उसका स्थान साम्राज्ञी का पद है। जितना संक्षेप में और सुंदर भाषा में संभव हो सकता है, मैंने तुमसे स्त्रियों के कर्तव्यों के बारे में वर्णन किया है। इस प्रकार इस जगत में स्त्रियों के वैभव का विस्तार करो। सभी कार्य करते समय अनादि

परमेश्वरी का स्मरण करो। सर्वदा अभीवर्त की सलाह से कार्य करो। हे धिषणा, तुम्हारे घर में स्वाहा देवी का निवास है। अभी और तुम्हारे प्रेम के द्‌वारा राज्यशक्ति में वृद्धि होगी।

जिस तरह मैं स्वर्ग में प्रतिष्ठित हूँ, उसी तरह इस जगत में स्वाहा देवी अपने तेज के कारण इस जगत में प्रतिष्ठित हैं। जहाँ अग्नि है वहाँ स्वाहा है, दोनों एक साथ रहते हैं। यह अत्यंत महान आदर्श है जिसे अभी और धिषणा प्रकट करेंगे। जब धिषणा यज्ञ की कर्तृ के रूप में बैठेगी तब स्वाहा की ध्वनि निरंतर गूँजेगी। स्वाहा को हमेशा पतिव्रता स्त्री के रूप में याद किया जाता है। इसलिए सर्वजन के कल्याण के लिए यज्ञ में स्वाहा की प्रतिष्ठा की जाती है। स्वाहा शक्ति की प्रतिष्ठा के द्‌वारा तेज बढ़ता है। स्वाहा नाम का उच्चारण करने से दिनों-दिन श्रद्धा बढ़ती है। जहाँ स्वाहा स्वधा की ध्वनि होती है वहाँ पूरे संसार में श्रद्धा की अभिव्यक्ति होती है। जहाँ स्वधा है वहाँ स्वाहा है और जहाँ स्वाहा है वहाँ स्वधा है। स्वाहा से श्रद्धा और निष्ठा प्रकट होती है और स्वधा से सारे संसार की तृप्ति होती है। जहाँ तृप्ति और निष्ठा होगी वहाँ निष्ठा और सुख होंगे। स्वाहा की शक्ति से भक्ति होगी उसी प्रकार स्वधा से तुष्टि होगी। जहाँ तुष्टि होगी वहाँ भक्ति होगी, केवल भक्ति से ही तुष्टि होगी। जहाँ निष्ठा और भक्ति होगी वहाँ तुष्टि और सुख होंगे। प्राचीन इतिहास के अनुसार यही सनातन का गोपनीय तत्व है।

पिंगल वचन

राजलक्ष्मी, देवताओं की रानी शची ने धिषणा को प्रेमपूर्वक दिव्य वस्त्रों और आभूषणों से सुशोभित किया। शची ने मधुर स्वर में धिषणा से प्रेमपूर्वक कहा - रानी के पद पर प्रतिष्ठित होने के लिए यह मेरी ओर से तुम्हारे लिए अभिनंदन है।

हे धिषणा, मेरी यह माला लो, जो अनश्वर आकाश के दुर्लभ फूलों से बनी है, यह उत्तम कुंडल और बाजूबंद आदि आभूषण रत्नों से जड़े हैं।

श्रीमद् देवायण के ब्रह्मकल्प के प्रथम खंड में देवमंडल के अंतर्गत अभी वर्ग में शची वार्ता नामक पाँचवें संवर्ग का समापन।

।छठा संवर्ग।

पिंगल वचन

इस प्रकार धिषणा के साम्राज्ञी बनने के अवसर पर शची ने उसे अपना मुकुट, शिराभूषण, सुगंधित और यशवर्धक पारिजात की दिव्यमाला, और पवित्र अंगों को सुशोभित करने वाले कई प्रकार के आभूषण उपहार में दिए। सुरेश्वरी शची ने आशीर्वाद दिया कि उन्हें सदा परमैश्वर्य प्राप्त हो तथा धिषणा ऋषि कुल की रानी के रूप में सर्वदा प्रतिष्ठित रहें और साम्राज्य में उनके यश की सुगंध चारों ओर फैले। यज्ञ में श्रद्धा बनी रहे। ऋषिगण सर्वदा दान एवं यज्ञ आहुति के कार्यों में लगे रहें। यज्ञ की सुगंध चर और अचर में छाई रहे। यज्ञ में स्वयं नियुक्त होकर ऋषिगण प्रसन्न रहें। जिस प्रकार यज्ञ में ऋषियों की पतिव्रता स्त्रियाँ प्रतिष्ठा पाती हैं आज से सभी यज्ञों में धिषणा की प्रतिष्ठा की जाए। ऋषिगण के द्वारा किए यज्ञों में वृद्धि होती रहे। हे धिषणा, मुझे तुमसे यही कहना है। इतना कह कर सुरेश्वरी शची अंतर्धान हो गईं। अत्यंत प्रसन्न होकर धिषणा ने अभीवर्त से कहा, सिद्धि प्रदान करने के लिए शची प्रकट हुई थीं कर्तव्य की शिक्षा देने के बाद उन्होंने आशीर्वचन भी कहा। यह सुन कर अभीवर्त हर्षित हुए और आदरपूर्वक धिषणा को राजसिंहासन का आधा अंश देते हुए सम्मानित किया। श्रृद्धा व्यक्त करने के लिए पतिव्रता और भक्ति-निष्ठा से उज्जवल, धिषणा अभीवर्त के चरणों पर झुक गई।

अभीवर्त को अच्छे कार्यों के लिए देश के बाहर जाना पड़ता था। विविध प्रकार के कार्यों को करते हुए उन्होंने राज्य स्थापित किया। धनकोष में सर्वजन के हित में प्रचुर संपत्ति का संचय किया। ऋषियों ने चारों ओर अनेक यज्ञ किया। इसमें कोई भी विघ्न नहीं हो, इस कार्य के लिए, सब जगह भ्रमण किया। किसी प्रकार की बाधा नहीं आए इसलिए योद्धाओं और महारथियों को एकत्रित किया और पदातिक, अश्वारोही और गजारोही सैनिकों के साथ एक बड़ी सेना का निर्माण किया। ऋषियों का वंश बहुत बड़ा था। उनके बीच उनके गुणों पर विचार

करने के बाद किसी को शस्त्र-निर्माण, किसी को कृषि, किसी को गौपालन, तो किसी को अश्व-पालन जैसे कार्यों का भार दिया गया। अपने-अपने स्थानों पर सभी वेद अध्ययन में लगे हुए थे। चारों वेदों का, जो बहुत विस्तार से थे, ऋषियों के द्वारा उनका पाठ किया जाता था। यज्ञ एवं उत्सवों के अवसर पर उच्च स्वर में वेद मंत्रों का उच्चारण किया जाता था। इन पर अभीवर्त विचार करते थे। जहाँ नियमित रूप से वेदों का पाठ होता है वहाँ ब्रह्म प्रकट होते हैं। इस सत्य को मान कर अभीवर्त दान दिया करते। वेदों के ज्ञान पर विचार करते हुए ऋषियों को सम्मानित किया जाता। अभीवर्त के राजा बनने के बाद वेदों की प्रतिष्ठा में वृद्धि हुई। जहाँ भी यज्ञ आयोजित होता, समिधा देने के लिए अभी वहाँ सर्वदा उपस्थित होते। यज्ञ का निरीक्षण करते हुए ऋषियों, यज्ञकर्ताओं और यजमानों को वेद ज्ञान को ध्यान में रखते हुए अलग-अलग दान दिए जाते।

इस प्रकार अभी के राज्य में दिनों-दिन वेदों की अभिव्यक्ति बढ़ती गई। ऋषिगण अपने-अपने स्थानों पर नियमित रूप से निष्ठापूर्वक यज्ञ अनुष्ठित करते। जिससे अभी के राज्य में ज्ञान की वृद्धि हुई। सभी कार्यों के साथ वेद अनुष्ठान जुड़ा रहता था। विपुल संपत्ति और ऐश्वर्य से अभीवर्त का घर शोभायमान रहता। अभीवर्त देवताओं को रत्नों का उपहार देते जिससे देवता संतुष्ट रहते थे और यज्ञों से लाभ फलीभूत होता था। यज्ञों के बढ़ने से दिव्य संपत्ति के द्वारा अभी का राज्य भरपूर हो गया। गायों और घोड़ों का आधिक्य था। घोड़े भिन्न-भिन्न रंगों के थे और बहुत स्वस्थ थे। यज्ञ भूमि को तरह-तरह की पताकाओं और रंगों से सजाया जाता और सुंदर बनाया जाता। पवित्र सुगंधों से यज्ञों की शोभा बढ़ाई जाती गायों और घोड़ों की संपदा के कारण अभी का राज्य एक स्मृति बन गया था। इस कार्य को महाऋषि काक्षीवत संभालते थे। पुण्य का परिणाम देख कर संसार भर में योगियों को आनंद होता। हर पल पुण्य का प्रकाश विद्युत के समान कौंधता था जिसके कारण अभी का राज्य प्रकाशमान रहता। दान और यज्ञ के कारण अभी सभी लोगों के द्वारा पूज्य थे। राजा अभी की प्रशंसा अग्नि के द्वारा की जाती और धिषणा अपने स्वामी के कार्यों को देख कर

फूले नहीं समाती। ऋषि कुल की संतान से अंगिरा सदा संतुष्ट रहते क्योंकि ऋषिकुल में अभी की मान-प्रतिष्ठा चिरस्थायी होने वाली थी।

यह सब उस समय हो रहा था जब सारी सृष्टि नक्त के प्रभाव के अंतर्गत अंधकारमय थी। ब्रह्मा के अंग से निकले हुए जिस सत्य के प्रकाश में और उनके तेज से अंधकारमय कुल निष्काषित हो गया था उसके बाद उसी के तेज से देवतागण व्याकुल हो गए थे। तेज से विचलित हो कर सभी ने ब्रहमाजी का स्मरण किया और उपासना की। जब ब्रहमाजी के द्वारा नक्त को फिर से प्रतिष्ठित कर दिया गया था, तब से नक्त पुत्री संध्या इस संसार में लोकप्रिय हो गई थी। संध्या के साथ नक्त ने अपने पद को पाकर धीरे-धीरे अपने तेज से पुनः सृष्टि को सम्मोहित कर लिया। इस कारण ब्रहमाजी के सामने फिर यह चिंता आकर खड़ी हो गई कि सत्य और नक्त को कौन-कौन से क्षेत्र दिए जाएँ। सृष्टि के बीच सत्य का प्रकाश मंद हो गया था। नक्त के आने पर ऋषि कुल बाहर हो गए थे। अब क्रमानुसार फिर से उनका उत्थान हुआ और अभीवर्त को ऋषि-श्रेष्ठ के रूप में प्रतिष्ठित किया गया। जगत सृष्टि में फिर से चेतना का जागरण करने के लिए, उनका लक्ष्य सत्य को जन्म देना था। अभी के कार्य का उद्देश्य सत्य को जन्म देना था।

सभी की शांति और मंगल को ध्यान में रखते हुए अभी ने सत्य के लिए यज्ञ किया। परम दीप्ति द्वारा नक्त पर जय किया जाए इसके लिए सौचिकी और अग्नि का आहवान किया गया।

श्रीमद् देवायण के ब्रहमकल्प के प्रथम खंड के देवमंडल के अंतर्गत अभीवर्ग में अभी धिषणा प्रतिष्ठा नामक छठे संवर्ग का समापन।

।सातवाँ संवर्ग।

पिंगल वचन

ऋषिकुल में सत्य के जन्म के लिए नियुक्त अभीवर्त ने अपनी पत्नी अग्निकन्या-धिषणा के साथ यज्ञ आयोजित किया। पवित्र यज्ञ की समिधा देने में प्रवीण सौचिकी को इस पवित्र यज्ञ का पुरोहित मनोनीत किया गया। उन्होंने इसे स्वीकार किया और पुत्र संतान से वंचित अभीवर्त के लिए पुत्र हेतु यज्ञ कार्य आरंभ किया। पुत्र न होने पर स्त्रियों का दुःखी रहना स्वाभाविक है। धिषणा इसी दुःख से पीड़ित थी। धिषणा को संतुष्ट करने के लिए अभीवर्त ने देव को जन्म देने के लिए यह यज्ञ किया था। सौचिकी ने यज्ञ के लिए अग्नि आदि उत्तम सामग्रियों को एकत्रित किया। पुरोहित अग्नि-पुत्र सौचिकी ने अपने एक दूसरे भाई की सहायता ली और उनके तेज से अग्नि में समिधा प्रदान की गई। अभी ने हजार सोने के पात्रों में घी दिया था। यज्ञ की अग्नि प्रज्वलित करने के लिए सौचिकी ने आकाश में स्थित अग्नि का स्पर्श किया।

मेघों की गंभीर गर्जना के समान अग्निकुल के पुरोहित के मंत्रोच्चारण की ध्वनि गूँजने लगी -

ऊँ स्वाहा, ऋत स्वाहा, देव स्वाहा,
सत्यदेवामृत स्वाहा, अव्यक्त अमृत स्वाहा।

समस्त चर और अचर में अभी का यज्ञ प्रतिष्ठित हो गया। बादलों की गर्जना के समान केवल सौचिकी का स्वर सुनाई दे रहा था - ऊँ स्वाहा नमः स्वाहा। इस यज्ञ के ताप को अपनी आँखों से देख कर अग्नि, तथा उनके साथ चाक्षुष, वैश्वानर और बार्हस्पत्य आनंदविह्वल थे। अग्निकुल को ऊँ स्वाहा की ध्वनि सर्वदा प्रिय होती है। सौचिकी के देव यज्ञ में ऊँ स्वाहा का उच्चारण करते हुए हजारों स्वर्ण पात्रों में भरा घी समाप्त हो गया। सौचिकी के यज्ञ की सुगंधि से अग्निदेव तृप्त हो गए। देव यज्ञ को सभी देवता आनंदपूर्वक देख रहे थे। इस पवित्र यज्ञ की अग्निशिखा के स्पर्श से तेजवान देव का स्वर्णिम शरीर प्रकट हो गया। ऋषिगण ने यह ध्वनि सुनी, मैं सत्य हूँ जिसके बारे में महाकाव्यों

और वेदों में सुना जाता है। मेरा जन्म देवताओं से भी पहले हुआ है। पहले मेरा नाम ऋत रखा गया था उसके बाद मुझे अमृत का नाम दिया गया। हे ऋषिगण मेरा स्पर्श कीजिए। मृत्यु का पथ छोड़ कर अमृतत्व में प्रवेश कीजिए। देव ने सोने के समान दमकता हुआ अपना रूप प्रकट किया। देव का आहवान करते हुए यज्ञ अनुष्ठित हुआ था जिससे महाबली पुत्र का जन्म हुआ। अभीवर्त की महान कीर्ति चारों दिशाओं में फैल गई। सौचिकी का यज्ञ इस कारण संसार में प्रसिद्ध हो गया क्योंकि उनके द्वारा कराए गए पुत्रेष्टि यज्ञ के कारण सत्य का जन्म हुआ था। धिषणा को स्वर्णिम पुत्र सत्य देव की प्राप्ति हुई। यह नवजात शिशु यज्ञ की अग्नि से निकला था। अग्नि की पूजा सारे विश्व में फैलने लगी। अंगिरा-नंदन अभीवर्त इनके पिता थे। इस चर-अचर के लिए देव अग्निवंश से प्रसाद के रूप में मिले थे। अग्नि पूजा के परिणाम के संबंध में सभी देवता बातें करने लगे।

देव के जन्म के कारण आनंद और संतोष फैल गया। प्रजा में आनंद की लहर दौड़ गई, धन्य हैं धिषणा देवी जिन्हें देव पुत्र के रूप में मिला है। जैसे स्वर्ग में शची की गोद में जय शोभायमान हो रहे हैं वैसे ही धिषणा की गोद में सत्यदेव विराजमान हैं। कल्प के समाप्त होने पर और युग के बदलने पर सत्य युग का आरंभ होता है। देव के जन्म से ऋषिकुल आनंदित है। रात के अंत में ऊषा के आगमन से जैसे प्रकाश फैल जाता है उसी प्रकार देव के जन्म से पृथ्वी पर उजाला छा गया है। वर्षा के अंत में, शरतकाल में जैसे आकाश स्वच्छ हो जाता है उसी प्रकार देव के जन्म से मानवजाति की मानसिकता निर्मल हो गई है। जिस प्रकार झंझावत के चले जाने से सूर्य का प्रकाश प्रखर हो जाता है उसी प्रकार ब्रह्मर्षि देव के जन्म के कारण तेज का प्रसार हो रहा था। अभी हर्ष से दमक रहे थे और धिषणा का स्तनपान करने के बाद स्वर्णिम शिशु देव तृप्त हो गए थे और अपनी कोमल बाहें माँ के गले में डाल कर उनके वक्ष पर लेटे हुए थे। शिशु के मुख पर मंद मुस्कान थी और माँ- बेटा एक दूसरे से प्रेमपूर्वक लिपटे हुए थे।

धीरे-धीरे देव बड़े होने लगे और धिषणा की उंगली पकड़ कर चलना सीखने लगे। वह आधे आधे वाक्य कहने लगे जिनका अर्थ समझ नहीं

आता था परंतु वे कानों को मधुर सुनाई देते थे। शीघ्र ही देव की बोली स्पष्ट होने लगी और दिनों-दिन चलने की गति भी बढ़ने लगी। पाँच वर्ष पूरा होते ही वे घर छोड़ कर वन में विचरने लगे। वन में ऋषियों के यज्ञ उत्सवों में सर्वत्र जाने लगे। इधर, घर पर देव को नहीं देख कर धिषणा व्याकुल हो गई। अभी की आज्ञा से चारों दिशाओं में सैनिक दौड़ाए गए। किसी प्रकार वे देव को ढूँढ पाए। उन्हें पकड़ कर सैनिक घर ले आए। माता को देव पर रोष आ गया और उन्होंने देव को दंडित करते हुए घर में बंद कर दिया। अब उन्हें कहीं भी बाहर जाने की अनुमति नहीं थी। घर में बंद होने के कारण देव दुःखी थे। आँखों में आँसू भरे होने पर भी देव मनोहर दिखते थे। दुःखी मन के साथ वे कोने में बैठे रहते थे। एक बार देव घर का निरीक्षण कर रहे थे तब उन्होंने देखा कि एक दरवाजा खुला रह गया है। डरते-डरते वे उसकी जाँच करने गए। किसी की पगध्वनि सुन कर वे छुप गए। फिर सभी की दृष्टि से ओझल होने पर वे घर छोड़ कर बाहर निकल गए। डरते-डरते वे जैसे ही बाहर आए, सैनिकों ने उन्हें फिर से पकड़ लिया। उन्हें फिर घर में बंद कर दिया गया।

इसी प्रकार के खेल खेलते हुए जब वे दस वर्ष के हो गए तब उनकी शिक्षा-दीक्षा आरंभ हुई। ऋषि पुत्रों के साथ ऊँचे स्वर में देवताओं की कथाओं का गायन किया जाता था। शिशु देव की मधुर ध्वनि से पृथ्वी गूँज उठती थी। शिशु देव आश्चर्य से आँखें बड़ी-बड़ी किए देवेंद्र इंद्र की कीर्ति और महान शौर्य की कथा सुनते थे। एक बार उन्होंने घर जाकर पिता अभीवर्त से कहा, हे पिता मुझे बताइए किस प्रकार मुझे इंद्र के दर्शन होंगे।

अभीवर्त वचन

यथा-समय, जब तुम मेरे पद पर प्रतिष्ठित किए जाओगे तब तुम्हें राज्य प्रदान करने के लिए इंद्र आएँगे और तब तुम इंद्र से मिलोगे। वेदों के अभ्यास के कारण वे सुप्रसिद्ध हैं, वेदों में उनकी वंदना की गई है। वे तीनों लोकों के सम्राट और सबके अधिपति शतक्रतु हैं। इन्हीं देवराज इंद्र ने मुझे अपने पद पर स्थापित किया था और मेरा पद तुम्हें

इंद्र के द्वारा ही दिया जाएगा। अब तुम्हारा बचपन समाप्त हो गया है और तुम चौदह वर्ष के हो चुके हो। इस समय तुम्हारी शिक्षा युद्ध के खेल में पारंगत होना ही है। शस्त्र शिक्षा ग्रहण करते हुए जब तुम धनुष पकड़ोगे उसके बाद तुम्हारे लिए इंद्र से मिलने का समय आएगा।

पिंगल वचन

पिता ने जैसा कहा था देव ने ठीक वही किया और इसके बाद उन्होंने अपने पिता से अस्त्र संचालन की शिक्षा लेना आरंभ कर दिया। देव अपने तेज धार वाले तीरों से लक्ष्य वेधने लगे। ऐसा लगता था कि वे धनुष-बाण के संचालन में स्वाभाविक रूप से ही निपुण थे। अभीवर्त के स्थान पर देव धनुर्विद्या में विशारद हो गए। उनकी निपुणता देख कर अग्निदेवता प्रसन्न हुए। अग्नि ने देव के हाथों में पाँच शस्त्र दिए और उन्हें एक सुंदर और कभी नष्ट नहीं होने वाला धनुष प्रदान किया। जिस शस्त्र के लिए जो मंत्र था उस मंत्र के साथ उन्हें वह शस्त्र मिला था। दिव्य धनुष धारण कर देव अत्यंत प्रसन्न हुए।

सभी पर जय सूचित करने वाला धनुष उनके हाथों में है, उस सुंदर देवता का अभिनंदन करता हूँ। जिनकी आँखें कमल के समान है और रूप पवित्र है, उन्हें स्मरण करते हुए दोधक छंद में गा रहा हूँ।

श्रीमद् देवायण के ब्रह्मकल्प के प्रथम खंड में देवमंडल के अंतर्गत अभीवर्ग में देव संभव नामक सातवें संवर्ग का समापन।

-अभीवर्ग का समापन-

।।उपाख्यान वर्ग।।

।पहला संवर्ग।

पिंगल वचन

एक दिन देव शिकार का बहाना बना कर, हाथों में दिव्य धनुष धारण किए हुए इच्छानुसार खेल खेलते हुए पर्वत शिखर पर विचरण कर रहे थे। इस निर्जन अंचल में सिंह घूमा करते थे। वहाँ उन्हें मनोहर सोने के रंग वाले हिरण दिखाई दिए। देव गुफाओं में सिंह-शावकों की खोज कर रहे थे। पर्वत शिखर पर इधर-उधर घूमते हुए वह प्रसन्न हो रहे थे।

अचानक तीर की चोट से रंक्तरंजित और अधमरा एक हिरण-शावक उनके सामने आ गिरा। इस सुंदर मृग-शावक को गंभीर आहत अवस्था में देख कर देव को आश्चर्य और दुःख हुआ। किस निर्दयी ने इतने सुंदर हिरण के बच्चे को तीर से घायल किया है, किसने अपने बल के घमंड में इस सुंदर शावक को घायल किया है, यह चिंताएँ देव को व्याकुल कर रही थीं।

उन्होंने प्रेमपूर्वक उस शावक को गोद में उठा लिया, और उसके बाद उसके शरीर से तीर को निकाला और पास के झरने के निर्मल जल से उसके घाव को धोया और अपने वस्त्र का टुकड़ा फाड़ कर उसे पोंछ कर उसके घाव को साफ किया। पर्वत पर औषधि की जड़ी-बूटियाँ उपलब्ध थी। जिस औषधि की आवश्यकता थी, देव ने उसे तुरंत ढूँढ कर एक पत्ते पर रखा और उसका रस निचोड़ कर घाव के स्थान पर स्नेहपूर्वक लगाया। रक्त के साथ मिल कर उस औषधि ने शावक को मृत्यु यंत्रणा से शांति दी। उस औषधि की अपेक्षा देव का स्पर्श अधिक शांतिदायक था।

जब शावक की व्यथा कम हो गई, वह अपनी कृतज्ञ आँखों से देव को निहारने लगा। मानो यह मूक प्राणी देव की ओर ताकता हुआ निवेदन कर रहा था, हे महापुरुष, तुम कौन हो जिसने मुझे प्राणदान दिया है। इस संसार में तुम्हारे समान कितने लोग हैं, जो तुम इस समय वीरवेश में सुसज्जित मेरे पास आ गए हो। देवताओं के अंगों में जो कांति होती है उससे अधिक कांति तुम्हारे अंगों में है।

तभी एक मृदु गर्जन सुनाई दिया, तुम इस पर्वत पर क्यों आए हो? वीरों का वेश धारण करने वाले, तुम्हारा नाम क्या है? तुम यहाँ किस काम से आए हो? यह मृग-शावक मेरे द्वारा चलाए गए तीर से घायल होकर गिरा है। दूर पर्वत शिखर पर खड़ा होकर मैं तुम्हारी कीर्ति देख रहा था। तुम तो वीर हो, दूसरे की चीज पर तुम्हें लालच क्यों है? तुम्हारे हाथों में अग्नि के द्वारा दिया गया धनुष-वाण है, हे महावीर, तुम तुरंत अपना उचित परिचय दो।

देव वचन

मेरा जन्म अभीकुल में हुआ है और मैं देव नाम से परिचित हूँ। अंगिरा मेरे पितामह हैं और मेरे नाना अग्नि हैं। ऋषियों के यज्ञकर्ता अभीवर्त मेरे पिता हैं। ऋषियों के द्वारा राजपुत्र के समान मेरा आदर किया जाता है। हे महावीर, यह पर्वत जिस क्षेत्र में स्थित है ऋषियों को इस क्षेत्र के बारे में जानकारी नहीं है। मैं सिंह-शावकों की खोज में जंगलों में भटक रहा था, इतने में मैंने देखा कि यह तीर से घायल मृग-शावक सहसा मेरे आगे गिर पड़ा है। आपने ऋषियों के स्नेह पर आक्रमण करते हुए इस शावक को घायल किया है। आपका परिचय क्या है, शीघ्र बताइए। आपने अभी के साम्राज्य का अतिक्रमण क्यों किया है? क्या आपको ज्ञात नहीं है कि अभीवर्त इंद्र के समान प्रतिष्ठित हैं।

पिंगल वचन

देव को खिन्न देख कर और उनकी बातों को सुन कर वह वीर मृदु मुस्कान के साथ बोला, मेरा नाम जय है और मेरा जन्म देवकुल में हुआ है। इस चर और अचर के स्वामी देवराज इंद्र मेरे पिता हैं। मैं आखेट के लिए पर्वत की चोटियों पर घूम रहा था। पिता के द्वारा दिए गए इस धनुष के साथ मैं इच्छानुसार क्रीड़ा करता हूँ। सभी लोग अपनी पसंद की वस्तुओं के साथ खेलते हैं। हे देव, आप इतने दुःखी क्यों हैं? सभी वस्तुओं में प्राण हैं, तब इसमें आश्चर्य की क्या बात है? यदि संसार को देख कर दुःखी हुआ जाए तब इसके बाद हँसी-खेल और आनंद कहाँ रहेंगे? इसमें यदि किसी के प्राण चले जाएँ तब दुःखी होने

पर आनंद कहाँ रहेगा? स्वस्थ शरीर में तुम आनंद की खोज करते हो। क्या जन्म और मृत्यु आनंद में नहीं होते? जिस आनंद में सृष्टि को प्रकट किया गया है उसी आनंद में रहो। आनंद में ही गति है इसे याद रखो।

देव वचन

दुर्बलों को पीड़ित करने में कैसे आनंद मिलता है यह मुझे बताओ। दूसरों की खुशियों को समाप्त करना निष्ठुरता है। अपने समान बल वाले के साथ खेल खेलो। उसमें हार या जीत दोनों में हर्ष होगा। तुमने आज जिस सर्वव्यापी आनंद की बात कही है उसका विचार तो गुणीजन करेंगे।

सुनो, गुणीजनों ने पहले ही कहा है, अपने हृदय से निर्दयता की भावना का त्याग करो। सभी जीवों के प्रति प्रेम रखो, इसी से जीवन सार्थक होता है।

श्रीमद् देवायण के ब्रह्मकल्प के प्रथम खंड के देवमंडल के अंतर्गत उपाख्यान वर्ग में देव-जय साक्षात् नामक प्रथम संवर्ग का समापन।

।दूसरा संवर्ग।

पिंगल वचन

निश्चित रूप से इसका विचार गुणीजनों के द्वारा किया जाएगा- इस तीसरे स्वर को सुन कर दोनों आश्चर्य चकित रह गए। जिस स्थान पर आधी सुप्तावस्था में मृग-शावक पड़ा हुआ था वहाँ अब मृग दिखाई नहीं पड़ रहा था, परंतु एक पुरुष खड़ा हुआ था। उस पुरुष को देख कर देव और जय विस्मित हो गए। उन्होंने उस व्यक्ति से पूछा, आपका परिचय क्या है? आपने मृग का रूप क्यों धारण किया था? मृग का आकार विलुप्त हो गया है, आप यहाँ किस कारण से आए हैं? देव और

जय के द्वारा आश्चर्यपूर्वक यह प्रश्न पूछे जाने पर उस पुरुष ने अपना परिचय देने के लिए कहा -

कुरंग वचन

हे अभीपुत्र देव तथा इंद्रपुत्र जय, आप सुनें, मेरा जन्म ऋषिकुल में हुआ है और मेरा नाम कुरंग है। कण्व का वंश बहुत बड़ा है तथा उनके अनेक सगे संबंधी हैं। वहाँ कण्व के पराक्रमी पुत्र देवातिथि वेदों के ज्ञाता के रूप में लोगों के बीच जाने जाते हैं। देवातिथि नित्य यज्ञ अनुष्ठान करते थे और पिता की आज्ञा मान कर उन्होंने विवाह किया था। उनके एक पुत्र हुआ परंतु उनका मन घर-गृहस्थी में नहीं लगता था। अपने पुत्र को देख कर देवातिथि सोचने लगे, मैं दिनों-दिन स्त्री-पुत्र के माया-मोह में घिरता जाऊँगा। सभी ऋषियों ने कहा है कि यह जन्म सत्य के संधान के लिए होता है। यदि किसी का मन विषयों के प्रति आसक्त हो जाए तब सत्य के दर्शन में बाधा उपस्थित हो जाती है। इसलिए देवातिथि ने स्थिर किया कि वह सत्य की प्राप्ति के लिए घर छोड़ देंगे। उनके समीप उनके बीसों भाई रहते थे जो गृहस्थ थे।

उनके सामने जाकर देवातिथि ने कहा, पत्नी, पुत्र और घर छोड़ कर जा रहा हूँ। मेरे अपने आपके भी अपने हैं यह सोच कर, मेरा निर्णय है कि घर में जैसे अन्य बहुएँ हैं, मेरी पत्नी भी रहेगी। मेरी आंतरिक इच्छा है कि गृहस्थी से मुझे मुक्ति मिले और आप सभी के द्वारा उसका निर्वाह किया जाए। देवातिथि की यह बात सुन कर सभी भाई हतवाक हो गए। देवातिथि घर छोड़ कर चले गए तथा यज्ञ एवं तप में ध्यान देने लगे। उनके भाई इससे संतुष्ट थे कि वह कोई बड़ा कार्य कर रहे हैं। कण्व मुनि के परिवार में देवातिथि की पत्नी तथा पुत्र का पालन किया जाने लगा। इस प्रकार यज्ञ और तप करते हुए उन्हें कई वर्ष बीत गए और इनके कारण देवातिथि की ख्याति चारों ओर फैल गई।

इधर, जिस पुत्र को उन्होंने छोड़ दिया था वह भी धीरे-धीरे बड़ा हो कर यौवनावस्था में पाँव दे रहा था। कण्व मुनि के परिवार ने उसे करंग नाम दिया और आदर पूर्वक शिक्षित किया। युवावस्था में प्रवेश करने

के बाद करंग ने अपने पिता के संबंध में सुना कि किस तरह वे उसके जन्म के बाद ही घर छोड़ कर चले गए थे। पत्नी और पुत्र के होने से आसक्ति का बंधन दिन-प्रतिदिन बढ़ता है। पिता के कार्य का स्मरण करते हुए करंग देवातिथि के समान भावनाओं में बह गए। इसलिए उन्होंने निर्णय किया कि वे विवाह नहीं करेंगे। गृहस्थ धर्म पालन के लिए अनिच्छुक व्यक्ति घर छोड़ कर चले जाते हैं। कण्व परिवार में नारद के अतिरिक्त अन्य सभी गृहस्थ धर्म का पालन करते थे। करंग की बातें सुन कर हर्षित होकर नारद ने उन्हें घर छोड़ने के लिए प्रोत्साहित किया और एक रात सभी की दृष्टि बचाकर उन्होंने घर छोड़ दिया।

निर्जन रात के समय, भाइयों और संबंधियों को छोड़ कर, नारद के वाक्यों से प्रसन्न हो कर निष्कृति के हेतु करंग वन में चले गए।

श्रीमद् देवायण के ब्रह्मकल्प के प्रथम खंड के देवमंडल के अंतर्गत उपाख्यान वर्ग में श्री देव कुरंग संवाद में करंग संन्यास नामक द्वितीय संवर्ग का समापन।

।तीसरा संवर्ग।

कुरंग वचन

पुत्र के घर छोड़ने पर माँ दुःख-विह्वल हो उठी। अब वह पति और पुत्र दोनों के द्वारा परित्यक्त हो गई थी। इसी दुःख के कारण उनका शरीर जीर्ण हो गया था। यद्यपि कण्व ऋषि के परिवार में सभी अच्छी बातें करते थे, पसंद का भोजन और वस्त्र मिलते थे, परंतु अलग-अलग व्यक्तियों के लिए अलग-अलग पथ पूर्वनिश्चित होते हैं। जन्म के अनुसार कर्मों की गति अलग होती है। इसी बीच नारद मुनि आ गए और इस विषय पर विस्तार से कहने लगे। जन्म और मृत्यु के क्रम से जगत का समाचार सुनिए, कभी भी आत्मा प्रकट नहीं होती, केवल

शरीर कुछ दिनों के लिए प्रकट होता है। शरीर त्यागने के बाद फिर अप्रकट हो जाता है उसका परिचय क्या हो सकता है। सभी देह धारण करने पर अपने-अपने कर्म करते हैं। त्याग से कर्मों का क्षय होता है, यह सनातन सत्य है। तुम्हारे पति घर छोड़ कर तपोवन में जाकर तप और यज्ञ करते हुए ब्रह्म पद पर प्रतिष्ठित हैं। हे विदूषी, तुम्हारा पुत्र उत्साही है और बड़ा कार्य कर रहा है। जन्म तथा कर्म को याद करो और दुःख का त्याग करो। जितने दिनों तक तुम्हारा जीवन है, तुम्हारी जो भी आंतरिक प्रेरणा है उसे स्वयं देखो तथा पति और पुत्र का त्याग करो। वैसे भी पति और पुत्र तुम्हारे जीवन में कितने दिनों के लिए उपलब्ध हैं। वह तुम्हें सदा साथ देने वाले नहीं हैं। इसलिए जितने दिनों के लिए वे तुम्हारे थे उसके लिए तुम स्वयं को सौभाग्यवती समझो। पति और पुत्र के लिए दुःख को तुम तुरंत त्याग दो।

अपने भाई की पत्नी से नारद ने जब यह कहा तब उसे थोड़ी सी शांति मिली। उसका भोजन और वस्त्र सुरक्षित थे, उनके मिलने में कोई भी कठिनाई नहीं थी। फिर भी पति और पुत्र की चिंता अंदर से उसे क्रमशः खाए जा रही थी। वह खा नहीं सकती थी और उसे नींद नहीं आती थी जिससे उसके शरीर का क्षय हो गया और एक दिन उसने शरीर छोड़ दिया। करंग की माँ की मृत्यु उसके घर में हो गई है यह समाचार पल भर में चारों ओर फैल गया। करंग इसे सुन कर बहुत दुःखी हुआ।

वह वन में रहता था। उसने छुप कर दूर से अपनी माँ के शव का अंतिम संस्कार देखा। कहीं स्वयं को प्रकट करने पर उसके लिए फिर बाहर जाने में बाधा उत्पन्न नहीं हो इसलिए उसने गुप्त रह कर माँ का अंतिम संस्कार देखा और फिर दूर चला गया। उसकी अवस्था वैसी ही थी जैसे घर छोड़ने के पूर्व थी, अर्थात् कोई भी उपलब्धि नहीं हुई थी। इसलिए उसके हृदय में शून्य छाया हुआ था। एक तो उसे कोई उपलब्धि नहीं हुई थी और दूसरे, वह प्रेम और स्नेह से वंचित हो गया था। इसलिए उदासीन होकर वह वन-वन घूमने लगा। पहले वह जो भी तप या यज्ञ करता था उन्हें धीरे-धीरे छोड़ने लगा। कभी भी किसी एक स्थान पर स्थिर नहीं रहता था और एक वन से दूसरे वन में भटकता

था। कुछ भोजन मिलने पर खा लेता और यदि नहीं मिलता तब निराहार रह जाता। कभी घोर वन में अकेला बिना सोए योगासन में बैठा रह जाता था।

इस पर करंग उपलब्धि और स्नेह दोनों से वंचित होकर दुःखी रहता था। उसके योग प्रयासों का फल कुछ भी नहीं निकला, वह संदेहों से घिर गया और उसका मन चंचल हो गया था।

श्रीमद् देवायण के ब्रह्मकल्प के प्रथम खंड के देवमंडल के अंतर्गत उपाख्यान वर्ग में श्री देव कुरंग संवाद में करंग योग नामक तृतीय संवर्ग का समापन।

।चौथा संवर्ग।

कुरंग वचन

इसी प्रकार उसी स्थान पर कई वर्ष बीत गए, तब भी मन से शून्यता समाप्त नहीं हुई और कोई उपलब्धि भी नहीं हुई। इसके बाद एक दिन, उसने देखा कि समीप ही एक मृग और मृगी मैथुनरत थे। इतने में एक तीर के आघात से मृग गिर पड़ा। इसे देख कर ऋषि पुत्र तुरंत उसके पास पहुँच गए। मृगी डर कर छुप गई। उसी समय तीर से मृग को आहत देख कर वहाँ व्याध पहुँच गया। अत्यंत प्रसन्न होकर उसने तुरंत मृग को कंधे पर उठा लिया और चला गया। मृगी भय और दुःख के कारण आँसू बहा रही थी। करंग ने डरी हुई मृगी को सुरक्षा दी। मौन मृगी की आँसुओं की धार बहुत कुछ कह रही थी। करंग का मन मृगी के प्रति प्रेम से भर उठा। उसने उस निर्जन वन में मृगी को अपने अंक में भर लिया। यौवन की स्वाभाविक भूख क्रमशः प्रकट हो गई। मृगी रजस्वला थी तथा करंग मोहग्रस्त हो गए थे। अतः मृगी के साथ ऋषिपुत्र करंग का मिलन हो गया। उसके बाद मृगी करंग के साथ घूमने लगी। करंग जहाँ भी जाते मृगी भी वहीं जाती। करंग जो भी खाते

उसका बचा हुआ अंश मृगी खाती। करंग नियमित रूप से कंद मूल और फल का भोजन करते। जो अंश वह छोड़ देते, मृगी उसे प्रसन्नतापूर्वक ग्रहण करती। उनके बिना मृगी कभी भी भोजन नहीं करती। करंग जब सरोवर में स्नान करते हुए अपने शरीर को धोते, तब सरोवर के किनारे पर बैठी मृगी उन्हें निहारती थी। वह जहाँ रहते मृगी वहीं रहती। मृगी और करंग मग्न हो जाते। इसी प्रकार परस्पर प्रेम और आसक्ति से भरे कई दिन बीत गए।

एक दिन मृगी के गर्भ से एक शिशु उत्पन्न हुआ। मृग-शावक को देख तक करंग की चेतना जगी। उन्होंने ऋषि परिवार को त्याग कर पशु प्रेमिका को ग्रहण किया था। वह पशुधर्म के आश्रय में आकर पशु प्रेम के मोह में पड़ गए थे। इसके बाद एक दिन करंग ने अपने मन में एक निश्चय किया। जब मृगी अपने पुत्र के साथ प्रसन्नतापूर्वक खेल रही थी तब तेजी से उन्होंने इस वन को छोड़ दिया और दूर से मृगी और उसके पुत्र को एक साथ देखा। उन्हें देख कर मृगी अपने शिशु को लेकर वायुवेग से उनकी ओर दौड़ पड़ी और कुछ ही पल में उनके पास उपस्थित हो गई। संकट देख कर करंग ने मृगी से कहा, हे करंगी, तुम आज से मेरे प्रेम का त्याग करो। यह दैहिक प्रेम सदा नहीं रहता। ऊर्ध्वगामी होने के लिए तप के द्वारा पवित्र होने की आवश्यकता होती है। मेरे कार्य में सहायता देने के लिए मेरा साथ छोड़ दो। करंग के इतना कहते ही वह मृगी उस स्थान से चली गई।

इसके बाद मृगी का पुत्र पिता के चरणों के आश्रय में रहने लगा। उसे देख कर पैत्रिक स्नेह के साथ करंग ने कहा, मेरे पुत्र, तुम मृगी के गर्भ से उत्पन्न हुए हो, परंतु चूँकि मेरे तेज से तुम्हारा जन्म हुआ है केवल तुम्हारा बाहरी रूप मृग का है। तुम्हारे अंदर जो ज्ञान है वह मेरे द्वारा ही दिया गया है। तुम्हारे हित के लिए कुछ बातें कहता हूँ उन्हें ध्यान देकर सुनो, मेरे आशीर्वाद से उचित समय पर तुम्हारा मृग का जन्म समाप्त हो जाएगा। तुम ब्रह्मदीक्षा लो और निरंतर ॐ का जप करो। कुरंग, तुम अपनी साँसों में इसे रख लो। इसके ध्यान में तुम पर्वत पर विराजमान हो जाओ। यदि तुम्हें अपने कुल के वंश में

वृद्धि करने की इच्छा हो तब यथासमय पर करो। अभी के घर में देव की उत्पत्ति होगी। तुम जय के तीर से घायल हो जाओगे और देव के स्पर्श से ठीक हो जाओगे और तुम्हारा रूप पवित्र हो जाएगा। उसके बाद निश्चित रूप से तुम्हारी उत्तम गति होगी।

इतना कह कर पिता ने वह क्षेत्र त्याग दिया और मैं माता के साथ नाना क्षेत्रों में घूमने लगा। कालक्रम से माँ ने अपना देह त्याग दिया। इसके बाद मैं निर्जन वन में मृग के रूप में अकेला घूमने लगा। वंश की वृद्धि करने के लिए मैंने पुत्र उत्पन्न किया। मुझे यह पता भी नहीं चला कि कब मैं अभी पर्वत पर आ गया था कि एक तीर से बिद्ध हो गया। मेरी पत्नी और पुत्र इधर-उधर भाग गए और मैं तीर से घायल और थका हुआ आपके पैरों पर गिर पड़ा। चेतना लौटने पर आपकी आपसी बातों को सुन कर मेरी स्मृति वापस आ गई और हे महात्मन, मुझे मुक्ति मिल गई।

पिंगल वचन

इतना कह कर देव तथा जय की वंदना करने के बाद कुरंग तेजोमय शरीर लेकर तप करने के लिए वन में चला गया।

देव के स्पर्श से उसे पशुत्व से मुक्ति मिली और दिव्य चेतना सुलभ हुई। अपनी कथा कह कर कुरंग प्रसन्नचित्त होकर वन में चला गया।

श्रीमद् देवायण के ब्रह्मकल्प के प्रथम खंड के देवमंडल के अंतर्गत उपाख्यान वर्ग में देव कुरंग संवाद में कुरंग मोक्ष नामक चतुर्थ संवर्ग का समापन।

।पाँचवां संवर्ग।

गणेश वचन

हे महात्मन, आज आपने कुरंग की अद्भुत् कथा सुनाई है। अब कहिए कि इसके बाद कुरंग का क्या हुआ।

पिंगल वचन

कुरंग अपने तेजोमय शरीर को लेकर करंग से मिलने के लिए विभिन्न स्थानों में घूमने लगा। इधर करंग मृगी का साथ छोड़ कर अपने पिता देवातिथि के निवास-स्थल पर उनके पास जा कर उपस्थित हुआ। देवातिथि अनेक शिष्यों से घिरे हुए उन्हें वेद के तत्व समझा रहे थे। तपोवन के सुंदर आश्रम में यह वार्ता चल रही थी। उस स्थान पर पहुँच कर करंग ने पिता के चरणों में अपना सिर झुका दिया। उनसे अपना जीवन वृत्तान्त सुनाया और बताया कि किस प्रकार उसने अपनी दुःखी माँ को छोड़ कर घर का त्याग किया था और माता की मृत्यु के बाद वहाँ गया था। जहाँ उसकी बुद्धि जाती वहाँ वह चला जाता और परिस्थिति के वशीभूत हो कर किस तरह मृगी के साथ उसे पुत्र उत्पन्न हुआ था।

इसके बाद वह पिता के चरणों का स्मरण कर उनके पास चला आया था। उसने कहा, हे पिता, अपने ब्रह्म पदों में मुझे शरण दीजिए। इस प्रकार कहने के बाद करंग की आँखों से आँसुओं की धार बहने लगी। ब्रह्मा के स्वर के समान ध्वनि में देवातिथि ने यह वाक्य कहे, हे पुत्र, हर समय हर स्थान पर ब्रह्म का निवास होता है। माया-मोह का त्याग कर देने पर निश्चित रूप से ब्रह्म का दर्शन प्राप्त होता है। सभी रूपों में ब्रह्म रहते हैं और अपने बाहरी रूप को प्रकट करते हैं। सभी माया का त्याग करने पर अपनी बुद्धि के अनुसार हमें ब्रह्म दिखाई देते हैं। तुम्हारे अंदर अब भी थोड़ी सी माया बची हुई है। इस साम का ग्रहण करते हुए तुम दिनों-दिन उन्मुक्त हो जाओगे।

साम मंत्र

'यच्चिद्धि शश्वतना देव देवं यजामहे। ते इद्धियते हवि ।।'

करंग ने अपना सिर झुकाया और साम मंत्र को लेकर निर्जन वन में नित्य उसे अपने मधुर कंठ से गाने लगे। जैसा मंत्र था वैसा ही छंद था, और उसके स्वरों में मंत्र गायन ब्रह्म ध्वनि विद्युत के समान करंग में समाहित हो गई। उसका मन उस स्थान पर स्थिर होने ही वाला था कि अचानक एक बाधा उपस्थित हो गई। जब वह परम

ब्रह्मानंद की समाधि में लीन होने वाला था कि उसके पुत्र कि छवि, जिसे वह वन में छोड़ आया था उसके मन में बार-बार आकर उसका ध्यान आकर्षित करने लगी। इस विघ्न को देख कर वह अपने पिता के सामने जा कर कहने लगा, परब्रह्म में मेरा मन लीन करने में मेरी सहायता कीजिए हे पिता, मेरा मृग पुत्र आकर उसमें निरंतर विघ्न डाल रहा है। किस प्रकार उसके स्नेह की अवहेलना करूँ, हे पिता मुझे बताइए। इसे सुन कर पिता देवातिथि ने यह मधुर वाक्य कहा, जीव ब्रह्मरूप को अपनी ध्वनि में निवेश करो। उनके इस वाक्य को सुन कर करंग अत्यंत प्रसन्न हुआ और उसने वैसा ही किया। और वह तुरंत अपना मन ब्रह्म में लीन करने में सफल हुए।

उन्हें प्रत्यक्ष ब्रह्म-दर्शन हुआ और ब्रह्मज्ञान की प्राप्ति हुई। उन्हें पूर्ण आनंद की प्राप्ति हुई और वे जीवन से उन्मुक्त हो गए। इस प्रकार उन्हें अमरत्व प्राप्त हुआ और वह करंग ऋषि बन गए। इसके कई वर्ष बाद कुरंग वहाँ आए और पिता के पास रह कर ब्रह्म विद्या की शिक्षा लेने लगे। जैसे कोई शिष्य गुरु के पास शिक्षा लेता है वैसे ही उन्होंने शिक्षा ली और ब्रह्मविद्या में पारंगत होने के बाद उन्हें ब्रह्मपद का सम्मान दिया गया। कुरंग के मुख से मनोहर देव मंत्र निकला जिसे वेदों के व्याख्याता देवातिथि के आश्रम में रहने वाले सभी शिष्यों के द्वारा ग्रहण किया गया। इसके बाद मृगवंश कुरंग के नाम से विख्यात हो गया। जब कुरंग ब्रह्मविद्या में प्रवीण होकर उभरे उसके बाद अभी-पुत्र की वार्ता सुनिए। जय के दर्शन से कुरंग की प्रगति पर देव और जय के बीच बातें हुई।

अभी-पुत्र देव का प्रभाव ऐसा है कि उनके स्पर्श मात्र से जीवन में परिवर्तन आ जाता है। देवेंद्र-पुत्र जय के साथ देव की जिस दर्शन पर चर्चा हुई उसे सुनने पर जीवन मंगलमय हो जाता है।

श्रीमद् देवायण के ब्रह्मकल्प के प्रथम खंड के देवमंडल के अंतर्गत उपाख्यान वर्ग में देव कुरंग संवाद में करंग स्मृति वार्ता नामक पंचम संवर्ग के कुरंग उपाख्यान का समापन।

।छठा संवर्ग।

देव वचन

हे जय, आपका दर्शन निश्चित रूप से अत्यंत प्रीतिकर है। कुरंग के प्रेम से जैसे सत्य प्रकट हुआ था, वैसे ही आपके द्वारा उस पर तीर से किए गए आघात के कारण मेरा प्रेम प्रकट हुआ था। फलस्वरूप ऋषिपुत्र कुरंग ने महान पथ पर चल कर मुक्ति लाभ किया। हे जय, आपके कार्य में कोई भी संशय नहीं है। इसलिए सभी लोग सदा जय जय कहते हैं। जय में कोई भी संदेह नहीं है, पूरा जगत जय से परिपूर्ण है।

पिंगल वचन

देव के यह वाक्य सुनकर जय प्रसन्न हो गए। देव को गले लगाते हुए उन्होंने कहा -

जय वचन

इसमें कोई भी संशय नहीं है कि देव के प्रेम से मुक्ति सुनिश्चित है। इसी कारण जगत के प्राणी सदा देव-देव करते रहते हैं। देव के समान मित्र मिलने पर अंतर्मन में प्रसन्नता होती है। हे मित्र, मैं आपको श्रेष्ठ नंदन वन घूमने के लिए निमंत्रण देता हूँ, जिसमें मंदाकिनी के तट पर विशाल पारिजात वृक्ष खड़ा है। इंद्रपुरी कितनी बड़ी है इसे तुम वैजयंत में रह कर देखो, चलो मेरे घर में रहो और वहाँ से सब-कुछ देखते हैं। उस स्थान पर तुम्हें मेरे हजार आँखों वाले पिता का साक्षात् दर्शन होगा।

पिंगल वचन

जय के द्वारा निमंत्रित किए जाने पर देव ने इसे सहर्ष स्वीकार किया। इसके बाद देव जय के साथ इंद्रलोक के मार्ग पर चल दिए। कई पहाड़ियों को पार करने पर पर्वतों से होकर जाता हुआ मार्ग अत्यंत मनोरम था। इस शोभायमन पथ पर चारों ओर निःस्तब्धता छाई हुई

थी। सूर्य इसे तरह-तरह के रंगों से विभूषित कर रहे थे। पर्वत श्रेणियों पर विभिन्न स्थानों पर विभिन्न प्रकार के फूल सुशोभित हो रहे थे। पशुओं, वृक्षों और पक्षियों के कारण वन की सुंदरता निराली थी। विभिन्न रंगों के पक्षी पवित्र स्वरों में मंगल गीत गा रहे थे। पशु देखने में विचित्र थे और वन की शोभा बढ़ा रहे थे। कुछ ही देर में वे अमरावती के स्वचालित स्वर्णिम तोरण द्वार पर पहुँच गए। देव के आगमन पर हल्के स्पर्श से तुरंत द्वार खुल गए। इस द्वार को पार करने पर देव स्वर्गपुरी में प्रवेश कर वहाँ के विभिन्न दृश्यों का निरीक्षण करने लगे। पवित्र यज्ञों के अनुष्ठान करने के लिए वहाँ सभी एकत्रित होते थे। पथ के दोनों ओर पवित्र घरों की श्रृंखलाएँ दिखाई पड़ रही थीं। यह घर बड़े और अत्यंत सुंदर थे। सभी घरों के मार्ग की ओर खुलने वाले दरवाजों पर क्रमशः स्वर्णाक्षरों से लिखा गया था - चन्द्र पुरी, मरुत पुरी, सूर्य पुरी, बृहस्पति पुरी, रूद्र पुरी, ब्रह्मा पुरी, विष्णु पुरी। देव का मार्गदर्शन करते हुए जय कहते जा रहे थे।

जय वचन

इस अमरावती में जैसाकि आप अपनी आँखों से देख रहे हैं, सभी घर, सभी पुरियाँ अलग-अलग हैं। पवित्र अनुष्ठान करने के लिए सभी स्वर्ग में एकत्रित होते हैं। देवताओं के समान आकृति अपना कर अमृत और मधु का भोजन करते हैं। देवकन्याओं के साथ नित्य आनंद लेते हैं। इस बड़े पथ को देख रहे हो, इसमें स्थान-स्थान पर विशिष्ट देवताओं की पुरियाँ हैं।

जिस व्यक्ति ने जैसा कर्म किया है या जितना पुण्य संग्रह किया है उसी के अनुसार उसे इस महान पथ पर अलग-अलग प्रचालित किया जाता है। हे देव, सामने देखो यहाँ सुंदर चित्र के समान वैजयंत स्थित है। यह इंद्रपुरी है इसके सामने पथ प्रशस्त हो गया है।

इसी तरह बातें करते हुए दोनों ने वैजयंत में प्रवेश किया। इस राजपथ का मनोहर दृश्य देख कर अपूर्व पुण्य की प्राप्ति होती है। इस वैजयंत महापथ के दोनों ओर जो पुरियाँ हैं इनमें इंद्र के समान महाबली निवास करते हैं। जो मनुष्य अश्वमेध यज्ञ अनुष्ठित करते हुए इंद्रत्व

की प्रप्ति करता है, या युद्ध करते हुए वीरों के वेश में वीरगति प्राप्त करता है वैसे ही पुण्य अर्जित करने वाले कीर्तिवान इनमें रहते हैं। इन पुरियों में रहने वालों की वंदना इंद्र के समान ही की जाती है। इन सब को पार करने के बाद जय ने कहा, हे देव, दर्शन करो, हम इंद्रालय में आ पहुँचे हैं। इसे अप्राप्य हीरे-जवाहरातों से कितनी सुंदरता से सजाया गया है। यह संसार में सबसे श्रेष्ठ पुरी - इंद्रपुरी है, इसे अपनी आँखों से देखो। यह सुंदर तेज से हमेशा जगमगाती रहती है। यह अन्य पुरियों के साथ वैजयंत को प्रकाशमान बनाती है। सूर्य पुरी सदा चमकती है और उसी के समान चंद्र पुरी भी चमकती है, परंतु इंद्रपुरी के समान दीप्तिमान अन्य कोई भी पुरी नहीं है। द्वार के सामने देखो पताका पर हाथी का चिह्न है।

जय के स्पर्श से द्वार तुरंत खुल गए। अचानक अद्भुत् दृश्य को देख कर देव विस्मयविमूढ़ हो गए। इसके बाद पूछने के लिए क्या हो सकता है, देव चुपचाप देख रहे थे। फिर भी, जय ने कहा, देव इस आगे के भाग में प्रकाश देखो। यहाँ सुंदर रंग वाला, सभी सुलक्षणों से युक्त, सभी गुणों से युक्त, अश्वों में श्रेष्ठ, अश्वकुल का सर्वश्रेष्ठ घोड़ा उच्चैःश्रवा है, जो सभी स्थानों - जल, स्थल, आकाश या बादलों से होकर जाने में सक्षम है। यह वायु और विद्युत् के वेग से भी आगे जाता है और राजा के भ्रमण पर दो पैरों पर या चार पैरों पर चलने में सक्षम है।

इसके बाद, देव तुम सभी हाथियों में श्रेष्ठ ऐरावत को देखो। इस चर और अचर में इंद्र को यह हाथी सबसे प्रिय है। इस हाथी पर सवार इंद्र की शोभा मनोहर होती है। वज्र हाथों में धारण किए मेरे हजार आँखों वाले पिता इंद्र की आँखें जब युद्ध में शत्रु पर क्रोध से लाल हो जाती हैं तब इस सफेद हाथी के मणि-रत्नों पर उनका प्रतिबिंब दिखाई देता है। जैसे सूर्य की किरणें स्फटिक पर परावर्तित होती हैं उसी प्रकार यह इस हाथी पर भी प्रतिबिंबित होती हैं। इसके गले में जो विशाल घंटा है वह युद्ध के समय ऊँचे स्वर में बजता है। अब रणक्षेत्र में इस गजराज के विभिन्न कारनामे सुनो। इंद्र जब घोर युद्ध में लिप्त होते हैं तब दुंदुभी स्वतः बज उठती है। जब विजय का अवसर रहता है तब मधुर वाद्य

यंत्र बज उठते हैं। यह सभी विशेषताएँ एकमात्र देवराज इंद्र की हैं, अन्य किसी भी देवता में यह सुनने को नहीं मिलेंगी।

इसके बाद हे देव, यह इंद्र का मनोहर रथ देखो। इसके रंग विचित्र हैं और इसे सारथी मातलि के द्वारा चालित किया जाता है। यह इंद्र का सतरंगी धनुष है और यह वाणों से भरा उनका तरकश है। यह इंद्र की तलवार है और यह रत्नों से जड़ी हुई उनकी गदा है। इससे प्रमाणित होता है कि वीरता में इंद्र सबसे अधिक हैं। तलवार, गदा या धनुष को इंद्र के अतिरिक्त कोई भी अन्य देवता इन्हें चलाने में सक्षम नहीं है। इंद्र के सात पुत्र हैं। केवल मैं इसे चला सकता हूँ, परंतु मेरा कोई भी भाई इन्हें नहीं चला सकता। पूर्व की ओर देखो इंद्र की मनोहर सभा चल रही है। अपने राजकार्य को देखने के लिए देवगण एकत्रित हैं। अतिथियों के लिए कक्ष दक्षिण में हैं। उत्तर की वासावली में माता शची का निवास है। पश्चिम में मेरा घर है जिसमें मैं सातों भाइयों के साथ रहता हूँ। हे देव, तुम इसमें मुझसे पहले प्रवेश करो। थोड़ा विश्राम करने पर पथ की थकावट दूर हो जाएगी। मंदाकिनी में पवित्र स्नान करने के बाद तुम नंदनवन में घूमोगे।

मित्र जय के प्रेमपूर्ण भाषण सुन कर, और वैजयंत के अति सुंदर दृश्य देख कर देव हर्षित हो गए थे और चकित आँखों से जय को देख रहे थे।

देवायण के ब्रह्मकल्प के प्रथम खंड के देवमंडल के अंतर्गत उपाख्यान वर्ग में श्री देव स्वर्ग दर्शन नामक षष्ठ संवर्ग का समापन।

।सातवाँ संवर्ग।

जय वचन

देव, तुम यहाँ मेरे कक्ष में अपनी इच्छा के अनुसार रहो। पहले मैं अपने पिता को तुम्हारे आगमन की सूचना दे दूँ।

पिंगल वचन

ऐसा कह कर जय तेजी से बाहर चले गए। कुछ देर तक देव जय के कक्ष में प्रसन्नतापूर्वक रहे। स्वल्प काल में ही प्रसन्नवदन जय वापस लौट आए और देव के हाथ को पकड़ कर मधुर स्वर में कहने लगे-

जय वचन

हे देव, शीघ्र चलो तुम्हें पिता के सामने प्रस्तुत करना है। तुम्हारा आगमन सुन कर पिता ने सहर्ष कहा है, हे जय, तुम जिस तरह मेरे कक्ष में आए हो वैसे ही देव को भी लाओ मैं उसे तुम्हारे जैसा ही समझता हूँ। क्योंकि अभी और मैं एक जैसे हैं इसलिए हे जय, मैं देव को भी तुम्हारे समान समझता हूँ। मैं देव के पवित्र चेहरे को देखने के लिए प्रतीक्षा करता हूँ क्योंकि सुपुत्र को देखने के लिए पिता सर्वदा उत्सुक रहता है।

पिंगल वचन

जय की बातों को सुन कर देव को प्रसन्नता हुई। जय का हाथ पकड़ कर देव ने कहा, हे इंद्र-पुत्र शीघ्र चलो पिता को सबसे पहले मिलते हैं, माँ सुरेश्वरी को प्रणाम करते हैं, दूसरे काम इसके बाद किए जाएँगे। इस तरह जय का हाथ थामे हुए वे इंद्र के कक्ष में पहुँच गए जहाँ वज्रबाहु इंद्र गजासन पर बैठे हुए थे। देवी शची ने देव को देखते ही स्नेह से उन्हें भुजाओं में लेकर कुशल प्रश्न पूछा। तुरंत कुशल वार्ता कह कर देव शची के चरणों में झुक गए। इसके बाद इंद्र ने उठ कर उन्हें आशीर्वाद दिया और सहर्ष उन्हें गले लगा लिया। उन्होंने देव को अपने पास गजासन पर बैठा लिया। इंद्र की इच्छा के अनुसार मधुर वाद्य बजने लगे। देवराज ने देव से उनके भोजन और शयन के संबंध में पूछा। राजा की इच्छा से चारों ओर वाद्य बजते हैं। समय के अनुसार वाद्य बजने पर इंद्र की प्रसन्नता बढ़ती है। देवराज ने अभीवर्त का समाचार पूछा। इधर सुरेश्वरी शची ने प्रेमपूर्वक भोजन परोसा। जय और इंद्र के साथ देव ने भोजन किया। भोजन में अपूर्व स्वाद था जिससे

देव प्रसन्न हुए। शची के द्वारा प्रेम से दिया गया दिव्य भोजन स्वाद में मधुर और तृप्तिदायक था। सबसे अंत में देवताओं की रानी ने अमृत सुधा परोसा। पवित्र भोजन के बाद अमृत मिलना दुर्लभ है। उस अमृत का पान करते हुए देव आनंद विभोर हो गए। इंद्र के प्रताप से उन्हें महासुख की प्राप्ति हुई और अमृत पान कर उन्होंने अमरत्व प्राप्त किया।

देवताओं के राजा के साथ पवित्र भोजन करते हुए देव को रोमांच हो रहा था और उनके अंग हर्ष से काँप रहे थे। महात्मा देव ने अमृत पान करते हुए अमरत्व प्राप्त कर लिया।

श्रीमद् देवायण के ब्रह्मकल्प के प्रथम खंड के देवमंडल के अंतर्गत उपाख्यान वर्ग में इंद्र दर्शन नामक सप्तम संवर्ग का समापन।

।आठवाँ संवर्ग।

पिंगल वचन

उधर अमृत और भोजन से तृप्त देव आनंद अनुभव कर रहे थे और इधर घर में देव की चिंता के कारण धिषणा व्याकुल थीं। देव दिन में घर से बाहर गए थे और अब तक नहीं लौटे थे। उनकी खोज करने के लिए अभीवर्त ने चारों दिशाओं में सैनिक नियुक्त किए जो बहुत से इलाकों और पर्वतों पर घूम रहे थे। बहुत से सुंदर बालकों को पकड़ कर राजद्वार पर लाया गया। इसी प्रकार चारों ओर से बालक बुलाए गए, परंतु तब भी ज्ञात नहीं हुआ कि देव कहाँ छुपे हुए हैं। अभीवर्त के निर्देश पर दूत चारों ओर घूम रहे थे। तभी एक विस्मयकारी बात सामने आई कि अभी पर्वत के सबसे ऊँचे शिखर पर एक स्थान पर रक्त चिह्न पाए गए हैं। सभी अनुमान कर रहे थे कि देव को बाघ खा गया है, परंतु सबसे पहले ऐसा समाचार अभी के सामने जाकर कौन कहेगा इसे लेकर उनमें आपस में संकटमय परिस्थिति उत्पन्न हो गई थी।

इधर धिषणा ने तुरंत अग्नि को सूचित किया। संवाद सुन कर अग्नि का गंभीर मुख लाल और भयंकर हो गया। गंभीरता में बार्हस्पत्य तथा वैश्वानर के समान अग्नि ने हुंकार भरते हुए अंगिरा-पुत्र को पुकारा। उनके हुंकार से सभी दिशाएँ और आकाश काँप उठे। अभीवर्त एकांत में बैठे देव की चिंता कर रहे थे। सौचिकी, तापस और चाक्षुष सभी गंभीर और चिंतित थे। अग्नि की हुंकार सुन कर वह भी काँप उठे। अग्नि के क्रोध से अभी का घर और सारी सृष्टि विषाद से भर गए थे। जैसे वैशाख के महीने में काल-वैशाखी के बादल आकाश में तेजी से छा जाते हैं, वैसे ही देव के खो जाने की चिंता सभी के मन में व्याप्त हो गई थी।

स्वर्ग में इंद्र के साक्षात् दर्शन कर देव अत्यंत प्रसन्न थे। वे जय के साथ नंदन वन देखने के लिए बाहर चले गए थे। प्रसन्न हो कर जय के साथ मधुर आलाप करते हुए नंदनवन के मनोरम दृश्य देख रहे थे और जय उन्हें पारिजात का विशाल वृक्ष दिखाते हुए कह रहे थे, हे देव इसे देख लो यह स्वर्ग का दुर्लभ फूल है। जैसे घोड़ों में सबसे श्रेष्ठ उच्चैःश्रवा है, हाथियों में सबसे श्रेष्ठ ऐरावत है उसी प्रकार हे अभी-पुत्र, फूलों में सबसे श्रेष्ठ पारिजात है। सोने के रंग वाला और रक्त की लालिमा लिए यह फूल देखने में अपूर्व है, इसकी सुगंध चिरस्थायी है, इस अमर फूल को ग्रहण करो। इतना कह कर जय ने देव को फूलों में उत्तम पारिजात पुष्प का उपहार दिया। इस प्रकार पारिजात फूल पाकर देव की प्रसन्नता बढ़ गई और वे दोनों मंदाकिनी के तट पर बातें करते हुए घूमने लगे। उस पवित्र नदी को देख कर देव हर्षित हुए और दोनों नदी में स्नान करने और तैरने के लिए उतर गए। स्नानोपरांत वे बाहर निकल आए और भीगे वस्त्रों को त्याग कर पहले से सुरक्षित रखे गए वस्त्रों को पेड़ों की शाखाओं के पीछे जाकर पहन लिया।

सभी मुक्तियों को देने वाले देव स्वर्ग में आ गए हैं। जितना उनका जन्म पवित्र रहा है उतना ही उनका दर्शन पवित्र है।अकस्मात् इस प्रकार के वाक्य सुन कर दोनों विस्मित हो कर इधर-उधर देखने लगे। आज कौन यह वाक्य छुप कर कह रहा है? देव की चिंता जय को ज्ञात थी और वह स्वयं भी चिंतित हो गए थे। पहले तो ऐसे वाक्य जय के

स्वर्ग में अनजान हैं। और दूसरे, देव मुक्ति देने वाले हैं, यह वाक्य किस कारण से कहा गया है? सभी लोग मुक्ति पाने के बाद पवित्र स्वर्ग में आते हैं। विशेष रूप से नंदन कानन तो मुक्त व्यक्तियों का मिलन स्थल है। पुनः इस तरह का वाक्य कहे जाने पर देव इसकी छान-बीन करने लगे। जय स्वर्ग में निवास करते हैं, और मुझे इस प्रकार का तथ्य ज्ञात नहीं है। दोनों विस्मयपूर्वक इस स्वर का अनुसरण करने लगे। वृक्ष की जड़ के एक कोटर में एक नेवला दिखाई दिया। नेवले को उस छेद में देख कर देव ने कहा, तुम्हारा नाम क्या है? अपना परिचय दो। जो तथ्य जय के लिए अनजान है वह तुम्हें कहाँ से मिला? हे नेवले, किस तरह तुम यह वाक्य कहने में सक्षम हुए हो?

नंदन वन में पारिजात वृक्ष की जड़ के छेद में एक नेवला दिखाई पड़ा। इसे देख कर जय को असीम आश्चर्य हुआ। उसका अभिनंदन करते हुए उन्होंने प्रश्न किया।

श्रीमद् देवायण के ब्रह्मकल्प के प्रथम खंड में देवमंडल के अंतर्गत उपाख्यान वर्ग के नंदन अरण्य भ्रमण नामक अष्टम संवर्ग का समापन।

।नौवाँ संवर्ग।

नकुल वचन

हे देव, मैं आपके कारण ही यहाँ रह रहा हूँ। मैंने अगस्त्य मुनि से सुना था कि यहाँ पर आपसे भेंट होगी। हे देव, पहले अपने चरण-स्पर्श से इस नेवले के शरीर से मुझे मुक्त कीजिए, तब मैं आपको अपनी बातें कहूँगा।

पिंगल वचन

नेवले की बात सुन कर देव ने अपना पैर उसके अंग पर रख दिया। नेवले का रूप अदृश्य हो गया और उसके स्थान पर उसने एक पुरुष का आकार ले लिया। अपना परिचय देते हुए उस पुरुष ने कहा, हे देव, मेरा यह नेवले का रूप किसलिए था इसका पूरा कारण सुनिए।

भिषक वचन

मैं अथर्वण का पुत्र हूँ और मेरा नाम भिषक है। भेषज विद्या के ज्ञाता और विभिन्न व्याधियों को ठीक करने के लिए तीनों लोकों में प्रसिद्ध वैद्यराज अथर्वण बुढ़ापे के रोग से छुटकारा दिलाने का मंत्र भी जानते थे। एक बार की बात सुनिए, वरुण-पुत्र अगस्त्य पेट की पीड़ा की चिकित्सा के लिए वैद्य के घर आए। अगस्त्य भोजन-विलासी थे और कम भोजन से कभी भी संतुष्ट नहीं होते थे। पुरानी कथा है कि अगस्त्य समुद्र सोख कर प्रसिद्ध हुए थे। महातपस्वी अगस्त्य अपने बड़े पेट के लिए सर्वत्र प्रसिद्ध थे। यह महातपस्वी भोजन कम होने पर रुष्ट होते थे और पेट से पीड़ित होते थे। सुनिए, हे अभी-पुत्र, वे सब-कुछ अपने वश में करने तथा अपनी इच्छा के अनुसार चलाने के लिए आज्ञाचक्र का ध्यान करते थे। इसके विपरीत किसी तपस्वी के द्वारा कुछ किए जाने पर वे क्षुब्ध और क्रुद्ध होते थे जिससे उनके पेट में पीड़ा होती थी। यदि कोई क्रोध व्यक्त नहीं करता है और मन ही मन क्षुब्ध रहता है तब उसकी गर्मी से पेट में अत्यंत पीड़ा होती है। हे अभी-पुत्र, ऐसी पीड़ा अगस्त्य के लिए स्वाभाविक थी और उससे शीघ्र छुटकारा पाने के लिए वह वैद्य के घर आए थे। उस समय अथर्वण अपने घर पर नहीं थे। इधर अगस्त्य पेट की पीड़ा से व्याकुल थे।

मेरे भाई बृहद्दिव से मिल कर अगस्त्य ने पूछा कि शीघ्र बताओ वैद्य अथर्वण कहाँ हैं? भाई बृहद्दिव ने कहा, वे बृहद् स्वर्ग में गए हैं, वहाँ जाने का मेरे पिता का प्रयोजन क्या है, हे महातपस्वी, इसका ज्ञान मुझे नहीं है। पेट की पीड़ा के मारे अगस्त्य स्वाभाविक रूप से झुँझलाए हुए थे, अथर्वण घर पर नहीं हैं यह सुन कर उन्होंने कहा, तुम अथर्वण के पुत्र हो और तुम्हें भेषज विद्या ज्ञात नहीं है, तुम व्यर्थ ही वैद्यराज के पुत्र होने का दम भरते हो। यदि पेट की पीड़ा की औषधि तुम्हें ज्ञात है तो उसे दो। वैद्यराज घर पर नहीं हैं तब तुम इसे तुरंत दो। बृहद्दिव ने उत्तर दिया, मैं इस विद्या से अनजान हूँ। मेरा बड़ा भाई भिषक इस विद्या में निपुण है। अगस्त्य ने कहा, तब तुम भिषक से जल्द जा कर कहो कि अगस्त्य पेट की पीड़ा से व्याकुल हैं वह उसकी औषधी

लेकर तुरंत यहाँ आए। अगस्त्य की बात सुन कर बृहद्दिव तुरंत बाहर निकल गया। उसने पूरे घर में मुझे ढूँढा परंतु मैं कहीं नहीं मिला। उसके बाद वह शीघ्र वन में प्रवेश कर गया।

औषधि के लिए मैं हमेशा वन-वन घूमा करता था। उस दिन महा अरण्य में मुझे एक आश्चर्यजनक चीज दिखाई दी। एक नेवले के साथ बहुत देर से एक बिच्छू का महायुद्ध चल रहा था। वह बिच्छू कछुए के आकार का था और बहुत बड़ा था। अपनी बड़ी पूँछ को चला कर वह उससे विषाक्त डंक का स्पर्श करता था। परंतु घने रोएँ से ढका होने के कारण वह नेवले के शरीर को अपने विष का स्पर्श नहीं कर पा रहा था। वह इन घने रोओं को भेद नहीं पा रहा था। नेवला भी अत्यंत क्रुद्ध था और बिच्छू को मारना चाहता था। परंतु बिच्छू को मारने के लिए नेवले का प्रयत्न भी सफल नहीं हो पा रहा था क्योंकि बिच्छू के अंग सख्त थे और नेवला उन्हें चबाने में अक्षम था। बहुत देर से यह युद्ध चल रहा था कि इतने में बृहद्दिव उत्तेजित अवस्था में वहाँ पहुँच गया। कुछ वाक्य कह कर मैंने बृहद्दिव को शांत किया। परंतु उसने कहा कि सुनो अगस्त्य आए हुए हैं। उसके शब्द सुनते ही युद्ध भंग हो गया। अपने मनोरंजन में विघ्न पड़ते देख कर मैंने क्रुद्ध होकर बृहद्दिव से पूछा, अब कहो, अगस्त्य किस कारण से हमारे घर आए हैं। आज क्या प्रयोजन है, उनसे कल तक के लिए अपेक्षा करने के लिए कहो।

अरे मूर्ख बृहद्दिव, शांत रह कर अपनी बात कह, तूने इस बिच्छू और नेवले की लड़ाई को भंग कर दिया है। इससे पहले कि मैं इस तत्व पर निर्णय करूँ, मुझे यह बता कि यह अगस्त्य हैं कौन और क्यों आए हैं।

श्रीमद् देवायण के ब्रह्मकल्प के प्रथम खंड के देवमंडल के अंतर्गत उपाख्यान वर्ग में अथर्व अगस्त्य संवाद नामक नवम संवर्ग का समापन।

।दसवाँ संवर्ग।

भिषक वचन

यह सुनकर बृहद्दिव क्रोध से भर गया। वह स्थान त्याग कर घर चला गया। वन में आए मुझे बहुत समय हो गया था। यद्यपि नेवला और बिच्छू पुनः आ गए थे और उनमें से कौन जीतेगा और कौन हारेगा इसे ले कर मेरे मन में कौतुहल था, फिर भी यह क्षोभ मन में लिए यह देखने के लिए घर चला गया कि आखिरकार यह अगस्त्य हैं कौन। इतने में बृहद्दिव ने वन की बातें अगस्त्य को बता दी थी। मुनि अत्यंत भीषण रूप धारण किए बैठे हुए थे। मुझे देखते ही वे घोर नाद कर उठे, रे महामूर्ख भिषक, तूने केवल विद्या सीखी है। याद रख, जो विद्या लोगों की पीड़ा हरने के काम में न आए वह विद्या व्यर्थ है। मैं तुझे अपने प्रयोजन से ढूँढ़ रहा था और तू कहता है कि अगस्त्य कौन हैं और यहाँ क्यों आए हैं। मैं यहाँ बैठा इतनी देर से तेरी प्रतीक्षा कर रहा था। तुझे अभिशाप देकर तू जिस योग्य है तेरी वैसी ही गति करता हूँ। अगस्त्य मुनि को यह कहते सुनकर मैं डर कर बोला, हे महातपस्वी, आपको क्रोध आ गया है, परंतु मैं औषधियाँ ढूँढ़ने वन में गया था। वहाँ मैं एक नेवले और एक बिच्छू के बीच भयानक युद्ध देखने लगा जिसमें वे एक-दूसरे को वध करने का प्रयत्न कर रहे थे। परंतु नेवले के घने रोओं के कारण बिच्छू का विषभरा डंक उसे स्पर्श नहीं कर पा रहा था तथा नेवला भी बिच्छू को मारने में सक्षम नहीं था क्योंकि उसके दृढ़ शरीर को वह चबा नहीं पा रहा था।

मेरा इतना कहना था कि महातपस्वी के क्रोध का विस्फोट हो गया। वह बिजली की तरह कड़क कर गरज पड़े, रे भिषक, तू इतना दुर्बुद्धि है कि तूने अगस्त्य की अवहेलना की है। तू नेवला देखने में लीन था तब तुझे नकुलत्व ही देता हूँ। तेजस्वी मुनि के मुख से यह क्रोध भरा वाक्य निकलते ही मेरा पुराना शरीर अदृश्य हो गया और मैं तुरंत नेवला बन गया। अपनी दुर्दशा देख कर मैं दुःखी हो गया। हे अभी-पुत्र, मैंने अगस्त्य के पैर पकड़ लिए और करुण स्वर में कहा, हे महातपस्वी अगस्त्य, मुझे क्षमा कीजिए मुझे भ्रम हो गया था। इस छोटे से पाप

के लिए मुझे यह दारुण असहनीय ज्वाला झेलनी पड़ रही है। कृपा करके मुझे इस नेवले के रूप से छुटकारा दीजिए। यह बताइए कि इस अवस्था में मुझे कितने दिन बिताने पड़ेंगे। हे प्राज्ञ, मैं आपकी शरण में आया हूँ, अपने पवित्र चरणों में मुझे आश्रय दीजिए। हे ब्रहमविद महात्मा, मुझ पर प्रसन्न होइए। मेरे इतना कहने पर अगस्त्य मुनि शांत हुए। मेरी दुर्दशा देख कर उनका क्रोध दूर हो गया। अगस्त्य जितनी जल्दी क्रुद्ध होते हैं उतनी ही शीघ्रता से उनका प्रेमभाव भी उमड़ पड़ता है।

उन्होंने स्नेहयुक्त वाणी में कहा, सुनो, मैं तुम्हें मुक्ति का उपाय बताता हूँ। कुछ समय बीतने पर, संसार की भलाई के लिए सत्य का उदय होगा। उनके पवित्र चरण-स्पर्श से तुम्हारी मुक्ति होगी। मुनि की बात से संतुष्ट हो कर मैंने उनके सामने सिर झुका कर कहा, कहिए किस कारण आप वैद्य के घर आए हैं? अगस्त्य पीड़ा भुगत रहे थे जिससे उन्हें भ्रम हो गया था। इसी पीड़ा-जनित क्रोध के कारण उन्होंने मुझे अभिशाप दिया था। अब वह शांत हो गए थे। मेरी बातों से सचेत होकर उनकी पीड़ा फिर से उभर आई। पीड़ा से दुःखी अगस्त्य ने कहा, हे भिषक, पेट की वेदना के लिए औषधि की खोज में मैंने बृहद्दिव को भेजा था। वापस लौट कर उसने तुम्हारी बात कही जिससे मैंने अपमानित बोध किया और क्रोध में आकर तुम्हें शाप दे दिया। हे भिषक, तुम जितना जानते हो उसके अनुसार मुझे अच्छी औषधि दो। तुम्हारा शरीर नेवले का रहेगा परंतु तुम पूर्ण रूप से जागरूक रहोगे। तुम्हारा ज्ञान तुम्हारे पास रहेगा, इसलिए अंतर्मन से प्रसन्न रहो। तुम्हारा नेवले का शरीर केवल कुछ दिनों के लिए है। मेरे मुँह से निकली हुई बात कभी भी वृथा नहीं होगी। अगस्त्य के इतना कहते ही मैं तुरंत वन में चला गया और जिस औषधि की उन्हें आवश्यकता थी उसे शीघ्र ही संग्रह कर लाया। अगस्त्य ने जैसे ही कूर्चिर्च के कड़वे जड़ को ग्रहण किया, तुरंत उनकी पीड़ा लुप्त हो गई और उन्होंने प्रसन्न होकर कहा।

कूर्चिर्च की जड़ पाचनकारी खाद्य है, इससे भूख बढ़ती है। इस जड़ का सेवन करते ही मुनि रोगमुक्त हो गए, जैसे अगस्त्य को केवल भिषक की औषधि की ही आवश्यकता थी।

श्रीमद् देवायण के ब्रह्मकल्प के प्रथम खंड के देवमंडल के अंतर्गत उपाख्यान वर्ग में भिषकाभिशाप नामक दशम संवर्ग का समापन।

।ग्यारहवाँ संवर्ग।

भिषक वचन

अगस्त्य मुनि ने कहा, हे भिषक जिस तरह तुमने मेरी पीड़ा शांत की है उसी तरह तुम नेवले के शरीर में रहते हुए भी सबका हित करोगे। हे भिषक, कुछ वर्ष तुम इस संसार में रह कर अपने नकुल वंश में अपनी विद्या का प्रसार करो जो प्राणियों के लिए हितकारी है। इसके बाद मंदाकिनी के तट पर जाकर सत्य का ध्यान करो। वहाँ जय के निमंत्रण पर सत्य का आगमन होगा। मुक्ति के समय जय की पुकार पर तुम स्वयं को प्रकट करोगे। इससे पहले तुम उस छेद में गोपन रूप से रहो। इतना कह कर महातपस्वी वैद्य हमारा घर छोड़ कर चले गए। अगस्त्य के शाप के कारण मैं भी वन में चला गया। इसके बाद, यथासमय मैंने देव के जन्म के संबंध में सुना। शीघ्र ही मैं अपनी मुक्ति के लिए मंदाकिनी के किनारे चला आया। इस वृक्ष के छिद्र में मैं कुछ वर्ष रहा, जय को इसका ज्ञान नहीं था, क्योंकि मैं सबकी दृष्टि से छुप कर कोटर में रहता था।

पिंगल वचन

भिषक ने जब यह कहा तब वहाँ कुछ पल के लिए चुप्पी छा गई। तब भिषक को गले लगा कर देव ने कहा -

देव वचन

हे महान व्यक्ति भिषक, तुम सभी लोकों की भलाई की इच्छा रखते हो। तुम्हें मुक्त होते देख कर मुझे एक बड़े कार्य का स्मरण हुआ है। हे गुणी, तुम इसके बाद मेरे कार्य में सहायता करो। जीवों की पीड़ा दूर करने और उन्हें निरोग करने के लिए मैं तुम्हें याद करूँगा।

पिंगल वचन

भिषक देव और जय को नमस्कार करने में लीन था। उसने कहा, जब भी आप मेरे संबंध में सोचेंगे, मैं आपके सामने उपस्थित हो जाऊँगा। यह कह कर भिषक ने देव को बारंबार नमस्कार किया और उस स्थान से चला गया। वैद्य शिरोमणी भिषक नेवले के शरीर में थे इसलिए जीवों के संसार में नेवले की याद में नकुल वंश आज भी वैद्य के रूप में विराजमान है। हे गजानन, सृष्टि के सभी प्राणियों को यह ज्ञात है। भिषक के उस स्थान से चले जाने पर देव जय के साथ घूमने लगे और नंदन कानन के सुंदर दृश्यों को देख कर हर्षित होने लगे। इधर अग्नि देव की खोज में ध्यान लगाए बैठे थे। अपनी अंतर्दृष्टि से वे सर्वत्र खोज कर रहे थे। पूरे चर और अचर की खोज करने के बाद जब उन्होंने स्वर्ग पर दृष्टि डाली तब उन्होंने देखा कि देव जय के साथ नंदन वन में घूम रहे हैं। शांत हो कर अग्नि ने अपने ध्यान में इंद्र से निवेदन किया जिससे देवराज शीघ्र ही देव को भेज दें। अपने ध्यान में अग्नि को सूचित किया कि धिषणा देव के लिए दुःखी हैं और अभीवर्त चिंतित हैं। इसलिए शतक्रतु ने तुरंत जय को बुलाया। जय देव को लेकर इंद्र के सामने उपस्थित हुए। देव ने नंदन कानन का भ्रमण किया है यह देख कर इंद्र को हर्ष हुआ। उन्होंने स्नेह के साथ मधुर स्वर में अपने दिव्य कंठ से कहा।

उनके कंठ की वाणी सिंह की मृदु गर्जना के समान थी। इसका दिव्य नाद कानों में मधु घोलता था। उनके वाक्य सभी को तृप्ति देने वाले और सुखदायक थे। उन्हें सुन कर देव पहले ही कृत-कृत्य हो गए।

श्रीमद् देवायण के ब्रह्मकल्प के प्रथम खंड के देवमंडल के अंतर्गत उपाख्यान वर्ग में भिषक मुक्ति लाभ नामक एकादश संवर्ग का समापन।

।बारहवाँ संवर्ग।

इंद्र वचन

हे देव, तुम्हारे घर पर तुम्हारे माता-पिता चिंताकुल हैं। तुमने उनसे अपने स्वर्ग आने की बात प्रकट नहीं की थी। जय को तुम अचानक मिल गए थे यह सोच कर वह तुम्हें स्वर्ग लाया था। पूरा अग्निकुल चिंतित है और स्वयं अग्नि चिंतित हैं। इसलिए जितना शीघ्र हो सके तुम आज ही घर चले जाओ। फिर जब भी तुम्हारी इच्छा हो, तुम स्वर्ग चले आना।

पिंगल वचन

यह बात सुन कर देव के मन में बहुत आश्चर्य हुआ कि देवराज को इस बात का पता कैसे चल गया। सुरेश्वर इंद्र अंतर्यामी हैं उन्हें सभी के विचारों की जानकारी रहती है। इंद्रदेव ने मुस्कुरा कर देव से कहा

इंद्र वचन

हे धिषणा-पुत्र, तुमसे मैंने जो कहा इसमें चकित होने की क्या बात है। क्या मैं अपनी हजार आँखों से चर और अचर को नहीं देखता? मैं एक ही समय सभी स्थानों पर निरंतर उपस्थित रहता हूँ। मैं सभी क्षेत्रों में रहता हूँ इसलिए मेरे लिए दूरी कोई महत्व नहीं रखती। पल भर में मुझे सबकी जानकारी हो जाती है। सर्वत्र सुशासन करने के लिए, मैं समय और दूरत्व की सीमा से परे हूँ। इसके बाद उचित समय पर तुम्हें इसका ज्ञान हो जाएगा। परंतु अभी तुम तुरंत जय के साथ हाथी पर सवार होकर अपने घर के लिए रवाना हो जाओ।

पिंगल वचन

यह कह कर इंद्र ने देव के सिर पर इंद्र-नीला से जड़ा हुआ मुकुट रख दिया। देव के सिर पर इंद्र-नीला जड़ित मुकुट और हाथ में पारिजात पुष्प सुशोभित थे। उन्होंने इंद्राणी और शतक्रतु के चरणों में झुक कर प्रणाम किया। छः इंद्र-पुत्रों ने उन्हें आनंदपूर्वक बारी-बारी से गले

लगाया। स्वर्ग छोड़ने के लिए देव जय के साथ हाथी पर सवार हो गए। ऐरावत को शीघ्र जाने की आज्ञा मिलते ही वह गज-श्रेष्ठ बादलों के समान तीव्र गति से चल पड़ा। ऐरावत पर सवार इंद्र के समान दिखने वाले देव जय से मधुर आलाप करते हुए आकाश में पहुँच गए। अभीवर्त देव के बिना विषाद में थे। उसी समय घोर गर्जना करते हुए वहाँ अग्नि प्रवेश कर गए। पास ही अंगिरा के बड़े पुत्र भय से काँप रहे थे। सुना जाता है कि विपदा के समय अग्नि भयंकर गर्जना करते हैं। अग्नि के चेहरे पर स्निग्धता तथा प्रसन्नता देख कर उनका भय कम हुआ। अग्नि ने स्नेहपूर्वक अभी से कहा, देव स्वर्ग में है इसकी जानकारी मुझे अपने ध्यान के द्वारा हो गई थी। अब बाहर चल कर जय के साथ देव का आगमन देखते हैं और उनका अभिनंदन करते हैं। अग्नि की बात सुन कर सभी बाहर चल पड़े। इतने में तोरण द्वार पर ऐरावत का आगमन हो गया था।

जब अग्नि के कहने पर सभी अभीवर्त की पुरी के द्वार पर आए, तब सभी ने देखा कि गजेंद्र की पीठ पर सवार जय सहित देव तोरण द्वार पर पहुँच गए हैं और उनके अंग रत्नजटित आभूषणों से सुसज्जित हैं।

श्रीमद् देवायण के ब्रह्मकल्प के प्रथम खंड के देवमंडल के अंतर्गत उपाख्यान वर्ग में देव प्रत्यागम नामक द्वादश संवर्ग का समापन।

।तेरहवाँ संवर्ग।

पिंगल वचन

ऐरावत हाथी पर सवार, सिर पर इंद्र-नीला जड़ित मुकुट, हाथ में पारिजात फूल लिए देव स्वयं इंद्र के समान लग रहे थे। वह इंद्र-पुत्र जय के साथ आए थे इसलिए उनके दर्शन कर सभी हर्षित थे। चारों ओर उनका शुभ-अभिनंदन किया जा रहा था। सभी ऊँचे स्वरों से कह रहे थे, इंद्र-नीला से जड़ा हुआ इनका मुकुट अपूर्व है, देव के साथ

ऐरावत पर सवार होकर जय आए हैं, देव के हाथों में पारिजात फूल है जो देवताओं को भी दुर्लभ है। स्वर्ग में सुधापान करने के कारण उनकी पवित्र कांति बाहर से दिखाई दे रही है। आइए देव, आप हाथी पर सवार होकर अपने मित्र जय के साथ आए हैं। देव और जय की जय-जयकार चारों दिशाओं में गूँज कर व्याप्त हो रही थी। खोई हुई संपत्ति को पुनः प्राप्त करने पर प्रजागण तृप्त थे। देव अपने मित्र जय के साथ आए हैं, इस पर बारंबार जयध्वनि की जा रही थी। देव और जय को शुभाशीष देते हुए अभी की आँखें आँसुओं से भीग गईं। देव और जय, दोनों ने अभी का चरण-स्पर्श करते हुए उन्हें प्रणाम किया। इसके बाद देव और जय धिषणा के चरणों पर झुक गए। उनके ललाटों का चुंबन करते हुए धिषणा ने जयध्वनि की। उसके बाद अभीवर्त ने देव को स्नेहपूर्वक गले लगा लिया। चारों ओर जयजयकार हो रही थी इससे जय संतुष्ट हुए। अग्नि के कहने के अनुसार जय और देव साथ थे। अभीवर्त के समान अग्नि भी शीघ्र ही आ गए। अग्नि ने पहले जय को गले लगाते हुए उल्लासपूर्वक जयध्वनि की। इसी समय स्वाहा देवी भी बाहर आ गईं। देव तात, तात कहते हुए जयकार कर रहे थे। देव की जयध्वनि के साथ स्वाहा का स्वर भी मिल गया। यह जयध्वनि सभी पुरियों में और चारों दिशाओं में व्याप्त हो गई। स्वाहा के स्नेह से प्रसन्न हो कर देव ने उन्हें स्वर्ग का समाचार दिया।

देव ने जय से कहा, अग्नि के साथ अभी के साम्राज्य का चारों ओर निरीक्षण करो। सभी तरह से यह स्वर्ग से अलग है। जय ने देखा कि दक्षिण में अग्नि का घर है। अंगिरस, तथा अन्य लोग पास-पास रहते हैं। पूर्व की ओर अभी की सभा है और उसके पास मंत्रणा गृह है। अंगिरस के वंश के लोग इसके उत्तर की ओर रहते हैं। स्वयं राजा अभीवर्त पत्नी अग्निकन्या धिषणा और पुत्र देव के साथ पश्चिम में रहते हैं। मर्त्यलोक का समायोजन देख कर जय अत्यंत प्रसन्न हुए। बहुत प्रेम के साथ उन्होंने देव से कहा, मर्त्यलोक का मित्र मुझे हमेशा प्रिय है। देव और जय बंधुत्व के प्रेम में सर्वदा एक-दूसरे के साथ आबद्ध रहेंगे। इस वास्तविक शुभ घड़ी में देव की मधुर स्मृतियाँ अचानक प्रत्यक्ष हो गईं। स्वर्ग का मित्र पृथ्वी पर आया है, देव को स्वर्ग प्रिय

है। देव के स्वर्ग के मित्र ने उन्हें स्वर्ग में रखा था। जय के पृथ्वी के मित्र उन्हें मर्त्यलोक में लाए थे।

धिषणा देवी ने विविध प्रकार का भोजन परोसा। अग्निदेव और अभी के साथ जय ने इसे प्रसन्नतापूर्वक ग्रहण किया। स्वयं अपने पवित्र हाथों से स्वाहा देवी ने आनंदपूर्वक मुस्कुराते हुए सभी के साथ जय को हव्य दिया। हव्य के सुगंध से अग्नि की भूख बढ़ गई। हव्य भोजन कर देव और जय दोनों तृप्त हो गए। उसके बाद उन्हें सुगंधित मधु दिया गया जिसे पी कर जय हर्षध्वनि करने लगे। अभी ने जय को पद्मराग नामक महान मणि से जड़ा हुआ सोने का मुकुट दिया जो जय के सिर पर सुशोभित हो रहा था। इसके बाद स्वर्ग जाने के लिए प्रस्तुत जय ऐरावत पर आरूढ़ हो गए। विदाई के गीत गाए जा रहे थे और चारों ओर जय की जयकार हो रही थी।

जय ने अपने मित्र देव को गले लगाते हुए फिर स्वर्ग आने के लिए निमंत्रण दिया। देव ने इसके उत्तर में कहा, स्वर्ग की मधुर यादें मेरे पास हैं, जल्द ही वहाँ जाऊँगा। मधु और रत्नों के उपहार के साथ देव ने अपने मित्र को विदा किया। ऋषि गण हर्षित हो कर मधुर वचन कह रहे थे। जय ने पहले अभीवर्त के चरणों में, और उसके बाद धिषणा के चरणों में प्रणाम किया। जय की स्वर्ग यात्रा के समय ऋषियों ने जयध्वनि की। अग्नि ने इस शुभ घड़ी में ऋषियों से कहा, मन में जय की यात्रा का स्मरण करने पर सभी कार्यों में विजय की प्राप्ति होगी। अग्नि के इस कथन का ऋषियों ने पूरे संसार में प्रचार कर दिया। हे गणेश्वर, जय की यात्रा का स्मरण करने पर सभी कार्यों में विजय की प्रप्ति होती है। कभी जय तपोवन में घूमते हैं तो कभी देव नंदन कानन में भ्रमण करते हैं। इस प्रकार दोनों परस्पर एक दूसरे के यहाँ आवागमन करते थे। कभी-कभी देव निर्जन तपोवन में अकेले भ्रमण करते हुए प्रकृति के सौंदर्य का हर्षपूर्वक निरीक्षण करते।

देव प्रकृति की छटा देख कर प्रसन्न हो रहे थे और वहाँ पहले ही शांति का आगमन हो रहा था। प्रकृति मृदु गर्जना के साथ नम्रतापूर्वक मधुर उपमायुक्त छंदों से उनका स्वागत करती।

श्रीमद् देवायण के ब्रह्मकल्प के प्रथम खंड के देवमंडल के अंतर्गत उपाख्यान वर्ग में जय मैत्री प्रतिष्ठा नामक त्रयोदश संवर्ग का समापन।

-उपाख्यान वर्ग का समापन-

।।दीक्षा वर्ग।।

।पहला संवर्ग।

पिंगल वचन

एक दिन की बात है, देव अपनी इच्छा के अनुसार पर्वत पर भ्रमण के लिए गए थे। प्रकृति के भव्य पवित्र दृश्य को देख कर उनका मन मोहित हो गया। अचानक उन्हें सामने एक तीन पैरों वाली अद्भुत् आकृति दिखाई दी। दोनों पैरों को ऊपर किए एक महर्षि ध्यान लगाए बैठे हुए थे। देव जाकर ऋषि के सामने खड़े हो गए। तीसरे पैर के पास किसी के आकर खड़े होने पर ऋषि का ध्यान भंग हो गया। देव के मन में बहुत आश्चर्य हुआ। उन्होंने ऋषि से पूछा, यह बड़े आश्चर्य की बात है कि आपने तीन पैरों वाला रूप धारण किया है। मैंने आज तक स्वर्गलोक, मर्त्यलोक या पूरे चराचर में किसी तीन पैरों वाले जीव को नहीं देखा है। तीन पैरों वाला प्राणी इस संसार के लिए एक नवीन सृष्टि है। यह जगत दो पैरों वाले या चार पैरों वाले प्राणियों से भरा पड़ा है। हे महात्मन, मैंने तीन पैरों वाले जीव को न कभी देखा है और न कभी उसके बारे में सुना है। इनमें से कोई प्राणी अपने पैरों को सिकोड़ कर आकाशमार्ग से जाता है। केवल भूमि पर उतरने के लिए अपने दोनों पैरों का प्रयोग करता है। कुछ-पैर विहीन प्राणी सीने के बल पर पृथ्वी पर सरकते हैं। वे घास पत्तों के बीच तिरछे हो कर तीव्र गति से चलते हैं। मैं विस्मय के साथ आपका सुंदर रूप देख रहा हूँ, क्योंकि हे महात्मन, मैंने स्वर्गलोक या भूलोक में कभी भी ऐसा सुंदर रूप नहीं देखा है। देव की बातें सुन कर उस सोने की आभा वाले ऋषि ने मंद-मंद मुस्कुराते हुए कहा, हे मीठे वचन बोलने वाले विनम्र बालक, यहाँ तुम्हारा क्या काम है, मैं तुम्हारा परिचय जानना चाहता हूँ? ऋषि ने बार-बार सिर हिलाते हुए कहा।

देव वचन

महात्मन, यह सत्य है कि किसी असंभव चीज को देख कर आश्चर्य भरे मन में प्रश्नों का उदय होना स्वाभाविक है। मेरा नाम देव है। मेरा

जन्म अग्निकुल में हुआ है। मेरे पिता का नाम अभीवर्त है, और अग्नि मेरे नाना हैं।

पिंगल वचन

जैसे ही उस तेजोदीप्त मुखमंडल वाले ऋषि ने देव का परिचय सुना, उन्होंने देव को गले लगा लिया और प्रसन्नतापूर्वक कहने लगे।

ऋषि वचन

अभीपुत्र इतने दिनों के बाद मेरे सामने आया है। मैं यहाँ रह कर तुम्हारी ही प्रतीक्षा कर रहा था। मेरा कार्य पूरा करने के लिए तुम आ गए हो। तुम्हें दीक्षा देने के बाद, मैं अपने स्थान पर चला जाऊँगा।

देव वचन

हे महामति, आप किस कारण मेरे परिचय से प्रसन्न हुए हैं? आज आप मुझे कौन सी दीक्षा देंगे?

ऋषि वचन

कालनिर्णय के अनुसार, कल्प का अंत करने के लिए त्रिपाद रूप धारण कर, नए कल्प के आगमन का स्मरण करते हुए मैं तुम्हारे लिए प्रतीक्षा कर रहा था। मैं नित्य हूँ, अनिर्देश्य हूँ, अज्ञेय हूँ और सर्वत्र रहता हूँ। सारे जगत को इसका ज्ञान नहीं है कि कल्प के आरंभ में वेदों के सत्य की प्रतिष्ठा के लिए मैं इस निर्जन में निवास कर रहा हूँ। मैं नारायण के नाम से प्रसिद्ध हूँ और पर्वत के शिखर पर रहता हूँ। दूर से मंदाकिनी कि महान धारा देख रहे हो। उसमें स्नान कर पवित्र हो कर पहले दीक्षा लो, दूसरी बातें बाद में होंगी।

पिंगल वचन

पर्वत के श्रृंग पर यशश्विनी मंदाकिनी प्रवाहित हो रही थी। ऋषि के वचन के अनुसार अभीपुत्र ने उस पवित्र जल में स्नान किया। स्नान समाप्त कर भीगे वस्त्रों में वह महाबली, ऋषि के पास आया। महर्षि नारायण ने उसके कान में महामंत्र कहा।

नारायण वचन

मेरे हजारों सिर हैं, हजारों पैर हैं, मैं पृथ्वी पर रहता हूँ और दसों उंगलियाँ से पूरे क्षेत्र को मापता हूँ। मैं नित्य हूँ, परासत्य हूँ, अजन्मा हूँ, मुझे नारायण के रूप में ध्यान किया जाता है, अक्षरों से मुझे व्यक्त नहीं किया जा सकता। इस अद्भुत जगत की सृष्टि मैंने की है, वेद इत्यादि का रचयिता मैं ही हूँ। सभी देवता, ब्रह्मा, विष्णु और महेश्वर भी मैं हूँ, मैं शाश्वत पुरुष हूँ, मैं अद्भुत हूँ और सबसे अधिक विस्मयकारी हूँ। मैं सभी स्थानों पर रहता हूँ, ऊपर, नीचे और सभी दिशाओं में विराजता हूँ। मेरे पैर भूलोक पर हैं, सिर आकाश में है, सभी दिशाओं में मेरी भुजाएँ हैं, तुम्हारी यही दीक्षा है।

जैसे मेरी हजारों आँखें और हजारों सिर हैं, वैसे ही मेरे हजारों कान, हजारों हाथ और हजारों पैर हैं। ऊपर, नीचे, बाहर, अंदर मैं स्वयं सर्वत्र व्याप्त हूँ।

श्रीमद् देवायण के प्रथम खंड ब्रह्मकल्प में देवमंडल के अंतर्गत काव्य दीक्षा वर्ग में देव-नारायण साक्षात् नामक प्रथम संवर्ग का समापन।

।दूसरा संवर्ग।

देव वचन

हे महात्मन, आपने जो भी कहा है उसका अर्थ मैं बिल्कुल नहीं समझ पा रहा हूँ। आपके शरीर में इतने पैर कैसे समाते हैं। यह सुन कर ही इतना विचित्र लगता है, देख कर तो और भी आश्चर्यजनक प्रतीत होगा। आपके कंधों पर इतने सिर और इतनी भुजाएँ कैसे स्थित होते होंगे।

पिंगल वचन

देव की बातों को सुन कर, उन्हें प्रसन्नता से विभोर करते हुए पुरुषोत्तम ने अपना रूप प्रकट किया। महर्षि नारायण ने धनुष की

तरह, उसी आसन पर, बिना कोई आवाज किए अपने तीनों पैरों को तीनों लोकों में फैला दिया। एक पैर से बहुत से पैर निकल कर चारों दिशाओं में फैल गए। एक पैर की पाँच उंगलियाँ, दो पैरों की दस - और ऐसे सैकड़ों, हजारों पैर चारों दिशाओं में व्याप्त हो गए। एक चेहरे पर दो कान, दो और तीन मिल कर पाँच चेहरे, पाँच का दोगुणा दस चेहरे, और सौ-सौ करते हुए कंधे पर हजारों सिर हो गए। शरीर के कंधे पर दो हाथों में दस उंगलियाँ। इसी प्रकार दस हाथ और इसका दस गुणा दस हाथों में सौ उंगलियाँ। इसी प्रकार दस-दस करते हुए सौ हाथों की हजार उंगलियाँ हो गईं। जिस प्रकार किसी वृक्ष की जड़ें चारों ओर फैल जाती हैं, उसी प्रकार उस एक पुरुष के हजार पैर चारों ओर फैल गए और तीनों लोकों में व्याप्त हो गए। इसे देख कर देव विस्मित हो गए। एक शाखा से जिस तरह बहुत सी शाखाएँ चारों ओर फैल जाती हैं उसी तरह हाथ और सिर सौ-सौ करते हुए हजार हो गए। यह रूप देख कर देव आश्चर्य से विह्वल हो गए। भयभीत हो कर घुटनों के बल हो कर वह गद्‌गद कंठ से प्रार्थना करने लगे।

देव वचन

हे जगतपति नारायण, आप इस जगत में सभी के पूजनीय हैं। आपकी पूरी सृष्टि अद्भुत है। मैं आपको प्रणाम करता हूँ। आपके हजार मस्तक हैं, जिसे सुन कर भी आश्चर्य होता है। आपके मस्तक पुंज में पूरा जगत बसता है। हे अधिपुरुष मैं आपको प्रणाम करता हूँ। आप सभी क्षेत्रों में विराजमान हैं। आपके चरणों में पृथ्वी है। मस्तक में आकाश है। आप सभी यज्ञों के स्वामी हैं। आप सर्वत्र प्रकाश प्रकट करते हैं। यदि अज्ञानवश मैं कुछ गलत कहूँ तब मुझे क्षमा करें। आपको मैं बार-बार प्रणाम करता हूँ क्योंकि सभी दिशाओं में आपके चरण हैं। पूर्व, पश्चिम, उत्तर एवं दक्षिण, नीचे और ऊपर सभी दिशाओं में आपको हजार बार नमस्कार। आप सभी के कारण हैं। आप आदि, अतीत और सनातन हैं। आप सृष्टि के कर्ता हैं आप ही पालनहार हैं। हे महात्मन, आप कालस्वरूप और सर्वग्रासी हैं। आप सभी के प्रेम से युक्त हैं और देखने में अपूर्व हैं। सबका विनाश करते समय आप सबसे भयावने हो

जाते हैं। हे सभी के ईश्वर, आपको नमस्कार, आपको नमस्कार। हे भयावह, आपको नमस्कार, आपको नमस्कार। हे आश्चर्य, आपको नमस्कार, आपको नमस्कार। हे अद्भुत्, आपको नमस्कार, आपको नमस्कार। हे विचित्र, आपको नमस्कार, आपको नमस्कार। हे अपूर्व, आपको हजारों बार नमस्कार करता हूँ।

आप यज्ञ स्वरूप हैं, हे महात्मन, आप यज्ञ के स्वामी हैं। हे ऋत्विक आपको नमस्कार, आपको नमस्कार। आपकी आहुति को नमस्कार। आप आज्य रूप हैं, आपको नमस्कार, आपको नमस्कार। आप इध्म रूप हैं, आपको नमस्कार, आपको नमस्कार। हे सर्वव्यापी, आपको प्रणाम करता हूँ।

आप हरि रूपी महात्मा हैं। कालचक्र आपकी महान सृष्टि है। वसंत को आज्य, ग्रीष्म को इध्म, शरत को हवि और हेमंत को आहुति के नाम से वर्णन किया जाता है। प्रकृति में आपका रूप महान है। यह वर्षा और शीत से प्रभावित होती है। हे महामति, इस तत्व को कोई देव नहीं जानता। हे जगतप्रभु इसे ऋषि और गंधर्व भी नहीं जानते हैं। आप ही समस्त आहुतियों में हैं और सभी यज्ञों में प्रतिष्ठित हैं। आप ग्रीष्म और वसंत के स्वरूप नारायण, जगत के स्वामी हैं। ऋग्वेद के सार्थक शब्द हवन के लिए मूल अग्नि उपलब्ध करते हैं, सामवेद पवित्र अग्नि के लिए लकड़ियाँ उपलब्ध करता है, अंतिम आहुति के लिए अन्न और नैवेद्य अथर्ववेद द्वारा उपलब्ध किए जाते हैं। इसके साथ ही पूरी सृष्टि प्रकट होती है। आपकी शांत आँखों में सौम्यता विराजमान है। आपका दर्शन विभ्रांतिकारी है परंतु हे, जगतपति, आप स्वयं शांत हैं।

हे अनादि, आपके अतीव पुरुषार्थ के आश्रित रसों से प्लावित होकर, मेरे अंग काँप रहे हैं। मैं सिर झुका कर आपका जप कर रहा हूँ, हे सौम्य मूर्ति धारण करने वाले, अपने सौम्य रूप में लौट आइए।

श्रीमद् देवायण के प्रथम खंड ब्रह्मकल्प में देवमंडल के अंतर्गत दीक्षा वर्ग में देव स्तवन नामक द्वितीय संवर्ग का समापन।

।तीसरा संवर्ग।

पिंगल वचन

इसके बाद नारायण ने तीन पैरों वाला चतुर्भुज रूप धारण कर लिया और अभीपुत्र को ज्ञान देते हुए कहने लगे।

नारायण वचन

इसे सर्वदा स्मरण रखो देव, मैं सर्वव्यापी और नित्य हूँ। मेरे जिस शुभ रूप की कल्पना की जाती है, जगत में उसी को देखा जाता है। मनुष्यों को चार वर्णों में विभाजित किया गया है। यहाँ ब्राह्मण को मुख माना गया है, वह ब्रह्म के यज्ञ कर्मों में व्यस्त रहते हैं। क्षत्रिय समूह मेरी चारों भुजाएँ हैं जिनका काम प्रजा का शासन, एवं पालन करना, शत्रुओं का विनाश करना और विजयी होना है। पेट के रूप में वर्णित वैश्यों का कार्य पवित्रता के साथ वाणिज्य करना, गोरक्षा, कृषि तथा भंडार बढ़ाना है। यह मेरी तीन जंघाएँ हैं। पैरों के प्रतिरूप शूद्रों का कार्य सेवा है। इस प्रकार वैश्य एवं शूद्रों का वर्णन किया जाता है।

देव वचन

इससे यह सत्य प्रमाणित होता है कि आप समस्त जगत के ईश्वर हैं। हे महामति, आपने मुझ पर असीम दया करते हुए मुझे दीक्षा दी है। हे नारायण, आपने कृपा की है और मुझमें ज्ञान की प्रतिष्ठा की है, आज इस संसार में देव का जन्म वास्तव में सार्थक हुआ है। मेरे मन में इच्छा का उदय हो रहा है कि मैं आपका जगत रूप देखूँ। सभी देवता अपने स्थानों में निवास करते हैं और नारायण संपूर्ण जगत में व्याप्त हैं।

नारायण वचन

तुम्हें दीक्षा देने के लिए, तुम्हारे जन्म की प्रतीक्षा करते हुए मैं इस बर्फ से ढके निर्जन पर्वत पर निवास कर रहा था। तुम साक्षात सत्य के रूप में उत्पन्न हुए हो, ऐसी कोई भी वस्तु नहीं है जो तुम्हें नहीं

दी जा सकती। हे देव, जैसे तुम मेरे लिए प्रिय हो वैसे ही जगत के लिए भी प्रिय रहो। तुम अभी के कुल को उज्ज्वल करने वाले हो, तुम्हारा जन्म जगत की भलाई के लिए हुआ है। आँखें खोल कर मेरा जगत रूप देखो।

पिंगल वचन

इस प्रकार कहते हुए नारायण ने अपना जगन्मय रूप प्रकट कर दिया। उनके चारों ओर पवित्र ज्योति दीप्तिमान हो उठी जिसमें सब देव थे। जैसे आकाश में एक करोड़ सूर्य एक साथ विराजमान हों उसी उज्वल नीले रंग के प्रकाश के तेज से नारायण आलोकित हो गए। मानो संपूर्ण जगत की सृष्टि इस प्रकाश के तेज से उज्जवल हो कर काँपने लगी। इस अभूतपूर्व दृश्य को देख कर देव मंत्रमुग्ध हो गए और उन्हें बार-बार रोमांच होने लगा।

इस सुंदर दृश्य का वर्णन करते हुए देव नारायण की स्तुति करने लगे - हे नारायण, आपने जिस रूप को प्रकट किया है उसे मैं देख रहा हूँ। आपकी दोनों आँखें चन्द्रमा को आलोकित करने वाले सूर्य के समान हैं। वाणी के रूप में अग्नि और प्राणों में वायु प्रवाहित है। अंतरिक्ष में नाभि और आकाश में सिर दिखाई दे रहा है। पैरों में जगत-जीवों सहित पृथ्वी है। कानों में दिशाओं के देवता हैं। पर्वतों के वनस्पति आपके शरीर के रोएँ हैं। आपका महान उदर समुद्र है। आपका पसीना झरनों के रूप में बह रहा है। आपकी कौर में मृत्यु, और सुंदर मुस्कान में जन्म है। आपकी आँखों में उत्सुकता है जिनमें छहों ऋतुओं का आभास होता है। आप सर्वदा, सभी रूपों में अत्यंत अद्भुत दिखाई देते हैं। हे जगत के स्वामी नारायण, मैं आपको बारंबार प्रणाम करता हूँ।

नारायण वचन

हे अभीपुत्र देव, तुमने आज मेरे जिस रूप को देखा है इसे कभी भी यज्ञ, ध्यान या जप एवं पूजा द्वारा नहीं देखा जा सकता है। मैंने सृष्टि से परे इस रूप को अपनी इच्छा से प्रकट किया है। तुम्हारा जन्म कर्मयोग के परिवर्तन का शुभारंभ करने के लिए हुआ है। इस श्रेष्ट रूप

का दर्शन करने पर कभी भी पुनर्जन्म नहीं होता। सर्वदा इसी शरीर में प्रसन्नतापूर्वक रहोगे। देवायण आरंभ होने के महान समय तुम उपस्थित रहोगे। तुम्हारा जन्म चराचर में सत्य का प्रकाश फैलाने के लिए हुआ है।

सत्यदेव, तुमने मेरे रूप का दर्शन किया है, इससे यह कल्प निश्चित रूप अमर हो गया है। काल निर्णय के हेतु सृष्टि में व्यक्त करने के लिए तुमने यह ज्ञान उपलब्ध किया है।

श्रीमद् देवायण के प्रथम खंड ब्रह्मकल्प में देवमंडल के अंतर्गत दीक्षा वर्ग में देव दीक्षा नामक तृतीय संवर्ग का समापन।

।चौथा संवर्ग।

पिंगल वचन

इतना कहते ही नारायण अंतर्धान हो गए। हर्षित देव के शरीर में बारंबार रोमांच हो रहा था। नारायण के अंतर्धान होने के बाद भी देव की प्रसन्नता कुछ समय तक बनी रही। उसके बाद वह धीरे-धीरे इस स्थान से प्रस्थान करने का विचार करने लगे। इस पर्वत शिखर को त्याग करते ही अब उन्हें घर की याद आने लगी और वह तेज पग लेते हुए चलने लगे। पर्वत के दूसरे शिखर पर पहुँच कर उन्हें प्रतीत हुआ कि वह जिस पथ से आए थे उससे यह पथ अलग है। आनंदमग्न देव दूसरे रास्ते पर चल पड़े थे। आते समय उन्हें इतने मनोहर दृश्य नहीं दिखे थे। उन्होंने नीचे एक विशाल महासागर देखा। उसमें गर्जन करते हुए जल की बड़ी-बड़ी लहरें उठ रही थीं। यह जल पर्वत के तल से टकरा कर आकाश की ओर उछल रहा था। पर्वत का रमणीय दृश्य महासागर के जल में प्रतिबिंबित हो रहा था। इससे पहले देव ने इतना सुंदर वन नहीं देखा था। उस स्थान पर मयूरों के झुंड घूम रहे थे। अपने अद्भुत रंगों के साथ वे सर्वत्र भ्रमण कर रहे थे। इन मयूरों में उन्हें एक सर्वश्रेष्ट मयूर दिख रहा था। उसके शरीर से स्वर्णिम आभा बिखर रही

थी। यह मयूर फूलों से भरे कानन में क्रीड़ा कर रहे थे। मेघों का आगमन होने के कारण मयूरों की प्रसन्नता बढ़ने लगी और वे अपनी पूंछ फैला कर नृत्य करने लगे। पर्वतों पर बादलों का एक झुंड उमड़ रहा था।

इस दृश्य को देख कर देव उत्फुल्ल हो उठे। उनका मन मयूरों को देख कर आकर्षित होने लगा। उनके मन में उस सर्वश्रेष्ठ मयूर को प्राप्त करने की इच्छा होने लगी। इसलिए वह उसे अपने हाथों में पकड़ने के लिए आगे बढ़े। उन्हें आता देख कर पक्षी इधर-उधर तितर-बितर होने लगे। देव ने अपने धनुष को टंकार करते हुए उस सबसे सुंदर मयूर को पाश-बाण से बाँध कर दिया। बाण से बँधे मयूर को उन्होंने पास जाकर हाथों से पकड़ लिया।

मयूर कहने लगा, हे धनुर्धारी तुम कौन हो, आज इस पर्वत पर किस कारण से आए हो। मयूर को बातें करते सुन कर देव को विस्मय हुआ। अभीपुत्र ने उस पक्षी को इस प्रकार उत्तर दिया, मैं देव के नाम से विख्यात हूँ, मेरा जन्म ऋषियों के कुल में हुआ है। अभीवर्त मेरे पिता हैं और नाना अग्नि हैं। वन में घूमते हुए यहाँ के सुंदर दृश्य देख रहा हूँ। हे मयूर, तुम्हारे मुँह से बातें सुन कर मुझे बहुत आश्चर्य हो रहा है। पक्षी ने प्रसन्न होते हुए कहा, आप महात्मा देव हैं, मुझे पापों से मुक्त करने के लिए मेरे सिर पर अपना चरण स्पर्श दीजिए। मैं इसके बाद अपना परिचय दूँगा। आज आप यहाँ अकारण ही नहीं आए हैं। हे देव, आप मुझे मुक्ति देने के लिए आए हैं। यह पूर्व-सुनिश्चित था इसलिए वृथा नहीं है। यह सुन कर देव को आश्चर्य तो हुआ परंतु उन्होंने उस मयूर की इच्छा के अनुसार उसे अपना चरण- स्पर्श दिया। चरण-स्पर्श पाते ही मयूर अपनी आकृति छोड़ कर देवताओं के समान रूप धारण कर देव के सामने उपस्थित हो गया। उसने देव के पैरों पर नमस्कार करने के बाद कहा, मैं अप्तृण का पुत्र हूँ और मेरा नाम स्रक है।

देव वचन

अप्तृण तो मित्र के पुत्र हैं, तुम उनके पुत्र स्रक हो। तुम अपनी वीरता और बल के लिए सभी लोकों में विख्यात हो। हे स्रक, मुझे बताओ कि तुमने मयूर पक्षी का रूप कैसे धारण किया है।

अप्तृण के पुत्र स्रक ने देव के पवित्र स्पर्श से आश्चर्यपूर्वक ढंग से मयूर का सुंदर रूप त्याग दिया और अपनी कहानी कहने लगा।

श्रीमद् देवायण के प्रथम खंड ब्रह्मकल्प में देवमंडल के अंतर्गत दीक्षा वर्ग में देव-मयूर साक्षात् नामक चतुर्थ संवर्ग का समापन।

।पाँचवां संवर्ग।

स्रक वचन

हे महात्मन, यह सत्य है कि मैं देव-पुत्र हूँ। परंतु यह भी स्मरण रखना चाहिए कि रूप का गठन केवल कर्म से होता है। चाहे वह देवता हो या दैत्य, गंधर्व, यक्ष एवं राक्षस हो, या चाहे वह पशु, पक्षी और मनुष्य ही क्यों न हो, सभी की गति उसके कर्म पर निर्भर करती है। सत्कर्मों से मनुष्य आकाश की ऊँचाइयाँ छूता है, वहीं असत्कर्मों से वह अधोगति को प्राप्त होता है। यहाँ तक कि देवों और ऋषियों का रूप भी उनके कर्मों पर ही निर्भर करता है। वरुण-पुत्र अगस्त्य निश्चित रूप से देवता के पुत्र हैं। आज देखिए, वह अपने कर्म के बल पर ऋषि माने जाते हैं। उसी प्रकार मुनि वशिष्ठ ने स्रष्टा कवि का पद प्राप्त किया है। अपने कुल में मेरा रूप भी अलग था। पद जन्म से नहीं मिलता उसे अपने कर्म से प्राप्त किया जा सकता है। मुनि जमदग्नि को ही देखिए। उनका जन्म ऋषि कुल में हुआ था, परंतु उनके कर्मों के कारण उन्हें क्षत्रीय माना जाता है।

देव वचन

यह तुमने सत्य कहा, स्रक। रूप कर्मों द्वारा मिलता है। अब तुम बताओ कि तुमने ऐसा कौन सा कर्म किया था जिससे तुम्हें मयूर का रूप मिला।

स्रक वचन

मैं अपनी स्मृति के अनुसार अपने कर्मों की अधोगति की चर्चा करता हूँ जिनसे देवपुत्र होने के बावजूद मुझे मयूर का रूप मिला था। मैं मित्र के पुत्र अप्तृण का पुत्र हूँ जिनका विवाह सूर्य की पुत्री से हुआ था। इन्हीं सूर्य-तनया के गर्भ से मेरा जन्म हुआ था, जिसका स्रक के रूप में नामकरण सूर्य ने स्नेहपूर्वक स्वयं किया था। मेरा जन्म जितना महान था मुझे उसी के समान श्रेष्ठ नाम भी दिया गया था। उसके बाद मेरे कर्मों के अधःपतन के कारण ही मैं मयूर के रूप में आ गया था।

देव वचन

निःसंदेह, इतना महत्वपूर्ण जन्म लेने के बाद भी, हे स्रक, तुमने ऐसा कौन सा नीच कर्म कर दिया था जिससे तुम मयूर बन गए?

स्रक वचन

मैंने आपसे पहले ही कहा है कि जन्म से फल नहीं मिलता बल्कि कर्म से मिलता है और सारी सृष्टि और तीनों लोकों का संचालन कर्मों के द्वारा किया जाता है। मैं अप्तृण का तेज लेकर सूर्य दुहिता के गर्भ से जन्मा था। चारों ओर देवता और ऋषि सर्वदा कहते थे कि यह बालक स्रक बड़ा तेजस्वी है और यह अपने कुल का नाम उज्ज्वल करेगा, स्रक के समान महाबलवान इस चराचर में नहीं है। सूर्य देव ने आदर सहित मुझे विद्या-दान दिया था और अन्य देवताओं ने भाँति-भाँति के शस्त्र दिए थे। कुछ ही दिनों में मैं सभी प्रकार के युद्धों में पारंगत हो गया। युद्ध में मेरे पराक्रम से शत्रु व्याकुल हो गए थे।

मेरा तेज देख कर स्वयं वरुण प्रसन्न हो गए और उन्होंने अपने राज्य की सुरक्षा के लिए मुझे सेनापति का पद प्रदान किया। मेरे पिता के ज्येष्ठ भ्राता वरुण महासागर के पूरे साम्राज्य के अधिपति थे। यह पद देते हुए ज्येष्ठ तात वरुण ने मुझे आशीष देते हुए कहा, हे स्रक, सर्वदा निर्भय रहते हुए राज्य का अच्छी तरह शासन करना। तुम्हारी वीरता और पराक्रम पर मुझे पूरा भरोसा है। उस समय मैंने सभी शत्रुओं

को अपने अधिकार में कर लिया। सम्राट मित्र वरुण का विशाल साम्राज्य शत्रु-विहीन हो गया था।

संसार के सभी प्राणियों में एकता की भावना स्थापित हो गई। कोई भी मतभेद या विवाद दिखाई नहीं देता था। सभी परस्पर सौहार्दपूर्ण और स्वस्थ जीवन जीते थे। सभी में समता का भाव था और गुणों के आधार पर उन्हें सम्मान दिया जाता था। मेरे कार्य से जल के देवता, वरुण संतुष्ट थे। विशेष रूप से मेरे पिता मित्र, अपने पुत्र के गौरव से फूले नहीं समाते थे और माता का तो कहना ही क्या। उन्हें केवल एक ही दुःख था कि मेरा विवाह नहीं हुआ था। मेरी प्रशंसा करते हुए मेरी माता कहती थीं कि मेरा पुत्र सभी गुणों से युक्त है। इतना वीर और बलशाली होते हुए भी उसे इस पर गर्व नहीं है। स्रक के समान पुत्र मिलना इस स्वर्ग में दुर्लभ है। परंतु पत्नी नहीं होने के कारण उसका पार्श्व सूना है। उसे सारी सृष्टि का सौभाग्य प्राप्त है। उसके आनंद का समय बीत रहा है, फिर भी वह अविवाहित है। वह अकेला है और मुझे क्या करना चाहिए।

जब इच्छा होती, मनोरंजन के लिए पर्वतों पर चला जाता था। वहाँ एक बार मैंने एक विशाल अजगर देखा। वह भूख से वशीभूत हो कर वन के प्राणियों को आहार बना रहा था। वन के सभी प्राणी भय से विचलित होकर इधर-उधर भाग रहे थे। एक स्थान पर रह कर उन्हें शांति नहीं थी। मुझे वहाँ आया देख कर वे मेरे पास आए और निवेदन करने लगे, हे स्रक यह साँप बड़ा आततायी है, इसे वश में कीजिए। इस साँप के यहाँ आने से वन्य प्राणियों में भयानक भय व्याप्त हो गया है। हे स्रक, हम आपके पैरों पर विनती करते हैं कि हम आर्त प्राणियों की सुरक्षा करें। मैंने प्रत्येक प्राणी से पूछा कि यह सर्प कहाँ रहता है। मुझे ज्ञात हुआ कि यह महा बलवान साँप अगस्त्य मुनि की सुरक्षा में रहता है। जिस स्थान पर अगस्त्य तपस्या करते थे यह सदा वहीं रहता था। किसी भी प्राणी को देख कर यह सर्प उसका पीछा करता था। यह सुन कर कि यह दुष्ट साँप अगस्त्य की सुरक्षा में रहता है, भाइयों की प्रतिद्वंद्विता का स्मरण करते हुए मैं सोचने लगा कि इसे कैसे मारूँ। परंतु प्राणियों की सुरक्षा करने के लिए यह कार्य मुझे कौशल्य का

प्रयोग करते हुए करना था। अपने कार्य में सहायता करने के लिए मैंने वन्य पशुओं को बुलाया। मैंने उनसे मधुर स्वर में कहा, हे पीड़ित प्राणियों, सुनिए, यह कार्य अपने हाथों से करने में मेरे लिए एक बाधा है। उस साँप की सुरक्षा करने वाले अगस्त्य मेरे भाई हैं। भाइयों में द्वंद्व नहीं हो इस कारण से मैं तुमसे जो करने के लिए कहता हूँ उसे सुनो। यदि मेरा तेज, पराक्रम और युद्ध-विद्या ग्रहण कर कोई उस साँप के साथ युद्ध करने के लिए साहस करे तब उस वीर के पराक्रम से उस साँप को युद्ध के लिए चुनौती दी जा सकती है। सभी को भय से मुक्ति देते हुए उसका विनाश किया जा सकता है।

मेरी बात सुन कर एक मयूर आगे आया और मेरे पैरों पर सिर झुका कर निवेदन करने लगा - प्राणों के भय से मुक्ति पाने के लिए मुझे उस विद्या का दान कीजिए। उस दुष्ट की करनी से मैं स्वयं निरंतर दुःख भोग रहा हूँ। मेरी पत्नी और पुत्र सहित जितने भी प्राणी थे, उस दुष्ट ने यहाँ आकर उनका प्रसन्नतापूर्वक भक्षण कर लिया है। यह राक्षस के समान दिखने वाला विशाल और भयंकर साँप एक-एक दिन में सौ-सौ प्राणियों को मार डालता है। मयूर को अन्य प्राणियों के दुःख से व्यथित देख कर मैंने उसे अपनी अजेय विद्या दे दी। युद्ध में जीतने की विद्या सीख कर यह मयूर उस दुर्धर्ष साँप पर तीव्र स्वर में गर्जन करने लगा। युद्ध का आह्वान सुन कर साँप मयूर पर फुफकारते हुए बाहर निकल आया। मयूर की जयध्वनि सुन कर वन्य प्राणियों को बहुत प्रसन्नता हुई क्योंकि साँप ने अनेक प्राणियों को खा लिया था। साँप अगस्त्य मुनि का स्थान छोड़ कर बाहर निकल आया। जयकार करते हुए वन्य प्राणी एकत्रित हो गए। खाने के लिए उत्साहित साँप को आता देख कर मयूर भयानक गर्जना करते हुए उसके सामने आ कर खड़ा हो गया। उसने अपने पराक्रम से आक्रमण करते हुए साँप की आँख को क्षत-विक्षत कर दिया। इससे साँप क्रोध में आकर मयूर को मारने दौड़ा। इसके बाद कुछ देर तक उन दोनों के बीच भयंकर युद्ध हुआ। मयूर ने मुझसे अजेय विद्या सीखी थी उसके कौशल से आघात करते हुए उसने साँप को मार डाला।

साँप को मार कर मयूर घोर गर्जन करने लगा। प्रसन्नता के मारे सभी प्राणी अपनी पूँछें हिला कर नाचने लगे।

श्रीमद् देवायण के प्रथम खंड ब्रह्मकल्प में देवमंडल के अंतर्गत दीक्षा वर्ग में श्री देव-स्रक संवाद में मयूर-सर्प संवाद नामक पंचम संवर्ग का समापन।

।छठा संवर्ग।

स्रक वचन

सर्प का विनाश होते ही, दुष्ट साँप का वध करने वाले मयूर का अभिवादन करते हुए चारों ओर जयध्वनि होने लगी। इस भारी हर्ष ध्वनि के कारण महर्षि अगस्त्य का ध्यान भंग हो गया। उपद्रवी प्राणियों को दंडित करने के लिए महातपस्वी अत्यंत क्रोध में आकर ध्यान छोड़ कर उठ खड़े हुए। मरे हुए साँप को देख कर अगस्त्य क्रोधातुर हो गए। उन्होंने उच्च स्वर में पूछा, यह कोलाहल क्यों हो रहा है और इस साँप को किसने मारा है, यह मेरा पार्षद था। प्राणी सिर झुका कर अगस्त्य से कहने लगे, हे विद्वान मुनि, आपका यह पार्षद अत्यंत दुष्ट साँप था। यह दुष्ट दिनों-दिन प्राणियों का भक्षण करते हुए हमारे कुल का विनाश कर रहा था। प्राणियों में आतंक फैल गया था और वे इसे मारने के लिए तत्पर हो गए थे। इस मयूर ने आज साँप को मार दिया है। हम प्राणियों को भय से मुक्त कराने के कारण हम उसकी वंदना कर रहे हैं।

यह सुन कर अगस्त्य मुनि को बहुत दुःख और आश्चर्य हुआ, उन्होंने नाचते हुए मयूर से पूछा, हे मयूर, तुम बिना किसी प्रकार का संकोच किए मुझे सच्ची बात बताओ कि यह जीतने वाला पराक्रम तुम्हें अचानक कहाँ से मिल गया। अगस्त्य के चरणों में प्रणाम करते हुए मयूर ने सिर झुका कर कहा, यह अजेय विद्या मुझे स्रक ने दी है,

वरना मुझमें इतना सामर्थ्य कहाँ था कि मैं इस दुर्दमनीय साँप का विनाश कर सकूँ। स्रक से विद्या प्राप्त करने के बाद मैंने इसे युद्ध में मार डाला है। मयूर की बात सुन कर अगस्त्य अत्यंत क्षुब्ध होकर मयूर से कहने लगे, तुमने सत्य कहा है इसलिए मैं तुम्हें छोड़ता हूँ। अब तुम मेरा अभिशाप सुनो। तुम्हारा वंश छोटा हो जाएगा। तुम महाविद्या प्राप्त कर प्राणियों के बीच अजेय हो गए हो। तुम्हें पुत्र प्राप्त करने में बहुत कष्ट होगा।

इतना कह कर अगस्त्य वह स्थान त्याग कर मेरे सामने आ खड़े हुए। वह कहने लगे, हे स्रक, अपनी वीरता पर तुम्हें हमेशा गर्व रहा है, अब दूसरों को बढ़ावा दे कर मेरा उपहास करा रहे हो। उस साँप को मैंने अपने आश्रम की सुरक्षा के लिए पाला था। इस आश्रम को यह वन्य प्राणी आकर गंदा कर देते थे। मेरी अनुपस्थिति में मेरे तप के स्थान पर आकर उसमें उपद्रव करते तथा मल-मूत्र त्याग करते हुए उसे अपवित्र करते थे। इन्हें डराने के लिए मैंने उस साँप को पाला था और अपने तप के प्रभाव से उसे बहुत बड़ा कर दिया था। वह साँप मेरा सेवक था और मेरी तपस्या के स्थान की रक्षा करता था। तुम अपने तेज, वीरता और पराक्रम के मद से ग्रस्त हो गए हो, और उस मयूर को बढ़ावा देकर तुमने मेरे साँप को मरवा दिया है। अपने बल पर घमंड करने वाले, अब तुम मेरे तप का तेज देखो। तुमने मेरा परिहास किया है अब मेरा अभिशाप सुनो, अब जन्म भर मयूर के रूप में रहो। उस तेजस्वी मुनि के मुँह से यह बात निकलते ही तुरंत मेरा रूप मयूर का हो गया।

इस देह परिवर्तन को देख कर मेरे पिता मित्र और जल के राजा वरुण अत्यंत क्षुब्ध हुए। मुझे शाप देने के कारण अगस्त्य की निन्दा करने लगे। वरुण देवता अपने पुत्र को परित्याग करने के लिए उद्यत हो उठे। मेरे पिता, मित्र ने इससे बचने के लिए कहा, हे अगस्त्य, तुमने क्रोध के अधीन हो कर जो काम किया है, तुम्हें देखना चाहिए कि वह चिरस्थायी नहीं रहे। स्रक तुम्हारा भाई है और तुम्हें उसका मंगल करना है।

पितृभक्त अगस्त्य ने अत्यंत लज्जित होते हुए सिर झुका कर कहा, हे तात, क्रोध से वशीभूत होकर मेरे मुँह से यह गलत वाक्य निकल गया था। मुझे इसके लिए क्षमा कीजिए। यह निश्चित सत्य है कि क्रोध

से क्रोध बढ़ता है। अब मेरा क्रोध चला गया है और सुनो सक्र, मैं मंगल की बात कहता हूँ, तुम कुछ दिनों तक मयूर का देह धारण करो। तुम्हारे कारण मयूरों का कुल महान हो जाएगा। तुम प्रसन्नता के साथ समुद्र के तट पर स्थित पर्वत पर निवास करो।

जब देव वहाँ आएँगे तब सत्य का स्पर्श मिलने पर तुम्हारी मुक्ति होगी। हे स्रक, उस समय तुम्हें केवल मुक्ति ही नहीं मिलेगी, बल्कि देव से तुम्हें महान ज्ञान भी मिलेगा। तुम्हें मुझसे भी गुरुतर ज्ञान की प्राप्ति होगी। तुम दिन-प्रतिदिन महान बनोगे और तुम्हारा पद उच्चतर होता जाएगा। अब मुझे यह ज्ञात हो गया है कि तुमने जिस कारण मयूर का बल-वर्धन किया था वह तुम्हारा घमंड नहीं था बल्कि दूसरे जीवों के दुःख से तुम्हारी सहानुभूति थी। अगस्त्य के ऐसा कहने पर अपने ज्येष्ठ तात और पिता के साथ मुझे भी प्रसन्नता हुई। मुझे साक्षात् देव मिल गए हैं और अब मुझे मुक्ति प्राप्त हो गई है। हे देव, मैं आपके चरणों में प्रणाम करता हूँ, मुझे पवित्र ज्ञान दीजिए। यह कहते हुए स्रक ने देव के चरणों में प्रणाम किया।

अपनी कहानी कह कर स्रक चुप हो गए। मस्तक झुकाए हुए वह देव के वचनों को इस प्रकार सुनने लगे जैसे कोई भँवरा कमल के फूल से रस पान कर रहा हो।

श्रीमद् देवायण के प्रथम खंड ब्रह्मकल्प में देवमंडल के अंतर्गत दीक्षा वर्ग में श्री देव-स्रक संवाद में स्रकाभिशाप नामक षष्ठ संवर्ग का समापन।

।सातवाँ संवर्ग।

देव वचन

हे स्रक, तुम्हारी बातें सुन कर मेरा ज्ञान बढ़ गया है। तुम्हारी बुद्धि बहुत विकसित है, निश्चित रूप से तुम्हें महान गति प्राप्त होगी।

नारायण ने मुझे जो ज्ञान दिया है वह मैं तुम्हें देता हूँ। यह भविष्य में तुम्हारे काम आएगा। अपने अतुलनीय तेज और शस्त्र के पराक्रम के साथ जगत की एकता में तुम मेरे सहायक बनो।

पिंगल वचन

इतना कह कर अभी-पुत्र ने स्रक को वह ज्ञान दिया जिसके द्वारा श्रेष्ठ पुरुष के अंदर स्वयं सर्वव्यापी भगवान विराजमान होते हैं। उस पवित्र ज्ञान को प्राप्त करते हुए स्रक का चित्त निर्मल हो गया। देव को बार-बार प्रणाम करते हुए उसने देव की इस प्रकार स्तुति की।

स्रक वचन

हे अभी-कुल में उत्पन्न होने वाले देव, आपका ज्ञान मोक्ष प्रदान करने वाला है। मैं आपके चरण-कमलों में प्रणाम करता हूँ, हजार बार प्रणाम करता हूँ। हे महात्मन, इस कल्प का अंत होने पर आप कालचक्र धारण करने के लिए आए हैं। मैं आपके चरण-कमलों में प्रणाम करता हूँ, हजार बार प्रणाम करता हूँ। नए कल्प का आरंभ होने पर इस संसार को नया जीवन देने के लिए मैं आपके चरण-कमलों में प्रणाम करता हूँ, हजार बार प्रणाम करता हूँ। महाघोर अंधकार से घिरे होने के कारण भुवन से साधन लुप्त हो गया है। हम आपके चरणों में आश्रय पाने के लिए उद्यत हैं, आपके चरणों में हजार बार प्रणाम करता हूँ। जिस प्रकार मेरे शाप से मुक्ति दिलाते हुए आपने मेरा दिव्य कलेवर वापस कर दिया है, इससे सत्य प्रमाणित होता है कि इसी तरह आपके पवित्र स्पर्श से जगत को मुक्ति मिलेगी। जिस प्रकार इस घोर पापपूर्ण समय में, सृष्टि महारात्रि से आछन्न हो गई है, आपके तेज से पुनः ऊषा उत्पन्न होती है, इससे भी यही सत्य प्रमाणित होता है। हे देव, आपने मुझ पर दया करते हुए मुझे ज्ञान प्रदान किया है, इसे सभी के पास प्रकाशित कीजिए जिससे सबके शरीर में दिव्यता का प्रसार हो। शाप से मुक्त होने के बाद मुझे यह कांति प्राप्त हुई है, ऐसी ही पवित्र कांति मुझे इसके बाद भी दीजिए। मेरे मुक्तिदाता एवं ज्ञानदाता, आपको प्रणाम, बार-बार प्रणाम।

पिंगल वचन

सक्र द्वारा इस प्रकार स्तुति किए जाने पर, देव ने प्रसन्न होकर कहा, हे जगत का कल्याण करने वाले स्रक, तुम्हारी इच्छा पूरी होगी। इस समय मयूरों का कुल सभी स्थानों पर अपने राजा को ढूँढ़ता हुआ दिखाई देता है। स्रक ने देव को मयूरों की व्यथा सुनाई, हे देव, मुझे नहीं देख कर मयूर-वृंद निरंतर दुःखी है। वे जब तक मुझे देख नहीं लेते, उनका दुःख वैसे ही बना रहेगा। आप उन्हें दर्शन देकर कुछ पवित्र वचन कहिए जिससे उनका भला हो। स्रक की बातें सुन कर देव ने उससे मयूरों को अपने सामने बुलाने के लिए कहा। स्रक ने ध्वनि-संकेत से मयूरों का आह्वान किया और वे देव को सज्जन जान कर उनके सामने उपस्थित हो गए।

देव ने अंतर्ज्ञान से मयूरों की स्थिति समझते हुए कहा, आज स्रक को मुक्ति मिली है और उसने मयूर का शरीर त्याग दिया है। इससे तुमलोग दुःख नहीं करो, क्योंकि बड़े कार्य की गति भी महान होती है। तुम इसे समझ लो कि इसने यह तुम्हारे हित के लिए किया है। तुम पवित्र कार्य करते हुए दीर्घकाल तक जिओगे। समय आने पर तुम्हें कार्तिक का वाहन होने की ख्याति मिलेगी। चूंकि सेनापति सक्र तुम्हारे कुल में तुम्हारे रूप में रहा था, तुम्हारी इस मयूर की आकृति की पूरे संसार में पूजा की जाएगी। हे सुंदर मयूरों, तुम पूरे संसार का मन प्रसन्न करोगे। देव के कार्य के प्रयोजन से चर-अचर में तुम्हारी ख्याति होगी।

जैसे ही मयूरों ने देव के वाक्यों को सुना, वे आनंद से विह्वल होकर देव के चारों ओर नृत्य करने लगे। कुछ देर नृत्य करने के बाद उन मयूरों में से प्रत्येक ने अपनी चोंच से अपना पंख निकाल कर देव को अर्घ्य के रूप में दिया। एक-एक करते हुए उन्होंने देव के चरणों का स्पर्श किया। सत्यदेव ने जो भी कहा वह मयूरों के लिए सत्य हुआ। देव के आशीर्वाद से वे वन में प्रसन्नतापूर्वक रहने लगे।

देव के चरणों में प्रणाम करने के बाद स्रक ने पर्वतों और सिंधु को त्याग कर अपने घर की ओर प्रस्थान किया। अपने घर पहुँचने के बाद

कई शीत और शिशिर बीतने के बाद भी, उन पर्वतों में देव के संग में बिताए हुए दिन, उनके द्वारा दिए गए आशीर्वाद से प्राप्त तृप्ति की याद स्रक की आँखों में बसी रही।

श्रीमद् देवायण के प्रथम खंड ब्रह्मकल्प में देवमंडल के अंतर्गत दीक्षा वर्ग में श्री देव-स्रक संवाद में स्रक मुक्ति नामक सप्तम संवर्ग का समापन।

।आठवाँ संवर्ग।

पिंगल वचन

देव अपना पथ भूल कर उस पर्वत पर चले गए थे। उन्हें पथ का फिर स्मरण हो गया और उनके अंदर ज्ञान भी प्रदीप्त हो गया और वे मयूर पंख हाथों में लिए अपने घर आ गए। एक तो उनकी वीरता के साथ ज्ञान का मिश्रण होने के कारण उनकी कांति मनोहर हो गई थी, दूसरे, मयूर पंखों को धारण करने के कारण उनकी शोभा और भी बढ़ गई थी। भ्रमण की समाप्ति के बाद घर पहुँचने पर सबसे पहले अभी उनका समाचार लेने आए।

देव ने, एक के बाद एक, विस्तारपूर्वक नारायण द्वारा ज्ञान दिए जाने तथा स्रक के साथ अपनी भेंट और उसकी मुक्ति-वार्ता सुनाई। अभीवर्त बहुत प्रसन्न हुए और उन्होंने देव को गले लगा लिया। उन्होंने कहा कि देव के आगमन से मानो पूरा संसार मंगलमय हो गया है। धिषणा ने पुत्र को देखते ही आशीर्वाद दिया। माता-पिता से इतना स्नेह पा कर अभीपुत्र धन्य हो गए।

इतने में अग्निदेव उपस्थित हो गए। देव ने उन्हें भी बताया कि कैसे उन्हें नारायण महर्षि के दर्शन हुए थे और कैसे उनके कान में नारायण के द्वारा मंत्र दिया गया था। यह सुन कर अभीवर्त के हर्ष का पारावार नहीं रहा। देव ने अपने माता-पिता को सम्मान दिया। वह सब अत्यंत प्रसन्न हुए।

इसके बाद वे अग्नि के घर गए और उन्हें नारायण महा ऋषि के बारे में विस्तार से कहा। वे देव को गले लगा कर हर्ष से रोमांचित होकर बार-बार कहने लगे, इतने दिनों के बाद नारायण ऋषि प्रकट हुए। नारायण का नित्य स्मरण करते हुए यज्ञ किया जाना चाहिए। नारायण इस जगत में सबसे ऊपर हैं, पूरा जगत नारायणमय है। नारायण जगत के स्वामी हैं, नारायण को बार-बार नमस्कार।

देव वचन

हे मातामह, किस प्रकार और कौन सा यज्ञ किया जाए, इसकी रीति क्या होगी और विधान क्या होंगे, जैसा उचित हो, विस्तारपूर्वक कहिए।

अग्नि वचन

जिस प्रकार नारायण ऋषि ने तुम्हें ज्ञान दिया है, तुम ब्रह्मयज्ञ का अनुष्ठान करो। नारायण का मस्तक, उनके कान, हाथ, पैर, उनकी आँखें सर्वत्र वर्तमान हैं। मन में इसका ध्यान करते हुए हे महामति, स्वयं को ब्रह्म के ध्यान में लीन करते हुए उन्हें अपनी आत्मा का समर्पण करो।

ब्रह्म सभी स्थानों में वर्तमान हैं, परब्रह्म पूरे जगत में व्याप्त हैं। ब्रह्म सत्य है, जगत सत्य है और ब्रह्म में जगत प्रतिष्ठित हैं। यज्ञ के समापन पर मधु के हविष की आहुति दो। इस आहुति को पाने पर मेरा अंग उज्ज्वल हो जाएगा। लोग कहते हैं कि ब्रह्म-यज्ञ की जिह्वा मेरे मुँह में स्थित है। इसलिए ऐसा विचार करते हुए तुम एकाग्रचित्त होकर मुझे आहुति समर्पित करोगे। तुम्हारे द्वारा यज्ञ किए जाने पर जगत का रूपांतरण हो जाएगा। पृथ्वी पर देव का जन्म सत्ययुग आरंभ करने के लिए हुआ है।

एक सत्य की जिह्वा, दूसरी पवित्र जिह्वा और तीसरी तेजोमय जिह्वा है जो मेरे मुँह में स्थित है। चौथी हर्ष की जिह्वा, पाँचवीं बड़ी जिह्वा, और छठी काल की जिह्वा है जो भयंकर है। सातवीं मधु जिह्वा अमृत पान करने के लिए है, इस प्रकार सात प्रकार की जिह्वा का सुंदर वर्णन किया गया है। पुराण कथाओं के अनुसार, ब्रह्म का मुख मेरे

चेहरे में है। अतः, ऊँ तत् सत् के पवित्र वाक्य के साथ, स्वाहा-स्वाहा की ध्वनि का जप करते हुए मेरे मुख में हवि का दान करोगे। सभी यज्ञों में सर्वदा सुरेश्वरी स्वाहा देवी का नाम लिया जाता है और मेरे मुख में हवि अर्पण करते हुए इन यज्ञों का अनुष्ठान किया जाता है।

पिंगल वचन

अग्नि की इन बातों से संतुष्ट होकर देव ने इसके बाद ब्रह्म यज्ञ आरंभ किया। इस प्रकार अग्निकुल को प्रसन्न करते हुए, अग्नि को घी मधु इत्यादि का प्रिय भोजन समर्पित करते हुए उसी स्थान पर यज्ञ आरंभ किया गया। पृथ्वी पर अग्निदेव के द्वारा प्रदीप्त देव के यज्ञ में महाराज अभीवर्त और धिषणा देवी ने भाग लिया। हवि का दान किए जाने से दिनों-दिन मेधा में वृद्धि होने लगी। देव के यज्ञस्थल पर ऋषिवृंद एकत्रित होने लगे और चारों दिशाओं में स्वाहा-स्वाहा की ध्वनि गूँजने लगी।

देव के यज्ञस्थल पर विशाल संख्या में ऋषियों का सम्मेलन हो गया था और उनके कंठों से यह ध्वनि बार-बार उच्चारित हो रही थी -

नारायण जगतपति, नारायण महाऋषि, ईश्वर ऊँ नारायण, नारायण अग्नि, उदक ऊँ नारायण, नारायण जगतपति। आकाश ऊँ नारायण, नारायण चतुर्भुज, वायु ऊँ नारायण, नारायण मरुत-बल। वासव ऊँ नारायण, नारायण स्वरीश्वर, चन्द्रमा ऊँ नारायण, नारायण जगतपति। आदित्य ऊँ नारायण, नारायणबृहस्पति, नक्षत्र ऊँ नारायण, नारायण ज्योतिस्पति। पर्वत ऊँ नारायण, नारायण महत् क्षिति, यज्ञेश्वर ऊँ नारायण, यज्ञ नारायण स्मृति। नारायण स्वयं देव, नारायण परात्पर, नारायण जगतपति, नारायण महाऋषि। ब्रह्म ऊँ नारायण, नारायण जनार्दन, रूद्र स्वयं नारायण, नारायण जगतप्रभु। पूषण ऊँ नारायण, नारायण भगार्यमा, तपस्वी ऊँ नारायण, नारायण स्वयं तपः। सर्वत्र ऊँ नारायण, सभी कंठों से निकलने वाले, नारायण जगतपति, नारायण महाऋषि।

देव के यज्ञ में इस प्रकार दिनों-दिन नारायण के रूपों की वृद्धि होने लगी। जहाँ नारायण का ध्यान किया जाता है उन सभी स्थानों पर नारायण व्याप्त रहते हैं। एक-दूसरे के अंदर सभी को नारायण दिखाई

देने लगते हैं। नारायण की जितनी भी स्मृतियाँ हैं उन्हें देव के यज्ञ में प्रकाशित किया गया।

देव के यज्ञ में ऋषिमंडल उपस्थित था, हवि निरंतर अग्नि के तेज को बढ़ा रही थी। शांति, एकता और मंगल के लिए अपने अंदर विशाल नयनों वाले नारायण दिखाई देने लगे।

श्रीमद् देवायण के प्रथम खंड ब्रह्मकल्प में देवमंडल के अंतर्गत दीक्षा वर्ग में श्री देव यज्ञ नामक अष्टम संवर्ग का समापन।

।नौवाँ संवर्ग।

पिंगल वचन

इस यज्ञ की सुरक्षा करने के लिए तथा अग्नि का तेज बढ़ाने के लिए समिधा का संग्रह करने के हेतु देव नित्य वन-वन घूमते थे। परिभ्रमण के दौरान सदाव्रती देव का मुख ज्ञान के कारण चमकता था, उनकी बलशाली लंबी भुजाएँ दृढ़ थीं। यज्ञ का भोजन ग्रहण करने से भूख बढ़ती थी। भूख बढ़ने और सुधापान से दिनों-दिन पुष्टि की बढ़ोतरी होती थी और कांति की वृद्धि होती थी। इच्छा आज्य (यज्ञ का घी) है और भावना इध्म (यज्ञ की समिधा) है। यज्ञ से दिनों-दिन ध्यान में वृद्धि होती है। देव के यज्ञ में चराचर के व्यक्तियों में एकाग्रता बढ़ती थी। जहाँ शरीर इध्म है वहाँ शय्या आज्य है। विश्राम करने पर क्लांति दूर हो जाती है। कर्म आज्य है और क्रिया इध्म। सभी मंगल कार्यों में सफलता होती है। इस अनुष्ठान में कामनाओं की पूर्ति होती है। यह देव के यज्ञ की महान स्मृति है। सत्य आज्य है और बुद्धि इध्म। सत्य की स्मृति से मेधा बढ़ती है। ज्ञान यज्ञ किए जाने पर ज्ञानी सदा प्रसन्न होते हैं। साँस आज्य है और गति इध्म। यज्ञ से पवित्रता बढ़ती है। आत्मा की आहुति देकर देव का यज्ञ किया जाता है। इस प्रकार के बहुत से यज्ञों में बहुत समिधा एकत्रित करने के लिए देव वनों में भ्रमण करते हैं।

ज्ञान की तलवार हाथ में लेकर वह वन में गए जहाँ संदेह चारों ओर थे। उनको अपने हाथों से काट कर देव यज्ञ के लिए लकड़ियों का संग्रह करते हैं। इन्हीं लकड़ियों के साथ घी का संयोग होने पर नित्य यज्ञ किया जाता है। ऋषियों के द्‌वारा घी दिए जाने पर बुद्धि उज्जवल होती है। इस तरह संदेह के वन में देव का दिव्य तेज घूमता है, मन के संशय रूपी वन को देव द्‌वारा ज्ञान की कुल्हाड़ी से काटे जाने पर संदेह दूर होता है और पवित्र ज्योति प्रकाशित होती है। देव की वीरता और पराक्रम से जगत नारायणमय हो जाता है।

जब बुद्धि में मूढ़ता आ जाती है और शरीर बुढ़ापा तथा रोगों से ग्रस्त हो जाता है तथा मन में सदैव विषाद चलता है, तब देव धनुष-वाण ले कर आते हैं और अपने तीरों से सुबुद्धि का संचार करते हैं। उनके तीरों के तेज आघात से विषाद दूर होता है, पवित्र बुद्धि और आत्मचेतना का उदय होता है। जो पहले कर्म के भ्रम में पड़ कर रसातल की ओर जा रहे थे, वे देव के तेज से मुक्ति पा जाते हैं और क्रमानुसार उनके कर्मों का क्षय हो जाता है। इस प्रकार अभीपुत्र के नित्य कर्मो की बहुत-सी स्मृतियाँ हैं। लाखों व्यक्ति देव के स्पर्श के द्‌वारा मुक्ति प्राप्त करते हैं। देव के कर्म इतने महान हैं कि उन्हें कहने के लिए शब्द कम पड़ जाएँगे। उनके सभी कर्मों का वर्णन किया जाए तब वह कभी भी समाप्त नहीं होगा। यदि महेश्वर भी पाँच मुखों से देव की कीर्तियों का बखान करें, तब भी हे गजानन देव की कीर्तियों के वर्णन का अंत नहीं होगा। अनंत काल से लाखों व्यक्ति अनंत देव के कार्यों का वर्णन कर रहे हैं जो कभी भी समाप्त नहीं होगा। यदि संक्षेप में सत्य का प्रकाश किया जाए तब देव समिधा संग्रह का महान कार्य करते हैं।

जब मन का वन संदेह से घिर जाता है तब उसमें भ्रमण करते हुए देव अपने कृपाण से काट कर उसे दूर करते हैं।

श्रीमद् देवायण के प्रथम खंड ब्रह्मकल्प में देवमंडल के अंतर्गत दीक्षा वर्ग में वन भ्रमण नामक नवम संवर्ग का समापन।

-दीक्षा वर्ग का समापन-

।।रूपायण वर्ग।।

।पहला संवर्ग।

पिंगल वचन

एक बार देव ने चमकते हुए सोने के रंग का एक पक्षी देखा। उस पक्षी की आँखें नीली थीं और सुनहरे पंख चमक रहे थे। अचानक देव को संबोधित करते हुए कोई मीठी आवाज में बोलने लगा, हे देव, प्रिय सखा, तुम किस कार्य के लिए वन-वन में घूम रहे हो? यह वाक्य सुन कर देव चकित हो गए कि कौन बोल रहा है और उसे ढूँढ़ने के लिए चारों ओर देखने लगे। फिर वही आवाज आई, हे देव, हे प्रिय सखा, तुम ऊपर पेड़ की शाखा पर देखो जहाँ मैं बैठा हुआ हूँ। शाखा पर देव ने उसी पक्षी को देखा जिसके पंख सुनहरे थे और उनसे प्रकाश निकल रहा था। पक्षी की आँखें नीली थीं। अभीपुत्र ने पूछा - तुमने मनुष्यों के समान बोली में मुझे सखा कह कर बुलाया है, तुम कौन हो और किस कारण तुमने पक्षी का रूप धारण किया है? हे महात्मा, हे महाज्ञानी, तुम क्यों इस प्रकार वन में रह रहे हो और मुझे प्रिय सखा कह कर पुकार रहे हो, मैं आश्चर्यचकित हो गया हूँ। तुम इस तथ्य को यथावत कहो।

पक्षी ने देव से कहा - मेरा जन्म ऋषिकुल में हुआ था। मेरा नाम अरुण है और वीतहव्य मेरे पिता हैं। गृत्समद एक महान ऋषि हैं, जो आपके पितृव्य हैं। ब्रह्मज्ञान प्राप्त करने के लिए उन्होंने अग्नि की उपासना की थी। जब से उन्हें ज्ञान प्राप्त हुआ तब से गृत्समद महान ऋषि के रूप में विख्यात हैं। मन में ब्रह्म को जानने की इच्छा लेकर मेरे पिता वीतहव्य एक दिन गृत्समद के पास गए और उनके चरणों में प्रणाम करते हुए उन्हें संतुष्ट किया। इसके बाद गृत्समद के शिष्य बन कर वहीं रहने लगे। वीतहव्य गृत्समद की निरंतर सेवा करते, एक सेवक की भाँति उनका अनुगमन करते तथा उनकी आज्ञा पाते ही उनके काम कर देते। वीतहव्य में इस प्रकार की गुरु सेवापरायणता थी। जब

गुरु ध्यानमग्न होकर एक ही आसन पर बैठे रहते तब वीतहव्य उनके पास स्थिर हो कर बैठ जाते। गुरु के उठते ही जल्दी से उठ जाएँ इसलिए उस स्थान पर स्थिर होकर बैठे रहते। गुरु जब सोने जाते तब वीतहव्य श्रद्धापूर्वक उनके पैर दबाते। जैसे ही गुरु कुछ कहते वीतहव्य वायु वेग से जाकर उस कार्य को कर देते। वीतहव्य के प्रति गुरु गृत्समद का प्रेम बढ़ता गया। उस स्थान पर वीतहव्य की गुरुभक्ति देखते हुए उनकी ख्याति बढ़ती गई जिससे दूसरे शिष्यों को आश्चर्य होता था। जिस पर गुरु संतुष्ट होते हैं उसे शीघ्र ही ज्ञान प्राप्त होता है। इसी प्रकार वीतहव्य को ज्ञान प्राप्त हुआ।

यह समाचार सुन कर मेरे मन में ज्ञान प्राप्त करने की इच्छा जाग गई। पिता से गोपन रखते हुए मैं गृत्समद के पास चला गया। छद्मवेश धारण किए हुए उनके बहुत से शिष्यों के बीच में मैं रहने लगा। मेरे पिता को पता नहीं था कि मैं भी गृत्समद के घर में रहता हूँ। एक दिन महाऋषि गृत्समद ने मुझसे कहा, हे अरुण, वीतहव्य को शीघ्र बुला लाओ। अपने मिथ्याचार के कारण मैं संकट में पड़ गया। तरह-तरह की बातें सोचते हुए मैं धीरे-धीरे बाहर आया। किस तरह अपने पिता वीतहव्य को बुलाऊँ? यदि मेरे पिता सामने आ जाते हैं और मुझे अपनी आँखों से देख लेते हैं, तब बार-बार पूछेंगे कि गुरु के घर किस कारण आए हो, मुझे नहीं बता कर स्वयं अपनी इच्छा से छुप कर गुरु के पास आ गए हो, तुमने पिता की अवहेलना की है। मैंने सोचा, जिस तरह मैं अपनी आकस्मिक बुद्धि से यहाँ आ गया था, उसी का आश्रय लेकर फिर चालाकी करूँगा। मिथ्याचार के कारण दंड से बचने के लिए छल करने में कुशलता बढ़ती है। इसका दंड कठोर होता है इसे तुम बाद में देखोगे। मैंने अपने-आप को छुपा लिया और आवाज बिगाड़ कर कहने लगा - वीतहव्य, तुम्हें गुरु याद कर रहे हैं, तुम तुरंत आ जाओ। मैं दूर खड़ा हो गया और बार-बार पुकारने लगा - वीतहव्य, तुम्हें गुरु याद कर रहे हैं, तुम तुरंत आ जाओ। मेरे गले की आवाज मेरे पिता के लिए परिचित थी। आवाज केवल बिगाड़ी जा सकती है, परंतु मूल ध्वनि वही रहती है। वीतहव्य शीघ्र आकर मेरे सामने खड़े हो गए। मुझे देख कर उन्हें विस्मय हुआ और उन्होंने रूखे स्वर में कहा, तुम यहाँ

क्यों आए हो, मुझे तुरंत बताओ। घर का काम-काज छोड़ कर तुम यहाँ क्यों आ गए हो? वीतहव्य की आवाज ऊँची हो गई और वे साँड के समान गरजने लगे।

उन्होंने उसी ऊँचे स्वर में कहा, अरे मूढ़, तू वीतहव्य का नाम खराब करने पर तुला है। अरे महामूर्ख, तेरे माथे में यह कैसी कुबुद्धि आ गई है कि बड़ों का सम्मान नष्ट करते हुए तुझे गर्व हो रहा है।

श्रीमद् देवायण के प्रथम खंड ब्रह्मकल्प में देवमंडल के अंतर्गत रूपायण वर्ग में वीतहव्य संवाद नामक प्रथम संवर्ग का समापन।

।दूसरा संवर्ग।

पिंगल वचन

पिता द्वारा इस प्रकार कहे जाने पर मैं घबरा गया। पिता का क्रोध देखते हुए मैंने सत्य कह देना ही श्रेयस्कर समझा, हे पिता, मैंने छुप कर ज्ञान प्राप्त करने के लिए ही यह छल किया था। गुरु के यहाँ रहते हुए मुझे केवल कुछ महीने हुए हैं। घर की परिस्थिति के बारे में मुझे कोई जानकारी नहीं है। मैंने सोचा था कि आपकी आँखों से ओझल रहते हुए मैं यहाँ रह लूँगा। आज जब गुरु ने आपको बुलाने के लिए कहा तब मैंने सोचा था कि स्वयं को गोपन रखते हुए आपको बुला कर मैं आपकी आँखों से दूर भाग जाऊँगा। परंतु जैसा मैंने सोचा था, घटना उसके विपरीत हो गई। मेरे पिता ने फिर पूछा, अरे मूर्ख, तूने मेरी आज्ञा की अवहेलना क्यों की है, और घर का काम-काज छोड़ कर यहाँ चला आया है। क्या तू नहीं जानता कि त्याग के बिना ज्ञान नहीं होता। किस व्यक्ति में भोग किए बिना त्याग उत्पन्न होता है? जिस स्थान पर भोग की इच्छा होती है वहीं से त्याग उत्पन्न होता है। मैंने तुझे घर में उत्पन्न किया था, तुझे शिक्षा दी। तू घर के काम छोड़ कर यहाँ चला आया है। मेरी बात सुन, तू यहाँ ज्ञान लेने नहीं आया है, तेरी

चालाकी केवल कार्य के विपरीत है। अरुण, यदि तू यहाँ आया भी, तो छुप कर क्यों रहा, मेरे सामने आकर मुझसे पूछ लेने में तुझे क्या बाधा थी? यह सुन कर मैं निरुत्तर हो कर अपने पिता की ओर देखने लगा। वीतहव्य ने फिर साँड के समान गरज कर कहा, जो पिता का दिया जन्म स्वीकार नहीं करता उसके लिए गुरु का ज्ञान वर्जित है। अरे दुष्ट, महामूर्ख, तू पक्षी के रूप में रह।

वीतहव्य के वाक्य का प्रभाव तुरंत मेरे अंगों पर दिखाई देने लगा। मैंने उनके पैरों पर गिर कर कहा, मेरा अपराध क्षमा करें, हे पिता। देर होते देख कर गृत्समद वहाँ आ पहुँचे। पिता ने पुत्र का परिचय दिया तब गुरु विस्मय से पिता के द्वारा दिए गए अभिशाप का फल देखने लगे। कृपावान गुरु ने कहा, यह सत्य है कि तुमसे मिथ्याचार का अपराध निश्चित रूप से हुआ है। पक्षी के शरीर से मुक्ति के लिए तुम्हें कुछ समय प्रतीक्षा करनी पड़ेगी। अभीवर्त को देव नामक महाबली पुत्र होगा। जब देव समिधा एकत्रित करने के लिए वन में आएगा तब यदि तुम्हें हाथों का स्पर्श देते हुए सखा कह कर संबोधित करे तब तुम्हारी मुक्ति होगी। मुझे लगता है कि आज मेरी मुक्ति का समय आ गया है। पितृव्य के शिष्य को बिना संशय सखा कह कर स्पर्श किया जा सकता है। यह कहते हुए पक्षी धरती पर आ गया। देव ने कहा, हे महामति, तुम एक पल स्थिर रहो।

शापमुक्ति का समय आ गया है यह देखते हुए पक्षी ने देव से गले लगने के लिए प्रार्थना की जिससे उसके पक्षी रूप का अंत हो जाए और वह देव के स्पर्श से दिव्य कांतिवान रूप पा सके।

श्रीमद् देवायण के प्रथम खंड ब्रह्मकल्प में देवमंडल के अंतर्गत रूपायण वर्ग में वीतहव्य अभिशाप नामक द्वितीय संवर्ग का समापन।

।तीसरा संवर्ग।

देव वचन

इसके बाद वीतहव्य ने क्या किया? तुम्हारी कहानी बहुत आश्चर्यजनक है, इसे पूरी करो। जो वेदों का इतना ज्ञानी है उसका पक्षी रूप विस्मयकारी है। किसी पक्षी के द्वारा कहे गए यह वाक्य सुनने में विलक्षण लगते हैं। तुम कैसे इन्हें कह सकते हो, हे महामति मुझे बताओ। तुम्हें कैसे पता चला कि देव स्वयं यहाँ आएगा।

अरुण वचन

जब महर्षि गृत्समद ने मेरी मुक्ति का समय निर्धारित कर दिया उसके बाद मेरे पिता का क्रोध शांत हो गया। पुत्र के प्रति वह स्नेहयुक्त वचन कहने लगे।

वीतहव्य वचन

हे पुत्र, दुर्भाग्य से तुम मेरे स्नेह से वंचित हो गए और तुम्हारी यह दीन दशा हो गई। अब तुम वन में वृक्ष की शाखाओं पर रहोगे। परंतु वेदों की गाथा याद रखने में तुमसे भूल नहीं होगी। वन में पक्षी के स्वर में महान श्रुति, अग्निमंत्रों का गायन करोगे। तुम स्वयं ध्यान करते हुए वेदों का अभ्यास करोगे। जब देव समिधा संग्रह करने के लिए वन में आएँगे तब तुम्हारे कंठ से ऋषियों की वाणी निकलने लगेगी। उस समय तुम समझ जाना कि देव आ गए हैं, इस पथ से निकलेंगे और तुमसे भेंट होगी। पिता के क्रोध के कारण तुम्हें पक्षी का शरीर मिला है, अब पिता के वरदान के कारण तुम्हें वेद याद हो जाएँगे। तुम सदा उन्हें याद रखोगे और अग्नि का ध्यान कर उन्हें समर्पित करोगे। वेदों के प्रभाव से तुम सदा सचेत रहोगे कि पिता धर्म है, पिता स्वर्ग है, पिता ही सत्य और परम तप है। पिता के प्रेम से पवित्र गति होती है और पिता के क्रोध से अधोगति मिलती है। पिता धर्म है, पिता स्वर्ग है, पिता ही सत्य और परम तप है। हे महामति, पिता के वरदान से कुछ भी असंभव नहीं है। पिता धर्म है, पिता स्वर्ग है, पिता ही सत्य

और परम तप है। तुम्हें पिता के शाप से पक्षी का शरीर मिला है, तथापि, उन्हीं के वरदान से वेदों का ज्ञान मिला है। पिता धर्म है, पिता स्वर्ग है, पिता ही सत्य और परम तप है। पक्षी के कंठ में तुम्हें मनुष्यों की वाणी मिलेगी, याद रखो पिता के संतुष्ट होने पर ही ऐसा हुआ है। पिता धर्म है, पिता स्वर्ग है, पिता ही सत्य और परम तप है। सभी गुरु महान हैं परंतु पिता से बड़ा कोई भी नहीं है। पिता श्रेष्ठ है, पिता देव हैं और पिता के सत्य से परम गति मिलती है।

पिंगल वचन

यह कहते-कहते पक्षी पवित्र ऋग्वेद का उच्चारण करने लगा। उसके मधुर कंठ की बोली वन में गूँजने लगी - हे अग्नि, आप पुरोहित हैं। आप देव के चरणों में नमन कीजिए। आप जगत के पुरोहित हैं आप अग्नि में हवि डालिए। सारे जगत के बंधु, देव मेरे बंधु हैं। हे देव, तुम्हारे दर्शन होने पर घर-घर में लक्ष्मी की वृद्धि होने लगती है। हे देव तुम अत्यंत सुंदर हो, सभी क्षेत्रों में रहते हो। तुम्हें सोचा या जाना नहीं जा सकता, परंतु तुम सभी की आत्मा में निवास करते हो। तुम महान तेज से चमकते हो। तुम इस संसार के महान कवि हो। तुम वसुओं में श्रेष्ट वसु हो और अपने तेज से वसुंधरा को उज्ज्वल करते हो। ब्रह्मा ऋत के गर्भ से और तुम इला के गर्भ से उत्पन्न हुए हो। तुम्हारे अंदर ऊषा अद्भुत सूर्य की किरणों से दमकती है। इससे विद्युत ज्योति के समान महान ज्योति का विचित्र रूप चित्रित होता है। अग्नि में पका हुआ अन्न औषधी के समान है। यह देव के यज्ञ में पुरोहित हैं। अग्नि के मुख में उनकी पवित्र जिह्वा आहुति ग्रहण करती है। हे देव, सत्य बोध कराने के लिए अग्नि सदा पुरोहित रहते हैं। यज्ञ को पूरा करने के लिए स्वाहा सम्मिलित होती हैं। आप यज्ञ के लिए लकड़ियाँ ले जाइए। वेदों के ज्ञाता को सर्वदा जन्म और कर्म का ज्ञान होता है। हे हव्य-सामग्री के वहन करने वाले, मैं अग्नि का ध्यान करते हुए आपको प्रणाम करता हूँ। यह कहते-कहते पक्षी ध्यान-मग्न हो गया।

इसके बाद, पिता अभीवर्त का ध्यान करते हुए, देव ने पक्षी को अपनी भुजाओं में बाँध लिया। देव का स्पर्श मिलते ही मनस्वी

वीतहव्य-पुत्र पक्षी के शरीर से मुक्त हो गए। महर्षि वैतहव्य, जिनका नाम अरुण है, उन्हें भुजाओं में बाँधने के बाद देव ने आदर-पूर्वक कहा, हे बुद्धिमानों में श्रेष्ठ वैतहव्य, अब से, जो भी आपकी कहानी सुनेगा उसे पिता के शाप से मुक्ति मिल जाएगी। देव की संवर्धना करने बाद वैतहव्य अपनी इच्छा के अनुसार तपस्या करने के लिए स्नान करने मंदाकिनी के तट पर गए। गृत्समद ऋषि, महाप्राज्ञ वीतहव्य तथा महामति वैतहव्य देव को बार-बार स्मरण करने लगे। ऐसी बहुत-सी पुरानी स्मृतियाँ भुला दी गई हैं। देव के कार्य से जीव रूप में जन्म लेने वाले मुक्ति प्राप्त करते थे। इसी प्रकार देव प्रतिदिन वृक्षों के पास से गुजरते हुए वन-भ्रमण करते रहे, जहाँ कई स्थानों पर अंधकार रहता था। देव के स्पर्श से जीवों को मुक्ति मिलती और वे सुंदर रूप पा लेते थे।

देव की बाहों के बंधन के द्वारा अरुण को मुक्ति मिली और वह दिव्य कांति से युक्त होकर वैजयन्त चले गए। सत्य देव अंधेरे वनों में भ्रमण करने लगे।

श्रीमद् देवायण के प्रथम खंड ब्रह्मकल्प में देवमंडल के अंतर्गत रूपायण वर्ग में वैतहव्य मुक्ति नामक तृतीय संवर्ग का समापन।

।चौथा संवर्ग।

पिंगल वचन

एक बार की बात है, देव ने गहरे अरण्य में प्रवेश किया। वन इतना घना था कि उसमें सूर्य की किरणें प्रवेश नहीं कर पा रही थीं इसलिए घटाटोप अंधकार छाया हुआ था। कुछ भी दिखाई नहीं दे रहा था। सिर के ऊपर काँटेदार शाखाएँ थीं और पैरों की नीचे धरती फिसलनदार थी। देव कुछ देर तक वन में भटकते रहे और तब वहाँ उन्होंने एक पेड़ को गिरा हुआ देखा और थकान मिटाने के लिए उस पर बैठ गए। अचानक उन्हें उस लकड़ी से ऐसी गर्जना की आवाज सुनाई पड़ी मानो किसी ने

आग को गुफा में बंद कर दिया था। इससे पहले कि देव कोई निर्णय ले पाते, वह धरती पर पड़ा हुआ लकड़ी का डंडा उछल कर वट-वृक्ष की शाखा पर पहुँच गया। इतनी तीव्र गति से जाती लकड़ी से आहत होकर, अचेत देव अड़तालिस कोस दूर जा गिरे।

पल भर में देव सचेत होकर उठ खड़े हुए। इतनी दूर आ गिरे थे यह देखते हुए उन्होंने हाथों में धनुष ले लिया। इतने में उन्हें एक छाया दिखाई दी जिसकी पूँछ पृथ्वी पर थी और सिर आकाश में था, और दो भागों में बँटी उसकी भयानक जीभ लपलपा रही थी। उसके सौ-हजार सिर थे जो पूरे आकाश में छा गए थे। चारों ओर चमकती आँखें आकाशमंडल में तारों की भाँति दिख रही थीं। वह सर्प आवाज के साथ फुफकारते हुए देव को निगलने के लिए बढ़ा।

काल के समान साँप को आते देख देव अग्नि का दिया हुआ धनुष टंकारने लगे। इस टंकार के साथ जल और थल में कंपन होने लगा और आकाश में विद्युत की चमक होने लगी। धनुष का नाद सुन कर साँप अधिक जोर से गरजने लगा। जितनी जोर से धनुष में टंकार होता उतनी ही ऊँची आवाज में साँप गरजता। इतना घोर गर्जन सुन कर तीनों लोक चौंक गए, कि क्या फिर भगवान विष्णु युद्ध में हिरण्याक्ष को वध करने आ गए हैं। इधर साँप आवाज करते हुए देव के सिर को डसने का प्रयास करने लगा। देव ने सर्प का सिर काटने के लिए धनुष पर तीर चढ़ा कर निशाना साध लिया। साँप सिर इधर-उधर हटाते हुए और बहुत प्रकार की अंगभंगी करते हुए तरह-तरह से देव का निशाना व्यर्थ करने लगा। देव मन में सोचने लगे कि यह सर्प तो बड़ा दुष्ट निकला।

अग्नि के दिए पाँच तीरों को याद कर, देव ने एक-एक करते हुए निशाना साधा। परंतु उन्हें आश्चर्य हुआ कि यह सभी व्यर्थ हो गए। सर्प और जोर से गरजने लगा और उसकी जिह्वा का स्पर्श होते ही देव अचेत हो गए। सत्य का विपर्यय हो गया और देव भूमि पर गिर पड़े। देव को निगलने के लिए सर्प ने अपना विशाल मुँह खोला। उसके मुँह से गर्म हवा निकलने लगी जैसे अग्नि में तपी हो। आँखें बंद किए देव ने अग्नि को याद किया। हे गजानन, यह प्राचीन कथा कितनी

आश्चर्यजनक है कि जहरीली साँस से सत्यदेव इतनी जल्दी मूरच्छित हो गए।

जब विशाल देह और जीभ वाला भयानक रूप वाला साँप आया, तब देव द्वारा चलाए गए सभी तीर व्यर्थ हो गए। सर्प ने देव के मस्तक को अपने दाँत से स्पर्श किया।

श्रीमद् देवायण के प्रथम खंड ब्रह्मकल्प में देवमंडल के अंतर्गत रूपायण वर्ग में देव-भुजंग संवाद नामक चतुर्थ संवर्ग का समापन।

।पाँचवां संवर्ग।

पिंगल वचन

कुछ समय बीतने पर देव की चेतना लौटी। भयभीत आँखों से देव चारों ओर ताकने लगे। उस स्थान पर साँप नहीं था बल्कि उसके स्थान पर एक पुरुष था। वह पुरुष मधुर स्वर में कहने लगा, आप को किस बात का भय, आप तो स्वयं सत्य हैं। आपके स्पर्श से अमरत्व प्राप्त होता है और मृत्यु आपके सामने झुकती है। हे देव देखिए, सारा भय दूर हो गया है, आपका शत्रु स्वयं मर कर गिरा हुआ है। देव आश्चर्य से अवाक होकर अपनी बड़ी-बड़ी विस्फारित आँखों से देख रहे थे। वह पुरुष कहने लगा, कितने आश्चर्य की बात है, जैसे जन्म एक ध्रुव सत्य है, वैसे ही मृत्यु भी एक ध्रुव सत्य है। रोग से, बुढ़ापे से या युद्ध में शस्त्र से या अचानक आघात लगने से, लोग अपने शरीर त्याग देते हैं। जब जन्म होता है, तब मृत्यु भी होती है, इसमें क्या संदेह है। तरह-तरह के उपायों से नित्य जीवन-लीलाएँ समाप्त होती है। आप वास्तव में महावीर हैं, देखिए, आप सर्प से युद्ध में पराजित हुए और यह भयंकर सर्प मृत्यु के साथ युद्ध में पराजित हो गया। हे गजानन, अब तक देव पूरी तरह से सचेतन हो गए थे। वह उस पुरुष से इस प्रकार पूछने लगे।

देव वचन

हे महात्मन, आपने जो भी पवित्र वचन कहा है वह सब सत्य है। आपका परिचय क्या है और यहाँ कैसे आना हुआ है। इस निर्जन वन में किस कारण आए हैं, आपने मुझे इस सर्प का भोजन बनने से कैसे बचाया? जिस पर सारे अस्त्र व्यर्थ हो गए थे, उस सर्प को आपने कैसे मार गिराया? मुझे तो यह देख कर असंभव सा लगता है।

पुरुष वचन

हे महाबली, इन तीनों लोकों में असंभव क्या है? कालक्रम में बहुत सी अद्भुत घटनाएँ घटती हैं। स्वयं मैं प्रजापति कश्यप के तेज से उत्पन्न हुआ हूँ, तीनों लोकों में मैं ग्रावाण के नाम से जाना जाता हूँ। सृष्टि के आरंभ में जब तीनों लोकों की रचना हुई, तब मुझे तृतीय लोक की सृष्टि में नियोजित किया गया था। जैसे मारीच की स्वर्ग में, और मनु की मर्त्यलोक में उपासना की जाती है, उसी प्रकार मेरी उपासना रसातल में की जाती थी। मैंने काद्रव का रूप धारण करते हुए, कद्रु की सृष्टि प्रकाशित करते हुए साँपों की रचना की, प्राचीन स्मृतियों के अनुसार इन्हें काद्रवेय कहा जाता है।

उस अंधकार से प्रवेश करते हुए मुझे इनसे मोह हो गया था। परंतु स्रष्टा को मोह नहीं होता। जब वहाँ सृष्टि पूरी हो गई तब मैं क्रमशः इधर की ओर आने लगा। यहाँ स्रष्टा ब्रह्मा इस विचित्र सृष्टि के लिए चिंतित थे। उन्होंने मुझसे गंभीर स्वर में कहा, हे ग्रावाण तुम इस काद्रव रूप का त्याग करो रसातल में साँपों की सृष्टि पूरी हो गई है, अब तुम अन्य सृष्टि करो।

स्रष्टा की बात सुन कर मैं आत्म-सचेत हो गया और कहने लगा, हे स्रष्टा, मुझे क्षमा कीजिए क्योंकि इस रूप को त्यागने की क्षमता मुझमें नहीं है। मेरी बात सुन कर ब्रह्माजी ने इसका समय निर्धारित कर दिया। उन्होंने मुझसे कहा कि जब देव जन्म लेगा तब उसका पवित्र स्पर्श पाकर तुम्हारी मुक्ति हो जाएगी। इतना कह कर देव-स्रष्टा अंतर्धान हो गए। मैं दुष्टों की सृष्टि करता था और उन्हीं के कुल में रहता था। आज देखो देव, तुम्हारा पवित्र स्पर्श पाकर मेरा काद्रव रूपी

सर्प मृत्यु के मुख में चला गया है। स्रष्टा के रूप में उसके शरीर में मैं था इसलिए तुम्हारे शस्त्र से उसकी मृत्यु नहीं हुई।

देव वचन

हे ग्रावाण प्रजापति, सर्प के रूप में स्वयं तुम्हीं थे, तब किस तरह तुमने अपने भयंकर रूप का त्याग किया?

ग्रावाण वचन

तुम्हारे सिर का स्पर्श करते ही मेरा मोह चला गया और चेतना जागृत हुई। जिस तरह म्यान से तलवार निकल जाती है उसी तरह मैंने उस शरीर को त्याग दिया।

साँपों के सृष्टिकर्ता का सुंदर रूप देख कर मुग्ध देव के मन में प्रसन्नता हुई और वह निर्भय हो गए। देव ने पूछा कि सर्प का रूप धारण करने का क्या कारण था, तब इसके उत्तर में ग्रावाण ने अपनी कहानी विस्तार से सुनाई।

श्रीमद् देवायण के प्रथम खंड ब्रह्मकल्प में देवमंडल के अंतर्गत रूपायण वर्ग में देव-भुजंग संवाद में ग्रावाण आत्मप्रकाश नामक पंचम संवर्ग का समापन।

।छठा संवर्ग।

देव वचन

तुम्हारी कहानी विचित्र है और इसे सुन कर मुझे बहुत आश्चर्य हो रहा है। हे साँपों के स्रष्टा ग्रावाण, तुम मुझे बताओ कि यह कैसे हुआ कि तुम्हारी स्रष्टा की भूमिका उस रूप से बँध गई थी। स्रष्टा तो जगत से स्वतंत्र है और वह जगत से ऊपर रहने वाला है।

ग्रावाण वचन

माता अदिति ने मुझे अभिशाप दिया और कहा, हे ग्रावाण तुम

रसातल में जाओ और साँपों की सृष्टि करो। सुनो देव, पुरानी स्मृति के अनुसार, देवमाता अदिति और देवों को दैत्य बहुत सताते थे। माता हमेशा डरी रहती थी इसलिए देव उन्हें घेरे रहते थे। अपनी बाल-सुलभ बुद्धि के कारण मुझे एक कौतुक सूझा। मैंने अपनी कल्पना के अनुसार साँप का वेश धारण किया और पुत्रों से घिरी माता के सामने अचानक चला गया। अचानक मेरा दस सिरों वाला रूप देख कर सभी देव डर गए और उनसे भी अधिक माता डर गईं।

इंद्र के पास सबसे अधिक बुद्धि है। वह दूर से मुझे देख रहे थे। तुरंत मेरे पास आ गए और मेरा कृत्रिम वेश नोच कर फेंक दिया। इससे ग्रावाण का सत्य सभी के सामने प्रकट हो गया। माता का भय देख कर सभी हँसने लगे। जैसा कौतुक था वैसे ही किया था इससे सभी की प्रसन्नता बढ़ गई। केवल माता मुझसे अत्यंत रुष्ट हो गई और बोली, हे ग्रावाण तेरी दुष्ट बुद्धि मैंने देख ली। तू मेरे गर्भ से उत्पन्न हुआ परंतु किस कारण से तेरी बुद्धि ऐसी हो गई है? जैसा वेश दिति के पुत्र बनाते हैं तूने वैसा ही बनाया है। हे दुष्ट, जो तुझे सबसे अच्छा लगता है वही वेश बना कर तूने मेरे सामने दिखाया। तू ऐसे ही रूप का स्रष्टा बनेगा और उन्हीं के कुल में तेरी पूजा की जाएगी।

माता का ऐसा कहना सुन कर मुझे बहुत दुःख हुआ और मैंने अपने पिता के सामने जा कर जो कुछ हुआ था उसे यथावत सुना दिया। पिता ने मेरी सारी बातें सुन कर कहा, हे ग्रावाण, रसातल में ऐसी ही सृष्टि की आवश्यकता है। तुम तृतीय स्वर्ग में सृष्टि का कार्य करो। इसके बाद माता की सेवा करो और उनसे वरदान लो। पिता के वाक्यों से मुझे संतोष हुआ। मैंने माता के चरणों की वंदना करते हुए कहा, आपका वचन अकाट्य है। अब मेरे लिए आपकी क्या आज्ञा है, आप जो कहेंगी मैं वैसा ही करूँगा। इससे यदि आप संतुष्ट होंगी तब मेरे लिए पवित्र वचन कहेंगी। मेरी बातें सुन कर माता को हँसी आ गई।

उन्होंने स्नेहपूर्वक कहा, अब मैं तुम्हारे शाप से मुक्ति की बात कहती हूँ। अभीवर्त के तेज से सत्य का उद्भव होगा। जब सर्पों की सृष्टि पूरी हो जाएगी, तब सत्य तुम्हारे सिर का स्पर्श करेंगे और तुम्हें मुक्ति मिलेगी। बहुत से प्राणियों को भक्षण करने से तुम्हारा शरीर बहुत बड़ा

हो जाएगा। नए कल्प के आरंभ में तुम्हें मुक्ति मिलेगी। इसी कारण हे अभीपुत्र, मैंने आपके सिर का स्पर्श किया था। माता के वाक्य ने निर्धारित कर दिया कि मुझे सर्प के शरीर से मुक्ति मिलेगी।

क्रोध शांत होने पर माता ने मुझसे कहा, हे मेरे स्नेह से वंचित पुत्र, मेरे इस अभिशाप का कोई अर्थ नहीं था। पुत्र तो अपनी बुद्धि के अनुसार उनके मन में जो आता है वही खेल खेलते हैं। मैंने अकारण ही तुम्हें शाप दिया। इसके बाद हे वत्स सुनो, तुम सर्वदा सभी पर जय करोगे, तुम्हें कोई भी मार नहीं सकेगा, तुम सर्पकुल के प्रजापति बनोगे। अपनी बुद्धि के भ्रम के पाप के कारण कोई गलती न हो जाए इस पर ध्यान रखना।

एक मोहग्रस्त साँप माता के बल से महाबली बन गया। इस कारण हे अभीपुत्र, मैं सर्वदा याद रखता हूँ, माता सर्वत्र श्रेष्ठ होती है और स्वर्ग से भी बड़ी होती है। माता के क्रोध से मेरी अधोगति हुई और मैंने साँप का हीन रूप धारण किया।

माता दुर्गा महाशक्ति हैं, महेश्वरी मातृदेवी हैं। सभी बलियों के बीच माता के बल से कुल बली होता है। माता दुर्गा महाशक्ति हैं, मातृदेवी महान हैं। माता स्वर्ग से बड़ी हैं, माता मर्त्यलोक में भी सबसे बड़ी है। माता दुर्गा महाशक्ति हैं, महेश्वरी मातृदेवी हैं। जन्मभूमि माता के समान है, माता जन्मभूमि की स्मृति हैं। माता दुर्गा महाशक्ति हैं, महेश्वरी मातृदेवी हैं।

देव वचन

सर्पकुल के प्रजापति, हे ग्रावाण, मैं आपके चरणों का नमन करता हूँ। सर्प कुल की वृद्धि के लिए, इसके बाद स्रष्टा कौन होंगे?

ग्रावाण वचन

कद्रु के गर्भ से एक लाख पुत्र उत्पन्न हुए, उनमें अर्बुद स्रष्टा हैं और सर्प कुल को बढ़ाने वाले हैं।

कद्रु के गर्भ से जन्म लेने वाले जो एक लाख पुत्र हैं, उन सभी सर्पों का वर्णन काद्रवेय कह कर किया जाता है। उनमें ज्येष्ट का नाम अर्बुद है, उनके द्वारा भुजंग कुल की वृद्धि की जाएगी।

श्रीमद् देवायण के प्रथम खंड ब्रह्मकल्प में देवमंडल के अंतर्गत रूपायण वर्ग में ग्रावाण सृष्टि नामक षष्टम संवर्ग का समापन।

।सातवाँ संवर्ग।

पिंगल वचन

ग्रावाण ने इस प्रकार कहते हुए उस क्षेत्र का त्याग किया। दिव्य रूप धारण करते हुए प्रजापति के रूप में वह स्वर्ग में चले गए। इधर, देव भी साँपों के सृष्टिकर्ता को स्वर्ग की ओर जाते देख कर वन में घूमने लगे। परंतु इस बार उनके पथ में उजाला था। वृक्षों के झुरमुट में चारों और सूर्य के प्रकाश में रत्न चमक रहे थे। एक बार जब देव ने पुष्प कानन में प्रवेश किया तब वह सूर्य के प्रकाश में चमक रहा था और वन जगमगा रहा था। पूरी सृष्टि पवित्र प्रकाश से उज्ज्वल हो रही थी। सिर के ऊपर फूल शोभायमान हो रहे थे और पैरों के नीचे धरती निर्मल थी। शीतल, सुगंधित हवा चल रही थी। देव का मन प्रसन्नता से भर गया। वे सुखासन में बैठ गए और इधर-उधर देखने लगे।

कुछ दूरी पर उन्हें एक ऋषि दिखाई दिए। कदाचित कोई महा-ऋषि धरती पर गिरे हुए फूल संग्रह कर रहे थे। बहुत समय तक ऋषि को उसी निश्चल अवस्था में देख कर देव को कौतुहल हुआ। फूल वृक्ष की शाखाएँ हिल-डुल नहीं रही थीं और ऋषि की देह में भी कोई गतिशीलता नहीं थी। फूल लेने के लिए आए ऋषि इतने स्थिर क्यों है यह सोचते हुए देव धीरे-धीरे चल कर उनके सामने आ गए। भक्ति-भाव से चरणों में प्रणाम करने के बाद भी ऋषि कुछ नहीं बोले। देव ने मन में सोचा कि वन में मौन धारण करते हुए बैठना कोई आश्चर्य की बात नहीं है। फिर भी सत्य की जाँच करने के लिए देव ने ऋषि के शरीर को स्पर्श किया। उनके छूते ही ऋषि के शरीर में चंचलता आई और वे पलकें झपकाने लगे। अब तक मौन बैठे ऋषि बातें करने के लिए प्रस्तुत हो गए। तब देव ने उस निश्चल वृक्ष को छुआ। वह वृक्ष वहाँ से अदृश्य

हो गया और उसके स्थान पर मंद-मंद मुस्कुराती हुई अत्यंत सुंदर स्त्री खड़ी थी। उसका रंग साँवला था और वह तरह-तरह के फूलों से आभूषित थी। अभीपुत्र ने पूछा, हे गौर वर्ण के, दीर्घ भुजाओं वाले, जटाजूट-धारी ऋषि, आप कौन हैं? फिर उसने उस स्त्री से पूछा, हे सुंदरी आप कौन हैं, जो वृक्ष का रूप धारण किए निश्चल खड़ी थीं?

मुनि वचन

मेरा नाम अथर्वण है और मैं भेषज-मंत्रों का ज्ञाता हूँ। यह मेरी शक्ति, मेरी प्रिया और पत्नी प्रसूवरी हैं। हे देव, जैसे आप अपने व्रत के प्रभाव से जगतवासियों की मुक्ति चाहते हैं, मैं भी अपनी विद्‌या के बल से जगत की भलाई की कामना करता हूँ। यह मेरी अद्भुत शक्ति हैं, जो बल और आरोग्य प्रदान करती हैं। इसी कारण हे महाबली, मैं नित्य इनकी जड़ का स्पर्श करता हूँ और यह इस वन में फूलों के वृक्ष के रूप में रहती हैं। इन्हीं के दर्शन के लिए मैं निरंतर वनों में घूमता था।

देव वचन

यदि यह, आपकी प्रिया बल एवं आरोग्य प्रदान करती हैं, तब मुझे बताइए कि यह वृक्ष का रूप धारण किए हुए वन में क्यों रहती हैं?

अथर्वण वचन

यदि आपको सुनने की इच्छा है तब मेरे आश्रम में चलिए। वहाँ कुछ देर विश्राम कीजिए तब यह कहानी सुनिए। यह पुरानी कहानी बहुत बड़ी है और सुनने में आश्चर्यजनक है, मेरे घर चलिए, तब इसे क्रमानुसार विस्तार से कहूँगा।

पवित्र पुष्प वन में जाने के बाद मुनि को स्तब्ध देख कर देव ने कौतुहल से उन्हें स्पर्श किया और वैद्‌यराज को मुक्ति दी।

श्रीमद् देवायण के प्रथम खंड ब्रह्मकल्प में देवमंडल के अंतर्गत रूपायण वर्ग में अथर्वण साक्षात नामक सप्तम संवर्ग का समापन।

।आठवाँ संवर्ग।

पिंगल वचन

हाथ जोड़ कर प्रसूवरी ने देव के चरणों में नमन किया और कहा, हे देव, चल कर हमारा घर देखिए। देव की सम्मति लेकर मंत्रों के ज्ञाता अथर्वण देव और प्रसूवरी के साथ उस वन को छोड़ कर स्वर्ग में उपस्थित हुए। देव के साथ अथर्वण और उनके साथ उनकी प्रिया प्रसूवरी, पर्वत शिखर के आश्रय में बहती गंगा के तट पर पहुँच गए। यहाँ तपस्विनी काक्षीवती का निरंतर निवास था। अथर्वण ने देव से कहा, देखिए यही मेरा आश्रम है। पश्चिम की ओर लता गुल्मों से घिरा हुआ आश्रम था। वहाँ ब्रह्मज्ञान की विदुषी काक्षीवती रहती थीं। प्रकृति के सुंदर दृष्यों को देखते हुए देव और प्रसूवरी के साथ उन्होंने पवित्र आश्रम में प्रवेश किया।

आश्रम के चारों ओर छाए लता-गुल्मों में काली, हरी, लाल, सुनहरी नाना प्रकार की औषधियों की जड़ी-बूटियाँ रत्नों की तरह चमक रही थीं। यह सभी पहले प्रभा-हीन थीं, प्रसूवरी के आते ही वे पुनः उज्ज्वल हो उठीं। उन्हें दिखाते हुए अथर्वण ने कहा, देखो प्रसूवरी लगता है कि यह पुनः प्राणवान हो उठी हैं। मुस्कुराते हुए प्रसूवरी ने कहा, हाँ मैं देख रही हूँ, परंतु देव यहाँ हमारे निमंत्रण पर आए हैं पहले उनको अर्घ्य प्रदान करते हुए स्वागत-सत्कार करते हैं। देव की पूजा करने के बाद दूसरी वस्तुओं को देखेंगे। उन्होंने मुझे मुक्ति देते हुए आपको प्रसन्न किया है अतः पहले उनकी अभ्यर्थना करना परम आवश्यक है।

इसे सुन कर प्रसन्न-चित्त अथर्वण ने कहा, सबसे पहले देव की पूजा की जाएगी तब दूसरे कार्य किए जाएँगे। उन्होंने देव को बैठने के लिए आसन देते हुए, पवित्र जल, दही और मधु प्रदान किया। देव ने मधु-पर्क ग्रहण किया। उसी समय भिषक के साथ बृहद्दिव आ पहुँचे। भिषक ने प्रसन्नता के साथ देव का चरण-स्पर्श किया। उन्होंने भिषक को गले लगा लिया। जिन्होंने मंदाकिनी के तट पर उन्हें मुक्ति दी थी उन्हें अपने घर आया देख कर भिषक कहने लगे -

भिषक वचन

हे देव आपके परम पवित्र स्पर्श से मेरा नेवले का रूप लुप्त हो गया था तब में स्वर्ग छोड़ कर इस घर में आया। हे महामति, मैंने घर आकर देखा कि यहाँ माता और पिता कोई भी नहीं थे। मैं बृहद्दिव को पुकारने लगा, परंतु उससे कोई उत्तर नहीं पाकर, मैं अपने घर में घूमते हुए सूनेपन का निरीक्षण करने लगा। फिर मैंने बृहद्दिव को आवाज दी तब बहुत दूर से आता हुआ उसका स्वर सुनाई पड़ा। तेजी से चलते हुए बृहद्दिव आकर मुझे प्रणाम करते हुए कहने लगा, हे बड़े भैया, आप शाप से विमुक्त होकर घर आ गए हैं, परंतु चूँकि माता शापग्रस्त हो गई हैं इससे घर सूना पड़ गया है। यह सुन कर मैं बहुत दुःखी हुआ। उसके बाद बृहद्दिव ने धीरे-धीरे माता के शापग्रस्त होने का कारण बताया। हे देव, आज आपकी कृपा से माता से भेंट हुई है। भिषक की बातें सुन कर देव को प्रसन्नता हुई। देव को प्रणाम करते हुए बृहद्दिव ने उन्हें एक आसन दिया। देव ने मधुपर्क पान कर लिया था, अब वे आराम से मृगचर्म के आसन पर बैठ गए।

प्रसन्न-चित्त देव ने वैद्य मंडली से प्रश्न किया, वैद्यों की माता की तो तीनों लोकों में पूजा की जाती है, हे अथर्वण, उन्हें अभिशाप दिए जाने का कारण क्या था?

श्रीमद् देवायण के प्रथम खंड ब्रह्मकल्प में देवमंडल के अंतर्गत रूपायण वर्ग में अथर्वण सद्म नामक अष्टम संवर्ग का समापन।

।नौवाँ संवर्ग।

देव वचन

हे प्राज्ञ, प्रसूवरी तो औषधियों की शक्ति हैं, उन्हें किसने अभिशाप दिया था?

अथर्वण वचन

मेरा आश्रम पहले रत्नाकर कुल में था। हे देव, प्रसूवरी के आगमन की पुरानी स्मृति सुनिए। रोगों से निराकरण के लिए प्रकट किए जाने वाले मंत्रों की सृष्टि के लिए मेरे पास जल के देवता वरुणदेव आए थे। मुझ पर प्रसन्न होकर वरुण देव ने कहा, हे ब्रह्मा के विद्वान पुत्र, आप यहाँ अकेले क्यों रहते हैं। ब्रहमाजी के प्रत्येक पुत्र ने नाना रूपों का सृजन किया, एक आप ही हैं जो इस निर्जन स्थान पर बिना पत्नी के रहते हैं। आपको सृष्टि करने की इच्छा क्यों नहीं है, आज इसका कारण मुझे बताइए। इतनी बड़ी विद्या आपने अपने अंदर संजो कर रखी है। यदि इस संसार की भलाई के लिए आप सृष्टि करना चाहते हैं तो मैं आपको अपनी कन्या प्रदान करूँगा। जगत में सभी का उपकार करने के लिए और सभी जीवों के मंगल के लिए मैं अपनी बल एवं आरोग्य प्रदान करने वाली पुत्री प्रसूवरी को तुम्हें दूँगा।

प्रसूवरी कांति बढ़ाने वाली और अजरत्व प्रदान करने वाली है, हे महामति, तुम ऐसी कन्या को संतुष्ट करो। रूप और गुणों में वह शची के समान है, मधुर वचन बोलती है, पीड़ा सहन करने के लिए उसमें पृथ्वी के समान सहनशीलता है। वह चपल है, और निरंतर सभी कार्य शीघ्रता से करती है। ऐसी कन्या प्रसूवरी को मैं तुम्हें प्रदान करूँगा। देवतागण उसकी आकांक्षा रखते हैं तथा अश्विनी और चंद्र जैसे देवता उसकी कामना करते हैं। परंतु लोगों को रोगों से मुक्त करना तथा उनकी पीड़ाओं का दमन करना एक महान कार्य है। इसलिए दुःखी जनों की यातना दूर करने के लिए मैं तुम्हें यह शक्ति प्रदान करता हूँ, इतना कह कर वरुण देवता अपनी अनिंद्य रूप और यौवन की स्वामिनी कन्या के हाथ मेरे हाथों में देकर जल में अंतर्धान हो गए।

मैंने इस कन्या प्रसूवरी के साथ विवाह किया, जो सेवा-परायण थी, मेरा सम्मान करती थी और पतिव्रता थी। मैं व्याधियों और पीड़ा निवारण के लिए लोगों को मंत्र देने लगा। उस समय मेरे पास बहुत से शिष्य आया करते थे। प्रसूवरी के गर्भ से दो पुत्रों का जन्म हुआ। भिषक का जन्म पहले हुआ, वह मंत्र औषधियों का ज्ञाता था। उसकी विद्या से जगत में भेषज तत्वों का आविष्कार हुआ।

दूसरा पुत्र बृहद्दिव के नाम से विख्यात हुआ। उसकी विद्या से जगत में अजरातत्व व्यक्त किया गया। इससे बृहद्दिव मारण, उच्चाटन, अबाध्यता तथा वशीकरण मंत्र प्रकट करता था। भयानक विष से प्रभावित व्यक्तियों का विष शोधन करता, अपने विद्या और कौशल से गुप्त तत्वों को प्रकट करता था। यहाँ सभी शिक्षाएँ ग्रहण करने के लिए देवता और ऋषियों के पुत्र आया करते थे, प्रयोजन के अनुसार मेरे दोनों पुत्र उन्हें शिक्षा देते थे। दिव्य विद्या सीखने के लिए देवपुत्र आते थे। चन्द्रमा और अश्विनी सहित देवता और मानव एक साथ सुखासन में बैठते। वेद अध्ययन करने तथा अनुसंधान करने के लिए शिष्यों के आने के कारण आश्रम समृद्ध हो गया। उस समय पृथ्वी पर अव्यक्त रोग विज्ञान को व्यक्त किया गया। मेरे शिष्यों में चन्द्रमा और अश्विनी मुझे प्रिय थे। धीरे-धीरे विश्व में अजरा विद्या प्रकट हुई। देव शिष्यों की सहायता के लिए मैं मानवों पर निर्भर करता था। मंत्रों के तेज की सहायता से अजरा विद्या सरलता से व्यक्त की गई। देवताओं और मानवों के समान उद्यम से एक महान कार्य संभव हुआ। मानवता दिनों-दिन अमरत्व के पथ पर आगे बढ़ रही थी। उन्हें वह अमरत्व आसानी से मिलने वाला था जो दैत्यों को कभी नहीं मिला था। इसके लिए महान तप का अनुष्ठान किया गया जिसे बाद में दैत्यों ने ध्वंस कर दिया।

अथर्वण क्रमानुसार प्रसूवरी की कहानी कह रहे थे। अपने यौवन को अजर बनाने के लिए आश्रम में शिष्यों का नित्य आगमन होता था।

श्रीमद् देवायण के प्रथम खंड ब्रह्मकल्प में देवमंडल के अंतर्गत रूपायण वर्ग में अथर्वाश्रम वर्णना नामक नवम संवर्ग का समापन।

।दसवाँ संवर्ग।

पिंगल वचन

अश्विनी के पुत्र दिव्य तप बड़े हुए। मेरे बनाए गए मानव कुल के द्वारा इस तप की प्रतिष्ठा की गई और इस तप के कारण अमरत्व का दिव्य तथ्य प्रकाशित हुआ। मनुष्यों में दिन-प्रतिदिन अजरत्व की कांति दिखाई देने लगी। इस तप की परिचालना मेरी शक्ति प्रसूवरी ने की थी, जिसने अपनी साधना के द्वारा अमरत्व को प्रकट किया। अश्विनी कुमारों और प्रिय प्रसूवरी के द्वारा किए गए इस यज्ञ से सौंदर्य और तेज की वृद्धि हुई। तप देखने में सुंदर और तेजस्वी था और प्रसूवरी को प्रिय था। इस उपाय से मनुष्य अमरत्व प्राप्त करने लगे। यज्ञ कार्य देख कर दैत्यों को बड़ी ईर्ष्या हुई और उन्होंने आकर यज्ञ ध्वंस कर दिया। मनुष्यों के लिए यह तप अमरत्व प्रदायक था इसलिए दैत्यराज नासत्य के पुत्र दैत्य दमुनज ने तप को प्रभावित किया। दमुनज नित्य अगोचर रह कर घूमता था उसने पता लगाया कि जिस तप से मनुष्यों की कांति बढ़ रही है उसमें सहायता करने वाली देवी प्रसूवरी हैं। उसके बाद उसने इस तप को प्रदूषित कर दिया।

जिस प्रकार मैं इसे कह रहा हूँ उसे ध्यान में रखो। तप की बुद्धि को दमुनज ने अचानक प्रभावित किया था। तप को वह स्त्री के रूप पर मुग्ध करता था तथा यौवन-भोग की लालसा बढ़ाता था। देवी प्रसूवरी देह से चिरयौवना थी। यद्यपि वह पुत्रों की माता थी, फिर भी वह किसी कुमारी कन्या के समान दिखती थीं। दमुनज के द्वारा प्रभावित तप उन पर आसक्त हो गया। वह गुरुपत्नी थीं फिर भी भ्राँत तप को यौवन की उन्मत्तावस्था में संभोग की इच्छा उत्पन्न हो गई। गुरुपत्नी प्रसूवरी दो पुत्रों की माता थीं, परंतु दमुनज द्वारा प्रभावित तप की बुद्धि ने इसे विस्मरण कर दिया। उसने मेरा रूप धारण कर लिया। पुष्प संग्रह करने के लिए प्रसूवरी नित्य वन में घूमती थी। उसी वन में प्रवेश कर तप ने मेरे रूप में अपने तेज से प्रसूवती को गर्भवती बना दिया। यह दुराचार दमुनज के प्रभाव से किया गया था। उस प्रभाव से मुक्त

होने पर तप का भ्रम दूर हुआ और उसे अपनी स्थिति का भान हुआ और अभिशाप के भय से पलायन कर गया। प्रसूवरी को पता नहीं था कि यह गर्भ तप का दिया हुआ है। इसे सामान्य गर्भ मान कर प्रसूवरी निश्चिंत थी। मुझे भी ज्ञात नहीं था कि प्रसूवरी गर्भवती है।

केवल तप के नहीं दिखाई देने से मेरे मन में संदेह जागृत हुआ। चार महीने बीतने के बाद गर्भ के लक्षण दिखाई देने लगे। इससे प्रसूवरी स्त्री सुलभ लज्जा और आशंका से ग्रस्त थी। उसे देख कर मैंने क्रोध से पूछा कि तुम्हारा यह गर्भ कैसे रहा है? मेरे स्वर की कठोरता से भयभीत हो कर प्रसूवरी कहने लगी, हे प्राज्ञ, पुष्पवन में प्रवेश करने के बाद आपने मेरे साथ जो किया, स्वयं गर्भ प्रदान करते हुए, यह आप कैसी बातें कह रहे हैं। उसके मुँह से यह बात सुन कर मैं स्तम्भित हो गया, यह क्या कह रही हो, सृष्टि का कार्य मैंने कई वर्ष पहले ही छोड़ दिया था। तुम किसी अन्य व्यक्ति के साथ क्रीड़ा में रत हुई हो। जिसके पहले से ही दो-दो योग्य पुत्र हैं उसे पुत्र की क्या आवश्यकता? तुम सच-सच कहो कि क्या हुआ है, नहीं तो घर छोड़ दो।

मेरे इस तरह कहने से वह क्षुब्ध और कातर हो कर मेरे पैरों पर गिर पड़ी, और आँसुओं की झड़ियों के बीच कहने लगी, यह इस गर्भ से प्रमाणित होता है कि यह आपका किया हुआ कार्य है। हे महात्मन, आप इसे किस कारण से अस्वीकार कर रहे हैं? आपके सिवा मेरा दूसरा कौन साक्षी है? इस गर्भ के द्‌वारा ही प्रमाणित होता है कि यह पति के द्‌वारा दिया गया है। मेरे साथ यदि आप नहीं थे तो इसे करने में कौन सक्षम है? पति की इच्छा गर्भ में धारण करती हुई सती पूर्णता प्राप्त करती है। प्रसूवरी की बात सुन कर मैंने ध्यान धारण किया जिससे मुझे ज्ञात हुआ कि मेरा रूप धर कर तप ने यह गर्भ प्रदान किया है। मैंने तप की खोज करने के लिए चारों दिशाओं में शिष्यों को दौड़ाया।

प्रसूवरी के वाक्य सुन कर अथर्वण विस्मित हो गए थे। ध्यान धरने के बाद उन्हें अंतर्दृष्टि से ज्ञात हुआ कि यह जघन्य कार्य तप ने किया है।

श्रीमद् देवायण के प्रथम खंड ब्रह्मकल्प में देवमंडल के अंतर्गत रूपायण वर्ग में प्रसूवरी-तपः संग नामक दशम संवर्ग का समापन।

।ग्यारहवाँ संवर्ग।

अथर्वण वचन

कुछ दिनों बाद शिष्यगण उसे पकड़ कर वापस लौट आए और तप उनके सामने सिर झुका कर खड़ा हो गया। वह भय से काँप रहा था कि कहीं अभिशाप से जल न जाए। प्रत्येक शिष्य उसे क्रोध भरी दृष्टि से देख रहा था। जिसे कहने में विस्मय होता था उसे सुनते ही अश्विनी स्वयं तप के सामने जा खड़े हो गए। वह कठोर स्वर से पूछने लगे, हे पुत्र शीघ्र बताओ, क्या तुमने उस मातृतुल्य गुरुपत्नी की लालसा की थी जिनकी सभी शिष्य पूजा करते हैं और उनके सामने सिर नवाते हैं? यह कहने की आवश्यकता नहीं है, परंतु मैं स्वयं उनकी पूजा करता हूँ। यह तेरी कैसी दुर्बुद्धि हो गई थी कि तूने उन्हीं गुरुपत्नी की लालसा की? गुरु के भयंकर कोप और अभिशाप से तू जल जाएगा। तू शीघ्र बता कि क्या यह सत्य है कि तूने गुरु का रूप धारण किया और प्रसूवरी को धोखा देकर यह गर्भ प्रदान किया। तप ने सिर झुका कर उत्तर दिया - हे पिता, जो सत्य है उसे सुनिए, मैंने अपना कार्य गुप्त रूप से किया था। गुरुपत्नी सहित मुझे जिस कार्य के लिए नियुक्त किया था, उसके लिए नित्य वन में घूमते हुए मेरी भोग-लालसा बढ़ रही थी। अनिंद्य सुंदरी प्रसूवरी के यौवन को देख कर मेरा चित्त भोग के लिए लालायित हो गया था। हे पिता सुनिए, मैं ऐसा क्यों हो गया था यह मुझे पता नहीं। परंतु प्रेम के आवेग में मैंने प्रसूवरी को अपने वक्ष में समेट लिया। ऐसी बातें सुनते ही वहाँ पर उपस्थित शिष्यों ने अपने-अपने कानों में उंगलियाँ डाल ली और ऊँचे स्वरों में छिः, छिः की ध्वनि करने लगे।

फिर भी तप ने मन ही मन अभिशाप से जल जाने का दृढ़ निश्चय करते हुए अपनी लज्जा का अतिक्रमण करते हुए कहा, हे पिता, हे गुरु, इसके बाद मेरे दुष्कार्य के संबंध में सुनिए, मैंने हर्षपूर्वक देवी प्रसूवरी को गर्भ प्रदान किया, और पुष्प वन का त्याग करते हुए कुछ ही दूर गया था कि मैंने देखा कि तुरंत मेरे अंग से एक अन्य रूप बाहर निकल

आया है। मेरे अंगों से निकल कर उसने तीव्र गति से जाने का उपक्रम किया। तब मुझे ज्ञात हुआ कि इसी दुष्ट के प्रभाव में आकर मुझसे यह दुराचार हुआ है।

मैंने उसे तुरंत पुकारते हुए उसका परिचय पूछा। उसने घूमते हुए कहा, रे तप तुझे मैंने महापाप में लिप्त कर दिया है, अब गुरु के शाप से तू जल जाएगा। तू देवमाता प्रसूवरी की सहायता से, हम दैत्यों को ठग कर मनुष्यों को बढ़ावा दे रहा था। मनुष्यों की मित्रता में तुझे संतोष मिल रहा था वहीं मैंने आघात किया है। अब, गुरुपत्नी का गमन करने पर मनुष्य तुझसे घृणा करेंगे। तू मनुष्यों को अमरत्व देने के लिए कार्य कर रहा था, इसलिए तूने अथर्वण का छद्मरूप धारण करते हुए स्वयं प्रसूवरी के साथ छल किया। मेरे छल के कारण उस सती ने अपना पति समझ कर तुम्हारे साथ संग किया। तेरी बुद्धि मैंने प्रभावित कर दी थी जिससे तू उसके रूप और यौवन पर मुग्ध हो गया था।

यह सुनते ही मैं क्रोधित हो गया और मैंने गरज कर उससे कहा, तेरा परिचय क्या है? उसने मेरा उपहास करते हुए कहा, तप, तेरे पास बुद्धि कहाँ है? तू तो दूसरे की बुद्धि के प्रभाव में आकर घोड़े की तरह चलाया जा रहा था। मेरा नाम दमुनज है और मैं स्वयं नासत्य का पुत्र हूँ। तू मेरा पुराना शत्रु है और आज मैंने तुझे पराजित कर दिया है। जैसे ही दमुनज ने दम्भ से भरी यह बातें कही, मैंने भयानक क्रोधावेश में आकर उस पर आक्रमण कर दिया। दमुनज ने भी गरजते हुए मुझ पर आक्रमण किया। हम दोनों में आपस में महायुद्ध छिड़ गया। घूसों और लातों के प्रहार से घोर पराक्रम किए गए। यह युद्ध समाप्त होने में चार महीने लग गए। इसके बाद मैंने अत्यंत वीरता पूर्वक दमुनज को गिरा दिया और उसके गले पर घूसों का प्रहार करते हुए उसके प्राण ले लिए। यह युद्ध समाप्त होते ही मैं गुरु के चरणों में निवेदन करने आ रहा था। मैं स्वयं आ रहा था इतने में शिष्यों ने मुझे पकड़ लिया और अकस्मात् मेरी देह पर प्रहार करने लगे और किसी चोर के समान पकड़ कर आपके सामने ले आए।

दैत्य के द्वारा पीड़ित होकर दूर जा कर दुर्जय शत्रु का गर्व भंग करने के बाद अपना सिर नीचे झुका कर तप अथर्वण के स्नेहपूर्ण वचन सुनने के लिए खड़ा था।

श्रीमद् देवायण के प्रथम खंड ब्रह्मकल्प में देवमंडल के अंतर्गत रूपायण वर्ग में दमुनज वध नामक एकादश संवर्ग का समापन।

।बारहवाँ संवर्ग।

अथर्वण वचन

इस प्रकार अपनी कहानी कह कर तप मौन हो गया। अश्विनी को बोलने से मना करते हुए मैंने स्वयं उससे कहा, हे तप, मुझे लगता है कि तुमने जो कुछ कहा है वह सत्य है। तुम दैत्य द्वारा प्रभावित हो कर अपने सपने में चल रहे थे। दमुनज के प्रभाव के अंतर्गत सपनों से पीड़ित होकर तुमने अपनी इच्छा के विरुद्ध कार्य किया। हे तप, तुम्हारी शुद्धि के लिए, मैं जो कह रहा हूँ उसे ध्यान से सुनो। तुम जड़ रूप धारण करते हुए सृष्टि के मूल में रहोगे। जब देव अपने यज्ञ की पूर्णाहुति करेगा, तब उसका तेज मूल का स्पर्श करेगा जिससे तुम्हारी शुद्धि होगी। देव के पवित्र प्रभाव से पुनः अमरत्व परिचालित होगा और जगत सृष्टि प्रभावित होगी। मेरे वचन सुनते ही तप जड़ हो कर सृष्टि के मूल में स्थित हो गया। हे देव, आपने अपने यज्ञ की पूर्णाहुति करने के बाद तप को मुक्त किया था।

इसके बाद, हे देव, गर्भवती प्रसूवरी, स्वयं को भ्रष्टा मानते हुए घोर दुःख से परितप्त होकर मेरे पैरों में सिर झुका कर खड़ी हो गई और कहने लगी, हे प्रभु मुझे बताइए, तप के गर्भ के साथ मेरी क्या गति होगी। मैं किस प्रकार इसका परित्याग करूँ? मैंने प्रसूवरी से कहा, इसके बाद, तुम जगत के हित के लिए तप का गर्भ धारण किए हुए एक वृक्ष के रूप में रहोगी। वृक्ष के रूप में रहते हुए तुम बल और आरोग्य प्रदान करोगी। तप के तेज से धारण किए गर्भ का उपयोग औषधियों की सृष्टि के लिए होगा। देव के युग के आरंभ होने पर तुम्हें मुक्ति मिलेगी। अपना वनस्पति रूप त्याग कर तुम पुनः मंत्र शक्ति स्वरूप वापस पा लोगी। सत्य का स्पर्श पाने तक तुम प्रतीक्षा करो। तब तक

हे देवी महावन में प्रसूवरी पुष्पवती बन कर रहो। मेरे यह कहते ही तुरंत प्रसूवरी ने वृक्ष का रूप ले लिया। इसके बाद संसार में मंत्र शक्ति क्रियाहीन हो गई। औषधि देने के कार्य में मैंने भिषक को प्रशिक्षित कर दिया। भिषक को अपने कार्य का भार दे कर मैं वन-वन घूमने लगा। वैद्यमाता वन में तप का गर्भ धारण किए हुए वृक्ष के रूप में थी। भिषक वहाँ जा कर औषधियाँ संग्रह करता था। इस प्रकार संसार में भेषज विद्या प्रकट हुई। जब प्रसूवरी वृक्ष के रूप में वन में थी, ऐसे समय में वन में देव का आगमन हुआ और वह मंत्र शक्ति से फिर सचेतन हो गई। इस प्रकार प्रसूवरी को मुक्ति मिली जैसा आप प्रत्यक्ष देख रहे हैं। इतना कह कर मंत्रों के ज्ञाता अथर्वण मौन हो गए। प्रसन्न-मन देव ने उन्हें प्रणाम करते हुए ब्रह्मनंदन अथर्वण से कहा।

वैद्यमाता वन में वृक्ष के रूप में थीं, पूरी कथा का वर्णन करने के बाद अथर्वण मौन हो गए। देव ने आश्चर्य के साथ प्रश्न किया।

श्रीमद् देवायण के प्रथम खंड ब्रह्मकल्प में देवमंडल के अंतर्गत रूपायण वर्ग में तप अभिशाप नामक द्वादश संवर्ग का समापन।

।तेरहवाँ संवर्ग।

देव वचन

हे महात्मन, आज आपने अत्यंत अद्भुत बात कही है। वृक्ष के रूप में प्रसूवरी बल और आरोग्य के लिए औषधि प्रदान करती थी। जिसे भिषक श्रद्धा और स्नेह के साथ संग्रह करता था। इसे वह पीड़ित व्यक्तियों को देकर उनके रोगों का निवारण करता था। यह आपने सचमुच एक रहस्य की बात कही है। परंतु, जब तप का गर्भ धारण किए हुए महा-औषधि के रूप में वैद्यमाता प्रसूवरी वन में रह रही थी, तब आप क्या कर रहे थे?

अथर्वण वचन

तब सुनिए हे देव, कि इसके बाद मैं क्या कर रहा था। विद्या-दान

करने में मुझे क्षोभ अनुभव होता था। शिष्यों को मैंने छोड़ दिया था। दिन भर मैं वन में रहता था और रात को आकर घर में रहता था। ऐसा करते हुए कुछ दिन व्यतीत हुए। तब मैं कभी स्वर्ग में जाकर घूमता था और कभी मर्त्यलोक में आकर रहता था। उसके बाद एक दिन की बात सुनिए, वरुणपुत्र अगस्त्य किसी रोग से पीड़ित होकर मेरे घर आ पहुँचे। उस समय भिषक घर पर नहीं था। अगस्त्य ने भिषक को अभिशाप दे दिया। हे देव, यह तो आपको पता है कि क्योंकि आपने आकर उसका स्पर्श कर उसे नेवले के शरीर से मुक्त किया था। अभिशाप की बात सुन कर मैंने मन से दुःखी होकर अपने आपको घर में बंद कर रखा था। इसके कुछ दिनों बाद मुझे प्रसूवरी की याद आई तब मैं वन में गया। वहाँ मैंने जो दृश्य देखा जिससे मेरी बुद्धि लुप्त हो गई और मैं विस्मय-विमूढ़ होकर जड़वत हो गया। पुष्पवती प्रसूवरी चन्द्रमा के साथ क्रीड़ा कर रही थी। चन्द्रमा की करतूत देख कर मैंने उसे तुरंत बुलाया और पूछा, तुम गुरुपत्नी के साथ यह क्या कर रहे हो। चन्द्रमा ने सिर झुका कर उत्तर दिया, इसे आप गुरुपत्नी कैसे कह रहे हैं? वृक्ष अपनी कांति और कलेवर बढ़ाने के लिए नित्य चन्द्रमा का भजन करते हैं। प्रसूवरी नित्य मेरे तेज को ग्रहण करती है। इस ओज और शक्ति स्वरूपिणी के अंदर तप का गर्भ बढ़ रहा है।

चन्द्र से यह सुनकर मैंने अत्यंत क्रोध में आकर उसे अभिशाप दिया, अरे मूर्ख, नित्य भोग में लिप्त होने वाले को ज्ञान कहाँ होता है। तेरे शरीर में दुःसाध्य क्षयरोग का प्रवेश होगा। मेरा अभिशाप सुन कर चन्द्रमा भयभीत हो कर काँपने लगा। क्षय रोग से ग्रस्त होकर वह उस स्थान से चला गया। जब स्रजा ने उसका यह रोग देखा तब उन्होंने मुझसे कहा, इसमें संदेह नहीं कि अपनी भोगी प्रवृत्ति के कारण चन्द्रमा सदा गलती करता है, परंतु जगत के हित के लिए उसके अपराध को क्षमा कर दीजिए। उसे शिक्षा दीजिए कि वह अपनी बुद्धि का प्रयोग दैहिक-सुख के पीछे नहीं करते हुए आत्मा की तृप्ति के लिए करे और अपनी सद्‌बुद्धि प्रकट करते हुए गुरुपत्नी के चरणों की सेवा करे। जब स्रष्टा ने यह बात कही तब मैंने चन्द्रमा को क्षमा कर दिया और उसका क्षयरोग दूर करने के लिए उसे सोमरस दिया। चन्द्रमा ने अपनी

क्रीड़ाओं का सहर्ष त्याग किया। इसका पान करने पर प्रसूवरी की प्रसन्नता दिनों-दिन बढ़ने लगी। मैं पत्तों और फूलों का संग्रह करता और चन्द्रमा का क्षय रोग दूर करने के लिए उसे औषधि देता। सोम रस का पान करने पर चन्द्रमा को क्षय रोग से निवृति मिली और बुद्धि पवित्र हो जाने के कारण उसकी पवित्र कांति लौट आई। उसके बाद उसे सोम देवता की ख्याति मिली। वह गुरु पत्नी के चरणों की निरंतर सेवा करने लगा। मूल में पवित्र तेज का संचार होने पर भिषक मूल की खोज करता हुआ रस संग्रह करता।

वैद्यराज मूल की खोज करते और रिष्टि दोष नाशक अरिष्ट का संग्रह करते, जो तेज, वीर्य और कांति बढ़ाता था। इस रस का सेवन करते हुए चन्द्र देव रोगमुक्त हो गए।

श्रीमद् देवायण के प्रथम खंड ब्रह्मकल्प में देवमंडल के अंतर्गत रूपायण वर्ग में चन्द्र अभिशाप नामक त्रयोदश संवर्ग का समापन।

।चौदहवाँ संवर्ग।

देव वचन

चन्द्र के तेज से प्रसूवरी ने अपने अंग में महा-औषधि धारण की। हे महात्मन, उसी के तेज से सोमरस निकला जिससे चन्द्रमा का पवित्र शरीर क्षय रोग से मुक्त हो गया, इस औषधि को आपने संसार में क्यों नहीं प्रकट किया? यदि इस रहस्य को प्रकट करने में आपको कोई आपत्ति नहीं है तब बताइए कि जगत के हित में, इस महातत्व की मनोहर विद्या को भिषक क्यों नहीं जानते? सभी की भलाई के लिए मेरे इस कौतुहल का समाधान कीजिए।

अथर्वण वचन

सोम के तेज से वह आनंद बढ़ाने वाली औषधि उत्पन्न हुई, जो बुढ़ापा और रोगों को दूर करते हुए अजरत्व प्रदान करती है। उस सुनहरी

आभा वाली प्रबल तेज वर्धक औषधि को छुपा कर कांडल के घड़े में रखा गया है। जैसे स्वर्ग में अमृत मधु की संपत्ति को सुरक्षित रखा गया है, वैसे ही, उसी के समान तेज-युक्त औषधि को मर्त्यलोक में सुरक्षित रखा गया है। हे महाबलि, यदि इसकी एक बूंद भी किसी की जीभ को छू ले तब उसके प्रभाव से वह हजार सिंहों के समान बलवान हो जाएगा, आयु हजार वर्ष की हो जाएगी और शरीर रोगमुक्त हो जाएगा। सभी कार्य करने में उत्साह बना रहेगा, परिश्रम करने से थकावट नहीं होगी तथा तेज की वृद्धि होगी। इसीलिए मेरी इस औषधि को पृथ्वी पर सुरक्षित रखा गया है। जब चन्द्रमा क्षय-ग्रस्त हो कर दिनों-दिन अचेतनावस्था में पहुँच गए थे, अपने तेज को खो कर वह मुरझा गए थे, तब सभी व्याधियों का विनाश करने वाली अमृत के समान औषधि के सेवन करने पर उनका क्षय-रोग दूर हुआ था। इसके बाद इस विद्या को देवताओं के वैद्य ले गए और अश्विनी देवता की कृपा से इसे शाप और ताप से सुरक्षित रखा गया। हे देव, जगत के कल्याण के लिए, सभी रोगों को दूर करने के लिए, अजरत्व प्रकट करने के लिए तथा तेज एवं वीर्य की वृद्धि करने के लिए यह सोमरस गुप्त मंत्र सहित आज मैं आपको समर्पित करूँगा। सोमरस त्रिविध गुण संपन्न है और तीनों धातुओं को समता प्रदान करता है। वृक्षों के लता गुल्मों में, जिन वनस्पतियों की तीन अवस्थाओं- निद्रा, कर्म और प्रसन्नता के दौरान यह तीनों गुण वर्तमान होते हैं। जिन वृक्षों के फल सभी प्राणियों के लिए प्रिय हैं, जिनके फूलों से भौंरे मधुर रस का पान करते हैं, उन्हीं वृक्षों के मूलों से यह फल और फूल संग्रह किए जाते हैं। जिस समय उनकी जो क्रिया होती है उसी तरह उन्हें प्रस्तुत किया जाता है।

अब सुनिए कि त्रिविध गुण कैसे प्रस्तुत किए जाते हैं। जब तमोगुण के अंतर्गत वृक्ष सुसुप्त अवस्था में होते हैं, उस समय भिषक अरिष्ट संग्रह करता है। जिन भयानक अंधकारमय रोगों से प्राणों की चेतना समाप्त होने लगती है, कफ धातु को सम करते हुए यह अरिष्ट नाना प्रकार की पीड़ाओं से मुक्त करता है। हे अभीपुत्र, जिस समय लता-गुल्म कर्म की चंचल अवस्था में रहते हैं उस समय भिषक जो अरिष्ट

संग्रह करता है वह पित्त धातु को नियंत्रित करता है। इसके सेवन से यंत्रणादायक रोगों से मुक्ति मिलती है। वृक्षों के प्रसन्नता की अवस्था में भी भिषक जो अरिष्ट संग्रह करता है वह वायु धातु को नियमित करता है। इससे शीत और ताप में समता लाई जाती है। जब सभी रोग अचानक आक्रमण करते हैं तथा प्राणों के लिए संकट उत्पन्न हो जाता है, उन सभी का निवारण भेषजों के द्वारा किया जाता है जैसाकि मैंने वर्णन किया है। धातुओं के प्रभाव के निराकरण करने के लिए उनके उपयुक्त औषधियों का प्रयोग किया जाता है। निद्रा, कर्म एवं प्रसन्नता की अवस्था में संग्रह किए गए अरिष्टों का रोगक्षेत्र भी बँटा हुआ है। रोग के जैसे लक्षण होते हैं उन्हीं के अनुसार औषधि दी जाती है। इससे पीड़ा से मुक्ति मिलती है। जैसे, क्षय रोग शरीर को क्षीण करता है और पुराना होने पर यह महारोग असाध्य हो जाता है। भिषक को इन रोगों के लिए यथोचित औषधि ज्ञात नहीं है। यह मुझे ज्ञात है, इसलिए इसे यत्न पूर्वक सुरक्षित रखता हूँ। यदि इसे मधु, छोहारे के अर्क और उग्र मदिरा के सार के साथ मिला कर दिया जाए तब क्षय रोग का निवारण होता है। यदि इसे परिमित मात्रा में लिया जाए, तब दिनों-दिन बल में वृद्धि होती है। परंतु मात्रा से अधिक लेने पर शीघ्र मोह उत्पन्न होता है, अचानक महा वीर्य तथा महान तेज प्रकट होने पर तथा असह्य आनंद होने पर उन्माद हो जाता है। इस तरह, यह तरल अमृत से भी उत्तम है।

अब मंत्रों के द्वारा अभिमंत्रित औषधि की क्रिया सुनिए। सजित्वरी औषधि घोड़े के समान बल से युक्त करती है। पुष्पवती प्रसूवरी ऊष्णता बढ़ाती हैं। देवी के रूप का स्मरण भी औषधि के समान है। यह सभी रोगों को दूर भगाती है और रूप की वृद्धि करती है। महाशक्ति सजित्वरी रोग रूपी शत्रु का विनाश करती है, अशुभ का नाश करती है और पौरुष बढ़ाती है। काल जब क्रोध में रहता है तब यह महा-औषधि उससे युद्ध करती है। अश्वावती का तेज, सोमावती का रस और सभी औषधियों के मिश्रण बलपूर्वक बड़े रोगों को दूर भगा देते हैं। अंगों का पुनर्जन्म हो जाता है, शरीर बुढ़ापे से मुक्त हो जाता है। सोम औषधियों की रानी है आनंद की वृद्धि करती है। शरीर में विद्युत की तेजी से तेज बढ़ता

है। बृहस्पति बुद्धि बढ़ाते हैं तथा बुध मेधा। सुधापति इंद्र कांति बढ़ाते हैं और अश्विनी शरीर से बुढ़ापा हर लेते हैं। महान शक्ति प्रसूवरी बल एवं आरोग्य प्रदान करती है। जैसे देवों के गुरु बृहस्पति हैं वैसे ही मंत्रों के गुरु अथर्वण हैं। भेषज का गुप्त ज्ञान मैंने अश्विनी कुमारों को दिया था। आज हे देव, मैंने वही ज्ञान आपके सामने प्रकट किया है।

अन्न का सार तत्व एक औषधि है जिससे शरीर पुष्ट होता है, इससे जीव जीवन और स्वास्थ्य प्राप्त करते हैं। पृथ्वी पर रोगमुक्त हो कर रहते हैं तथा सत्य के आश्रय में मृत्यु से मुक्त होते हैं।

श्रीमद् देवायण के प्रथम खंड ब्रह्मकल्प में देवमंडल के अंतर्गत रूपायण वर्ग में श्री देव-अथर्व संवाद में व्याधि विज्ञान वर्णन नामक चतुर्दश संवर्ग का समापन।

।पंद्रहवाँ संवर्ग।

देव वचन

प्रसूवरी की पुनःप्राप्ति से आज आपका दुःख दूर हो गया है। हे विद्वान अथर्वण, मैं आपको नमन करता हूँ, अब आज्ञा दीजिए कि मैं घर जाऊँ।

अथर्वण वचन

हे सत्यदेव, आज आपकी कृपा से ही मुझे प्रसूवरी मिली है। मैं आपको महाविद्या प्रदान करता हूँ, कृपया इसे ग्रहण कीजिए। यह महा-औषधि साथ ले जाइए जो अजरत्व बढ़ाती है, जो बुढ़ापे में नए कलेवर के साथ नया जीवन देती है और जवानी में यौवन एवं आत्मा को स्थिर करती है। यह मृत्यु से शिशु की रक्षा करती है और उसे सुंदर कलेवर देती है। इसे सर्वदा सज्जनों को देना चाहिए और दुर्जनों को कभी नहीं। यह औषधि मेरे भंडार से कभी भी समाप्त नहीं होगी।

पिंगल वचन

ऐसा कह कर, अथर्वण ने सोने के घड़े में रख कर वह अजरत्व प्रवर्धक औषधि देव के हाथों में समर्पित की। इसके बाद अथर्वण ने देव को आशीर्वाद दिया और कहने लगे, हे यज्ञ वर्धन, रूपायण प्रदान करने के लिए जरा-व्याधि को दूर करने के लिए तथा अमरत्व उपलब्ध करने के लिए, अब इस औषधि के साथ यज्ञ में प्रकट होइए। अश्वत्थ के मूल में ऊपर-नीचे और चारों ओर मधु सुरा लगा कर सेवन करने पर शरीर में तेज बढ़ता है। अश्वत्थ वनस्पतियों में उसी तरह श्रेष्ठ है जैसे सुरा रसों में श्रेष्ठ है।

जल और अम्ल के रस को सुरा कहते हैं। अम्ल रस, सुरासव में मधु का आसव उत्पन्न होता है, यह शरीर का तेज बढ़ाता है और जरा-व्याधि दूर करता है। मैंने यह सुरासव बना कर ब्रह्माजी को दिया था। पिता ने स्नेह के साथ उसका पान किया और मुझसे बोले, हे अथर्वा, जगत के हित के लिए, तुम्हारी विद्या महान है। तुम यह पेय कर्मियों को दो। लोग जल पीकर अपनी प्यास बुझाते हैं, वह साधारण पेय है, इसलिए कर्म-यज्ञ करते समय सर्वश्रेष्ठ पेय सुरा है, यह क्षत्रियों का तेज बढ़ाता है और ज्ञानियों का ज्ञान।

हे अभी-पुत्र सोमधारा के नाम से ज्ञात यह सोम की धारा का प्रवाह ऊपर से नीचे की ओर है और यह सृष्टि की ओर बहती है, इससे सृष्टि में ज्ञान बढ़ता है, सचेतनता आती है और आनंद में वृद्धि होती है। उसका पान करने पर लोग प्रकाशलोक में पहुँच कर आनंद क्रीड़ा करते हैं। हे देव, आपकी शरण में, देवायण के आलोकित राज्य में प्रवेश करने के लिए मार्ग प्रकट होता है। देव-देव का नाम जपने पर कांति मिलती है और उसके साथ इस की सिद्धि से अमरत्व प्राप्त होता है। इसके बाद पतिव्रता प्रसूवरी ने अपने नाम के साथ लगे अपवाद से निवारण के लिए देव के चरणों में नमन किया।

देव वचन

हे पतिव्रता, उठिए-उठिए आपके नाम के साथ अपवाद कैसा? आप महान सती हैं तथा आपको अथर्वण की कृपा प्राप्त है। आप महाशक्ति

की स्वरूपा हैं, बल और आरोग्य दायिनी हैं। आप मेरे यज्ञ में नित्य क्रियाशील रहिए।

पिंगल वचन

जब देव यह कह रहे थे तब हवा का एक झोंका आया और वैद्य के आश्रम के चारों ओर यज्ञ का पवित्र धुआँ फैल गया। यज्ञ के धुएँ को देख कर देव ने अथर्वण से पूछा, इस प्रकार का महायज्ञ करने वाले कौन हैं?

पवित्र यज्ञ का धुआँ जब ऊपर की ओर गया, तब इसने पूरे आकाश को चारों ओर मेघ के समान आच्छन्न कर लिया। वैद्य के आश्रम में देव को इसकी सुगंध मिली। बाहर श्येनि छंद में गायन हो रहा था।

श्रीमद् देवायण के प्रथम खंड ब्रह्मकल्प में देवमंडल के अंतर्गत रूपायण वर्ग में औषधि तत्व नामक पंचदश संवर्ग का समापन।

-रूपायण वर्ग का समापन-

।।वृष्टि वर्ग।।

।पहला संवर्ग।

अथर्वण वचन

हे महामति, देवापि-नंदन अष्टिसेन देव की कामना करते हुए वृष्टि के लिए निरंतर यज्ञ कर रहे हैं। आप इस स्थान पर उपस्थित हैं, इसलिए इस यज्ञ को पूर्णता प्रदान कीजिए। यह आपकी कामना धारण किए हुए तीन पीढ़ियों से यज्ञ कर रहे हैं।

देव वचन

यह वृष्टि के लिए यज्ञ कर रहे हैं और मेरी उपस्थिति की इच्छा रखते हैं। इसके पीछे क्या रहस्य है? यदि आपको ज्ञात है तब मुझे बताइए।

अथर्वण वचन

जितनी मुझे जानकारी है, मैं पहले यह कहानी सुनाता हूँ। देखिए देव, सौ वर्षों से पृथ्वी पर वर्षा नहीं हो रही है। महामारी फैली हुई है और चारों ओर अकाल पड़ा हुआ है। देवता रुष्ट हैं, जिससे चारों ओर आग लगी हुई है। अब तक वृष्टि देवता पर्जन्य पृथ्वी से अप्रसन्न हैं। इसलिए महामति वृष्टिकाम ने यह यज्ञ आरंभ किया था। यह यज्ञ वर्षों से चल रहा है। फिर भी वर्षा नहीं हुई है और वृष्टि देवता पर्जन्य नहीं सुन रहे हैं। बड़े-बड़े लकड़ी के टुकड़ों से महान अग्नि जलाई गई। मधु और घी का हवन किया गया। एक तो मर्त्यलोक में अनावृष्टि चल रही है, ऊपर से यह भयंकर अग्नि। अग्नि की ज्वाला से दग्ध होकर चारों ओर जीव डर गए। फिर भी अब तक पर्जन्य ने वर्षा नहीं की। जब वृष्टि की कामना करते हुए इस अग्नि ज्वाला में वृष्टिकाम जल गए, तब उनके पुत्र ने पत्र-पुष्प और घी अर्पण करते हुए बृहस्पति का आह्वान किया। कुछ दिन बीतने पर बृहस्पति यज्ञ-स्थल पर आए और देवापि से पूछने लगे कि तुम्हारा यह यज्ञ किस लिए किया जा रहा

था। देव-गुरु को देख कर देवापि आनंद से चमकने लगे। उन्होंने पिता की मृत्यु होने के बाद पितृ यज्ञ अनुष्ठान किए जाने की बात कही। उन्होंने कहा, सौ वर्षों से वर्षा नहीं हो रही है परंतु इसका कारण क्या है, यह ज्ञात नहीं है। फिर भी अब तक वृष्टि के देवता पर्जन्य पृथ्वी पर नहीं उतरे। आकाश में मेघ ही नहीं हैं, तब वर्षा कैसे होगी। हे गुरु बृहस्पति पितृशोक के कारण महा दुःख के साथ कह रहा हूँ, कृपया आप इस यज्ञ का भार ग्रहण कीजिए। इस यज्ञ के समापन होने पर पृथ्वी पर चारों ओर वृष्टि होने लगे।

आनंदविह्वल देवापि ने हाथ जोड़ कर बृहस्पति के पवित्र चरणों पर मस्तक नवाते हुए पूछा कि वृष्टि नहीं होने का कारण क्या है?

श्रीमद् देवायण के प्रथम खंड ब्रह्मकल्प में देवमंडल के अंतर्गत वृष्टि वर्ग में श्री अष्टिसेन यज्ञ संवाद में देवापि यज्ञ में बृहस्पति आगमन नामक प्रथम संवर्ग का समापन।

।दूसरा संवर्ग।

बृहस्पति वचन

हे महाभाग, पृथ्वी पर सौ वर्षों से वर्षा नहीं हुई है। जो तथ्य मैं बता रहा हूँ, उसे स्थिरचित्त होकर ध्यान से सुनिए। ब्रह्मज्ञान की कामना लेकर चन्द्रदेव मेरे पास आए और मेरा चरण स्पर्श करते हुए नम्रतापूर्वक कहने लगे, मुझे तत्व ज्ञान दीजिए जिसका वर्णन स्मृतियों में किया गया है। मैंने स्नेहपूर्वक सुधाकर से कहा, हे इंदु, याद रखिए पराज्ञान प्राप्त करने के लिए सब-कुछ त्याग करना पड़ता है। आपको भोगों में आनंद मिलता है। आपकी अनेक पत्नियाँ हैं और आप नृत्य-गायन पर आसक्त रहते हैं। जिस स्थान पर नृत्य-गायन चलता है, वहाँ परातत्व का महान ज्ञान व्यक्त नहीं किया जा सकता। चंचलता त्याग कर, मौन रहते हुए, दृढ़तापूर्वक चित्त स्थिर करने पर धीरे-धीरे तत्व ज्ञान

उपलब्ध किया जा सकता है जो मोक्ष की ओर ले जाता है। इसलिए चंचलता का त्याग कीजिए। आपको पत्नी के साथ रहना और क्रीड़ा करना छोड़ना पड़ेगा। स्त्री के साथ रहने पर चंचलता बढ़ती है, इससे ज्ञान-मार्ग में विघ्न पड़ता है। कदाचित स्त्रियों को निश्चलता पसंद नहीं है। बहुधा चंचलता छोड़ देने पर उदासी घेर लेती है। जिन्हें चंचलता में आनंद मिलता है वे उसका त्याग करने पर विषादयुक्त हो जाते हैं। याद रखिए ज्ञान प्राप्त करने के लिए स्तब्ध और अर्धमृत अवस्था में रहना पड़ता है। पराज्ञान के लिए स्थिर रह कर प्रसन्न बने रहने की आवश्यकता है। हे इंदु, यदि मन में शांति नहीं हो तब ज्ञान कभी भी प्राप्त नहीं किया जा सकता। इसलिए हे सुधापति, ज्ञान लेने का उपक्रम करने से पहले इस पर अच्छी तरह सोच-विचार कर लीजिए कि इसके लिए आपको सब-कुछ त्यागना पड़ेगा। यदि मन में विषयों के प्रति आसक्ति या रूप-यौवन की लालसा थोड़ी मात्रा में भी रह गई तब मन उनकी ओर दौड़ने लगेगा और आप पवित्र ज्ञान से वंचित रह जाएँगे। यदि मन में लेश मात्र भी चपलता रह गई तब ज्ञान अर्जित करने के लिए सारी चेष्टाएँ व्यर्थ हो जाएँगी। इसलिए पहले मन में स्थिर कर लीजिए कि आप सभी आसक्तियों, धन-संपत्ति, स्त्री-धन इत्यादि को तज कर वैराग्य अपनाएँगे। वैराग्य के बिना ज्ञान संभव नहीं है।

मेरे कहने पर चन्द्रमा इस कार्य में अग्रसर हुए। अपनी पत्नियों को छोड़ कर मेरे घर आकर रहने लगे। कुछ दिनों बाद वह सभी भोगों के प्रति अनासक्त और प्रशंसनीय ढंग से शांतचित्त हो गए। उनका शांत भाव देख कर मैं उन्हें ज्ञान देने के लिए तत्पर हुआ। ठीक उसी समय, चन्द्रमा की प्रिय तारा आ गई। मेरे चरणों में झुक कर उन्होंने निवेदन किया, हे गुरु, मेरे पति चले गए हैं इसलिए घर पर कोई काम नहीं है। पति के बिना स्त्री को घर अरण्य के समान प्रतीत होता है। चारों ओर डर छा जाता है और तरह-तरह के दुःख सताते हैं। यदि पति घर पर होते तब इनसे रक्षा करते। इसलिए पति के बिना सती की कोई भी गति नहीं है। ज्ञान प्राप्त करने के लिए सुधाकर विषय भोगों का त्याग करते हुए आपके यहाँ रह रहे हैं। इसलिए मैंने भी यहीं का रास्ता अपनाया है। अब मेरा मन विषयों में नहीं है अतः, मुझे ज्ञान दीजिए।

यह सुन कर मैंने मन में प्रसन्न होते हुए उनसे कहा, आपको चन्द्रमा से अलग रहना पड़ेगा और मैं आप लोगों को अलग-अलग ज्ञान दूँगा। मेरी बात सुन कर तारा मेरे घर में रहने लगी। इसके बाद एक दिन की घटना सुनिए, चन्द्रमा की मति भ्रांत हो गई। मेरे उपदेशों की अवहेलना करते हुए, मेरी दृष्टि से परे रह कर, एकांत में, मधुपान करने बाद उन्मत्त हो कर उसने तारा के साथ क्रीड़ा की। विदेश-वास में बहुधा आचरण-व्यतिक्रम हो जाता है। तारा गर्भवती हो गई और चन्द्रमा का मिथ्याचार प्रमाणित हो गया। मैंने यह बात देवराज इंद्र को बता दी जिसे सुनकर शतक्रतु को बहुत क्रोध आ गया। कुपित होकर उन्होंने वज्र हाथों में ले लिया जिससे स्वर्गवासी भय से काँपने लगे। उन्होंने मुझसे गरजते हुए कहा, मैं चन्द्रमा को दंड दूँगा। मैंने इंद्र से कहा, आप स्थिर रहिए, इसका निवारण ज्ञान के द्वारा होगा। उसके लिए इससे भी बड़ा दंड होगा - गुरु की अप्रसन्नता। मेरे कहने पर इंद्र ने चन्द्र के प्रति अपना असंतोष प्रकट नहीं किया। परंतु उनके क्रोध के कारण बादल सूख गए। इस अनावृष्टि का यही कारण है।

चन्द्रमा ने भ्रम में आकर मेरे घर में स्त्री संग का निषिद्ध कार्य किया जिसे सुन कर इंद्र चन्द्र पर रुष्ट हो गए और उन्होंने हाथों में वज्र उठा लिया।

श्रीमद् देवायण के प्रथम खंड ब्रह्मकल्प में देवमंडल के अंतर्गत वृष्टि वर्ग में अष्टिसेन वृष्टि यज्ञ वर्णन में अनावृष्टि हेतु इंद्र रोषोद्भव नामक द्वितीय संवर्ग का समापन।

।तीसरा संवर्ग।

अथर्वण वचन

अतएव पूरी सृष्टि के मंगल के लिए जितना शीघ्र संभव हो सके, इंद्र को अर्घ्य प्रदान करते हुए संतुष्ट कीजिए। इंद्र के संतुष्ट होने पर

आपका यज्ञ पूरा हो जाएगा। फिर से बादलों से वर्षा होने लगेगी। वम्र नामक महा तपस्वी विखानस के पुत्र हैं। उनको यज्ञस्थल में बुलाइए तथा उनसे यज्ञ कराइए। आपके पिता और इसके बाद आप, आपकी दोनों पीढ़ियाँ इस कार्य में अक्षम रहे हैं। इतना कह कर बृहस्पति आकाश मार्ग में अंतर्धान हो गए। देवापि वम्र को ढूँढ़ने विखानस के आश्रम में गए। वम्र के सामने जाकर उन्होंने सिर नवाते हुए नम्रतापूर्वक कहा - हे वम्र, पृथ्वी पर अनावृष्टि समाप्त करने और वर्षा आरंभ करने के हेतु यज्ञ करने के लिए मेरे घर चलिए। इंद्र को अर्घ्य प्रदान करते हुए यज्ञ सफल कीजिए। मैं, और मुझसे पहले मेरे पिता, हम दोनों इसमें अक्षम रहे हैं। विद्वान बृहस्पति ने आपकी कीर्ति का वर्णन किया है। यह सुनकर ब्रह्मविद्या के ज्ञाता वम्र, देवापि के मंगल हेतु, इंद्र यज्ञ करने के लिए तुरंत यज्ञस्थल पर आ गए। उन्होंने घी की आहुति देते हुए महायज्ञ आरंभ किया। वेदमंत्रों का उच्चारण करते हुए हजार पात्र घी की आहुति दी गई। यज्ञ का धुआँ पूरे संसार में छा गया और अग्नि की लपटें आकाश छूने लगीं, इंद्र के विभिन्न नामों का जप करते हुए स्वाहा की ध्वनि करते हुए आहुति दी जा रही थी -

ओम स्वाहा शतक्रतु, शची स्वाहा सुरेश्वरी। इंद्र स्वाहा अलातृण, शक्र स्वाहा विभूतय। ओम क्रतुविद स्वाहा, ओम स्वाहा घृतस्नुव। स्वाहा दध्यशिर स्वाहा, स्वाहा अपेशस। ओम स्वाहा सहस्रिण, वज्रहस्त नमः नमः। स्वाहा अविभ्युस स्वाहा, स्वाहा इंद्र नृवाहस। ॐ इंद्र स्तोम वाहस, सहस्राक्ष धनोरोधि। स्वाहा अर्वावत स्वाहा, स्वाहा देव वृषायुधि। ओम स्वाहा वचोयुजा, ओम स्वाहा सदस्मित। स्वाहा गवाशिर स्वाहा, स्वाहा व्रजी सदाहस। ओम ब्रह्मयुजा स्वाहा, वज्रबाहु नमः नमः। स्वाहा वृषन्तम स्वाहा, स्वाहा इंद्र अनूषत। ॐ शक्र शवसम्पति, धितावान शचीपति। स्वाहा उपाजिरा स्वाहा, स्वाहा राजा नृमादन। सम्राट वासव स्वाहा, मधोधार सुरेश्वर।

वम्र ने निवेदन किया - यज्ञ की अग्नि का आश्रय लेकर आप प्रकट हो जाइए। यज्ञ की अग्नि आकाश छू रही है और स्वर्गधाम में प्रवेश कर रही है।

इस यज्ञ की अग्नि तथा स्वाहा शक्ति के द्वारा आप प्रकट होइए। स्वाहा शक्ति का आश्रय लेकर मैं सुरीश्वर को आकर्षित करता हूँ।

अग्नि स्वाहा पुरोलाश, स्वाहा शक्ति मनुर्हित। स्वाहा हविस्पति स्वाहा, इंद्राग्नि पावक स्वाहा। स्वाहा वैश्वानर स्वाहा, सहस् पुत्र स्वाहा स्वाहा। वीडजम्भ स्वाहा स्वाहा, हव्यवाड स्वाहा स्वाहा। सुक्रतु विस्पति स्वाहा, स्वाहा अग्नि पुरोहित। इंद्राग्नि चक्षुस स्वाहा, आग्नेय इंद्र तापस।

अग्नि स्वाहा की तुष्टि के लिए आप तीव्र गति से यज्ञ में आइए। इस प्रकार जैसे ही वम्र ने घी की आहुति पूरी की, सभी को अचम्भित करते हुए हाथी पर सवार देवराज इंद्र प्रकट हो गए। उनका अपूर्व मुकुट इंद्रनीला के कारण चमक रहा था। पारिजात पुष्पों की माला उनके वक्ष को सुशोभित कर रही थी। कानों में कुंडल विचित्र रंग में चमक रहे थे। वज्रबाहु ने अद्भुत धनुष धारण किया था। आदरसूचक दिव्य स्वर में उन्होंने वम्र से पूछा, 'कहिए, इस यज्ञ का हेतु क्या है'? अपने सामने जगदीश्वर इंद्र को देख कर, वम्र ने उनके पवित्र चरणों में सिर झुका दिया।

हाथों में अद्भुत वज्र धारण किए हुए सहस्राक्ष इंद्र ने यह वाक्य कहा, 'हे वम्र कहिए, इस यज्ञ के द्वारा आपकी कामना क्या है'?

श्रीमद् देवायण के प्रथम खंड ब्रह्मकल्प में देवमंडल के अंतर्गत वृष्टि वर्ग में श्री देव अथर्व संवाद में अष्टिसेन वृष्टि यज्ञ वर्णन में वम्र के यज्ञ में इंद्र का आविर्भाव नामक तृतीय संवर्ग का समापन।

।चौथा संवर्ग।

वम्र वचन

हे देवताओं के अधिपति, वृष्टिकाम द्वारा किए गए वृष्टि यज्ञ की सिद्धि नहीं हुई और वे यज्ञ की अग्नि मे जल गए। तब उनके पुत्र राजा देवापि ने बृहस्पति को बुला भेजा था। गुरु ने कहा कि आपके रोष के

कारण वर्षा नहीं हो रही थी। हे सुराधिप, इस रोष का शमन कीजिए और बादलों को आज्ञा दीजिए कि अच्छी तरह से बरसें जिससे पृथ्वी पर अन्न की ऊपज हो सके।

अथर्वण वचन

वम्र की बात सुन कर इंद्र के चेहरे पर मुस्कान छा गई। तब उन्होंने वम्र से इस प्रकार कहा -

इंद्र वचन

आनंद के उत्तम पुत्र दुवस्युव का आह्‌वान कीजिए। पृथ्वी पर वृष्टि आरंभ करने के लिए पर्जन्य को प्रसन्न करना पड़ेगा। पर्जन्य को प्रसन्न करने के लिए देव-यज्ञ करना पड़ेगा। जब देव प्रसन्नचित्त होकर यज्ञ में उपस्थित होंगे, तब मेरे रोष के कारण मेघों में उत्पन्न होने वाले दोष का निवारण हो जाएगा। इसके बाद महावृष्टि होगी। इस पृथ्वी पर देव यज्ञ सभी विघ्नों का विनाश करता है। देव के आगमन से, मेरे आशीर्वाद से यह यज्ञ पूरा होगा।

अथर्वण वचन

इतना कह कर शतक्रतु शून्य पथ पर अंतर्धान हो गए। वम्र ने यज्ञ छोड़ कर देवापि से कहा -

वम्र वचन

हे देवापि, आप अविलंब आनंदाश्रम जाइए। वहाँ जाकर दुवस्युव से कहिए, हे आनंदनंदन दुवस्युव, इंद्र ने आपको आज्ञा दी है कि मेरे घर चल कर वृष्टि यज्ञ में घृताहुति प्रदान करें।

अथर्वण वचन

वम्र से यह सुन कर देवापि दुवस्युव को लाने के लिए तुरंत आनंदाश्रम की ओर चल पड़े। पर्वतों के बीच से होकर जाता हुआ पथ जनशून्य था। वहाँ उन्हें असहाय पा कर एक बाघ ने उन पर आक्रमण कर दिया और अपना ग्रास बना लिया। यह दुःसंवाद उनके घर बहुत दिनों के बाद पहुँचा। पिता की मृत्यु का समाचार सुनकर अष्टिसेन

शोक-कातर हो उठे। इसके कुछ दिनों के बाद उन्होंने पिता की अंत्येष्टि क्रिया की। उसके बाद उन्होंने यज्ञ का भार संभाल कर उस पर कार्य करने लगे। तरह-तरह के अस्त्रों से लैस होकर अष्टिसेन दुवस्युव को बुलाने चल पड़े। रास्ते में उन्हें अपने पिता का अधखाया शव मिला। पिता की देह की यह अवस्था देख कर वह शोकाकुल हो उठे। बाघ ने उनके शरीर का कुछ अंश खाया था और बाकी देह उसी तरह पड़ी हुई थी जिसे देख कर अष्टिसेन की आँखों से अविरल आँसू बहने लगे। पुरानी स्मृतियाँ क्रमशः उनकी आँखों के सामने उभरने लगीं। शोक-कातर और आँसू बहाते अष्टिसेन के मुख से यह वाक्य अनायास निकलने लगे, मेरे पिता देवापि, आप सभी गुणों से युक्त थे। आप महान पितृभक्त थे और पिता के यज्ञ को पूरा करने के लिए महान कर्म करते हुए पिता के हेतु आपने अपने प्राण दिए। इस पृथ्वी पर वृष्टि हो इसके लिए आपने अपने प्राणों का बलिदान किया। निर्जन पहाड़ी रास्ते पर आपको निरस्त्र और असहाय अवस्था में बाघ ने मार दिया। हे अंतरिक्ष में रहने वाले मेरे पिता, मुझे आशीर्वाद दीजिए जिससे मैं आपके द्वारा छोड़ा गया कार्य पूरा करने में सक्षम हो जाऊँ। हे महात्मा देवापि, दादाजी और आपने इसलिए अपने जीवन दान दिए हैं जिससे इस पृथ्वी पर फिर से वर्षा होने के लिए यज्ञ संपन्न किया जा सके।

हे महामति, इस प्रकार विलाप करने के बाद अष्टिसेन ने उस स्थान का त्याग किया और तेज कदमों से चलते हुए दुवस्युव के आश्रम में जा पहुँचे। वहाँ उन्होंने बताया कि किस प्रकार देवापि मृत्यु को प्राप्त हुए थे - वृष्टिकाम द्वारा यज्ञ आरंभ किया गया था और उसी यज्ञ की अग्नि में देवापि के पिता ने आत्मविसर्जन किया था। देवापि के बुलाने पर देवगुरु बृहस्पति आए थे और उनकी आज्ञा से वैखानस पुत्र वम्र के द्वारा इंद्र के लिए यज्ञ किया गया था। इंद्र की आज्ञा से देवापि आपकी खोज में इस रास्ते आ रहे थे कि बाघ ने उन्हें मार डाला। अष्टिसेन ने निवेदन किया, मैं देवापि-पुत्र अष्टिसेन हूँ। पिता की मृत्यु का समाचार सुन कर मैंने यज्ञ-कार्य का भार ग्रहण किया। आप मेरे घर चल कर अपूर्ण यज्ञ को पूरा कीजिए। इस प्रकार अष्टिसेन द्वारा अपनी

कथा कहे जाने पर दुवस्युव बिना एक भी शब्द कहे अष्टिसेन के साथ तुरंत चल पड़ने के लिए तत्पर हुए।

देवापि की बाघ के हाथों मृत्यु, और इंद्र की आज्ञा की बात सुनते ही अष्टिसेन के निमंत्रण पर दुवस्युव ने अष्टि-गृह के लिए प्रस्थान किया।

श्रीमद् देवायण के प्रथम खंड ब्रह्मकल्प में देवमंडल के अंतर्गत वृष्टि वर्ग में श्री देव-अथर्व संवाद में दुवस्युव संधान नामक चतुर्थ संवर्ग का समापन।

।पाँचवाँ संवर्ग।

अथर्वण वचन

तुरंत तैयार होकर दुवस्युव ने अष्टिसेन से कहा, चलिए यज्ञ संपन्न करने के लिए शीघ्रता से आपके घर चलते हैं। आधे रास्ते आने पर देवापि की अस्थियाँ दिखाई दीं। दुवस्युव के कहने पर अष्टिसेन ने देवापि की सभी अस्थियों को उठा लिया। अष्टिसेन के घर पहुँचते ही आनंद-पुत्र दुवस्युव ने महायज्ञ आरंभ कर दिया। दुवस्युव अग्नि के समान तेजस्वी और महाज्ञानी महर्षि थे। उनके पवित्र यज्ञ का धुआँ सर्वत्र फैल गया। इसी धुएँ की पवित्र सुगंध मेरे आश्रम में भी व्याप्त हुई है। दुवस्युव की आज्ञा के अनुसार अष्टिसेन ने वृष्टिकाम तथा देवापि की अस्थियों को अलग-अलग सुरक्षित रखा। दुवस्युव ने कहा था, पृथ्वी पर वर्षा होगी और देवापि भी जीवित हो उठेंगे। देवस्युव बिना विश्राम किए निरंतर यह विस्मयकारी यज्ञ कर रहे थे। कोई-कोई कहता - देवस्युव को उन्माद हो गया है और उसकी मति मारी गई है, मृत व्यक्ति की अस्थियाँ जीवित हो उठेंगी, यह कितनी भ्रामक बात है।

देव वचन

हे वैद्यराज, आपसे इस महान कीर्ति के बारे में सुन कर अत्यंत अद्भुत लगा। इस प्रकार के यज्ञ को मैं कैसे देखूँ?

पिंगल वचन

देव का यह कहना सुन कर वैद्यराज अथर्वण बहुत प्रसन्न हुए। उन्होंने देवी प्रसूवरी को साथ लिया और देव के साथ घर से बाहर निकल पड़े। कुछ ही क्षणों में यह तीनों अष्टि के घर जा पहुँचे। द्वार पर पहुँच कर अथर्वण अष्टि-अष्टि कह कर पुकारने लगे। वैद्य की पुकार सुन कर अष्टि तुरंत बाहर आ गए और साष्टांग प्रणाम करते हुए उन्होंने अथर्वण का स्वागत किया। अष्टि के विनय और नम्रता से वैद्यराज प्रसन्न हो गए। जब अष्टि ने सिर झुका कर यज्ञ देखने के लिए उनसे निवेदन किया तब वह सत्य देव और प्रसूवरी के साथ सहर्ष चल दिए। जाते-जाते अथर्वण ने स्नेहपूर्वक अष्टि से कहा, हे अष्टि, तुम तीन पीढ़ियों से यह यज्ञ करते हुए दुःख उठा रहे थे, उसे पूरा करने के लिए देव स्वयं आ गए हैं। यह कहते हुए अथर्वण ने देव का परिचय दिया। परंतु हे गजानन, सत्य का परिचय देने के लिए वाक्यों की क्या आवश्यकता है? सत्य का परिचय स्वयं उनके तेज से प्रकाशित होता है। सत्य का दर्शन करने के लिए कोई दूसरा क्या कहेगा, सत्य अपना महान फल लेकर उस स्थान पर उपस्थित हो गए थे। इसका प्रमाण यह था कि सभी वाक्यों का अतिक्रमण करते हुए पृथ्वी पर गर्जना के साथ घनघोर वर्षा आरंभ हो गई।

अचानक, जैसे युद्ध के मैदान में चतुरंगिनी सेना उतर आती है उसी प्रकार आकाश में दल-बल के साथ मेघ घुमड़ने लगे। सभी प्रकार से सुसज्जित सैनिक घोड़ों और हाथियों के साथ युद्ध-रत योद्धाओं के समान पर्जन्य देवता रंगबिरंगे हंसों पर सवार प्रत्येक क्षण में विद्युत गर्जना करने लगे। आकाश में रंग-बिरंगे बादल जमा हो गए। कोई ऐरावत के समान महाकाय था, तो कोई क्रुद्ध काले सर्प के समान कुटिल घोर गर्जना कर रहा था। उसकी दोमुखी जिह्वा विद्युत के समान लपलपा रही थी। इनमें कुछ लाल रंग के भयंकर तेजी से दौड़ते हुए बादल भी थे। इस प्रकार आकाश चारों ओर मेघों के घुमड़ते झुंड से आच्छन्न हो गया। गरजते बादलों से मोटी धार में वर्षा हो रही थी जैसे कोई आकाश से कोई निरंतर गुच्छों में तीर चला रहा हो। अविरल वृष्टिपात के कारण मर्त्यलोक में जल-थल एकाकार हो गए। जैसे किसी तेज धार से बहती

नदी ने समुद्र के समान किसी जलाशय की सृष्टि की हो। इस प्रकार यह महावृष्टि, सात दिनों तक रात-दिन चलती रही। इसी क्रम से झरनों के समान मूसलाधार वर्षा होती रही।

कौतुहल के कारण प्रसन्न होकर देव अथर्वण के साथ यज्ञ देखने के लिए आए, विद्‌युत की कड़क और आँधी के साथ, मेघ बिना रुके घोर वर्षा करने लगे।

श्रीमद् देवायण के प्रथम खंड ब्रह्मकल्प में देवमंडल के अंतर्गत वृष्टि वर्ग में श्री देव-अथर्व संवाद में अष्टिसेन वृष्टि यज्ञ वर्णन में व्रम के यज्ञ में देव का समागम नामक पंचम संवर्ग का समापन।

।छठा संवर्ग।

पिंगल वचन

इधर वैद्‌यराज अथर्वण देवी प्रसूवरी के साथ अष्टि की पूजा समाप्त होने के बाद भी उनके घर में बंद हो कर रह गए थे और उधर पवित्र यज्ञस्थल जल से भर गया था। लकड़ियाँ, घी के बर्तन, कोष, कुश के आसन इत्यादि जल में तैर रहे थे और महास्रोत में इस तरह बह रहे थे जैसे बाढ़ से उफनती किसी नदी में बह रहे हों। इस जल में वृक्ष बह कर घरों से टकरा कर उन्हें चूर-चूर कर रहे थे। उसमें संकट से घिरे दुवस्युव डूब रहे थे क्योंकि वे तैरने में उतने कुशल नहीं थे, जितना विड़ाल वंश होता है। अष्टिसेन ने बहुत से व्यक्तियों को इकट्ठा करते हुए अपने कौशल से उन्हें जल से निकाल लिया और भींगे हुए दुवस्युव को घर में ले आए। घनघोर घटा छाई थी और प्रबल वर्षा निरंतर जारी थी इसलिए सभी लोग अपने-अपने घरों में बंद होकर रह गए थे। इसी समय बृहस्पति अष्टि के घर पधारे। विपत्ति-काल में अष्टि के घर में आरंभ किए गए यज्ञ को पूर्णता देने के लिए देव पहले ही आ गए थे। बृहस्पति आकर सभी लोगों के बीच में बैठ गए। बृहस्पति का नमन

करने के बाद अथर्वण ने पूछा, हे प्राज्ञ अब इंद्र का चित्त कैसा है। मधुपान करने के बाद अब चन्द्रमा का स्वास्थ्य कैसा है। वे आनंद और अमृत का सिंचन करते हैं या नहीं? सुधाकर को ज्ञान कैसे प्राप्त हुआ?

बृहस्पति वचन

हे प्राज्ञ अथर्वण सुनिए, कहानी पुरानी है, शिक्षा लेते समय चन्द्रमा ने तारा को गर्भवती बना दिया था। मैंने तारा सहित चन्द्र को अपने घर से निकाल दिया। चन्द्रमा अपनी पत्नी के साथ अपने घर में बंद रहने लगे। इस समय चन्द्रमा अपने घर से बाहर नहीं निकलते थे।

इंद्र भी क्रोध में थे और अपने मन में अपवित्र अनुभव कर रहे थे। उन्होंने मुझसे कहा कि पवित्र होने के लिए कोई मार्ग बताइए। हे अथर्वण, तब मैंने इंद्र से इस प्रकार कहा, आपने बिना विचारे मन में क्रोध धारण किया है। हे शक्र, अपनी बुद्धि परिमार्जित कीजिए। गौतम के घर में रह कर न्याय और तर्क का अध्ययन कीजिए। अपनी बुद्धि उज्जवल कीजिए जिससे भविष्य में इसका लाभ मिले।

मेरी बात सुन कर इंद्र ने प्रसन्न हो कर गौतम के घर जाकर न्याय और तर्क सीखना आरंभ किया। परंतु इंद्र के मन में क्रोध यथावत था। इस समय वे दुष्ट-काल के प्रभाव में आगए। गौतम के यहाँ रहते हुए बातों ही बातों में उनके बीच कुछ अंतर उत्पन्न हो गया। कार्य में भ्राँति उत्पन्न हुई जिससे उनके दृष्टिकोणों में अंतर आ गया। बात बढ़ते बढ़ते दोनों में मतभेद की सृष्टि हो गई। इसके बाद गौतम-गौतमी को भी संदेह की दृष्टि से देखने लगे। स्त्री का संग करने के संदेह पर दिए गए अभिशाप के कारण इंद्र के शरीर पर भग का चिह्न उत्पन्न हो गया। अतः, इंद्र ने गौतम के घर का त्याग किया और छुप कर रहने लगे। इंद्र को नहीं देखने के कारण मैंने ब्रह्मा के सामने निवेदन किया।

उस समय कण्व क्रोध में आकर विष्णु के द्वार पर चले गए और कहने लगे, इंद्र और चन्द्र ने दुराचार किया है, उन्होंने गुरु-पत्नि को हर लिया है और हे जनार्दन, आप इस श्रेष्ठ पद पर आसीन होकर सो रहे हैं। यह सुन कर विष्णु हाथ में चक्र ले कर उठ खड़े हुए। जब लक्ष्मी ने सुना कि चन्द्रमा ने गुरुपत्नी को हर लिया है, तब वे ब्रह्मा जी के

घर गईं और आँसू बहाते हुए कहने लगी, मैं फिर अपने पिता के घर में कभी भी प्रवेश नहीं करूँगी। चन्द्र की कीर्ति सुन कर क्रोध में आकर ब्रह्माजी खड़े हो गए। उन्होंने लक्ष्मी को आश्वासन दिया और उन्हें घर में सुरक्षित रख दिया।

इसके बाद ब्रह्मा और विष्णु, दोनों मेरे द्वार पर उपस्थित हो गए। दोनों को क्रोध में देख कर मुझे आश्चर्य हुआ। ब्रह्मा जी के द्वारा प्रश्न किए जाने के क्रम में मैंने उन्हें सभी बातें बताईं। चन्द्र ने अपनी पत्नी तारा को गर्भ दिया था। मेरी बातें सुनकर ब्रह्माजी ने कण्व से पूछा, तुम्हारे सामने किसने ऐसा झूठ कहा है? कण्व ने लज्जित होते हुए कहा कि मुझे कलि ने ऐसा कहा था। यह सुन कर रुष्ट ब्रह्मा ने कण्व को स्थिर रहने के लिए कहा।

इसके बाद उन्होंने चन्द्रमा को बुला कर उसे क्षमा कर दिया। बाद में ब्रह्मा ने मुझसे उसे फिर से ज्ञान देने के लिए कहा। तारा वृन्द से उन्होंने कहा, ज्ञान प्राप्त करते समय पति को दूषित करना छोड़ दे, याद रखो, यह मेरी आज्ञा है। इसके बाद उन्होंने गौतम को बुलाया और सभी तथ्यों का निरीक्षण किया। इसके बाद इंद्र को ढूँढ़ कर उन्हें शापविमुक्त किया। शापमुक्त हो कर इंद्रदेव पवित्र हो गए। सभी देवताओं का आह्वान करते हुए सभा करने लगे। फिर से स्वर्ग में सभी में प्रसन्नता व्याप्त होने लगी। चन्द्रमा फिर से अमृत और आनंद बाँटने लगे।

गौतम के द्वारा दिए गए शाप से इंद्र के मुक्त होने पर तीनों लोकों में आनंद छा गया। चन्द्रमा के मुख पर मधुर मुस्कान छा गई और वे सहर्ष अमृत और सोमसुधा बाँटने लगे।

श्रीमद् देवायण के प्रथम खंड ब्रह्मकल्प में देवमंडल के अंतर्गत वृष्टि वर्ग में श्री देव-अथर्वा-अष्टि संवाद में इंद्र अभिशाप वार्ता नामक षष्ठ संवर्ग का समापन।

।सातवाँ संवर्ग।

देव वचन

हे स्वर्ग के गुरु, तारा के उस महान गर्भ की कहानी कहिए। उस गर्भ से किसका जन्म हुआ और उन्हें किस पद पर प्रतिष्ठित किया गया?

बृहस्पति वचन

तारा के गर्भ से बुध नामक महान विद्वान का जन्म हुआ। तारा के गर्भ से सन्तान होने पर देवताओं को अत्यंत आनंद हुआ। विशेष रूप से इंद्र देव को, जिन्होंने चन्द्रमा के लिए स्नेह का प्रदर्शन किया। इंद्र इससे पहले रुष्ट थे, इस भूल के निवारण के लिए उन्होंने ने बुध के जन्म के अवसर पर स्वर्ग में एक महोत्सव किया। अल्प आयु में ही मैं बुध को अपने घर ले आया और उसी आयु में उन्हें शिक्षित किया और महान ज्ञान में पारंगत किया। मैंने देखा कि बुध बहुत मेधावान थे। किसी भी वाक्य को एक बार सुन लेने पर उसे अपने मन में धारण कर लेते। उस वाक्य को समझने में या उसे याद रखने में वह कभी गलती नहीं करते। बुध के बारे में चराचर में यही प्रसिद्ध है कि वे वाक्य के सार को तुरंत समझ लेते हैं और उसमें निहित जो भी अर्थ होता है उसे कह देते हैं। बुध की बुद्धि देख कर सभी देवता प्रसन्न थे। उन्हें संतुष्ट करने के लिए मेरे समान ही पद दिया गया। उन्हें मेरे सहायक का कार्य दिया गया और इंद्र की सभा में वह मेरे पास बैठते हैं। स्वर्ग में मेरे बाद बुध का पद है। जब आवश्यकता होती है तब मेरे स्थान पर वह कार्य करते हैं। इतना कह कर बृहस्पति देवता चुप हो गए। अथर्वण, देव और प्रसूवरी भी प्रसन्न हुए।

देव वचन

हे गुरुओं में श्रेष्ठ महात्मन, आपकी महिमा अपार है, कहिए, आज किस कारण अष्टि के घर आपका आगमन हुआ है।

बृहस्पति वचन

हे देव, आप आए हैं इसी कारण मैं भी आया हूँ। आरंभ से कहिए कि आप यहाँ कैसे आए हैं?

देव वचन

वन में मेरी अथर्वण और उनके साथ प्रसूवरी देवी से भेंट हुई। प्रसूवरी देवी वृक्ष के रूप में थीं और मेरे स्पर्श द्वारा उन्हें मुक्ति मिली। उनकी कहानी सुनने के लिए मेरे मन में कौतुहल हुआ। किस प्रकार देवी प्रसूवरी ने वृक्ष का रूप धारण किया था उसका क्रमानुसार वर्णन सुनते-सुनते मैं यहाँ चला आया। उस समय यज्ञ का धुआँ देख कर मैंने अथर्वण से पूछा कि यह यज्ञ किसलिए किया जा रहा था। अष्टिसेन की महान कीर्ति और उसकी तीन पीढ़ियों द्वारा किए गए इस यज्ञ के देखने की इच्छा हुई। हे महामति, इसी कारण मैं अष्टि के घर आया हूँ। यही मेरा वृत्तांत है।

बृहस्पति वचन

मैंने देखा कि मर्त्यलोक में महावृष्टि हो रही है। देव तत्व का प्रचार करने के लिए और उनकी महानता सब को बताने के लिए मैं यहाँ आया हूँ और यहाँ आकर देखता हूँ कि अष्टिसेन के सामने आपकी मनोहर मूर्ति विराजमान है। हे दुवस्युव, मर्त्यलोक में इस अमर आत्मा के आगमन से यह वृष्टि हुई है। हे महाभाग, सत्य की आप पर महान कृपा है। अब यज्ञ का अर्घ्य प्रदान करते हुए इसका समापन करें। यही देवराज की इच्छा है जिसे मैं आपसे कहता हूँ।

देव की कीर्ति शाश्वत और महान है, उन्हीं के दर्शन के हेतु इस यज्ञ में आया हूँ। हे देव, मन में यह घोषणा करने कि इच्छा है कि जगत में दुर्लभ सत्य का जन्म हो गया है।

श्रीमद् देवायण के प्रथम खंड ब्रह्मकल्प में देवमंडल के अंतर्गत वृष्टि वर्ग में श्री देव-अथर्वा 'अष्टि यज्ञ' संवाद में बुध जन्म वार्ता नामक सप्तम संवर्ग का समापन।

।आठवाँ संवर्ग।

पिंगल वचन

इतना कह कर बृहस्पति आकाशमार्ग में अंतर्धान हो गए। अष्टि और दुवस्युव को यह ज्ञात था कि देव के आने से यह वर्षा हुई है। इधर अथर्वण आनंदमग्न हो कर प्रसूवरी की मुक्ति-गाथा सुना रहे थे। इसके बाद अष्टि के नगर में देव की पूजा की गई। यह संवाद चारों दिशाओं में फैल गया कि देव के कारण ही यह महावृष्टि हुई है जिससे पृथ्वी जल-प्लावित हो गई है, और देव के स्पर्श से वृक्ष के रूप में स्थित प्रसूवरी को मुक्ति मिली है। सत्य का उद्भव हुआ है और अष्टि के घर में स्वयं देव आए हैं। अब वर्षा बंद हो गई और आकाश से मेघ अदृश्य हो गए। नीला आकाश उभर आया और सूर्य प्रकट हो गए। भास्कर की किरणों के स्पर्श से सभी जीवों में जागरण हो गया।

देव अष्टि के घर आए हैं यह जानकारी सभी को हो गई थी। इसलिए विविध प्रकार के अर्घ्यों के साथ लोग सत्य के दर्शन के लिए आने लगे। सम्मिलित स्वर में सभी ने देव को अर्घ्य प्रदान किया। एक ओर अथर्वण और साध्वी शक्ति प्रसूवरी थी तथा दूसरी ओर अष्टि के साथ दुवस्युव थे। देव सब पर कृपावान हैं और सभी के मुक्तिदायक हैं। देव अग्नि वंश के प्रसाद हैं और अभीवर्त के कुल के उज्ज्वल दीपक है। आपके स्पर्श से महर्षि वीतहव्य के पुत्र की मुक्ति हुई थी। उन्होंने पक्षी के रूप का त्याग किया था। हे देव, आपके चरणों की वंदना करते हैं। आपके स्पर्श से वृक्ष के रूप में रहती हुई प्रसूवरी को मुक्ति मिली थी। इस जगत के कल्याण के लिए आपने वैद्य की शक्ति का उद्धार किया है, हे देव, आपके चरणों की वंदना करते हैं। अष्टि के घर में पधार कर आप अनावृष्टि का विनाश करते हुए महावृष्टि ले आए। हे देव, हम सभी आपके चरणों की वंदना करते हैं। यह कहते हुए सभी देव के चरणों में प्रणाम कर नत-मस्तक हो कर खड़े हो गए। नाना प्रकार के अर्घ्य प्रदान करते हुए उन्होंने देव को प्रसन्न किया।

इसी समय यत्न के साथ सुरक्षित रखी गई देवापि और वृष्टिकाम की मंत्रपूत अस्थियों को लेकर दुवस्युव देव के सामने आए। प्रजापति ब्रह्मा अंतरिक्ष से देख रहे थे। देव का महात्म्य बढ़ाने के लिए और उनकी पवित्र कीर्ति प्रकट करने के लिए, जब प्रजापति ब्रह्माजी ने अस्थियों में प्राणदान करने के लिए अपने हाथ में लिए कमंडल का पवित्र जल अस्थियों पर छिड़क दिया, तब उनमें जल के रूप में जगत प्राण प्रविष्ट हो गया। रूपवान देव ने जल से भीगी अस्थियों को स्पर्श किया। ब्रह्माजी ने अस्थियों में प्राण का निवेश कर दिया था। जीव में जीवन का संचार करने के लिए क्रमशः कोशिकाएँ निर्मित होने लगीं। अष्टि द्वारा यथास्थान सुरक्षित रखी गई अस्थियों को लेकर ऋषि दुवस्युव प्राण की स्तुति और वंदना कर रहे थे। पूरी अस्थियों में व्याप्त कोशिकाओं का क्रमशः निर्माण हो जाने पर धमनियाँ और स्नायु मंडली की कोशिकाएँ, सभी ग्रंथियाँ, श्वास-यंत्र, कंठ-नलिका, बड़ी आंत और उनके तंत्रजाल इत्यादि प्रकट हो गए। आँखें, कान, केश-गुच्छ इत्यादि शरीर पर यथास्थान प्रकट हो गए और शरीर की पुनर्संरचना पूरी हो गई।

दुवस्युव द्वारा मंत्रों के उच्चारण से वृष्टिकाम उठ कर खड़े हो गए। इसके बाद सुनिए हे गजानन, देव के पास आकर मृत देवापि में भी प्राणों का संचार हो गया, यह एक नया चमत्कार था। जन-गण समवेत स्वरों में पृथ्वी पर इस नई कीर्ति का स्तवन करने लगे - अभीवर्त के कुल में उत्पन्न होकर आप देव के जन्म में प्रतिष्ठित हैं। प्रजापति की सृष्टि में, देवराज इंद्र के शासन में, जगत के सारे कार्य आप ही के आश्रय में होते हैं। आप काल हैं, आप ही महाकाल हैं, इस जगत में सत्य के रूप में आपका पवित्र उद्भव हुआ है। सभी पक्षी प्रभाती में इस नई प्रार्थना का गायन करते हैं, इस जगत का रूपांतरण करने के लिए आपका पवित्र उद्भव हुआ है। काल-चक्र धारण करते हुए पूरी सृष्टि के संचालन के लिए, अभी वंश के अंश के रूप में, मुँह पर मुस्कान लिए आपका आविर्भाव हुआ है। देवापि को नया जीवन और शरीर मिला है। इस प्रकार सभी सिर झुका कर देव के आगे वंदना कर रहे थे।

अभी-तनय देव के स्पर्श से जिसकी अस्थियों में जीवन का संचार हुआ है, उनकी चरण-वंदना से पिता सहित देवापि ने पुनः शरीर प्राप्त कर लिया है और उनमें चेतना आ गई है।

श्रीमद् देवायण के प्रथम खंड ब्रह्मकल्प में देवमंडल के अंतर्गत वृष्टि वर्ग में श्री देव-अथर्वा 'अष्टि यज्ञ' संवाद में देवापि एवं वृष्टिकाम की अस्थियों में पुनर्जीवन और देह-लाभ वार्ता नामक अष्टम संवर्ग का समापन।

।नौवाँ संवर्ग।

देवापि वचन

इस चराचर में अभीवर्त महाराज की कीर्ति महान है, हे युगाधिपति, आपका जन्म इस सत्य को प्रमाणित करता है। आपके पवित्र आगमन से अनावृष्टि दूर हो गई है। बहुत से यज्ञ किए गए थे, अत्यधिक मात्रा में घी की आहुतियाँ दी गई थीं, परंतु उनका कोई भी प्रभाव नहीं हुआ था। धर्म और कर्म का अतिक्रमण करते हुए आपके स्पर्श मात्र से महान फल की प्राप्ति हुई। आपने यह सत्य प्रमाणित कर दिया कि जन्म और मृत्यु का संसार से लोप हो गया है। आपकी पवित्र उपस्थिति से मृतक की अस्थियों में प्राणों का संचार हुआ। किसी भी काल में यह नहीं सुना गया था कि जिसका शरीर नष्ट हो गया था, केवल उसकी अस्थियों के सहारे एक अद्भुत सुंदर आकृति की सृष्टि हो गई है। आपकी दया से असंभव भी संभव हो गया है। हे अज्ञेय पुरुषोत्तम, आप जगत के उद्देश्य, ऋतम्भर हैं, आपके स्पर्श से यह आश्चर्यजनक अलौकिक घटना घटी है। ऊसर और सूखी धरती आपके स्नेह रूपी झरने के जल से सिक्त होकर उर्वर हो जाती है। आपने यह नया रूप दिया है, इससे तुष्टि और शांति की प्राप्ति हुई है। हे महात्मा, आपका जन्म केवल सभी का मंगल करने के लिए हुआ है। केवल आपकी उपस्थिति से यह सत्य प्रमाणित हो गया है। हे अभी-पुत्र, मैं आपको नमन करता

हूँ। हे सत्य के युगपति, मैं आपको नमन करता हूँ। आपके चरण-कमलों में नमन करता हूँ, लाखों बार नमन करता हूँ।

पिंगल वचन

इसके बाद वृष्टिकाम देव के चरणों पर झुक गए। देव के हर्ष की वृद्धि करते हुए वह इस प्रकार स्तवन करने लगे।

वृष्टिकाम स्तवन

देव ऋतम्भर, आपको नमन करता हूँ। अभीवर्त को बार-बार नमन करता हूँ। आप सभी का मंगल करते हैं, आपके चरणों में बार-बार नमन करता हूँ। आप मन में धारण की गई सभी कामनाओं की पूर्ति करते हैं, सभी इच्छाओं को पूर्ण करते हैं। आप सभी दुःखों से छुटकारा दिलाते हैं, आपके चरणों में हजार बार नमन करता हूँ। आप वृष्टिकाम के इष्ट देवता हैं, आप सभी इच्छाओं को सार्थक करते हैं। आप सभी शत्रुओं का विनाश करते हैं, आपके चरणों में हजार बार नमन। आप सभी आपदाओं को दूर करते हैं, पूरे जगत के लिए कल्याणकारी हैं। आपकी मुस्कुराती हुई पवित्र मूर्ति के चरणों में हजार बार नमन करता हूँ। हे विशाल नयनों वाले, आपको प्रणाम करता हूँ, आपके पवित्र स्पर्श को बार-बार प्रणाम करता हूँ। हे देव, आपके चरण-कमलों में लाखों बार नमन करता हूँ।

पिंगल वचन

इसके बाद विखानस ऋषि के पुत्र वम्र स्तवन करने के लिए तत्पर हुए। देव के चरणों में सिर झुकाने पर आनंद में वृद्धि होती है।

वम्र स्तवन

हे कालचक्र धारण करने वाले, आप इंद्र के स्वरूप हैं। आप ऋषि कुल के प्रकाश हैं। हे देव, आप के चरणों में नमन करता हूँ। देवतागण आपकी पूजा करते हैं। देवराज इंद्र आपको पवित्र अर्घ्य देते हैं। हे सत्य आप पूजनीय हैं, आप के चरणों में नमन करता हूँ। आपके जन्म के कारण स्वर्ग और मर्त्य का अंतर समाप्त हो गया है। आप ऋषियों में

श्रेष्ठ हैं और मनुष्यों में भी श्रेष्ठ हैं। आगे, पीछे, अंदर, बाहर, ऊपर, नीचे - आप सभी स्थानों में व्याप्त हैं। आप के चरणों में नमन करता हूँ।

पिंगल वचन

इस प्रकार स्तवन करते हुए और अर्घ्य प्रदान करते हुए जब वैखानस वम्र मौन हो गए, तब दुवस्युव ने अपना सिर झुका कर प्रसन्नता पूर्वक कहा -

दुवस्युव स्तवन

युगपति और यज्ञेश्वर को यज्ञ के अर्घ्य निवेदन करता हूँ। ऋषि के रूप में आपका आगमन हुआ है। देव के चरण-कमलों में नमन करता हूँ। जब वर्षा नहीं हो रही थी और हमारे प्राण संकट में थे, तब आपने हमारी रक्षा की। आप महावृष्टि ले आए। देव के चरण-कमलों में नमन करता हूँ। यदि हम संकट में पड़ जाएँ, तब इसी प्रकार हमारी रक्षा करें। संसार के आवर्तन के लिए देव के चरण-कमलों में नमन करता हूँ। आप गहरी निराशा की अंधेरी गुफा में दिव्य ज्योति जलाने वाले हैं। आप लक्ष्य और मार्ग दोनों ही दर्शाते हैं। मृतक को चैतन्य करने वाले को प्रणाम करता हूँ, शाप से उद्धार करने वाले को प्रणाम करता हूँ। आप दुःख दूर करते हैं। आपके चरणों में हजार बार नमन करता हूँ।

पिंगल वचन

जब यह पवित्र प्रार्थना करने के बाद दुवस्युव मौन हो गए, तब अष्टिसेन ने सिर झुका कर कहा-

अष्टि स्तवन

जब काल के महाचक्र से समस्त जगत पीड़ित था, तब उद्धार करने के लिए आप स्वयं प्रकट हुए। आप सभी बलवानों से बलवान हैं, आप सभी आत्माओं में निवास करते हैं। सभी कर्म आपके आश्रय में किए जाते हैं, हे युगपति, आपकी जय हो, आपकी जय हो। आप सभी को मुक्ति प्रदान करते हैं और पापों को नष्ट करते हैं। आप सभी के दुःखों और पीड़ाओं का हरण करते हैं। हे युगाधिपति, आपकी जय हो। आप

ब्रह्मा के समान महान स्रष्टा हैं, अनजाने तत्वों की खोज करते हुए आप आत्मज्ञान की वृद्धि करते हैं, हे युगपति, आपकी जय हो, आपकी जय हो। आप सत्य की ज्योति जलाने वाले, प्रकाशवान सूर्य हैं। विश्व के हृदय की गहराइयों में आप तेज का स्वरूप हैं।

देवापि, अपने पिता वृष्टिकाम के साथ, वम्र और दुवस्युव सभी देव के चरणों में झुके हुए हैं। सदैव इन पवित्र चरण-कमलों की कामना करने पर तीनों लोकों और इस चराचर से मुक्ति मिलती है।

श्रीमद् देवायण के प्रथम खंड ब्रह्मकल्प में देवमंडल के अंतर्गत वृष्टि वर्ग में श्री देव-अथर्वा 'अष्टि यज्ञ' संवाद में देवार्घ्य प्रदान नामक नवम संवर्ग का समापन।

।दसवाँ संवर्ग।

पिंगल वचन

इस प्रकार सभी व्यक्तियों ने एक-एक करते हुए देव का स्तवन किया, उन्हें अर्घ्य प्रदान किया और आत्मनिवेदन किया। देव ने सभी को आशीष देते हुए कहा - छोटे-बड़े जो भी कर्म है, उन्हें ब्रह्म के द्वारा निर्धारित किया जाता है। जिस प्रकार ब्रह्म की इच्छा से सृष्टि हुई है उसी प्रकार ब्रह्म की इच्छा से कर्म निर्धारित किए जाते हैं। इसे मन में धारण कीजिए कि मेरा जन्म उसी कर्म को अनुष्ठित करने के लिए हुआ है। पाप और पुण्य, शुभ और अशुभ, सभी प्रकार के कर्म ब्रह्म के द्वारा सुनिश्चित किए जाते हैं और उन्हीं कर्मों के अनुसार गति होती है। सर्वत्र और सभी में कर्म का संचालन करने के लिए ब्रह्म विराजमान हैं। ब्रह्म ही मुक्तिदाता हैं जिनके द्वारा मुझे भी मुक्ति मिली है।

इन्हीं ब्रह्म का साकार रूप नारायण के नाम से प्रसिद्ध है। सभी मनुष्यों में और पूरे जगत में नारायण का वास है। मनुष्यों में नारायण आत्मा के रूप में निवास करते हैं। उनके अनेक रूप हैं - दो भुजाओं

वाले या चार भुजाओं वाले, हजार भुजाओं या उससे भी अधिक भुजाओं वाले। मस्तक एक है या अनेक, और इसी प्रकार हाथों और पैरों की संख्या भी है। जब, जैसा भी प्रयोजन होता है, नारायण अपनी इच्छा के अनुसार वही रूप धारण कर लेते हैं। इसे ध्यान में रखना चाहिए, यह ध्यान में रखने योग्य है और सभी लोगों को यही ज्ञात है।

नारायण पूर्ण हैं, नारायण ही आनंद है, और वे संपूर्ण जगत में व्याप्त हैं। नारायण वाक्यों में रहते हैं, नारायण ध्वनि में रहते हैं, नारायण सर्वदा स्मृति में रहते हैं, नारायण सभी जनों के अंतर में निवास करते हैं। नारायण सभी देवताओं में हैं और उनसे परे भी हैं। नीचे, ऊपर और चारों दिशाओं में नारायण हैं। नारायण कर्मी हैं और वही कर्म भी हैं। मुक्ति, मोक्ष और परम पद सभी नारायण के हाथों में है। नारायण स्वयं यज्ञ हैं और यज्ञेश भी हैं। नारायण अपने-आप में पूर्ण हैं और वही परम सिद्धि हैं। आत्मा के रूप में स्वयं चतुर्भुज नारायण हृदय में विराजते हैं।

नारायण सर्वद्रष्टा हैं और सभी के साथ क्रीड़ा करते हैं। बालकों के साथ बालकों के रूप में, शिशुओं के साथ शिशुओं के रूप में, नित्य, क्रीड़ा का आश्रय लेकर नारायण ही प्रकट होते हैं। युवाओं के साथ वे युवाओं के रूप में प्रेम क्रीड़ा करते हैं। वृद्ध व्यक्तियों के लिए महाज्ञानी वृद्ध के रूप में नारायण ही स्वयं को प्रकाशित करते हैं। जिसका जैसा रूप होता है नारायण वैसी ही आकृति धारण करते हैं। इनसे ऊपर कुछ भी नहीं है, इनके नीचे भी कुछ नहीं है, केवल घोर शून्यता है।

जगतपति नारायण सभी बड़ों से बड़े हैं। वे सूक्ष्म और परमाणु के रूप में जगत के मूल में रहते हैं। संपूर्ण जगत में व्याप्त नारायण ही सर्वश्रेष्ठ ज्ञान हैं। मैं भी नारायण में रहता हूँ और उन्हीं के द्वारा संचालित किया जाता हूँ। देव के रूप में मैं युग का स्वामी हूँ, परंतु इसे ध्यान में रखिए कि मैं एक यंत्र मात्र हूँ और नारायण के स्पर्श से ही मुझमें आत्म-चेतना आती है। इससे पहले यंत्र भी नहीं था और मैं भी नहीं था।

जड़ में भी नारायण का निवास है और उनका स्मरण करने से ही मृत व्यक्ति की अस्थियों को भी शरीर प्राप्त होता है। मैं एक यंत्र का

स्वरूप हूँ और नारायण जगत के स्वामी हैं। इस कारण सर्वदा ध्यान में रखता हूँ कि नारायण जगत के स्वामी हैं। इतना कह कर सभी को हर्षित करने के बाद, देव मौन हो गए। सभी अनुभव कर रहे थे नारायण चारों ओर विराजमान हैं और सभी को रोमांच हो रहा था। इस सत्य के प्रकट होने पर सभी आनंद में डूब गए।

सभी को आनंद-निमग्न कर, देव-अथर्वण एवं प्रसूवरी के साथ, अष्टि के घर से बाहर निकल आए। आधे रास्ते में अथर्वण ने संकेत करते हुए कहा कि यह काक्षीवत आश्रम है।

अथर्वण वचन

हे अभीपुत्र, देखिए, कुछ दूरी पर, वन के बीच, जो आश्रम है वह गाय और घोड़ों से भरा हुआ है। यह क्षेत्र जितनी दूर तक दिखाई दे रहा है, उससे भी आगे तक यह आश्रम फैला हुआ है। यह फूलों और लता-गुल्मों से घिरा हुआ, एक शांतिपूर्ण आश्रम है।

देव वचन

हे प्राज्ञ, कहिए, इस आश्रम में किस महात्मा का निवास है? इस स्थान की विशेषता क्या है?

देव ने कहा था, नारायण शाश्वत हैं, नित्य हैं और सर्वत्र विराजमान हैं। वे अथर्वण के साथ अष्टि के घर से बाहर आए और रास्ते में उन्हें यह मनोहर आश्रम दिखाई पड़ा।

श्रीमद् देवायण के प्रथम खंड ब्रह्मकल्प में देवमंडल के अंतर्गत वृष्टि वर्ग में श्री देव-अथर्वा 'अष्टि यज्ञ' संवाद में नारायण तत्व ज्ञान कथन नामक दशम संवर्ग का समापन।

-वृष्टि वर्ग का समापन-

।।कक्षी वर्ग।।

।पहला संवर्ग।

पिंगल वचन

अभीपुत्र से यह सुन कर, अथर्वण प्रसूवरी सहित अपने आश्रम में लौट आए। देव के साथ अथर्वण ने भोजनादि से निवृत हो कर विश्राम किया। उसके बाद उन्होंने देव से कहा - पुरानी स्मृतियों के अनुसार मैं काक्षीवत आश्रम के संबंध में कहता हूँ, इसे सुन कर आप विचार कीजिए कि आपको वहाँ किसलिए जाना है। अंगिरा के बड़े पुत्र और संबंध में आपके तात, उचथ्य ने इस वंश का विस्तार किया है जो अब बहुत बड़ा हो गया है। इसे ध्यान में रखिए कि उचथ्य के पुत्र उशिज आप के बड़े भाई हैं। यह आपके जन्म के पहले की बात है, उशिज ने अंगिरा का घर छोड़ कर अपने लिए अलग आश्रम बना लिया। पहले ही अंगिरा का वंश बहुत बड़ा हो गया था। अंगिरा के तेज से चौवालिस पुत्र उत्पन्न हुए थे। इन सभी के अलग-अलग बहुत से पुत्र हुए। इसी कारण उशिज का आश्रम अलग बनाया गया था। हे देव, उचथ्य वंश में दीर्घतम प्रचुर ख्यातिवान हुए थे। दीर्घतम उशिज के पुत्र थे। वे चारों वेदों में पारंगत थे और ब्रह्मज्ञान से युक्त महात्मा थे। दीर्घतम को विशेष ख्याति इसलिए प्राप्त हुई थी कि उन्होंने इस सृष्टि में एक महान तत्व को प्रकट किया था। इस कारण महर्षि दीर्घतम को ब्रह्मपद की प्रतिष्ठा मिली थी। दीर्घतम के पुत्र कक्षीवान के नाम से प्रसिद्ध हुए। दीर्घतम ने घर और आश्रम का भार कक्षीवान को सौंप दिया और स्वयं को महान तपस्या में समर्पित कर दिया। उनसे पहले उचथ्य और उशिज ने भी यही किया था।

जिस समय कक्षीवान आश्रम में रहने लगे थे, उससे पहले शतरूपा गाय के रूप में थी। उसने अपने गर्भ से गायों को जन्म दिया। शतरूपा की ख्याति भी माता अदिति के समान थी। उनके गर्भ से गाय और उत्तम बैलों की उत्पत्ति हुई और वे पूरी सृष्टि के चर और अचर में

छा गए। स्वर्ग की गाय सुरभी के नाम से ज्ञात थी और उनके गर्भ से गवेंद्र नामक वृषभ ने जन्म लिया था। वह वृषभों में सबसे उत्तम वृषभ थे। गोमाता की इस जगत में पूजा की जाती है, देवता भी उनकी पूजा करते हैं। यह गाय अपनी इच्छा के अनुसार स्वर्ग और मर्त्य लोक में तथा पूरी सृष्टि में घूमती थीं। स्वर्ग की गाय सुरभी देवी अजर थी और उन पर बुढ़ापा नहीं आता था। वह नित्य दूध देती, और इसके लिए बछड़े की आवश्यकता नहीं होती थी। वह माँगने वालों को दूध देती थीं और माता-पिता के द्वारा छोड़े गए शिशुओं को दूध पिलातीं और पुत्र के समान उनका पालन करती।

पिता और माता के द्वारा परित्यक्त कक्षीवान आश्रम में अकेले रहते थे। उस समय यह स्वर्ग की गाय वहाँ गई। कक्षीवान को पता नहीं था कि गोमाता का आगमन हुआ है। किसी साधारण गाय की तरह उन्होंने सुरभी को तुरंत बाँध दिया। यह गाय तेज से दीप्त थी और नित्य दूध देती थी। कक्षीवान इस सुंदर गाय को पाकर बहुत प्रसन्न थे। गोमाता ने उनका बंधन स्वेच्छा से स्वीकार किया था। कक्षीवान को जितनी इच्छा होती वह उतना दूध देती। इस प्रकार कई वर्ष बीत गए।

एक बार की बात सुनिए, कक्षीवान भ्रम से ग्रस्त हो गए। उस समय वह विवाहित नहीं थे। भ्रम के अंतर्गत वह गाय के साथ मैथुन-रत हो गए। उनके इस कार्य के दौरान गोमाता स्थिर रहीं। जब कक्षीवान गाय के गर्भ में अपना तेज प्रदान करते हुए निवृत हुए, तब गोमाता ने कहा - हे कक्षीवान, तुम्हारे इस कृत्य से मुझे बहुत आश्चर्य हुआ। तुम दीर्घतम के पुत्र हो, इसलिए मैं समझती थी कि तुम ज्ञानी हो। परंतु अब मैं देख रही हूँ कि तुममें थोड़ी भी बुद्धि नहीं है। मैं गाय के रूप में हूँ और तुम ऋषि के पुत्र हो। तुमने किस कारण मेरे गर्भ में अपना तेज दिया? तुम्हारा तेज व्यर्थ नहीं होगा और पुत्र उत्पन्न होगा। इस पुत्र का रूप गाय का होगा और इसकी बुद्धि ऋषियों के समान होगी। हे कक्षी, तुम्हें यह पुत्र दूँगी जो तुम्हें अभिशाप देगा। कक्षीवान, याद रखो कि यह तुम्हारा पुत्र कहलाएगा। यह तुम्हारी अधोगति है कि तुमने मुझे अपनी

आत्मा का दान किया है। अपने तेज के रूप में तुमने मुझे अपनी आत्मा दी है। यह मेरे गर्भ में पल कर तुम्हारे पुत्र के रूप में उत्पन्न होगा।

गाय के मुँह से ऐसी बात सुन कर कक्षीवान को घोर आश्चर्य हुआ। उसने विस्मित होकर गाय से कहा, तुम गाय के रूप में कौन हो जो मेरे घर में रह रही हो? यद्यपि तुमने मेरी निंदा की है, परंतु तुमने सत्य बात कही है। मेरे द्वारा यह कर्म भ्रम के अंतर्गत किया गया था। अचानक मैंने तुम्हारा संग किया और अपना तेज त्याग किया। परंतु तुम मेरा यह आचरण देख कर मौन क्यों रही? पहले कुछ क्यों नहीं बोली? तुम्हारा परिचय क्या है, हे गाय, तुम उसे प्रकट करो।

सुरभी वचन

हे कक्षी सुनो, मैं स्वर्ग की गाय हूँ और मेरा नाम सुरभी है। तुम्हारे आश्रम में अपनी इच्छा से रह रही हूँ। पहले तो तुम्हें देख कर स्नेह उमड़ आया था क्योंकि मैंने देखा कि तुम माता-पिता के द्वारा परित्यक्त होकर इस निर्जन वन में अकेले रहते हो। उसकी बात सुन कर कक्षी मन ही मन अत्यंत लज्जित हो गए।

कक्षीवान वचन

हे देवी, तुम अपने प्रेम के द्वारा, मेरी बुद्धिहीनता के कारण किए गए इस कुकृत्य के लिए क्षमा करो। इसके बाद मेरे लिए तुम्हारी जो आज्ञा होगी, मैं उसका पालन करूँगा। उसकी बात सुन कर सुरभी प्रसन्न हुई और कक्षीवान से बोली - हे कक्षीवान, तुम्हारे द्वारा किए गए इस कार्य के लिए मैं तुम्हें क्षमा करती हूँ। परंतु इसके बाद, मेरी आज्ञा का पालन करने के लिए तत्पर रहना। यदि इसमें कोई त्रुटि हुई तब मैं तुम्हें अभिशाप दूँगी। इस गर्भावस्था में कुछ समय तक रहूँगी। इस समय तुम मेरी सेवा करना। जो गर्भ से उत्पन्न होगा उसे तुम्हें देकर मैं चली जाऊँगी। इसके बाद तुम गोवंश की निरंतर सेवा करना। गर्भ में कक्षी का तेज धारण करने वाली स्वर्ग की गाय इतना कह कर कक्षी के घर रहने लगी और कक्षी उसकी सेवा में लगे रहे।

जब सुरभी माता ने अपना परिचय दे कर कक्षी के कृत्य की निंदा की तब उनका सिर लज्जा से झुक गया, और भयभीत होकर उसके चरणों की सेवा करने लगे।

श्रीमद् देवायण के प्रथम खंड ब्रह्मकल्प में देवमंडल के अंतर्गत कक्षीवर्ग में श्री देव-अथर्वा संवाद में सुरभी-कक्षी वार्ता नामक प्रथम संवर्ग का समापन।

।दूसरा संवर्ग।

अथर्वण वचन

कक्षीवान की सेवा पाकर स्वर्ग की गाय प्रसन्न थी। यथासमय उसके गर्भ से दो संतानें हुईं। इन जुड़वाँ शिशुओं को कक्षीवान के हाथों देकर स्वर्ग की गाय ने कहा, इन शिशुओं को रखो। इसके बाद मैं इस स्थान का त्याग करती हुई स्वर्ग प्रस्थान करूँगी। मेरी इच्छा है कि तुम पुत्र का नाम काक्षीवत और कन्या का नाम काक्षीवती रखो। इनका रूप गाय का है किंतु बुद्धि तुम्हारी है। कुछ समय तक इनका अच्छी तरह पालन पोषण करो। उस समय अभी के घर स्वयं सत्य की उत्पत्ति होगी। देव अपना यज्ञ समाप्त करने के बाद सर्वत्र भ्रमण में निकलेंगे। उस समय देव तुम्हारे आश्रम में आएँगे। देव के स्पर्श से तुम्हारे पुत्र और पुत्री को मुक्ति मिलेगी और वे गाय का रूप त्याग कर पवित्र शरीर प्राप्त करेंगे।

इसके बाद हे कक्षी, तुम संसार में बहुत महान कार्य करोगे। उस समय चारों ओर मेरे वंश का उद्भव होगा। इधर-उधर, सभी दिशाओं में गाएँ रहेंगी। हे कक्षी, तुम उन्हें एकत्रित करोगे और उनका पालन करोगे। तुम गो-पालन करोगे इससे मेरा चित्त वास्तव में प्रसन्न होगा। गो-पालन करने पर निश्चित रूप से अज्ञान के कारण उत्पन्न दुर्बुद्धि, दुराचार इत्यादि सभी दूर हो जाएँगे।

मेरी तुष्टि होने पर निश्चित रूप से इन सभी से मुक्ति मिलेगी। मातृ-हत्या करने पर जो पाप होता है, गो-सेवा करने पर उससे मुक्त

करूँगी। माता समान स्त्री को तुमने गर्भवती किया था, यदि गो-सेवा करोगे तब इससे तुरंत मुक्त करूँगी। मेरे महात्म्य का प्रचार करो, मैं तुम्हारी त्रुटियों को क्षमा करूँगी। आज से तुम गो-सेवा में रत हो जाओ।

पिंगल वचन

स्वर्ग की गाय सुरभी के द्वारा इस प्रकार कहे जाने पर कक्षीवान को आत्म-बोध हुआ और उन्होंने सिर झुका कर कहा, आपकी असीम कृपा से मेरा भ्रम दूर हो गया है। आज से मैं अपने-आप को गो-सेवा में समर्पित कर दूँगा। हे देवी, मुझे यह बताएँ कि देव का आगमन कब होगा? मेरे पुत्र और पुत्री को मुक्त होने में कितना समय लगेगा?

गो-सेवा करने पर पुत्र-पुत्री का हित तथा पृथ्वी का कल्याण होता है, सुरभी देवी कह रही थी, और कक्षी उनके चरणों में सिर झुकाए खड़े थे।

श्रीमद् देवायण के प्रथम खंड ब्रह्मकल्प में देवमंडल के अंतर्गत कक्षीवर्ग में श्री देव-अथर्वा संवाद में काक्षी जन्म नामक द्वितीय संवर्ग का समापन।

।तीसरा संवर्ग।

सुरभी वचन

हे कक्षी, तुम देव यज्ञ करने के बाद यह कार्य करना। यह जान लो कि यज्ञ के लिए समय बहुत कम रहेगा। जब सूर्य सृष्टि कर रहे थे, तब उनके प्रचंड तेज के भय से संज्ञा स्वर्ग छोड़ कर पलायन कर गई। तब स्रष्टा सूर्य संज्ञा को ढूँढ़ते हुए घोड़े का रूप धारण कर समुद्र के तल में पहुँच गए। अपने आप को छुपाने के लिए संज्ञा घोड़ी का रूप धारण किए हुए समुद्र के तल में थी। घोड़े के रूप में सूर्य देवता ने घोड़ी रूपी देवी के गर्भ में तेज प्रदान किया। इस गर्भ को लेकर घोड़ी चिंतित हो गई, कदाचित पलायन करने पर सूर्य के तेज से छुटकारा नहीं मिलेगा। अपनी शक्ति बढ़ा कर इस तेज को सहने की आवश्यकता

है। स्रष्टा यदि सृष्टि करने के लिए इच्छुक हैं तब यही करना पड़ेगा। इसलिए जितना शीघ्र संभव हो इस गर्भ का विमोचन करना पड़ेगा।

घोड़ी ने सिर झुका कर अश्व देवता से कहा, यदि आपको अपनी इच्छानुसार सृष्टि करनी है, तब घोड़े का रूप त्याग दीजिए और देव का रूप प्रकट कीजिए। भविष्य में सृष्टि का रूप अलग होगा, इसे समझ कर इसके बाद मेरे गर्भ में दिव्य सृष्टि प्रकट कीजिए। यह सुनकर अश्वदेव ने प्रसन्न होते हुए कहा, हे अश्वी, सृष्टि के मंगल के लिए दिव्य रूप धारण कीजिए, समुद्र-तल छोड़ कर शीघ्र स्वर्ग चलते हैं। दिव्य सृष्टि प्रकट करने के लिए दिव्य स्थान की आवश्यकता है। देवी रूप धारण करने के लिए मेरा तेज लीजिए। तब आपके दिव्य गर्भ से देवपुत्र उत्पन्न होगा। अश्व देव से यह सुनते ही अश्वी माता समुद्र के जल से निकल आई और दिव्य रूप धारण कर लिया।

जब संज्ञा के साथ सूर्य देव ने दिव्य रूप धारण किया और समुद्र का जल त्याग कर धीरे-धीरे ऊपर की ओर जाने लगे तब इस पवित्र दृश्य को लोग विस्मित होकर देख रहे थे। इसे देख कर सर्वत्र ऋषियों ने इस मंत्र के उच्चारण किया - तद् सवितुः वरेण्य। यह मंत्र सुन कर सूर्य देव ने नीचे की ओर देखा। उन्हें देख कर उल्लसित होकर ऋषि यह मंत्र जपने लगे - भर्गः देवस्य धीमहि। ऋषियों के कंठ से इस मनोहर मंत्र को सुन कर सूर्य कुछ पल रुक कर अपनी पवित्र रश्मियाँ बरसाने लगे। इसी समय देवी संज्ञा ने भी नीचे की ओर दृष्टि डाली, तब उन्हें अपने दोनों पुत्र दिखे जो अपनी माँ को खो कर इधर-उधर घूम रहे थे। पुत्रों का दुःख देख कर संज्ञा का मन दुःख से कातर हो उठा।

अचानक मुझे देख कर उन्होंने मुझसे कहा, हे सुरभी, तुम मेरे पुत्रों की देख-रेख करना, मैं जब घोड़ी के रूप में थी तब इन्होंने सूर्य के तेज से जन्म लिया। अब मैं दिव्य सृष्टि प्रकट करने के लिए स्वर्ग वापस जा रही हूँ। तुम इन्हें अपना दूध पिला कर पालना। कुछ दिन बीतने पर इनमें चेतना उदय करो कि यह दोनों सूर्य के पुत्र हैं और इन्हें स्वर्ग में प्रवेश करना है। मैंने यह कार्य-भार स्वीकार किया और संज्ञा से पूछा, हे संज्ञा, इनकी चेतना जगाने का क्या उपाय है। इतने में ऋषियों ने

ऊँचे स्वर में यह मंत्र उच्चारित किया - धियो यो नः प्रचोदयात्। तब सूर्य ने कहा, जगत में चेतना लाने के लिए सत्य देव का जन्म होगा, उनका अभीकुल में उद्भव होगा, हे ऋषियों आप प्रतीक्षा कीजिए। सूर्य की ध्वनि पर प्रतिध्वनि करती हुई संज्ञा बोल पड़ीं, जब देव का आगमन होगा तब अश्विनी कुमारों को चेतना होगी। इसके बाद ऋषियों के मंत्र से प्रसन्न होकर संध्या ने धर्म-चक्षुओं की पवित्र सृष्टि प्रकट की। इधर, समुद्र के तल में मैं अश्विनी कुमारों का पालन-पोषण करने लगी। अब उनका शरीर सबल हो गया है और वे अपनी इच्छा के अनुसार घूम रहे हैं। हे कक्षी, तुम आदर सहित अश्विनी कुमारों को बुलाओ। उनकी शक्ति के अंश से अश्व वंश की वृद्धि करो। इस वंश के बढ़ने पर, शक्तिपुत्रों को मुक्ति देने के लिए शीघ्र ही देव का जन्म होगा। इतना कह कर सुरभी आकाशमार्ग से चली गई। इसके बाद कक्षीवान अश्विनी कुमारों को ढूँढ़ने निकल पड़े।

सूर्य के तेज से घोड़ी के गर्भ से जुड़वाँ पुत्र उत्पन्न हुए। कक्षी को उनकी देख-रेख करने के लिए निर्धारित कर सुरभी स्वर्ग चली गई।

श्रीमद् देवायण के प्रथम खंड ब्रह्मकल्प में देवमंडल के अंतर्गत कक्षीवर्ग में श्री देव अथर्वा संवाद में अश्विनी जन्म वार्ता नामक तृतीय संवर्ग का समापन।

।चौथा संवर्ग।

अथर्वण वचन

कुछ दिनों तक कक्षीवान अश्विनी कुमारों की खोज में समुद्र तट पर भटकते रहे। एक दिन अश्विनी कुमार उन्हें दिखाई पड़े और वह उन्हें आदर सहित अपने आश्रम में ले आए और उनका पालन करने लगे। सुरभी की आज्ञा के अनुसार उस स्थान पर गायों और घोड़ों का पालन करने के लिए कक्षीवान ने अपने-आप को समर्पित कर दिया था। कक्षी के बड़े पुत्र काक्षीवत के नाम से प्रसिद्ध थे। इस आश्रम में उन्हें यही

नाम दिया गया था। इसी आश्रम में काक्षीवती भी पल-बढ़ रही थी। अन्य गायों के साथ मिल कर गायों के वंश की वृद्धि हुई है। वहीं घोड़े भी लाखों की संख्या में दिखाई पड़ रहे हैं। जैसे देव वंश और ऋषि वंश का मिश्रण हो गया था, वैसे ही गायों और घोड़ों के वंशों का मिश्रण हो गया है। अश्व के तेज और गाय के गर्भ से ऋषभ का उद्भव हुआ है। वहाँ देवताओं के वंश के साथ ऋषियों के वंश भी हैं। यह पशुओं के रूप में बड़े हो रहे हैं, और दिनों-दिन बढ़ते जा रहे हैं। इन सभी को आप पवित्र गति प्रदान कीजिए।

पिंगल वचन

जैसे ही देव ने यह सुना, वे दुःख से अभिभूत हो गए। वे तुरंत उठ खड़े हुए और काक्षीवत आश्रम जाने के लिए प्रस्तुत हो गए। साक्षात् कक्षी को स्मरण करते हुए, देव के साथ अथर्वण भी अपना घर छोड़ कर काक्षीवत आश्रम की ओर चल पड़े। कक्षी के द्वार पर पहुँच कर कक्षी-कक्षी कह कर पुकारने लगे।

घोड़ों के रूप में जन्मे सूर्य के पुत्रों को मुक्त करने के लिए, मन में दुःख अनुभव करते हुए, देव-अविलंब कक्षी के यहाँ पहुँच गए।

श्रीमद् देवायण के प्रथम खंड ब्रह्मकल्प में देवमंडल के अंतर्गत कक्षीवर्ग में श्री देव अथर्वा संवाद में काक्षी आश्रम गमन नामक चतुर्थ संवर्ग का समापन।

।पाँचवाँ संवर्ग।

पिंगल वचन

वैद्य की पुकार सुन कर कक्षी तुरंत बाहर निकल आए। अभिवादन और स्वागत के बाद वैद्य अथर्वण ने कहा, कक्षी मैं तुमसे मिलने आया हूँ। कहो तुम्हारे पुत्र और कन्या का स्वास्थ्य तो ठीक है? कक्षी ने मुँह पर मुस्कान लाते हुए उत्तर दिया, हे वैद्यराज मैं आपको एक सुंदर

गाय दूँगा, जैसे पहले दी थी। जिसे पहले दीया था वह कितना दूध दे रही है? हे वैद्यराज, उसका वंश बढ़ा है या नहीं?

अथर्वण वचन

मैं जिस प्रयोजन से यहाँ आया हूँ, उसे सुनो कक्षी। इन्हें देखो, यह देव हैं जिनका उद्भव साक्षात् सत्य के रूप में हुआ है। इनका जन्म ऋषि कुल में अभी के पुत्र के रूप में हुआ है। हे कक्षी, तुम्हे शाप से मुक्त करने के लिए मैं उन्हें लाया हूँ। तुम्हारे ऋषियों वाले तेज से उत्पन्न पुत्र-पुत्री, गाय के रूप में आबद्ध हैं। जैसे सूर्य के पुत्र घोड़ों के रूप में बंदी हैं। उन्हें मुक्ति प्रदान करने के लिए सत्यदेव का आगमन हुआ है। हे कक्षी, जान लो, आज तुम्हारी साधना पूरी हुई है।

कुछ दिन पहले तुमने महावृष्टि देखी है। वह अष्टिसेन के द्वारा किए गए वृष्टि यज्ञ के कारण हुई थी। इस यज्ञ को वृष्टिकाम ने आरंभ किया था, देवापि ने आगे बढ़ाया था और तीन पीढ़ियों से चले आ रहे इस यज्ञ का समापन अष्टिसेन ने किया। कक्षीवान यह सुन कर तुम्हें आश्चर्य होगा कि पहले वृष्टिकाम ने देह त्याग किया था और उसके बाद देवापि ने, परंतु देव के आने पर केवल वर्षा ही नहीं हुई बल्कि देवापि और वृष्टिकाम भी पुनः जीवित हो उठे। मन में तुम्हारी मुक्ति का स्मरण करते हुए, मैं देव को साथ लाया हूँ। वह तुम्हारे आश्रम में आ गए हैं, अब तुम अपने पुत्र और अपनी कन्या को लाकर दिखाओ जो गायों के रूप में बड़े हो रहे हैं।

पिंगल वचन

यह सुन कर कक्षीवान प्रसन्नता से भर उठे और देव के चरणों में सिर झुका कर कहने लगे, हे देव, मेरा यह परम सौभाग्य है कि आप स्वेच्छा से यहाँ आए हैं। मैं स्वयं को धन्य मानता हूँ कि मेरे अथर्वण जैसे हिताकांक्षी हैं। अपने स्वभाव के अनुसार अथर्वण ने मेरी भलाई की कामना की है। मुझे मुक्ति दिलाने के लिए यह प्राज्ञ तत्पर हुए हैं, इसी कारण वैद्यराज इस जगत में इतने लोकप्रिय हैं। हे हितैषी एवं शुभाकांक्षी, मैं आपके चरणों में बार-बार नमन करता हूँ। कक्षी की नम्रता देख कर देव को हर्ष हुआ। वह मधुर स्वर में कक्षीवान से कहने लगे

देव वचन

हे कक्षी, मैंने आपकी कहानी क्रमानुसार सुनी है कि कैसे सुरभी के गर्भ से आपको पुत्र हुआ था। आपसे सुरभी ने जो कहा था वह भी मैंने सुना है। आपने अश्विनी कुमारों का पालन किया है इससे भी मैं प्रसन्न हूँ। हे कक्षी, आप ही के कारण सभी जीवों के मंगल के लिए इस सृष्टि में गायों और घोड़ों के वंश प्रकट हुए हैं। गाय के रूप में आपके पुत्र हैं, उन्हें शीघ्र यहाँ बुलाइए। यहाँ सभी को देख कर मेरी प्रसन्नता बढ़ेगी।

पिंगल वचन

देव के वाक्य सुन कर कक्षी प्रसन्न हो उठे। वह देव के चरणों में सिर नवा कर कहने लगे, हे देव, आप चल कर मेरे पुत्र-कन्या को देखिए। इतने दिनों से हम आपके आगमन की प्रतीक्षा कर रहे थे। आज आपका आगमन हुआ है और वह प्रतीक्षा पूरी हुई है। हे अभीपुत्र, अपने पवित्र स्पर्श द्वारा उन्हें मुक्ति दीजिए।

यह कह कर कक्षी देव को साथ लेकर शीघ्रतापूर्वक जाने लगे। वहाँ जाकर देव गायों को इच्छानुसार घूम-घूम कर देखने लगे। देव ने वहाँ नाना रंगों की गायें देखी। उनमें बहुत सी उजले रंग की थी और उनके शरीर से तेज निकल रहा था। सभी गाएँ बड़ी-बड़ी आँखों वाले बछड़ों से घिरी हुई थीं। सभी के शरीर पुष्ट थे और देव मन-ही-मन प्रसन्न होकर उन्हें घूम-घूम कर देख रहे थे।

कक्षी ने काक्षीवत को ऊँचे स्वर में पुकारा। एक अत्यंत विशालकाय श्रेष्ठ वृषभ सुगंधित शरीर के साथ आकर कक्षी के पास खड़ा हो गया। कक्षी ने उसके सिर पर हाथ रख कर कहा, हे वत्स, सत्यदेव आए हैं, इनके पवित्र चरणों का स्पर्श करते हुए पवित्र गति प्राप्त करो। कक्षी की बात सुनते ही उसने देव के चरणों पर माथा टेक दिया। कक्षी ने अभी-पुत्र से कहा।

भुवन की आकांक्षा रखने वाले ऋषि और देव कुल मधुर मुस्कान के साथ देख रहे थे। काक्षीवत अपने विशाल शऱीर के साथ देव के चरणों पर झुका हुआ था।

श्रीमद् देवायण के प्रथम खंड ब्रह्मकल्प में देवमंडल के अंतर्गत कक्षीवर्ग में श्री देव-अथर्वा संवाद में देव कक्षी वार्ता नामक पंचम संवर्ग का समापन।

।छठा संवर्ग।

कक्षीवान वचन

हे देव, यह मेरा पुत्र काक्षीवत है, इसे देखिए, यह सुरभी के गर्भ से उत्पन्न हुआ है, इसे मुक्ति दीजिए।

पिंगल वचन

कक्षी की बात सुन कर देव प्रसन्न हुए और उन्होंने अपने पैर से काक्षीवत के माथे के बीच स्पर्श किया। अत्यंत अचम्भित और आश्चर्यचकित होकर कक्षीवान देखते रह गए। गाय का शरीर त्याग कर ऋषि का स्वरूप बाहर निकल आया। काक्षीवत ऋषि का तेज पुंज प्रकाश फैला रहा था। उन्होंने देव के चरणों पर सिर रख दिया और उनकी स्तुति करने लगे।

काक्षीवत वचन

हे सत्य युग के अधिपति, जिस दुःख के बंधन में मैं जन्म से बँधा हुआ था, उससे आपके चरणों के स्पर्श से मुझे मुक्ति मिल गई है। मैं आपके चरण कमलों में प्रणाम करता हूँ। हे देव, पिता के जिस भ्रम के कारण इस संसार में मेरा जन्म हुआ है, उससे आपके चरणों के स्पर्श से मुझे मुक्ति मिल गई है। मैं आपके चरण कमलों में प्रणाम करता हूँ। जिस पाप के स्पर्श से मेरा जन्म हुआ हैं, कर्मों के द्वारा उससे मुक्ति कैसे मिल सकती है। हे महात्मन, केवल आपके चरणों में शरण मिलना, मेरी मुक्ति का कारण बन गया है। केवल आपके चरणों की शरण में ज्ञान होता है। आपके चरण कमलों का स्पर्श पाने के बाद यह सत्य प्रमाणित हो गया है। गायों की बुद्धि से परे जाकर पवित्र बुद्धि

प्रकट हुई है। आपके चरण-कमलों के स्पर्श से गाय के जन्म से छुटकारा मिला है। केवल इसी के कारण इस संसारिक देह में चेतना का जागरण हुआ है। जन्मगत कर्मों से मुक्ति मिली है और पवित्र ज्ञान प्रकट हुआ है। हे सत्य युग के अधिपति, मैं आपको नमन करता हूँ। हे सभी का पालन करने वाले, मैं आपको नमन करता हूँ। आपके चरण-कमलों में प्रणाम करता हूँ, लाखों बार नमन करता हूँ। हे पाप विनाशक, मैं आपको नमन करता हूँ। हे दुःखों को हरने वाले, मैं आपको नमन करता हूँ। आपके चरण-कमलों में प्रणाम करता हूँ, लाखों बार नमन करता हूँ।

पिंगल वचन

हे गजानन, सिर झुकाए हुए काक्षीवत के इस प्रकार कहने पर देव ने काक्षीवत से अपनी पवित्र कीर्ति प्रकट करने के लिए कहा।

काक्षीवत वचन

हे देव, कहिए आपने मेरे लिए कौन सा कार्य सोचा है। मैं आपकी इच्छा के अनुसार वह पवित्र कार्य करूँगा।

देव वचन

घोड़ों के वंश की वृद्धि करो, अपनी पवित्र शक्ति का विकास करो। इससे देवों का वैभव बढ़ेगा। हे काक्षीवत, इस संसार में घोड़ों की वृद्धि होने पर पूरे चर और अचर में कर्म करने की शक्ति बढ़ेगी। देवों का वैभव बढ़ाने में तुम अपने-आप को समर्पित करो। हे काक्षीवत, मैं तुम्हारे लिए यही कार्य देता हूँ।

पिंगल वचन

देव का कथन पूरा होते ही कक्षीवान ने स्वर ऊँचा करते हुए, स्नेहपूर्वक, काक्षीवती से वहाँ आने के लिए कहा। एक विशाल देह वाली, सुंदर गाय सामने आ गई। उसका रंग उज्जवल था, सिर पर तीखी सींगें थीं, आँखें सुंदर थीं और वह शांत गति से चलती हुआ अपनी सुगंध के साथ कक्षीवान के पास आकर खड़ी हो गई। कक्षीवान ने स्नेहपूर्वक उसके सिर, गर्दन और चेहरे पर हाथ फिराते हुए कहा, काक्षीवती, देखो

सत्य देव आए हैं। मेरे भ्रम के कारण जन्म से तुम्हारी यह दशा है। इनके पवित्र स्पर्श से तुम्हें पवित्र गति मिलेगी। कक्षीवान से यह सुन कर काक्षीवती देव के चरणों में सिर झुका कर खड़ी हो गई। कक्षीवान देव से कहने लगे।

कक्षी वचन

हे देव, इसे देखिए, यह मेरी पुत्री काक्षीवती है। इसका जन्म भी सुरभी के गर्भ से हुआ है। इसे मुक्ति दीजिए।

पिंगल वचन

कक्षी की बात सुन कर देव प्रसन्न हुए और उन्होंने अपने पैर से काक्षीवती के माथे के बीच स्पर्श किया। अत्यंत अचम्भित और आश्चर्यचकित होकर कक्षीवान देखते रह गए। गाय का शरीर त्याग कर एक चिरयौवना ऋषिकन्या प्रकट हो गई। उसके पवित्र स्तन आकार में बड़े थे और उसके रूप-छटा की आभा प्रसारित हो रही थी। वह देव के चरणों में झुक गई और स्तुति करने लगी।

काक्षीवती वचन

देव के चरणों की धूल के स्पर्श से मैं जन्म के बंधन से मुक्त हो गई हूँ। आपके सुंदर चरणों में मैं अपना जीवन समर्पित करती हूँ। आपके पवित्र चरणों का ध्यान करने से ही मोक्ष सुनिश्चित हो जाता है। अपने मन से मैं आपके निर्मल चरणों की शरण में आ गई हूँ, मेरी देह, मेरे प्राण और मेरा पूरा जीवन निर्मल हो गया है। आपके सुंदर रक्ताभ चरणों ने मेरे जीवन को सुनहरे रंग में रंग दिया है। आपके चरण-कमलों के स्पर्श से मेरा शरीर प्रेम से काँप रहा है। हे देव आपका दर्शन अत्यंत सुंदर है। मैं अपनी दोनों आँखों से केवल आपकी सुंदरता निहार रही हूँ। आपकी भुजाएँ लंबी हैं, ललाट उन्नत है, आपकी सुंदर आँखें पाप और ताप का नाश करती हैं। आपके कर कमलों से सुंदर कर्म होते हैं। आपके कानों में दिव्य कुंडल शोभायमान हैं। आपके सिर पर चमकता हुआ मुकुट है जो सभी को मुक्ति देने वाला है। आपके

शरीर पर दिव्य वस्त्र हैं जो पारिजात पुष्पों से सुशोभित हैं। हे महात्मन, आपने सब पर जय कर लिया है, इसलिए आप जय चिन्ह से सुशोभित हो रहे हैं। एक पल के अपने उत्तम स्पर्श से मेरे अंतर्मन को जय कर लिया है। आपके मधुर स्पर्श से मेरी आत्मा विह्वल हो गई है। हे देव, आपके पवित्र हाथों के स्पर्श से मेरे कंठ, सिर, गर्दन, वक्ष आनंदविभोर हो गए हैं। हे सुंदर, अति मधुर, आपको नमन हैं। आपके चरणों में लोट कर आपको लाखों बार नमन करती हूँ।

पिंगल वचन

प्रेम-विभोर काक्षीवती देव की स्तुति कर रही थी। कक्षी, काक्षी और अथर्वण इस पवित्र दृश्य को प्रसन्न होकर देख रहे थे। देव ने काक्षीवती के प्रति दिव्य स्नेह दर्शाया। काक्षीवती उनके चरणों पर झुकी हुई धरती पर लोट रही थी। उसके हाथ पकड़ कर देव ने मधुर स्वर में कहा।

देव वचन

जिस तरह तुमने मेरे लिए आत्म निवेदन किया है, इस संदर्भ में मैं कुछ प्रावधान सुनिश्चित कर रहा हूँ। मैं नारायण के रूप में सभी प्राणियों में निवास करता हूँ। मेरा कार्य करते हुए इसे ध्यान में रखना। इस पथ में मैं सर्वदा निश्चित रूप से तुम्हारा साथ दूँगा। जिस क्षेत्र में तुम रहोगी उसमें मैं भी रहूँगा। 'नारायण जगन्मय' इस मंत्र का ध्यानपूर्वक जप करो। इस उपाय से मैं सहर्ष क्रीड़ा करूँगा। हे काक्षीवती, इसी उपाय से, जब जैसी आवश्यकता हो, तुम अपने अंदर या बाहर देखना।

पिंगल वचन

यह कहते हुए कि काक्षीवती मेरे सिर, कंठ और अंतर में है, देव मौन हो गए। तब कक्षी ने सिर नवा कर कहा -

कक्षी वचन

हे देव, आपने मेरी पुत्री को पवित्र गति दी है। इतनी श्रेष्ठ गति मिलने पर इसके बदले उसे कार्य क्या करना है?

देव वचन

काक्षीवती, तुम्हें मैं बहुत बड़ा कार्य दूँगा। सबसे दिव्य संपत्ति के रूप में गायों की वृद्धि करो। स्वर्ग और मर्त्य में इनकी बहुत आवश्यकता है, उसे तुम पूरा करो। हे विदुषी, जिस कार्य से पूरी सृष्टि - देवों, ऋषियों और मनुष्यों तथा तीनों लोकों को प्रसन्नता होगी तुम वह कार्य करो। सभी गाएँ मेरी संपत्ति है, तुम इनका पालन-पोषण अच्छी तरह करो।

अभीपुत्र ने मृगनयनी काक्षी से कहा, सभी गायें मेरी संपत्ति हैं, वीर उनकी सदा रक्षा करते हैं।

श्रीमद् देवायण के प्रथम खंड ब्रह्मकल्प में देवमंडल के अंतर्गत कक्षीवर्ग में श्री देव कक्षी संवाद में काक्षी मुक्ति नामक षष्ट संवर्ग का समापन।

।सातवाँ संवर्ग।

पिंगल वचन

देव का कथन समाप्त होते ही कक्षीवान अत्यंत ऊँची आवाज में शबर को बुलाने लगे और कहने लगे कि वह शीघ्र वहाँ आ जाए। तुरंत वृषभ रूप में शबर वहाँ आकर खड़ा हो गया। तब वह सुकीर्ति को पुकारने लगे और एक दूसरा वृषभ भी आकर खड़ा हो गया। शबर और सुकीर्ति, दोनों ही बलवान और वीर्यवान साँड थे। कक्षीवान ने देव से कहा, हे अभीपुत्र, यह दोनों मेरे पौत्र हैं, दोनों ही काक्षीवत के तेज से गायों के गर्भ से उत्पन्न हुए हैं। यह दोनों महाबली हैं और लड़ने-झगड़ने के लिए तत्पर रहते हैं। कोई नया साँड आए यह इन्हें पसंद नहीं आता। केवल मेरे सामने शांत होने का भाव बना कर रखते हैं। और बाद में गर्जना करने लगते हैं। हे शबर, जितनी जल्दी हो सके देव के पैरों में सिर झुकाओ। हे सुकीर्ति, तुम अकारण ही क्यों खड़े हो, सत्य देव आए

हैं, तुम्हारे लिए पवित्र गति प्राप्त करने का अवसर है। उनकी बात सुनते ही शबर ने सिर झुका कर देव के चरणों का स्पर्श किया और देखते ही देखते शबर ने साँड का देह त्याग दिया और पवित्र मूर्ति धारण कर देव का स्तवन करने लगे।

शबर स्तवन

जो जन्म से मूर्ख था और अपने बल में उन्मत्त रहता था, उसे आपने मुक्ति दी है, आपके चरणों में बार-बार नमन करता हूँ। गाय के रूप में मैं कुछ भी नहीं था और मेरी बुद्धि भी शून्य थी। आपने मुझे सुंदर चेतना दी है, आपके चरणों में हजार बार नमन करता हूँ। हे देव आपकी कुशलता के कारण मुझे जो हर्ष प्राप्त हुआ है, उसी हर्ष में मैं आपके चरणों में लाख बार नमन करता हूँ। मेरे पिता और माता ने अपने आनंद के लिए पाप-कर्म किया था, आपने उस पाप से मुझे मुक्ति दी है, अपने मुक्तिदाता के चरणों में नमन करता हूँ।

पिंगल वचन

इस प्रकार स्तवन करते हुए शबर जैसे ही चुप हुए, सुकीर्ति देव के पैरों में सिर झुका कर स्तवन करने लगे।

सुकीर्ति स्तवन

आपके रक्तिम चरणों के अचानक स्पर्श से मेरा मुरझाया मन आत्म-प्रकाश करते हुए वैसे ही कुसुमित हो उठा है, जैसे कलियाँ पत्तों के कोष में बंद रहती हैं, उनका समय पूरा होते ही ऊषा के स्पर्श से खिल जाती हैं। नए सूर्य का दर्शन करते ही उन्हें नया जीवन मिलता है। सूर्य के कारण बाग रंगीन हो गया है, मैं आपके चरण-युगल का नमन करता हूँ। लाख बार नमन करता हूँ और बार-बार नमन करता हूँ। आपने मेरे वृष जन्म से छुटकारा दिलाते हुए पवित्र शरीर में प्रतिष्ठित किया है। मैं देव को लाखों बार नमन करता हूँ, बार-बार नमन करता हूँ। मेरे जैसे मूर्ख को आपने मुक्त किया है, हे युगाधिपति, मैं आपके चरणों में लाखों बार नमन करता हूँ, बारंबार नमन करता हूँ।

पिंगल वचन

देव के आशीष से पवित्र देह में प्रतिष्ठित होने का बाद सुकीर्ति इस प्रकार कह कर मौन हो गया। तब काक्षीवान ऊँचे स्वर में घोष - घोष कह कर पुकारने लगे और उनकी पुकार सुन कर एक वृषभ आ गया। उस वृषभ को दिखाते हुए कक्षीवान ने अभीपुत्र से कहा, हे सत्यदेव, इसे देखिए, यह काक्षीवती का पुत्र है। हे घोष, अपनी बुद्धि का प्रयोग करो और देखो, सत्यदेव आए हैं। इनके पैरों पर सिर झुकाओ और पवित्र गति प्राप्त करो। कक्षी की बात सुन कर घोष ने वही किया। मन में मुक्ति की इच्छा धारण करते हुए वह देव के चरणों पर झुक गया। देव ने उसके मस्तक के केंद्र में अपने बाएँ पैर से स्पर्श किया। तुरंत उसने गाय का देह त्याग दिया और पवित्र शरीर में आ गया। देव के स्पर्श के महात्म्य से प्रत्येक व्यक्ति अवगत था। अपना रूप देख कर हर्षित हो कर घोष ने स्तवन किया।

घोष स्तवन

मेरा जीवन बँधा हुआ था उसमें आपने मुक्ति का संचार किया है। आपकी परम पावन दृष्टि से मेरा शरीर काँप रहा है। इसी कंपमान अवस्था में, मैं आपके चरणों का बार-बार नमन करता हूँ। यह मेरा परम सौभाग्य है कि मुझे कृतज्ञता-निवेदन का अवसर मिला है। मेरे अंगों में नम्रता प्रवाहित हो रही है। इस जगत में सभी व्यक्ति आपका नाम भजते हैं। मेरे अंतर और बाहर में हे युगाधिपति, केवल आप ही आप हैं। आपमें असीम करुणा है, आपके स्पर्श से मेरा रूपांतर हो गया है। आपके चरण-कमलों में नमन करता हूँ, लाखों बार नमन करता हूँ। सुंदर सत्य का नमन करते हुए मेरा जीवन सार्थक हो गया है। देव के चरण-कमलों में नमन करता हूँ, लाखों बार नमन करता हूँ।

शबर और सुकीर्ति का स्तवन समाप्त होने पर हर्षित थे, घोष नामक वृषभ पुत्र ने नमन किया। देव के चरण-स्पर्श से उसने नया शरीर धारण किया था, उनका स्तवन करते समय वह रोमांचित हो रहा था।

श्रीमद् देवायण के प्रथम खंड ब्रह्मकल्प में देवमंडल के अंतर्गत कक्षीवर्ग में श्री देव-कक्षी संवाद में शबर, सुकीर्ति, घोष मुक्ति नामक सप्तम संवर्ग का समापन।

।आठवाँ संवर्ग।

पिंगल वचन

देव का स्पर्श पाकर रोमांचित और हर्षित घोष मौन और नत हो गए। कक्षी ने उच्च स्वर से शाक्कर को पुकारा और इस वृषभ के आते ही कहा, हे शाक्कर, देखो सत्यदेव आए हैं इनके चरणों में झुक कर पवित्र गति प्राप्त करो। इसे सुन कर शाक्कर देव के चरणों पर झुक गया। कक्षी ने देव से कहा, हे देव, शाक्कर को देखिए, यह काक्षीवत के तेज से घोड़ी के गर्भ से उत्पन्न हुआ है। मेरा यह पौत्र गाय और घोड़े का मिश्रण है। कक्षी की यह बात सुनकर देव ने स्नेहपूर्वक अपने बाएँ पैर का स्पर्श शाक्कर मस्तक के मध्यस्थल में किया। उसने वृषभ की आकृति छोड़ कर पवित्र रूप धारण किया जिससे तेज निकल रहा था। शाक्कर देव के स्तवन में मग्न हो गए।

शाक्कर स्तवन

सत्यदेव अत्यंत महान हैं और वे महान कार्य करते हैं। इस चर और अचर में गधे को मुक्ति देने में और कौन सक्षम हो सकता है। मेरा जन्म गधे के रूप में हुआ था इसलिए सभी विद्वानों ने मेरा त्याग किया था। जहाँ ज्ञान की बातें कही जानी चाहिए वहाँ मेरे साथ की भी निंदा की जाती थी। हे देव, मेरे अपने संबंधी भी निरंतर मेरी निंदा करते थे। सभी स्थानों पर यह कहते कि इससे तो गायें और घोड़े अच्छे हैं। मैं पितृपाप से उत्पन्न हुआ था और मेरी निरंतर निंदा की जाती थी। हे युग के स्वामी, आपने मुझ पर दया की और मेरा उद्धार किया। आपने निंदित व्यक्ति की रक्षा की है और उसे पवित्र पद दिया है। हे

युग के स्वामी, आपके पवित्र चरणों का स्पर्श पाकर मैं धन्य हो गया हूँ। आपके सुंदर चरण-युगल सभी मोक्ष देने वाले हैं। आपको लाख बार नमन है, बार-बार नमन है।

पिंगल वचन

देव के स्पर्श से हर्षित और बार-बार रोमांचित होते हुए यह कह कर शाक्कर मौन हो गए। इस प्रकार काक्षीवत के पुत्र सुकीर्ति, शबर, ऋषभ और शाक्कर ने क्रमानुसार पवित्र देह ग्रहण किया। इन सभी के वंश की अलग-अलग वृद्धि हुई। इस काव्य में जहाँ और जैसे व्यक्त करने का प्रयोजन होगा उनका वर्णन करूँगा। काक्षीवती का एक ही पुत्र घोष था। इन सभी को यथायोग्य देव के कार्य में नियुक्त कर दिया गया। इन सभी ने पशुपालन के कार्य में स्वयं को समर्पित कर दिया। सभी का कार्य बड़ा था उसे संक्षेप में प्रकट नहीं किया जा सकता। इसके बाद कक्षीवान ने कहा, हे देव, अब वहाँ चलिए जहाँ दोनों महाबली सूर्यपुत्र, महाविद्या के ज्ञाता अश्विनी कुमार रहते हैं।

अवनत होकर कक्षी ने सूर्यपुत्रों के बारे में कहा। बहुत से व्यक्तियों के साथ देव अश्विनी कुमारों का दुःख निवारण करने चल पड़े।

श्रीमद् देवायण के प्रथम खंड ब्रह्मकल्प में देवमंडल के अंतर्गत कक्षीवर्ग में श्री देव-कक्षी संवाद में शाक्कर मुक्ति नामक अष्टम संवर्ग का समापन।

।नौवाँ संवर्ग।

देव वचन

वे कैसे विद्याओं के ज्ञाता बन गए। किसने उन्हें विद्याएँ सिखाई थी। हे कक्षी, यदि आपको ज्ञात हो तब दोनों अश्विनी कुमारों की कहानी मुझे सुनाएँ।

कक्षीवान वचन

अथर्वण को सब पता है, क्योंकि वही विद्यादान करते हैं। परंतु चूँकि आपने मुझसे पूछा है इसलिए मैं ही कहता हूँ। अथर्वण के पास शिष्यों का समावेश होता है जिन्हें वे विद्या देते हैं। जब वे चिकित्सा संबंधी मंत्रों की शिक्षा दे रहे थे तब अश्विनी कुमारों ने वैद्यराज के घर में रह कर उन्हें सीख लिया। इस विषय में वे सभी अन्य विद्यार्थियों से आगे निकल गए। सूर्य के तेज के कारण उनमें मेधा और संज्ञा शक्तियों की प्रबलता है। यद्यपि इन दोनों का रूप घोड़ों का है, इनकी मेधा अद्भुत है। अपनी इसी मेधा के कारण वे केवल सभी शिष्यों से आगे ही नहीं निकले बल्कि जिन मंत्रों को ग्रहण करने में अथर्वण के पुत्र भिषक और वृहद्दिव भी सक्षम नहीं हो पाए थे, अश्विनी कुमार उनमें भी पारंगत हो गए हैं। जिस मंत्र से शरीर को तेज और अमरत्व प्राप्त होता है और बुढ़ापे से मुक्ति मिलती है उसे भी इन्होंने वैद्यराज से सीखा है। इसके कारण अश्वमंडल में अश्विनी कुमार मंत्रराज और वैद्यराज के रूप में विख्यात हो गए हैं। मंत्रराज के एक पुत्र का वर्णन तप के नाम से किया जाता है। वह मंत्रराज के तेज से घोड़ी के गर्भ से उत्पन्न हुए थे। यह तप वैद्यराज के घर में निवास करते और अश्वि के साथ नित्य देवी प्रसूवरी की सेवा करते। वैद्यपत्नी का वहन वे अपने कंधों पर किया करते थे। गुरुपत्नी की सेवा नौकरों की तरह करते देख कर मंत्रराज को प्रसन्नता होती और वे कृतज्ञ अनुभव करते थे। उसके बाद एक दिन तप का किया हुआ कृत्य सुनिए, दमुनज के प्रभाव में आकर उन्होंने गुरुपत्नी का संग किया।

देव वचन

यह कहानी मुझे अथर्वण पहले ही सुना चुके हैं। हे कक्षी, उसके बाद वैद्यराज का घर छोड़ कर प्रसूवरी तप के तेज के साथ वृक्ष के रूप में सुरक्षित थी। मेरे स्पर्श से उन्हें मुक्ति मिली थी। अब आप अश्विनी कुमारों की बात कहिए।

कक्षीवान वचन

तब तो अथर्वण ने आपसे निश्चित रूप से यह भी कहा होगा कि जब प्रसूवरी वृक्ष के रूप में वन में थी तब मंत्रविद वैद्यराज मन की व्यथा के कारण शिष्यों को त्याग कर वन में घूमते रहते थे। इस कारण अश्विनी कुमार मेरे घर आ गए थे। आपने यह भी सुना होगा कि तप जड़ के रूप में रहते थे।

पिंगल वचन

इस तरह बातें करते हुए वे घुड़साल पहुँच गए। वहाँ चारों ओर सफेद-काले आदि नाना रंगों के तेजस्वी, वीर्यवान और पराक्रमी घोड़े दिखाई पड़ रहे थे। पुष्ट मांसपेशियाँ और उत्तम लक्षण वाले स्वस्थ घोड़ों से तेज और कांति निकल रही थी। तेज पुंज से विभूषित घोड़े देखने में सुंदर थे। लाखों घोड़े इसी रूप-रंग के थे। जहाँ तक दृष्टि जाती थी घोड़े ही घोड़े दिखाई पड़ रहे थे। घोड़ों का दिव्य तेज देख कर देव प्रभावित हो गए थे। घुड़साल के सामने का भाग देख कर देव मुग्ध हो गए थे। घोड़े जितने स्वास्थ्यवान और तेजवान थे उतने ही स्वभाव से शांत और दौड़ने में तेज थे।

जब देव हर्षित हो कर चारों ओर घूमते रंग-बिरंगे घोड़ों का निरीक्षण कर रहे थे, तब कक्षी मन्त्रराज को बुलाने में व्यस्त थे। कक्षीवान के बुलाने पर सभी घोड़ों में सबसे बड़ा तीव्र गति वाला लाल रंग का घोड़ा आकर उनके सामने खड़ा हो गया और जिज्ञासा भरी दृष्टि से उन्हें देखने लगा। कक्षी के पास गुरु अथर्वण को देख कर मंत्रराज ने गुरु के पैरों पर साष्टांग दंडवत होकर अभिवादन किया।

उस समय कक्षी ने कहा - हे मंत्रराज देखो, इस संसार में सत्यदेव ने अभीकुल में यह रूप धारण किया है। इस सृष्टि में देवताओं और ऋषियों की गति अधोगामी हो गई थी। उन सब का परित्राण करने और मुक्ति देने के लिए इनका आगमन हुआ है। तुम तुरंत उनके पवित्र चरणों में सिर झुकाओ और आज से देवताओं का स्वरूप धारण कर लो। तुम्हारी मुक्ति होते ही मेरा कार्य समाप्त हो जाएगा। युग के स्वामी ने अपना बायाँ पैर उस घोड़े के सिर पर रख दिया।

स्वर्णिम आभा से युक्त एक अपूर्व पुरुष की आकृति बाहर निकल आई। अश्विनी देव ने अपनी दिव्य मूर्ति धारण कर ली। अपने दिव्य कंठ से अश्विनी ने देव से कहा - हे देव आपके कारण आज मुझे मुक्ति मिली है, मुझे आज्ञा दीजिए कि में सूर्य के घर के लिए प्रस्थान करूँ। हे देव, मैंने जिस देह का त्याग किया है उसे आप देखिए, इस घोड़े को आप अमरत्व प्रदान कीजिए। इसे आप अपने यज्ञ में प्रतिष्ठित कीजिए। इस घोड़े में सारे शुभ लक्षण वर्तमान हैं इसे आप ग्रहण कीजिए।

इधर अश्विनी देव से इस प्रकार की वार्ता में व्यस्त थे, उधर कक्षी वैद्यराज को बुला रहे थे और कुछ ही क्षणों में लाल रंग का तीव्र गति वाला और पुष्ठ मांसपेशियों वाला एक और विशालकाय घोड़ा आकर खड़ा हो गया। उसके शरीर से तेज निकल रहा था और उसकी जिज्ञासु आँखें शांत थीं। पास में गुरु अथर्वण को देख कर वैद्यराज ने तुरंत उनके चरणों में सिर झुकाकर साष्टांग अभिवादन किया।

कक्षी ने कहा - हे वैद्यराज देखो, इस संसार में सत्यदेव ने अभीकुल में यह रूप धारण किया है। इस सृष्टि में देवताओं और ऋषियों की गति अधोगामी हो गई थी। उन सब का परित्राण करने और मुक्ति देने के लिए इनका आगमन हुआ है। तुम तुरंत उनके पवित्र चरणों में सिर झुकाओ और आज से देवताओं का स्वरूप धारण कर लो। तुम्हारी मुक्ति होते ही मेरा कार्य समाप्त हो जाएगा।

कक्षी की बात सुन कर वैद्यराज प्रसन्न हुआ। देव के चरणों में सिर झुका कर कहने लगा, मुझे मुक्ति दीजिए। युग के स्वामी ने अपना बायाँ पैर उस घोड़े के सिर पर रख दिया। स्वर्णिम आभा से युक्त एक अपूर्व पुरुष की आकृति बाहर निकल आई। अश्विनी देव ने अपनी दिव्य मूर्ति धारण कर ली। अपने दिव्य कंठ से अश्विनी ने देव से कहा - हे देव आपके कारण आज मुझे मुक्ति मिली है, मुझे आज्ञा दीजिए कि में सूर्य के घर के लिए प्रस्थान करूँ। हे देव, मैंने जिस देह का त्याग किया है उसे आप देखिए, इस घोड़े को आप अमरत्व प्रदान कीजिए। इसे आप अपने यज्ञ में प्रतिष्ठित कीजिए। इस घोड़े में सारे शुभ लक्षण वर्तमान हैं इसे आप ग्रहण कीजिए।

देव वचन

हे देवता-युगल, आप शीघ्र सूर्य के घर जाइए। वहाँ सूर्य और देवताओं के अधिपति से मेरा यह संवाद कहिए - हे इंद्र, हे सूर्य मेरा यज्ञ समाप्त होने पर सभी के साथ आकर अपना यज्ञ भाग ग्रहण कीजिए।

अभीपुत्र के परम-पावन स्पर्श से अश्विनी देवों ने नया शरीर धारण कर लिया। घोड़ों के अपने पुराने शरीर का त्याग कर यह देवता-युगल स्वर्ग की ओर चल पड़े।

श्रीमद् देवायण के प्रथम खंड ब्रह्मकल्प में देवमंडल के अंतर्गत कक्षीवर्ग में श्री देव-कक्षी संवाद में अश्विनी-द्वय का दिव्य मूर्ति धारण नामक नवम संवर्ग का समापन।

।दसवाँ संवर्ग।

पिंगल वचन

यह वाक्य सुन कर दोनों अश्विनी कुमार, अत्यंत हर्ष के साथ, देवताओं से अभीपुत्र का संवाद कहने के लिए तीव्र गति से चल पड़े और अंतर्धान हो गए। देव ने कक्षी से कहा - आपको अपने कार्यों से मुक्ति मिल गई। अब आप अपनी इच्छा के अनुसार भ्रमण कर सकते हैं। मेरा यज्ञ समाप्त होने पर आपको आना पड़ेगा। सुकीर्ति, जो कार्य मैंने तुम्हें दिया है वह है देवताओं के लिए घोड़ों का अच्छी तरह पालन-पोषण करना। अश्व-स्रष्टा के रूप में तुम अपनी देह में नित्य विराजमान रहो। शबर, तुम मनुष्यों के लिए घोड़ों का पालन करोगे। घोष और ऋषभ शाक्कर स्वर्ग और मर्त्य के लिए गायों का पालन-पोषण करेंगे। काक्षीवत अपने सभी पुत्रों को संचालित करेंगे। देवताओं और संसार के लिए आप नित्य देह में विराजमान रहेंगे। काक्षीवती, आप इन दोनों दिव्य घोड़ों को यथा-संभव शीघ्र अभी के घर में दे देंगी, जो मेरा यज्ञस्थल भी है। इतना कह कर देव काक्षीवत का क्षेत्र त्याग कर कक्षी और अथर्वण के साथ बाहर निकल आए।

कुछ दूर जाने पर उन्होंने अथर्वण से कहा - हे प्राज्ञ, मेरे साथ घूमते हुए आपने बहुत परिश्रम किया है। अब कक्षी मेरे साथ चलेंगे, आप विश्राम कीजिए। मेरे यज्ञ के समय आप भिषक, वृहद्दिव तथा देवी प्रसूवरी के साथ मेरे यहाँ आइए। आप विद्वानों में श्रेष्ठ हैं, मैं आपको प्रणाम करता हूँ। आप मेरे विद्वान मित्र भी हैं। देव से यह सुन कर अथर्वण को बहुत संतोष हुआ। हे मेरे मित्र सत्य, आपके मुख से सत्य वचन निकला है। विद्वानों को सत्य प्रिय है उसी प्रकार सत्य को भी बुद्धिमान व्यक्ति पसंद हैं। नवीनता को सत्य सरलता से प्रकाशित करता है। प्रवीणता में विद्वानों की निष्ठा होती है, उसे भी सरलता का आश्रय लेकर ही प्रकाशित किया जाता है। इतना कह कर अथर्वण ने देव को गले से लगा लिया और कहने लगे कि आपके यज्ञ में यथासमय आऊँगा। इतना कह कर वे देव का साथ छोड़ कर मन में विछोह का दुःख लेकर चल पड़े। बार-बार देव को देख रहे थे, जाते-जाते कहने लगे - हे सत्य देव, इसका ध्यान कीजिए, विषयों में प्रबल आसक्ति सत्य का साथ छुड़ा देती है। वहीं ज्ञान विषयों से मन को हटाता है और सत्य का साथ उपलब्ध करता है। विषयों के प्रति आकर्षण दुःखदायी है, उसमें जरा भी सुख नहीं है। ज्ञान के आश्रय में आने पर आसक्ति दूर होती है, इन अकारण विषयों का विद्वान दृढ़तापूर्वक त्याग करते हैं, और अनासक्ति में दृढ़तापूर्वक स्थिर रहते हैं। हे सत्य इसके बाद आप मेरे चिर-बंधु के रूप में रहेंगे। यह कहते हुए विद्वान अथर्वण पेड़ों की झुरमुट में लुप्त हो गए। इधर कक्षी के साथ देव अन्य पथ पर चलने लगे। आपस में तरह-तरह की बातें हो रही थी जिससे कक्षीवान को बहुत आनंद आ रहा था। वे भाँति-भाँति के दृश्यों को देखते हुए नाना प्रकार के वनों को पार करते हुए जा रहे थे। देव प्रश्न करते हुए जा रहे थे और कक्षीवान उन्हें उत्तर देते हुए। दूसरी ओर, काक्षीवत के आश्रम में, काक्षीवत ने शीघ्रता से अपने पुत्रों को एकत्रित किया। उन्होंने दिव्य घोड़ों को और उनके साथ दूसरे घोड़ों को लिया, साथ में गायों को भी लिया। गाय और घोड़े अलग-अलग हजार-हजार की संख्या में थे। महाऋषि काक्षीवत-काक्षीवती के साथ देव को अर्घ्य देने के लिए अभी के घर शीघ्रता से जा रहे थे।

इसके बाद कक्षी के साथ देव उनके आश्रम पहुँचे। देव को बहुत आश्चर्य हुआ क्योंकि आश्रम जनशून्य था, फिर भी पूरी तरह व्यवस्थित था। दैनंदिन कार्यों में कोई भी व्यतिक्रम नहीं था। हे कक्षी, मुझसे कहिए, इस आश्रम को किसने इतना सुंदर बनाया है? कक्षी ने कहा - आइए देव, चटिकाश्रम चल कर देखते हैं। देव ने महान आश्चर्य के साथ कहा, चटिका में कैसा आश्रम हो सकता है? देव के आश्चर्य का निवारण करने के लिए कक्षी ने कहा, हे देव, पुरानी कहानी सुनिए, जिस कारण यह चटिकाश्रम बना था।

चटिकाक्षेत्र को देख कर देव मुग्ध हो गए और उन्होंने कहा, यदि आपको ज्ञात है तब मुझे चटिका की पूरी कहानी यथावत सुनाइए।

श्रीमद् देवायण के प्रथम खंड ब्रह्मकल्प में देवमंडल के अंतर्गत कक्षीवर्ग में श्री देव-कक्षी संवाद में चटिकाश्रम दर्शन नामक दशम संवर्ग का समापन।

।ग्यारहवाँ संवर्ग।

कक्षीवान वचन

यहाँ पहले वायुपुत्री कपिंजला रहती थी। हे अभीपुत्र, उनका उद्भव कैसे हुआ, मैं आपको कह कर सुनाता हूँ। वायु जब सृष्टि कर रहे थे तब वायु की स्त्री अत्यंत चंचल थी। वह नाना रूप धारण करती हुई क्रीड़ा कर रही थीं। कभी उनके वक्ष में छुप जाती, तो कभी वन के वृक्षों की छाया में, और कभी पर्वतों की गुफाओं में छुप जातीं। वायु की पत्नी कपिंजला केवल विभिन्न स्थानों में ही नहीं छुपती थीं, बल्कि विविध रूप भी धारण कर लेती। एक बार वह वानरी का रूप धारण किए हुए, वृक्ष की शीतल छाया में बैठ कर पके फल खा रही थीं। इतने में कपिंजला को ढूँढ़ते हुए वायु देव वहाँ आ पहुँचे। वायु अपनी साँस रोक कर धीरे-धीरे चल कर उनके पास आ गए और फल खाती हुई कपिंजला

को पता भी नहीं चला। वायु ने उन्हें अचानक पकड़ लिया और वह भाग नहीं पाईं। वायु ने क्रीड़ा की। इससे गर्भ रह गया और कपिंजला चिंतित हो गई। उन्होंने वायु देव को नमन करते हुआ - हे देव, मेरे गर्भ में दोष रह गया है। जब मैं वानरी के रूप में थी तब आपने अपना तेज प्रदान किया और मुझे गर्भ रह गया। इससे वानर उत्पन्न होगा और उसका रूप दिव्य नहीं होगा। हे महाबली, वन के इस गर्भ को पूर्णता दे कर, देवता का रूप ग्रहण कीजिए और पवित्र स्वर्ग चल कर अपनी इच्छा के अनुसार उसे दिव्य रूप प्रदान कीजिए। पत्नी की बात सुन कर वायु प्रसन्न हुए और उन्होंने कहा कि वह अपना गर्भ विमोचन करें और देवी का रूप धारण कर लें। वायुदेव ने अपनी प्रियतमा के साथ वानरों का रूप त्याग दिया। शीघ्र ही पहले के गर्भ से एक कन्या का जन्म हुआ। वन में उस कन्या का जन्म हुआ था इसलिए कुछ दिनों तक वहाँ रुक कर कपिंजला ने उसका पोषण किया। यह देख कर कि वह कन्या हृष्ट-पुष्ट हो गई है, कपिंजला वायु के साथ स्वर्ग रवाना हो गई। स्वर्ग जाकर वायु ने अपनी प्रिया के साथ सृष्टि की और कपिंजला के गर्भ से महाबली उलानिल उत्पन्न हुए।

वानरी की देह से उत्पन्न कन्या यहाँ वन में अपनी इच्छा के अनुसार भ्रमण कर रही थी। यह वन वायु के द्वारा संरक्षित था इसलिए वैर-भाव लेकर उसमें कोई भी प्रवेश नहीं कर सकता था। कपिंजला को इसका पता नहीं था और वह अपनी इच्छा के अनुसार विचरण कर रही थी। एक बार इस स्थान पर अश्विनी कुमार के पुत्र ऋतव का आगमन हुआ। यह दोनों अश्विनी कुमारों में से वैद्यराज के पुत्र थे, जिस प्रकार तप मंत्रराज के पुत्र थे। वैद्यराज के पुत्र ऋतव के नाम से विख्यात थे। वही ऋतव वन में घूमते-फिरते इस क्षेत्र में आ पहुँचे। कपिंजली को देखते ही ऋतव में प्रेम का उदय हो गया। आपस में बातें हुई, फिर प्रेम निवेदन किया गया। कपिंजली ने ऋतव से पूछा - आपका परिचय क्या है और आपका मेरे वन में कैसे आना हुआ है? इसके उत्तर में ऋतव ने उत्तर दिया - मैं वैद्यराज का पुत्र ऋतव हूँ। और यह वन तुम्हारा कैसे हुआ, वन तो सार्वजनिक होता है। हे वानरी तुम अपना परिचय दो। उसने कहा, मेरा नाम कपिंजली है, इसके बाद परिचय क्या

होता है यह मैं नहीं जानती? विस्मय के साथ ऋतव ने पूछा, यह बताओ कि तुम्हारे पिता कौन हैं और तुम किसके गर्भ से उत्पन्न हुई हो? हे महाशय, जन्म क्या है और गर्भ क्या है इसका मुझे पता नहीं है। यह सुन कर ऋतव को और भी आश्चर्य हुआ और उन्होंने फिर कहा, हे कपिंजली, तुम्हें कुछ भी ज्ञान नहीं है, सभी के माता-पिता होते हैं। पिता के बिना जन्म नहीं होता और माता के बिना रूप नहीं मिलता। हे कपिंजली, तुम्हें ऐसा रूप कहाँ से मिला है? यह कहते हुए ऋतव व्यंगपूर्वक हँसने लगे। इस पर कपिंजली क्रुद्ध होकर वृक्ष की जड़ पर गिर गई। ऋतव उस जड़ को केशर के बल पर आकर्षित कर रहे थे। उसका दुःख देख कर ऋतव ने कहा, हे कपिंजली तुम क्रोध त्याग दो और मेरे सामने आओ। ऋतव की बात सुन कर कपिंजली ज्ञान लेने के लिए ऋतव के सामने आई और ऋतव ने उससे संगम किया। इससे कपिंजली मूर्छित हो गई। उसकी यह अवस्था देख कर ऋतव उसके चेहरे पर दुलार करने लगे। अपनी जीभ से उसके कानों के छोरों को चाटने लगे। कपिंजली को चेतना आ गई। उसे बड़ी पीड़ा हो रही थी और अपने शरीर पर क्षत देख कर अत्यंत क्रोध करते हुए उसने ऋतव को अभिशाप दे दिया।

कपिंजली वचन

अरे, अश्विनी कुमार के दुष्ट पुत्र ऋतव, तूने मेरे साथ यह दुष्कर्म क्यों किया? यह तूने कैसा जन्मज्ञान दिया जिससे मेरा शरीर क्षत-विक्षत हो गया है? तेरा यह उद्‌यम मुझे मार डालने के लिए किया गया था। तूने आज मेरे साथ यह कार्य क्यों किया?

कक्षी वचन

कपिंजली की बात सुन कर ऋतव ने स्नेह के साथ कहा, मेरी बात सुनो कपिंजली। यह कार्य मैंने जन्म देने के लिए किया है, अपने तेज से तुम्हें गर्भ दिया है। तुम कुछ दिनों तक शांत रहो, तुम्हारे गर्भ से पुत्र उत्पन्न होगा। मेरा तेज वृथा नहीं होता, तुम्हारे गर्भ से अवश्य ही संतान की उत्पत्ति होगी। यह सुन कर कपिंजली को और अधिक क्रोध हुआ और वह ऊँचे स्वर में कहने लगी, मैं मर जाऊँ इसीलिए तूने यह किया है।

उसकी बात सुन कर ऋतव ने हँसते हुए मधुर स्वर में कहा, हे प्रिया कपिंजली, समय आने पर तुम्हें ज्ञान होगा। आज जो तुम्हें व्यथा हुई है वह शीघ्र ही चली जाएगी। ऋतव के इस प्रकार कहने पर कपिंजली का क्रोध और भी भड़क उठा और उसने कहा, तुम मेरा साथ छोड़ कर तुरंत चले जाओ। कपिंजली का क्रोध शांत करने के लिए ऋतव ने कहा, प्रकृति का यही निर्देश है, तुम्हारे लिए ज्ञान का प्रदर्शन करने के लिए, हे कपिंजली देखो, तुम्हारे सामने चातक अपनी प्रिया के पीठ पर आरूढ़ हो कर उसे गर्भ प्रदान कर रहा है। हे कपिंजली, तुम्हारे साथ मैंने यही किया है। अपनी पीड़ा-कातर अवस्था के कारण कपिंजली ने चातक का कार्य दुराचार मान कर ऋतव से कहा, चातक के कार्य को तुम बड़ा कार्य समझ रहे हो इसलिए तुम चातक बन जाओ और उनके साहचर्य का आनंद उठाओ। मेरा संग छोड़ दो और चातकत्व प्राप्त करो।

उसकी बात सुन कर ऋतव के अंतर से भयानक क्रोध उत्पन्न हुआ और उसने कहा, अरी कपिंजली सुन, मैंने न्यायसंगत कार्य किया है और इसके बदले तूने मुझे अभिशाप दिया है। अरी मूर्खा, तुझे जन्म-कर्म का कोई भी ज्ञान नहीं है। सृष्टि के लिए यह मार्ग ब्रह्म ने दर्शाया है। पुरुष अपने तेज से स्त्री को गर्भ देता है और संतान उत्पन्न करता है, मैंने तेरे साथ केवल यही किया है। इसमें क्या कारण है जिससे तूने मुझे अभिशाप दे डाला। अब तू भी चातकी बन जा और मेरे साथ रह।

चातक का रूप मिल जाने पर क्षुब्ध हो कर ऋतव ने अभिशाप दिया, तुम भी चातकी बन जाओ और मेरे साथ प्रेम विहार करो।

श्रीमद् देवायण के प्रथम खंड ब्रह्मकल्प में देवमंडल के अंतर्गत कक्षीवर्ग में श्री देव-कक्षी संवाद में ऋतवाभिशाप नामक एकादश संवर्ग का समापन।

।बारहवाँ संवर्ग।

कक्षी वचन

हे अभीपुत्र, सुनिए, जब उनका आपस में तर्क-वितर्क चल रहा था उस समय उस क्षेत्र में वायु देव का आगमन हुआ। उन्होंने इसी वन में अपनी वानरी रूप वाली कन्या को छोड़ा था उसे देखने के लिए वायु देव आए थे। अंतरिक्ष में रहते हुए भी वायु कपिंजली को देखते और उसे प्रसन्न देख कर वापस चले जाते। आज यहाँ आकर उन्होंने देखा कि इन दोनों का वाद-विवाद चल रहा था। विशेष रूप से जब उन्होंने अश्विनी कुमार के पुत्र को देखा तब उन्होंने अपना रूप और परिचय प्रकट किया और पूछा कि किस कारण उन दोनों के बीच क्रोधपूर्ण वार्ता चल रही थी।

वायु को देखते ही ऋतव ने सिर झुका कर अपना परिचय दिया और इस विवाद का कारण बताया और यह भी कहा कि कपिंजली ने उन्हें अभिशाप दिया था। यह सुन कर वायु को घोर आश्चर्य हुआ और उन्होंने ऋतव से कहा, हे ऋतव, यह कपिंजली मेरी पुत्री है। इसे अपने माता-पिता की जानकारी नहीं है क्योंकि इसका जन्म होते ही हमने इसे छोड़ दिया था। उसके बाद उन्होंने कपिंजली के जन्म का प्रसंग सुनाया।

ऋतव ने इसे आश्चर्य के साथ सुना और तब सिर झुका कर बोले, हे वायुदेव, अब मेरे लिए आपकी क्या आज्ञा है? ऋतव की बात सुन कर वायुदेव ने कपिंजली से कहा, हे पुत्री, तुम नहीं जानती थी इसलिए तुमसे यह भ्रम हुआ है। इसे ध्यान में रखो, ऋतव अश्विनी कुमार का पुत्र है और तुम्हारे लिए योग्य पति है। जिस स्थल पर अभिशाप दिया गया है, वहीं पूरा ज्ञान प्रकट हुआ है। जन्म के लिए सृष्टि का मार्ग तुम्हें ज्ञात नहीं है। इसी अज्ञान के कारण तुमने ऋतव को अभिशाप दिया है। हे कपिंजली सुनो, इस शाप से मुक्त होने के लिए तुम भी चातकी का रूप लेकर ऋतव के पास रहो।

हे ऋतव, मैं तुम्हें आदर और सम्मान के साथ अपनी कन्या कपिंजली का दान कर रहा हूँ, तुम इसे ग्रहण करो। तुम अपने स्थान

पर एक सुंदर घर बना कर उसमें चातक और चातकी के रूप में कुछ दिनों के लिए निवास करो। आज तुम्हारा जो रूप है वह दिव्य नहीं है। जब सत्य का आगमन होगा, तब तुम्हें दिव्य रूप प्राप्त हो जाएगा। तब तक तुम चातक रूप धारण किए हुए उनके आने की प्रतीक्षा करो। हे कपिंजली, मेरी आज्ञा है कि तुम ऋतव की सेवा करो। चातकी का रूप धारण किए इस क्षेत्र में निवास करो।

देव का आगमन होने पर तुम दोनों को देवत्व प्राप्त होगा। यह कहने के बाद वायु स्वर्ग की ओर रवाना हो गए और तुरंत स्वर्ग से शिल्पी को लेकर वापस आ गए। हे देव, देखिए चटिकाश्रम कितना सुंदर बनाया गया है। इसी तरह देव का घर भी देवताओं के शिल्पी के द्वारा बनाया गया था।

मरूत ने कहा, हे पुत्री सुनो, मैं तुम दोनों के बीच कलह का समाधान करता हूँ। यहाँ स्थिर होकर रहो और ऋतव से प्रेम करो, सत्य देव (ऋत) के स्पर्श से तुम्हें मुक्ति मिलेगी।

श्रीमद् देवायण के प्रथम खंड ब्रह्मकल्प में देवमंडल के अंतर्गत कक्षीवर्ग में श्री देव-कक्षी संवाद में चटिकाश्रम वार्ता नामक द्वादश संवर्ग का समापन।

।तेरहवाँ संवर्ग।

पिंगल वचन

कहानी कहते-कहते कक्षी देव के साथ आश्रम में आ गए जिसे देख कर देव प्रसन्न हुए। कक्षी ने भी प्रसन्न मन से आश्रम दिखाते हुए कहा - हे देव, चातक का कार्य देखिए।

कक्षीवान वचन

चातक-चातकी के साथ इस कोटर से उस कोटर घूमता रहता है। आपस में द्वन्द्व के कारण उन्होंने एक दूसरे को अभिशाप दे दिया

था। इसकी शिक्षा उन्हें प्रतिक्षण मिल रही है। अब उनका निरंतर मिलन होता है।

पिंगल वचन

यह दृश्य देख कर देव को हँसी आ गई। उनकी हँसी से चकित हो कर दोनों उन्हें देखने लगे। दोनों कमरे के नीचे हर्षपूर्वक क्रीड़ामग्न थे। एक पल के लिए देव को देख कर वे दोनों भाग गए। घर के ऊपर स्थित कोटर में जाकर उसके छिद्र से उन्हें देखने लगे। देव से कक्षी ने कहा कि इन्हें मुक्ति दीजिए। चातक यह देखने में व्यस्त था कि उनके घर कौन आया है। कक्षी ने इसके बाद चातक से कहा, हे चातक देखो तुम्हारे यहाँ सत्यदेव आए हैं। उनके पवित्र चरणों में सिर झुका कर दिव्य गति प्राप्त करो। तुम अपनी पहली अवस्था याद करो। तुम अश्विनी कुमार के पुत्र ऋतव थे और वायु की पुत्री से तुम्हारा विवाह हुआ था जिसका नाम कपिंजली था। याद करो कि एक-दूसरे को अभिशाप देकर तुम चातक और चातकी बन गए थे। वायु की बात याद करो जिसने कहा था कि सत्यदेव के आने पर तुम्हें दिव्य रूप मिल जाएगा। आज, देखो तुम्हारे सामने स्वयं सत्यदेव उपस्थित हैं। अब तुम कोटर का त्याग करो और उनके चरणस्पर्श करो।

कक्षीवान से यह सुन कर पक्षी कोटर से निकल आया और दूर खड़ा होकर उन्हें देखने लगा। कक्षीवान ने फिर मधुर स्वर में कहा, हे ऋतव, याद करो, तुम मेरे घर रहते थे। मैं कक्षीवान हूँ और देवताओं के घोड़ों को पालता हूँ। तुम्हारे पिता अश्विनी कुमार ने घोड़े का रूप त्याग कर देवता का रूप धारण किया है और स्वर्ग चले गए हैं। हे ऋतव, तुम्हारी मुक्ति का समय आ गया है। तुम उनके चरणों का स्पर्श कर पवित्र गति प्राप्त करो। कक्षी के इतना कहते ही चातक की स्मृति वापस लौट आई। वह तुरंत देव के पैरों का स्पर्श करने लगा और उसका शरीर तुरंत बड़ा होकर ऋतव की दिव्य पुरुषाकृति में बदल गया। उसके शरीर से स्वर्णिम तेज की आभा निकल रही थी। देव के चरणों में सिर झुका कर उसने स्तवन आरंभ किया।

ऋतव स्तवन

हे देव आपकी कृपा से आपका स्पर्श पाकर मैं कई जन्मों को लाँघ कर अमरत्व पा गया हूँ। किसी भी जीव को केवल एक जन्म में यह गति नहीं मिलती। आपकी कृपा से, आपका पवित्र स्पर्श पा कर यह मुझे मिल गई है। हे देव, आपके चरण-कमलों में नमन करता हूँ। दिव्य तेज से मेरा जन्म हुआ था और घोड़े का शरीर मिला था। उससे आपने मुझे मुक्त किया है। हे देव, आपके चरण-कमलों में नमन करता हूँ। अपने नीच कर्म से मैं फिर अभिशप्त हो गया था। आप सभी पापों से त्राण दिलाते हैं। हे देव, आपके चरण-कमलों में नमन करता हूँ। ऋतव के रूप में मेरी आत्मा देवता की है, फिर भी मैं जन्म से दुःखी था। केवल आपकी कृपा से मुझे मुक्ति मिली है। हे देव, आपके चरण-कमलों में नमन करता हूँ। इससे यह प्रमाणित होता है कि सत्य की महत्ता सबसे महान है। सत्य देव सभी देवताओं में श्रेष्ठ हैं। हे देव, आपके चरण-कमलों में नमन करता हूँ। इंद्र इत्यादि सभी देवताओं के बीच आपकी प्रतिष्ठा है। हे देव, आपके चरण-कमलों में नमन करता हूँ। सभी देवता अपने कर्मों के कारण अधोगति को प्राप्त होते हैं। आप नित्य पवित्र रहते हैं। हे देव, आपके चरण-कमलों में नमन करता हूँ। देवताओं के मंगल के लिए आप भ्रमण करते हुए परिश्रम करते हैं। आप स्वयं शुभ का स्वरूप हैं। हे देव, आपके चरण-कमलों में नमन करता हूँ। आप सभी का शुभ करने वाले हैं, सभी पुण्यों के प्रकाशक हैं। हे देव, आपके चरण-कमलों में नमन करता हूँ। लाखों बार नमन करता हूँ।

पिंगल वचन

प्रार्थना करने के बाद ऋतव मौन हो गए। यह सब ऊपर कोटर में बैठी चातकी छिद्र से देख रही थी। चातक को मुक्त होते देख कर वह तुरंत नीचे उतर आई। देव के चरणों का स्पर्श करते ही उसने चातकी का रूप त्याग दिया और अपनी रूप की छटा बिखेरती हुई सघन स्तन-युगल के साथ अनिंद्य रूप और यौवन से युक्त एक दिव्य देवी मूर्ति निकल आई। यह देख कर केवल कक्षी को ही आश्चर्य नहीं हुआ, बल्कि देव भी चकित रह गए।

स्वर्णिम रंग की वह देवकन्या देव की स्तुति करने लगी, मेरा परम सौभाग्य है कि मेरे दुर्भोगों को समाप्त करने के लिए आपके पवित्र चरणों के दर्शन हुए हैं। आपके चरण-कमलों में नमन करती हूँ। आपको चरणों के स्पर्श होते ही जन्म-जन्मांतर की अधोगति से मुक्ति मिलती है। आप दुष्कर्मों को समाप्त करते हैं। आपके चरण-कमलों में नमन करती हूँ। आपके श्रीमुख का दर्शन होते ही मैने इतनी शीघ्रता से मुक्ति प्राप्त की है। कितना सौभाग्य है कि इसी स्थान पर मैं आपके श्री चरणों को नमन कर रही हूँ। आपके श्रीमुख के दर्शनों की कामना सभी देवता, ऋषि और उनके साथ यह संसार करता है। ऐसे सत्य देव के श्री चरणों में नमन करती हूँ। सत्यदेव को बारंबार नमन और ऐसे सौभाग्य को भी बार-बार नमन। उनके चरण-कमलों में प्रणाम करती हूँ, लाखों बार प्रणाम करती हूँ। इस प्रकार प्रार्थना करते हुए उस देवकन्या की आँखों से अविरल आँसू बाढ़ के जल के समान झरने लगे और उसके पवित्र गालों को धोते हुए उसके स्तनों को भिगोने लगे। देव ने उसके सिर पर हाथ फेरते हुए आदर के साथ कहा, हे वायवी, स्थिर हो कर सुनो।

देव वचन

तुम्हारे जन्म और तुम्हारी कीर्ति के बारे में मैंने पहले सुना है। मैं आज से तुम्हें नई पहचान दूँगा जिसे तुम धारण करोगी। तुम्हें जन्म से कोई पहचान नहीं मिली है। मैं आज से तुम्हें ऋतुदेवी का नाम देता हूँ। अब तक तुम्हारा जन्म या कर्म कुछ भी शुभ नहीं रहा है। ऋतव की पहचान के समकक्ष तुम ऋतु की पहचान ग्रहण करो। इतना कह कर देव मौन हो गए तब ऋतु देवी कहने लगी।

ऋतु वचन

जन्म से मेरी कोई पहचान नहीं थी, आज यह पवित्र ख्याति दे कर हे देव, आपने मेरे साथ मित्रवत आचरण किया है। आपके श्री चरणों में प्रणाम करती हूँ। मेरे माता-पिता ने मुझे घने निर्जन वन में अकेली छोड़ दिया था, परंतु हे देव, आपने मेरे साथ मित्रवत आचरण किया है। आपके चरण-कमलों में प्रणाम करती हूँ। आपने जन्मगत पापों से

छुटाकारा दिलाया है। आपके चरण-कमलों में प्रणाम करती हूँ। मुझे ऋतवदेव के समान पति मिला है, फिर भी अपने वाक्य दोष के कारण हम पक्षियों के रूप में थे। उस वाक्य-दोष से आपने हमें मुक्त किया है। आपके चरण-कमलों में प्रणाम करती हूँ। हे देव, मैं आपके चरणों में प्रणाम करती हूँ, बार-बार प्रणाम करती हूँ। सत्यदेव के चरणों मे लाखों बार प्रणाम करती हूँ।

मुक्ति प्राप्त करने के बाद ऋतव ने कहा - मैंने और ऋतु ने दिव्य शरीर धारण किया है। देव के चरण कमलों में युग के अंत तक और कल्प के अंत तक निरंतर प्रणाम करता रहूँगा।

श्रीमद् देवायण के प्रथम खंड ब्रह्मकल्प में देवमंडल के अंतर्गत कक्षीवर्ग में श्री देव-कक्षी संवाद में ऋतवश्विनौ मुक्ति वार्ता नामक त्रयोदश संवर्ग का समापन।

।चौदहवाँ संवर्ग।

पिंगल वचन

यह प्रार्थना करने के बाद ऋतुदेवी चुप हो गई। तब देव ने आदरपूर्वक कहा, सुनो ऋतु, मैं तुम्हें एक कार्य-भार दूँगा। इसके बाद तुम कार्य में ऋतव की सहायता करोगी। हे महाबली ऋतव, जगत सृष्टि के संचालन के लिए मैं तुम्हें इसके बाद अपने साथ कार्य दूँगा। तब तक के लिए तुम अलग रह कर अपनी इच्छा के अनुसार सृष्टि करो। समय आने पर अपने कार्य के प्रयोजन से मैं तुम्हें बुलाऊँगा। हे ऋतव, तुम ऋतु के गर्भ से सबल संतान उत्पन्न करो। पवित्र सृष्टि प्रकाशित करो। तुम्हारे लिए यह मेरी आज्ञा है। देवताओं के शिल्पी के द्वारा बनाया गया यह घर अत्यंत सुंदर है। तुम आनंदपूर्वक इसमें निवास करो। देव से यह सुन कर ऋतव को प्रसन्नता हुई। देव के चरणों में सिर झुका कर उन्होंने कहा -

ऋतव वचन

हे देव, आपकी मेरे लिए जो आज्ञा है उसका उल्लंघन कभी नहीं होगा। आपके कार्य के प्रयोजन के लिए पवित्र सृष्टि की रचना करूँगा। परंतु हे देव, मैं यह कहना चाहता हूँ कि जब मैं घोड़े के रूप में था तब वानरी के गर्भ से मेरा एक पुत्र है। चातक का रूप धारण करने से पहले उसने वानरी के गर्भ से जन्म लिया था। मेरा पुत्र तीनों गुणों से युक्त है।

देव वचन

कहाँ है तुम्हारा पुत्र? उसे शीघ्र बुलाओ। मैं देखू कि वह कैसा है इसके बाद देखूँगा कि उसे कैसी मुक्ति चाहिए। देव की आज्ञा मिलने पर ऋतव ने कहा -

ऋतव वचन

वह प्रतिदिन वन में इधर-उधर, चारों ओर घूमता फिरता है। उसकी मति चंचल है इसलिए एक ही स्थान पर नहीं रहता। कभी शून्य में घूमता है, कभी वृक्ष पर रहता है तो कभी पृथ्वी पर। ऐसा कहते हुए ऋतव ने ऊँची आवाज में पुकारा - द्रविनोदा।

पिंगल वचन

इस तरह उसने क्रमशः तीन बार पुकार लगाई। अचानक विचित्र दिखने वाला द्रविनोदा वृक्ष से कूद कर नीचे आ गया। कक्षीवान और अभीपुत्र उसे आश्चर्य से देखते रह गए। उसका आकार घोड़े के समान था परंतु पीछे लंबी पूँछ थी। मुख घोड़े जैसा था और गर्दन पर घने केश थे। लंबी पूँछ पर रोएँ नहीं थे और वह किसी बंदर की पूँछ के समान थी। उसका नितंब लाल रंग का और रोओं से रहित था। द्रविनोदा के चार पैरों में प्रत्येक में पाँच उंगलियाँ थीं। गर्दन के नीचे और पैरों के ऊपर दोनों पार्श्व पंख देखने में सुंदर थे। वह अपनी जीभ से अपना चेहरा चाट रहा था। वह अभी भोजन कर रहा था कि पुकार सुन कर तुरंत चला आया था। उसके जीभ से चाटने से ऐसा ही प्रतीत हो रहा था।

पिता की पुकार सुन कर शीघ्रता से आए द्रविनोदा ने देखा कि उसके माता-पिता पर कोई विपत्ति नहीं आई है। उसने देखा कि उस स्थान

पर चार व्यक्ति हैं। उसका कलेवर देख कर यही लगता था कि उसके माता-पिता ने उसका त्याग कर दिया है। चातक की त्यागी हुई देह को देख कर द्रविनोदा ने सोचा कि इन चारों व्यक्तियों ने मेरे माता-पिता को मार दिया है। इसके बाद यह दुष्ट मेरा वध करेगा, इसी कारण उसने मेरे पिता के स्वर में मुझे पुकारा था। माता-पिता की हत्या हो गई है इससे वह दुःखी था, परंतु अपने प्राणों के भय से वह भागने के लिए तत्पर हो गया।

ऋतव ने कहा, द्रविनोदा शांत रहो, यह तुम्हारे शत्रु नहीं हैं, यह तुम्हारे मुक्तिदाता हैं। यह सुन कर द्रविनोदा कुछ दूर जाकर खड़ा हो गया और वृक्ष की ओट से उन्हें देखने लगा। तब ऋतव ने कहा, मेरा रूप देखो। हे द्रविनोदा, देव के स्पर्श से मैंने अपना चातक का शरीर त्याग दिया है। मैं मरा नहीं हूँ, मैंने वह शरीर त्याग कर मुक्ति प्राप्त की है। देखो द्रविनोदा, मेरे पास तुम्हारी माँ खड़ी है, हम दोनों अपने पुराने शरीरों से मुक्त हो गए हैं। द्रविनोदा तुम डरो मत, तुम्हारे सामने तुम्हारे वधिक नहीं, बल्कि इस संसार का कल्याण करने वाले स्वयं सत्यदेव आए हैं। उनके पास महात्मा कक्षीवान हैं। उन्हीं के यहाँ अश्विनी के पुत्र, अर्थात् मेरा जन्म हुआ था। जिस कक्षी के यहाँ मेरा जन्म हुआ था, देखो, यही वह कक्षी हैं।

हे द्रविनोदा तुम शीघ्र देव के चरण स्पर्श करो तथा पवित्र गति और दिव्य रूप प्राप्त करो। यह सुन कर द्रविनोदा का सारा भय दूर हो गया और उसने आकर देव के चरणों में सिर झुकाया। द्रविनोदा को देख कर देव मंद-मंद मुस्कुराने लगे और उसके झुके हुए सिर पर अपने बाएँ पैर से स्पर्श किया। द्रविनोदा ने अपना विचित्र शरीर त्यागते हुए पवित्र शरीर धारण कर लिया। उसका रंग अग्नि के समान उज्ज्वल और उसके रूप में सूर्य का तेज था। उसकी चार भुजाएँ और दो पैर थे। दिव्य चेतना पाकर उसके शरीर से पवित्र तेज निकलने लगा। उसने देव के चरणों में सिर झुका कर प्रार्थना की।

द्रविनोदा स्तवन

हे देव, आप सबका मंगल करते हैं और सर्वदा मंगल करते हैं। आप

पवित्र गति देते हैं। आपके चरणों में बार-बार प्रणाम करता हूँ। मेरा रूप विचित्र था, मेरा जीवन विचित्र था और मेरे गुण भी विचित्र थे। आपकी कृपा से उनसे मुक्त हुआ हूँ। हे देव, आप स्वजनों में उत्तम हैं। हे सत्य, आप प्रिय मित्र हैं। आप पवित्र गुणों से विभूषित हैं। आपके चरण-कमलों में प्रणाम करता हूँ। आप अपूर्व हैं, आपको नमस्कार है। आप अद्भुत हैं आपको बार-बार नमन। आपके चरण-कमलों में प्रणाम करता हूँ। लाखों बार नमन करता हूँ।

पिंगल वचन

स्तवन से संतुष्ट होकर देव ने द्रविनोदा को आशीर्वाद दिया। द्रवि के भविष्य के कार्य के बारे में उन्होंने यह वाक्य कहे।

देव वचन

द्रविनोदा सुनो, तुम्हारे लिए मेरी यह आज्ञा है। मेरे कार्य में सहायक बन कर तुम सृष्टि करो। जब प्रयोजन होगा, मैं तुम्हें बुला लूँगा। जगत सृष्टि को प्रभावित करने में तुम मेरे सहायक रहोगे।

ऋतव के पुत्र भय के साथ युगश्रेष्ठ के चरणों पर झुके हुए थे जिनके स्पर्श से उन्हें चार भुजाएँ मिली थीं और आभामय शरीर मिला था।

श्रीमद् देवायण के प्रथम खंड ब्रह्मकल्प में देवमंडल के अंतर्गत कक्षीवर्ग में श्री देव-कक्षी संवाद में द्रविनोदा मुक्ति नामक चतुर्दश संवर्ग का समापन।

।पंद्रहवाँ संवर्ग।

पिंगल वचन

इस क्षेत्र को छोड़ने से पहले देव ने ऋतव से कहा - हे ऋतव, मेरे पवित्र यज्ञ के समापन के समय अपनी पत्नी और पुत्र के साथ मेरे यहाँ आइए। इतना कह कर वे कक्षी के साथ तेजी से बाहर आ गए।

सुनिए हे गजानन, चटिकाश्रम को छोड़ कर जब देव जाने लगे तब उनके आगे-आगे हर्षित द्रविनोदा चल रहे थे। चलते-चलते देव, कक्षी और द्रविनोदा के बीच आपस में नाना प्रकार की चर्चाएँ हो रही थी। द्रविनोदा वन में व्यतीत किए गए दिनों के अनुभवों के बारे में कहने लगा, जिन्हें सुन कर सभी को आश्चर्य हुआ और देव को आनंद आया।

हे गजानन, देव के हाथों अनगिनत लोगों को मुक्ति मिली। देव के द्वारा मुक्ति प्राप्त करने वाले व्यक्तियों की संख्या अनंत है। सत्य के स्पर्श से इनका रूपांतरण हुआ था और मुक्ति मिलने के बाद यह लोग अपने जन्म-कर्म की स्मृतियों के साथ अपने अलग-अलग रूपों के साथ रह रहे थे। इनके उदाहरण कक्षीवान और द्रविनोदा हैं। इन सभी को मुक्ति मिली थी और आगे के पथ के लिए मार्गदर्शन मिला था।

इन सभी के परित्राता, देव, उस वन को त्याग कर जा रहे थे तब उनके बाएँ पार्श्व में वशिष्ठ मुनि का आश्रम और दाएँ पार्श्व में निकट ही विश्वामित्र का आश्रम दिखाई दिया। इन दोनों आश्रमों के बीच एक प्रशस्त मार्ग था, जिसके उत्तर दिशा में पवित्र विपाशा नदी बह रही थी। नदियों में उत्तम विपाशा नदी सभी आशाओं की विनाशक है। इसका पवित्र जल निर्मल है और देवताओं के यहाँ इसकी कामना की जाती है। पथ पर चलते-चलते देव थक गए थे इसलिए विपाशा नदी को देख कर उन्हें प्रसन्नता हुई। उन्होंने प्यास बुझाने के लिए पानी पीने और स्नान करने की इच्छा प्रकट की।

कक्षीवान को स्नान के लिए वस्त्रों की चिंता हुई और उन्होंने कहा - हे द्रविनोदा, पास ही वशिष्ठ मुनि का आश्रम है, तुम शीघ्र वहाँ चले जाओ और देव के स्नान के लिए वस्त्र ले कर वापस आओ। वशिष्ठ के पुत्र को पूरी बात बता देना और कहना कि अभीपुत्र, सत्यदेव विपाशा के तट पर स्नान करने के लिए वस्त्रों की प्रतीक्षा कर रहे हैं। यह सुन कर द्रविनोदा जैसे ही जाने के लिए तत्पर हुए, नदी के गर्भ से उन्हें यह वाक्य सुनाई दिया - द्रविनोदा, तुम्हें वस्त्र लाने के लिए जाने की आवश्यकता नहीं है। अभीपुत्र से कहो कि जब वे स्नान करने के बाद अपने वस्त्र बदलेंगे तब विपाशा स्वयं वस्त्र देगी। मैं उनके स्पर्श के लिए चिरकाल से अपेक्षा कर रही हूँ। यह सुन कर द्रविनोदा को हर्ष हुआ और उन्होंने लौट कर देव के चरणों में निवेदन किया।

द्रविनोदा वचन

हे देव, नदियों में उत्तम, विपाशा आपके चरण-स्पर्श की आकांक्षी है। विपाशा ने कहा है कि स्नान के बाद वह स्वयं आपको वस्त्र देगी।

पिंगल वचन

यह सुनकर देव तुरंत उठ खड़े हुए और कक्षी एवं द्रविनोदा के साथ विपाशा नदी में प्रवेश कर गए। जैसे ही देव ने जल में प्रवेश किया, विपाशा ने उनके चरणों को पकड़ लिया। देव का स्पर्श मिलते ही इस अभिशप्त नदी को मुक्ति मिल गई। नदी ने शापमुक्त होकर जल से होकर जाने का पथ अनावृत किया और देव, कक्षी तथा द्रविनोदा से यह कहने लगी -

विपाशा वचन

हे देव, आप अपने मित्रों सहित मेरे घर आइए। मैं आपको अर्ध्य प्रदान करूँगी, हे देव, आप उसे ग्रहण कीजिए। इतने दिनों तक मैं ऊपर की ओर आँखें बिछाए केवल यही सोच रही थी कि देव का आगमन कब होगा।

देव वचन

हे विपाशा, आप क्यों ध्यान कर रही थीं, किस कारण आप अभिशप्त हुई थीं, आपको मेरे दर्शन की आवश्यकता क्यों है?

विपाशा वचन

हे देव, यह सब मैं आपको बताऊँगी, पहले मेरे घर चलिए। आपके लिए मैंने जल के बीच रास्ता खोल दिया है।

पिंगल वचन

जल के बीच रास्ता देख कर देव प्रसन्न हुए और शीघ्र ही विपाशा के साथ उस पथ पर आगे बढ़ने लगे। कुछ दूर चलने पर वह पवित्र घर दिखाई पड़ा जो मणि और मोतियों से सुसज्जित था और उसका तोरण-द्वार अत्यंत सुंदर था। इसके दरवाजे को विपाशा ने तुरंत खोल दिया और सभी का मन प्रसन्न करते हुए पुरी का रास्ता दिखाया। घर

के अंदर जाकर विपाशा ने देव, कक्षी और द्रविनोदा को सम्मान के साथ पवित्र आसन दिया। देव की थकावट दूर करने के लिए पीने के लिए पवित्र मधु दिया। इस मधु का पान करने पर उनकी भूख-प्यास मिट गई और शरीर में शक्ति पहले से सौ गुणी बढ़ गई। देव को प्रसन्न देख कर विपाशा को मन-ही-मन बहुत आनंद हुआ। उसने सिर झुका कर देव को रत्न, वस्त्र और अर्घ्य प्रदान किया। उसके बाद विपाशा मधुर स्वर में अपनी बातें कहने लगी।

उसे अभिशप्त जीवन से मुक्त करने के लिए देव जल के नीचे आ गए थे। प्रसन्न मन से विपाशा सिर झुका कर देव के चरणों को पकड़े हुए उन्हें अर्घ्य प्रदान कर रही थी।

श्रीमद् देवायण के प्रथम खंड ब्रह्मकल्प में देवमंडल के अंतर्गत कक्षीवर्ग में श्री देव-कक्षी संवाद में विपाशा साक्षात् नामक पंचदश संवर्ग का समापन।

।सोलहवाँ संवर्ग।

विपाशा वचन

हे देव, मैं क्यों अभिशप्त हुई थी इसका वृत्तांत सुनिए। आपका ध्यान मैंने बाद में करना आरंभ किया था। पहले मेरा चित्त अत्यंत चंचल रहता था और मैं निरंतर क्रीड़ा करती थी। मैं उस समय की बात कह रही हूँ जब मैं अपना शैशव त्याग कर यौवनावस्था में पाँव रख रही थी। समुद्र के आकर्षण और प्रेम ने मुझे अत्यंत वेगवती बना दिया था। मैं नवयौवना होने के गर्व में चूर रहती थी। इस कम आयु में भी मैं चमत्कार कर रही थी, इसलिए मैं सभी की उपेक्षा करती थी। जगतवासी मेरे लिए मन में चाहे जो भी रखते थे, वे सारे मुझसे आकर्षित थे। इस उल्लास के उन्माद से मैं उच्छृंखल हो गई। उस समय मेरी गति और मेरा छंद किसी के भी वश में नहीं था। अक्सर, पिता

द्वारा मना किए जाने पर या पति द्वारा शासन किए जाने पर भी स्त्रियाँ दुष्कार्य में रत नहीं होतीं और इससे सबका कुशल होता है।

हे देव, मेरी कहानी में आप इस सत्य का निरीक्षण करेंगे। मेरे पिता पर्वत थे और उन्होंने मुझे गति की स्वच्छंदता दी थी। मेरे पिता मना नहीं करते थे इसलिए मेरा प्राण-जल अनियंत्रित बहता था। मैं अपनी ही लय में और अपने मन के अनुसार नाना स्थानों का भ्रमण करती थी। पर्वत-श्रेणियों, वनों और वृक्षों को मैं तुच्छ समझती थी। मेरे द्वारा किए गए आघातों से, धरणी शीघ्र ही क्षुब्ध हो गई। मेरे कारण बहुत से क्षेत्र नष्ट हो गए, रास्ते टूट गए, बहुत से व्यक्ति गृहहीन तथा विस्थापित हुए, बहुत से जीवों ने आर्तनाद करते हुए अपने प्राणों से हाथ धोया, परंतु मैं अपने यौवन के उन्माद में मस्त रहती और इन सबकी उपेक्षा करती थी।

इसके बाद एक बार की घटना सुनिए, मैं उल्लास में नृत्य करती हुई, क्रीड़ा का बहाना बना कर वशिष्ठ मुनि के आश्रम में जा पहुँची। मेरी जलराशि क्रीड़ा में मेरी सहेली थी। इस जलराशि ने हर्ष से उन्मत्त हो कर क्रीड़ा करते हुए वशिष्ठ मुनि के आश्रम को जलमग्न कर दिया जिससे आश्रम चारों ओर से नष्ट हो गया। उस समय महर्षि वशिष्ठ ध्यानमग्न हो कर समाधि में बैठे थे। इस जल के उत्ताल तरंग में ऋषि वशिष्ठ भी नहा गए और जल में डूबने लगे। जल के उपद्रव के कारण ऋषि का ध्यान भंग हो गया। उनके तेज के भय से जलराशि आश्रम से निकल भागी और वन में जहाँ-तहाँ छुप गई।

मुनि ने उच्च स्वर में गर्जन करते हुए विपाशा का नाम लिया। मुनि की पुकार सुन कर मैं तुरंत वहाँ पहुँच गई। जैसे ही मैं उनके आश्रम में उपस्थित हुई, मुनि ने मुझसे कहा, हे विपाशा, अपनी जलराशि का उपद्रव अपनी आँखों से देख लो। इस खेल में तुम्हारी सहचरी जलराशि ने तुम्हारे उकसावे में आकर क्या कर दिया है। तुम पर्वत की पुत्री हो। स्थिरता और शांति में तुम्हारी उत्पत्ति हुई है। तुम्हारे अंदर इस तरह की उच्छृंखलता अशोभनीय है। अपने पिता के उच्च कुल में रहते हुए यह तुमने कैसी शिक्षा ली है? जहाँ तुम्हारे स्वभाव में गंभीरता होनी चाहिए, उसके बदले उसमें घोर उच्छृंखलता है।

मैं तुमसे जो कह रहा हूँ उससे तुम्हें उचित शिक्षा मिलेगी। अपने यौवन के घमंड में चूर रहने वाली, हे मद-गर्विता, अपने तेज में अनावश्यक मात्रा में वृद्धि करते हुए तुमने ब्रह्म ध्यान की उपेक्षा की है। अब तुम्हारी आगे जाने की गति रुक जाएगी और तुम जहाँ हो वहीं स्तब्ध हो जाओगी। तुम्हारा आवर्तन निरस्त कर दिया गया। और इस तरह निरस्त किए जाने पर तुम दिन-प्रतिदिन बलहीन हो जाओगी और क्रमशः क्षीण हो जाओगी। आज से, तुम समुद्र के साथ संगम करने की आशा छोड़ दो। ऋषि के यह कहते ही - मैं बलहीन हो गई, मेरा उत्ताल यौवन और उच्छृंखलता लुप्त हो गए।

अपना यह हाल देख कर मैं मुनि के चरणों पर गिर पड़ी, और कातर स्वर में याचना करने लगी, मेरा अपराध क्षमा कीजिए। अज्ञानवश मुझसे यह भूल हो गई है, हे महामुनि इस बार मुझे क्षमा कर दीजिए, मैं निश्चय पूर्वक कहती हूँ कि भविष्य में मुझसे ऐसी भूल नहीं होगी। हे महर्षि, जिस तरह पिता अपनी संतान की भूलों की अनदेखी करता है, मुझे अपनी बेटी समझ कर मुझे क्षमा करें। अपनी नासमझ बेटी के हित में कुछ कीजिए। ऐसा कहते हुए मैं बार बार उनके पैर पकड़ती रही। पिता-सुलभ स्नेह से द्रवित होकर मुनि वशिष्ठ ने कोमलता से कहा - हे विपाशा स्थिर होकर सुनो, तुम्हारी इस बात पर मैं तुम्हारे अपराध क्षमा करता हूँ। परंतु इससे पहले मैंने जो कहा है वह कदापि व्यर्थ नहीं होगा। इससे तुम्हारी मुक्ति मिलने का समय मैं बताता हूँ, ध्यान दे कर सुनो। अभी-पुत्र देव के रूप में सत्य का जन्म होगा। वह अपने कार्य के लिए इस रास्ते आएँगे। हे विपाशा, उस समय तुम उन्हें आदर के साथ बुलाना। देव के आगे तुम अपने पाप की बात कहना और इस प्रकार आत्म-निवेदन करना -हे देव, तुम्हारे आने पर मुझे मुक्ति मिली है। मेरा कलेवर पहले जैसा बलशील हो गया है। समुद्र में प्रवेश करने के लिए मेरा पथ-प्रदर्शन करो। तुम मेरे मुक्तिदाता हो और तुमने मुझे त्राण दिया है, तुम्हारे चरणों में बार-बार प्रणाम करती हूँ।

गतिरुद्ध विपाशा ने देव के चरण पकड़ कर उन्हें प्रणाम करते हुए अपने अभिशाप के दुःख का वर्णन किया और मौन हो कर सत्य के चरण-कमलों के आश्रय में आ गई।

श्रीमद् देवायण के प्रथम खंड ब्रह्मकल्प में देवमंडल के अंतर्गत कक्षी वर्ग में श्री देव-कक्षी संवाद में विपाशा अभिशाप आत्मकथा नामक सोलहवें संवर्ग का समापन।

।सत्रहवाँ संवर्ग।

पिंगल वचन

जब विपाशा ने यह कहा तब देव का अंतर्मन प्रसन्नता से भर गया। विपाशा को मुक्ति का रास्ता देने के लिए अभीपुत्र ने कक्षी से कहा कि वह समुद्र का मार्ग दिखाएँ और विपाशा से उनके पीछे धीरे-धीरे आने के लिए कहा। देव कक्षीवान और द्रवि के साथ कक्षी के मार्ग-दर्शन में चलने लगे। उनके पीछे विपाशा अपनी विशाल जलराशि को समेट कर धीरे-धीरे चलने लगी। वशिष्ठ का आश्रम छोड़ कर कुछ दूर आगे जाने पर देव को एक आश्रम दिखाई पड़ा। आश्रम लता-गुल्मों से घिरा हुआ था और उनके बीच से मेंढकों की आवाजें आ रहीं थी। अभीपुत्र ने कक्षी से पूछा कि वह आश्रम किसका था और उसमें कौन रहते थे। कक्षी ने कहा - यह मंडूकाश्रम है और यहाँ के मेंढक सर्वदा ऊँकार ध्वनि करते हैं। यह सुन कर देव को घोर आश्चर्य हुआ कि मेंढक कैसे ऊँकार की ध्वनि करते होंगे।

कक्षीवान वचन

यह पूर्णतः सत्य है। विपाशा को यह पता है। यह अद्भुत मंडूकाश्रम वशिष्ठ मुनि के संरक्षण में है। इसमें पर्जन्य देव के पुत्र महाज्ञानी मंडूक रहते हैं। सुनिए, यह मंडूक सभी वेदों के ज्ञाता हैं। मंडूक मुनि के दर्शन करने बहुत से विद्वान आते हैं। उन्होंने पूरा ज्ञान ग्रहण किया है और उनका पांडित्य देखने योग्य है। उनका ज्ञान महान है और मोक्ष दिलाने वाला है। फिर भी मंडूक इस स्थान से बँधे हुए हैं।

देव वचन

पर्जन्य देव के पुत्र का रूप मेंढकों जैसा क्यों है? इससे मुझे आश्चर्य हो रहा है। कक्षी इसकी पुरानी कहानी कहिए।

अनुपम ऊँकार ध्वनि सुनकर देव का चित्त प्रसन्न हो उठा। कक्षी ने कहा कि यह मुनियों ने निर्धारित किया है कि मांडूक्य मुनि जप के साथ युक्त होंगे, यह सभी को विदित है।

श्रीमद् देवायण के प्रथम खंड ब्रह्मकल्प में देवमंडल के अंतर्गत कक्षी वर्ग में श्री देव-कक्षी संवाद में मांडूक्य मुनि वार्ता वर्णना नामक सप्तदश संवर्ग का समापन।

।अठारहवाँ संवर्ग।

कक्षीवान वचन

पुरानी कहानी है, एक बार पर्जन्य देवता वशिष्ठ मुनि के पास ब्रह्मज्ञान लेने के लिए आए। ठीक वैसे ही जैसे इससे पहले इंद्र देव गौतम के आश्रम में विद्या ग्रहण के लिए गए थे। परंतु आश्रम में रहते हुए इंद्रदेव के साथ अनर्थ हो गया था। गौतम के साथ बातों ही बातों में उनका तर्क-वितर्क हुआ और उन दोनों में मतभिन्नता हो गई। इंद्र दुष्ट-काल के प्रभाव के अंतर्गत थे इसलिए उन्हें संदेह-भाजन होना पड़ा। गौतमी का संग करने के संदेह में देवराज अभिशप्त हो गए। इसके बाद परब्रह्म द्वारा सत्य और मिथ्या की विवेचना की गई और इंद्र निर्दोष पाए गए। इंद्र देव को अकारण ही अभिशाप की यंत्रणा झेलनी पड़ी थी। इस कारण देवताओं में इस मनोभाव का उदय हुआ कि सभी विज्ञानों का ज्ञाता होते हुए भी मुनियों की सोच संकीर्ण हो सकती है। मुनि होते हुए भी, उनकी सोच बहुमुखी नहीं भी हो सकती है। इसका उदाहरण उन्होंने प्रत्यक्ष सुना था और अपनी आँखों से देखा था। मुनि पहले सत्य-मिथ्या पर विचार किए बिना तुरंत कोई कार्य कर देते थे। इस

प्रकार यह पंडित दिव्य चक्षु रखते हुए भी कुछ विषयों में अंधों के समान आचरण करते थे। इसलिए देवताओं को ऋषियों को देख कर भय होता था। किसी मुनि का सामने से दर्शन होते ही देवता उन्हें नमस्कार करते और अपनी क्षमता के अनुसार अपने व्यवहार से मुनियों को संतुष्ट रखने का प्रयास करते।

जब पर्जन्य वशिष्ठ मुनि के आश्रम में आए थे उस समय देवता मुनियों के प्रति यही मनोवृत्ति रखते थे और इसी प्रकार का व्यवहार करते, अर्थात उनका सम्मान करते और सभी प्रकार की मान्यताएँ देते थे। पर्जन्य वशिष्ठ मुनि के आश्रम में अकेले नहीं आए थे, बल्कि अपनी पत्नी और अपने पुत्र के साथ वशिष्ठ के चरणों का स्पर्श किया। पर्जन्य देव ने सोचा था कि वशिष्ठ मुनि ऋषियों के बीच शांत और क्षमाशील माने जाते हैं। इसीलिए पर्जन्य देव ने यह सत्साहस किया था कि ब्रह्मज्ञ महाऋषि के मैत्रणाश्रम में, मैं पत्नी और पुत्र के साथ रहूँगा। इसी स्थान पर सैकड़ों बालक रह कर वेदों का अध्ययन करते थे, और उनके कंठ से दिन-रात सामवेद का मधुर संगीत सुनाई देता था। मैत्र वारुणी सर्वदा प्रसन्न रहते और उनके चेहरे पर मुस्कान छाई रहती थी। पर्जन्य को देखते ही महर्षि वशिष्ठ ने पूछा - कहो पर्जन्य मैं तुम्हारे लिए क्या कर सकता हूँ? तुम पत्नी और पुत्र के साथ आए हो, कहो तुम्हारी क्या इच्छा है? यदि आश्रम देखने की इच्छा है तब शक्ति को बुलाता हूँ, उसके साथ आश्रम देख लो। इसके साथ ही मुनि शक्ति को पुकारने लगे।

पर्जन्य ने मुनि के चरणों में सिर झुकाते हुए कहा - हे प्राज्ञ, मैं केवल आश्रम देखने नहीं आया हूँ, मुझे आपसे ज्ञान प्राप्त करने की इच्छा है, इसलिए आपके पास आया हूँ। पत्नी के साथ आया हूँ जिससे तरह तरह के अपवादों से बच सकूँ। यह सुन कर मुनि हँसते हुए कहने लगे - तुम केवल गुणवान ही नहीं हो, दूरदर्शी भी हो। तुमने अपनी सूझ-बूझ का परिचय दिया है, इससे मैं संतुष्ट हूँ। उसी समय शक्ति ने आकर पिता के चरणों पर माथा टेका। वशिष्ठ कहने लगे, हे शक्ति, देखो पर्जन्य ज्ञान अर्जित करने के लिए पत्नी और पुत्र के साथ मेरे घर आए हैं, इन्हें रहने के लिए स्थान दो। पिता की आज्ञा के अनुसार

शक्ति ने उन्हें रहने के लिए घर दिया। पर्जन्य पुत्र और पत्नी के साथ साथ आश्रम में आनंदपूर्वक रहने लगे। इसके बाद यथारीति, शिक्षा ग्रहण करने के लिए ऋषि के सामने उपस्थित हुए और पवित्र ज्ञान प्राप्त करने लगे और क्रमानुसार निर्मल ज्ञान के पथ पर प्रगति करने लगे। इससे पर्जन्य देवता प्रसन्न हुए और मैत्र वारुणी भी प्रसन्न हुए।

पर्जन्य के पुत्र का नाम पेजवन था। मुनि ने उसकी शिक्षा-दीक्षा का भार शक्ति के हाथों सौंप दिया और कहा, हे शक्ति, पेजवन को अलग से उचित शास्त्र-ज्ञान दो। पिता का कहना मान कर शक्ति पेजवन को लेकर उसे शास्त्र-शिक्षा देने का यथासंभव प्रयत्न करने लगे। जब शक्ति उसे शास्त्र सिखाते, पेजवन उन्हें तर्क-वितर्क में उलझा देता। वह सदा अपने विचारों में खोया रहता और नाना प्रकार के प्रश्न पूछता। इसके उत्तर में शक्ति शास्त्र ज्ञान की बातें कहते। एक बार वे उत्तम अक्षर शास्त्र की व्याख्या कर रहे थे - सृष्टि के लयक्रम के अनुसार, ऊँकार में ब्रह्मा, विष्णु और महेश्वर प्रतिष्ठित हैं - अ कार में ब्रह्मा, उ कार में विष्णु और म कार में महेश्वर निहित हैं। इस प्रकार जो अक्षर मध्यस्थल में स्थित है यही बाद में वांगमय का पूरा रूप हो जाता है। स्मृतियों के ज्ञान के अनुसार, अक्षर ब्रह्म में निहित है। पेजवन के संदेही मन ने गुरु के वाक्यों पर अविश्वास किया। अक्षर सृष्टि का कारण है और इस जीव जगत में अक्षर सबका हेतु है, इस पर पेजवन को विश्वास नहीं हुआ। पेजवन के अनुसार, अक्षर, शब्द और वाक्य केवल वायु रोध करने से और जीभ की विभिन्न गतियों से निकलते हैं। शक्ति इसे ब्रह्म कहते हैं, यह ब्रह्मज्ञान नहीं है। ऋषि-पुत्र विद्वान पिता के मूर्ख पुत्र हैं। ब्रह्मज्ञ पुत्र केवल मेरे जैसा दिखाई देता है।

पेजवन ने शक्ति की बातों पर अविश्वास तो किया ही, इसके साथ-साथ व्यंग भी करने लगा और कहने लगा - हे गुरु-नंदन, इसके बाद आपका शास्त्र कहेगा - इ कार से इंद्र देवता, ऋ कार से ऋक्ष देवता, ल कार से लिंग देवता जिससे पूरी सृष्टि प्रकाशित होती है। तब तो घ कार से घटोत्कच होता होगा।

यह सुन कर शक्ति को क्रोध आ गया और उन्होंने कहा - रे मंडूक चुप रह, तेरे लिए शास्त्रों के वाक्य निरर्थक हैं। तू केवल टर्राता है और

तुझे रत्ती भर ज्ञान नहीं है कि ध्वनि तत्व की महत्ता क्या है। तेरे लिए तत्व ज्ञान वर्जित है, महामूर्ख देव-पुत्र, तू मेंढक बन कर टर्राता रह। शाप वचन सुन कर पेजवन भी कुपित हो गया और कहने लगा कि यह शाप अकारण दिया गया है और यह दुंदुभी (ढोल) की गर्जना है। शक्ति ने उससे भी ऊँची आवाज में कहा, अरे मूर्ख, शीघ्र चल मेरे पिता के सामने, इसका निर्णय वहीं होगा। यदि मेरे द्वारा कहे गए वाक्य ज्ञान हैं, तब तू मेंढक बन जाएगा। यदि यह ज्ञान नहीं हैं तब मैं दुंदुभी बन जाऊँगा।

पेजवन की अनर्गल बातें सुन कर वशिष्ठ-पुत्र गरज उठे, तुमने शास्त्रों के बारे में आवश्यकता से अधिक कह दिया है, अब तुम मेंढक बन कर टर्राते रहो।

श्रीमद् देवायण के प्रथम खंड ब्रह्मकल्प में देवमंडल के अंतर्गत कक्षी वर्ग में श्री देव-कक्षी संवाद में पेजवन-शक्ति द्वन्द्व नामक अष्टादश संवर्ग का समापन।

।उन्नीसवाँ संवर्ग।

कक्षीवान वचन

इस तरह कहते हुए शक्ति पेजवन के साथ अपने पिता के पास गए और उनसे निवेदन करने लगे - हे पिता सुनिए, आज एक जटिल परिस्थिति उत्पन्न हो गई है। मैं इसे अक्षर ज्ञान और ध्वनि तथ्य समझा रहा था और यह उसके विपरीत कहता जा रहा था कि अक्षर केवल शब्द हैं। मेरे ऊपर तरह-तरह के व्यंग कर रहा था। इसके बाद शक्ति ने पेजवन द्वारा कहे गए सभी व्यंग-वचनों को पिता को सुनाया जिनके कारण उन्हें क्रोध आ गया था और उन्होंने अभिशाप दिया था और कहा - मेंढक बनने की बात सुनने के बाद भी वह व्यंग करता रहा कि यह शाप निरर्थक है और दुंदुभी की गर्जना के समान है। इस

पर मैंने कहा कि पिता द्‌वारा इस सत्य का निर्णय किया जाएगा। हे पिता, दोनों के मंगल के लिए सत्य का निरूपण कीजिए।

शक्ति की बातें सुन कर मुनि वशिष्ठ के मुँह पर गंभीरता छा गई और वे पेजवन को देखने लगे। इधर पर्जन्य देवता सिर झुकाए भय से काँप रहे थे।

वशिष्ठ वचन

हे वत्स, मैंने जो सुना उससे लगता है कि तुमने अत्यंत निकृष्ट कार्य किया है। अक्षर ब्रहम का निर्णय तुम्हारे ज्ञान से परे है। देव बुद्धि का अतिक्रमण करते हुए ब्रहम तत्व की प्रतिष्ठा की गई है। अपनी बुद्धि से किया गया तुम्हारा विचार एक भ्रम है, इसे मन में स्मरण रखना। यह विधान है कि श्रद्धावान को ही ज्ञान प्राप्त होता है। सभी संशयों का नाश करने वाली श्रद्धा के बिना ज्ञान नहीं मिलता। तुम्हारे मन में अविश्वास पलता है जिसके कारण यह अनहोनी हुई है और ज्ञान-मार्ग में संकट उपस्थित हो गया है। अब से याद रखो, श्रद्धा के बिना तुम्हें छुटकारा नहीं मिलेगा। शक्ति ने पूर्णतः सत्य कहा है, इसमें कोई भी संदेह नहीं है। उसे अक्षर शास्त्र का ज्ञान स्वयं मैंने दिया है।

कक्षीवान वचन

वशिष्ठ मुनि की बातें सुन कर पेजवन भयभीत होकर हो कर उनके पैरों पर गिर पड़ा और कहने लगा - गुरु पिता से भी बड़ा है, गुरु का स्नेह उससे भी बड़ा है। हे महात्मन, विपत्ति के समय केवल गुरु का ही भरोसा रहता है।

वशिष्ठ वचन

तुम मेंढक बनोगे इसमें कोई भी संदेह नहीं। शक्ति के वाक्य में उसका तेज अभिशाप के रूप में निकला है। हे वत्स, तुम्हारी भलाई के लिए कहता हूँ, गुरु के सामने चापल्य ठीक नहीं है। कुवचन बोलना तो सर्वदा और बिल्कुल परित्यज्य है। यदि गुरु के कोप से शाप निकला है, तब इस शाप का निवारण करने की क्षमता अन्य किसी भी व्यक्ति में नहीं है। गुरु और शिष्य के बीच जो संबंध होना चाहिए उसे सुनो, गुरु

ज्ञान देता है और शिष्य उसे ग्रहण करता है। इनका आपसी मेल श्रद्धा एवं स्नेह से युक्त होता है। इसके बदले यदि शिष्य की वाक्य-चापल्य के कारण गुरु को क्रोध आ जाए, तब इसके तेज का निवारण करने की क्षमता दूसरे किसी व्यक्ति में नहीं है। अभिशप्त शिष्य को शाप का फल भोगना पड़ता है। यदि क्रोध का आश्रय लेकर गुरु कोई अन्याय भी कर बैठता है तब भी उसे शाप देने का फल विपरीत होता है।

कक्षीवान वचन

यह सुन कर पेजवन और भी भयभीत हो गया और वशिष्ठ के चरणों में प्रणाम करते हुए कहने लगा -

पेजवन वचन

हे ऋषि, आपने जो कहा है उससे मैं अत्यंत भयभीत हो गया हूँ। अन्यायपूर्ण वचन कहने से विपरीत फल मिलता है। यह तो अवधारित है कि मैं मेंढक बन जाऊँगा, क्या इसके बाद दुंदुभी भी बन जाऊँगा क्योंकि व्यंग करते हुए मैंने गुरु को दुंदुभी कहा था। मैं अज्ञानी हूँ, मुझे बताइए कि इसका फल मुझे क्या मिलेगा?

कक्षीवान वचन

वशिष्ठ की क्रोध-भरी बात सुन कर पेजवन दुःख से कातर हो उठा। आँखों में आँसू भर कर उसने पूछा कि उसकी रक्षा कैसे होगी। इसे सुन कर ऋषि ने कहा कि इस पर वे विचार करेंगे, क्योंकि यह कार्य उनका था। उसे आश्वासन देते हुए ऋषि ने शक्ति से कहा - हे शक्ति, पेजवन की रक्षा का दायित्व तुम संभालो। शक्ति ने सिर झुका कर कहा - हे पिता, आप आज्ञा दीजिए मैं अपनी क्षमता के अनुसार करूँगा और कोई भी व्यतिक्रम नहीं होने दूँगा।

वशिष्ठ वचन

रक्षाबंधन करते हुए इसकी रक्षा करो। जब यह मेंढक बन जाएगा तब साँपों से इसकी रक्षा करो।

कक्षीवान वचन

वशिष्ठ की बात सुन कर शक्ति ने प्रणाम करते हुए कहा कि वह अपनी पूरी क्षमता लगा कर पिता द्वारा दिए गए कार्य को करेंगे। ऋषि वारुणी ने शक्ति पर प्रसन्न होते हुए कहा - केवल रक्षा करने से काम नहीं चलेगा उसे नियमित रूप से शिक्षा भी देनी होगी। इस पर सिर झुकाते हुए पेजवन ने कहा, आपने मेरी रक्षा का दायित्व तो महामति शक्ति को दे दिया है परंतु इस मेंढक के रूप से मुक्ति पाने के लिए मुझे क्या करना पड़ेगा? इसके उत्तर में मुनिवर ने कहा - पेजवन, तुम स्थिर रह कर सुनो, तुम्हें मेंढक के शरीर से मुक्ति देने का समय उस काल के लिए निर्धारित किया गया है जब अभीपुत्र के रूप में सत्य जन्म लेंगे और उनका यहाँ आगमन होगा। देव के स्पर्श से तुम्हें मुक्ति मिलेगी, तुम इसे याद रखो। वशिष्ठ जब यह कह कर मौन हो गए तब पर्जन्य ने अपने पुत्र से कहा - हे पुत्र, तुम कुछ समय तक मेंढक के रूप में रहोगे, और इसे अपने मन में धारण किए रखो कि देव के स्पर्श से ही तुम्हें मुक्ति मिलेगी। मेरी शिक्षा समाप्त हो गई है और मैं स्वर्ग प्रस्थान कर रहा हूँ। कुछ ही दिनों में तुम भी लौट आओगे तब तुमसे भेंट होगी।

पर्जन्य ने सदय हृदय से कहा, तुम सर्वदा देव का स्मरण करो। उनका वर मिलने पर तुम स्वर्ग आओगे और तुमसे साक्षात् होगा।

श्रीमद् देवायण के प्रथम खंड ब्रह्मकल्प में देवमंडल के अंतर्गत कक्षी वर्ग में श्री देव-कक्षी संवाद में पेजवन अभिशाप नामक उनविंश संवर्ग का समापन।

।बीसवाँ संवर्ग।

कक्षीवान वचन

इस प्रकार कहने के कुछ दिनों बाद पर्जन्य पत्नी सहित स्वर्ग के लिए रवाना हो गए। इधर पेजवन मेंढक के रूप में शक्ति के निर्मल आश्रम में रहने लगे। उनकी सुरक्षा के लिए आश्रम के चारों ओर स्थित लता-गुल्मों में सर्प निरोधक औषधियाँ प्रयोग की जाती थीं, जिनकी गंध से साँप साँस नहीं ले पाते और वहाँ से दूर भाग जाते थे। आश्रम में पेजवन अपने मेंढक बंधुओं के साथ रहते थे और शक्ति उन्हें नियमित रूप से श्रुतियों की शिक्षा देते। इसी प्रकार दिन बीतते गए और मंडूक वेदों की विद्या में पारंगत हो गए। विद्या प्राप्त करने के बाद मंडूक शक्ति के पैरों पर झुक कर कहने लगे, हे गुरु, मेरे पुराने अपराधों के लिए मुझे क्षमा कीजिए। इस पर शक्ति ने मंडूक से स्नेहपूर्वक कहा - मंडूक, अब तुम पंडित गए हो और तुम्हारे सभी दोषों का लोप हो गया है। मैं तुम्हें स्नेह के साथ आशीर्वाद देता हूँ कि तुम्हें सभी आनंदोल्लासों की प्राप्ति हो।

इतना कह कर शक्ति ने मंडूक को छोड़ दिया। मंडूक बहुत से मेंढकों के साथ रहने लगे। मेंढकी के गर्भ से मंडूक को एक पुत्र उत्पन्न हुआ और उस पुत्र के बहुत से पुत्र हुए और इस तरह मंडुक बहुत से पौत्रों के पितामह बन गए। यह पुत्र और पौत्र मंडूक से वेदों की शिक्षा ले रहे थे। शक्ति से उन्हें जो वेद-विद्या मिली थी वह सब कुछ उन्होंने अपने पुत्रों और पौत्रों को सिखा दिया। वेदों की विद्या प्राप्त करने के बाद यह सभी मेंढक समवेत स्वर में प्रत्येक प्रहर वेदों का पाठ करते। अपने पुत्र और पौत्रों से मिलने पर्जन्य देवता आश्रम में आए। सभी अत्यंत प्रसन्न होकर पर्जन्य देव की वंदना करने लगे। हे देव, पर्जन्य देवता का आगमन होते ही चारों ओर वर्षा होने लगी और उसके बाद मंडूकाश्रम में स्वर्ग से पिता के आगमन पर महोत्सव मनाया गया।

मंडूक के पुत्र और पौत्र एकत्रित होकर सामवेद का गायन करने लगे। मेंढकों के मधुर कंठ से पवित्र वेद मंत्रों का पाठ सुन कर श्रोताओं को रोमांच का अनुभव होने लगा।

श्रीमद् देवायण के प्रथम खंड ब्रह्मकल्प में देवमंडल के अंतर्गत कक्षी वर्ग में श्री देव-कक्षी संवाद में मंडूक ज्ञान वार्ता नामक विंश संवर्ग का समापन।

।इक्कीसवाँ संवर्ग।

पिंगल वचन

कक्षीवान से यह आख्यान सुन कर देव हर्षित हो कर कहने लगे - हे कक्षीवान, आपने मेंढक की अद्भुत कहानी सुनाई है। मंडूक उस स्थान पर रह कर पवित्र कार्य कर रहे हैं, मैं समझता हूँ कि वहाँ शीघ्र जाकर उन्हें देखना उचित है। देव की बात सुनते ही कक्षीवान मंडूकाश्रम की ओर चल पड़े और उनके पीछे-पीछे देव, अपने जल के साथ विपाशा, और द्रविनोदा भी चल पड़े। मंडूकाश्रम के द्वार पर पहुँचते ही कक्षीवान ऊँचे स्वर में मंडूक - मंडूक कह कर पुकारने लगे। इसके उत्तर में कुछ क्षणों के लिए निःस्तब्धता छा गई। उसके बाद एक गंभीर आवाज आई - द्वार पर कौन आया है और शोर करते हुए हमारे जप में विघ्न डाल रहा है? यदि कोई काम है तो शीघ्र सामने आकर उपस्थित हों। इसके उत्तर में कक्षी ने फिर कहा, तुम तुरंत बाहर आओ, अब तुम्हें जप करने की आवश्यकता नहीं रह गई हैं, तुम्हारी मुक्ति का समय आ गया है।

मंडूक वचन

यदि मेरे मुक्तिदाता आए हैं, तब कृपया बताएँ उनका नाम क्या है? आप मेरे आश्रम में प्रवेश करने में अक्षम क्यों हैं? यदि तुम साँप हो तब तुम्हारी क्या इच्छा है? यहाँ मंडूक को ग्रास बनाना तुम्हारे लिए असाध्य है। तुम्हारे पेट में जाकर मुक्ति पाने की मुझे कोई भी आवश्यकता नहीं है। इसलिए हे मूर्ख, तुम द्वार छोड़ कर तुरंत दूर हो जाओ।

पिंगल वचन

यह बात सुन कर देव और द्रवि चकित रह गए और पूछने लगे कि मंडूक ने ऐसा क्यों कहा।

कक्षीवान वचन

यह शक्ति द्वारा सुरक्षित लता-गुल्मों से घिरा हुआ है। साँपों के डर से यह कभी भी बाहर नहीं निकलेगा।

पिंगल वचन

कक्षीवान ने फिर कहा - मैं कक्षीवान हूँ, सत्यदेव के साथ तुम्हारे द्वार पर खड़ा हूँ। कक्षीवान से यह सुनते ही मंडूक द्वार पर आ गया। वहाँ साँप नहीं था यह देख कर वह प्रसन्नतापूर्वक बाहर निकल आया। उसके बाद देव का दर्शन करने के लिए क्रमशः मेंढकों के झुंड निकलने लगे।

कक्षीवान वचन

हे मंडूक, देखो यह सत्यदेव हैं। इनके चरणों का स्पर्श करते हुए मुक्ति प्राप्त करो। जैसे ही कक्षी ने यह कहा, मंडूक अविलंब देव के चरणों पर झुक गया और देव ने अपने बाएँ पैर से उसके माथे का स्पर्श किया। तुरंत मेढक के शरीर से निकल कर देवताओं के कांतिमान शरीर के साथ पेजवन प्रकट हो गए। पवित्र देह पाकर पेजवन हर्ष विभोर होकर देव की स्तुति करने लगे।

पेजवन वचन

हे कुशलात्मक देव, आप मेरा कुशल करने आए हैं। आप पाप और ताप से त्राण दिलाते हैं। मैं आपके चरणों में बार-बार प्रणाम करता हूँ। मैंने गुरु के लिए व्यंगपूर्ण वचन कहा था जिससे मैं मेंढक बन गया था। आप मेरे मुक्तिदाता हैं, आपके चरणों में बार-बार प्रणाम करता हूँ। हे देव, आप मुझ पर कृपा करने आए हैं इसलिए एक कृपा और कीजिए। मेरा एक पुत्र है जो मेंढक के रूप में रहते हुए मुझे मेंढकी के गर्भ द्वारा प्राप्त हुआ था। कृपया आप इसे भी मुक्ति प्रदान कीजिए।

पिंगल वचन

यह कह कर पेजवन ने सुदा को आवाज दी। पुकार सुन कर एक मेंढक निकल आया और देव के चरणों में झुक गया। देव के स्पर्श से उसे मुक्ति मिली और उसने पवित्र देह धारण कर लिया। उसने अपना सर झुकाते हुए देव से कहा -

सुदा स्तव

हे देव, जन्म से ही मेरी दिनों-दिन अधोगति हो रही है। जब मेरे पिता मेंढक के रूप में थे तब मेरा जन्म हुआ। मेरे जन्म के बाद मेरे वंश की वृद्धि हुई। हे देव, मेरा वंश छोटा नहीं है, आप स्वयं देख लीजिए। इसके बाद इनकी क्या गति होगी? हे देव, मैं आपके चरणों में बार-बार प्रणाम करता हूँ और पूछता हूँ कि मेरा कार्य क्या है? मैं आपके चरणों में बार-बार प्रणाम करता हूँ, कृपया मुझे बताइए कि स्वर्ग जाने पर पिता के प्रति मेरा कर्तव्य क्या है?

देव वचन

हे सुदा, मैं कहता हूँ कि तुम्हारी क्या गति होगी। तुम्हारे पुत्र और पौत्रों को अपने स्पर्श से मैं पवित्र गति दूँगा। इसके बाद इन सब को ज्ञान अर्जित करने के कार्य में लगा दो। ऋषि के रूप में रहते हुए सत्य ज्ञान का प्रचार करो। इसे स्मरण रखो को कि मुझसे मिलने के बाद ही तुम्हें मुक्ति मिली है। इस सत्य का प्रचार करो।

पिंगल वचन

इस प्रकार कह कर जब देव चुप हो गए तब पेजवन ने सिर झुका कर कहा, हे देव, मैं आपकी आज्ञा लेकर स्वर्ग के लिए रवाना हो रहा हूँ, जहाँ मेरे पिता पर्जन्य देवता निवास करते हैं। देव की अनुमति लेकर पुत्र और पौत्रों को वहीं छोड़ कर पेजवन स्वर्ग प्रस्थान कर गए। इसके बाद अभीपुत्र पेजवन के पुत्र और उसके पुत्रों को मुक्ति देने के बाद उस क्षेत्र से चले गए। मंडूक के कुल में जितने भी मेंढक थे उन सभी को मुक्ति मिल गई और वे वेद-विद्या में पारंगत होकर ऋषियों के रूप में रहने लगे।

मांडुक्य ज्ञान उत्तम ज्ञान है क्योंकि उसमें ऊँकार तत्व का वर्णन किया गया है। जिस तत्व पर व्यंग करते हुए पेजवन को मेंढक का रूप मिला था, पृथ्वी पर रहते हुए उसने उसी तत्व का पूरा ज्ञान लिया। मंडूक कुल में यह तत्व ज्ञान प्रकाशित किया गया था। मेंढकों का साँपों से डर पुरातन काल से चलता आ रहा है। यह सभी मेंढकों में आज भी व्याप्त है क्योंकि वे साँपों के आहार हैं। मेंढकों की प्रणव ध्वनि भी प्राचीन काल से चलती आ रही है यह आज भी सभी मेंढकों के दीर्घ नाद में उपस्थित है। पुरानी स्मृति के अनुसार मंडूक पर्जन्य देवता के पुत्र थे, इसलिए आज भी अपने पूर्वपुरुष की स्मृति में मेंढक (या दादुर या भेक) हर्षध्वनि करते हुए वर्षा की वंदना करते हैं। यह सभी गुण मेंढकों में आज भी पाए जाते हैं।

इसके बाद देव ने मंडूकाश्रम का त्याग किया और विपाशा के साथ समुद्र के पथ पर आगे बढ़ने लगे। सभी मांडूक्य ऋषि भी इनके साथ बाहर निकल आए।

मांडूक्य को मुक्ति मिलने पर देव को प्रसन्नता हुई। सफलता का वर देते हुए और सुवचन कहते हुए सभी एक साथ चल पड़े। कक्षी भी हँसते हुए उनके साथ चलने लगे।

श्रीमद् देवायण के प्रथम खंड ब्रह्मकल्प में देवमंडल के अंतर्गत कक्षी वर्ग में श्री देव-कक्षी संवाद में मांडूक्य गण मुक्ति वार्ता नामक एकविंश संवर्ग का समापन।

।बाइसवाँ संवर्ग।

पिंगल वचन

इस तरह कुछ दूर जाने पर अभीपुत्र को विषम स्वर में एक भयानक गर्जना की आवाज सुनाई पड़ी। यह शब्द लाखों झंझावतों के सम्मिलित स्वर या सौ वज्रों का नाद करती हुई हवा के शब्द के समान भयंकर

था। इसे सुनने के बाद देव ने कक्षी से पूछा कि यह भयानक शब्द कैसा है। जैसे-जैसे वे आगे बढ़ने लगे महागर्जना की गुरुता उतनी ही बढ़ती जाती थी। देव के विस्मय के उत्तर में कक्षी ने कहा - हे देव शब्द तत्व का जो ज्ञान है उसे मैं क्रमानुसार कह कर सुनाता हूँ।

कक्षीवान वचन

हे महात्मन, आप्त्य ऋषि की सृष्टि को वाक सिंधु के रूप में वर्णन किया जाता है। अम्भृणि के गर्भ से उन्हें वाक नाम की एक कन्या हुई थी। वहाँ अक्षराप में और बहुत से पुत्र व्याप्त थे, जिन्हें अक्षर ब्रह्म के रूप में स्वयं वाक ने प्रकाशित किया था। पुरानी स्मृतियों के अनुसार, आप्त्य ने, अम्भृणि के गर्भ से उत्पन्न अपनी पुत्री का कन्या-दान सत्य सूर्य को किया था। इनसे चौदह तेजस्वी पुत्र उत्पन्न हुए। यह चौदह पुत्र नाना वर्णों में दमकते थे। इन सभी ने स्वर संज्ञा प्राप्त किया था और सभी ब्रह्म के उपासक थे। अव्यक्त सृष्टि में ध्वनि वाक की सहायता से व्यक्त होती है। स्मृतियों के अनुसार, ध्वनि ब्रह्म सभी श्रुतियों से परे है। यह सत्य के तेज द्वारा वाक के गर्भ से प्रकाशित हुआ था। हे अभिपुत्र, ध्वनि ब्रह्म सनातन है और सभी का उद्देश्य है। दिन-प्रतिदिन ध्वनि ब्रह्म वाक के गर्भ से प्रकाशित होता गया। वाक के चौदह पुत्रों ने स्वर संज्ञा प्राप्त की थी। इन सभी स्वरों से बहुत से पुत्र उत्पन्न हुए। अनाम ज्येष्ठ पुत्र के चालीस पुत्र हुए। इसी के अनुरूप अन्य पुत्रों के पुत्रों की गणना की जा सकती है। इस तरह चारों दिशाओं में अक्षरावली फैल गई। यह समुद्र से भी बड़ा दिखाई देता था। सत्य को इस प्रकार व्यक्त होते देख कर नक्त बहुत व्यग्र हुआ। उसके तेज से पीड़ित हो कर उसने ब्रह्म की सृष्टि को त्याग दिया। सत्य को धूमिल करने के लिए और सृष्टि को पुनः प्रभावित करने के लिए नक्त ने छद्म वेश धारण करते हुए वाक का अपहरण कर लिया और उसे गर्भवती बना कर प्रदूषित किया।

यह बहुत दिनों की पुरानी बात है। हे देव, स्मृतियों में जिस तरह कहा गया है, मैं आपको वही सुना रहा हूँ। यह अत्यंत दुःखद है कि नक्त ने वाक का अपहरण किया और उसके पवित्र गर्भ को प्रदूषित किया।

श्रीमद् देवायण के प्रथम खंड ब्रह्मकल्प में देवमंडल के अंतर्गत कक्षी वर्ग में श्री देव-कक्षी संवाद में अक्षराप वार्ता नामक द्वाविंश संवर्ग का समापन।

।तेइसवाँ संवर्ग।

कक्षीवान वचन

नक्त ने वाक का हरण किया है यह समाचार सुनकर स्रष्टा को भयानक कोप हुआ। महान गर्जना करते हुए स्रष्टा नक्त - नक्त की पुकार करने लगे। स्रष्टा की गर्जना से भयभीत नक्त आकर उनके सामने सिर झुका कर खड़ा हो गया। स्रष्टा ने कहा - अरे नक्त, शीघ्र बता, वाक कहाँ है? वाक आप्त्य की कन्या है जिसे उन्होंने सूर्य को दान किया है, तूने उसे क्यों चुराया? वाक के गर्भ से सत्य की सृष्टि प्रकाशित हुई है। मैंने सुना है कि तूने उसी वाक का हरण कर लिया है। शीघ्र बता कि वाक कहाँ है और उसे मेरे सामने उपस्थित कर। स्रष्टा के क्रोधयुक्त वचन को सुनते ही नक्त ने वाक को मुक्त कर दिया और स्वयं रसातल में जाकर लुप्त हो गया।

मुक्ति पाकर वाक स्रष्टा के सामने उपस्थित हुई। उसने स्रष्टा के चरणों में निवेदन किया कि नक्त ने उसे गर्भवती बना दिया था। जब स्रष्टा ने सुना कि नक्त ने वाक को प्रदूषित कर दिया है तब उनका क्रोध और भी भड़क उठा। उन्होंने चारों दिशाओं में नक्त को ढूँढ़ा, परंतु नक्त कहीं भी नहीं मिला। जब ढूँढ़ने पर भी नक्त नहीं मिला, तब स्रष्टा ने वाक से कहा कि वह इस गर्भ का त्याग करे। स्रष्टा की बात सुन कर वाक मन ही मन कातर हो उठी। उसने स्रष्टा के चरणों में सिर झुका कर कहा, मैं इस गर्भ को कैसे त्याग करूँ यह अभी पुष्ट नहीं हुआ है। स्रष्टा ने कहा कि वह शीघ्र इसका त्याग करे, इसे पुष्ट करने की कोई भी आवश्यकता नहीं है। इस निर्देश का पालन करते हुए वाक ने गर्भ का त्याग किया।

यह अपुष्ट गर्भ-पिंड देखने में विचित्र था। इसका मुख घोड़े के समान था और जीभ साँप के समान। देह लंबी थी और साँप के समान दिखती थी। इसकी एक लाख पूँछें थी और हाथ लंबे थे। देह का आकार छोटा था और चार छोटे-छोटे पैर थे। जिस स्थान पर दो कान होने चाहिए वहाँ दो पंख थे और देह से बड़े पंख तरह-तरह के रंगों से चमक रहे थे।

इस दृश्य को देख कर स्रष्टा को हँसी आ गई। उन्होंने निर्णय किया कि इस विचित्र जीव की रक्षा वे स्वयं करेंगे। उन्होंने मंत्रपूत औषधि पिला कर उसके शरीर को पुष्ट किया। आप्त्य-नंदन भुवन सृष्टि को धारण करेंगे इसे स्मरण करते हुए उन्होंने वाक के गर्भ से परित्यक्त इस जीव को उस कार्य में नियुक्त किया। वाक के गर्भ में वह चक्राकार घूमा करता था इसलिए स्रष्टा ने उसे कालचक्र नामित किया।

स्रष्टा ने कहा, कालचक्र, मैं तुम्हें एक कार्य दे रहा हूँ, तुम अपनी वीरता और पराक्रम से वाक सिंधु को सिर पर वहन करो। पूँछ के चक्र को स्थिर रखते हुए भुवन को धारण करो। जब इस सृष्टि का भार बढ़ेगा, उसी के अनुरूप कालचक्र का पराक्रम भी बढ़ेगा। महाबली कालचक्र ने भुवन को पूँछ में और वाक सिंधु को सिर पर रखा, उसके पंखों में शून्य था। सृष्टि के भार के बढ़ने पर उसके शरीर में बल की वृद्धि हुई। कालचक्र भयंकर स्वर में गर्जन करने लगा। उसके पुरोभाग में वाक सिंधु है और नीचे कालचक्र है जिसकी गर्जना आपको सुनाई दे रही है।

पिंगल वचन

कक्षी से यह सुन कर देव प्रसन्न हुए और कक्षी से इसके आगे की कहानी सुनाने के लिए आग्रह किया।

देव वचन

हे कक्षी, अब बताइए कि इस गर्भ का त्याग करने के बाद वाक ने क्या किया और उसकी शुद्धि कैसे हुई?

कक्षीवान वचन

जितनी दूर तक मैं यह कहानी जानता था उतना मैंने आपको सुना

दिया है, इसके बाद क्या हुआ इसका ज्ञान मुझे नहीं है। हे महात्मन, बचपन में मैंने यह कथा अपने पिता के मुँह से सुनी थी। मुझे इतना ही स्मरण था जिसे मैंने आपसे कह दिया है।

देव वचन

साधारण जन को इस पथ का ज्ञान नहीं है। यह बताइए आपको यहाँ तक आने का रास्ता कैसे ज्ञात हुआ?

कक्षीवान वचन

मेरे पिता दीर्घतम ने घर छोड़ा था, उससे पहले घर का पूरा भार मुझ पर सौंप दिया था। उस समय मैं पिता के साथ यहाँ तक आया था और यहीं मेरे पिता तपस्या में लीन हुए थे। उनके तप का स्थान देखने के लिए मैं पिता के साथ आया था तब मैंने यह गर्जना सुन कर पिता से इसके बारे में प्रश्न किया था। पिता ने इसके उत्तर में जो कहानी सुनाई थी उसे मैंने आपसे कह दिया है। मैंने जब पिता से वाक के साथ इसके बाद हुई घटना को जानना चाहा तब उन्होंने कहा, आज यह गोपन तत्व प्रकाशित नहीं करूँगा। इसे समय आने पर देखोगे और सुनोगे और तब तुम जगत की माया से आक्रांत होगे।

हे अभीपुत्र, पिता के मुँह से यह वाक्य सुन कर मैं क्षुब्ध हो गया और इसी क्षोभ में सिर झुका कर पिता के सामने बैठ गया। यह देख कर मेरे पिता ने कहा - हे वत्स, इस क्षोभ का त्याग करो। तुम्हारे पुण्य-दर्शन का समय मैं आज ही निर्धारित करता हूँ। तुमसे मैंने पहले ही कहा है कि वाक सत्य की प्रेयसी थी। उन्हीं सत्य के अंश से अभी के पुत्र के रूप में देव का जन्म होगा। हे पुत्र, देव इस संसार में सत्य की ज्योति जगाएँगे और पाप के ताप का निवारण करते हुए पवित्रता की प्रतिष्ठा करेंगे। उस समय तुम्हारे घर इन्हीं देव का आगमन होगा। तुम्हें इस जन्म के कर्मों से मुक्ति मिलेगी और दिव्य रूप धारण करते हुए तुम आश्चर्य से देखोगे कि तुम्हारे सामने बहुत से रहस्यों का अनावरण हो रहा है। देव वाक सिंधु को दिखाने के लिए कई स्थानों का भ्रमण करते हुए यहाँ आएँगे। इसके बाद मेरे द्वारा किए गए कार्यों को सुनो। सत्य के जन्म के लिए आज मैं तपस्या पर बैठ रहा हूँ और

उनके यहाँ आने पर मेरी तपस्या पूरी होगी। तब तुम विस्मयपूर्वक वाक सत्य को देखोगे।

हे देव, देखिए, सामने दीर्घतम का आश्रम है। पहले वहाँ चलिए, वहीं सारी बातें सुनी जाएँगी।

प्रसन्न मन से ऋत (देव) और कक्षी ने उशिज-पुत्र के क्षेत्र में प्रवेश किया। वहाँ उन्होंने देखा कि दोनों पैरों को वृत्त के आकार में रख कर दीर्घतम गंभीर ध्यान में मग्न थे।

श्रीमद् देवायण के प्रथम खंड ब्रह्मकल्प में देवमंडल के अंतर्गत कक्षी वर्ग में श्री देव-कक्षी संवाद में कालचक्र जन्म वार्ता नामक त्रयोविंश संवर्ग का समापन।

-कक्षी वर्ग का समापन-

।।उशिज वर्ग।।

।पहला संवर्ग।

पिंगल वचन

कक्षी की बात सुन कर देव प्रसन्न होकर कहने लगे, मुझे तुरंत वहाँ ले चलो जहाँ दीर्घतमा ऋषि हैं। उचथ्य-नंदन दीर्घतमा मेरे भाई हैं। कक्षीवान, तुम्हें तो पता है क्योंकि दीर्घतमा के पिता उचथ्य तुम्हारे पितामह हैं। जैसे अभी के तेज से मेरा जन्म हुआ है वैसे ही उचथ्य के तेज से दीर्घतमा का जन्म हुआ है। चलो कक्षी, शीघ्र वहाँ जाकर दीर्घतमा का आश्रम देखते हैं। देव की बात सुन कर कक्षीवान का मन उल्लसित हो गया। विपाशा सहित देव और कक्षी उस स्थान पर गए जहाँ दीर्घतमा ऋषि का आश्रम था। वह स्थान पर्वत श्रेणियों से घिरा हुआ जन-शून्य क्षेत्र था। पर्वत-श्रृंग के बीच एक बहुत बड़ी गुफा थी। गुफा के अंदर एक शिला के आसन पर दीर्घतमा तपस्या में लीन थे। देव और कक्षी कुछ दूर पर खड़े हो कर देख रहे थे और ऋषि को ध्यान-मग्न देख कर आगे बढ़ने से हिचक रहे थे। परंतु पल भर रुकने के बाद ही ऋषि ने अपनी दोनों आँखें खोल दी। देव और कक्षी को अपने सामने देख कर महर्षि दीर्घतमा तुरंत अपना तपासन छोड़ कर उठ खड़े हुए और मधुर स्वर में उन्हें गुफा के अंदर आने के लिए कहा। ऋषि के आह्वान पर गुफा में प्रवेश करते ही तप की पवित्र, सुगंधित और शीतल वायु से उनकी त्वचा का स्पर्श हुआ और वे प्रसन्नता से भर उठे। दीर्घतमा ऋषि ने हर्षित होते हुए देव को गले से लगा लिया।

दीर्घतमा वचन

हे देव, तुम्हारे लिए ही मैंने यह महान तपस्या की है और इतने वर्षों से इस निर्जन स्थान पर रह कर तुम्हारे आने की प्रतीक्षा कर रहा था।

देव वचन

हे भ्राता, मैंने सर्वत्र सुना है कि आपका कार्य महान है। मैं आपके

पास एक प्रश्न लेकर आया हूँ। मेरे कौतुहल को शांत करने के लिए, यदि आपको ज्ञात हो तब कृपया बताइए कि वाक की शुद्धि कैसे हुई?

दीर्घतमा वचन

वाक की शुद्धि कैसे हुई यह युक्ति देने की आवश्यकता नहीं है, क्योंकि हे देव, मैं स्वयं तुम्हारे लिए प्रतीक्षा कर रहा था। हे देव, जैसाकि तुमने कक्षीवान के मुँह से सुना है, पुरानी स्मृति के अनुसार वाक को नक्त ने प्रदूषित किया था। गर्भ त्याग करने के बाद जब वाक स्रष्टा के सामने उपस्थित हुई तब उन्होंने कहा - हे वाक, नक्त के साथ रह कर तुम प्रदूषित हो गई हो, इससे शुद्धि पाने के लिए तुम्हें महान तप करना पड़ेगा। तप के दौरान अक्षराप सहित तुम सर्वदा वैसे ही मौन रहोगी, जैसे वायु की अनुपस्थिति में जल स्थिर और शांत रहता है। यह तप, तुम सत्य के ध्यान में स्थिर रह कर, नई सृष्टि को प्रकाशित करने के लिए करोगी। तब ऋषि के रूप में सत्य की उत्पत्ति होगी और दीर्घतमा के साथ देव का आगमन होगा। हे देव, तुम आज ऋषि के रूप में मेरे सामने उपस्थित हुए हो। जिसे नक्त ने हरण किया था उस वाक के पास जाते हुए सभी बातें बताऊँगा।

पिंगल वचन

हे गजानन, देव ने महर्षि दीर्घतमा से इस प्रकार कहा -

देव वचन

हे अग्रज दीर्घतमा, मुझे उस स्थान पर ले चलिए जहाँ वाक रहती है, मैं उसकी तपस्या देखूँगा और यह भी देखूँगा कि वह कैसे रहती है।

पिंगल वचन

देव की बात सुनते ही महर्षि दीर्घतमा उठ खड़े हुए तथा देव और कक्षी के साथ गुफा से बाहर निकल आए। तीनों कुछ देर तक पर्वत के पथ पर चलते रहे। अनेक पर्वत श्रृंगों को पार करते हुए वे एक अपेक्षाकृत नीचे स्थान पर आ पहुँचे। उनके चारों ओर की मनोहर दृश्यावली तुहिन से सिक्त थी। देव ऐसे ही दृश्य देखते हुए आगे बढ़ते रहे। ऋषि दीर्घतमा ने देव को सामने एक अत्यंत ऊँचा शिखर दिखाया।

जैसे कोई रत्नमाला आकाश छू रही हो, उसी तरह, तुहिन से ढका हुआ आश्चर्यजनक पर्वत शिखर सूर्य के तेज से किसी सम्राट के अंगों के समान दमक रहा था। दीर्घतमा, देव और कक्षी इसी क्षेत्र में थे।

श्रीमद् देवायण के प्रथम खंड ब्रह्मकल्प में देवमंडल के अंतर्गत उशिज वर्ग में देव-दीर्घतमा साक्षात्कार नामक प्रथम संवर्ग का समापन।

।दूसरा संवर्ग।

दीर्घतमा वचन

हे देव, इस तुहिन से ढके पर्वत शिखर को देखिए यह सूर्य के तेज से उज्ज्वल हो रहा है। वाक यहीं तपस्या कर रही है। इस क्षेत्र में कोई भी व्यक्ति कभी भी प्रवेश नहीं कर सकता। एक तो यह शिखर भयंकर और दुर्गम है, और वहाँ जाने के लिए रास्ता भी नहीं है क्योंकि शिलाएँ दृढ़ नहीं हैं और तुषार से ढके होने के कारण फिसलने का भय है। यदि कोई शिला अलग होकर किसी के ऊपर गिर जाए तब शरीर सौ योजन नीचे गिर कर टुकड़े-टुकड़े हो जाएगा। यदि कोई अपनी तपस्या के बल से और दुःसाहस करते हुए घोर परिश्रम के बाद इस पर चढ़ जाए फिर भी वह संकट में पड़ेगा। इस विशाल पर्वत-श्रृंग की गुफा में रहने वाले एक भालू से भेंट होगी। वह अपने बड़े-बड़े रोओं और लाल आँखों के साथ सामने खड़ा हो जाएगा और गंभीर स्वर में कहेगा, अरे पथिक, रुक जाओ तुम मुझे पार कर के जा रहे हो, तुम्हारा परिचय क्या है? परिचय देने पर भालू उस पर विचार करेगा, और यदि उसे संदेहात्मक पाया तब वह उसे अपने दाँतों और भुजाओं के आघात करते हुए पर्वत से नीचे फेंक देगा। यदि परिचय सत्य निकला तब भालू क्रमानुसार और बार-बार प्रश्न करेगा। सही उत्तर दिए जाने पर वह ज्ञान संबंधी प्रश्नों की झड़ी लगा देगा क्योंकि भालू महाज्ञानी है। उसके ज्ञान से अधिक ज्ञान रखने वाला चराचर में कोई भी नहीं है। यदि प्रश्नों के उत्तर सही नहीं निकले या कोई भ्रम हो गया तब वह अपने दाँतों से आघात करते

हुए उसके जीवन का अंत कर देगा। फिसलनदार पर्वत पर भालू से युद्ध करने की क्षमता किसी में भी नहीं है।

पिंगल वचन

यह कह कर जब ऋषि दीर्घतमा मौन हो गए तब देव ने उनसे प्रश्न किया।

देव वचन

आप कहते हैं कि यह भयंकर भालू महाज्ञानी और महाबली है। उसका परिचय क्या है और वह वहाँ क्यों रह रहा है?

दीर्घतमा वचन

हे देव, पुरानी स्मृतियों के अनुसार, नक्त के तेज द्‌वारा प्रदान किए गए गर्भ को वाक ने परित्याग दिया जिससे कालचक्र का जन्म हुआ। इस गर्भ को धारण करने से वाक का शरीर अशुद्ध हो गया था। इसकी शुद्धि के लिए वाक ने ब्रह्मा के चरणों में निवेदन किया। स्वयंभू जगतस्रजा ने कहा कि तप करने पर शुद्धि मिलेगी और इतना कह कर उन्होंने यह तपस्थल दिखाया। हे महाबाहु, इस पर्वतश्रेणी में यह शिखर सबसे ऊँचा है। वाक स्रष्टा के चरणों में प्रणाम करने के बाद अपनी शुद्धि के उद्देश्य से इस शिखर पर आ गई।

तब प्रजापति ने ऋचक को अपने पास बुलाया। ऋचक तुरंत आ गया और पिता के चरणों में सिर नवा कर बैठ गया। ब्रह्मा के नाद से इस अत्यंत तेजस्वी ऋचक की उत्पत्ति हुई थी। वह महाज्ञानी और महाबली था। ऋचक को देखते ही प्रजापति ने आदेश दिया, वाक की रक्षा करना तुम्हारा कार्य है, तुम यह दायित्व संभालो। ऋचक ने प्रश्न किया, वाक की रक्षा का कारण क्या है?

प्रजापति ने उत्तर दिया - यह तुम्हें ज्ञात है कि सत्य की सृष्टि प्रकाशित करने के लिए आप्त्य की कन्या वाक का दान सत्य सूर्य को किया गया था। इस वाक को हरण करते हुए नक्त ने इसके गर्भ को प्रदूषित कर दिया है। उसके गर्भ का परित्याग करने के बाद वाक शुद्धि के लिए तपस्या कर रही है। मैं समझता हूँ कि नक्त ने मेरे बनाए गए

विधान का उल्लंघन करते हुए दुराचार किया है और वाक का गर्भ दिया है, उसकी दुष्टता का निवारण करना है। हे ऋचक, मैं तुम्हें श्रेष्ठ पुत्र मानता हूँ, तुम नक्त का गतिरोध करते हुए वाक की सुरक्षा करो। ब्रह्मा द्वारा यह कहे जाने पर ऋचक तुरंत ब्रह्मलोक छोड़ कर इस क्षेत्र में चले आए। नक्त को यहाँ आने से रोकने के लिए वह भालू के छद्म वेश में यहाँ रह रहे हैं।

पिंगल वचन

यह सुन कर देव हर्षित हुए और दीर्घतमा के साथ पर्वत का आरोहण करने लगे।

देव के प्रश्न के उत्तर में दीर्घतमा ने इस पथ पर आने वाले सभी संकटों के बारे में बताया और यह भी कहा कि ब्रह्मा के निर्देश पर वाक की रक्षा करने के लिए ब्रह्मा के पुत्र ऋचक उस गुफा में निवास कर रहे थे।

श्रीमद् देवायण के प्रथम खंड ब्रह्मकल्प में देवमंडल के अंतर्गत उशिज वर्ग में देव-दीर्घतमा संवाद में पर्वत संकट कथन नामक द्वितीय संवर्ग का समापन।

।तीसरा संवर्ग।

पिंगल वचन

घोर श्रम करते हुए, कठिन और दुर्गम पर्वत पथ को पार करने के बाद देव और दीर्घतमा उस पर्वत शिखर के नीचे आ पहुँचे। दूर से ही पर्वत की विराट गुफा दिखाई दे रही थी। बाहर से इसमें कोई भी विवर दिखाई नहीं देता था, केवल गुफा का विशाल गड्ढा दिखाई देता था। ऋषि दीर्घतमा डरे हुए थे और गुफा से दूर खड़े उसे दिखाते हुए कहने लगे, भालू इसी गुफा में रहता है। दीर्घतमा की बात सुन कर देव ने अपना धनुष हाथों में लेकर भयंकर टंकार किया जिससे पर्वत काँप उठे।

उस समय भालू गुफा में सो रहा था और धनुष की भयंकर ध्वनि से जाग गया।

इस आवाज से क्रुद्ध हो कर उसकी रोओं से भरी विशाल आकृति गर्जना करते हुए गुफा से निकल आई। बाहर आकर अपने सामने एक धनुर्धर को देख कर वह युद्ध के लिए तत्पर हो गया। गर्जन करते हुए और अपने तेज दाँतों को निकालते हुए वह देव की ओर दौड़ा। उसके मुँह से राल निकल रही थी और उसकी आँखें रक्त के समान लाल हो गई थीं।

इस पर्वताकार आकृति को अपनी ओर आते देख कर देव ने धनुष खींचते हुए वाणों की झड़ी लगा दी। पर्वतों के बीच भालू के चिंघाड़ने से होती प्रतिध्वनि ऊपर-नीचे और चारों दिशाओं में गूँजने लगी। धरती विदीर्ण होकर काँपने लगी जिससे दीर्घतमा के साथ-साथ पर्वत भी विचलित हो उठे।

देव का धनुष टंकार करने लगा और उससे तीव्र गति से निकलने वाला शक्तिशाली अग्निबाण ऋक्ष के सामने व्यर्थ हो गया और चारों दिशाओं में आग लगाने लगा। उसके आगे कोई भी प्राणी टिक नहीं पाता था। अग्निवाण ने बड़े-बड़े वृक्षों, पक्षियों, लता-गुल्मों में आग लगा दी। तुषार गल कर जल के स्रोतों में बहने लगा। भयानक ताप के कारण यह जल शीघ्र ही वाष्प बन गया जिससे वातावरण में धुआँ छा गया। इस धुएँ और भयानक ताप के बीच कोलाहल हो रहा था जिससे पूरा क्षेत्र भयावह और सभी प्राणियों के लिए पीड़ादायक बन गया। परंतु इन सबके बीच भालू अछूता रह गया। वह इस धुएँ के बीच कुछ क्षणों के लिए स्थिर खड़ा था। अग्निबाण जब भालू को जला नहीं पाया तब वह शांत हो कर पराजय स्वीकार करते हुए देव की तरकश में वापस लौट गया।

तब भालू गर्जन करते हुए देव की ओर दौड़ पड़ा। इस प्रकार भालू को आता देख देव कुछ क्षणों के लिए भ्रमित हो गए। परंतु शीघ्र ही अपने धनुष को डंडे के रूप में प्रयोग करते हुए उस पर प्रहार करने लगे। परंतु यह आघात भालू का बाल भी बांका नहीं कर सके। उससे केवल उसके शरीर से कुछ धूल की सफाई हो गई। धनुष के डंडे के आघात

से मानो भालू प्रसन्न हो गया और उछलते हुए देव के अंगों पर आ गिरा।

अब दोनों में बाहुयुद्ध आरंभ हो गया। दोनों में से कोई भी बल में कम नहीं था इसलिए कोई भी किसी को पीछे हटाने में असमर्थ था। तब दोनों ओर से मुक्कों से प्रहार होने लगे। इससे देव कुछ विचलित हुए और चेतना खो बैठे तथा भालू उन्हें उठा कर शिखर से नीचे फेंकने के लिए तत्पर हुआ। ठीक इसी समय ब्रह्मवाणी की चेतावनी गूँज उठी - हे ऋचक, तुम भालू नहीं हो, देव के अंगों की सुरक्षा करो। तुम्हारा कार्य समाप्त हो गया है। अब वाक को मुक्ति देने के लिए ऋषि का रूप धारण किए हुए स्वयं सत्य आ गए हैं।

वीरता का आधिक्य होने के कारण युद्ध में भालू विजयी हुआ और देवात्मा को अचेत देखते हुए उन्हें नीचे फेंकने का उपक्रम कर ही रहा था कि उसी समय देव की रक्षा करने के लिए ब्रह्मवाणी सुनाई दी।

श्रीमद् देवायण के प्रथम खंड ब्रह्मकल्प में देवमंडल के अंतर्गत उशिज वर्ग में देव-दीर्घतमा संवाद में देव-ऋक्ष संग्राम नामक तृतीय संवर्ग का समापन।

।चौथा संवर्ग।

पिंगल वचन

युद्ध में विजयी भालू ने जब यह वाणी सुनी तब वह आश्चर्यचकित होकर देव को देखने लगा। कुछ क्षणों के लिए वह यथावत् खड़ा रह गया। तब धीरे-धीरे उसने देव को उतार कर शिखर पर रख दिया। इतने में अभीपुत्र सत्यदेव की चेतना लौट आई। उन्होंने विस्मय के साथ देखा कि भालू अब युद्ध नहीं कर रहा है और उसमें अब वैर-भाव दूर हो गया है और उसके स्थान पर मित्रता का भाव है। हे गजानन, तब देव ने इस प्रकार पूछा -

देव वचन

हे भालू, आज मैं युद्ध में तुमसे पराजित हो गया हूँ। मेरा अव्यर्थ अग्निबाण तुम पर व्यर्थ हो गया है। मेरी वीरता और पराक्रम से सभी शत्रु पराजित होते हैं। जिनका शरीर विकृत हो गया हो वे मेरे स्पर्श से मुक्ति प्राप्त करते हैं और पवित्र शरीर पाकर मेरी स्तुति करते हैं। इससे पहले मैं युद्ध में ग्रावाण से पराजित हुआ था। उसने मेरे सभी अस्त्रों को व्यर्थ कर दिया और मेरे सामने खड़ा हो गया। वह साँप मुझे निगलने जा रहा था कि मेरे सिर का स्पर्श करते ही उसने अपना सर्प का शरीर त्याग दिया। पवित्र देह पाकर उसने कहा, मैं साँपों के कुल का स्रष्टा हूँ, मैं उनका प्रजापति देवता हूँ। इस प्रकार साँपों के स्रष्टा को मुक्ति मिली। साँप के रूप में वह एक पराक्रमी और दुर्जय शत्रु था।

हे भालू, तुम्हें देख कर मुझे सभी प्रकार से विस्मय हो रहा है। तुमने अपने पराक्रम से मेरे बाण को व्यर्थ कर दिया। बाहुयुद्ध में मेरा स्पर्श पाकर भी तुम नहीं बदले। अब तक अपने पुराने शरीर में दिखाई दे रहे हो। तुम्हारी वीरता अजेय है तुमने मुझे उठा कर यहाँ रख दिया है। तुम्हारा परिचय क्या है?

ऋचक वचन

हे देव, मेरे इस कार्य से तुम्हें आश्चर्य क्यों हो रहा है। मैं ब्रह्मा का पुत्र ऋचक हूँ और सर्वजयी हूँ। परंतु हम यथोचित परिचय बाद में करेंगे। तुम जिस कार्य के लिए आए हो पहले उसे समाप्त करो। तुम्हारा कार्य समाप्त होने पर अपना परिचय दूँगा। हे देव, केवल तुम्हारे कारण मैं यहाँ रह रहा हूँ।

पिंगल वचन

भालू से यह सुन कर देव ने चकित हो कर कहा, तुम्हें कैसे ज्ञात हुआ कि मैं यहाँ किसी कार्य के लिए आया हूँ? पर्वत देखने के लिए मैं चारों दिशाओं में भ्रमण कर रहा हूँ और उसी के दौरान इस क्षेत्र में आया हूँ। देव की बात सुन कर भालू ने दृढ़ स्वर में कहा, आप तो ऐसी बातें कर रहें जिनसे लगता है कि जैसे साँस से फूँक कर रोओं को हिला रहे हों।

ऋक्ष वचन

पर्वत शिखर पर चलिए वहाँ आपका कार्य दिखाता हूँ। वहाँ तुषार में ढकी, अदृश्य रह कर वाक तपस्या में लीन है। अपनी शुद्धि के लिए उस स्थान पर महान तपस्या कर रही है। हे देव, उसे मुक्ति देने के लिए शीघ्र चलिए।

पिंगल वचन

देव से इतना कह कर भालू तुरंत चल पड़ा। उसके पीछे देव और दीर्घतमा चलने लगे। भालू ने कहा कि उसके साथ वहाँ तीन व्यक्ति थे।

ऋक्ष वचन

हे देव, देखिए आपके सामने जो आकृति है वह वाक है और पूरी तरह से तुषार से ढकी तपस्या कर रही है।

पिंगल वचन

इतना कह कर भालू ने बलपूर्वक गर्जन करते हुए अपने दाँतों से उस तुषार के टीले को तोड़ दिया। टूटे हुए तुषार के टीले से एक मूर्ति निकल आई। भालू ने देव को यह मूर्ति दिखाते हुए कहा -

ऋक्ष वचन

हे देव, तुषार से ढकी इस मूर्ति का स्पर्श करें, आपके स्पर्श से वाक की तपस्या भंग होगी और वह सचेतन हो जाएगी।

गंभीरता से भालू ने पर्जन्य देव के समान देव के लिए यह सद्वाक्य कहे, हे देवात्मा, पहले तुषार से ढकी वाक की मूर्ति का स्पर्श करें।

श्रीमद् देवायण के प्रथम खंड ब्रह्मकल्प में देवमंडल के अंतर्गत उशिज वर्ग में देव-दीर्घतमा संवाद में वाक दर्शन नामक चतुर्थ संवर्ग का समापन।

।पाँचवाँ संवर्ग।

पिंगल वचन

तुषार को हटा कर वाक की मूर्ति दिखाते हुए भालू ने अभिपुत्र से कहा कि वह अपने हाथों से उसका स्पर्श करें। हे गजानन, देव के स्पर्श से तुषार शीघ्र ही गल गया। तप भंग हो गया और वाक उठ कर खड़ी हो गई। वाक के अंगों से निकलता महातेज दिखाई दे रहा था जैसे पर्वत के शिखर पर नव प्रभात का सूर्य दमक रहा हो। देव को अपने सामने देख कर वाक ने उच्च स्वर में कहा - हे देव, मेरा तेज अपने मुँह पर ले लो। देव ने कहा - तुम अपना तेज मेरे मुँह पर दे दो, उसके बाद जगत से ऊपर सूर्य में प्रवेश करो। यह कह कर देव ने अपना मुँह आगे कर दिया। वाक उच्च स्वर में कहने लगी -

वाक वचन

मैं रुद्र हूँ, मैं वसु हूँ, मैं विश्व देवता आदित्य हूँ। मैं मित्र वरुण हूँ, मैं देवताओं की अधिपति इंद्र हूँ। मैं हुताशन अग्नि हूँ, मैं स्वयं अश्विनी देवता हूँ। मैं चन्द्र हूँ, मैं जगतस्रष्टा त्वष्टा हूँ। मैं पूषा हूँ, मैं भग हूँ। मैं हवि-दाता हूँ और हवि भी हूँ। मैं यज्ञ हूँ, यजमान हूँ और यज्ञ की पुरोहित हूँ। मैं राजा हूँ, राज्य हूँ और राज्य की अधिष्ठात्री हूँ। मैं यज्ञ में सबसे आगे हूँ और सभी देवों की प्रकाशक हूँ। हे देव, तुम्हारा यह जैसा रूप है, इसे मैंने ही प्रकाशित किया था।

सब देव-पुत्र हैं और वह अपने भविष्य के लिए सब-कुछ हैं। मैं अन्नदात्री हूँ और अन्न मैं ही देती हूँ। इस जगत में अन्न द्‌वारा सभी के प्राणों की पुष्टि करती हूँ। मेरे द्‌वारा प्राणियों का सुपालन किया जाता है। मैं श्रोता हूँ और श्रुति भी हूँ, सभी श्रुतियाँ मेरे द्‌वारा रची गई हैं। मैं अकेली हूँ, सर्वव्यापी हूँ और सभी व्यक्तियों में विराजती हूँ।

देवता और मनुष्य मेरे लिए अलग नहीं हैं, मैं नित्य हूँ और नवीन हूँ। मेरे धनुष द्‌वारा ब्रह्मद्‌वेषियों का विनाश किया जाता है। मैं रुद्र के तीरों से आघात करती हूँ और रुद्र के लिए घात करती हूँ। मैं सभी व्यक्तियों की शांति हूँ और चराचर में व्याप्त हूँ। इस पूरी पृथ्वी पर

सभी की शांति की स्वरूप हूँ। मैं सभी पिताओं से ऊपर सृष्टि की परिचालक हूँ। मेरी योनि के जलाशय में सृष्टि-क्षेत्र महा समुद्र है। भुवन, और जगत विश्व इसी के जल पर प्रतिष्ठित हैं। उत्पत्ति का हेतु निश्चित करने के लिए मैं सभी को प्रसारित करती हूँ। मैं वायु की स्वरूप हूँ और सभी के प्राणों में प्रवाहित होती हूँ। इसी तरह तीनों भुवनों की रक्षा करती हुई घूमती हूँ। स्वर्ग से ऊपर, जगत से ऊपर और उससे भी ऊपर, मैं रहती हूँ। स्वर्ग में, जगत में और इन दोनों में यही स्मृति है।

पिंगल वचन

वाक का महातेज उसके वाक्यों के साथ बाहर निकल आया और यह तेज देव के मुख में समा गया। देव ने इस महातेज को अपनी जीभ पर दृढ़ता से धारण किया, उसकी सुंदर भाषा दाँतों और ओठों से प्रकाशित होने लगी। उस महातेज को धारण करने के बाद देव ने कहा, वाक तुमने सत्य कहा है, तुम सभी वेदों की ज्ञात्री हो। इसे कहने में कोई संशय नहीं है कि तुम पूरे जगत में व्याप्त हो। हे वाक, तुमने अपने तप की शक्ति मुझे प्रदान की है। यह वाक्य मेरे मुँह पर महातेज बन कर चमक रहा है। मेरा निवेदन यही है कि इसके बाद हे वाक, तुम कुछ कहो।

तप के तेज के बाहर निकल आने की बात देव के मुख से सुन कर वाक ने देव के आगे सिर नवाया। अम्भृणी की कन्या वाक, ने देव के मुँह पर ध्वनि के आनंद से उत्पन्न चैतन्य शक्ति दी। देव के कर्मी सर्वत्र व्याप्त थे, इससे सभी दिशाओं में देव को अलग प्रतिष्ठा मिली।

श्रीमद् देवायण के प्रथम खंड ब्रह्मकल्प में देवमंडल के अंतर्गत उशिज वर्ग में देव-दीर्घतमा संवाद में वाक आत्म-प्रकाश नामक पंचम संवर्ग का समापन।

।छठा संवर्ग।

वाक वचन

मैं नक्त द्‌वारा दूषित और सत्य द्‌वारा परित्यक्त हूँ। फिर से सत्य के पास पहुँचने के लिए मेरा मार्गदर्शन करो। सत्य के पहले घर से बाहर निकल कर, सत्य को मन में रख कर अपनी इच्छा से इधर-उधर घूम रही थी। इतने में अचानक किसी ने पीछे से आकर पकड़ लिया। हे महात्मन, यह कैसे हुआ मुझे इसका ज्ञान नहीं है केवल यही याद है कि मुझे तेजी से ले जाया जा रहा था। कदाचित इतनी तेजी से सत्य कभी नहीं चलते थे। फिर भी इस तेज गति से मैं प्रसन्न थी। इस प्रकार चलते हुए कुछ समय बाद मैंने देखा कि मैं सत्य की पुरी से बाहर आ गई हूँ और गलत मार्ग पर जा रही हूँ।

हे देव, तब मैं इस बात से चैतन्य हुई और मुझे अनुभव हुआ कि मुझे बहुत तेजी से ले जाया जा रहा है। यह तेजी देख कर मैं मुक्त होने का प्रयास करने लगी। परंतु सत्य की पुरी में लौटने के मेरे सभी प्रयास व्यर्थ कर दिए गए। भ्रम के कारण मुझे इसका ज्ञान नहीं हुआ कि सत्य के छद्मवेश में कोई मुझे ले जा रहा था। जब मेरे मन में यह बात आई कि मैं किसी अन्य व्यक्ति द्‌वारा ले जाई जा रही हूँ तब मैंने अपने बल से स्वयं को मुक्त करना चाहा।

जाने के मार्ग में मैं उसके मार्ग में दृढता से खड़ी हो गई। परंतु उस स्थान पर मैंने जितने भी प्रयास और यत्न किए उसे व्यर्थ करते हुए मुझे बलपूर्वक ले जाया जा रहा था। उस स्थान पर मैं क्षण मात्र के लिए भी स्थिर नहीं रह पा रही थी। अपने शरीर में बल के लिए मैं बार-बार सत्य को याद कर रही थी। परंतु उसका ध्यान करने के लिए एक क्षण का भी अवकाश नहीं था। मैं प्रयत्न कर रही थी परंतु इतनी तेजी से चलाए जाने के कारण कुछ भी सोचना संभव नहीं था।

तब मैंने देखा कि मैं घने अरण्य से हो कर ले जाई जा रही हूँ। चारों ओर दूर-दूर तक लता-गुल्म फैले हुए थे। उन्हें हाथ से पकड़ते ही वे टुकड़े-टुकड़े हो जाते थे। मैं बहुत दृढ़ लताओं-गुल्मों या शाखाओं को

पकड़ती थी वे भी घास के समान छिन्न हो जाते थे। मुझे आश्चर्य हुआ कि वे लताएँ तो मेरे हाथों से मजबूत थीं तब मेरी बाहें क्यों नहीं टूटती और वह शाखाएँ और लताएँ टूट रही थीं। तब मैंने देखा कि जिन्हें मैं पकड़ती थी वह बाहुबली उन लताओं और शाखाओं को तुरंत तोड़ देता था।

असहाय अनुभव करते हुए मैं सत्य को पुकारने लगी, हे सत्य मेरी रक्षा करो, यह दुष्ट मुझे बलपूर्वक ले जा रहा है। हे सूर्य, शीघ्र अपना तेज प्रकाशित करो। तुम शीघ्र आकर अपनी वाक की रक्षा करो। पता नहीं कौन दुष्ट मुझे पीछे से पकड़ कर बलपूर्वक ले जा रहा है उसका उद्देश्य मुझे ज्ञात नहीं है। हे प्रिय, मेरी रक्षा करो। असहाय अवस्था में यही वाक्य मेरे मुँह से निकल रहे थे।

इस समय नक्त ने स्वयं को प्रकट करते हुए कहा, हे परम सुंदरी मेरे मन में तुम्हारा संग पाने की इच्छा है। मेरी सृष्टि प्रकाशित करने के लिए सहमत हो जाओ। तुम्हारे गर्भ से जन्म लेने वाला पुत्र सारे जगत में प्रिय होगा। मेरी इच्छा है कि विद्वानों के बीच मेरे पुत्र की पूजा की जाए। हे वाक, सृष्टि के हेतु तुम्हारा संग करने की इच्छा है। इसी कारण छद्म वेश धारण कर सत्य की पुरी में जाकर मैंने तुम्हारा हरण किया है। हे वाक, सृष्टि धारण करने के लिए तुम्हारी उत्पत्ति स्त्री कुल में हुई है। मेरा तेज धारण करते हुए मुझे तुष्ट करो।

यह सुनते ही मेरे मन में बहुत क्रोध हुआ और असहनीय दुःख हुआ। क्षोभ और क्रोध के कारण मेरी आँखों से अविरल आँसू बहने लगे। वह महा बलवान पुरुष था और मैं दुर्बल नारी इसलिए मै उससे मुक्ति के लिए अनुरोध करने लगी। मीठे वचन बोल कर काम निकालने के लिए मैंने नक्त से कहा - हे नक्त, सृष्टि करने के लिए सभी की अपनी अलग-अलग पत्नी होती है। यह ब्रह्मा द्वारा निर्धारित था इसलिए मैं सत्य की प्रेयसी हूँ। मेरा गर्भ सत्य का तेज धारण करने के लिए प्रस्तुत है। किसी अन्य का गर्भ धारण करने के लिए ब्रह्मा की आज्ञा नहीं है। इसलिए हे नक्त, मुझे तुरंत सत्य के घर सुरक्षित पहुँचा दो। मैं निश्चित रूप से तुम्हारे दोषों को क्षमा कर दूँगी।

हे महात्मन इस पर नक्त ने गंभीर होते हुए उत्तर दिया, मैं अपने बल का प्रयोग करूँगा और तुम्हें बलपूर्वक गर्भ प्रदान करूँगा। जैसे ही

मैंने यह सुना मेरा क्रोध उबल कर बाहर आ गया। इस दुष्ट से लड़ने के लिए मैंने अपना पराक्रम दिखाया। नक्त पर घूसों और लातों से आघात करते हुए उसे लांछित करने लगी। इस पर नक्त अत्यंत कुपित हुआ और उसने मुझे गिरा कर बलपूर्वक अपने तेज से मुझे गर्भ दे दिया। उस दुष्ट के द्वारा तेज दिए जाने पर मैं समझ गई कि मेरे अंदर दुष्ट के तेज का प्रवेश हो गया है।

इसी समय ब्रह्माजी के मुँह से नक्त - नक्त की गर्जना सुनाई दी जिससे नक्त डर गया। अपने तेज के क्षय होने के भय से वह काँप उठा और इस स्थान को छोड़ कर भाग खड़ा हुआ। मुझे पता नहीं कि ब्रह्माजी को कैसे अपने घर में ही इस बात का ज्ञान हो गया था जबकि स्वयं मुझे पता नहीं था कि नक्त मुझे किस रास्ते से हर कर लाया था। मुझे इस पर आश्चर्य हुआ। अतएव यथासंभव शीघ्र मैं स्रष्टा के सामने जा पहुँची और उनके चरणों में नक्त के कुकर्म के बारे में निवेदन किया। इस पर ब्रह्माजी ने कहा कि इस गर्भ का त्याग करो। स्रष्टा की आज्ञा पर मैंने गर्भ परित्याग किया। इसके बाद स्रष्टा के कहने पर अपनी शुद्धि के लिए तप करने के लिए यहाँ आ कर रहने लगी। अब बताओ कि मुझे शुद्धि के लिए क्या करना पड़ेगा।

हे देव, अपनी शुद्धि के लिए इस अशुद्ध शरीर के साथ इस तपस्या में मग्न हुई थी। नक्त के तेज के स्पर्श से मेरा गर्भांग दूषित हो गया है। हे शुभ, इस दोष से मुक्ति के लिए तुमसे कह रही हूँ।

श्रीमद् देवायण के प्रथम खंड ब्रह्मकल्प में देवमंडल के अंतर्गत उशिज वर्ग में देव-दीर्घतमा संवाद में वाक आत्म निवेदन नामक षष्ठ संवर्ग का समापन।

।सातवाँ संवर्ग।

पिंगल वचन

वाक की बात समाप्त होने पर दीर्घतमा ने कहा, हे वाक, जब नक्त आपको ले जा रहा था, मैंने देखा था। मैंने ही स्रष्टा से नक्त के इस कुकृत्य के बारे में निवेदन किया था। इसी पर स्रष्टा नक्त-नक्त कह कर उच्च स्वर में पुकार रहे थे। इसके बाद मैंने आपकी शुद्धि के बारे में सुना। उसके बाद नक्त के कुल को दंड देने के लिए सत्य का जन्म हुआ। उस समय मैं घर छोड़ कर ध्यान में लग गया। सत्य के रूप के उद्भव के लिए मैं निरंतर तपस्या कर रहा था। आज देव आए हैं और मेरी तपस्या पूरी हो गई है। हे देव, अब वाक को शुद्धि प्रदान कीजिए जिससे मै भी मुक्त हो जाऊँ। दीर्घतमा ऋषि से यह सुन कर देव के मुँह पर मंद मुस्कान छा गई और वे वाक से कहने लगे -

देव वचन

हे वाक आपके तेज से मैं तेजवान हो गया हूँ। मैं जगत से ऊपर विराजता हूँ। मैं स्वयं सूर्य हूँ। आपकी शुद्धि के लिए मैं जो कहता हूँ उसे ध्यान से सुनिए। आप सृष्टि में अक्षराप जगत में व्याप्त हो कर रहेंगी। यह सत्य है कि आपका दर्शन दुर्लभ होगा। जब नए स्रष्टा जगत की सृष्टि करेंगे तब भी केवल अक्षर के दर्शन से ही जगतवासियों को मुक्ति मिलेगी। अपनी सारी अशुद्धियों को तुरंत निष्काषित कीजिए। इसे जगतवासियों को स्वप्न में सुरक्षित रखने के लिए दे दीजिए। अशुद्धि मिलने पर मनुष्य स्वप्न में प्रचालित होंगे। नक्त के द्वारा दिया गया दोष इनके स्वप्नों को प्रदूषित करेगा।

पिंगल वचन

देव से यह सुनकर वाक हर्ष-विभोर हो गई। उसके शरीर में नक्त का दोष था वह पूरा बाहर निकल गया। इसे उसने जगत में फेंक दिया और दोषमुक्त हो गई। सत्य के स्पर्श से पवित्र होकर वह जगत से

ऊपर चली गई। वाक की शुद्धि देख कर दीर्घतमा और उनके साथ कक्षीवान को भी प्रसन्नता हुई। अब भालू अभिपुत्र से कहने लगा -

ऋक्ष वचन

हे देव, इसके बाद अब मेरे रूप का दर्शन करो। वाक को मुक्ति दिए जाने के साथ ही मेरा कार्य समाप्त हो गया है। मेरी ज्ञानयुक्त बातें सुन कर तुम्हें कौतुहल हुआ था तथा मेरी वीरता और पराक्रम देख कर तुमने पूछा था कि मेरा यह भालू का रूप क्यों था और तुम्हारे स्पर्श से मुझे मुक्ति क्यों नहीं मिली। किस तरह एक अपराजित व्यक्ति भालू के हाथों पराजित हो गया था। हे देव, आश्चर्य के साथ आज मेरे दिव्य रूप का दर्शन करो।

देव वचन

इस प्रकार कह कर उसने भालू का रूप त्याग दिया और ब्रह्म-नंदन ऋचक ने अपना दिव्य रूप धारण कर लिया। उनके चार मुख और चार भुजाएँ सूर्य के तेज से उज्ज्वल थे। उनके अंगों का रंग सूर्य के समान था। वह पीले वस्त्र पहने और उत्तरीय ओढ़े हुए थे। दिव्य मालाओं और आभूषणों से शरीर सुशोभित था। उनकी आँखें बड़ी-बड़ी थीं और मृदु मुस्कान के साथ वे देव को देख रहे थे। हे गजानन, उनके दर्शन से हर्षित हो कर महर्षि दीर्घतमा देव से इस प्रकार कहने लगे -

दीर्घतमा वचन

हे देव, आप जिन्हें दिव्य आभूषणों और वस्त्रों से सुसज्जित और दिव्य सुगंध से युक्त अपने सामने देख रहे हैं यही देवता ब्रह्मा जी के पुत्र महाबाहु ऋचक हैं। आप स्वयं अपनी आँखों से देख लीजिए यह सभी तेज तथा स्वर्ग की सृष्टि धारण करते हैं। ऋचक ब्रह्मा से उत्पन्न हुए हैं और इनका देवताओं वाला रूप अत्यंत अद्भुत है।

पिंगल वचन

जब देव से दीर्घतमा यह कह रहे थे तब ऋचक की मधुर ध्वनि सुनाई देने लगी।

ऋचक वचन

हे देव, मैं ऋचक हूँ और ब्रह्मा के नाद से मेरी उत्पत्ति हुई है। सभी देवताओं को धारण करने के लिए मेरी सृष्टि की गई थी। मैं यहाँ वाक की रक्षा करने के लिए भालू के रूप में रहता था। अब वाक को मुक्ति मिल गई है और मैं भालू का रूप त्याग करते हुए उस स्थान पर जा रहा हूँ जहाँ देवता और ऋषि मिल कर कार्य करते हैं। वहाँ तेज और वीर्य को एकत्रित करते हुए देवत्व के गुणों का कीर्तन किया जाता है। जहाँ ऋषिगण मंत्रों का जप करते हैं उस तपोवन में मैं रहता हूँ। जिस स्थान पर देवता रहते हैं वहाँ अवांछित तत्व ऋषियों के वाक्य प्रकाशित करने के लिए युद्ध के लिए तत्पर रहते हैं, वहाँ रह कर मैं सदा विघ्न और अमंगल दूर करता हूँ। परमानंददायक सत्य का प्रकाश धीरे-धीरे होता है। विभिन्न रूपों से तत्व को प्रकाशित करने के लिए मैं जिस क्षेत्र में रहता हूँ, हे देव, उस स्थान पर गूढ़ तत्वों को स्पष्ट किया जाता है। जहाँ मैं रहता हूँ वहाँ ऐसा कुछ भी नहीं है जो समझ में नहीं आए। वहाँ शरत-काल के आकाश के समान सब कुछ स्वच्छ है। मन में बिना किसी संशय के निवास करता हूँ। जिनके वाक्यों के तेज से सत्य प्रकाशित होता है, वहाँ भविष्य का प्रदर्शन करने के लिए स्वयं मैं रहता हूँ। देवों, ऋषियों और त्रिकालदर्शी कवियों का मैं पालन करता हूँ। यही मेरा परिचय है।

भुवन में पुण्य और धर्म में मैं सर्वत्र रहता हूँ। अपने तेज से कर्म में दुर्बुद्धि का नाश करता हूँ। मनुष्यों के मंत्र, ध्यान और यज्ञ में उनके शुभ और कल्याण की कामना करते हुए निर्देशित करता हूँ।

श्रीमद् देवायण के प्रथम खंड ब्रह्मकल्प में देवमंडल के अंतर्गत उशिज वर्ग में देव-दीर्घतमा संवाद में ऋचक आत्म प्रकाश नामक सप्तम संवर्ग का समापन।

।आठवाँ संवर्ग।

पिंगल वचन

ऋचक जब यह कह कर मौन हो गए तब देव, दीर्घतमा और कक्षी मधुर स्वर में कहने लगे - हे महात्मन ऋचक, आपने अपना जो परिचय दिया है उसे हम सत्य मानते हैं। आप सभी के अंदर निवास करते हैं। आप सत्य के प्रकाशक हैं। जिन मंत्रों को देवता और ऋषि प्रसन्नतापूर्वक प्रतिष्ठित करते हैं, आप उन मंत्रों को धारण करते हैं। आपने वाक की सुरक्षा की है। आप वाक्यों का तेज बढ़ाते हैं। जब वाक प्रदूषित हो गई थी तब आपने भालू का रूप धारण किया था। केवल वाक्य दोष से आप गर्जन करते थे। जब वाक को शुद्धि प्राप्त हुई और वह परम में प्रतिष्ठित हो गई, तब आपने प्रसन्न हो कर अपना दिव्य रूप धारण किया। आज के अच्छे कार्य से यह प्रत्यक्ष हो गया है और इससे सत्य प्रमाणित हो गया है।

आपने स्वयं कहा है कि आप धर्म का पालन करते हैं। जिसका स्वयं प्रचार किया जाए उससे अधिक सत्य और क्या हो सकता है। किसी सत्पुरुष के स्वजन इस प्रकार कहते हैं जैसे यह क्षमता उनकी अपनी है। आप निश्चित रूप से सत्पुरुष हैं क्योंकि आपकी उत्पत्ति ब्रह्मा से हुई है। आपको अपना स्वजन मान कर हमें अत्यंत हर्ष हो रहा है। आप कर्म के प्रचालक हैं और सभी दुर्बुद्धियों के विनाशक हैं। आपके तेज से सज्जन सदबुद्धि प्रकाशित करते हैं।

आप मंत्रों में नित्य निवास करते हैं और मंत्रों की सुरक्षा करते हैं, ध्यान विमग्नता और एकाग्रचित्तता प्रदान करते हैं। मन चंचल नहीं हो और परम में समाहित होकर परमानंद में डूब जाए, यह केवल आपके तेज से ही संभव होता है। यह स्वाभाविक है कि एक ही बात को बार-बार कहने पर जीभ थक जाती है। परंतु जब आपकी दया होती है तब वही जीभ एक ही बात को प्रसन्नतापूर्वक बार-बार कहती है। जिस स्थान पर परम में अपना चित्त अर्पित करने में बहुत सी बाधाएँ सामने आती है, स्वार्थ और भोग के मोह में पड़ कर जब अग्नि निष्प्रभ

हो जाती है, तब अपनी महानता द्वारा आप अग्नि प्रज्ज्वलित करते हैं और लोगों के चित्त को समर्पण में लीन करते हैं। इन सभी महान कर्मों के कारण आपकी महानता प्रतिष्ठित है। हम सभी क्षेत्रों में आपको बार-बार प्रणाम करते हैं। इस प्रकार प्रार्थना करने के बाद जब तीनों मौन हो गए तब ऋचक ने मेघ के समान गंभीर स्वर में कहा -

ऋचक वचन

हे दीर्घतमा, कक्षी और देव तुम्हें सत्य का ज्ञान हो गया है और मैं तुम्हारे सत्यवचन से प्रभावित हूँ, तुम अपनी इच्छा के अनुसार वर माँगो।

दीर्घतमा वचन

हे महात्मन ऋचक, यदि आप वर देना चाहते हैं तब यह वर दीजिए कि जब इस चराचार में सत्य देवता प्रकट नहीं रहेंगे और कलि के महान अंधकार में सृष्टि प्रलय के समीप होगी तब आप ऋषिकुल की सुरक्षा का कार्य ग्रहण करेंगे।

ऋचक वचन

दीर्घतमा, तुम महान हो क्योंकि तुमने यह महत्वपूर्ण बात कही है। हे महामति, जब सत्य जगत में प्रकट नहीं होंगे तब मैं विशाल प्रलय में सबके साथ प्रवेश करूँगा और सब को अपने अंगों में धारण करते हुए सबकी रक्षा करूँगा। फिर से सत्य के प्रकट होने पर वे मेरे अंगों से बाहर निकलेंगे। केवल तुम जगत के हित के लिए देव तत्व का उद्गीत करो। देखो कि भविष्य में यह देह सबको किस प्रकार धारण करेगा। हे महामति, देव ऋषि के साथ सत्य की सृष्टि करो।

पिंगल वचन

इतना कह कर ऋचक ने विराट देह धारण किया जिसके प्रत्येक स्तर में महान सृष्टि समा गई थी। पहले स्तर पर सभी ऋषि विभिन्न दिशाओं में रह रहे थे और अपने-अपने आराध्यों की उपासना कर रहे थे। दूसरे में केवल उद्गीत मंत्र था। नाना प्रकार के वंश अलग-अलग अपनी विशिष्टताओं की सुरक्षा कर रहे थे। तीसरे में मित्र, चौथे में

गौतम, पाँचवें में आत्रेय और छठे में भरद्वाज दिखाई दिए। सातवें में वशिष्ठ थे तो आठवें में काण्वेय थे, नौवें में मिले-जुले थे, दसवें में आंगिरस थे, इस प्रकार सभी उस स्थान पर सब अलग-अलग रह रहे थे।

वहाँ तरह-तरह के तपोवन थे और तरह-तरह के दृश्य दिखाई दे रहे थे। चारों दिशाएँ नाना प्रकार की सुगंधों से परिपूर्ण थीं। कोई वन सूर्य के तेज से प्रभावित था तो किसी वन में पवन और चन्द्रमा उज्ज्वलता दे रहे थे। कोई वन विष्णु से प्रभावित था तो कोई वन रुद्र के महान तप से प्रभावित था। सभी वनों में इंद्र, अग्नि और वायु देवता थे। वरुण और मित्र देवता बहुत से वनों में दिखाई दे रहे थे। किसी वन में अश्विनी देवता तो किसी वन में विश्वदेव दिखाई दे रहे थे। इसी प्रकार स्थान-स्थान पर देवियाँ विराजमान थीं। उन सभी का एक साथ दर्शन होने पर बार-बार रोमांच हो रहा था।

दीर्घतमा और कक्षी ऋचक के चरणों में गिर पड़े और कहने लगे, आप विद्वानों को सुरक्षा प्रदान करते हैं, हे ऋक, हम सर्वदा आपका नमन करते हैं। हम यह सोच रहे हैं कि आपके आदेश से कैसे तप सार्थक हो जाते हैं। ऋषियों के प्रश्न पर ऋक के कंठ से यह सुनाई दिया, हे दीर्घतमा और कक्षी सुनो, तुम्हें एक गोपन तत्व बता रहा हूँ, इस तत्व को सर्वदा अपने अंतर्मन में धारण किए रखना। इसे याद रखने पर तुम्हें हमेशा अनुभव होगा कि तुम्हारा पथ प्रदर्शन करने के लिए मैं सदैव तुम्हारे साथ रहता हूँ। यदि तुम्हारे मन में कोई समस्या उत्पन्न होगी तब मैं उसका स्वयं समाधान करूँगा। आज तुम्हारे लिए मेरी आज्ञा है कि तुम सत्यदेव को छोड़ दो और जा कर कालचक्र के स्थान पर रहो। इसके बाद देव आएगा। देव के साथ मुझे एकांत की आवश्यकता है।

उनकी बात सुन कर दीर्घतमा प्रसन्न चित्त के साथ देव को वाक श्रृंग पर छोड़ कर तेजी से कालचक्र की ओर प्रस्थान कर गए।

श्रीमद् देवायण के प्रथम खंड ब्रह्मकल्प में देवमंडल के अंतर्गत उशिज वर्ग में देव-दीर्घतमा संवाद में ऋक वार्ता नामक अष्टम संवर्ग का समापन।

-उशिज वर्ग का समापन-

।।सारस्वत वर्ग।।

।पहला संवर्ग।

ऋचक वचन

हे देव, तुमने मेरा वास्तविक रूप देखा है। मैंने अपना सच्चा परिचय तुम्हारे सामने प्रदर्शित किया है। इसके बाद मैं जो कह रहा हूँ इसे ध्यान में रखो क्योंकि यह तुम्हारे कार्य के लिए प्रयोजनीय हो सकता है। परब्रह्म ने जब स्रष्टा वाच्य का रूप धारण किया था, तब उनके महानाद से यह सृष्टि प्रकाशित हुई। उनके चारों मुखों से महाशब्द निकल रहा था। उन्होंने तेज-मंडल की सृष्टि की जिससे सभी प्रकार के अंधकार का विनाश हो गया। इसका निरीक्षण करते हुए जो मैं कह रहा हूँ उसे सुनो। जैसे पहले सृष्टि की गई थी उसी तरह नई सृष्टि भी की गई। मेरे मुख से जो वाक्य निकले वह सभी महान तेज से भरे थे। कश्यपादि मुनियों ने उस समय पिता से पूछा, यह नई सृष्टि प्रकाशित की जा रही है इसका कारण क्या है, कृपया हमें बताइए यह किसके लिए है और इसका नाम क्या है।

इसके उत्तर में परब्रह्म ने कहा - हे प्रजापति, देखिए, आपकी सृष्टि को प्रकाशित करने के लिए इस संज्ञा को साकार किया गया था। नई सृष्टि प्रकाश करतें समय आप इसे नित्य देखेंगे। यह सृष्टि मन से उत्पन्न हुई है। इसमें सत्य और असत्य, हित और अहित का निर्णय करने के लिए देवता इस वेद पर निर्भर रहेंगे। यह प्रत्येक जन के जानने योग्य है। इसे देखिए, मेरे पूर्व के मुख से ऋग्वेद निकला है। वह सब प्रकार से तेजस्वी और बलशाली हैं। दिव्य सृष्टि का प्रकाश करते हुए जब आप प्रश्न करेंगे तब ऋक का वाक्य तत्काल उसका उत्तर देगा, क्योंकि इसमें ऋक की बात सबसे महत्वपूर्ण होगी। जब मेरे पुत्र, ऋक मौन रहेंगे तब आप भी नीरव रहेंगे क्यांकि ऋक मेरे समान सर्वज्ञ हैं। इस कार्य में मेरा कोई भी श्रेय नहीं है क्येंकि इसका विधान मैंने ऋक से लिया है। सृष्टि करने के लिए मैंने उसे अपने स्थान पर विधिवत प्रतिष्ठित किया है। सभी वेदों में ऋक ही सभी

विधान देता है। इसलिए इसके शब्द सर्वदा ग्रहण करने योग्य हैं और सभी को मान्य है। ऋक का अतिक्रमण करते हुए यह सृष्टि कदापि नहीं की जाएगी। ऋक मेरा प्रिय है और वह सर्वदा मेरे समान ही पूज्य हैं।

देखिए, उत्तर मुख से सामवेद प्रकट हो रहा है। इसके ध्वनि छंदों का निर्णय उद्गीत विधि से किया गया है। उद्गीत सामवेद का अतिक्रमण कभी नहीं करेगा। ह्रस्व और दीर्घ मात्राओं के उच्चारण से सामवेद के वाक्य यही कहते हैं। याद रखिए कि यही वह छंद है जो संपूर्ण जगत में व्याप्त है।

इसके बाद देखिए, पश्चिम मुख से यजुर्वेद प्रकट हो रहा है। आप सभी यज्ञ करते समय यजुर्वेद का अनुसरण करेंगे। यदि किसी यज्ञ को यजुर्वेद के अनुसार नहीं किया जाता है, तब वह यज्ञ मुझे प्रिय नहीं है। यजुर के अनुसार यज्ञ किया जाए, यही मेरी इच्छा है। यजुर्वेद को मेरा प्रिय मानिए।

अब देखिए, दक्षिण मुख से अथर्ववेद निकल रहा है। जगत के स्वास्थ्य की सुरक्षा के लिए अथर्व मुझे प्रिय है। अथर्वण में जो विधियाँ दी गई हैं उनका प्रयोग करने पर शरीर निरंतर स्वस्थ रहता है। शरीर सृष्टि के लिए अथर्व के विधान का प्रयोग होता है। जिस वाक्य से अथर्वण भी मौन और निरुत्तर हो जाता है, उस कार्य में कोई भी प्रयास कभी भी सुखप्रद नहीं होता। इतना कह कर स्रष्टा वहाँ से तुरंत अदृश्य हो गए। तब सभी प्रजापति मुझसे प्रश्न करने लगे। मैंने उत्तर में यही कहा कि जैसा कहा गया है उस सृष्टि के लिए मैं उद्यम करता हूँ। सृष्टि करने के लिए तथा उसका पालन करने के लिए मैं स्रष्टा की उपासना करता हूँ।

पिंगल वचन

इस प्रकार कह कर जब ऋक नीरव हो गए तब उनके सामने सिर झुकाते हुए देव ने यह कहा -

देव वचन

हे ऋक, मैं जानता हूँ कि आप सभी वेदों में श्रेष्ठ हैं। इसमें जो जानने योग्य बातें हैं आज उन्हें आप स्वयं कह कर सुनाइए।

जगत में ऋक सभी के द्वारा सुना जाने योग्य वेद है। जब अभीपुत्र ने जानने योग्य बातें पूछी तब इस सुंदर कथन को सुन कर ऋक के अंतर्मन में प्रसन्नता हुई।

श्रीमद् देवायण के प्रथम खंड ब्रह्मकल्प में देवमंडल के अंतर्गत सारस्वत वर्ग में श्री देव-ऋचक संवाद में वेदोद्भव वार्ता नामक प्रथम संवर्ग का समापन।

।दूसरा संवर्ग।

ऋचक वचन

हे देव, मेरे बारे में जो भी जानने योग्य बातें हैं उन्हें सुनो। सप्तधा ज्ञेय को त्रिसप्त में विभाजित किया गया है। इन्हें क्रमानुसार कहता हूँ, ध्यान से सुनो। देवताओं और ऋषियों सहित, छंदों और स्वरों को सात भागों में विभाजित करने के बाद भी बहुत कुछ रह जाता है। पहले मेरे अंग के दस स्तरों को देखो। इसके बाद सभी को एक साथ देखना। हे देव, मैं जिस प्रकार पूरे जगत में स्थित हूँ, उसमें देवता, ऋषि, छंद और स्वर भी सम्मिलित हैं।

सात छंदों का वर्णन गायत्री, उष्णिक, अनुष्ठुभ, बृहति, पंक्ति, त्रिष्ठुप और जगती के रूप में किया गया है। सात ऋषियों में कश्यप के साथ, अंगिरा, अत्रि, गौतम, भरद्वाज, वशिष्ठ और कण्व हैं। इसी प्रकार सात देवताओं में इंद्र, चन्द्र, अग्नि, विश्वदेव, बृहस्पति, आदित्य और मित्र-वरुण हैं। सात वर्णों में बैंगनी, पीला, लाल, नीला, काला, हरा और सफेद मूल वर्ण हैं। इसी प्रकार षडज, ऋषभ, गांधार, मध्य, पंचम, निषाद और धैवत, सात स्वर हैं।

गायत्री षडज स्वर और लाल वर्ण में मानी जाती हैं। अग्निदेव और अंगिरा ऋषि एक साथ रहते हैं। बृहति मध्यम स्वर में काले रंग में माना जाता है। ऋषभ स्वर में उष्णिक पिशंग वर्ण का माना जाता है।

सूर्यदेव और भरद्वाज एक स्थान पर प्रतिष्ठित हैं। गांधार राग में अनुष्ठुभ छंद को पीला माना जाता है। चन्द्रदेव तथा अत्रि एक ही स्थान पर प्रतिष्ठित हैं। मध्य स्वर में बृहति को काले रंग में माना जाता है। गौतम और बृहस्पति एक साथ प्रतिष्ठित हैं। पंचम स्वर में पंक्ति नीला माना जाता है। वशिष्ठ मित्र और वरुण एक साथ रहते हैं। धैवत स्वर में त्रिष्ठुप सित वर्ण में विचार किया जाता है। कश्यप और इंद्र देवता एक साथ प्रतिष्ठित हैं। निषाद स्वर में जगती को हरे रंग में माना जाता है। विश्वदेव और ऋषि कण्व एक साथ प्रतिष्ठित हैं।

इन सात महाछंदों में सात देवताओं और सात ऋषियों का मंडल है। जिस प्रकार यह छंद निकले हैं, इसे अपने ध्यान में धारण करो। कहा जाता है कि जगती छंद चौवालिस अक्षरों से बना है। इसके बाद मैं चार-चार अक्षरों से बढ़ाए गए छंद कहता हूँ। हे देव, जब जगती को और भी चार अक्षरों से बढ़ाया जाता है तब यह बावन अक्षरों का अति जगती छंद बन जाता है। जब अति जगती को चार अक्षरों से बढ़ाया जाता है तब यह छप्पन अक्षरों का शक्करी छंद बन जाता है। जब शक्करी छंद को चार अक्षरों से बढ़ाया जाता है तब यह साठ अक्षरों का अति शक्करी छंद बन जाता है। इसके बाद अति शक्करी अक्षर चार अक्षरों से बढ़ कर चौंसठ अक्षरों वाला अष्टि नामक छंद बन जाता है। जब अष्ठि छंद को चार अक्षरों से बढ़ाया जाता है तब यह अड़सठ अक्षरों वाला अति अष्टि छंद बन जाता है। जब यह अत्याष्टि छंद चार अक्षरों से बढ़ाया जाता है तब यह बहत्तर अक्षरों वाला धृति नामक छंद बन जाता है। जब धृति छंद को चार अक्षरों से बढ़ाया जाता है तब यह अठत्तर अक्षरों वाला अति धृति छंद बन जाता है। यह सातों बड़े छंद कंठ में रहते हैं।

देव, वर्ण, ऋषि और स्वर का क्रम इसी प्रकार का है। अति जगती अत्यंत उज्जवल लाल रंग का है। इसकी ध्वनि अंगिरा और अग्नि के साथ षडज के अंतर से होती है। भरद्वाज और सूर्य एक साथ रहते हैं। छंद अति शक्करी दिन के समान पीले रंग से चमकता है। अष्टि छंद का मध्यम के अंतर से रात्रि के रंग से विचार किया जाता है, गौतम और बृहस्पति एक साथ रहते हैं। अत्याष्टि को पंचम अंतर से गाढ़े

नीले रंग में विचार किया जाता है, वशिष्ठ, मित्र और वरुण एक साथ प्रतिष्ठित हैं। धृति धैवतांतर से उज्ज्वल सफेद रंग, कश्यप और इंद्र एक साथ रहते हैं। अति धृति हरे रंग का और निषाद मध्यम स्वर में होता है, विश्वदेव और कण्वेय एक साथ रहते हैं।

स्मृति के अनुसार अब मैं अन्य सात छंदों का वर्णन करता हूँ। जब अति धृति को चार अक्षरों से बढ़ाया जाता है तब इसे कृति कहा जाता है और इसमें अस्सी अक्षर होते हैं। अब मैं क्रमानुसार दूसरे छंदों का वर्णन करता हूँ, इन्हें ध्यान में रखो। कृति छंद को जब चार अक्षरों से बढ़ाया जाता है तब इसे चौरासी अक्षरों वाला प्रकृति छंद कह कर वर्णन किया जाता है। प्रकृति छंद को जब चार अक्षरों से बढ़ाया जाता है तब यह अट्ठासी अक्षरों वाला आकृति छंद बन जाता है। जब आकृति छंद को चार अक्षरों से बढ़ाया जाता है तब यह बानवे अक्षरों के विकृति छंद का रूप लेता है। इस विकृति छंद को चार अक्षरों से बढ़ाए जाने पर यह छियानवे अक्षरों वाला संस्कृति छंद बनता है। संस्कृति छंद चार अक्षरों से बढ़ कर पूरे सौ अक्षरों का अभि कृति छंद बनता है। अभि कृति छंद चार अक्षरों से बढ़ कर उत्कृति छंद बनता है जिसमें एक सौ चार अक्षर होते हैं। इन सात दीर्घ बृहत छंदों का निनाद सात तारों से किया जाता है।

हे अभिसुत, देव, वर्ण और ऋषि क्रमशः तालु के मूल में रहते हैं। लाल रंग का कृति छंद, षडज स्वर में तालु में पितृव्य अग्नि और वेश्म इत्यादि के साथ रहता है। कपिश रंग का प्रकृति छंद ऋषभ स्वर के तार में पृथ्वी और तपस्वी मनु के साथ रहता है। पीले रंग का आकृति छंद गांधार स्वर के तार में गोपायण और ऋभु के साथ रहता है। गहरे काले रंग का विकृति छंद मध्यम स्वर में तार में नचिकेत और पुरु गण के साथ रहता है। नीले रंग का संस्कृति छंद पंचम स्वर में तार में पुलस्त्य और वसु देवता के साथ रहता है। धूम्र वर्ण का अभिकृत छंद धैवत तार के साथ भार्गव और अश्विनी कुमारों के साथ रहता है। हरे रंग का आकृति छंद निषाद स्वर में तार में बालखिल्य तथा जीव के साथ रहता है।

हे अभीसुत मैंने शाश्वत और चिर-शुभ वेद से तुम्हें जानने योग्य बातें बताई हैं। स्थिर, जड़ और चेतन मंत्रों के बल से छंद का चयन करते हुए नीति का अनुशीलन किया जाता है।

श्रीमद् देवायण के प्रथम खंड ब्रह्मकल्प में देवमंडल के अंतर्गत सारस्वत वर्ग में श्री देव-ऋचक संवाद में ज्ञेय वार्ता नामक द्वितीय संवर्ग का समापन।

।तीसरा संवर्ग।

देव वचन

हे महात्मन, आपने छंदों के संबंध में बहुत अच्छी बातें कही हैं। आपने देवों और ऋषियों सहित वर्णों और स्वरों का वर्णन किया है। हे महात्मा ऋक, अब इनके बाद जानने योग्य जो बातें हैं, उन्हें कहिए। आपके वाक्य महान हैं और आप महान तत्वों का प्रदर्शन करते हैं।

ऋक वचन

हे देव, छंद ज्ञान के बाद जो ज्ञान लेने योग्य है वह है उत्तम अक्षर ज्ञान, जिसे मैं तुम्हें कह कर सुनाता हूँ। प्रजापति ने वाच्य के रूप में वेदों को जन्म दिया था तथा देव, ऋषि, वर्ण और स्वरों से छंदों की प्रतिष्ठा की थी। मेरा कार्य समाप्त होने के बाद हम चारों भाइयों ने पिता के पैरों में सिर झुका कर पूछा, हे पिता, हमें शीघ्र बताइए कि हमारी सृष्टि किस कारण की गई थी, हमारे लिए जो भी कार्य हैं उन्हें निर्धारित कीजिए और हमें बताइए।

इस पर परमात्मा परब्रह्म ने मुस्कुरा कर कहा, तुम मुझसे बाद में मिलो, मैं तुम्हें कार्य के बारे में कहूँगा। इसके बाद ब्रह्मा ने सृष्टि की जिससे आप्त्य निकले और उन्होंने परमात्मा से पूछा, हे पिता मेरा जन्म किसलिए हुआ है, मुझे बताइए। मेरे लिए जो भी निर्धारित कार्य हैं मैं उन्हें शीघ्र करना चाहता हूँ। इसके उत्तर में स्रष्टा ने आप्त्य से

कहा, हे आप्त्य, तुम्हारा जन्म सृष्टि करने के लिए हुआ है। मेरे अंगों में जितनी शक्ति थी उससे यह वेद निकल आए हैं। तुम उस गर्भ की सृष्टि करो जिसमें यह वेद रखे जाएँ। देखो, यह चारों वेद मेरे मुख से निकले हैं। यह पवित्र सृष्टि ज्योतिर्मय है। हे आप्त्य, इन वेदों में जो ज्ञान है उसे देखो। मेरा मानना है कि इस ज्ञान को सृष्टि में व्यक्त करना आज की आवश्यकता है। हे आप्त्य तुम्हारे लिए यही कार्य है, तुम इसे शीघ्र करो। सनातन ब्रह्म के इतना कहते ही आप्त्य के अंगों से सृष्टि निकल आई, इस सृष्टि को उन्होंने तेज के रूप में अंभृणी के गर्भ में प्रदान किया। इस तेज से जो गर्भ धारण किया गया उससे वाक नाम की कन्या उत्पन्न हुई। हे अभिसुत, ब्रह्म को वह कन्या बहुत प्यारी लगी। प्रजापति ने इस कन्या को सत्य सूर्य को प्रदान किया। वाक को पा कर सूर्य ने महान सृष्टि की। यह सृष्टि देखने में सिंधु के समान थी और चारों दिशाओं में व्याप्त थी। इस सृष्टि को देख कर परब्रह्म ने प्रसन्न होकर कहा, हे ऋक, हे महान साम, हे यजुर्, हे अथर्वण, वाक की सृष्टि बहुत बड़ी है, तुम उसमें जाकर रहो। वाक का पुत्र अक्षर इसका प्रचालन करता है, तुम्हारे लिए मैंने आज से यही कार्य निर्धारित किया है। ब्रह्मा की आज्ञा मिलते ही साम, यजुर, अथर्वण के साथ मैं, अर्थात् ऋक अक्षर मंडल में रहने लगे।

शुभ अक्षर के जन्म की कथा सुन कर देव का मन प्रसन्नता से झूम उठा। ऋक ने कहा कि मैंने तुम्हें गुप्त रहस्य बताया है जो सार्वजनिक रूप से अत्यंत गोपनीय है।

श्रीमद् देवायण के प्रथम खंड ब्रह्मकल्प में देवमंडल के अंतर्गत सारस्वत वर्ग में श्री देव-ऋचक संवाद में अक्षर जन्म वार्ता नामक तृतीय संवर्ग का समापन।

।चौथा संवर्ग।

पिंगल वचन

देव के आग्रह पर अक्षर के जन्म का वर्णन करने के बाद ऋक ने धीषणा-पुत्र से यह कहा -

ऋक वचन

हे देव, तुमने अक्षर के जन्म की कहानी सुनी। सत्य के तेज से यह वाक के गर्भ से उत्पन्न हुआ था। चलो, इनका समावेश तुम अपनी आँखों से देख लो। यह सृष्टि पहले तुम्हारे द्‌वारा की गई है।

पिंगल वचन

यह सुन कर देव प्रसन्न मन से वाक-श्रृंग को त्याग कर ऋक के साथ चल पड़े। इस श्रृंग की तलहटी में अक्षराप का स्थान था जिसकी सिद्ध साधुओं द्‌वारा उपासना की जाती थी। शीघ्र ही, ऋक के साथ देव श्रृंग के नीचे आ गए। वहाँ ऋक ने उन्हें अक्षराप को दिखाया।

ऋक वचन

हे देव इस सुंदर वाक सिंधु को देखो। अक्षराप कल्लोल करते हुए परम आनंद के साथ गर्जन कर रहा है। हे देव, देखो, अक्षर यहीं रहता है, तरंगों के साथ निरंतर क्रीड़ा करता है। रूप की सीमा इसी अक्षर में विभाजित है। इसके ऊपर तुम देखोगे कि कोई रूप या आकृति नहीं है। अक्षर में भिन्न-भिन्न अवस्थाओं में बहुत सी आकृतियाँ होती हैं। इसकी केवल थोड़ी-सी अभिव्यक्ति जगत में की गई है। इसके नीचे जगत का रूप देखो, हे अभिसुत, निर्देश अक्षर की सीमा यहीं पूरी की गई है। हे देव, अक्षर को देख कर अपनी स्मृति को ग्रहण करो।

ब्रहमा के तेज से निकले हुए सत्य सूर्य तुम ही हो। ब्रहम के मन में अंधक के दमन की जो इच्छा थी उसे लेकर अचानक व्योम में तुम मार्तण्ड के रूप में प्रकट हुए थे। बुढ़ापा और मृत्यु को समाप्त करने के लिए जब तुम प्रकट हुए थे, तब मोह के अंधकार के वंश का समूल नाश हो गया। तुम्हारे तेज से अंधक सभी तरह से पराजित हो गया

था। महायुद्ध में अंध कुल सभी प्रकार से विनष्ट हो गया। केवल अंधक बच गया जिसे तुमने बीच से काट दिया था। जब तुम्हारे प्रखर तेज से अंधकुल का विनाश हो गया, तब देव कुल सहित पूरी सृष्टि तुम्हारे ताप से दग्ध होने लगी। उस समय देवताओं और ऋषियों ने ब्रह्मा के चरणों में निवेदन किया - हे स्रष्टा सत्य के तेज से जगत की सृष्टि पीड़ित हो गई है। सत्य के तेज में जो ताप है वह सृष्टि के लिए सहनीय नहीं है।

आज कृपा करके ऐसा उपाय कीजिए जिससे वह सहनीय हो जाए, इस प्रकार कहते हुए देवताओं और ऋषियों ने ब्रह्मा से निवेदन किया। ब्रह्मा ने त्वष्टा से कहा कि वे दो भागों में बँटे हुए अंधक को चेतन करें। इस पर त्वष्टा ने उसके दोनों भागों को चेतन करते हुए जीवनदान दिया। यह तुम्हारी पुरानी स्मृति है कि नक्त और तामस उठ कर खड़े हो गए। ब्रह्मा की आज्ञा के अनुसार नक्त ने सृष्टि की और सृष्टि को तृप्ति देने की लिए संध्या उत्पन्न हुई। हे देव, तुम्हारे तेज से छुटकारा पाने के लिए नक्त ने संध्या के तेज की सहायता से सृष्टि को प्रभावित किया।

नक्त के प्रभाव में पड़ कर सृष्टि आत्म-मोह से ग्रस्त हो गई। हे देव, तुमने उस समय देवताओं और ऋषियों की प्रार्थना पर वाक के गर्भ से अक्षरावली की सृष्टि की। इस अक्षर के प्रभाव से सृष्टि का मोह भंग हो गया। सृष्टि को मोहमुक्त देख कर नक्त को क्रोध हुआ। वाक के गर्भ से उत्पन्न अक्षरों का तेज देख कर उसने अपनी सृष्टि प्रकट करने के लिए वाक का हरण कर लिया। इससे कालचक्र का जन्म हुआ, यह तुम्हें पहले से ही ज्ञात है। वाक को शुद्धि प्रदान करने के लिए तुमने जन्म लिया। यह पूरी अक्षरावली तुमने पहले देखी है।

आओ, प्रतिबिंब-अक्षरों में स्वयं अपना स्वरूप देखो। यह सिंधु देखने में अभिनव है इसे तुम्हारी संतानों, अक्षरों ने प्रकाशमान कर दिया है। हे सत्य, पवित्रतम चेतन में स्वयं अपना दर्शन करो।

श्रीमद् देवायण के प्रथम खंड ब्रह्मकल्प में देवमंडल के अंतर्गत सारस्वत वर्ग में अक्षर दर्शन नामक चतुर्थ संवर्ग का समापन।

।पाँचवाँ संवर्ग।

पिंगल वचन

यह कह कर जब ऋक मौन हो गए, अक्षरों को देख कर हर्षित देव ने कहा -

देव वचन

हे ऋक, आपने मेरी पुरानी स्मृति को बिल्कुल ठीक कहा है। इन अक्षरों का उद्भव मुझसे हुआ है और यह देखने में मेरे जैसे हैं। जब नक्त के दुराचार से वाक प्रदूषित हो गई थी तब वह ब्रह्मा की आज्ञा मान कर तपस्या करने लगी। इसके बाद ऋषियों ने वाक-शुद्धि को मन में रख कर मेरे जन्म के लिए सभी एक स्थान पर एकत्रित हुए। इसी दोष का निवारण करने के लिए ऋषियों ने यज्ञ आरंभ किया जिसमें मेरी उपासना की गई। हे ऋक, मुझे इसका स्मरण हो गया है। इसके बाद यज्ञ में मेरा तेजस्वी रूप प्रकट हुआ। इस यज्ञ से मैं देव के रूप में उत्पन्न हुआ। अक्षरों का दर्शन करने पर मेरी स्मृति लौट आई है, इन अक्षरों की महान ज्योति मेरे ही समान है। सत्य के स्वरूप में मेरा उद्भव ब्रह्म से हुआ है। मेरा स्वरूप ब्रह्मा का दिया हुआ है। मैं ऋत हूँ, मैं ऋत हूँ, मैं सत्य हूँ, मैं देव हूँ। अक्षर का कारण मैं ही हूँ। सभी को धारण करना मेरी उत्पत्ति का हेतु है। पूरी सृष्टि का निवारण करने के लिए मैंने प्रवेश किया है। इन अक्षरों के जगत की सृष्टि मेरे द्वारा ही की गई है। इनका कारण मैं हूँ, मेरे ही तेज से अक्षरों का उद्भव हुआ है।

पिंगल वचन

देव की पुरानी स्मृति वापस आ गई थी, ऋक से यह कहते ही वे उनके साथ शीघ्र ही अक्षरमंडल में प्रवेश कर गए। अक्षर कुल में सभी ने उनकी उपासना की - हे देव, जगत में संपूर्ण सत्य को प्रकाशित करने के लिए आपने ऋषि का रूप धारण किया है। आपकी उत्पत्ति ब्रह्म से हुई है। आपका देव का स्वरूप या कोई भी रूप क्यों न हो, आप ही परम सत्य हैं। अखंड मंडलाकार में आपका रूप शाश्वत है। आप निर्गुण, वर्णहीन और अकलुषित हैं। जब मंडलाकार में आपका

महान तेज प्रकट होता है, हे देव, आपके सामने अपने बल से कौन टिक सकता है? आपने अंधक के कुल को निमिष मात्र में ध्वंस करते हुए लुप्त कर दिया था, ब्रह्मा को डराने वाले स्वयं अंधक की देह को आपने खंडित कर दिया था, औरों की तो बात ही क्या है। हे देव आपके तेज से पूरी सृष्टि प्रतापवान होती है। हे देव, जब नक्त ने पूरी सृष्टि को विमोहित कर दिया था, तब सृष्टि में प्रवेश करने के लिए हमारा उद्भव आप ही से हुआ था। सृष्टि में पुनः चेतना लाने के लिए आपने अपने तेज से वाक को गर्भ प्रदान किया था जिससे हमारे दल की उत्पत्ति हुई। अक्षर नामक ब्रह्म उत्पन्न हुआ।

जगत सृष्टि को चैतन्य करने के कार्य में हमें नियुक्त किया गया। जिस स्थान में जो भी रूप था उसी रूप की आकृति धारण करते हुए विषयों के प्रचालन के लिए हमें नियुक्त किया गया। नक्त के मोह के कारण जिन विषयों में अनासक्ति हो गई थी, उन्हें प्रचालित करने के कार्य में हमें नियुक्त किया गया। वाक शक्ति द्‌वारा हमें प्रचालक के रूप में प्रतिष्ठित किया गया था। आज हम कर्महीन हैं, हे पिता, हम आपके चरणों में प्रणाम करते हैं। वाक शक्ति द्‌वारा हमें प्रचालक के रूप में इसलिए प्रतिष्ठित किया गया था कि हम जगत को चैतन्य करने के लिए सृष्टि को प्रभावित करें। इससे नक्त को क्रोध हुआ और उसने वाक को प्रदूषित किया। इस कारण देखिए, हम अक्षर निष्क्रिय हो गए हैं। तेजमाला हमारे लिए वर्जित है और हम निराकार और निष्क्रिय हो गए हैं। हमारा रूप और वर्ण चला गया है और हम गुणहीन हो गए हैं।

देव वचन

हे अक्षर, धैर्य रखो, क्षोभ और चंचलता त्याग करो। आज मैं स्वयं आ गया हूँ, तुम्हारे कार्य को व्यवस्थित करूँगा। मैंने वाक को शुद्धि दी है और वह ऊपर चली गई है। हे मेरी संतान अक्षरों, मैं तुम्हारे कार्य स्थिर करने आया हूँ। भविष्य में जो भी तुम लोगों का कार्य होगा उसे निर्धारित करूँगा। वाक शक्ति की अनुपस्थिति में कोई दूसरा उपाय अपनाना पड़ेगा।

पिंगल वचन

इतना कह कर देव ने ऋक की ओर देखा तब ऋक ने अक्षरों की स्थिति का कारण बताया।

हे धीषणा-सुत देव, सुनिए आपको मंगल के लिए कह रहा हूँ। अपने अक्षर पुत्रों के हित के लिए अक्षरों को सरस छंदों में रखें।

श्रीमद् देवायण के प्रथम खंड ब्रह्मकल्प में देवमंडल के अंतर्गत सारस्वत वर्ग में श्री देव-ऋचक संवाद में अक्षर गति निर्णय वार्ता नामक पंचम संवर्ग का समापन।

।छठा संवर्ग।

ऋक वचन

हे देव, आप महाबली सरस्वान का आह्वान कीजिए उनके छंद निर्णय द्वारा अक्षरों को गति प्रदान कीजिए।

पिंगल वचन

ऋक की बात सुन कर देव को प्रसन्नता हुई और वह सरस्वान का आह्वान करने लगे।

देव वचन

हे महाबली सरस्वान, आप महान सृष्टि के रचयिता हैं। मैं इस महान कार्य के लिए आपका आह्वान कर रहा हूँ। हे देव, आप प्रकट हों। आप उच्चतर सत्य हैं और आप महान पद पर विराजमान हैं। मेरा कार्य भी महान है जिसके लिए मैंने आपको स्मरण किया है। हे देव, वेणु-मंडित कमल पुष्पों में आपका निवास है। आपके वस्त्र सफेद हैं और आप सुगंधित माला से विभूषित हैं। हे नृत्य-विशारद और सुर-छंदों के प्रचालक, आप मणि-मुक्ताओं वाले मुकुट से सुशोभित हैं, आप आइए।

अपने साथ, रत्नों से अलंकृत रंगीन वीणा तथा गले में गजमुक्ता की माला धारण करने वाली देवी सरस्वती को भी लाइए।

पिंगल वचन

इस प्रकार कहते हुए देव सरस्वान का स्मरण कर रहे थे। अचानक देव के सामने एक सारस वाहन आ कर रुक गया। देवी सरस्वती के साथ सरस्वान आ गए थे और पूछ रहे थे, कहो देव, तुम्हारी क्या इच्छा है। हंस वाहन पर सरस्वान और सरस्वती को देख कर देव ने प्रसन्न हृदय के साथ कहा -

देव वचन

हे देव सरसाधिप और हे देवी सरसेस्वरी, वाक के गर्भ से उत्पन्न अक्षराप को देखिए। इससे पहले वाक इन्हें प्रचालित करती थी। आज यह वाक द्वारा परित्यक्त हैं, इनका भार ग्रहण कीजिए।

सरस्वान वचन

हे देव, वह कारण बताइए जिसके लिए वाक ने अपने गर्भ से उत्पन्न अक्षरावली को छोड़ दिया है, और यह अक्षर निष्क्रिय हो गए हैं।

देव वचन

यह पुरानी कहानी है, नक्त ने वाक को गर्भ देकर उसे प्रदूषित किया था। गर्भ-शुद्धि के लिए वाक ने महान तपस्या की। जब वाक ने शुद्धि प्राप्त कर ली, तब वह सत्य सूर्य में प्रवेश कर गई। देखिए, वाक शक्ति के बिना यह अक्षर निष्क्रिय और गुणहीन हो गए हैं। हे देवता, आप इन अक्षरों को छंद प्रदान कीजिए। जगत में इनके प्रचालन का कार्य संभालिए। मैं ऋत हूँ, मैं देव हूँ, मैं इन अक्षरों का सृजन करने वाला सत्य हूँ और जगत के कार्य के लिए अभी के पुत्र के रूप में उत्पन्न हुआ हूँ। हे सरस्वान, इसे ध्यान में रखिए कि मेरे वाक्य का पालन किया जाए है और मेरे कार्य में जो सहायक होगा, उसके लिए उच्च पद सुनिश्चित है।

पिंगल वचन

देव से इस बात को सुन कर सरस्वान ने प्रसन्न होकर कहा - हे देव, आपके कहने के अनुसार कार्य किया जाएगा। हे पुरुषश्रेष्ठ देव, सृष्टि में आपसे बढ़ कर कोई भी नहीं है। आप सभी के ऊपर हैं, सभी को तेज प्रदान करते हैं। आपके तेज से पूरा संसार भयभीत रहता है, देवता और ऋषि आपके आगे सिर झुकाते हैं। परब्रह्म के अतिरिक्त आपके सामने कौन टिक सकता है। ब्रह्म की आज्ञा सर्वदा पालन करने योग्य होती है, आपकी आज्ञा उससे भी अधिक है। आप सत्य हैं, आपकी उपासना निरंतर ब्रह्म के समान ही की जाती है। आपने मुझे श्रेष्ठ कार्य दिया है, इसे करने के लिए उपाय बता दीजिए। आप देवताओं और ऋषियों के पालक सनातन सत्य हैं। आपको प्रणाम करता हूँ। ब्रह्मा ने सत्य वाक्य कहा है, वह सत्य वाक्य स्वयं आप ही हैं। जिस तरह सभी देवता करते हैं हम भी आपके चरण-कमलों में प्रणाम करते हैं। इस तरह सुंदर वाक्यों में मधुर वचनों के साथ देवी सरस्वती सहित सरस्वान ने देव की उपासना की।

देव ने प्रसन्न हो कर सरस्वान से कहा - आज आप पूरी अक्षरावली को प्रभावित कीजिए। सृष्टि और ध्वनि की सहायता से इन अक्षरों को प्रकाशित कीजिए। इन्हें वाक्य का रूप दीजिए जिससे सभी इन्हें समझ सकें। किसी इच्छा को, या मन में उठने वाली भावनाओं को प्रकट करना हो तब इन अक्षरों की सहायता से किया जा सके। हे महामति सरस्वान आप यही सृष्टि प्रकाशित कीजिए। देवी सरस्वती के साथ आप यह कार्यभार लीजिए। देव की बात सुन कर सरस्वान ने प्रसन्न हो कर उत्तर दिया, यह कार्य मुझे प्रिय है, मैं इसे स्वेच्छा से ग्रहण करता हूँ। सरस्वान को इस कार्य का भार देकर देव के मन में संतोष हुआ। अब देव वहाँ से कुछ दूर चले गए और मांडुक्य ऋषियों तथा विपाशा को पुकारने लगे। देव के पुकारते ही विपाशा तुरंत वहाँ आ गई। मांडुक्य मुनियों और विपाशा के आने पर प्रसन्नचित्त देव ने कहा -

देव वचन

हे विपाशा, मांडुक्य मुनियों के साथ तुम महा ध्वनि की सहायता से

अक्षराप में प्रवेश करो। अक्षरों को वेग प्रदान करो जिससे वह वाक्य बन कर निकलें। मांडुक्य कुल के मुनि इन्हें स्वर देंगे।

पिंगल वचन

विपाशा ने मांडुक्य मुनियों सहित अक्षराप में प्रवेश किया। इसे देख कर कालचक्र वाक के साथ बाहर निकल आया।

हँसते-हँसते धीषणा के पुत्र ने अभिनव अक्षरों की तत्व कथा के रूप में एक महान कीर्ति कर दी। पूज्य पिंगल द्वारा यह सुंदर ढंग से कही गई है। उनके सुंदर मुख से कही गई वार्ता मैं मुग्ध होकर सुन रहा हूँ।

श्रीमद् देवायण के प्रथम खंड ब्रह्मकल्प में देवमंडल के अंतर्गत सारस्वत वर्ग में श्री देव-ऋचक संवाद में अक्षर प्रतिष्ठा नामक षष्ट संवर्ग का समापन।

।सातवाँ संवर्ग।

गणेश वचन

आपने अक्षरों का वह गोपनीय तत्व कह सुनाया है जिसे पहले कभी नहीं कहा गया था। आपने जितनी अच्छी तरह से इसका वर्णन किया है वह तीनों लोकों में अज्ञात है। जिसकी सारा जगत पूजा करता है उस देव का चरित्र अद्भुत है। हे कवीश्वर, कृपया उनकी इसके बाद की कीर्तियों का वर्णन कीजिए। अक्षराप को छोड़ कर देव कहाँ गए थे? सरस्वान ने देवी सरस्वती के साथ कैसे कार्य किया।

पिंगल वचन

हे ब्रह्मणस्पति सुनिए, देव का कार्य बहुत बड़ा है। सरस्वान का कार्य कम था, मैं पहले उसी को कह कर सुनाता हूँ। महान सरस्वान ने अक्षराप को प्रभावित किया। देवी सरस्वती के साथ उन्होंने अपनी सृष्टि प्रकट की। अपने तेज से सरस्वान ने जो गर्भ प्रदान किया था वह

अक्षर-चालन की इच्छा से युक्त था। सरस्वान के तेज से जो गर्भ सरस्वती ने धारण किया था उससे साध्य देव उत्पन्न हुए। साध्य गण महान तप और महान वीरता धारण करते थे। इन्होंने अक्षराप के प्रचालन का भार ग्रहण किया। इस साध्य की महान सृष्टि से बहुत बड़ा वंश हुआ। साध्य गण द्वारा प्रचालित वाक्य मुँह से निकलते हैं। इसलिए जगत में वाक्य की उपासना की जाती है। देव के अक्षरों में साध्य रहते हैं और वाक्य में देवी सरस्वती का निवास है। विभिन्न अक्षरावलियों में साध्य गण समाए हैं। वह वाक्य मुँह से देवी सरस्वती के रूप में निकलता है। जीभ, दाँतों और होठों में साध्य गण रहते हैं। इन सब के चालन के क्रम में अक्षरावली का मंथन होता है। साध्य गणों का कार्य है अक्षरों को वेग प्रदान करना। उस वेग से सरस्वती तुरंत वाक्य के रूप में निकलती है। साध्य की माता सरस्वती हैं। साध्य नित्य उन्हीं के आश्रय में रहते हैं। सरस्वती देवी सर्वदा वाक्य की अधिष्ठात्री हैं।

वाक्य की देवी सरस्वती को स्वाध्याय से प्रेम है। जहाँ साध्य की पूजा की जाती है स्वाध्याय वहीं रहता है। यदि पुत्र गण प्रसन्न रहते हैं तब माता को तृप्ति मिलती है। साध्य की माता सरस्वती सर्वदा स्वाध्याय से तुष्ट रहती हैं। क्योंकि स्वयं अध्ययन करने पर मनुष्यों का ज्ञान बढ़ता है। स्वाध्याय अक्षर ज्ञान का पथ निर्धारित करता है। जीभ, दाँत और होठ अक्षर ध्वनि के सहायता से समास और छंदों का विन्यास करती है, स्व-अध्ययन से यह स्मरण रहते हैं। स्वाध्याय से अक्षरों को गति मिलती है और भावनाओं को प्रकट किया जाता है।

हे गजानन, स्वाध्याय से जगत का केवल हित होता है। मूर्खता और मिथ्या का त्याग करते हुए सत्य का भाव प्रकट किया जाता है। हे गजानन, इस जगत में केवल स्वाध्याय से ही सिद्धि मिलती है। अल्प तेज या बृहद तेज को प्रकाशित करने के लिए उनके अनुकूल ही वाक्य निकलते हैं। साध्य गण इस कार्य को ह्रस्व और दीर्घ के प्रचालन के द्वारा करते हैं। कभी यह वाक्य मंद और मधुर स्वर में निकलता है। कभी वज्र के भयंकर निनाद के रूप में निकलता है। कभी यह व्यंग में, तो कभी स्तुति में, या कभी-कभी प्रेम में गद्गद् होकर निकलता

है। भय के कारण नाना प्रकार के स्वरों के क्रम निकलते हैं। यह सब साध्य गणों का कार्य है जो वाक्य की नित्य उपासना करते हैं। विभिन्न तेजों से विभिन्न वाक्यों के रूप में देवी सरस्वती निकलती है। इस देवी का वाहन सारस है और इनके मानस में सरस अक्षर हैं। यह नित्य साध्य गण से घिरी रहती हैं और प्राण-वीणा का निनाद करती हैं। महादेवी सरस्वती इस भूतल पर मानवों-जीवों के कंठ की सहायता से सत्य की गाथा प्रकाशित करती हैं। साध्य गणों की सहायता से पूरी अक्षरावली यथाशक्ति प्रचालित की जाती है।

साध्य कुल के कारण अक्षरों को गति मिलती है जिससे वे वाक्य बनते हैं। सुर छंदों के पद में सुंदरी के द्वारा कहा गया वाक्य सुखदायी होता है और कुवचनों से उत्पन्न दुःख का हरण करता है।

श्रीमद् देवायण के प्रथम खंड ब्रह्मकल्प में देवमंडल के अंतर्गत सारस्वत वर्ग में साध्यगण वार्ता नामक सप्तम संवर्ग का समापन।

-सारस्वत वर्ग का समापन-

।।बंधु वर्ग।।

।पहला संवर्ग।

पिंगल वचन

अक्षराप में सरस्वान और सरस्वती को प्रतिष्ठित करने के बाद देव ऋक के साथ वाक श्रृंग को छोड़ते हुए जैसे ही कुछ दूर आगे बढ़े कि उन्हें धुएँ का जाल दिखाई दिया। धुआँ देख कर देव ने ऋक से कहा

देव वचन

हे ऋक, देखिए चारों ओर धुएँ का जाल फैला हुआ है। ऐसा लगता है जैसे चारों ओर धुंध छाई है। इससे झंझावत भी ढक गया है। यह पूरा क्षेत्र धुएँ से क्यों ढका है? यदि इसका रहस्य ज्ञात हो तो बताइए।

ऋक वचन

मुझे सब ज्ञात है देव, मेरे लिए कुछ भी अज्ञात नहीं है। तुम्हें धुआँ दिखाने के लिए ही मैं स्वेच्छा से यहाँ आया हूँ। धूम्रजाल का कारण क्या है, इसे ध्यान से सुनो। हे अभीसुत, यहाँ से कुछ ही दूरी पर आक्ष्र्य देव रहते हैं। उनके पास ही श्रुतर्वा देव पक्षी का रूप धारण कर रहते हैं। उनकी रक्षा करने के लिए ही यहाँ शक धूम रहता है। धुएँ के जाल से ढक कर इस पथ का अवरोध करने के लिए शक धूम ने धुएँ का रूप ले रखा है।

देव वचन

शक धूम की आकृति कैसी है? इनकी कहानी क्या है? श्रुतर्वा और आक्ष्र्य देवता ने पक्षी का रूप क्यों धारण किया?

ऋक वचन

अग्नि के अभिशाप के कारण श्रुतर्वा और आक्ष्र्य देवता पक्षी का रूप धारण कर इस वन-प्रांतर में रहते हैं। जब अग्नि के शाप के कारण दोनों देवताओं को पक्षी का रूप मिल गया तब इन दोनों अमर जीवों

ने स्रष्टा के पास निवेदन किया कि वे अग्नि को शांत करें। गंभीर हो कर प्रजापति ने साम से कहा - हे साम, आक्ष्र्य के मंगल के लिए और दोनों देवताओं की सुरक्षा के लिए तुम कार्य भार ग्रहण करो क्योंकि यह दोनों अग्नि द्वारा अभिशप्त हैं। जब तक यह दोनों देवता पक्षियों के रूप में वन में रहेंगे, तुम शिकारियों के तीरों के आघात से इन दोनों की रक्षा करो। हे महामति जब सत्य इस वन में आएँगे तब उनके स्पर्श से इन्हें मुक्ति मिलेगी और तुम्हारा कार्य समाप्त हो जाएगा। आक्ष्र्य से स्रष्टा ने मधुर स्वर में कहा, पुरातन काल से ही यही नियम है कि अग्नि के वचन कभी व्यर्थ नहीं होते, इसलिए देवतावृंद नतमस्तक हो कर स्वीकार करते हैं। मेरा पुत्र साम हमेशा तुम्हारे हित के लिए तत्पर रहेगा। ब्रह्माजी से यह सुन कर देवताओं को कुछ संतोष मिला और वे वहाँ से निकल आए।

आक्ष्र्य अग्नि के पास गया और उनसे कहने लगा, हे अग्निदेव आपने क्रोध में आकर मुझे अभिशाप दे दिया। पक्षी बन जाने के कारण मैंने आपका साथ छोड़ दिया। आक्ष्र्य के बिना आपके हव्य, आहुति और भोग पवित्र नहीं होंगे। हे अग्निदेव, मेरी मुक्ति सत्य के जन्म लेने के बाद ही होगी। तब देव के यज्ञ में आपको पवित्रता मिलेगी। जैसे ही आक्ष्र्य ने यह कहा, अग्निदेव की क्रोधाग्नि भड़क उठी और वे आक्ष्र्य के प्राण लेने के लिए उठ खड़े हुए। आक्ष्र्य भाग कर इस वन में आ गया उसके पीछे दौड़ते हुए अग्निदेव भी आ गए। साम ने हस्तक्षेप करते हुए कहा - हे अग्निदेव, आप शांत हों, आक्ष्र्य मेरी सुरक्षा में है, आप इसे मार नहीं सकते। पहले की कहानी और अग्नि के साथ साम की जो बातें हुईं उन्हें तुम उसी के मुख से सुनोगे। शक धूम के रूप में उसने आधे पशु और आधे पक्षी की आकृति धारण की। साम को मुक्ति देने के लिए इस धुएँ को भेद करते हुए शीघ्र चलो। मैं जिस रास्ते चलूँगा उसमें धुआँ नहीं है, हे अभीसुत इसी रास्ते हम शीघ्र वहाँ जा सकेंगे।

आक्ष्र्य की कहानी में चुंबकीय आकर्षण था, साम के दर्शन के लिए, मन में प्रसन्नता लिए धुएँ से आछन्न निर्जन वन से होते हुए, ऋक के साथ देव शीघ्रता से दौड़ रहे थे।

श्रीमद् देवायण के प्रथम खंड ब्रह्मकल्प में देवमंडल के अंतर्गत बंधु वर्ग में श्री देव-ऋक संवाद में शक धूम कथन नामक प्रथम संवर्ग का समापन।

।दूसरा संवर्ग।

पिंगल वचन

इस तरह कह कर ऋक शीघ्रतापूर्वक आगे बढ़ने लगे। उनके पीछे धुएँ के जाल से बचने के लिए देव भी चल रहे थे। धुएँ के जाल से निकल कर वे कुछ दूर चले तब ऋक ने देव को वेणु वन दिखाया जिसमें पेड़ों की पंक्तियाँ इधर-उधर बिखरी हुई थीं। वन में इन पेड़ों की शाखाओं पर लाखों चौपाए पक्षी (वातुलि या चमगादड़) उलटे लटक रहे थे। पक्षी रूपी प्राणियों को लंबवत लटका देख कर ऐसा लगता था कि तपस्वियों का झुंड शाखाओं पर लटक कर तप कर रहा है। देव प्रसन्न होकर कहने लगे -

देव वचन

हे ऋक, मैं वृक्षों पर पक्षियों के प्रतिमानों के झुंड देख रहा हूँ। पता नहीं किस लिए यह लंबवत लटके हुए हैं, यह पक्षी नहीं लगते हैं। इनका सिर नीचे है और यह पक्षी कभी भी नहीं हो सकते। यह पक्षियों के समान आकार वाले जीव पैर ऊपर किए हुए क्यों लटके हैं?

ऋक वचन

यह जीव पक्षी नहीं हैं, यह पृथ्वी पर अपनी इच्छा के अनुसार चार पैरों पर चलते हैं। आकाश में तुम इन्हें पक्षियों की तरह उड़ते देखोगे। जब यह निद्रामग्न रहते हैं तब पेड़ों से उलटे लटके रहते हैं। सभी पक्षी दिवाचर होते हैं और यह निशाचर हैं। यह दिन में सोते हैं और रात को कार्य में व्यस्त रहते हैं। हे अभीपुत्र, सभी पक्षी अंतभेदी होते हैं, अर्थात्

जन्म लेते ही वह माँ की चोंच से खाद्य लेकर खाते हैं। यह जीव जन्म से स्तनपायी हैं। हे देव, इनकी उत्पत्ति की कहानी सुनाता हूँ, ध्यान दे कर सुनो। आपके बड़े तात कृष्ण नामक एक महर्षि थे। संसार में वे ब्रह्मविद के रूप में प्रसिद्ध थे और चारों वेदों के ज्ञाता थे। मैं जिसे दिखा रहा हूँ, यह आश्रम कृष्ण का है। इसमें लाखों विद्वान शिष्य रहते थे। कृष्ण का आश्रम लताओं और फूलों से सुसज्जित था और वहाँ, मनुष्य, पशु और पक्षी सभी एकत्रित होते थे। पक्षी और पशुओं में भी बहुत से ज्ञानी थे और उनमें से प्रत्येक कृष्ण का शिष्य था। वृक्षों की शाखाओं पर बैठे पक्षी वेदों का गायन करते। इसे सुन कर कृष्ण बहुत प्रभावित होते थे। उन्होंने आत्म-चेतन और आत्म-ज्ञानी पशुओं पर हिंसा को निषिद्ध कर दिया था और यह झुंड बनाकर कृष्ण के आश्रम में रहते थे।

हे अभीसुत, यह कृष्ण का विशेष गुण था कि वे शिक्षा-दान करते समय अपने शिष्यों में जात-पात का भेदभाव नहीं करते थे। इसलिए वह, ऊँचे कुल, नीचे कुल, पशुओं, पक्षियों, यक्ष, गंधर्व और सर्पों - किसी को भी ज्ञान के अयोग्य नहीं समझते थे। वहीं दूसरे विद्वान उनसे भेदभाव का बर्ताव करते और उन्हें शिक्षा देना उचित नहीं समझते थे। केवल कृष्ण पंडित इन सभी को शिष्य बनाते जिसे देख कर सभी को आश्चर्य होता था। बहुत दिनों से कृष्ण पशुओं, पक्षियों और साँपों को शिक्षा देते आ रहे थे जिससे प्रभावित होकर जीव-कुल में पवित्र चेतना का प्रसार हुआ, जो इससे पहले कभी नहीं हुआ था।

पक्षी, सर्प या हिंस्र पशु इन सभी के अंतर्मन में विज्ञान व्याप्त हो गया। इनके अधम जीवन में दिव्य चेतना का उदय केवल कृष्ण पंडित की सुकीर्ति का फल था।

श्रीमद् देवायण के प्रथम खंड ब्रह्मकल्प में देवमंडल के अंतर्गत बंधु वर्ग में श्री देव-ऋक संवाद में अंगिरस कृष्ण वार्ता नामक द्वितीय संवर्ग का समापन।

।तीसरा संवर्ग।

देव वचन

हे ऋक, आपने तात कृष्ण के जीवन का यह महान तथ्य कह सुनाया है। इसके बाद, वातुलियों की कहानी कहिए।

ऋक वचन

हे देव, इसके बाद की कहानी क्रमानुसार सुनाता हूँ। पशु पक्षियों से भरे, कृष्ण के इस अभूतपूर्व आश्रम में, कुछ तो पूर्ण ज्ञान और चेतना प्राप्त कर लेते थे। परंतु इनमें बहुत से ऐसे भी थे जिनका ज्ञान आधा था और कुछ का ज्ञान बहुत कम था। इनमें कार्ष्णिज विश्वक नामक एक प्राणी था। उसका शारीरिक गठन पशु और पक्षी का मिश्रण था। हे देव, विश्वक की मिश्रित देह का कारण कार्ष्णि नामक एक मादा पक्षी थी जिसने पशु का संग किया था। वह वन में एक वृक्ष के कोटर में अकेले रहती थी। इसी वृक्ष की जड़ में एक वनबिलाव भी अकेला रहता था। इसके बाद के जीवन में कार्ष्णि को पुत्र पाने की इच्छा हुई। संगहीनता के कारण वह थक चुकी थी इसलिए उसने वनबिलाव से प्रेम किया। इस संग के फलस्वरूप उसके गर्भ से विश्वक का जन्म हुआ जिसकी आकृति मिश्रित थी। कोटर में विश्वक बड़ा होने लगा। उसका शरीर पुष्ट होता गया और वह इधर-उधर घूमने लगा। वह कभी वृक्ष पर रहता, कभी आकाश में उड़ता और कभी धरती पर उतर कर घूमता रहता। उसके गुणों को देख कर वनबिलाव प्रसन्न होता। अपने पुत्र को देख कर कार्ष्णि उससे भी अधिक प्रसन्न होती थी।

इसी तरह दिन बीतने लगे और कालक्रम से विश्वक के माता और पिता, दोनों की मृत्यु हो गई। विश्वक अकेला हो गया था इसलिए उसने उस वन को छोड़ दिया और कई वनों में घूमने के बाद अंत में तपोवन आ पहुँचा। यहीं महर्षि कृष्ण पशु-पक्षियों को अपना शिष्य बनाते थे। इन सब का साथ मिलेगा, यह सोच कर विश्वक भी उनसे जुड़ गया। इस संग में उसमें ज्ञान प्राप्त करने की इच्छा जगी। अन्य पशुओं के साथ रह कर विश्वक प्रसन्न रहने लगा और अपनी पुरानी परिस्थितियों

को भूल गया। इससे उसके मन में भ्रम उत्पन्न हो गया। वह समझने लगा कि वह अपनी विशिष्टता के कारण कृष्ण ऋषि पर उपकार कर रहा है। हे देव, सभी के जीवन में कोई न कोई ऐसा अवसर आता है जब आनंद के अतिरेक में वह अपनी योग्यता भूल जाता है। इसकी अधिक वृद्धि होने पर अयोग्यता प्रकट होती है और वह व्यक्ति गुरुजनों के कोप का भाजन हो जाता है। इसी प्रकार विश्वक का आत्माभिमान बढ़ने लगा। अपने जन्मगत रूप के कारण वह अपने-आप को सबसे श्रेष्ठ समझने लगा।

वह पशुओं से कहता - तुम लोग निरे पशु हो। धरती पर घूमते-फिरते हो और आकाश में नहीं उड़ सकते। पक्षियों से कहता - तुम पृथ्वी पर नहीं घूम सकते और रात में कुछ कर नहीं सकते। मुझे देखो - मैं योगी हूँ और रात में जाग कर अपने कर्म करता हूँ। दिन में पैर उपर किए सोता रहता हूँ। यह गुण बड़े तपस्वियों में देखा जाता है। मैं पैर ऊपर और सिर नीचे करते हुए आत्मयोग में लीन हो जाता हूँ। मैं पशुओं में श्रेष्ठ हूँ और पक्षियों में भी श्रेष्ठ हूँ। इससे यह तथ्य सिद्ध होता है कि मैं जन्म से योगी हूँ। विश्वक हमेशा यही कहता था। अपने-आप को तुच्छ समझ कर पशुओं और पक्षियों को क्षोभ होता था क्योंकि विश्वक की युक्तियों को वे काट नहीं पाते थे। इससे सभी पशु-पक्षी आत्मग्लानि भुगतने लगे। वह विश्वक के जीवन को सबसे अच्छा मानने लगे। एक बार, कृष्ण के सामने उन्होंने कहा, हे प्राज्ञ, विश्वक को देखिए, वह अपने जन्मगत गुणों के कारण हमसे श्रेष्ठ है। उसके गुण पशुओं से अधिक हैं और पक्षियों से भी। वह जन्म से ही योगी है इसलिए शाखा पर सिर नीचे और पैर ऊपर किए लटकता है।

इस तरह उन्होंने अपने गुरु के चरणों में झुक कर, विश्वक द्वारा कही गई दंभभरी और वेदनादायक बातें कह सुनाई। पशु-पक्षियों को दुःखी देख कर, कृष्ण के मुँह से स्नेहयुक्त मधुर वचन निकलने लगे।

श्रीमद् देवायण के प्रथम खंड ब्रह्मकल्प में देवमंडल के अंतर्गत बंधु वर्ग में श्री देव-ऋक संवाद में वातुलि वार्ता नामक तृतीय संवर्ग का समापन।

।चौथा संवर्ग।

ऋक वचन

पशु-पक्षियों की ग्लानि की बातें सुन कर सभी को विस्मित करते हुए कृष्ण ने कहा, यह जन्म और कर्म की बातें क्यों हो रही हैं, ज्ञान इन सबसे ऊपर है। कुलगत विशिष्टता जन्म तक ही सीमित रहती है, गुण कर्मों से उत्पन्न किए जाते हैं। जाति-भेद निर्धारित करने के लिए गुणों और कर्मों पर अलग-अलग विचार किया जाता है। जो व्यक्ति हीन-भावना के साथ जन्म लेते हैं, उनके जन्म में दोष होता है। इन व्यक्तियों में देखा जाता है कि उनकी इच्छा अपने बड़प्पन का प्रचार करने की होती है। सभी लोगों के सामने अपने गुणों का बखान करना उनकी दुर्बलता है। ज्ञान का स्थान जन्म और कर्म, दोनों से ऊपर है। यदि तुम लोग इसे समझ लेते हो तब तुम्हारा भ्रम दूर हो जाएगा। कृष्ण से यह सुनकर सभी पशु-पक्षी प्रसन्न हो गए। विश्वक को देख कर वे पहले से ही खिन्न थे, अब जल्दी से जाकर उन्होंने उससे यह प्रश्न किया जिसे उन्होंने गुरु से आज सुना था। ज्ञान का महत्व जन्म और कर्म दोनों से अधिक है। ज्ञान संग छुड़ाता है। ज्ञान मुक्तिदायक होता है। यह सृष्टि की विचित्रता है कि जन्म और कर्म दोनों, अलग-अलग होते हैं। विश्वक को यह मालूम नहीं था इसलिए उसने आश्चर्य के साथ सुना।

इसके बाद, एक दिन कृष्ण ऋषि ने पशु, पक्षी तथा मनुष्यों को उन्हें उनकी जातियों के अनुसार अलग-अलग ज्ञान देते हुए उन्हें पवित्र पदों पर प्रतिष्ठित करने का निश्चय किया। उस समय विश्वक को लेकर समस्या खड़ी हो गई। उसने पशुओं से पहले ही कह दिया था कि वह उनसे श्रेष्ठ है। उसने अपने घमंड में पशु कुल का त्याग किया था और उनसे अलग हो गया था। जब पशुओं ने ज्ञान प्राप्त किया तब वह उस ज्ञान से वंचित रह गया। पक्षियों से भी उसने कहा था कि वह उनसे श्रेष्ट था, इसलिए जब पक्षी दिन में खेचरी ज्ञान सीख रहे थे, तब अपने गर्व के कारण वह इसे भी प्राप्त नहीं कर सका। मनुष्यों को श्रेष्ठ मान

कर जब उसने उनके दल में प्रवेश करने का प्रयास किया तब मनुष्यों ने उसे डंडों से पीट कर भगा दिया। इस प्रकार क्रमशः सभी जातियों ने ज्ञान उपलब्ध किया, केवल विश्वक ज्ञान से वंचित रह गया क्योंकि सभी ने उसका साथ छोड़ दिया था। पशु-पक्षी यह कह कर उसकी हँसी उड़ाते थे कि जो व्यक्ति जन्म से श्रेष्ठ था, वह आज ज्ञान से वंचित क्यों हो गया था? उसका सिर नीचा क्यों हो गया था? इन कटुक्तियों के कारण उसने स्वयं को अपमानित अनुभव किया।

विश्वक को छोटा मानते हुए सभी प्राणी हास्य व्यंग करते हुए प्रसन्न हो रहे थे। इससे उसके मन में बड़ी वेदना हुई और उसने इस संकट से उबरने के लिए कृष्ण मुनि की वंदना की।

श्रीमद् देवायण के प्रथम खंड ब्रह्मकल्प में देवमंडल के अंतर्गत बंधु वर्ग में श्री देव-ऋक संवाद में विश्वक निंदा नामक चतुर्थ संवर्ग का समापन।

।पाँचवाँ संवर्ग।

ऋक वचन

कृष्ण ऋषि ने विश्वक को देख कर उसे स्नेहपूर्वक बुलाया। विश्वक उनके पैरों पर गिर पड़ा। कृष्ण कहने लगे, हे विश्वक, मैं तुमसे क्या कहूँ, तुम स्वयं बातूनी हो। तुमने अपने ऊपर इतना घमंड किया कि सभी ने तुम्हारा साथ छोड़ दिया। अब तुम अपनी विशिष्टता में टिके रहो और अपने लिए अलग जाति की सृष्टि करो। पशुओं और पक्षियों की नगरी को अपनी इच्छा से छोड़ दो। जहाँ तक मुझे ज्ञात है, तुम पशु के वीर्य तथा पक्षी के गर्भ से उत्पन्न हुए हो, इसलिए तुम मिश्रित दिखाई देते हो। याद रखो, यह तुम्हारी विशिष्टता नहीं है, बल्कि जन्म-दोष है। तुम पशुओं और पक्षियों, दोनों से अधम हो। जैसे ही चारों ओर खड़े पशुओं और पक्षियों ने यह वाक्य सुना वे नारे लगाने लगे, यह

महादुष्ट बहुत दंभी है, इसे दंड दीजिए। विश्वक कातर होकर कृष्ण के पैरों पर मस्तक झुका कर कहने लगा, हे गुरु, मुझे क्षमा कीजिए, भ्रम में आकर मुझसे अपराध हो गया है। इसके कारण मुझे ज्ञान-दान से वंचित मत कीजिए। मैं बार-बार आपके पैरों पर प्रणाम करता हूँ मेरी त्रुटियों को क्षमा कीजिए। यह कहते हुए जब विश्वक गुरु के पैरों पर गिर पड़ा, तब गुरु ने कृपायुक्त हो कर कहा -

कृष्ण वचन

हे वत्स, धीरज धरो और सुनो, मैं तुम्हें ज्ञान प्राप्त करने का मार्ग बताता हूँ। तुम इस क्षेत्र को छोड़ दो और अलग जाकर रहो। यदि कोई मादा पक्षी तुम्हारे संग की कामना करती है, तब तुम अपने वंश और जाति की वृद्धि करो। तुम्हारा वंश अन्य सभी के द्वारा परित्यक्त होगा। तुम्हारे वंश का नाम वातुलि होगा और तुम लोग निशाचर होगे। इस प्रकार तुम अपनी विशिष्टता के साथ रहोगे, क्योंकि वातुलि न तो पशु हैं और न ही पक्षी, वे दोनों का मिश्रण हैं। हे विश्वक, अब तुम अपनी मुक्ति का समय सुन लो। कालक्रम से अभीकुल में देव का जन्म होगा। जब वे वाक श्रृंग को छोड़ कर कालचक्र की प्रतिष्ठा करने के लिए आएँगे तब तुम्हारी सद्गति होगी, तब तक तुम यहीं रहोगे। देव के स्पर्श से तुम्हें ज्ञान प्राप्त होगा। इसके बाद प्रत्येक युग में तुम्हारा वंश रहेगा। कृष्ण के यह वाक्य सुनकर विश्वक ने वह क्षेत्र त्याग दिया और यहाँ आकर रहने लगा और तुम्हारे आने की प्रतीक्षा करने लगा। हे महामति देव, वातुलिकुल के सृजक विश्वक को बुलाओ, उसे ज्ञान-दान कर उसे मुक्ति प्रदान करो।

देव नीरव होकर वेद की बातें सुन रहे थे और मन ही मन प्रसन्न हो रहे थे। उस निस्तब्ध वन में सत्य ने सिंहनाद के स्वर में गरज कर वातुलि का आह्वान किया।

श्रीमद् देवायण के प्रथम खंड ब्रह्मकल्प में देवमंडल के अंतर्गत बंधु वर्ग में श्री देव-ॠक संवाद में विश्वक मंगल गति नामक पंचम संवर्ग का समापन।

।छठा संवर्ग।

पिंगल वचन

ऋक से यह सुन कर अभीसुत महान देव ने विश्वक के विचित्र जीवन का स्मरण करते हुए, सिंह के समान गरज कर उसे पुकारा, हे विश्वक, मेरे सामने आओ और ज्ञान द्वारा मुक्ति प्राप्त करो। वातुलियों के झुंड वृक्षों की शाखाओं पर लंबवत लटके हुए थे। इनके बीच से एक बृहदाकार जीव निकल कर आकाश में उड़ गया। देव का नाम सुनते ही विश्वक को आत्म-चेतना हुई। वह जहाँ था वहाँ से उसे तुरंत समझ में आ गया। देव का आगमन देखने के लिए वह आकाश में उड़ा था। दूर से, उसने पृथ्वी पर देव और ऋक को देखा। सत्य-मिथ्या की जाँच करने के लिए वह आकाश में इन दोनों के चारों ओर चक्कर काटने लगा। उसके संदेह का निवारण करने के लिए देव ने कहा, ऋक के कहने पर, वातुलि विश्वक के लिए ही उनका आगमन निर्धारित किया गया था।

देव वचन

तुम निःशंक होकर मेरे सामने आओ, मैं अभीपुत्र देव हूँ और तुम्हें मुक्ति प्रदान करने आया हूँ। तुम्हारे गुरु कृष्ण द्वारा कहे गए वाक्यों का स्मरण करते हुए, चराचर को मुक्ति देने वाला सत्य, स्वयं मैं, यहाँ प्रकट हुआ हूँ। तुम संदेह छोड़ दो और सुनो, मैं व्याध नहीं हूँ। देखो, यह जगत-त्राता ऋक हैं और मैं देव हूँ। आकाश में उड़ते हुए विश्वक से, उसके सन्देह का शमन करने के लिए देव के मुख से यह शब्द निकले थे।

विश्वक वचन

यदि आप सचमुच सत्य देवता हैं और मुझे मुक्ति देने आए हैं और यह सभी प्रकार के ज्ञान के दाता ऋक हैं, तब इसकी परख करने के लिए यहाँ सत्य शिला मौजूद है। अपने सामने देखिए और उस पर पाँव रखिए। मैं आपके चरण चिन्ह देख कर यह निष्कर्ष स्वयं निकालूँगा कि वास्तव में गुरु के वाक्य के अनुसार सत्य का आगमन हुआ है या

नहीं। मेरे गुरु सत्य की मूर्ति हैं और उनके शब्द मिथ्या नहीं हो सकते। यदि देव ही आए हैं तब शिला पर पैर रखिए।

पिंगल वचन

विश्वक की बात पर देव ने शिला पर पैर रख दिया। जैसे ही उन्होंने पैर उठाया, विश्वक आश्चर्य-चकित हो कर देखता ही रह गया। जिस तरह दक्षिण-मुखी शंख दिखाई पड़ता है, ठीक वैसा ही चिन्ह शिला पर अंकित हो गया था। यह चिन्ह देखते ही विश्वक के आनंद का पारावार न रहा। वह तुरंत धरती पर उतर आया और देव के चरणों में सिर झुका कर खड़ा हो गया। हे गजानन, यह कितने आश्चर्य की बात है कि जैसे ही उसे देव का स्पर्श मिला हीनता में जन्में विश्वक को उत्तम मुक्ति मिल गई और उसने दिव्य रूप धारण कर लिया। इस प्रकार का दिव्य कलेवर पाकर वह देव की वंदना करने लगा।

देव के स्पर्श से चेतना मिली, इस हर्ष से पुलकित हो कर विश्वक ने देव के चरण कमलों की वंदना की। दिव्यांग सुंदर शरीर में सिहरन हो रही थी। मधुर स्वर वह में ऋक की भी वंदना करने लगा।

श्रीमद् देवायण के प्रथम खंड ब्रह्मकल्प में देवमंडल के अंतर्गत बंधु वर्ग में श्री देव-ऋक संवाद में विश्वक मुक्ति नामक षष्ट संवर्ग का समापन।

।सातवाँ संवर्ग।

विश्वक वचन

हे अंगिराकुल में उत्पन्न, बंधु, सत्य देव, आप सभी के मुक्तिदायक हैं। आपके चरण कमलों में प्रणाम करता हूँ। मैं तुच्छ और परित्यक्त था, गुरु के आशीष से आपके दर्शन हुए। आपके चरण कमलों में प्रणाम करता हूँ। हे समस्त विश्व के बंधु, विश्व को मुक्ति देने के लिए आप सबसे आगे रहते हैं। आपके चरण कमलों में प्रणाम करता हूँ। हे

महात्मन, आपके स्पर्श से मैंने अपने पुराने शरीर को त्याग कर दिव्य शरीर प्राप्त किया है। आपके चरण कमलों में प्रणाम करता हूँ।

पिंगल वचन

इस तरह कहते हुए जब विश्वक ने चरणों में प्रणाम किया, तब अभीपुत्र ने प्रसन्न हो कर कहा -

देव वचन

हे विश्वक, मैंने तुम्हारी पुरानी दुःख-भरी कहानी सुनी है। केवल गुरु के कारण ही तुम्हें मेरा दर्शन मिला है। जब तक यह सृष्टि रहेगी तब तक तुम्हारा वंश रहेगा। तुम्हारे पुत्र-पौत्रों की क्रमशः वृद्धि होगी। अब इस वंश का त्याग करते हुए तुम ऊपर के पथ पर जाओ। वहाँ सूर्यगिरि है, वहीं जा कर ध्यान करो। स्वयं अश्विनी देवता इस गिरि की सुरक्षा करते हैं। तुम ध्यान लगा कर अश्विनी कुमारों को संतुष्ट करो। सुनो, पहले अश्विनी कुमारों ने घोड़ों के रूप में जन्म लिया था क्योंकि सूर्यदेव ने उनकी सृष्टि घोड़ों के रूप में की थी। वही अश्विनी कुमार अब घोड़ों का शरीर त्याग कर दिव्य रूप घोड़ों पर सवार वीर योद्धाओं के रूप में रहते हैं।

पिंगल वचन

इस प्रकार कहते हुए देव ने विश्वक को यथोचित वर दिया तथा शीघ्र ही ऋक के साथ वातुलि क्षेत्र त्याग कर आगे चल दिए। कुछ दूर आगे जाने पर उन दोनों को एक मधुर स्वर सुनाई दिया। बेंत कुंज से कूकने की आवाज सुन कर देव बड़े प्रसन्न हुए। देव द्वारा सुनी गई ध्वनि के बारे में ऋक ने कहा, याद करो, इस बेंत कुंज में शक धूम रहता है। जैसे ही ऋक ने शक धूम कहा, क्रोध में आकर ऊँची आवाज करता हुआ एक विशाल पक्षी कुंज से बाहर निकल आया। उसकी आँखें लाल थी और शरीर का रंग धूमिल था। अपने सामने दो पुरुषों को देख कर उसने कहा।

शक धूम वचन

आप दोनों आगंतुक है, आपका परिचय क्या है? उस धुएँ के जाल को पार कर आप यहाँ कैसे आ गए?

पिंगल वचन

हे गजानन, उस स्थान शक धूम द्वारा यह प्रश्न पूछे जाने पर ऋक से मुँह से यह वाक्य निकल आया -

ऋक वचन

हे साम, देखो, मैं तुम्हारा बड़ा भाई ऋक हूँ।

पिंगल वचन

ऋक की बात सुन कर साम का हृदय प्रसन्नता से भर गया। ऋक को देखते ही साम ने अपना पुराना रूप छोड़ कर तेजमाला से सुसज्जित अपना अपूर्व सुंदर रूप धारण कर लिया। उनका श्यामल शरीर स्वर शंख से विभूषित था। उन्होंने पीले वस्त्र और उत्तरीय धारण कर रखा था। उनके पवित्र कंधे चौड़े थे और उनकी इसी आकृति की संसार में पूजा की जाती है। उनके कान और उनकी दोनों आँखें विष्णु के समान हैं। साम का यह रूप देख कर सत्यदेव प्रसन्न हुए और उन्हें गले से लगा लिया। प्रसन्न ऋक ने साम से कहा, हे साम, तुम इसी क्षण देव को साथ लो और आश्चर्य को मुक्ति दिलाने के लिए उसके पास चले जाओ। देव का आशीर्वाद लेकर मैं ब्रह्मलोक जा रहा हूँ। हे देव, मैं आपके यज्ञ में आऊँगा। आज मेरा कार्य समाप्त हो गया है इसलिए आपका साथ छोड़ कर जा रहा हूँ। यह कर ऋक आकाश मार्ग से चल दिए।

देव और साम आश्चर्य के साथ, उन्हें जाते हुए देख रहे थे। प्रसन्न मन से ऋक आकाशमार्ग से मेघों का मंथन करते हुए जा रहे थे। आकाश में एक उज्ज्वल चिन्ह है, जहाँ विश्व को उज्जवलता प्रदान करने वाले सूर्य रहते हैं।

श्रीमद् देवायण के प्रथम खंड ब्रह्मकल्प में देवमंडल के अंतर्गत बंधु वर्ग में श्री देव-ऋक संवाद में साम साक्षात्कार नामक सप्तम संवर्ग का समापन।

।आठवाँ संवर्ग।

पिंगल वचन

हे गजानन, जब ऋक ने ब्रह्मलोक प्रस्थान किया तब साम ने मधुर स्वर में देव से कहा -

साम वचन

हे देव, मैं पिता की आज्ञा के अनुसार, श्रुतर्वा आक्ष्र्य की रक्षा करते हुए, आपके कारण यहाँ रह रहा हूँ। हम शीघ्र वहाँ चलते हैं जहाँ आक्ष्र्य रहते हैं। उन्हें मुक्ति मिल जाने पर मेरा कार्य समाप्त हो जाएगा।

पिंगल वचन

इस प्रकार कह कर साम ने देव के साथ यह क्षेत्र छोड़ दिया और जहाँ आक्ष्र्य देव रहते थे वहाँ जाने के लिए बाहर निकल पड़े। कुछ दूर जाने पर एक आश्रम दिखाई पड़ा। देव ने साम से पूछा - यह कौन सा आश्रम है और यहाँ कौन रहते हैं? इसके उत्तर में साम ने देव से मधुर स्वर में कहा - इस आश्रम में गोपवन रहते हैं जो अत्रि के पुत्र हैं। इस आश्रम में रह कर वह ब्रह्म का ध्यान करते हैं। गोपवन द्वारा स्थापित इस आश्रम का नाम बंधुराश्रम है। महर्षि गोपवन का विवाह लोपामुद्रा से हुआ है। अभीपुत्र ने पूछा कि यह लोपामुद्रा कौन थीं, किस कुल में उत्पन्न हुई थीं और किसकी पुत्री थीं?

साम वचन

हे अभीपुत्र, लोपामुद्रा वरुण देव की बेटी हैं। जिस प्रकार अगस्त्य वरुण के पुत्र है, उसी प्रकार लोपामुद्रा वरुण की पुत्री हैं जिनका उन्होंने आदर सहित पालन-पोषण किया था। गोपवन का विवाह लोपामुद्रा से कैसे हुआ था इसकी कहानी मैं आपको सुनाता हूँ, ध्यान देकर सुनिए। वरुण-दुहिता सुलोचना लोपामुद्रा का रूप तीनों लोकों में सबसे बढ़ कर था। पूर्ण यौवन प्राप्त करने के बाद एक दिन लोपामुद्रा अपने पिता के सामने आई और सिर झुका कर कहने लगी - हे पिता, मेरे बचपन के खेल समाप्त हो चुके हैं। अब लगता है कि खेलना अकारण है और

इसमें समय व्यर्थ नष्ट होता है। अब मैं सोचती हूँ कि समय बीतने पर जिसकी सार्थकता समाप्त हो जाए उस कार्य को करने से क्या लाभ? अब इसके प्रति मेरी कोई भी इच्छा नही है और मेरा मन खेलों से हट गया है। हे पिता मेरे लिए कोई ऐसा कार्य बताइए जिससे मेरा चित्त प्रसन्न रहे। पहले जब खेलों में मेरा मन लगता था, मैं सदैव प्रसन्न रहती थी। आज मैंने उन्हें पूर्णतः छोड़ दिया है इसलिए मेरा मन विषाद से भर गया है। इस विषाद से बचने के लिए क्या उपाय है?

वरुण वचन

लोपामुद्रा अब तुम्हारे लिए विद्या ग्रहण करने का समय आ गया है। जब ज्ञान प्राप्त करने की इच्छा जागती है तब खेल के लिए आग्रह समाप्त हो जाता है। मन में क्रीड़ा के लिए जगह नहीं रह जाती केवल ज्ञान के लिए स्थान रहता है। मेरी बेटी, अब तुम्हारे ज्ञान में उत्कर्ष का समय आ गया है।

लोपामुद्रा वचन

हे पिता, वह कौन सा ज्ञान है जिसका मेरे हृदय में उत्कर्ष हो रहा है? ज्ञान से क्या लाभ है और क्रीड़ा क्यों छोड़ देनी चाहिए?

वरुण वचन

हे वत्स, ध्यान से सुनो। जब ज्ञान में पूर्णता आती है तब सारे विषाद दूर हो जाते हैं और चित्त प्रसन्न हो जाता है। क्रीड़ा से मूर्खता और अज्ञानता का जन्म होता है। जब हृदय में ज्ञान-पिपासा जगती है तब खेल बेकार लगने लगते हैं। जितने दिनों तक बुद्धि नहीं रहती शिशु क्रीड़ा में मग्न रहते हैं। लोपामुद्रा, तुमने देखा होगा, जब शिशु नाचते हैं तब बड़े उन्हें देख कर प्रसन्न होते हैं। तब उस शिशु का नाचना बढ़ जाता है क्योंकि वह बड़ों को हँसते देख कर सोचता है कि नाचना अच्छा है। परंतु बड़े अन्य कारण से हँसते हैं कि इसे लज्जा नहीं है। अबोध शिशु की सरलता उसकी सभी गतिविधियों में दिखाई देती है। ज्ञान होने पर उसकी बोध शक्ति बदल जाती है। तब अतीत में किए गए अपने नाच पर उसे स्वयं हँसी आती है। अब वह दूसरे शिशुओं को नाचता

देख कर हँसता है। इससे यही सिद्ध होता है कि नृत्य और क्रीड़ा बेकार हैं। जो पहले नाचने में आनंद लेते थे वे खेलते समय अपने बड़ों का अनुकरण करते हैं। घर में जैसा आचरण होता है बाहर जाकर वे वैसा ही करते हैं। जैसे-जैसे यह शिशु बड़े होते हैं उन्हें ज्ञान होता है और उन्हें खेलना निरर्थक लगने लगता है। इसलिए क्रीड़ा छूट जाती है। ठीक वैसे ही, तुम ज्ञान प्राप्त करने की आयु में पहुँच गई हो। तुम दुविधा त्याग करो और चित्त स्थिर करो। अंदर रहने वाली विद्या परा ज्ञान है और बाहरी विद्या संसार को दिखाने के लिए है। याद रखो कि ब्रह्म विद्या में स्वयं ब्रह्म रहते हैं। ब्रह्म को प्राप्त करना बाहरी विद्या से अधिक आवश्यक है। ज्ञान में ही शांति की पूर्णता होती है और वह अचल होती है। तुम स्वयं को ब्रह्म ज्ञान में समर्पित करोगी तब निश्चित रूप से तुम्हें ब्रह्म की प्राप्ति होगी।

वरुण ने वर्णन किया, बाल्यकाल पूर्ण होने पर दोनों विधियों से ज्ञान साधना करनी चाहिए। निश्चित रूप से ब्रह्म ही परम शांति और आनंद के कारण हैं।

श्रीमद् देवायण के प्रथम खंड ब्रह्मकल्प में देवमंडल के अंतर्गत बंधु वर्ग में श्री देव-साम संवाद में लोपामुद्रा बाल्य स्मृति कथन नामक अष्टम संवर्ग का समापन।

।नौवाँ संवर्ग।

लोपामुद्रा वचन

हे पिता, इस ज्ञान के लिए कैसा आचरण होना चाहिए? जिस मार्ग से मुझे ज्ञान मिलेगा वह मार्ग बताइए।

वरुण वचन

इसे मन में धारण करते हुए तप करो। तप से ज्ञान प्रकट होगा। हे पुत्री, जो तप नहीं करता उसे ज्ञान नहीं मिलता। याद रखो, आँखें, कान

और मन ज्ञानेंद्रिय हैं। दर्शन, श्रवण और ध्यान से क्रमशः ज्ञान प्रकाशित होता है। जिस तरह रात बीतने पर सूर्य निकल कर दिन का उजाला फैला देता है, उसी प्रकार ज्ञान का सूर्य उदय होकर चित्त का अंधेरा समाप्त कर देता है।

लोपामुद्रा वचन

हे पिता, यह श्रवण, दर्शन और ध्यान क्या हैं, जिनसे चित्त में ज्ञान का उदय होता है और पूर्ण शांति मिलती है?

वरुण वचन

तुम देखोगी कि देवताओं और ऋषियों में ब्रह्म स्वयं को व्यक्त करते हैं, इसी में तुम्हें आनंद के सभी कारण दिखाई देंगे।

साम वचन

वरुण की बातें सुन कर लोपामुद्रा प्रसन्न होकर बाहर आ गई और पिता का क्षेत्र त्याग कर विभिन्न क्षेत्रों में भ्रमण करने लगी। उसने देवताओं को क्रीड़ामग्न देखा और सोचने लगी कि देवतागण अज्ञानी हैं। तब वह देवताओं का क्षेत्र त्याग कर ऋषियों के क्षेत्र में जाकर घूमने लगी। उसने देखा कि सभी ऋषि तप और यज्ञ में लगे हुए हैं। हे अभीपुत्र, उसने सोचा कि ऋषियों में ज्ञान व्यक्त हुआ है। इससे लोपामुद्रा के मन में ऋषियों के प्रति श्रद्धा उपजी। वह घूम-घूम कर इस ज्ञान-स्थल को देख रही थी। इसी बीच उसने अत्रि-नंदन गोपवन को देखा। ब्रह्मज्ञान में लीन होकर वे निश्चल होकर तप की मुद्रा में बैठे हुए थे। उनके पवित्र मुखमंडल से तेज निकल रहा था। लोपामुद्रा ने सोचा कि महर्षि गोपवन ज्ञान के भंडार हैं और वह ब्रह्म मान कर उनकी सेवा करने लगी। उसने देखा कि तप में बैठे हुए गोपवन के शरीर पर चींटियाँ रेंग रहीं थीं। उनकी देह पर पक्षी क्रीड़ा कर रहे थे। कोई उनके कानों में मधुर स्वर में कूक रहा था तो कोई अपने शरीर को आनंद देने के लिए पंख फड़फड़ा रहा था। लोपामुद्रा ने उन्हें अपने हाथों से हटाया। इसके बाद उसने ऋषि पर पत्तों से छाया की और स्थिर बैठ कर उन्हें पंखा झलने लगी।

गोपवन का ध्यान टूटा तब उन्होंने देखा कि उनके सामने बड़ी-बड़ी आँखों वाली, घने केशों और सघन स्तनों वाली तन्वंगी, अपूर्व सुंदरी नवयौवना है। उन्होंने मधुर स्वर में पूछा - आपका परिचय क्या है, मुझे लगता है कि आप कोई देवकन्या हैं। आप मेरे यहाँ किस कार्य से आई हैं? लोपामुद्रा ने इसके उत्तर में कहा - हे महामति, मेरा नाम लोपामुद्रा है और मैं वरुण की पुत्री हूँ। मैं आपके पास ज्ञान लेने के लिए आई हूँ। पिता की आज्ञा सुन कर मैं विभिन्न क्षेत्रों में भ्रमण कर रही थी। यह सुनकर गोपवन ने मुस्कुरा कर कहा, सचमुच देवकुल की सर्वदा यही रीति रही है। ज्ञान प्राप्त करने के लिए देवता ऋषियों के पास आते हैं। परंतु ऋषियों ने कभी किसी देवी को ज्ञान नहीं दिया है।

लोपामुद्रा वचन

विद्वान देवताओं और देवियों को अलग नहीं मानते हैं। हे महात्मन, मैं शिक्षा लेने के लिए आपके पास आई हूँ। नित्य आपके पास रह कर आपके चरणों की सेवा करूँगी। जब अनुकूल समय होगा तब आप मुझे ज्ञान प्रदान कीजिए।

प्रेम की कामना करती हुई वरुण-दुहिता को अपने चरणों पर झुका देख कर गोपवन ने कहा, मुग्धा शिष्या के साथ निर्जन में निवास करना असंभव है।

श्रीमद् देवायण के प्रथम खंड ब्रह्मकल्प में देवमंडल के अंतर्गत बंधु वर्ग में श्री देव-साम संवाद में ज्ञान से आकर्षित लोपामुद्रा नामक नवम संवर्ग का समापन।

।दसवाँ संवर्ग।

लोपामुद्रा वचन

आपके महान संग को मन में रखते हुए आपके प्रेम की आकांक्षा रखती हूँ, परंतु अपने मन को ज्ञान की इच्छा से कैसे वंचित कर सकती

हूँ? हे महात्मन, मैं यह भी समझती हूँ कि यदि स्त्री नवयौवना हो तब वह विघ्न का कारण बन सकती है। मेरे मन में जो ज्ञान पाने के लिए दृढ़ निश्चय है उसे कैसे त्याग सकती हूँ?

साम वचन

इस प्रकार कह कर लोपामुद्रा की आँखें आँसुओं से भर गईं। गोपवन के चरणों में प्रणाम करने के बाद वह हाथ जोड़ कर बैठ गई। लोपामुद्रा की व्यथा को अपने मन में अनुभव करते हुए गोपवन ने कहा -

गोपवन वचन

मैं जो कहता हूँ वह काम तुम पहले करो। अपने पिता से निवेदन करो कि तुम ने ज्ञान प्राप्त करने के लिए गोपवन को चुना है। तुम्हारे ज्ञान के लिए यदि वरुण इसे मान लेते हैं उसके बाद, हे लोपामुद्रा, मैं तुम्हें अपने पास रख सकता हूँ।

साम वचन

गोपवन की आज्ञा मान कर लोपामुद्रा तुरंत अपने पिता के पास गई और उनके चरणों पर झुक कर कहने लगी -

लोपामुद्रा वचन

हे पिता, मैंने महर्षि गोपवन को देखा है। जैसा आपने कहा था, उन्होंने ब्रह्मज्ञान प्राप्त कर लिया है। महान तपस्वी गोपवन अपनी तेजस्विता से प्रदीप्त हैं। उनका दर्शन कर मेरे अंग में अपूर्व आनंद का अनुभव होता है। गोपवन को देख कर मुझे लगता है कि मैं सब तरह से परिपूर्ण हो गई हूँ। पूरी तरह से आनंद में डूब कर मैं बार-बार रोमांचित होती हूँ।

साम वचन

लोपामुद्रा की बातें सुन कर वरुण मुस्कुराने लगे। जलेश्वर ने कहा, तुम यह कह रही हो लोपामुद्रा, कि गोपवन को देख कर तुम्हारा यौवन उल्लसित हो गया है। इसे अन्न ब्रहम की महिमा समझो, तुम्हारा युवा रूप उत्फुल्ल हो गया है। अपने हाथों से तुम्हारा दान करूँगा, उसके

बाद तुम गोपवन के साथ तपस्या करते हुए ब्रह्म से युक्त होना। यह कह कर जलाधिपति वरुण लोपामुद्रा को अपने साथ लेकर तुरंत गोपवन के आश्रम में जा पहुँचे। गोपवन ने रीति के अनुसार वरुण की वंदना की और पूछने लगे, देवता का आगमन किस प्रयोजन से हुआ है। यदि आप कन्यादान की बात करने आए हैं तब आपकी आज्ञा का पालन करते हुए मुझे बहुत प्रसन्नता होगी।

जलाधीश ने उत्तर दिया, गोपवन तुम महान हो। मेरी पुत्री लोपा तुम्हें देख कर मुग्ध हो गई है। इसी कारण में तुम्हारे पास आया हूँ। जिसे कन्या स्वयं वरण करती है उस व्यक्ति को निश्चित रूप से कन्यादान करना चाहिए। यदि कन्या को इससे प्रसन्नता होती है तब यह दान अत्यंत उत्तम होता है। इसे पुण्य समझ कर तुम लोपा को ग्रहण करो। गोपवन को मौन देख कर जलेश्वर ने कहा - यदि कन्या हर्षपूर्वक आत्मनिवेदन करती है, तब वह तुम्हारे कार्यों में कदापि विघ्न उपस्थित नहीं करेगी, बल्कि इसके विपरीत, तुम्हारे सभी कार्यों में सदा तुम्हारी सहायक बन कर रहेगी। स्त्री का चरित्र यही है, जहाँ उसे मान-मर्यादा मिलती है और श्रेष्ठ पद दिया जाता है, वहाँ वह सारा भार स्वयं ग्रहण करती है। हे गोपवन, स्त्री चरित्र की यह महत्ता है। तुम इसे सम्मान दो। मेरी पुत्री सदा तुम्हारे सामने प्रसन्नता पूर्वक सिर झुका कर रहेगी। ऐसा कह कर जलेश्वर ने आदरपूर्वक अपनी कन्या का दान किया। उसके साथ-साथ उन्होंने दिव्य धन, रत्न और अजर-वस्त्रादि भी दान किया। जलेश्वर द्वारा आभूषणों से सुसज्जित करने के बाद दान की गई लोपामुद्रा को गोपवन ने आदर सहित स्वीकार किया। कन्यादान करने के बाद जलाधिपति उस क्षेत्र से वापस आ गए।

लोपामुद्रा कुछ दिन तो आनंदपूर्वक रही, परंतु बाद में विषादग्रस्त होकर पिता के सामने जाकर खड़ी हो गई और कहने लगी, हे पिता, गोपवन के साथ अब मुझे पहले जैसा सुख नहीं मिल रहा है। वरुण ने कहा, यह तुमने कैसा ब्रह्म दर्शन किया है, ब्रह्म दर्शन तो सर्वदा महान आनंद से परिपूर्ण होता है। ऐसा क्या हो गया जिससे तुम्हारे आनंद का लोप हो गया है? इसमें कोई संदेह नहीं कि ब्रह्मानंद निरंतर रहता है। यह कह कर वरुण फिर लोपामुद्रा के साथ गोपवन के पास गए। गोपवन

से उन्होंने कहा - अब तुम सृष्टि प्रकाशित करो, जैसे तुम्हारे पिता ने की था या मैंने भी की थी। ब्रह्म सर्वदा अव्यक्त रहता है, नारी शक्ति की सहायता से वह जीव के रूप में व्यक्त होता है, तुम्हें यही करना चाहिए। यह कह कर वरुण वहाँ से चले गए।

गोपवन ने लोपामुद्रा के गर्भ में अपना तेज प्रदान किया जिससे लोपामुद्रा की सहायता से गोप की सृष्टि प्रकट हुई। लोपामुद्रा एक बार फिर हर्ष से परिपूर्ण हो गई। गर्भ धारण करने के बाद लोपामुद्रा की प्रसन्नता दिनों-दिन बढ़ने लगी। पवित्र गर्भ की पूर्णता के बाद वह माता के पद पर प्रतिष्ठित हुई। हे अभीसुत, उस पुत्र को बंधु नामित किया गया। पुत्र को वक्ष से लगा कर लोपामुद्रा पिता के पास गई। उसने कहा कि माँ बनने के बाद वह सब तरह से प्रसन्न हो गई थी। इसके उत्तर में जलेश्वर ने कहा - लोपा यही प्राण ब्रह्म है, जो प्राण के साथ प्राण के संयोग से उत्पन्न हुआ है। वरुण ने पुत्री के साथ दौहित्र का भी बहुत आदर-यत्न किया क्योंकि लोपामुद्रा की प्रसन्नता से जलाधीश भी आनंदमग्न हो गए थे। इस प्रकार कई वर्ष बीत गए। लोपामुद्रा को फिर पुत्र हुआ जिसे सुबंधु नाम दिया गया। इसके बाद तीसरा पुत्र हुआ जिसका नाम श्रुतबंधु था। तब चौथा पुत्र, विप्रबंधु हुआ।

गर्भ धारण करते हुए लोपामुद्रा का मन प्रसन्न रहने लगा था, चारों पुत्रों में से प्रत्येक के नाम में बंधु प्रत्यय था। वरुण ने कहा कि निश्चित रूप से ब्रह्म ने ही उसे इन प्राणों के रूप में दर्शन दिया है।

श्रीमद् देवायण के प्रथम खंड ब्रह्मकल्प में देवमंडल के अंतर्गत बंधु वर्ग में श्री देव-साम संवाद में बंधु-उद्भव वार्ता नामक दशम संवर्ग का समापन।

।ग्यारहवाँ संवर्ग।

साम वचन

चार पुत्रों की माता बनने के बाद भी लोपामुद्रा की प्रसन्नता अधिक दिनों तक स्थायी नहीं रही। वह फिर अपने आप को अपरिपूर्ण समझने लगी और उसका मन विषादग्रस्त हो गया। वह फिर अपने पिता के पास गई और कहने लगी, पुत्रों से भी मेरा मन नहीं भरा, अब इसके बाद मैं क्या करूँ? पुत्रों के होने पर जो शांति मिली थी वह अल्प-कालिक थी। मुझे यह बताइए कि पूरी तरह से शांति कैसे मिलेगी और इसके लिए मैं क्या करूँ? यह सुन कर वरुण कुछ देर तक सोचते रहे और तब उन्होंने उत्तर दिया, शुभ और अशुभ पर विचार करो और जो शुभ हो उसमें अपना मन लगाओ। पिता की आज्ञा मान कर लोपामुद्रा विचारमग्न रहने लगी। वह शुभ और पवित्र कार्यों पर विचार करती हुई उन्हें करने के लिए चुनती और उसी के अनुसार कार्य करती। वह अपने पति की सेवा करती और पुत्रों का ध्यान से लालन-पालन करती। अशुभ कार्यों को छोड़ कर शुभ कार्यों में मन लगाने पर उसका हर्ष दिनों-दिन बढ़ने लगा।

इस प्रकार कुछ दिन बीतने पर उसका मन पुनः विषादग्रस्त होने लगा। वह पिता के सामने जाकर इस प्रकार कहने लगी, हे पिता, आप सभी का मंगल करते हैं और अच्छा सोचते हैं। अच्छे कार्य करते रहने पर कुछ दिनों तक तो प्रसन्नता रहती है, परंतु बाद में रोज-रोज उन्हें करते रहने पर नीरस लगने लगता है। अशुभ कार्यों को छोड़ कर शुभ कार्य करने पर कुछ दिनों तक प्रसन्नता बनी रहती थी। परंतु यदि अशुभ कार्य नहीं होते तो शुभ कार्यों को करने पर कभी भी हर्ष नहीं होता। पहले मुझे इसका ज्ञान नहीं था जब मैं शुभ और अशुभ कार्यों को मिला-जुला कर करती थी। अशुभ कार्यों को छोड़ते हुए जितनी प्रसन्नता हुई थी अब केवल शुभ कार्यों को करते रहने पर उतनी प्रसन्नता नहीं होती। यदि सर्वदा केवल दिन रहता तब अच्छा नहीं लगता, वैसे ही यदि हमेशा रात रहती तब भी अच्छा नहीं लगता। परंतु इन दोनों का मिश्रण - ऊषा और संध्या सभी को अच्छी लगती हैं।

इसलिए हे पिता, मैं कहती हूँ कि निरंतर शुभ कार्य करते रहने पर मुझे अच्छा नहीं लग रहा है और मेरा मन नीरसता का अनुभव करने लगा है। जैसे दिन में पृथ्वी सूर्य के ताप से सूख जाती है वैसे ही मेरा मन भी सूख गया है। फिर भी अशुभ कार्य वांछित नहीं हैं क्योंकि वे सदा दुःखदायी होते हैं। इस परिस्थिति में मैं क्या करूँ हे पिता, कौन सा तप करूँ, कृपया सोच कर बताइए।

जलेश्वर ने मुस्कुराते हुए उत्तर दिया - हे पुत्री, मैं जो कह रहा हूँ उसे ध्यान से सुनो। अपने मन से सभी विचार निकाल दो और क्रमशः इसे शून्य कर दो। स्तब्ध और निर्जन स्थान में जाकर, अपना मन शून्य में लगाओ। तुम्हारा मन ब्रह्म से पूरा नहीं हुआ है, तुम्हारे लिए मेरा यही उपदेश है।

सदा मंगल और शुभ में ध्यान लगाए रहने के बाद भी चित्त निरंतर शुष्क रहता है। ब्रह्म की मानस पुत्री निरंतर शुभ और अशुभ के भ्रम से ग्रस्त होने लगी।

श्रीमद् देवायण के प्रथम खंड ब्रह्मकल्प में देवमंडल के अंतर्गत बंधु वर्ग में श्री देव-साम संवाद में मनः ब्रह्म परिचय नामक एकादश संवर्ग का समापन।

।बारहवाँ संवर्ग।

साम वचन

पिता की बात सुन कर लोपामुद्रा एकांत में जाकर ध्यान लगा कर बैठ गई और उनके कथन का अनुसरण करने लगी। स्वाभाविक रूप से, मन में अशुभ या शुभ जो भी चिंताएँ आतीं उन्हें मन से निकाल देती। इस तरह करते-करते वह मन को सभी विचारों से मुक्त रखने लगी। उसने इससे एक बड़े विस्तार का अनुभव किया। शून्य मन बृहद चराचर में व्याप्त हो गया। यह जगत उन्मुक्त और प्रकाशवान लगने

लगा। इस प्रकार कई वर्ष तक वह हर्ष से सराबोर हो कर रही। इस तरह वह नित्य-कार्यों के बंधन से स्वतंत्र हो गई थी और कर्मशून्यता की स्थिति में आ गई थी। कुछ कर्म आवश्यक हैं, यह बुद्धि उसके मन से निकल गई थी। जब करने के लिए कुछ भी नहीं रहे और कर्तव्य ज्ञान भी नहीं रह जाए, तब मन धीरे-धीरे क्षुब्धता की ओर अग्रसर होने लगता है। इस कारण वह फिर अपने पिता के आगे उपस्थित हुई, नित्य शांति में रहने के बावजूद मुझे पूर्णता नहीं मिली। मैंने मन को चिंतामुक्त करते हुए बृहदता में प्रतिष्ठित किया। सब त्याग करने के बाद मैं अपने आपको प्रसन्न तथा प्रसारित अनुभव करने लगी। सब कुछ उज्जवल प्रतीत होने लगा और मन प्रसन्न रहने लगा। परंतु दैनंदिन कर्मों के अभाव में मन में विषाद जमा होने लगा। मैं नित्य ध्यान में लगी रहूँ, अब यह असंभव लगने लगा है। जब तक इस शरीर में भूख और प्यास है, तब तक दिव्य ध्यान करने से पूरा लाभ नहीं मिलता।

वरुण ने मुस्कुराते हुए उत्तर दिया, विज्ञान और ब्रह्म दर्शन से मन कभी भी नहीं भरता। अपने-आप को अकर्मण्य पाकर मन में क्षोभ होने लगता है। अब तुम्हें इससे भी आगे जाना पड़ेगा जहाँ आनंद की पूर्णता मिलेगी। इस जगत से उपर जाकर जगत की समझ होती है उसी तरह बृहत्तर जगत सूर्य द्वारा प्रकाशित होता है। जो इन सब की परिचालना करते हैं, तुम्हें अपना ध्यान उन्हीं में लगाना पड़ेगा। इस प्रकार की बात सुन कर लोपामुद्रा अपना ध्यान बृहद में लगाने के कार्य में लग गई। इसमें उसे कई वर्ष लग गए और इसके पूरा होते ही वह महा आनंद से ओत-प्रोत होने लगी। कर्म या ध्यान में सदा विभोर रहने लगी जिससे आत्मा उज्ज्वल हो गई। आनंद ब्रहम की खोज करते हुए उसे विदुषी के पद का सम्मान मिला। गोपवन तथा उनकी पत्नी, विदुषी लोपामुद्रा अपने पुत्रों के साथ आनंदपूर्वक रहने लगे। हे देव, यदि आपके मन में लोपा के दर्शन करने की इच्छा उत्पन्न हुई हो, तब हम इस ब्रहम पद पर प्रतिष्ठित महिला का दर्शन कर सकते हैं।

वरुण की पुत्री ने पूर्ण ब्रह्मानंद की प्राप्ति की है। यदि आपके मन में उनके दर्शन करने की इच्छा है तब हम चल सकते हैं, वह स्थान यहाँ से अधिक दूर नहीं है।

श्रीमद् देवायण के प्रथम खंड ब्रह्मकल्प में देवमंडल के अंतर्गत बंधु वर्ग में श्री देव-साम संवाद में विज्ञानानंद ब्रह्म तत्व कथन नामक द्वादश संवर्ग का समापन।

।तेरहवाँ संवर्ग।

पिंगल वचन

साम से यह सुन कर देव ने प्रसन्न होते हुए कहा - शीघ्र चलो, मैं जाकर लोपामुद्रा को देखूँगा। देव की सहमति पाकर वे बंधु-आश्रम गए। द्वार पर पहुँच कर साम ऊँचे स्वर में बंधु - बंधु कह कर पुकारने लगे। साम की पुकार सुन कर बंधुगण बाहर आ गए क्योंकि उस आश्रम में साम की नित्य उपासना की जाती थी। बंधु आश्रम सर्वदा साम के संगीत से गूँजता था। यह साम स्वयं वेद थे और यह संगीत उन्हीं का पवित्र स्वर था। साम को देख कर बंधु हर्षित हो गए परंतु देव को जिज्ञासु दृष्टि से देखने लगे।

साम वचन

बंधुगण देखो, सत्य देव आए हैं। हे बंधुगण, सृष्टि की गति परिवर्तन करने तथा उसे पवित्र पथ पर प्रचालित करने के लिए, जगत के हित के लिए ऋषियों और देवताओं की सहायता से महान यज्ञ के बाद देव का जन्म अभी के घर हुआ था। यह कर्मफल का अतिक्रमण करते हुए पाप, ताप और शाप को दूर करते हैं। इनके स्पर्श मात्र से त्वरित और महान रूपांतरण हो जाता है। इनका कार्य बहुत बड़ा है और कह पाने के लिए अत्यंत विस्तृत है। इनकी बातें सुनते ही सारे दुःख तिरोहित हो जाते हैं। इनके दर्शन से निश्चित रूप से जन्म और मृत्यु से मुक्ति

होती है। यह कालों के महाकाल, सत्ययुग के अधिपति हैं। जगत के सुख और सार्वजनिक शांति के लिए, पुण्य को सर्वत्र फैलाने के लिए इनका उदय हुआ है। रात ढलने के बाद जिस तरह जब सूर्य आकाश को प्रकाशवान करते हैं, उसी तरह देव सूर्य मन के आकाश को ज्योतिर्मय करते हैं। यह आश्चर्य क्षेत्र को मुक्ति प्रदान करने के लिए इस क्षेत्र में आए हैं। हे बंधुगण, मेरे मुँह से बंधु-आश्रम की पवित्र वार्ता सुन कर देव तुम्हारे द्‌वार पर आ गए हैं।

पिंगल वचन

साम से देव का परिचय सुनते ही, चारों बंधु-भ्राता देव के चारों ओर खड़े होकर, विस्मय भरी आँखों के साथ नत मस्तक होकर उनकी स्तुति करने लगे। उन्होंने सम स्वरों में और सम छंदों में यह स्तवन किया

बंधु वचन

हे महात्मन देव, हे सत्य के प्रकाशक आइए, आप अपनी परम करुणा के साथ बंधुराश्रम में पधारिए। हम तो केवल नाम से ही बंधु हैं, परंतु आप प्रत्येक व्यक्ति के मित्र हैं इसलिए जगत-बंधु हैं। आप पाप और ताप का विनाश करते हैं तथा शाप से मुक्ति प्रदान करते हैं। हमने साम से सुना है कि आपके स्पर्श मात्र से दिव्य रूप मिल जाता है। यद्‌यपि सृष्टि में जन्म और मृत्यु केवल भ्रम हैं। साम की बात कभी भी मिथ्या नहीं हो सकती। इसी साम ने हमारे सामने अभीपुत्र का परिचय दिया है जो स्वयं सत्य हैं। हे महात्मन आपके स्पर्श मात्र से हीन और अधम शरीर में जन्म लेने वाले शीघ्र ही दिव्य रूप पा जाते हैं। आप नित्य इन्हें पवित्र रूप प्रदान करते हैं। आपका कार्य जब पूर्ण होगा तब पूरा जगत पवित्रता से प्रभावित हो जाएगा। आपके तेज से चारों ओर छाया हुआ अंधकार विलुप्त हो जाएगा और पूरी तरह से पवित्र और अकलुषित होकर स्वर्णिम आभा फैल जाएगी। आपके तेज से पवित्र और जगतप्रिय ऊषा प्रकाशित होगी। हे देव, आप जिस इच्छा को लेकर आए हैं उसे हमें कहिए, हम आपके चरणों में प्रणाम करते हुए तुरंत उसे पूरी करेंगे। इतना कह कर बंधु-भ्राता देव के सामने सिर

झुका कर खड़े हो गए। देव प्रसन्न हुए तथा आदर और स्नेह के साथ आशीर्वाद देकर उनके सिरों पर हाथ से स्पर्श करते हुए कहने लगे -

देव वचन

मैंने सुना है कि माता ब्रह्मर्षिका, परम विदुषी, लोपामुद्रा के महान गर्भ से तुमने जन्म लिया है। मैं उस महत्-गर्भा माता को अपनी आँखों से देखना चाहता हूँ। उनके चरणों में निवेदन करो कि आज मैं यहाँ आया हूँ।

धीषणा-पुत्र ने चारों बंधु-भ्राताओं से कहा कि वे उन्हें गर्भ में धारण करने वाली और ब्रहम दर्शन करने वाली माता के दर्शन की इच्छा रखते हैं और इस निवेदन के साथ उनके द्वार पर आए हैं।

श्रीमद् देवायण के प्रथम खंड ब्रह्मकल्प में देवमंडल के अंतर्गत बंधु वर्ग में श्री देव-साम संवाद में बंधु-आश्रम दर्शन नामक त्रयोदश संवर्ग का समापन।

।चौदहवाँ संवर्ग।

पिंगल वचन

बंधुगण ने जब यह सुना कि देव को उनकी माता के दर्शन करने की इच्छा है, तब वे देव को आदर के साथ आश्रम के अंदर ले आए और अपनी माता को पुकारने लगे। नाना अलंकारों से सुसज्जित लोपामुद्रा बाहर आई, और देव को देख कर प्रसन्न हुई। बंधुओं ने देव को अपनी माता का परिचय दिया और देव ने प्रसन्न होकर सिर झुकाया। लोपामुद्रा ने देव से कहा -स्वयं सत्य देव मेरे यहाँ आए हैं, इसे मैं अपना अहोभाग्य मानती हूँ। हे देव, यह हम सबके ध्यान में है कि आप स्वेच्छा से मेरे यहाँ आए हैं। हे देव आप जनहित का कार्य करते हैं और जगत के मुक्तिदायक हैं। आपका जन्म अपूर्व ज्योति से

हुआ है। आप सारे जगत में पूज्य हैं तथा सभी को मोक्ष देने वाले हैं। आप आनंद के कारण हैं। मैं आपको प्रणाम करती हूँ। इस प्रकार देव का सम्मान करते हुए लोपामुद्रा ने देव की पूजा की जिससे देव के मन में बहुत प्रसन्नता हुई।

देव वचन

हे वरुण-तनया, देवी, आपकी कीर्ति कितनी महान है इसे मैंने साम के मुख से क्रमानुसार सुना है - आपके जन्म, आपकी बाल्य क्रीड़ाएँ, यौवन में पाँव रखने पर ज्ञानाकर्षण और उसके बाद पिता के कहने पर व्यक्त ब्रह्म पर विचार करने के लिए आपका बाहर निकलना तथा उसके बाद ऋषियों में श्रेष्ठतम गोपवन को चुनना। आपने आत्रेय के चरणों में नमन करते हुए स्वयं को समर्पित कर दिया, जिस पर आपके पिता जलेश्वर ने आपको गोपवन के हाथों में प्रदान किया। उस समय वरुण आपकी इच्छा निश्चित रूप से जान गए थे क्योंकि अन्न ब्रह्म का महान तत्व आपकी आँखों से प्रकाशित हो रहा था। आप गोप की सेवा में रम गईं, उनकी सेवा के फलस्वरूप आपके शुष्क जीवन को सरस करते हुए गोपबंधुओं का जन्म हुआ। इसके बाद आप क्रमशः मानस-ब्रह्म, विज्ञान-ब्रह्म इत्यादि में दक्षता प्राप्त करते हुए अंत में आनंद-ब्रह्म के निर्णय में सुप्रतिष्ठित हो गईं। किसी भी व्यक्ति के लिए गृहस्थी का भार वहन करते हुए, इस प्रकार का दुर्लभ पद प्राप्त करना असंभव सा लगता है। पति और पुत्रों की देख-रेख का कठिन उत्तरदायित्व निभाते हुए हे महीयसी, आपने ब्रह्म पद प्राप्त कर लिया। इसी कारण मुझे आपको देखने की प्रबल इच्छा हुई। जो सब-कुछ त्याग कर केवल आत्मध्यान में लगे रहते हैं वे बहुत सरलता से महान पद प्राप्त कर लेते हैं। इन सभी त्यागियों से आपका कार्य श्रेष्ठ है जिससे मेरी प्रसन्नता बढ़ गई है। देव के इस प्रकार कहने पर लोपामुद्रा गद्‌गद् होकर मुस्कुराती हुई मधुर वचन कहने लगी।

जब देव अपनी बातें कह रहे थे तब वरुण-पुत्री लोपामुद्रा अपनी पुरानी स्मृतियों में खो गई थी। उसका पूर्व जीवन गोपनीय था। अगस्त्य और लोपा की स्मृतियाँ संजो कर रखी गई थीं।

श्रीमद् देवायण के प्रथम खंड ब्रह्मकल्प में देवमंडल के अंतर्गत बंधु वर्ग में श्री देव-साम संवाद में लोपामुद्रा संदर्शन नामक चतुर्दश संवर्ग का समापन।

।पंद्रहवाँ संवर्ग।

लोपामुद्रा वचन

हे देव, मेरे जीवन में एक दूसरी स्मृति भी है, जिसे कोई भी नहीं जानता और वह आपको भी ज्ञात नहीं है। यह स्मृति मैं आपको सुनाऊँगी, पहले आप आसन ग्रहण करें, भोजन तथा उत्तम पेय लें। इनसे आपको शीतलता मिलेगी, मनोरंजन होगा और पथ की क्लांति दूर होगी। हे महामति, चूँकि यह गोपवन का तप क्षेत्र है, जहाँ उन्होंने निर्जन में रह कर लाखों वर्षों तक तपस्या की है, यहाँ की वायु सुगंधित है और पक्षी मधुर स्वर में गाते हैं। यह क्षेत्र मेरे लिए पुण्यस्थल है। मैं नियमित रूप से सभी कार्य आरंभ करने से पहले इसी स्थल पर पूजा करती हूँ।

पिंगल वचन

लोपामुद्रा ने देव को स्थान दिखाते हुए आसन ग्रहण करने के लिए कहा। जब देव ने लोपा के कहे अनुसार सारे कार्य कर लिए, तब साम उनके पास में बैठे और बंधुगण उनके चारों ओर बैठ गए। लोपामुद्रा सामने थीं, उन्होंने कहा -

लोपामुद्रा वचन

सुनिए देव, वरुण और मित्र, दोनों महाबली, अदिति के गर्भ से उत्पन्न हुए थे। वे कश्यप के पुत्र थे और दिकपाल थे। उन्होंने अपनी योग्यता के अनुसार कार्य लिया। जीव-जगत की सुरक्षा करने तथा एकता स्थापित करने के लिए दोनों देवताओं ने जलाधिपति का कार्य

ग्रहण किया। चूँकि इस कार्य की सुरक्षा के लिए सृष्टि का प्रयोजन होता है, इन देवताओं ने अलग-अलग सृष्टि प्रकाशित की। हे अभीपुत्र, वरुण के तीन पुत्र हुए और एक कन्या हुई। उसी प्रकार मित्र भी तीन पुत्र और एक कन्या के पिता बने। वरुण के बड़े पुत्र भृगु, दूसरे पुत्र सत्यधृति तथा तीसरे अगस्त्य थे, और कन्या मैं थी। मित्र के बड़े पुत्र वशिष्ठ, दूसरे मान्य तथा तीसरे अप्तृण। उनकी कन्या का नाम अप्पा था जो मेरे ही समान विदुषी थी। हे देव, अब आप अप्पा की मधुर कहानी सुनिए। मेरे तीनों भाई ब्रह्म परायण थे। ब्रह्मज्ञानी भृगु एक अच्छे गृहस्थ के रूप में रहते थे। भृगु को बारह पुत्र हुए जिनके नाम क्रमशः नेभ, वेन, जमदग्नि, गृत्समद, इट, कवि, प्रयोग, कृत्नु, च्यवन, सोमाहुति, स्युमरश्मि और शौनहोत्र थे। इन बारहों को भार्गव कहा जाता था। सत्यधृति स्रष्टा नहीं थे, क्योंकि उनका कोई भी पुत्र नहीं था। अगस्त्य को बाद में एक पुत्री हुई जिसका नाम एषा था।

मैं जिस समय की बात कह रही हूँ उस समय अगस्त्य ने विवाह नहीं किया था। यह ब्रह्मचारी और महातपस्वी थे और शिष्यों से घिरे रहते थे। उस समय मेरे पुत्र बंधु ने जन्म ले लिया था। मैं प्रसन्नता के साथ नाना स्थानों पर घूमती-फिरती थी। हे महामति, किसी स्त्री के लिए पुत्र को जन्म देना महान हर्ष का कारण होता है। अपने प्रियजनों को उस पुत्र को दिखा कर उन्हें परम संतोष मिलता है। उनके स्वजन और प्रिय बांधव उस पुत्र को प्यार-दुलार करते हैं। हे देव, किसी स्त्री को इससे अधिक तुष्टि अन्य किसी बात से नहीं हो सकती।

मैं बंधु के जन्म होने पर उसे सबसे पहले अपने पिता के पास ले गई। मेरे पिता ने जब उसे गले से लगाया तब मुझे बड़ी प्रसन्नता हुई। इसके बाद मैं उसे अपने भाइयों को दिखाने के लिए चल पड़ी। मेरे बड़े अग्रज भृगु उसे देख कर बहुत प्रसन्न हुए। उन्होंने भी उसे गले से लगाया और प्यार किया। भार्गव परिवार के लोगों ने उस समय बहुत प्रसन्नता व्यक्त की। इससे मेरा चित्त हर्षित हुआ और मैंने गौरवान्वित अनुभव किया। तब सत्यधृति मेरे पुत्र के पास आए और उन्होंने हर्षपूर्वक उसे देखा।

इसके बाद मैं उस स्थान पर गई जहाँ अगस्त्य रहते थे। अगस्त्य अपना आश्रम बना कर अलग रहते थे। वह महातपस्वी थे और उनके बहुत से शिष्य थे। उनके आश्रम के नियमों का मुझे पहले से पता नहीं था। मैं अपने पुत्र को ले कर प्रसन्नता से भरी उनके सामने चली गई। वहाँ मुझे देख कर अगस्त्य अत्यंत कुपित हो गए। मेरे शिशु पुत्र को देख कर वे और भी क्रोधित होकर कहने लगे, अरी मूर्खा, मुझे बता तू बिना मेरी आज्ञा लिए किस कारण मेरे आश्रम में चली आई है? अगस्त्य के आश्रम में तेरे आने का क्या प्रयोजन है। यहाँ स्त्रियों का आना और हँसना मना है। लोपामुद्रा, पिता ने तुझे ब्रह्मविद्या प्राप्त करने को कहा था, और तू गोपवन को देख कर उस पर मुग्ध होकर उसे आत्मसमर्पण कर बैठी। स्त्रियों को न कभी ज्ञान होता है और न कोई विद्या। यह तो हमारे पिता हैं जो स्नेहपूर्वक तेरा पालन करते हैं। तू यह स्थान तुरंत त्याग दे और यहाँ से चली जा।

अगस्त्य ने अपने आश्रम में वरुण-पुत्री की कठोर शब्दों में निंदा की। क्रोध के कारण लोपामुद्रा की आँखों से आँसू निकल आए और सुमुखी लोपा गरज उठी।

श्रीमद् देवायण के प्रथम खंड ब्रह्मकल्प में देवमंडल के अंतर्गत बंधु वर्ग में श्री देव-लोपामुद्रा संवाद में अगस्त्य-लोपा वार्ता कथन नामक पंचदश संवर्ग का समापन।

।सोलहवाँ संवर्ग।

लोपामुद्रा वचन

अगस्त्य ने मुझसे रूखे वचन कहे, मैं अंदर से बहुत दुःखी हुई परंतु धीरज धर कर बोली - हे अगस्त्य, मेरे बड़े भैया, मेरा सम्मान ग्रहण करें। आपके आश्रम में मेरे आने का अन्य कोई कारण नहीं है, बल्कि आपको मैं अपने पुत्र बंधु का सुंदर मुख दिखाने के लिए आई थी। इसे

पिता ने गले से लगाकर प्यार किया था, और वैसा ही अन्य बड़े भाइयों, भृगु और सत्यधृति ने भी किया। वहाँ मेरे पुत्र को देख कर सभी संतुष्ट हुए। आपकी बातें सुन कर अब मुझे लग रहा है कि जो मैंने सोचा था आपके यहाँ ठीक उसके विपरीत हुआ है। आपने मुझे अत्यंत रूखी बातें कही है, जबकि यह स्वाभाविक है कि कोई भी स्त्री अपने स्वजनों और बांधवों के सामने अपने पुत्र का प्रदर्शन करती है। मैंने सोचा था कि मेरे पुत्र को देख कर आपके मन में प्रेम उपजेगा। इसी लिए आपको दिखाने अपने पुत्र को लाई थी। आपके आश्रम में आने का मेरा अन्य क्या कारण हो सकता है? हे अगस्त्य, अब मैं पिता के पास जाकर यह सब कहती हूँ। अगस्त्य ने फिर उसी तरह रूखेपन से कहा - लोपामुद्रा, मुझे यह बताओ कि तुम्हारे पुत्र में कौन-सी ऐसी विशेषता है जिसके कारण मैं इसे देखूँ? काम और भोग करने पर सभी को पुत्र हो जाते हैं। प्राणों के साथ प्राणों के मिलन-हर्ष के कारण पुत्र की प्राप्ति होती है और यह कोई नया समाचार नहीं है। यह योगियों के लिए निंदा का विषय है। जब प्राण चंचल होते हैं तब पुत्र की कामना होती है। इससे पूर्ण तृप्ति नहीं होती और यह तपस्वियों के लिए वर्जित है। लोपामुद्रा, तुम्हें निश्चित रूप से इस हर्ष का परित्याग करना चाहिए। पति-पुत्र का त्याग कर आनंदपूर्वक रहो। और इसी तरह ब्रह्मप्राप्ति का मार्ग ढूँढ़ो। सब-कुछ त्याग करने में ही आनंद है और इसी से चित्त एकाग्र होता है।

यह सुनकर मैंने दृढ़तापूर्वक कहा, हे मेरे अग्रज अगस्त्य, मुझे ब्रह्मतत्व तो ज्ञात नहीं है, परंतु व्यक्त और अव्यक्त दोनों में ब्रह्मतत्व रहता है। व्यक्त ब्रह्म की जगतसृष्टि अन्न और प्राणों में रहती है। अव्यक्त ब्रह्म केवल सबके ऊपर विराजते हैं। जो सब-कुछ त्याग देते हैं वे अकर्मण्य होते हैं, और अकर्मण्यता के द्वारा पाया गया पद इस जगत में अकारण होता है। स्रजा के साथ यज्ञ करने पर यह कर्म में परिणत होता है। हे अगस्त्य, मैंने पिता से ऐसा ही सुना है। जो कर्मों से उदासीन रहते हैं उनके प्राण कष्ट पाते हैं। सभी भोगों को तिलांजली दे देने पर प्राण शुष्क हो जाता है। वैसा व्यक्ति अंधों के समान अंधकार में भटकता रहता है। अन्न प्राण-ब्रह्म के समान होता है, इसका

परित्याग कभी भी नहीं करना चाहिए। हे अगस्त्य, आप महान भ्रम दवारा प्रचालित हो रहे हैं।

मुझसे यह वाक्य सुन कर अगस्त्य का क्रोध और भी भड़क उठा - अरी मूर्खा, तूने अच्छी तरह से दुःख नहीं देखा है। अपनी भ्रमित बुद्धि से तू क्या ज्ञान की बातें कहेगी? तू पिता की बातें समझ नहीं पाई थी। निश्चित रूप से ब्रह्मतत्व मन से ऊपर रहता है। लोपामुद्रा, याद रख, अव्यक्त चिंता ही वह ब्रह्म है। ब्रह्म, इन आँखों से कभी भी दिखाई नहीं देता। ब्रह्म, इन कानों से सुनाई नहीं देता। जिसके प्रभाव से कान निरंतर सुनते हैं, उस ब्रह्म को न तो चिंतन से ग्रहण किया जा सकता है और न ही ध्यान से वह ब्रह्म मिलता है। परंतु उसके प्रभाव से ध्यान किया जा सकता है और मन में चिंतन किया जा सकता है। उसके वाक्य को केवल धीरे-धीरे अनुभव किया जा सकता है। इस ब्रह्म का निरूपण केवल त्याग दवारा किया जा सकता है। जहाँ भोग बुद्धि होती है वहाँ ब्रह्म तत्व भ्रम के समान है। ऐसा व्यक्ति घोर अंधकार में चलता है और दुःखों में पड़ जाता है।

मैं आज देख रहा हूँ कि तुम इसी भ्रम से ग्रस्त हो गई हो। तुम सृष्टि की माया से प्रभावित हो और महामोह से विचालित हो गई हो। लोपामुद्रा, यदि तुम्हें समझ है, तब इसे त्यागने का प्रयत्न करो। ब्रह्मविद्या के लिए, चित्त से दृढ़तापूर्वक चंचलता निकाल कर एक ही आसन में बैठी रहो। प्राणायाम करते हुए धीरे-धीरे प्राण काम को मन से निकाल दो। इस तरह दिन बीतने पर, सारी चिंताएँ चली जाएँगी। चित्त में शुद्धि होगी और प्राण सब प्रकार से तुष्ट होगा। इस परम शांति की अवस्था में मन को स्थिर करती हुई ब्रह्म में लीन हो जाओ। इससे अति उत्तम पद मिलेगा। इसके अतिरिक्त जो भी है वह निश्चित रूप से भ्रम है। हे लोपामुद्रा, तुम उसी भ्रम से ग्रस्त हो गई हो। तुम्हारे हित के लिए कहता हूँ कि तुम पति और पुत्र को छोड़ दो।

अगस्त्य ने जिस दृढ़ संन्यास का वर्णन किया उसमें निष्कर्म रह कर मोक्ष की पूर्णता प्राप्त होती है। मेरे अनुसार गृहस्थ जीवन में अभिव्यक्ति के निर्णय से परम पद मिलता है।

श्रीमद् देवायण के प्रथम खंड ब्रह्मकल्प में देवमंडल के अंतर्गत बंधु वर्ग में श्री देव-लोपामुद्रा संवाद में अगस्त्य-लोपा द्वन्द्व से ब्रह्म तत्व निर्णय नामक षोडश संवर्ग का समापन।

।सत्रहवाँ संवर्ग।

लोपामुद्रा वचन

हे अभीपुत्र, अगस्त्य की कटुक्ति से मन ही मन क्षुब्ध होकर मैंने भी इसका उत्तर कठोर शब्दों में दिया, हे मेरे अग्रज अगस्त्य, लगता है कि घोर माया के प्रभाव में आपकी पवित्र बुद्धि का लोप हो गया है। यह सृष्टि ब्रह्म की इच्छा से प्रकट हुई है, आप कैसे ब्रह्मचारी हैं कि इसी सृष्टि की निंदा कर रहे हैं। स्वयं आपकी उत्पत्ति कैसे और किस पथ से हुई है? भ्रम के कारण आपकी सोच का पतन हो गया है। आनंद के कारण ब्रह्म ने सृष्टि प्रकट की है। यह आनंद पारस्परिक है और इससे सृष्टि फलती-फूलती है। सभी व्यक्तियों का त्याग कर यह कैसे आनंद की बात कर रहे हैं?

इस बंदरिया वाली साधना से मेरा कोई लेना-देना नहीं है। हे अगस्त्य, मैं आपके हित के लिए कहती हूँ, इसका त्याग कीजिए। यह बंदर सदा वनों में वृक्षों पर घूमते रहते हैं। अपनी इच्छा के अनुसार एक शिखर से दूसरे शिखर पर उछलते-कूदते हैं। फल-मूल जो भी मिलता है उसे अपने मन के अनुसार खा लेते हैं। परंतु शीतकाल और वर्षाकाल में गृहहीन और निराश्रय बंदर दुःख झेलते हैं। उस समय यह सुखी गृहवासियों को देख कर प्रतिज्ञा करते हैं कि इस बार जाड़ा या बरसात समाप्त होने के बाद सुंदर घर बनाएँगे। परंतु इस प्राकृतिक दुर्योग के बाद भी उनका दुःखों से छुटकारा नहीं होता।

जब जाड़ा या बरसात समाप्त होने के बाद आकाश स्वच्छ हो जाता है तब यह कहते हैं कि घर बनाना बेकार है क्योंकि यह संसार के बंधन में बाँध लेता है। मोह और भ्रम में पड़ कर वे शीघ्र ही घर बनाने का

विचार छोड़ देते हैं। पत्नी और पुत्र को लेकर फिर उछलने-कूदने के लिए चले जाते हैं। इनके वंश और परिवार निराश्रय जीवन जीते हैं। फल इत्यादि भोजन इन्हें प्रिय है परंतु अपने-आप पर कोई भी आसक्ति नहीं है। अपनी भूख मिटाने के लिए यह दूसरों की चीजें चुराने में पटु हैं। यदि अपना कोई कार्य निकल आता है तब कर्म संन्यास की बात करते हैं। स्त्रियों को तुच्छ समझ कर बंदर उनका त्याग करते हैं। तब बंदरिया अकेली सौ से भी अधिक संतानों का पालन करती है। जब दल की सुरक्षा का प्रश्न आता है, तब यह बंदर बड़े-बड़े युद्ध लड़ते हैं। आपसी युद्ध में भी घोर पराक्रम दिखाते हैं। यह अपने प्रति आसक्त नहीं हैं परंतु दल के प्रति इनकी आसक्ति बहुत अधिक है। इसी प्रकार की बंदरिया का तप मैंने आपमें देखा है।

हे अगस्त्य, जहाँ आपकी उत्पत्ति हुई है वह स्थान संतुलित है। ऐसे स्थान में जन्म लेने वाले व्यक्ति को यह पथ छोड़ देना चाहिए। आश्रम बना कर आप बंदर के समान दिखाई देते हैं। अपने घमंड में अपने शिष्यों को पाल रहे हैं। पिता ने जो मार्ग दिखाया था उसका आपने त्याग कर दिया है। मैं पिता के बताए हुए मार्ग पर चलती हूँ इसलिए मुझे कोई भी भ्रम नहीं है। इन बातों की क्या आवश्यकता है यह बातें मेरी समझ में नहीं आतीं। पिता जिस पथ पर चले हैं मैं उसी पर चलना श्रेयस्कर मानती हूँ। यह कार्य करने पर आपने मेरी निंदा की है, आप चल कर पिता से ही पूछ लीजिए।

अपने मनगढ़ंत ब्रह्म द्वारा वर्जित होकर, आप मार्ग से विचलित हो कर बंदरों वाली साधना कर रहे हैं। इसका त्याग कीजिए और यदि कोई प्रश्न हो तब चल कर पिता से पूछ लीजिए।

श्रीमद् देवायण के प्रथम खंड ब्रह्मकल्प में देवमंडल के अंतर्गत बंधु वर्ग में श्री देव-लोपामुद्रा संवाद में अगस्त्य-लोपा द्वन्द्व में अगस्त्य निंदा नामक सप्तदश संवर्ग का समापन।

।अठारहवाँ संवर्ग।

लोपामुद्रा वचन

यह कह कर जैसे ही मैं अगस्त्य के क्षेत्र से वापस आने के लिए तत्पर हुई कि अगस्त्य ने अत्यंत क्रोध में आकर कहा - हे लोपा, तूने बहुत घमंड में आकर मुझसे इस प्रकार की बात की है। किसी चातकी के समान, जो समय और असमय का ध्यान नहीं रखते हुए नित्य काम के प्रभाव में आकर नित्य सृष्टि करनी है। स्रष्टा ने तिर्यक योनि को बहुत जन्म दिए हैं, जहाँ कामक्रिया निरंतर चलती है वहाँ जन्म भी बहुत होते हैं। जीवात्मा के लिए जन्म और मृत्यु क्रमानुसार आवागमन करते हैं। लोपामुद्रा, क्या तुम्हें ज्ञात नहीं है कि गर्भ-यंत्रणा कैसी होती है? जिस आत्मा को गर्भ में अच्छी तरह पोषण किया जाता है उसे ज्ञात नहीं होता कि गर्भ-धारण करने वाली को कितनी यंत्रणा भोगनी पड़ेगी। उत्पन्न करने में घोर यंत्रणा होती है इसे ध्यान में रखते हुए इस देह को स्नेहपूर्वक अपना जीवन दे कर पालन किया जाता है। उसे छोड़ने में कितनी यंत्रणा होती है यह तुम नहीं जानती, इसलिए सृष्टि करने पर तुम्हारी प्रसन्नता में वृद्धि हो रही है। तुम्हारी युक्ति ज्ञान-रहित और व्यर्थ है। इस प्रकार के चातकी-प्रेम द्वारा की गई सृष्टि भी भयंकर होती है। चातकी अपने काम के वश में आकर दूसरों के घर में रहती है, उसकी संतानें दूसरों के घर के आश्रय में पलती है। जब वे उस घर में मल-मूत्र त्याग करते हुए और घास-फूस गिरा कर खेलते हुए घर की सुंदरता समाप्त कर देते हैं, तब गृही क्रोध में आकर सबको बाहर कर देता है। घर के घोंसले को कूड़े के समान साफ कर देता है तब चातकी मरे हुए या मरते हुए शावकों को दूर से देखती है। ऐसे नर का अंत बहुत शीघ्र हो जाता है। पति-पुत्र का सफाया हो जाने पर स्नेह-नीड़ नष्ट होता है। विमूढ़ हो कर और स्तब्ध होकर इसे देखना पड़ता है या रोना-चिल्लाना पड़ता है। लोपामुद्रा, ऐसे गृही का तुम क्या करोगी? व्यक्त ब्रह्म का यह कैसा फल है? क्या इसमें कोई आनंद है? बल्कि यह तो आनंदहीन और निराशाजनक है। इन सब से छुटकारा

पाने के लिए तुमने कैसा पथ चुना है? मेरे कार्य को तुमने बंदरिया की तपस्या कह कर निंदा की है।

लोपामुद्रा, इसके बाद तुम देखोगी कि तप की शक्ति क्या होती है। प्राण का सिंधु निरंतर चंचल रहता है, जिससे सृष्टि कार्य प्रभावित होता है। इसमें काम, क्रोध, अहं और दंभ जैसे शत्रुओं का छद्म वेश में निरंतर निवास होता है। लोपामुद्रा, तुम इन्हीं के द्वारा प्रचालित होती हो। इनका नाश करने में आज तक कोई भी सक्षम नहीं हुआ है। यह सब बहुत दुष्ट हैं, अचानक बाहर निकल आते हैं और तप की शांति नष्ट कर देते हैं। यह सभी प्राण सिंधु के आश्रय में रहते हैं। इन सब का नाश करते हुए तुम्हें सृष्टि को पीछे छोड़ना पड़ेगा। इस सृष्टि को छोड़ने के बाद ही तुम सनातन ब्रह्म की खोज कर सकती हो जिसकी प्राप्ति परम है, इसके बाद यह मिलने वाला नहीं है। यह कहते हुए अगस्त्य ने भयंकर रूप धारण किया और सिंधु के तट पर चले गए। अपने हाथों में समुद्र को भरते हुए अपने मुख से पी कर उसके पूरे जल को अपने पेट में ले लिया। प्राण सिंधु सूख जाने पर सारे शत्रु बाहर निकल आए। उस समय जो परिस्थिति उत्पन्न हुई वह ध्यान में रखने योग्य है।

अगस्त्य ने घोर गर्जन करते हुए समुद्र को अपने मुख से सोख लिया। मैं भयभीत और किंकर्तव्यविमूढ़ हो कर इस अद्भुत कार्य को देख रही थी।

श्रीमद् देवायण के प्रथम खंड ब्रह्मकल्प में देवमंडल के अंतर्गत बंधु वर्ग में श्री देव-लोपामुद्रा संवाद में अगस्त्य-लोपा द्वन्द्व में अगस्त्य समुद्र शोषण वार्ता नामक अष्टादश संवर्ग का समापन।

।उन्नीसवाँ संवर्ग।

लोपामुद्रा वचन

इस प्रकार का दृश्य देख कर मैं भयभीत हो गई थी और पिता से इसका वृत्तांत कहने के लिए तुरंत चल पड़ी। हे देव, उस समय चारों

ओर विशाल कोलाहल का स्वर सुनाई दे रहा था, शत्रु-वृंद निराश्रय होकर आर्तनाद कर रहे थे। मेरे पिता और पितृव्य यह शोर सुन कर यह जानने के लिए बाहर निकल आए, कि प्राण सिंधु इतनी जल्दी कैसे सूख गया था। मुझे अपने सामने देख कर पूछने लगे, लोपामुद्रा, क्या तुम्हें ज्ञात है कि सागर क्यों सूख गया है और चारों ओर जीवात्माएँ त्राहि-त्राहि की पुकार क्यों कर रही हैं? मैंने पिता के सामने अगस्त्य के कार्य का विवरण दिया कि किस प्रकार उनका मुझसे विवाद हुआ और उन्होंने समुद्र को सोख लिया। मेरी बात सुन कर दोनों देवता चकित हो गए और मैं उनके साथ एक बार फिर उस स्थान पर गई। तब उन्होंने अगस्त्य से पूछा, हे अगस्त्य किस कारण तुमने लोपामुद्रा का अपमान करते हुए गृही की निंदा की है और समुद्र को सोख लिया है? मेरी कन्या ने मेरी आज्ञा से विवाह किया है। तुम उसका उपहास कर रहे हो, यह तुम्हारा कैसा ज्ञान है? अपनी तप की शक्ति दिखा रहे हो और इससे केवल तुम्हारे दंभ का परिचय मिलता है। आज तक तुम सृष्टि के ज्ञान से वंचित रह गए हो। सृष्टि तत्व का ज्ञान नहीं होने के कारण तुम्हारा ज्ञान अधूरा है। दूसरे के कार्य की निंदा करने पर ज्ञान कभी भी पूरा नहीं होता। हे अगस्त्य, तुम यथा-संभव शीघ्र एक पत्नी ग्रहण करो। दूसरों को शिक्षा देना छोड़ दो और पहले अपनी शिक्षा पूरी करो।

पिता से यह सुनकर अगस्त्य का सिर झुक गया और वे पिता की आज्ञा का पालन करने के लिए तेजी से बाहर निकल गए। इसके बाद पिता ने मुझसे कहा, लोपामुद्रा, तुम जगत से ऊपर उठ कर ब्रह्म तत्व का चिंतन करो। अगस्त्य जगत के अंदर विचार करने गए थे और मैं ब्रह्म तत्व का निरीक्षण करने के लिए जगत के ऊपर जाने लगी। इस तरह हमारे आख्यान एक-दूसरे के विपरीत हैं। अगस्त्य ने अपना आश्रम छोड़ा और मैंने अपना गृह धर्म। अपने पुत्रों बंधुवृंद पर मेरा जो स्नेह था, उसे तज कर जगत के ऊर्ध्व स्थित होकर अपने मन को ब्रह्म के चरणों में रमाने लगी। हे देव, उसके बाद सुनिए, जब मैं बृहद आनंद का प्रसार करने के लिए अपने मानस को विज्ञान में स्थिर कर रही थी, ठीक उसी समय, अगस्त्य अपनी कन्या एषा को लेकर मेरे घर उसे दिखाने के लिए ले आए। चूँकि मैं स्थिर और अचंचल रह कर

आत्म-समाधि में लीन थी, अगस्त्य मेरे घर में छाए मौन को देख कर स्तम्भित रह गए। कुछ दिनों तक अगस्त्य मेरे घर पर रहे। जब मैंने समधि भंग की तब वे मुझसे बातें करने लगे - लोपामुद्रा, व्यक्त ब्रह्म को देखने पर जगत में पूर्णता आती है। लगता है कि सभी जीवात्माओं में ब्रह्म का उद्भव हुआ है। पत्नी, माता, पिता, भाई, बहन, मित्र और सहेलियाँ आनंद व्यक्त करने के लिए अपने-अपने रूपों में प्रकट हुए हैं।

उसके उत्तर में मैंने कहा - हे अगस्त्य, अब मैं क्या कहूँ, शून्य जगत देख कर मुझे लगता है कि सब-कुछ शून्य में ही स्थित है। पति, पुत्र, पिता, माता, मित्र और भाई-बहन, यह सब महामाया द्वारा प्रचालित मोह के कारण हैं जो विशाल ब्रह्म-सागर के जल में प्रतिबिंब के समान हैं। जब हम आवेग का शमन करने में लीन होते हैं, तब माया वेग से प्रचालित होती है। मेरी आत्मा इनसे मुक्त होकर महान आनंद से उज्जवल हो गई है। मैंने अपनी पूर्ण आत्म-समाधि में सभी संगों को छोड़ दिया है।

हम आपस में इसी प्रकार से बातें कर रहे थे कि इतने में अचानक हमारे पिता स्वेच्छा से वहाँ आ गए और हमारी बातें सुनने लगे। उन्होंने हम दोनों से कहा - यह दोनों तथ्य एक-दूसरे के विपरीत हैं, परंतु दोनों सत्य हैं और इनकी विवेचना पहले भी की जा चुकी है। हे अगस्त्य, जैसा तुमने पहले अनुभव किया था, लोपा अपने सभी संगों को छोड़ कर उस पद पर पहुँच गई है। लोपा पहले जिस पद पर थी और व्यक्त ब्रह्म से प्रसन्न हो रही थी, हे अगस्त्य अब तुममें वही अवस्था देखी जा रही है। अतः अपनी पहले की अवस्थाओं को याद करते हुए तुम दोनों आपस में मिल कर सत्य का निर्धारण करो। जगत से ऊपर जो पद है उसे जगत में निवेश करो। अपने कार्य करते हुए अनासक्त रहो। जो जगत कामनाओं से भरा है, उससे ऊपर उठ कर रहो। तुम्हें सब-कुछ प्राप्त हो गया है। अब परम आनंद के साथ रहो। इस प्रकार लोपामुद्रा और अगस्त्य का पारस्परिक द्वन्द्व समाप्त हो गया। अगस्त्य के जीवन में पूर्णता आ गई और वही लोपामद्रा के जीवन में भी हुआ।

मैंने निष्कर्म शून्य में जाकर देखा, और विकर्म में पूर्णता प्राप्त की। जगत के जीवन में सर्वत्र ब्रह्म स्थित है, पूरी सृष्टि उसी ब्रह्म के आश्रय में है।

श्रीमद् देवायण के प्रथम खंड ब्रह्मकल्प में देवमंडल के अंतर्गत बंधु वर्ग में श्री देव-लोपामुद्रा संवाद में अगस्त्य द्वन्द्व अंत नामक उनविंश संवर्ग का समापन।

।बीसवाँ संवर्ग।

पिंगल वचन

लोपामुद्रा जब अभीपुत्र से इतना कह कर मौन हो गई, तब देव ने प्रसन्न होते हुए इस प्रकार कहा,

देव वचन

हे विदुषी लोपामुद्रा, आप ब्रह्म पद से प्रतिष्ठित हैं। आपने अगस्त्य की कहानी के साथ-साथ अपनी अद्भुत जीवन-साधना के बारे में कहा। आप दोनों ने ब्रह्म पद में प्रवेश करने के लिए एक-दूसरे की सहायता की है। स्त्रियाँ शुभ बुद्धि से परिचालित होती है, यह इस महान पथ पर इतनी जल्दी आगे बढ़ने में आपका सहायक हुआ है। हे देवी, देव ने जीवन में इस तथ्य की समीक्षा की है कि अगस्त्य जिस समय निराकार ब्रह्म में लीन थे, और मानते थे कि वास्तव में ब्रह्म तत्व जगत से ऊपर मुक्त होकर रहता है, इस मान्यता से मुक्त होने के लिए जगत में घूमने लगे। हे देवी, आपके कारण अगस्त्य का मंगल हुआ है। आपने इस महान सत्य का निरीक्षण किया है, कि ब्रह्म तत्व अव्यक्त और व्यक्त दोनों से ऊपर है।

नारायण ऋषि ने मुझे यही दीक्षा दी थी। उन्होंने मुझे इस गोपन तथ्य से परिचित किया कि वह सभी स्थानों पर रहते हैं। नारायण जगत से ऊर्ध्व हैं और जगत के अंदर भी हैं। इस जगत के सभी जीवों

का वर्णन नारायण के रूप में किया जाता है। हे विदुषी, नारायण के बिना कोई सृष्टि हैं ही नहीं। सभी नारायण द्वारा चलाए जाते हैं और सबमें नारायण का निवास है। नारायण स्वयम ब्रह्म हैं तथा ब्रह्म ही नारायण हैं। नारायण स्वयं महर्षि नारायण हैं। आपका दर्शन कर और आपकी बातें सुन कर मुझे बहुत हर्ष हुआ है। जिसका दर्शन कर, हे देवी, आप आत्म-तत्व के प्रति सचेतन हुई हैं उनके संग की परम स्मृति आपको लाभ के रूप में प्राप्त हुई है।

पिंगल वचन

देव के ऐसा कहने पर लोपामुद्रा बहुत प्रसन्न हुई, उन्होंने सभी को बुलाया, साम का सम्मान किया। लोपामुद्रा, देव और साम यह स्थान छोड़ कर उस स्थान के लिए रवाना हुए जिस निर्जन प्रांतर में गोपवन अकेले रहते थे। उन्होंने पत्नी-पुत्र और सभी अपनों का साथ छोड़ दिया था और ब्रह्म के समान रहते थे। सभी कार्य लोपा द्वारा प्रचालित होते और स्वयं गोपवन निष्क्रिय होकर रहते। वह ब्रह्म के समान अचंचल होकर एक ही आसन पर बैठे रहते, सबसे मुक्त होकर जगत के ऊपर तथा सभी की दृष्टि से ओझल होकर रहते थे। लोपामुद्रा देव को उस स्थान पर ले गई।

देव मन ही मन प्रसन्न होते हुए लोपा के साथ गोपवन के दर्शन करने चले। बंधुराश्रम में देव के भ्रमण की वार्ता का वर्णन मैं इंदिरा छंद में कर रहा हूँ।

श्रीमद् देवायण के प्रथम खंड ब्रह्मकल्प में देवमंडल के अंतर्गत बंधु वर्ग में श्री देव-लोपामुद्रा संवाद में गोपाग्र उपस्थिति नामक विंश संवर्ग का समापन।

-बंधु वर्ग का समापन-

।।आश्चर्य वर्ग।।

।पहला संवर्ग।

पिंगल वचन

लोपामुद्रा और साम के साथ कुछ दूर जाने पर देव गोप के घर जा पहुँचे। गोपवन को उनके आगमन का समाचार देने के लिए बंधु वहाँ पहले से गए हुए थे। गोप अपने द्वार पर आकर देव और साम की अभ्यर्थना करने लगे। महात्मा गोपवन ने साम की वंदना की तथा देव के प्रति आदर-सहित मनोहर शब्द कहने लगे।

गोपवन वचन

सत्यदेव आप अपने कार्य के लिए गोपाश्रम में आए हैं। आपके दर्शन मिलने पर सभी के कार्य पूरे हो गए हैं। जगत की सृष्टि के साथ ही, उसका यथोचित पालन करने के लिए आपकी उत्पत्ति हुई है। आप सभी को दिखाई नहीं देते और आपके दर्शन दुर्लभ हैं। जिसे कहने की क्षमता चारों वेदों में भी नहीं है, वह स्मृति देव के मुख से सरलता से प्रकाशित होती है। हे देव, जब आपका साक्षात्कार होता है, तब चारों दिशाओं में आनंद व्याप्त हो जाता है। दुःख, बुढ़ापा, मृत्यु, पाप और ताप - सभी भाग जाते हैं। जब देव जगत की सृष्टि को छोड़ कर लुप्त हो जाते हैं, तब बाकी के तीन युगों के दौरान आपकी स्मृति सुरक्षित रहती है। अन्य युगों के पास आपकी स्मृति सुरक्षित रखने के अतिरिक्त कोई चारा भी नहीं है, क्योंकि - आप जगत में जीवों के धर्म हैं, आप ही प्रत्येक व्यक्ति का कर्म हैं। स्वर्ग में जो पुण्य प्रकट होता है उसे आप ही निर्धारित करते हैं। हे देव, आपके ही कारण सभी पुण्य हैं और सभी पुण्य स्वयं आप हैं। आपके पुण्य से मंगल और हितकारी कार्यों का विचार किया जाता है। आपके बिना इन्हें अमंगल तथा पुण्यहीन माना जाता है। आप जहाँ भी रहते हैं उसी स्थान को स्वर्ग कह कर वर्णन किया जाता है। देवताओं और ऋषियों की भूमि, आपके नहीं रहने पर पुण्यभूमि नहीं रह जाती। देवताओं और ऋषियों के मंडल में जब

आप प्रकट होते हैं, तब देवता और ऋषि, दोनों पुण्यमय दिखाई देते हैं। हे महात्मन, जब आप देवताओं और ऋषियों को छोड़ देते हैं तब उनकी निंदा की जाती है तथा जगत में उनकी उपासना नहीं की जाती। हे देव, इस चराचर में, केवल आपके कारण देवता और ऋषि रहते हैं। सत्य प्रमाणित होने के बाद देवताओं की उपासना की जाती है। हे देव, आप ही सत्य हैं, आप ही देवताओं और ऋषियों का पालन करते हैं। सभी की पुण्य प्रतिष्ठा में आप का कार्य दिखाई देता है, वरना केवल अपने तेज से देवता और ऋषि कितने पल टिक पाएँगे?

नाना दोषों से घिरे हुए, पल-पल अभिशप्त होने वाले जीव अपने कर्मों के दोष से नाना जन्मों में घूमते-फिरते रहते हैं। हे देव, इन सभी को मुक्त करने के लिए आपका आगमन हुआ है। हे देव, कहा जाता है कि इस भुवन में जीव अपने कर्मों के अनुकूल रूप धारण करते हैं। जिसकी जैसी भावना रहती है, उसके सामने आपका रूप भी वैसा ही होता है। भावनाओं का अतिक्रमण करते हुए दूसरे प्राणी इस रूप का दर्शन करते हैं। काल द्वारा महाबली भी दुष्कर्मों में प्रचालित किए जाते हैं। कहा गया है कि काम, क्रोध आदि दोष रजोगुण से उत्पन्न होते हैं। सारे प्रयत्नों के बावजूद, वही जीवों को प्रचालित करते हैं।

हे महात्मन, उसके सामने देवत्व और ऋषित्व क्या है? काल की वीरता के प्रहार के कारण से लोग पद-भ्रष्ट होकर नीचे गिर जाते है। काल के हाथों पिस कर अमर व्यक्तियों को भी मृत्यु की आशंका हो जाती है। ऋषियों को प्रत्येक कदम लेने में भय लगता है। इसी कारण ऋषि सर्वदा स्थिर होकर ध्यान लगाते हैं। सभी कार्यों को छोड़ कर इसी की विवेचना करना श्रेयस्कर है कि आपके बिना किसी भी कार्य को करने में भय होता है, और कार्य सूची असत्य द्वारा चालित होने लगती है। हे देव, आप जिस स्थान पर अपने तेज के साथ रहते हैं वहाँ तप और यज्ञ के कार्यक्रम आरंभ किए जाते हैं और उनका समापन भी किया जाता है। जहाँ आपका ध्यान मन में किया जाता है या आप सक्षात् प्रकट होते हैं वहाँ सभी आत्माओं के स्वरूप में सत्य स्थापित करते हैं। हे अभीसुत देव, जहाँ आप नहीं रहते हैं, जीवन असत्य दिखाई देता है तथा गति और कार्य भ्रम प्रतीत होते हैं। आप ही सभी लोगों

के मूल में सत्य स्थापित करते हैं। आप विराजमान रहते हैं तब अंतर्मन में सत्य की प्रेरणा होती है। अतः, हे देव आप हम सब में पूर्णतः विराजमान होइए जिससे हमारा चिंतन और ध्यान स्वयं सत्य द्वारा ग्रहण किया जाए। हे सत्य, आप अपने तेज से मेरे कर्म को छंद प्रदान करें। आप मुझे आज्ञा देंगे और मैं उसका पालन करूँगा। मेरे अंतर में यह इच्छा उत्पन्न हो कि मैं सर्वदा देव-देव जपता रहूँ। आज आपने जो दर्शन दिया है वह मुझे बिना किसी हेतु, केवल आपकी कृपा द्वारा प्राप्त हुआ है। अमरत्व प्राप्त करने के लिए, अभिशाप से मुक्ति के लिए, जन्म-मृत्यु और बुढ़ापो पर जय करने के लिए देवता एकांत में सर्वदा देव-देव कहते हुए जप करते हैं।

लोपामुद्रा देव को गोपवन के पास लेकर गई जिनके मन में पवित्र आत्रेय के दर्शन की इच्छा थी। देव के आह्वान पर प्रसन्न होकर गोप द्वार पर आए और उनकी वंदना करने लगे।

श्रीमद् देवायण के प्रथम खंड ब्रह्मकल्प में देवमंडल के अंतर्गत आश्चर्य वर्ग में श्री देव-गोपवन साक्षात्कार नामक प्रथम संवर्ग का समापन।

।दूसरा संवर्ग।

पिंगल वचन

गोपवन से वंदना सुन कर धीषणा पुत्र देव को बहुत प्रसन्नता हुई। उन्होंने कहा -

देव वचन

हे महान तपस्वी - हे महान व्यक्ति, आपकी पवित्र और महान कीर्तियों के बारे में साम से सुनकर मैं आपके आश्रम में आया हूँ। आपके तप को देख कर आपके उस रूप की कल्पना करता हूँ जिस पर मुग्ध होकर एक देवकन्या आपके चरणों में समर्पित हो गई। ब्रह्म का संधान करती हुई विदुषी लोपामुद्रा ब्रह्म के निर्णय के कारण ही आपके

सामने नतमस्तक हुई थी। तपस्या के कारण आपके अंगों से निकलते तेज को देख कर वरुणदेव ने अर्धांगिनी के रूप में आपको अपनी कन्या का दान किया। हे महामति, लोपामुद्रा आपकी उपासना करती है, आप बंधुओं के स्रष्टा हैं। मैं आपके दर्शन के लिए आया हूँ और आपको बारंबार प्रणाम करता हूँ। हे महात्मन, आपका तेज वास्तव में प्रशंसनीय है, क्योंकि एक देवकन्या ने देवताओं का परित्याग करते हुए आपके चरणों में स्थान पाने के लिए आपकी उपासना की थी। क्योंकि यह चरण तीनों लोकों में स्त्रियों के लिए दुर्लभ हैं। देवियों, नारियों, राक्षसियों और ऋषिकाओं - स्त्रियों की भिन्न-भिन्न जातियाँ अपने-अपने स्वभावों में दृढ़तापूर्वक स्थिर हैं। कहीं भी नहीं सुना गया है कि चराचर में किसी भी स्त्री के पास वह पद है जो लोपामुद्रा के पास है और उस लोपामुद्रा को आपने स्त्री के रूप में पाया है। इससे यही सिद्ध होता है कि आप महान तपस्वी हैं जिसके प्रभाव से आज लोपामुद्रा इस पद पर आसीन है। ऐसे श्रेष्ठ चरणों में मैं बार-बार प्रणाम करता हूँ। हे महात्मन, अब मुझसे अपने बारे में कुछ कहें।

पिंगल वचन

देव की बातें सुन कर महर्षि गोपवन ने देव को गले लगा कर कहा

गोपवन वचन

हे देव, आपके प्रश्न पर मैं अपना आत्मतथ्य क्या कहूँ? क्या मेरा ज्ञान आपसे अधिक है? आपको तो स्वयं सब-कुछ ज्ञात है। आप स्वयं नारायण के स्वरूप हैं और स्वयं ब्रह्म ने आपका रूप धारण किया है। नारायण ने आपको दीक्षा देकर महान ज्ञान प्रदान किया है। उस ज्ञान से बढ़ कर कोई भी ज्ञान नहीं है, कोई भी विद्या नहीं है। नारायण जगत से ऊपर हैं और यह जगत नारायणमय है। इस सृष्टि के सारे लोग नारायण की चेतनता से ओत-प्रोत हैं। जिस स्थान पर जीवन की गति होती है, शक्ति की क्रीड़ा भी वहीं होती है। सभी के अंदर नारायण स्थित हैं। शक्ति नारायण से उत्पन्न होती है, और नारायण शक्ति में स्थित हैं। वह पुरुषोत्तम हैं यही नारायण की कहानी है। नारायण सबके

ऊपर हैं, वे अजन्मा हैं, नित्य हैं और सनातन हैं। चतुर्भुज नारायण शंख, चक्र और गदाधारी हैं। तरह-तरह के उपासक उन्हें नाना वर्णों में देखते हैं। कोई नीला देखता है, कोई श्याम देखता है, कोई लाल तो कोई स्वर्णिम देखता है। उन्होंने नाना प्रकार के रत्न धारण किए हैं और वे अजर वस्त्रों से सज्जित हैं। जगत में नारायण का दो भुजाओं वाला रूप दिखाई देता है। वे नित्य कर्म के रूप में जगत का भार और उसकी पीड़ा धारण करते हैं। फिर भी उन्हें वेदना नहीं होती और वे सब कुछ सहते हैं। नारायण सबके ऊपर हैं और सभी वेदनाओं से मुक्त हैं। नारायण दिखाई नहीं देते और सब के अंदर विराजमान रहते हैं। जगत में नारायण स्वयं देव के रूप में दिखाई देते हैं। आप स्वयं नारायण हैं और सत्य हैं तथा जगत के स्वामी हैं। आप सभी की आत्मा हैं और यह ज्ञान सर्वश्रेष्ठ है।

हे देव, विद्वानों ने कहा है कि जब पवित्र साधना पूरी होती है तब संग देने के लिए आपका आगमन होता है। जिस क्षेत्र में जो भी व्यक्ति आपकी उपासना करता है आप वहीं चले जाते हैं और उसे अपना महान संग प्रदान करते हैं। जिस काल में आपका साथ मिलता है उसमें आपकी कहानियाँ निरंतर कही जाती हैं तथा उन्हें एक-दूसरे से कह कर आनंद लिया जाता है। इन्हें कहने और सुनने, दोनों में आनंद मिलता है। हे देव, आप मेरे यहाँ कुछ समय तक रहिए, मैं आपको अपनी पुरानी स्मृतियाँ कह कर सुनाता हूँ।

देव को गले लगा कर गोपवन भाव-विह्वल हो गए और उनके अंतर्मन से शब्द निकलने लगे। लोपामुद्रा के मित्र साम के साथ देव सम्मानित होकर वहाँ बैठे हुए थे।

श्रीमद् देवायण के प्रथम खंड ब्रह्मकल्प में देवमंडल के अंतर्गत आश्चर्य वर्ग में श्री देव-गोपवन संवाद नामक द्वितीय संवर्ग का समापन।

।तीसरा संवर्ग।

पिंगल वचन

जब देव सभी के साथ बैठ गए तब गोपवन ने कहा -

गोपवन वचन

हे देव सुनिए, मैं आपको अपनी पुरानी स्मृतियाँ कहता हूँ जिन्हें सुन कर आप प्रसन्न हो जाएँगे। जैसाकि आज आपने देखा है, लोपामुद्रा स्त्रियों में श्रेष्ठ है। मित्र की भी एक कन्या थी, जिन्हें स्त्रियों में उत्तम कहा जाता था। उनका नाम अप्पा था। उनका जन्म मित्र के तेज और उनकी पत्नी, आप के गर्भ से हुआ था और उनका विवाह वृष के पुत्र जान के साथ हुआ था।

देव, आपने यह बात पहले नहीं सुनी होगी कि देवी अप्पा ने कैसे ख्याति प्राप्त की थी। जब अगस्त्य का लोपामुद्रा के साथ विवाद चल रहा था और अगस्त्य ने क्रोध में आकर जिस प्राण सिंधु को सुखा दिया था, उसी सिंधु का प्रचालन करने के लिए वृष के पुत्र जान की प्रतिष्ठा की गई। मित्र देवता ने यह क्षेत्र वृष के पुत्र जान को दे दिया था और साथ ही अपनी कन्या अप्पा को उनके हाथों दान दिया था। इसके बाद उन्हें सिंधु के प्रचालन के कार्य में नियुक्त कर दिया गया।

जान का महान कार्य जीवन की गति को धारण करना था। सभी जीव जगत में अपना काम करते और जान जगत का प्रचालन करते। हे देव, जगत में जान जीवात्माओं को धारण करते थे। वहाँ शक्ति-स्वरूपा अप्पा कार्य करती थी। इसके द्वारा जान का जगतव्यापी महान कार्य व्यक्त होता था। जान जितने महान कार्य करते, निश्चित रूप से वे उतने ही बड़े योद्धा भी थे। वे मृत्यु के साथ निरंतर युद्ध करते थे। जहाँ ज्ञान पराजित होता है वहाँ मृत्यु का आगमन होता है। जान ने उस क्षेत्र को त्याग दिया और वहाँ मृत्यु व्याप्त हो गई।

जान ने किसी पुत्र या कन्या की सृष्टि नहीं की थी। यद्यपि कौमार्य के द्वारा उनकी उपासना की जाती थी, फिर भी वे कुमार रह गए थे।

यद्पि मित्र की कन्या का विवाह वृष-पुत्र जान के साथ हुआ था परंतु वे उसका संग नहीं करते और हमेशा युद्ध में लगे रहते थे। जान ने मृत्यु के साथ महायुद्ध किया। मृत्यु ने शपथ ली थी कि वह जान को इस जगत से भगा देगी, वहीं जान ने प्रण किया था कि वह मृत्यु को इस जगत से भगा देंगे। इस कारण दोनों के बीच हमेशा युद्ध चलता रहता था। जहाँ भी सृष्टि प्रकट होती थी वहाँ जान उसे प्रभावित करते। मृत्यु उसमें बलपूर्वक प्रवेश करने के लिए प्रयत्न करती। सृष्टि में भ्रम फैला हुआ था इसलिए जान मृत्यु के पास बने रहते।

उधर अप्पा अपने प्रयास से प्राणसिंधु की रक्षा करती थी। अगस्त्य ने जब सिंधु को सोख कर सुखा दिया उस समय प्राण को अत्यंत दुःख हुआ। जान की वीरता क्षीण हो गई और मृत्यु का बल बढ़ गया। वह अपनी विशाल मुट्ठियों में जीवात्माओं को मसल रही थी। जान को प्यास लग गई और चारों ओर क्लांति फैल गई। मृत्यु भयंकर हो उठी तथा जान युद्ध में पराजित हो गए। जब जल अधिक रहता था तब मृत्यु उसमें प्रवेश करने से डरती थी और अपनी शक्ति कम होती देखने में मृत्यु अक्षम थी। चूँकि स्रष्टा की अजरा शक्ति एकता के बल से प्रतिष्ठित थी, मृत्यु उसे भेद करने में अक्षम थी इसलिए वह डरती थी। अतः, हे अभीपुत्र, जब उसने देखा कि समुद्र सूख गया है तब मृत्यु प्रसन्नता से फूली नहीं समाई।

हे देव, उस समय सृष्टि में यह विपर्यय देखा गया। जान युद्ध में पराजित हो गए और मृत्यु बल में आगे हो गई। उसे युद्ध में पराजित देख कर अप्पा बहुत दुःखी हुई। प्राण सिंधु सूख गया था उसका कारण जानने के लिए वह वहाँ गई। कुछ दूर जाने पर उन्होंने लोपामुद्रा को देखा जो मित्र, वरुण और अगस्त्य के साथ थी। तब अप्पा ने लोपामुद्रा और सिंधु-शोषक अगस्त्य के विवाद का समाचार सुना।

अप्पादेवी, लोपामुद्रा और अगस्त्य के विवाद के बारे में सुन कर विस्मित हो गई। गंभीर संवाद के बाद प्राणसिंधु के सूखने का कारण ज्ञात हुआ।

श्रीमद् देवायण के प्रथम खंड ब्रह्मकल्प में देवमंडल के अंतर्गत आश्चर्य वर्ग में श्री देव-गोपवन संवाद में अप्पा वार्ता नामक तृतीय संवर्ग का समापन।

।चौथा संवर्ग।

गोपवन वचन

जब अप्पा ने समुद्र सूखने का कारण सुना तब वह अगस्त्य पर रुष्ट हो कर कहने लगी -

अप्पा वचन

हे मेरे बड़े भैय्या अगस्त्य, यह आपका कैसा बड़प्पन है, कैसा तेज है कि आपने समुद्र को ही सोख लिया? क्या आप जानते हैं कि आपके समुद्र सोखने पर जितना दुःख जान को हुआ है उतना ही मुझे भी हुआ है? प्राण सिंधु के सूखने पर जिस तरह मेरा अकल्याण हुआ है, उसी तरह जगत का अमंगल हुआ है और सृष्टि भी नष्ट हुई है। ब्रह्म की इच्छा के अनुसार यह सृष्टि प्रकाशित हुई थी। सृष्टि का बीज धारण करने के लिए प्राण सिंधु स्थित था। इस सिंधु के सूखने पर सृष्टि विनाश के कगार पर आ गई है।

जो ब्रह्म की सृष्टि को नष्ट करते हैं वे ब्रह्म-द्वेषी होते हैं। ब्रह्म-द्वेषियों को दानव कहा जाता है। केवल दूसरों का अहित करने से आपको क्या लाभ हुआ है? आपके तप के कारण आपमें यह दानवीय दम्भ उत्पन्न हुआ है। हे अगस्त्य जगत का कल्याण करने के लिए इसे त्याग कीजिए। आपका विवाद लोपामुद्रा से है, समुद्र सोख कर आप कौन-सा गुण प्रकट करना चाहते हैं? इतना घमंड होने पर आपकी मति भ्रष्ट हो गई है।

तपस्या छोड़ कर आप गृहस्थ का जीवन अपनाइए। परब्रह्म स्वयं गृही हैं जिन्होंने यह आनंददायक सृष्टि की है। कश्यप आदि स्रष्टाओं

ने कई लोकों की रचना की है। इन सभी प्रजापतियों का वर्णन उत्पत्ति करने के कारण किया जाता है। आज मेरा अन्य रूप प्रकट है यह इन्हीं प्रजापतियों की सृष्टि है। वे सृष्टि की रक्षा करने के लिए जो कहते हैं उसे सुनिए। मेरे प्रति आपका आचरण वैसा होना चाहिए जैसे मैं ही स्रष्टा हूँ। आप पुनः सृष्टि कीजिए जैसे प्रत्येक व्यक्ति करता है। ऐसी महत्वपूर्ण बात मैंने स्रष्टा से सुनी है। हे अगस्त्य इसी तरह आप भी स्रष्टा प्रजापति बन जाइए। शिष्यों को ब्रह्मचारी बना कर आपको क्या मिलेगा? इसे जगत सृष्टि का विनाशक ब्रह्म-द्वेष माना जाएगा।

गोपवन वचन

अप्पा के ऐसा कहने पर अगस्त्य की आँखें लाल हो गईं। क्रोध से अप्पा पर आँखें तरेरते हुए उन्होंने कहा -

अगस्त्य वचन

अरी अप्पा, तू छोटी बहन होकर अपने से बड़े की बात काटती है? अरी मूर्खा, तू अपने गुरुजन को उपदेश देती है? मेरे ज्येष्ठ पद की अवहेलना करती हुई तू मुझे ज्ञान दे रही है? यद्यपि मैंने पिता की आज्ञा के अनुसार गृहस्थ बनना स्वीकार किया है, परंतु तुमसे जो कह रहा हूँ उसे अपने मन में बिठा लो। समुद्र सोखना तुम मेरा घमंड कह रही हो, इसका विचार करने की क्षमता तुममें नहीं है। जिसमें तेज होता है उसके लिए यह घमंड नहीं है। जो अक्षम होता है वही इसे घमंड मानता है। जिसे तुम ब्रह्म-द्वेष कह रही हो वह मेरी निर्लिप्तता है जो ब्रह्म को प्रिय है। निर्लिप्तता के बिना ब्रह्म नहीं मिलते। सामर्थ्यवान व्यक्ति की निंदा नहीं होती। तुमने मेरे कार्य पर विचार करते हुए उसकी निंदा की है, तुम मुझे बताओ कि तुम्हारी क्षमता क्या है? हे अप्पा, जब तक तुम्हारा दम्भ प्रमाणित नहीं हो जाता, मेरे शाप से तुम दानवी के रूप में रहोगी। किसी भी काल में तुम्हारी पूजा नहीं की जाएगी। तुम सृष्टि का पालन करोगी और उसी सृष्टि में तुम्हारी निंदा की जाएगी। अगस्त्य की बात से विश्व में हाहाकार मच गया।

अंदर धैर्य रहते हुए भी, अप्पा क्रोध से काँप रही थी। वह कुछ समय

तक क्रोध पर नियंत्रण करती रही, फिर गर्जना करती हुई अगस्त्य के शाप की निंदा करने लगी।

श्रीमद् देवायण के प्रथम खंड ब्रह्मकल्प में देवमंडल के अंतर्गत आश्चर्य वर्ग में श्री देव-गोपवन संवाद में अगस्त्य-अप्पा वार्ता नामक चतुर्थ संवर्ग का समापन।

।पाँचवाँ संवर्ग।

गोपवन वचन

अगस्त्य का अभिशाप सुन कर अप्पा क्रोध से कांपने लगी। अगस्त्य से उसने गरज कर कहा -

अप्पा वचन

आपने स्वयं दुष्कार्य किया है और दूसरों के साध्य और असाध्य की बातें करते हैं। मुझे अकारण ही आपने अभिशाप दिया है। दुष्कार्य को दुष्कार्य कहने में क्षमता की बात कहाँ से आ गई? मुझमें दुष्कार्य को दुराचार कहने का सत्साहस है। दानव देवों को पीड़ित करने में सक्षम होते हैं, इससे क्या यह प्रमाणित होता है कि दैत्यों का कार्य अच्छा है? जहाँ क्षीणजीवी रहते हैं वहाँ दुर्बलों का निवास होता है। क्या वहाँ क्षमतावान व्यक्ति प्रवेश करेंगे और उन्हें अपने बल से भगा देंगे? जहाँ भी दरिद्र हैं धनी व्यक्ति उन्हें पीड़ित करेंगे? हे अगस्त्य, आप क्या कहते हैं? बलवान अपने क्रोध से न्याय-अन्याय का विचार करेंगे और किसी का भी सिर काट कर अपना न्याय प्रमाणित करेंगे?

जगत के प्रति आपकी युक्ति मुझे विचित्र लगती है, विशेष रूप से आपने मुझे अभिशाप दिया है उससे मैंने देख लिया है कि आप अपने घमंड को अपना सामर्थ्य समझते हैं। शाप देकर आप प्रमाणित करना चाहते हैं कि स्त्री अबला होती है? मैं इस तेज का निवारण करूँगी, निश्चित रूप से निवारण करूँगी। मुझे दिया गया आपका शाप कभी

भी फलप्रद नहीं होगा। मैं ज्येष्ठ तात को प्रणाम करती हूँ और उसके बाद पिता को प्रणाम करती हूँ।

परब्रह्म का ध्यान करके मैं महातेज प्रकट करूँगी। यद्यपि आज मैं जान की विवाहिता हूँ, परंतु मेरा कौमार्य अभी भी अपने पूर्ण तेज में स्थित है। अपने कुमारी के समान जीवन में, मैं ब्रह्मतेज धारण करती हूँ। यदि मैं पतिव्रता हूँ, तब मेरी बात सुन लीजिए। आपने अपने महान तप से समुद्र को अपने मुख में आकर्षित कर लिया था। आपके तप का तेज यहीं समाप्त हो जाएगा। आपके पेट में पड़ा हुआ समुद्र निकल आएगा। आपके मुख का स्वाद तीता हो जाए, आप तुरंत सिंधु को त्याग करेंगे। इस सती के वाक्य से आप अपने उदर में सिंधु धारण करने में अक्षम हो जाएँ। आपके शरीर और सिर में चक्कर आ जाए और आप वमन करें।

अप्पा द्वारा इस तरह के तेजपूर्ण कहे जाने के साथ ही अगस्त्य के अंगों से उनके तप की शक्ति तिरोहित हो गई। तप की शक्ति के लुप्त होते ही अगस्त्य सिंधु को पेट में रखने में अक्षम हो गए, उनका मुख फैल गया और भयंकर आवाज करता हुआ समुद्र उनके पेट से बाहर निकल आया। सभी लोग आश्चर्य के साथ यह दृश्य देखते रह गए। अगस्त्य हाथों से भूमि को पकड़ कर उल्टी कर रहे थे। वह घुटनों के बल थे और आवाज करता हुआ समुद्र तेजी से बाहर निकल रहा था। उनकी नाक के छिद्र फैल गए और उनमें से पर्वत के शिखर के समान महानदी निकल आई। अगस्त्य के आश्रम में जितनी तेजी से बातें हो रही थी उससे भी अधिक वेग से समुद्र अपने स्थान पर वापस जा रहा था। मुक्ति प्राप्त करने के बाद सिंधु पहले से भी अधिक उल्लास के साथ, सीना फुला कर प्रचंड वेग से दौड़ रहा था।

अप्पा के तेज से अगस्त्य का मर्म पीड़ित हो गया था, दुःख और व्याधि के उद्गार के रूप में समुद्र बाहर निकल आया। लोपामुद्रा किंकर्तव्यविमूढ़ होकर उनके मुख से समुद्र के इस तरह गर्जन करते हुए निकलने का यह अभूतपूर्व दृश्य देख रही थी।

श्रीमद् देवायण के प्रथम खंड ब्रह्मकल्प में देवमंडल के अंतर्गत आक्ष्र्य वर्ग में श्री देव-गोपवन संवाद में अगस्त्य शासन नामक पंचम संवर्ग का समापन।

।छठा संवर्ग।

गोपवन वचन

यह दृश्य देख कर प्रचेतस ने अप्पा से कहा - अगस्त्य को इस दुर्दशा से तुरंत छुटकारा दिलाओ। देखो, समुद्र तो उल्लास करता हुआ बाहर निकल गया है परंतु वह इनकी नाक फैला गया है, इसे तुरंत सामान्य करो। जैसे जल के अधिपति गरजते हुए आदेश देते हैं अगस्त्य से अप्पा ने उसी स्वर में कहा -

अप्पा वचन

हे मेरे बड़े भ्राता अगस्त्य, अब समुद्र पेट से बाहर निकल गया है। समुद्र तेजी से बाहर निकल गया है, अब आप फिर से अपने तेज में स्थिर हो जाइए। आपने सौ वर्षों तक तप किया है, उसके वीर्य से स्थिर होकर शांत मूर्ति धारण कीजिए।

गोपवन वचन

अप्पा से यह सुनते ही अगस्त्य तुरंत शांत हो गए। उनके तप और तेज, जो पहले लुप्त हो गए थे, अब उन्हें पुनः वापस मिल गए। अप्पा के शब्दों से आश्वस्त होकर, जब अगस्त्य शांत हो गए, तब लोपामुद्रा ने अप्पा को गले लगाते हुए कहा, हे छोटी बहन अप्पा यद्यपि तुम सभी भाइयों से और मुझसे भी छोटी हो, परंतु तुम्हारा तेज भृगु, सत्यधृति, वशिष्ट, अगस्त्य, अप्तृण या मुझसे अधिक प्रतीत होता है। सभी के तेज से आगे बढ़ कर तुम अप्पा के रूप में प्रतिष्ठित हो, अगस्त्य पर तुम्हारे कोप से यही सिद्ध होता है।

उस समय अगस्त्य कहने लगे, लोपामुद्रा, यह सत्य हैं कि अप्पा का तेज सबसे अधिक है। मेरे अंतर में बहुत दर्प था कि मेरे तप और तेज निश्चित रूप से दूसरों से अधिक हैं, जिसे अप्पा ने अभी चूर-चूर कर दिया है। हे अप्पा, मेरी छोटी बहन, आज मैं तुम्हें आशीर्वाद देता हूँ कि जीवकुल का अच्छी तरह पालन करने के लिए तुम्हें जगत में प्रशंसा मिले। परंतु मेरे मुख से निकला हुआ शाप व्यर्थ हो जाएगा इससे बहुत दुःखी हूँ। तपस्वी का वचन व्यर्थ हो जाए, यह उसके लिए मृत्यु के समान है। इसलिए हे अप्पा, अपने बड़े भाई का इतना मान रहने दो। अगस्त्य की यह बात सुन कर अप्पा नत-मस्तक होकर बोली - आप बड़े हैं, मैं आपका आदर करती हूँ। परंतु जो मैं कहती हूँ उसे सुनिए।

अप्पा वचन

हे अगस्त्य, कृपया ध्यान से सुनिए, मुझे अपने तेज पर गर्व नहीं है। मेरा तेज आप लोगों के आशीर्वाद के कारण ही है, मैं आप लोगों के सामने हमेशा नत-मस्तक होकर रहूँगी। आप सभी के अच्छे कार्य में मेरा उपयोग किया जाए। किसी भी काल में आपका वचन व्यर्थ नहीं होगा। मेरा कार्य जीवों की पुष्टि बढ़ाना है। इससे भुवन में पुण्य के रूप में सौंदर्य व्यक्त होगा। यहाँ के लोग मेरे भोग से प्रसन्न हैं। आपके शाप के कारण जीव पर प्रभाव निश्चित रूप से पड़ेगा। यह दानवीय प्रभाव से प्रभावित होगा। यह दानवों का आचार और उनकी मूढ़ बुद्धि अपनाएगा। इस कारण इस चराचर में प्रत्येक जीव द्वारा सत्य की निंदा की जाएगी। अगस्त्य के अभिशाप से आच्छन्न हो कर जीवों को बहुत दुःख होगा। सभी स्थानों पर अशांति फैल जाएगी और पश्चाताप घेर लेगा। जीवन शून्य दिखाई देगा तथा जन्म-कर्म अकारण प्रतीत होंगे।

गोपवन वचन

अप्पा के इस प्रकार कहने पर प्रचेतस ने कहा, हे अगस्त्य, सत्य अभिशाप से घिर जाएगा। नित्य भोगों में लगा हुआ जन्म व्यर्थ लगने लगेगा। हे महातपस्वी, इस जगत सृष्टि को देवताओं से रहित कहा जाएगा। यह कहा जाएगा कि जन्म केवल भोग करने के लिए हुआ है,

क्योंकि यह निर्धारित है कि मृत्यु होने पर सब-कुछ नष्ट हो जाएगा। अहं दम्भ पर आधारित होता है और उसे बल संग्रह करने के लिए नियुक्त किया जाता है। दम्भ की अति होने पर सृष्टि में बाहुबलियों का प्रचार होगा। वे नाना प्रकार के अस्त्र-शस्त्र धारण करेंगे। इस प्रकार बलों के बीच संघर्ष आरंभ होगा, जिससे बहुत क्षति होगी, क्लांति होगी तथा घोर दुःख उत्पन्न होंगे। घात-प्रतिघात होने पर बल और वीर्य क्षीण हो जाएँगे। भोगों पर संदेह किया जाएगा और उन्हें त्यागने की क्षमता भी नहीं रहेगी।

अप्पा की बात से प्रचेता प्रसन्न हुए और पवित्र, गंभीर वाणी में कहने लगे, वाकसिद्ध अगस्त्य द्वारा निर्णय किए गए भोग पर प्राणी शाप से घिर जाएँगे, यह वाणी व्यर्थ हो जाएगी।

श्रीमद् देवायण के प्रथम खंड ब्रह्मकल्प में देवमंडल के अंतर्गत आश्चर्य वर्ग में श्री देव-गोपवन संवाद में अगस्त्य शाप नामक षष्ट संवर्ग का समापन।

।सातवाँ संवर्ग।

गोपवन वचन

इसे सुन कर अगस्त्य कहने लगे, अज्ञान के कारण दिए गए अभिशाप का कैसा फल होगा इसे पितृगण ने बताया है, अब सृष्टि को दुःखों से मुक्त करने के लिए क्या उपाय है? मन ही मन संतुष्ट होते हुए इसका उत्तर प्रचेतस ने दिया - हे अगस्त्य, मैं मुक्तिमार्ग बताता हूँ, इसे ध्यान से सुनो। हे तत्वदर्शी अगस्त्य, जो स्पर्श के कारण झुक जाते हैं, ऐसे लोगों की शापमुक्ति निश्चित रूप से होती है। अब तुम यह बताओ कि यह शाप किस प्रकार निर्धारित किया गया है? अगस्त्य से यह प्रश्न पूछ कर प्रचेतस फिर कहने लगे - जब शापग्रस्त व्यक्ति ने तत्वज्ञानियों को सुनना और संतर्पण छोड़ दिया है, अन्यमनस्क है,

उदासीन है तथा तत्वज्ञ को देखते ही उसके मन में भय हो जाता है; यदि शापग्रस्त व्यक्ति ऊँचे स्वर में बोलता है, क्रुद्ध है तब वह तत्वज्ञ की आज्ञापालन करने के प्रति उदासीन है या, जब शापग्रस्त व्यक्ति प्रतिवाद में कोई और बात कहने लगता है? अगस्त्य ने फिर पूछा - जो शाप-मुक्ति देता है उस तत्वज्ञ का लक्षण क्या है?

प्रश्न को उत्तम मान कर संतुष्ट होकर प्रचेतस कहने लगे - हे महामति मैं इसे जगत के हित में कह रहा हूँ ध्यान से सुनो, जो सब-कुछ त्याग कर तथा निर्जन में अकेले रह कर सुखी होते हैं, उनमें यह तत्ववान मौन धारण करते हुए रहता है। सभी आशाओं, प्राप्य वस्तुओं को वर्जित करते हुए अपने अंतर में प्रसन्नता से पूर्ण रहता है। लाभ-हानि को समान मानता है तथा सभी वस्तुओं से संतुष्ट रहता है। तत्वज्ञ के पाप-पुण्य, शुभ-अशुभ को तत्वज्ञ समान मानता है। पुण्य का फल स्वर्ग में मिलेगा इसलिए यहाँ यह कामना करने योग्य नहीं है। इसलिए तत्ववान निश्चित रूप से सभी आकांक्षाओं का त्याग करते हैं। जिन समस्याओं से जगतवासी परेशान रहते हैं, वह तत्ववानों को परेशान नहीं करतीं। उनका चित्त निर्मल रहता है और वे सभी प्रकार के भय से मुक्त रहते हैं। अपनी जय-और पराजय से तत्ववान निर्विकार रहते हैं। वह कार्य करते हैं फलाफल की चिंता नहीं करते। तत्वज्ञ धीरे-धीरे पूर्णता की ओर अग्रसर होते हैं। जिस प्रकार नाविक तूफानी समुद्र में अपनी नौका को सुरक्षित रखते हुए आगे बढ़ते हैं, उसी प्रकार तत्वज्ञ सभी बाधाओं को पार करते हुए निर्भय होकर आगे बढ़ते हैं। कार्य पूरा होने के लिए वे शांतचित्त और संदेह-रहित रहते हैं। तत्ववान दिनों-दिन अपूर्णता को पार करते हैं। इस प्रकार प्रचेतस ने तत्वज्ञान का वर्णन किया जिसे अगस्त्य ने प्रसन्न मन से सुना और उस स्थान से चले गए। हे देव, मैं अप्पा के आख्यान का इसलिए वर्णन कर रहा हूँ कि उसने अगस्त्य को नियंत्रित करते हुए प्राण सिंधु की सुरक्षा की थी।

अप्पा के तेज की कहानी सुन कर देव विस्मित हो गए और यह जिज्ञासा उनके पवित्र मुख से प्रकट हो गई - हे पवित्र आत्मा, हे प्राज्ञ, जान की कहानी क्या है, मैं यह प्रश्न आपसे पहले पूछूँगा।

श्रीमद् देवायण के प्रथम खंड ब्रह्मकल्प में देवमंडल के अंतर्गत आक्ष्र्य वर्ग में श्री देव-गोपवन संवाद में तत्वज्ञ तत्व वर्णना नामक सप्तम संवर्ग का समापन।

आठवाँ संवर्ग

देव वचन

हे महात्मन, आपने अप्पा का मनोहर प्रसंग सुनाया। अब इसके बाद, जान की कहानी सुनाइए। आपने कहा था कि वृषनंदन जान महाबली थे। वह किस कुल में उत्पन्न हुए थे और उनका परिचय क्या है?

गोपवन वचन

हे देव, अब आप जान की कहानी सुनिए। मैंने पहले ही वर्णन किया था कि अप्पा का विवाह जान के साथ हुआ था। वायु ने दक्ष की बहुत-सी कन्याओं के साथ विवाह किया था। वृषवा उनकी पत्नी थी और वह वायुदेव में ही स्थित थी। इनके गर्भ से महाबली जान उत्पन्न हुए थे। वृषपुत्र जान वायु के समान प्रखर योद्धा थे। वरुण पुत्री अप्पा इन्हीं के हाथों प्रदान की गई थी। यह जीव कुल की सुरक्षा के लिए मृत्यु के साथ युद्ध करते थे। हे देव, इसी वायुपुत्र जान की कहानी कह रहा हूँ।

वायु के बहुत से पुत्र थे और सभी की अलग-अलग पहचान थी। सभी अपनी-अपनी माताओं के नामों द्वारा परिचित थे। वृषवा के गर्भ से उत्पन्न पुत्र को वृषजान कहा जाता था। यह जान सभी जीवों के कलेवर में रहते थे। जब माता के गर्भाशय में जीव शरीर धारण करता था उस समय जान माता के रक्त के माध्यम से उसके शरीर की रक्षा करने के लिए जीव की देह में प्रविष्ट हो जाते। यही जान अपने तेज से प्रभावित करते हुए उस जीव के शरीर को गति प्रदान करते थे।

जब यह जीव अपनी माता के गर्भ को त्याग कर पृथ्वी पर आता तब जान उसके जीवन की गति और चंचलता को प्रभावित करते। भूख

और प्यास से वह शरीर अन्न और जल ग्रहण करता जिससे उसका शरीर पुष्ट होता था। नाना कर्मों से युक्त बाल्यावस्था के बाद यौवन आता।

इसके बाद कालक्रम से बुढ़ापा सामने आ खड़ा होता, तब बली बुढ़ापा और मृत्यु के साथ युद्ध करते और उन दोनों से पराजित होते। इस युद्ध में पराजित होने पर जान उस शरीर को छोड़ देते थे। जीव अपना रूप धारण करने के बाद ही जान के तेज का आश्रित हो जाता। जान जब बाहर आते तब वह जीव शरीर छोड़ देता था। हे अभीपुत्र, सभी कालों में जान का कार्य शुभ और अशुभ दोनों होता है। देह में जब तक साँस चलती है तब तक उसमें जान की स्थिति रहती है। हे देव, जान द्वारा इस पृथ्वी पर अमृत को व्यक्त कीजिए। आप काल चक्र धारण करेंगे इसलिए जान को शक्तिमान बनाइए।

पिंगल वचन

महर्षि से यह सुन कर देव हर्षित होकर कहने लगे -

देव वचन

जान की कहानी सुन कर उनसे मिलने की इच्छा हो रही है। हे महात्मा, शीघ्र ही वहाँ का पथ दिखाइए।

गोपवन वचन

चलिए देव, आप जिस रास्ते से जाएँगे, मैं आपके साथ रहूँगा। आश्चर्य के क्षेत्र को पार करने पर हम जान का क्षेत्र देखेंगे।

पिंगल वचन

गोपवन यह कह कर देव के साथ जाने के लिए उठ खड़े हुए। देव के साथ बातें करने के बाद लोपा गोपवन के साथ बाहर निकल आई। साम और बंधुओं के साथ इस क्षेत्र को त्याग कर और लोपामुद्रा के साथ आगे बढ़ने लगे।

लोपामुद्रा और साम के साथ चलते हुए देव को हर्ष हो रहा था। संगी के रूप में गोप और बंधुवृंद को लेकर वे अंतर्यामी आश्चर्य का दर्शन करने जा रहे थे।

श्रीमद् देवायण के प्रथम खंड ब्रह्मकल्प में देवमंडल के अंतर्गत आक्ष्र्य वर्ग में श्री देव गोपवन संवाद में बंधु-आश्रम परित्याग नामक अष्टम संवर्ग का समापन।

।नौवाँ संवर्ग।

पिंगल वचन

बंधुगण के साथ महर्षि कुछ आगे चले तब एक आवाज सुनाई दी, हे पथिक, तुम्हारा नाम क्या है और तुम कहाँ जा रहे हो, यह मुझे बताओ। यह शब्द सुन कर देव को विस्मय हुआ और उन्होंने गोपवन से पूछा, हे महामति, इस वन में इस प्रकार की बातें कौन कह रहा है?

गोपवन वचन

इस क्षेत्र में श्येन नामक एक पक्षी रहता है। अग्नि के अभिशाप से वह पक्षी बन गया है। हे देव, किसी को भी पता नहीं कि यह पक्षी क्यों अभिशप्त हुआ है, परंतु इस वन में वह बहुत दिनों से रहता है। उस पक्षी के पंख, पूँछ और शरीर, अग्नि के समान जलते रहते हैं। देखने में वह बहुत सुंदर है और मीठी बातें करता है। यह पक्षी अपनी पत्नी और पुत्र के साथ रहता है और जब कोई यहाँ आता है तब उससे यही कहता है।

पिंगल वचन

गोपवन महा ऋषि की बात समाप्त होने के बाद, साम ने देव से कहा, हे देव, चलिए आक्ष्र्य क्षेत्र चलते हैं और आगे चल कर उस पक्षी को देखते हैं कि कौन इस घोर वन में पक्षी के रूप में रह रहा है। साम की बात सुन कर देव उस पक्षी की आवाज की दिशा में चलने लगे। साम के साथ गोप और बंधुगण उस पक्षी के सामने जाकर खड़े हो गए। श्येन ने मधुर स्वर में कहा - हे देव, हे महात्मन, आपका पवित्र

आगमन हुआ है, मैं आपको प्रणाम करता हूँ। आप मुक्तिदायक हैं। अपने पवित्र स्पर्श से मुझे मुक्ति दीजिए। इस प्रकार कह कर श्येन देव के सामने आ खड़ा हुआ।

देव ने श्येन से पूछा - तुम्हारा परिचय क्या है? इस वन में किस कारण रह रहे हो? उत्तर में श्येन ने कहा, अपने चरण छूने दीजिए। मेरी जो भी गोपनीय बातें हैं, उन्हें प्रकट करूँगा। श्येन के कहने पर देव ने उसे अपने बाएँ चरण का स्पर्श दिया। तुरंत श्येन ने वह पक्षियों वाला रूप त्याग दिया और एक दिव्य मूर्ति धारण करते हुए देव से कहने लगा, मेरा नाम आक्ष्र्य है और मैं सूर्य का पौत्र हूँ। सूर्य के पुत्र चक्षु हैं, हे देव, इन्हीं चक्षु के तेज से मेरा जन्म हुआ है। सूर्य देव इस जगत की आँखें हैं और सभी में स्थित हैं। चक्षु सभी में स्थित हैं और उन्हें प्रभावित करते हैं। सूर्य के दोनों चक्षुओं के बीच मेरा क्षेत्र है, इसके नीचे वायु का घर है। अग्निदेव के अभिशाप के कारण मैंने पक्षियों वाला रूप पाया था।

देव के स्पर्श के कारण पक्षी को तुरंत मुक्ति मिल गई, वह सूर्य का विख्यात पौत्र था। देव के चरण कमलों की वंदना करने तथा उन्हें नैवेद्य प्रदान करने के बाद उसने शाप-ग्रस्त होने के पहले की अपनी कहानी सुनाई।

श्रीमद् देवायण के प्रथम खंड ब्रह्मकल्प में देवमंडल के अंतर्गत आक्ष्र्य वर्ग में श्री देव-आक्ष्र्य साक्षात्कार नामक नवम संवर्ग का समापन।

।दसवाँ संवर्ग।

देव वचन

हे आक्ष्र्य, तुमने जो कहा उस पर मुझे विस्मय हो रहा है। तुम सूर्यपुत्र चक्षु के पुत्र हो, मुझे बताओ कि किस कारण अग्नि ने तुम्हें अभिशाप दे दिया।

आश्चर्य वचन

हे देव, अग्निदेव आपके नाना हैं, जिस प्रकार उन्होंने मुझे अभिशाप दिया वह कहानी सुनिए। सूर्यदेव ने सभी प्रकार के सत्य का यथावत निरीक्षण करने के लिए अपने पुत्र चक्षु को जगत में नियुक्त किया। सभी जीवों का निरीक्षण करने के लिए चक्षु सूर्य में प्रतिष्ठित हैं। चक्षु सूर्य के पुत्र हैं और वह सूर्य की उपासना करते हैं, उसी प्रकार जगत में सूर्य के रूप में चक्षु की उपासना की जाती है।

जगत से ऊपर सूर्य आदित्यमंडल में रहते हैं। वह प्रकाशवान हैं और पूरे जगत को प्रकाशित करते हैं। ठीक उसी तरह जीवों में चक्षु, सब-कुछ देखने के लिए प्रतिष्ठित किए जाते हैं। इसी कार्य का नियंत्रण करने के लिए चक्षु जगत में प्रतिष्ठित हैं। अपने कार्य के प्रयोजन से उन्होंने मुझे जन्म दिया और मुझसे कहा कि तुम निमेष की रक्षा करो। मैं तुम्हें वायु की गति नियंत्रित करने का कार्य सौंपता हूँ। मेरे घर में अतिरिक्त वायु के प्रवेश को रोको। वायु की गति धीमी करने का कार्य करो। पिता द्वारा प्रदर्शित इस क्षेत्र को देखिए। अभिशप्त वन में स्थित मेरा घर इस स्थान से अधिक दूर नहीं है।

हे देव, मैं वन में क्यों रह रहा हूँ, इसका कारण सुनिए। पिता ने मुझे जो कार्य दिया था उसे करने के लिए मैं चारों ओर घूमता था। एक स्थान पर अग्नि और वायु मिल कर काम में लगे हुए थे। वायु प्राणन का कार्य कर रहे थे, और अग्नि बड़े-बड़े ग्रास लेकर भोजन कर रहे थे। मैंने अग्नि को इतना अधिक भोजन करते हुए देखा कि जिस स्थान पर जो भी मिलता अग्नि उसे खा जाते। अग्नि के ग्रास को देख कर मुझे हँसी आ गई। मैंने अग्नि से कहा, हे अग्नि, आप अत्यंत अद्भुत हैं, आपके ग्रास देख कर लगता है कि आपको जोरों से भूख लगी है। इस सृष्टि में केवल आप ही अतृप्त दिखाई देते हैं। मैं समझता हूँ कि आपका पेट भरना असंभव है। आपका भोजन बहुत अधिक है, इससे अमंगल होगा। हे अग्नि, आपके कारण बहुत पीड़ा होती है। हे अग्नि, आपकी गति दोनों विधियों वाली है। एक गति में पवित्रता है जिससे सबका मंगल होता है, और दूसरी में, आपके इतना अधिक भोजन करने पर अमंगल दिखाई देता है। हे अग्नि, अपने भोजन पर नियंत्रण कीजिए, आपका इतना खाना सहनीय नहीं है।

मेरे इस प्रकार कहने से अग्निदेव कुपित हो गए। वे मुझसे कहने लगे - रे आक्ष्र्य, मुझे दिखाई दे रहा है कि तू बहुत उच्छृंखल हो गया है। मेरे कार्य पर विचार करना तेरा काम नहीं है। तुझे जिस कार्य के लिए नियुक्त किया गया है, तू वही कर। पर-चर्चा करना छोड़ दे, यह मेरी आज्ञा है। अग्नि की बातें सुन कर, मैंने इस प्रकार कहा, हे अग्निदेव सुनिए, आप अकारण ही मुझ पर क्रोध कर रहे हैं। आपके इतना भोजन करने पर केवल अनर्थ होगा। मैं जो आपसे कह रहा हूँ उसे आप समझने का प्रयास कीजिए। आपने पूरी सृष्टि धुएँ और भाप से भर दी है। इस भाप और धुएँ से प्राणी व्याकुल हो गए हैं। आपके कारण सृष्टि धूमिल हो गई है और इसी तरह कानों से सुनाई भी नहीं देता। जीवों को नाना प्रकार के कष्ट हो रहे हैं। इसी कारण मैंने आप से यह कहा है, आप उसे सुनिए। मेरी इस बात से अग्नि और भी कुपित होकर गरजने लगे, रे निर्बोध, क्या मेरी समालोचना करना ही तेरा कार्य है? मेरा भोजन क्या है और उसका फल या कुफल क्या है यह ज्ञान तुझे आज किसने दिया है? मेरे कार्य पर विचार करना तेरी धृष्टता है। इसका दंड ले और पक्षी बन कर रह।

अग्नि के यह कहते ही मैं पक्षी बन गया। मैं कातर होकर उनसे मुक्ति के लिए निवेदन करने लगा। मेरी कातरता देख कर अग्निदेव ने स्नेहपूर्वक कहा, मैं जो कहता हूँ उसे ध्यान से सुनो आक्ष्र्य, अभी तुम पक्षी के रूप में वन में रहो। जिस दिन तुम्हारा समय पूरा हो जाएगा उस दिन देव का आगमन होगा, उनके चरणों का स्पर्श मिलने पर तुम्हारी मुक्ति होगी। पक्षी रूप में रहते हुए तुम्हें दो पुत्र होंगे, हे आक्ष्र्य, तुम अपने पुत्रों का नाम श्रुतर्वा रखना। वह जगतवासियों के बीच श्रुतियों की प्रतिष्ठा करेंगे। इतना कहते ही आक्ष्र्य ने श्रुतर्वा को पुकारा। दोनों पुत्रों के आने पर आक्ष्र्य ने कहा, हे पुत्रों, देखो सत्य देव आए हैं, तुम मुक्ति पाने के लिए इनके चरणों का स्पर्श करो। आक्ष्र्य के मुँह से यह बात सुन कर श्येन के समान दिखने वाले यह दोनों पक्षी देव के चरणों में नतमस्तक हो कर कहने लगे, हे देव हम आपके चरणों का स्पर्श करते हैं, हमें दिव्य गति प्रदान कीजिए। देव ने प्रसन्न होकर अपने पैर से उनके शरीरों का स्पर्श किया जिससे उन्होंने पक्षी रूप का

त्याग करते हुए दिव्य रूप धारण कर लिया। पवित्र शरीर धारण करने के बाद दोनों श्रुतर्वा देव के चरणों पर झुक कर उनकी स्तुति करने लगे। इसके बाद अभीपुत्र ने इस जगतश्रुति के स्थल का त्याग किया और सभी के साथ दूसरे स्थान पर गए। आक्ष्र्य से विपरीत क्षेत्र में जाकर देव ने दोनों श्रुतर्वा देवताओं को प्रतिष्ठित किया और कहा, तुम्हारा कार्य होगा जगत जीवों के बीच श्रुतियों का संग्रह करो, उनकी ध्वनि को चारों ओर फैलाओ और आक्ष्र्य के अधीन रहो। जिस स्थान पर उन्हें सुना जाता हो उसे आक्ष्र्य के चरणों में निवेदन करो। हे आक्ष्र्य तुम इन्हें सुरक्षित कर चक्षु के सामने ले जाओ। चक्षु द्‌वारा सभी श्रुतियों पर विचार किया जाएगा। चक्षु द्‌वारा श्रुतियों को पूर्ण रूप से प्रमाणित किया जाएगा।

पूरे विश्व के संचालन का कार्य प्राप्त करते हुए, चक्षु द्‌वारा श्रुतियों पर विचार किया जाएगा। जिनके कल्याण द्‌वारा जीव सौभाग्यशाली होंगे, उनके शुभ्र और शालीन छंद कानों में गुंजन करेंगे।

श्रीमद् देवायण के प्रथम खंड ब्रह्मकल्प में देवमंडल के अंतर्गत आक्ष्र्य वर्ग में श्रुतर्वा प्रतिष्ठा नामक दशम संवर्ग का समापन।

-आक्ष्र्य वर्ग का समापन-

देवायण का परिचय

इस महान महाकाव्य की विषय-वस्तु अनुष्टुप छंद में है, जो चार पदीय है, प्रत्येक पद में आठ अक्षर हैं। प्रत्येक पाँचवाँ अक्षर लघु है, छठा अक्षर दीर्घ है तब चौथी पंक्ति की दूसरी में सातवाँ अक्षर लघु है। पूरे महाकाव्य के दौरान लगभग दो सौ पचहत्तर छंद (मीटर) हैं।

देवायण बत्तीस मडलों में विभाजित किया गया है; प्रत्येक मंडल कई वर्ग में विभाजित किया गया है, जो इसके बाद कई संवर्ग में विभाजित किए गए हैं। इसके अतिरिक्त, प्रत्येक वर्ग में, प्रत्येक संवर्ग के अंत के दोहे में एक भिन्न छंद का उपयोग किया गया है। विभिन्न स्थानों पर देवताओं के स्तोत्रों एवं प्रार्थनाओं में भी विभिन्न छंदों का उपयोग किया गया है।

महान महाकाव्य की विषय सारणी निम्नलिखित है, जिसमें कृति को तीन कल्पों - ब्रह्मा, विष्णु और रूद्र में विभाजित किया गया है। इसके अतिरिक्त, पूरे महाकाव्य को 12 खंडों में विभाजित किया गया है, जिनमें से प्रत्येक में 1,000 पृष्ठ हैं। इसके बाद खंडों को मंडलों एवं वर्गों में विभाजित किया गया है। वर्ग के नाम तथा छंदों के नामों के साथ संवर्ग की संख्याएँ निम्नलिखित दी गई हैं:

ब्रह्म कल्प

खंड-I, भाग-I

देव मंडल

1 काव्य समारंभ वर्ग
चार संवर्ग
छंद: मत्त

2. पिंगल गणपति संवाद वर्ग
पंद्रह संवर्ग
छंद: रुक्मावती

3. द्वन्द्व प्रभाव वर्ग
ग्यारह संवर्ग
छंद: मनोरम

4. सृष्टि वर्ग
तेरह संवर्ग
छंद: दीपकमल

5. अभि वर्ग
सात संवर्ग
छंद: दोधक

6. उपाख्यान वर्ग
तेरह संवर्ग
छंद: स्वगत

7. दीक्षा वर्ग
नौ संवर्ग
छंद: रथोद्धाता

8. रूपायण वर्ग
चौदह संवर्ग
छंद: श्येनि

9. वृष्टि वर्ग
दस संवर्ग
छंद: मोतनक

10. कक्षि वर्ग
तेइस संवर्ग
छंद: वृत्त

11. उशिज वर्ग
आठ संवर्ग
छंद: वातोरमी

12. सारस्वतवर्ग
सात संवर्ग
छंद: सुमुखी

13. बंधु वर्ग
बीस संवर्ग
छंद: इंदिरा

14. आश्चर्य वर्ग
दस संवर्ग
छंद: शालिनी

खंड-I, भाग-2

देव मंडल

15. जान वर्ग
बारह संवर्ग
छंद: द्रुत

16. चक्र वर्ग
अट्ठारह संवर्ग
छंद: उपेंद्र वज्र

ऋषि मंडल

17. वशिष्ट वर्ग
आठ संवर्ग
छंद: अनुकूल

18. नारद वर्ग
ग्यारह संवर्ग
छंद: शिखंडित

19. पर्वत वर्ग
नौ संवर्ग
छंद: इंद्र वज्र

20. ब्रह्मर्षि वर्ग
तेरह संवर्ग
छंद: उपजाति

यज्ञ मंडल

21. आग्नेय वर्ग
तीस संवर्ग
छंद: गायत्री

22. देव दुर्ज्ञेय वर्ग
दस संवर्ग
छंद: इंद्र वंश,

23. ऋतैषणा वर्ग
सात संवर्ग
छंद: वंशस्थबिल

बीति मंडल

24. देवी वर्ग
दस संवर्ग
छंद: चन्द्र वर्तमा

25. ईश वर्ग
नौ संवर्ग
छंद: उपजाति

26. शुचि वर्ग
तेरह संवर्ग
छंद: वंशस्थबिल

27. अन्नोत्सव वर्ग
पंद्रह संवर्ग
छंद: जलोद्धता गति

28. सत्यव्यक्त वर्ग
आठ संवर्ग
छंद: स्रगबिनी

खंड-I, भाग-3

प्रगाथा मंडल

29. प्रगाथोद्वाह वर्ग
सत्ताइस संवर्ग
छंद: प्रमिताक्षरा

30. गाथिनी वर्ग
दस संवर्ग
छंद: वैश्वदेवी

31. दुष्क्रीड़ा वर्ग
सत्रह संवर्ग
छंद: भुजंग प्रयात

32. दुर्मति वर्ग
सत्रह संवर्ग
छंद: तोतक

33. दुर्विद्या वर्ग
पंद्रह संवर्ग
छंद: द्रुत विलंबित

34. दुष्काल वर्ग
अट्ठारह संवर्ग
छंद: कुसुम विचित्र
